세계의 위인이야기

권성자 · 김지영 지음

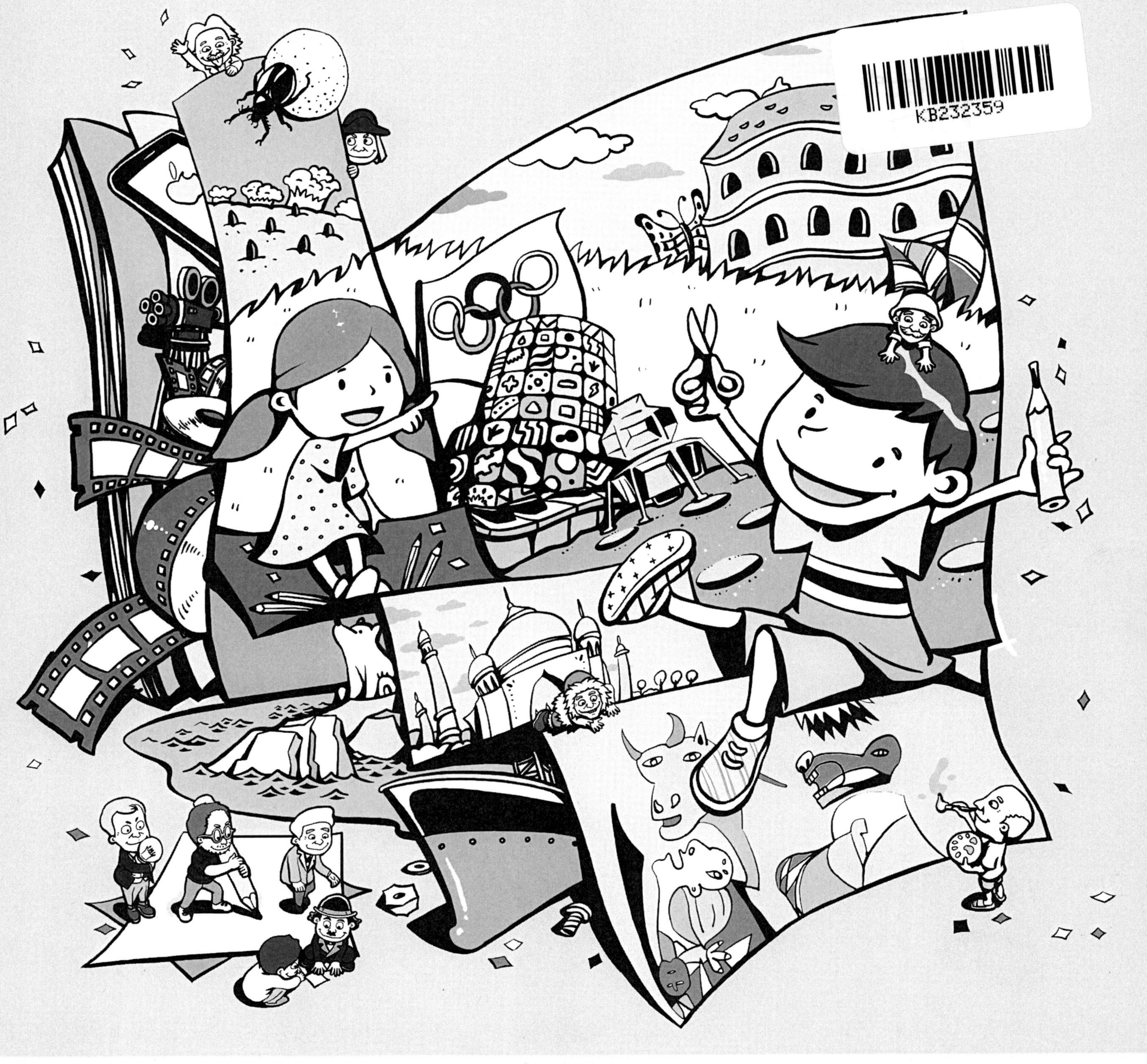

아이북

권성자
책만들며 크는 학교 대표. 대학에서 문학을 전공하고, 오랫동안 출판기자로 일해왔습니다. 그 후 메이킹북 교육과 관련된 교재와 교구 개발, 교사교육을 15년 가까이하고 있습니다. 2002년 영국의 창의언어교육인 '북아트교육'을 우리나라에 처음 도입, 교사와 학부모들이 아이들과 책만들기 활동을 할 수 있도록 다양한 방법을 알려왔습니다. 그동안 〈주제별 북아트스쿨〉 시리즈의 교사교육서 3권과 〈메이킹북-교실 안 책만들기 활동의 실제〉를 펴냈습니다. 또 책만들자 뚝딱! 시리즈 『한국의 옛이야기』가 있습니다.
e-mail * makingbook@naver.com

김지영
대학에서 유아교육을 전공하여 유치원 교사로 오랜 시간 근무하였고, 현재는 초등학교 돌봄교실에서 아이들과 즐겁게 생활하고 있습니다.
어린 시절 최고의 자산은 열심히 뛰어 노는 것과 책을 가까이 하는 습관을 들여 주는 것이라 굳게 믿고, 발달 단계와 흥미에 맞는 독서 환경 꾸며주기, 책 읽어주기, 다양한 독후활동 등 여러 가지 방법으로 노력하며 고민하던 중 책 만들기 활동의 매력에 푹 빠졌습니다.
아이들과 더불어 다채로운 책 만들기를 시도하고 연구하면서 쌓인 노하우를 이제 더 많은 사람들과 함께 하고자 합니다.
저서로는 초등돌봄교실 선생님들과 이야기를 나누는 『신나는 초등돌봄교실 만들기』와 책만들자 뚝딱! 시리즈 『한국의 옛이야기』가 있습니다.

"얘들아, 책은 우리의 평생 친구란다~
오늘은 어떤 책을 읽고 만들며 즐겁게 놀까?^^ "

e-mail * mhyukkk@naver.com
blog * 지영샘과 책만들자 뚝딱! http://blog.naver.com/mhyukkk

초판 1쇄 인쇄일 2016년 11월 3일
1판 3쇄 발행일 2022년 6월 25일

지은이 권성자 * 김지영
본문 · 표지 디자인 김지연
팝업디자인 · 일러스트 이한나
본문 · 표지 일러스트 김찬호
마케팅 김리하

펴낸이 권성자
펴낸 곳 도서출판 아이북

주 소 04016 서울 마포구 희우정로 13길 10-10, 1F 도서출판 아이북
전 화 02-338-7813~7814
팩 스 02-6455-5994
출판등록번호 10-1953호 등록일자 2000년 4월 18일
이메일 ibookpub@naver.com
홈페이지 www.makingbook.info

ISBN 978-89-89968-92-4 13800

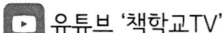

차 례

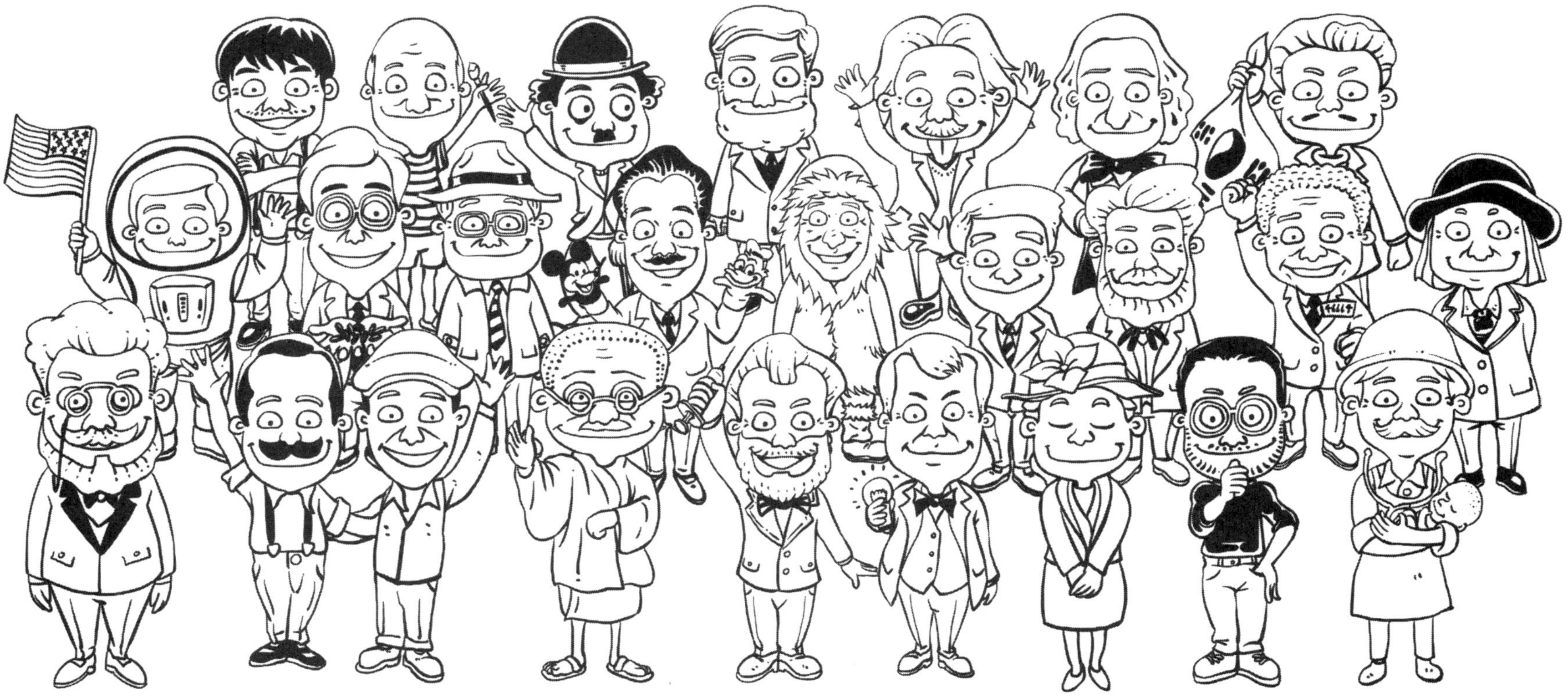

이 책에 대하여

어린이에게 친근한 위인들과 그들의 직업에 관한 이야기

이 책에는 어린이들에게 친근한 24인의 위인 이야기와 그들의 각기 다른 24가지 직업군에 관한 정보가 수록되어 있습니다. 어린이들에는 다소 어려울 수 있는 '위인과 직업'이라는 주제이지만 그들만의 이해 언어로 즐겁게 풀어냈습니다.

이 책에 나오는 위인들은 19세기 이후 활약한 인물들로 나와 동떨어진 시대나 업적, 신화적인 내용이 아니라 그들이 겪은 엉뚱하거나 독특한 에피소드, 노력의 결과로 이뤄낸 일들, 그리고 현재 우리에게 '위대한 인물'로 사랑과 존경을 받는 이유에 관한 이야기로 어린이들에게 쉽게 다가가도록 구연동화에 적합하게 쓰였습니다. 또 귀엽고 특징이 있는 삽화와 캐릭터들은 어린이들의 사고를 시각화하는 데 많은 도움을 줄 것입니다.

위인들 또한 '직업인'이었으며 자기가 하는 일에 있어 많은 실패와 좌절을 겪었으나 창의적이고 열린 사고를 바탕으로 인내와 꾸준함을 가지고 노력하였기에 인류에 공헌하였습니다. 그래서 직업을 통한 위인들의 이야기를 통해 우리 어린이들의 직업에 대한 이해도가 높아질 것입니다.

한 장의 활용모형으로 나만의 책을 만드는 과정에서는 직업을 중심으로 어린이들이 재밌고 독창적인 생각을 해낼 주제를 제공해 줍니다. 그래서 '책'이라는 형태를 통해 스토리와 나의 생각이 겉도는 것이 아니라 내면화 과정을 거치도록 이끌어 줍니다.

이 책의 구성

이 책에서는 먼저 어린이들과 '책 만들기' 과정을 어떻게 진행하면 더 효과적일 수 있는지에 대한 내용을 담았습니다. 그리고 선생님들이나 부모님의 이해를 돕기 위해 책 만들기 과정의 배경과 교육적 효과, 진행하면서 주의해야 할 사항들을 알려줍니다. 또 간단한 아코디언책, 오리가미책, 팝업책의 기본을 익혀 다양하게 응용할 수 있도록 구성되었습니다.

어린이들에게 친근한 위인들의 이야기를 4가지 주제인 '세상을 정의롭게 이끈 사람들, 세상을 풍요롭게 개척한 사람들, 세상을 유익하게 연구한 사람들, 세상을 아름답게 만든 사람들'로 나누었습니다. 그래서 각각의 주제에 맞게 6인의 위인 이야기와 책을 만드는 과정, 그 책에 어떤 내용을 담을지에 대한 활동 주제가 제시되었습니다. 그리고 위인의 직업군에 대한 이야기를 담아 어린이들이 거부감 없이 직업의 개념에 다가갈 수 있도록 하였습니다. 또 활용모형에 있는 표시를 알고, 가위 · 풀 · 본 폴더의 사용법을 익히도록 하였으며 마지막에 24가지의 활용모형을 수록하여 누구든 쉽게 바로 활용할 수 있도록 하였습니다.

'책만들자 뚝딱!' 의 과정

책만드는 과정은 4단계로 구분하여 진행합니다. 동화를 읽고, 활용모형을 접고 오리고 붙여 3차원의 입체 책으로 만들며, 그 안에 그림이나 글로 나의 생각을 표현하고, 완성되면 나의 책을 전시하거나 소개하는 과정으로 마무리합니다.

- 1단계 도란도란 책읽기 : 동화를 잘 듣고, 도란도란 이야기를 나눠요.
- 2단계 뚝딱뚝딱 만들기 : 한 장의 종이를 접고 오리며 뚝딱뚝딱 만들어요.
- 3단계 알콩달콩 표현하기 : 나의 생각을 글과 그림으로 알콩달콩 표현해요.
- 4단계 룰루랄라 완성하기 : 제목과 이름을 써서 완성하고 나의 책을 소개하거나 전시해요.

※ 직업탐구 : 위인들의 직업군을 살펴보며 다양한 직업에 대한 개념을 알기 쉽게 풀어놓았습니다.

'책만들자 뚝딱!' 으로 다양한 독후 활동하기

이 책에서는 위인 이야기와 직업에 대한 주제로 나의 생각을 쓰거나 그리고 꾸미는 활동 등 다양한 독후 활동을 신나게 하도록 만들었습니다.

- 나의 생각을 써보는 활동 : 말풍선 넣기, 일기 쓰기, 편지쓰기, 내가 만약 ~라면, 생각 그물 만들기, 응원의 메시지 보내기, 소원 쓰기, 책 광고문 만들기, 동시 짓기, 표창장 주기
- 줄거리를 기억하는 활동 : 중심 사건 써보기, 등장인물의 특징 찾기, 공통점과 차이점 찾기
- 그리거나 꾸미는 활동 : 기억에 남는 장면을 그리기, 캐릭터 만들기, 네 컷으로 만화 그리기, 책표지 그리기, 상상화 그리기, 초대장 만들기
- 말하기와 말놀이 활동 : 인터뷰하기, 토론하기, 이야기에 해당하는 사자성어와 속담 알기, 끝말잇기, 스무고개, 삼행시 짓기

'책만들자 뚝딱!' 200% 활용하기

- 동화의 내용은 어른의 음성으로 가까이에서 따뜻하게 읽어주세요. 특히 이 책에는 전문가가 들려주는 자료도 있으므로 조용한 환경에서 집중해서 듣도록 해 주셔도 좋습니다.
- 책 만드는 과정은 아이들과 함께 동영상을 시청하면서 진행해도 좋지만 선생님이나 어른을 따라 하는 과정으로 진행한다면 활동 전에 먼저 한번 만들어 보시고 시작하면 진행이 더 매끄럽습니다.
- 책을 만든 후 꾸미기나 글쓰기의 과정은 자신의 생각을 마음껏 펼치도록 자유롭고, 격려하는 분위기가 조성되면 좋겠습니다.
- 글쓰기를 어려워하는 아이들은 어른이 대신 써 주거나 다른 종이에 아이의 말을 받아 적어 스스로 자신의 책에 쓰도록 해도 좋습니다. 절대 글쓰기로 스트레스를 받지 않도록 합시다.
- 계획했던 것과 다른 결과물이 나와도 책 만들기 활동에 있어 다른 것은 있어도 틀린 것은 없다는 점을 생각하여 존중해 줍니다.
- 책 만들기가 완성되면 나의 책을 소개하는 공간을 마련하여 전시하는 것이 좋습니다.
- 위인 이야기는 아이들 눈에 잘 띄어 손이 가는 곳에 비치해 두면 관심을 더 가지고 읽게 되어 책과 친숙해지는 계기가 됩니다.
- 칭찬은 고래도 춤추게 합니다. 아이들이 만들어내는 결과물은 물론 진행하는 과정에서 선생님이나 부모님의 칭찬과 격려에 아이들은 더 신나서 자유롭게 사고할 것입니다. 칭찬을 아끼지 마셔요!

'책만들자 뚝딱!' 의 교육적 효과

- 책 읽기와 쓰기 과정을 통해 책이 주는 즐거움을 알고, 글쓰기를 통한 자기표현 능력이 향상됩니다.
- 만드는 과정을 통해서 미적 감각과 공간지각능력, 상상력을 키워줍니다.
- 발표하고 전시하는 과정을 통해서 성취감과 자신감을 키워줍니다.
- 책 만드는 과정은 통합활동으로 창의력을 향상시키며, 바람직한 인성을 키워줍니다.

책만드는 이야기

책만들기 활동의 이해

1. 책만들기란?

과거에 '책'은 글을 통하여 지식과 감동을 주는 역할로 생각했으나 현대에는 글뿐만 아니라 그림, 사진, 도표, 통계, 디자인 등 다양한 전달 매체를 통해 감각화되어 작가가 전달하고자 하는 것을 다양하게 표현하고 있습니다. 어린이들의 책 만들기 활동은 스스로 책의 형태를 만들어 자기의 생각을 글과 그림으로 표현해 봄으로써 글쓰기 능력은 물론 미적 감각과 공간 지각 능력, 소근육 향상을 키워 자기표현 능력과 창의력 향상을 가져오는 통합 활동입니다.

2. 책만들기의 목표

책 만들기는 어린이 스스로 한 장의 종이를 접고 오려서 만든 책 형태 안에 자기의 생각을 채워가는 과정입니다. 그래서 궁극적 목표는 아이들을 모두 '이야기꾼'으로 만드는 것에 있습니다. 즉 스토리텔러가 되어 자신이 들은 것, 경험한 것, 상상한 것을 자신만의 방법으로 잘 전달하는 능력을 키워주고자 합니다.

3. 책만들기의 배경

우리나라에서는 현재 '메이킹북', '북아트', '팝업북' 등 여러 용어로 책 만들기 활동이 불리고 있습니다.

역사적 배경을 살펴보면 '북아트'라는 예술 장르에서 출발합니다. '북아트'는 아주 오래전부터 영미권과 유럽에서 출발하여 세계적으로 오늘날까지 그 전통이 이어지고 있습니다. 북아트란 한 사람의 북아티스트가 책을 만드는 종이나 기타 재질을 만드는 것에서부터 책의 내용을 구성하고, 형태를 완성하는 전 과정을 직접 사람의 손으로 이루어내는 것을 말합니다.

이 '북아트'라는 장르를 어린이들의 읽고, 쓰기 교육 즉 언어교육에 접목시킨 것이 바로 '북아트교육'입니다. 현재 북아트교육은 언어활동에서뿐 아니라 창의력을 중심으로 하는 여러 영역에서 다양하게 활용되고 있습니다. 특히 프로젝트 수업을 지향하는 교실에서뿐 아니라 박물관과 도서관의 문화 프로그램으로도 폭넓게 진행되고 있습니다.

4. 책만들기 교육 효과

독서교육은 책 읽기의 즐거움, 언어 능력 향상, 창의력과 상상력 향상, 지식과 정보 활용 그리고 바람직한 인성 형성 등 여러 가지 긍정적인 효과를 줍니다. 이를 바탕으로 한 책 만들기 교육의 효과는 다음과 같습니다.

★ 가장 큰 교육 효과는 글쓰기 능력의 향상입니다.

아주 간단한 4쪽 책을 만들더라도 기본적인 이야기가 없으면 책을 만들 수 없기 때문에 자신이 작가가 되어 이야기를 만들어 나가야 합니다. 이 과정에서 글쓰기 능력이 향상될 뿐만 아니라 이를 즐기게 됩니다.

★ 미적 감각이 향상됩니다.

자신의 책을 만들어가는 과정에서 보기 좋게, 아름답게 꾸미고자 하는 욕구가 생기며 이 욕구를 충족하기 위해 노력하는 과정에서 다양한 도구와 재료를 사용하고, 만들고 꾸미는 과정을 통해 미적 감각이 향상됩니다.

★ 공간지각능력과 소근육이 발달합니다.

다양한 책을 만드는 과정에서 어떻게 접었을 때 어떤 형태가 나오는지를 알게 됨으로써 공간지각 능력이 향상되고, 자르고, 접고, 붙이는 과정에서 눈과 손의 협응력과 소근육이 발달하게 됩니다.

★ 언어구사능력과 말하기 능력이 향상됩니다.

같은 책을 읽고 만들어 보는 활동을 한다고 하더라도 어린이들 각자의 생각에 맞게 독창적으로 표현하게 되기 때문에 이를 통하여 언어구사능력이 향상되며, 다른 사람들 앞에서 자신이 만든 책을 소개하고 발표하는 과정에서 말하고 듣는 능력이 향상됩니다.

★ 자기주도학습 능력이 향상됩니다.

책 만들기 활동은 자신의 지식과 경험을 바탕으로 책 만들기를 계획하는 단계에서부터 만들며 쓰고, 완성하는 단계에 이르기까지 하나의 과정으로 흥미롭게 이어지기 때문에 큰 부담을 가지지 않고 의식하지 않지만 스스로 배워가는 자기주도학습 능력이 향상됩니다.

★ 성취감과 자신감을 얻을 수 있습니다.

혼자 힘으로 책을 한 권 완성했다는 성취감을 맛보게 되며, 더 나아가서는 다른 책 만들기에 도전하게 함으로써 자신감을 갖게 하는 원동력이 됩니다.

★ 집중력, 상상력, 창의력을 키울 수 있습니다.

책 한 권을 만들기 위해 그림과 글을 배치하며 자신이 가장 잘 표현할 수 있는 수단을 찾아야 하기 때문에 이 과정에서 집중력이 향상되며, 자신만의 독특함을 찾아가는 과정에서 풍부한 상상력과 독창적인 창의력이 향상됩니다.

★ 책이 주는 새로운 기쁨을 맛볼 수 있습니다.

책 만들기는 책 읽기와 달리 책을 직접 만드는 능동적인 작업이기 때문에 창조의 기쁨을 맛보게 되고, 책의 제작 과정을 직접 체험해 봄으로써 책을 훨씬 친밀하게 받아들이도록 합니다.

5. 책의 구성 요소

- 앞표지 : 제목, 지은이, 그린이, 출판사 등

- 앞날개 : 글이나 그림을 그린 사람에 대한 소개 등

- 뒤표지 : 광고 문구, 책값, 바코드 등

- 뒷날개 : 도서목록, 홍보 문구 등

- 책등 : 제목, 지은이, 출판사 등

- 판권 : 이 책은 누가 쓰고, 누가 그림을 그렸는지, 언제 세상에 나왔는지를 표시하는 것으로 ©는 카피라이트(copyright)의 약자로 세계 공통이며 누가 주인인지를 알게 하며, 지은이의 이름과 발행 연도, 발행 도시와 국가 이름을 적어놓은 것입니다.

- 바코드 : 서점에서 책을 판매하기 위해 만들어진 것입니다

- 부가기호 : 독자 대상과 영역 등을 5자리로 표기한 것입니다.

- ISBN : 국제표준도서번호의 약자로 전 세계에서 발간되는 모든 도서에 국제적으로 표준화된 방법에 의해 번호를 부여하는 것을 가리키며 13자리로 되어 있습니다.

6. 책만들기의 과정

① 개념화하기

다양한 사전 활동을 통해 책 만들기에 대한 개념을 갖는 단계로 아이들에게 책을 왜 만드는지 생각하게 하고 이를 통해 좀더 세밀하게 어떤 형태의 책에 자기의 생각을 표현할지 고민해 보는 시간을 갖게 합니다. 실제로 활동이 시작되면 교사는 먼저 티칭 샘플을 아이들에게 보여주어 어떤 크기, 어떤 쪽수, 어떤 모양의 팝업 속에 담기는지를 알게 합니다.

② 조작하기

조작 과정에서 책 만들기를 처음 하거나 경험이 적은 아이들은 엉뚱한 곳을 오리거나 접는 실수가 여러 번 일어날 수 있기 때문에 제일 어렵고 가장 많은 시간이 걸리는 단계입니다. 이 과정은 자기의 생각이 담길 그릇을 만드는 중요한 단계이므로 아이들에게 기본 원리를 이해시키면서 천천히 만들 수 있도록 도와줍니다.

③ 상상하기

책에 어떤 내용을 담을지 상상력과 자료수집 등을 통해 계획하는 단계입니다. 만약 주어진 책이 8쪽이면 8쪽 안에 들어갈 내용을 무엇으로 할지 이야기의 초안을 작성하는 것입니다. 이 과정에서는 브레인스토밍을 통해 이야기를 만들 수도 있고, 스토리보드에 처음부터 끝까지 순서를 적어보거나 편집계획표를 작성하면서 구성하도록 할 수 있습니다.

④ 시각화하기

이 과정은 이야기 배치하기, 그림 그리기, 글쓰기, 표지 완성하기 등의 단계로 진행되므로 책의 형태에 따라 바뀔 수도 있습니다.

- 이야기 배치하기 : 이야기를 잘 전달하기 위해 본문에 글과 그림으로 표현을 하는데 그 전에 배치를 먼저 해보는 과정을 말합니다. 글과 그림을 함께 놓았을 때 조화를 이루는지 살펴보아야 하며 여러 가지 디자인 작업을 통해 글과 그림을 보기 좋게, 또 주제가 잘 나타날 수 있도록 합니다.

- 그림 그리기 : 이야기 배치하기를 통해 표시해 놓은 부분에 그림 그리는 과정을 말합니다. 그림으로 이야기를 전달하는 것이므로 어떻게 특징을 잡을 것인지, 어떤 형태로 그릴 것인지, 몇 가지 색을 사용할 것인지를 계획하여 그리도록 합니다.

- 글쓰기 : 글 자리에 완성된 글을 옮겨 적는 과정을 말합니다. 아이들은 처음부터 완성된 글을 작성하기 힘들어하기 때문에 연습종이를 사용해 글을 쓰고 난 다음 소리 내어 읽어서 잘못된 부분을 고치고, 그것을 완성종이에 옮겨 적도록 하는 것이 좋습니다.

- 표지 완성하기 : 본문을 완성한 후 표지를 만드는 것이 좋으며 본문의 내용을 압축해 그것을 독자들에게 전달하기 위한 과정을 말합니다.

⑤ 전달하기

책을 다 만든 다음에 전달의 개념을 좀더 명확하게 하기 위해 발표와 전시하는 시간을 갖는 과정을 말합니다. 매번 발표할 수는 없겠지만 발표하는 시간을 자주 가져서 내가 왜 이 책을 만들었는지, 어떤 내용을 담고 있는지, 특징은 무엇인지 등 자신의 의견을 이야기하는 과정을 갖는 것이 좋겠습니다. 또한 전시는 교실 한쪽에 코너를 만들어 항시 전시하는 것도 좋고, 장소와 시간을 따로 마련하여 여러 사람을 초대하는 전시회를 해도 훌륭합니다.

7. 책만들기를 하면서 주의할 사항들

- 처음에는 기본 아코디언 책이나 간단한 오리가미 책같이 손쉽게 만들 수 있는 책으로 시작하는 것이 좋습니다.

- 티칭 샘플을 먼저 보여줄 수는 있어도 아이들에게 똑같이 만들도록 강요하지 않습니다.

- 계획됐던 것과 다른 결과물이 나왔다 하더라도 책 만들기 활동에 있어 다른 것은 있어도 틀린 것은 없다는 점을 생각하여 존중해 줍니다.

- 글쓰기 활동이 원활하지 않은 아이들은 교사가 아이들이 불러주는 내용을 다른 종이에 적어주어 옮겨 적게 하거나, 아이가 원하는 장소에 직접 적어 줍니다. 글쓰기로 인하여 아이들이 스트레스를 받으면 책 만들기 활동이 어렵고, 흥미를 잃게 됩니다.

- 책 만드는 활동은 다른 활동보다도 아이마다 필요한 시간과 재료들이 각기 다를 수 있으므로 교사는 예상하여 적절한 시간을 계획합니다. 그리고 다양한 글쓰기 재료, 그리기 재료, 꾸미기 재료를 비치하여 더욱 창의성이 높은 작품이 완성되도록 합니다.

- 책을 만들 때 접거나 자르는 활동이 우수한 아이들은 기술적으로 부족한 아이들을 도와줄 수 있도록 하면 서로 도움을 주고받는 과정을 통해서 사회성을 기를 수 있습니다. 하지만 도움을 받는 아이들이 자존심이 상하거나 습관이 되지 않도록 주의합니다.

- 아이들의 작품을 칭찬할 때 무조건 '잘했다, 멋지다'보다는 어떤 점이 매력적인지, 다른 작품보다 어떤 독창적인 면이 발휘되었는지, 지난번보다 어떤 점이 나아졌는지에 대해 구체적으로 격려해 줍니다.

간단한 팝업책 만들기

1. 아코디언 책

아코디언 책은 책의 형태가 아코디언을 닮았다고 해서 붙여진 이름으로 지그재그 책이나 병풍 책으로 불리기도 합니다. 아코디언 책은 가위 없이 접기만으로 완성되기 때문에 손쉽게 만들 수 있을 뿐만 아니라 다양한 형태로 응용되기 때문에 책 만들기 활동에서 활용도가 매우 높습니다.

☆ 나무책 만들기

1. 종이를 반 접었다가 펼쳐주세요.

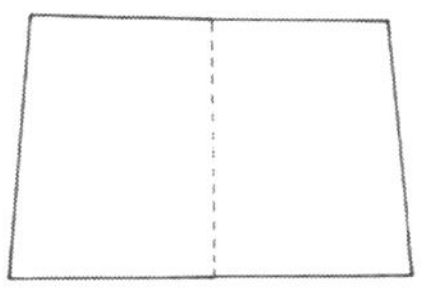

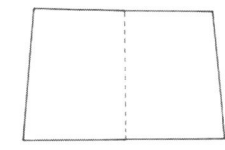

2. 양쪽 끝을 중심선을 향해 접어 4면이 나오게 해주세요.

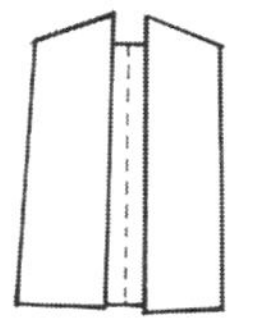

3. 다시 펼친 다음 길게 반을 접어주세요.

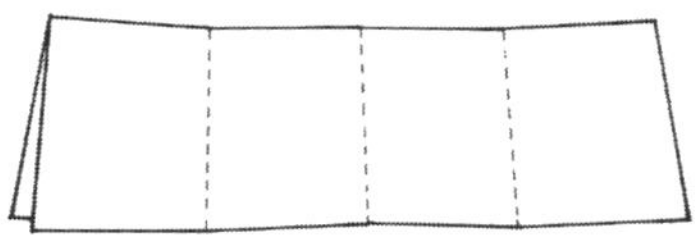

4. 지그재그로 접으면 완성됩니다. 그리고 세로로 세운 다음 나무 모양이 되도록 오려주세요.

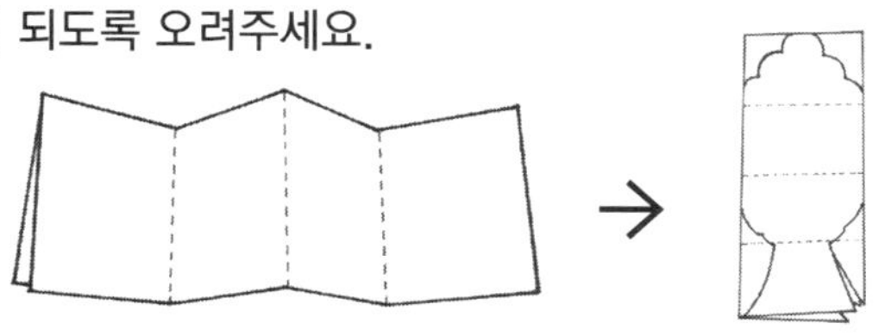

2. 오리가미 책

오리가미는 '종이접기'라는 뜻을 가진 일본어입니다. 종이 한 장을 가지고 한 면, 두 면 혹은 여러 면을 접거나 오려 4쪽부터 34쪽 책까지 만들 수 있습니다. 특히 8쪽 오리가미 책은 3개의 펼침면이 연결되어 있고, 유일하게 앞표지와 뒤표지가 연결되어 있습니다. 그래서 가장 책다운 형태인 이 8쪽 오리가미 책은 소책자, 미니북 만들기 등으로 가장 널리 사용되고 있습니다.

☆ 사자책 만들기

1. 아코디언 책 기본 방법 1-3번 과정을 따라 만듭니다.

2. 전체를 다시 펼치고 다시 반을 접은 다음 중심선을 따라 한 면을 중심선까지 오립니다.

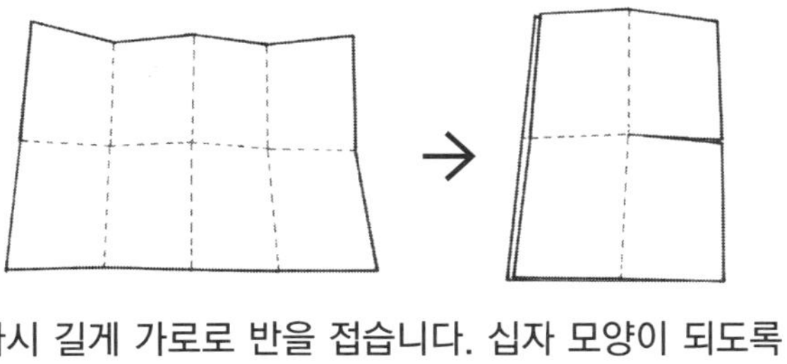

3. 다시 길게 가로로 반을 접습니다. 십자 모양이 되도록 안으로 밀어넣습니다.

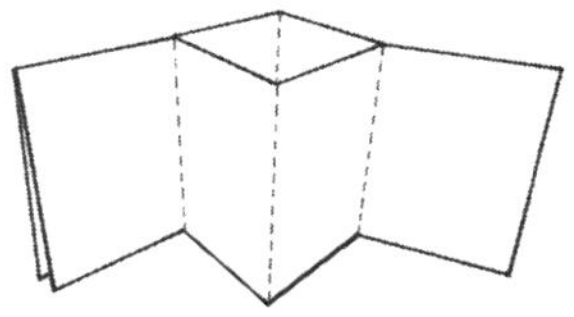

4. 그런 다음 한 면은 앞으로, 한 면을 뒤로 감싸서 책 모양이 되도록 합니다. 3번 과정에서 사자 모양을 그린 다음 오립니다.

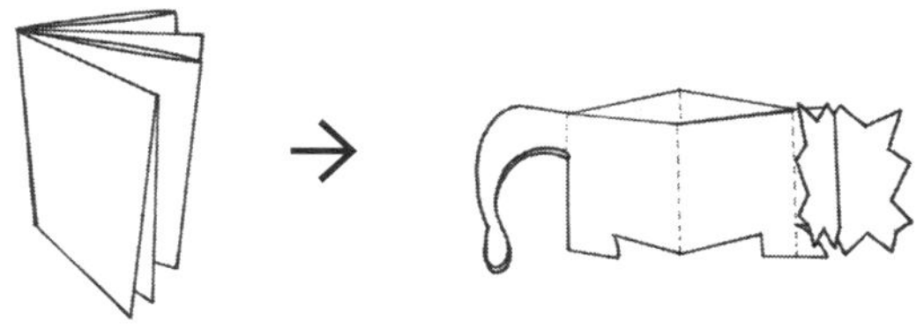

3. 팝업 책

팝업은 우리가 사는 공간과 같은 3차원의 세계를 책 안에 구현하는 작업으로 책 안에 건물과 자동차, 무대, 등장인물 등을 입체적으로 담아낼 수 있습니다. 종이 한 장만 가지고도 오리거나 붙이기, 또는 세우는 방법으로 다양한 팝업 형태를 만들 수 있어 재미있고 독창적인 책을 완성할 수 있게 됩니다.

☆ 하트책 만들기

1. 종이를 가로로 접은 다음 다시 펼칩니다.

2. 세로로 접은 다음 아래 부분 책등 쪽에 그림과 같이 오립니다.

3. 오려놓은 부분을 접어줍니다.

4. 접어놓은 상태에서 다시 한번 그림과 같이 오립니다.

5. 이번에는 오려놓은 2차 팝업을 그림과 같이 접어줍니다.

6. 2차 팝업 먼저 제자리에 오게 편 다음, 1차 팝업 역시 제자리에 오게 합니다.

7. 종이를 모두 펼친 다음, 위의 종이를 아래로 내려줍니다.

8. 이 상태에서 책을 90도로 접으면 팝업이 튀어나올 것입니다.

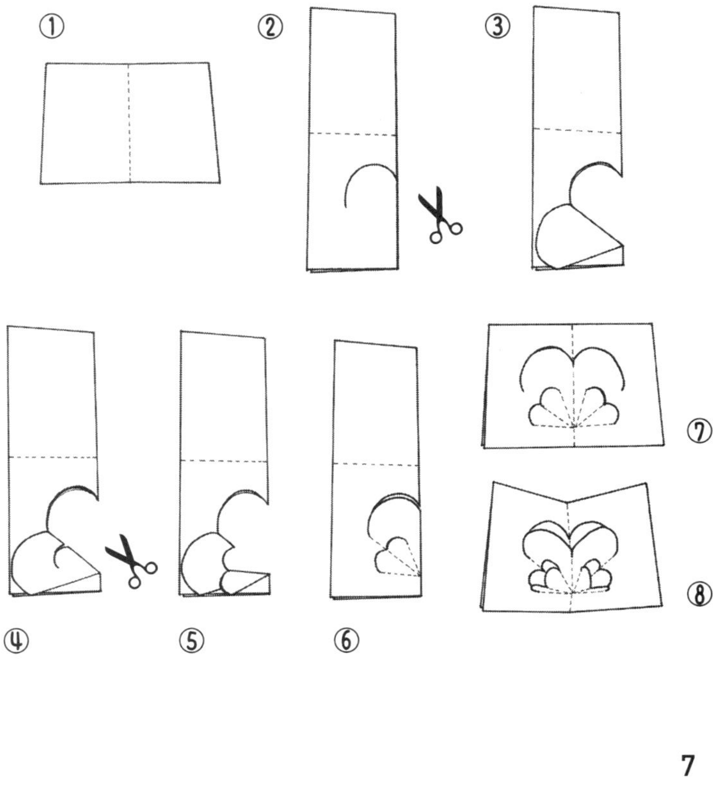

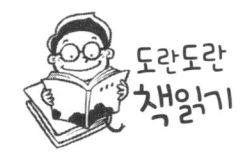

‘오강가’ 라고 불린 의사 슈바이처

“어이~ 겁쟁이 꼬마 목사님! 덤벼 보시지!”
슈바이처의 아버지께서 시골 교회의 목사님이셔서 어린 슈바이처는 ‘꼬마 목사님’이라 불렸어요.
어느 날 동네 아이들이 싸움을 걸어온 거예요.
“너 같은 녀석은 한꺼번에 열 명이 덤벼도 이길 수 있어. 자, 덤벼!”
놀리는 말에 화가 난 슈바이처는 온 힘을 다해 싸웠지요.
엎치락뒤치락했지만 결국에는 덩치가 더 작았던 슈바이처가 친구의 배에 올라타면서 이겼어요.
“자, 이래도 내가 겁쟁이야? 졌으니까 어서 항복해!” 슈바이처가 말했어요.
“진짜 억울하다! 나도 너처럼 고기를 자주 먹었다면 힘이 세져서 절대 지지 않았을 거야!”
슈바이처는 싸움에서 이겼지만 힘이 빠지면서 깊은 생각에 잠겼어요.
‘아, 친구들과 다르게 나만 편안한 집에서, 좋은 음식을 먹고, 좋은 옷을 입었구나!’
친구들에게 미안한 마음이 든 슈바이처는 그날부터 고기를 먹지 않았어요.
또 친구들처럼 낡고 허름한 옷과 신발을 신고 다녔어요. 하지만 전보다 더 행복했답니다.

어려서부터 피아노 치기를 좋아하던 슈바이처는 특히 교회에 있는 파이프 오르간 연주를 잘하여 훌륭한 오르간 연주자가 되었어요. 또 공부도 잘해서 주위에서는 슈바이처가 목사님이나 유명한 교수님이 될 거라고 생각을 했지요. 하지만 슈바이처는 어린 시절 친구들과 함께 즐거웠던 기억을 잊지 않으며, 혼자만 행복해지기보다는 불쌍하고 가난한 사람들과 다 같이 행복해지는 방법이 무얼까 늘 고민하고 있었어요.

그러던 어느 날 슈바이처는 아프리카 사람들이 의사가 없어 치료받지 못하고 죽는다는 안타까운 소식을 들었지요. **‘그래, 앞으로 나는 평생 진료도 받지 못하고 병들어 죽어가는 불쌍한 아프리카 사람들을 위해서 살겠어!’** 라고 결심한 슈바이처는 늦은 나이에 의사가 되는 공부를 시작했어요.
아프리카는 날씨가 무더워 전염병도 많고, 사나운 짐승과 무서운 벌레들로 사람이 살기 힘든 곳이기 때문에 가족들과

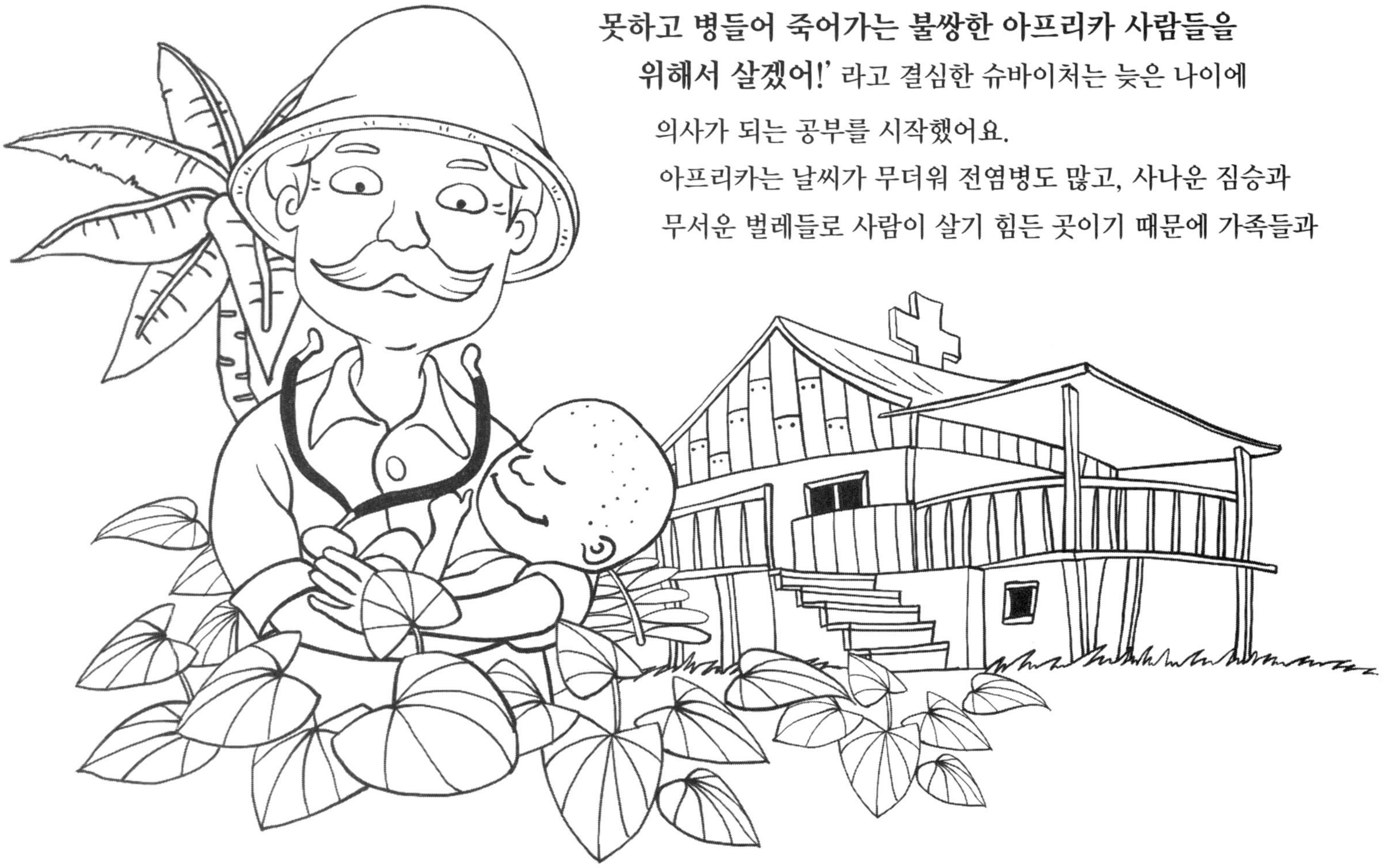

친구들이 반대했어요. 그러나 슈바이처는
뜻을 굽히지 않았지요.
다행히 사랑하는 아내 헬레네도
슈바이처와 같은 생각으로
간호사가 되는 공부를 했어요.
의사와 간호사가 된
슈바이처 부부는 의약품을
모아 아프리카의 랑바레네로
떠났어요.

랑바레네에 도착한
슈바이처는 진료할 장소가
없고, 치료할 사람은 많아서
깜짝 놀랐지요.
하지만 나무 그늘에서 햇빛을 피하는
챙모자 하나를 쓰고 열심히 치료했어요.
맨 처음 진료실은 닭이 살고 있던 닭장이었어요.
널빤지로 선반을 만들고, 깨끗이 청소한 후 커다란 잎사귀로 지붕을 얹었어요.
불편했지만 뜨거운 햇살과 쏟아지는 비를 피할 수 있어 좋았지요.
슈바이처는 환자를 치료하는 틈틈이 땅을 파서 일구고, 나무를 구해서 병원을 지었답니다.

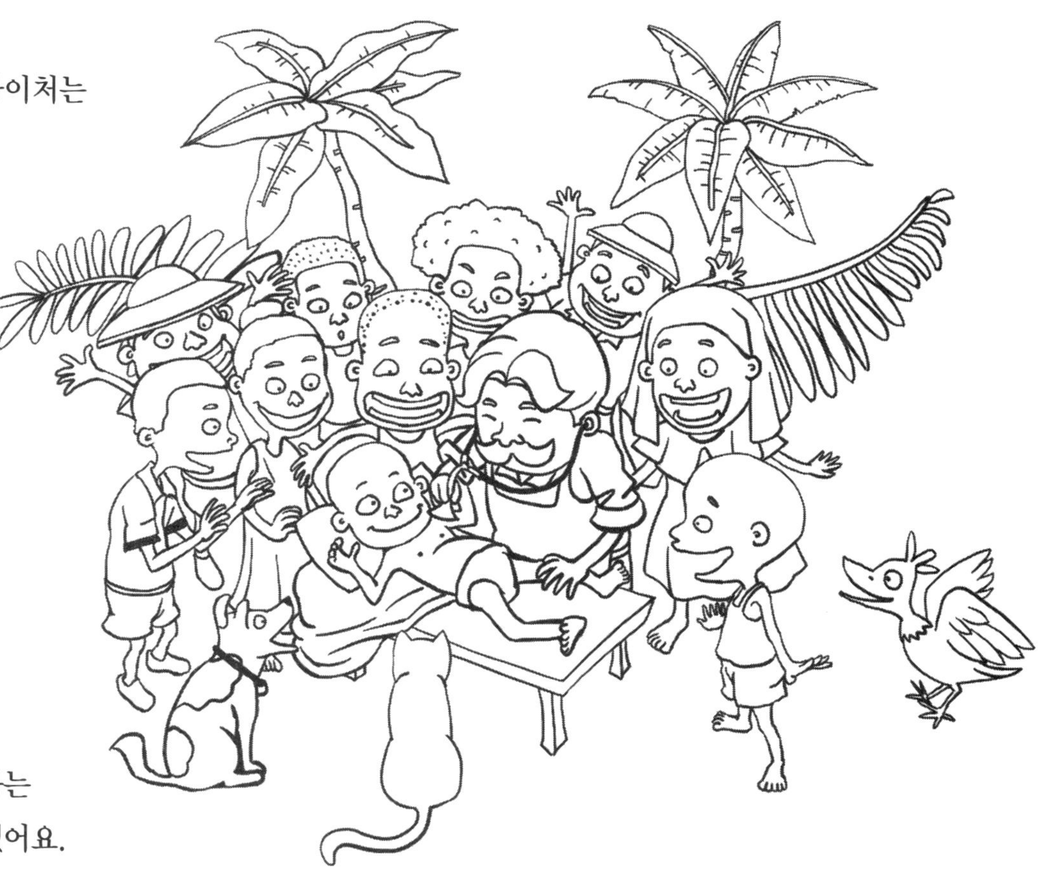

"오강가, 우리를 도와주세요!"

'오강가'는 원주민들의 말로 '요술쟁이', '병을 치료해 주는 마법사'라는 뜻이에요.
아프리카 사람들은 슈바이처가 자신들의 아픈 곳을 치료해 주는 것은 물론 지저분한 환경을 고치도록 알려주었고, 굶지 않게 과수원까지 만들어 주었기 때문에 요술쟁이 같다고 해서 '오강가'라고 부른 거예요.
슈바이처는 환자들을 깨끗한 환경에서 치료하고, 건강을 되찾은 환자들이 자신을 친구로 여기며 웃는 얼굴로 집으로 돌아갈 때 가장 행복했어요.

슈바이처는 아프리카의 생활과 자기의 생각을 정리하여 책도 썼어요. 또 의약품이 떨어지면 그 비용을 마련하고자 오르간 연주회도 여러 번 열었지요. 이런 아름다운 행동들이 알려지면서 슈바이처는 '노벨 평화상'을 받았는데 슈바이처는 이 상금을 자신을 위해서는 한푼도 쓰지 않고, 더 많은 환자가 진료받을 수 있는 큰 병원을 지었다니 정말 대단하지요!

편안한 삶을 마다하고 아프리카 원주민들에게 사랑을 베푼 알버트 슈바이처, 그의 정신을 이어받아 지금도 많은 사람이 아프리카에서 봉사와 사랑을 실천하고 있답니다.

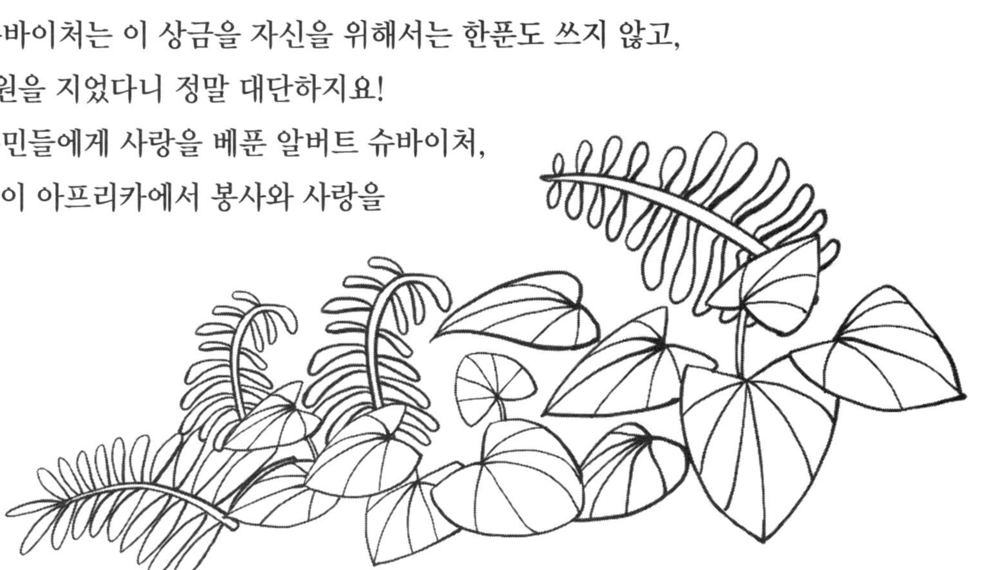

뚝딱뚝딱 만들기

병원 책

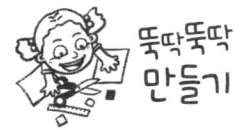

아프리카로 간 슈바이처는 병원이 없어서 닭장을 고치고,
그곳에서 환자를 치료했다고 하지요.
여러분도 어떤 병원을 지으면 사람들이 좋아할지 생각해보고, 표현해 보세요.

준비물 슈바이처 이야기, 병원 책 모형, 가위, 풀, 색도구

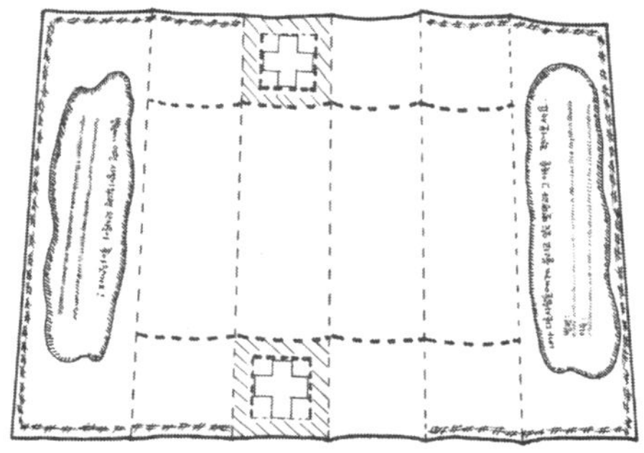

1. A를 모두 세로로 접은 다음 펴세요.

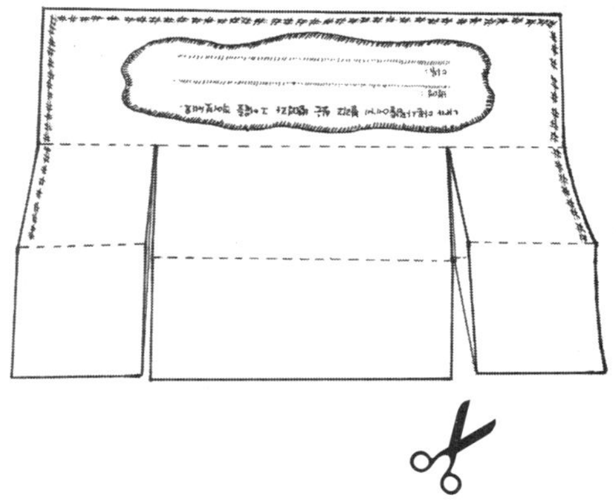

2. 그림과 같이 반을 접고 B를 오리세요.

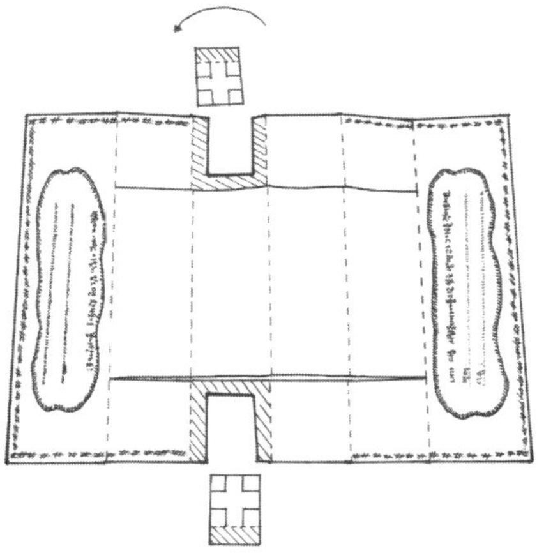

3. 다시 모두 펼친 다음 C를 모두 오리세요. 그리고 바탕종이 풀칠 부분에 풀칠하세요.

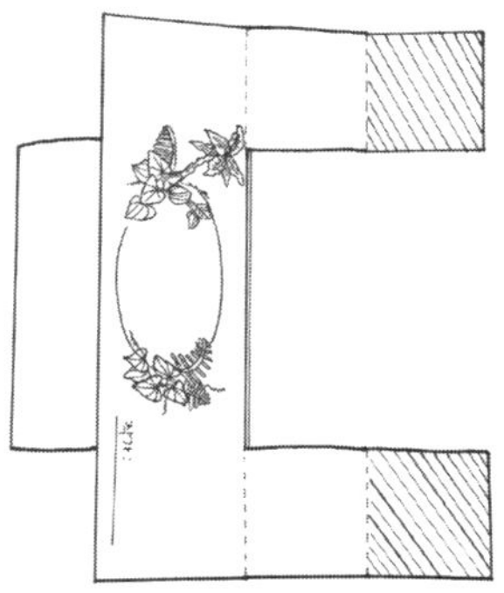

4. 바탕종이를 오른쪽에서 왼쪽으로 덮으면서 가운데 팝업 부분을 빼내세요. 그리고 풀칠 부분을 잘 붙여 줍니다.

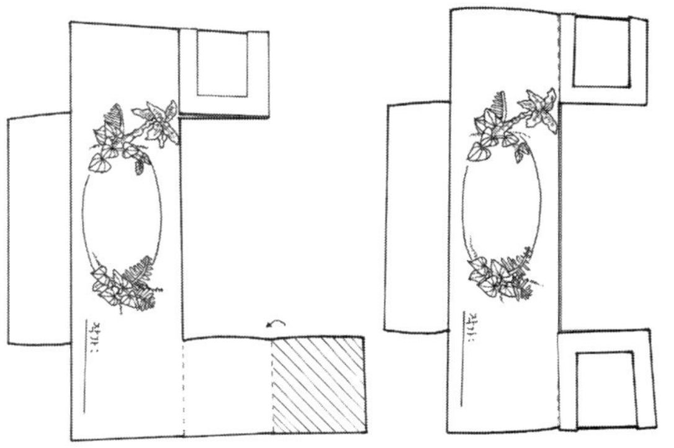

5. 다시 그림과 같이 풀칠 부분에 풀칠한 다음 그림과 같이 2곳 모두 붙여 줍니다.

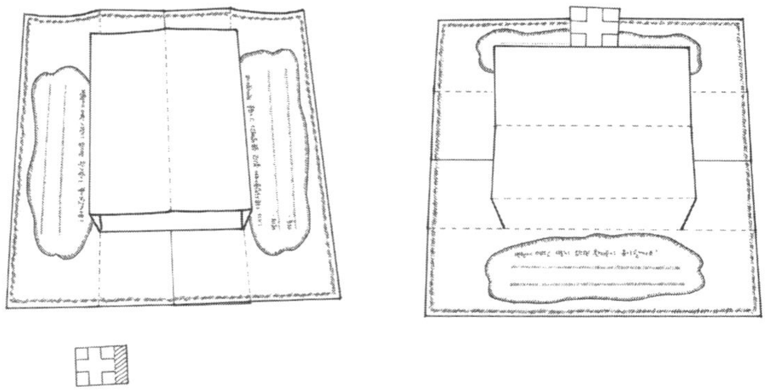

6. 팝업을 세운 다음, 병원 모양에 풀칠하고 팝업 부분 원하는 자리에 붙여줍니다.

주의하세요!

* 병원 모양을 하나만 붙여도 되지만 앞뒤로 보이도록 2장을 붙여서 사용해도 됩니다.

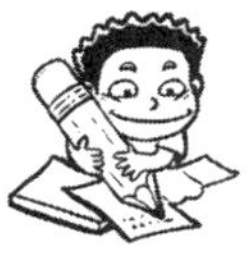

알콩달콩 표현하기

★ 슈바이처는 사람들에게 '아프리카의 성자' 또는 '아프리카의 등불'이라고 불리고 있으며, 아프리카 원주민들은 '오강가'라고 해서 요술쟁이, 마법사라고 불렸지요.
인디언들은 '친구'를 '내 슬픔을 등에 지고 가는 사람'이라고 한다지요?

✻ 여러분은 다른 사람에게 어떻게 불리고 싶은가요? 짧게 표현해 보세요.

★ 슈바이처는 아프리카 사람들이 굶지 않도록 과수원까지 있는 병원을 지었어요.
만약 여러분이 병원을 짓는다면 어떻게 짓고 싶은가요?

✻ 어떤 시설이 있다면 환자들이 좋아하고 편하게 보낼까요?
상상력을 발휘하여 병원 건물과 주변을 멋지게 설계해 보세요.

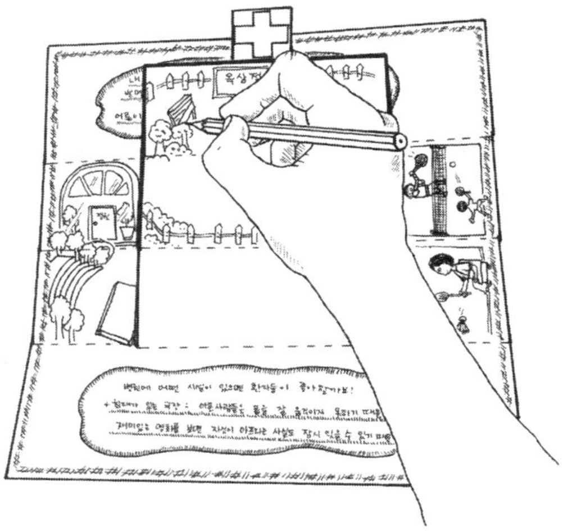

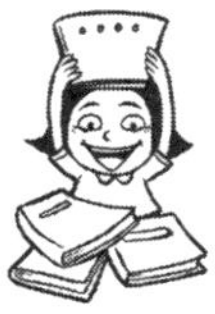

룰루랄라 완성하기

이 세상에 하나밖에 없는 나의 책이에요. 책 제목을 짓고, 작가가 된 나의 이름을 적어보세요.
(앞표지에는 어울리는 그림을 그리고, 뒤표지에는 광고 글, 책값, 바코드, ISBN도 넣어 보기)
그리고 친구들 앞에서 나의 책을 당당하게 소개하거나 멋지게 전시도 해보세요.

직업탐구 의료인

✻ 슈바이처는 '의사'로서 아프리카 사람들의 병을 치료해 주면서 따뜻한 사랑을 베풀었어요.

★ '의사'는 어떤 직업인가요?

의사는 몸과 마음이 아픈 사람들을 치료해 주고, 병에 걸리지 않도록 예방해서 건강하게 살 수 있도록 도와주지요. 우리의 생명을 살리기도 하는 고귀한 일이지만 잘못된 진단이나 치료를 하면 환자를 위험에 빠뜨릴 수도 있어서 사람의 신체와 질병에 대한 풍부한 지식과 정확한 판단력, 또 생명을 소중히 여기는 마음 등이 필요한 직업이에요.

★ '의료인'에는 무슨 일을 하는 사람들이 있나요?

- 의사의 분야 : 내과, 외과, 정신과, 소아과, 안과, 치과, 이비인후과, 피부과, 정형외과, 성형외과, 비뇨기과, 산부인과, 가정의학과, 재활의학과, 예방의학과, 응급의학과, 영상의학과, 마취과 등이 있어요.
- 한의사 : 한방 의료 기술로 환자를 침, 뜸, 한약재 등으로 치료하고, 병을 예방해요.
- 간호사 : 의사의 진료를 도우며 환자를 돌봐요.
- 약사 : 의사의 처방전에 따라 약품을 조제하거나 질병 치료를 위한 약을 연구하고 개발해요.
- 물리치료사 : 의사의 처방에 따라 몸이 불편한 환자를 운동 요법이나 장비를 이용해서 치료해요.
- 그 외 임상병리사, 치과기공사, 응급구조사, 요양보호사, 조산사, 간호조무사 등이 있어요.

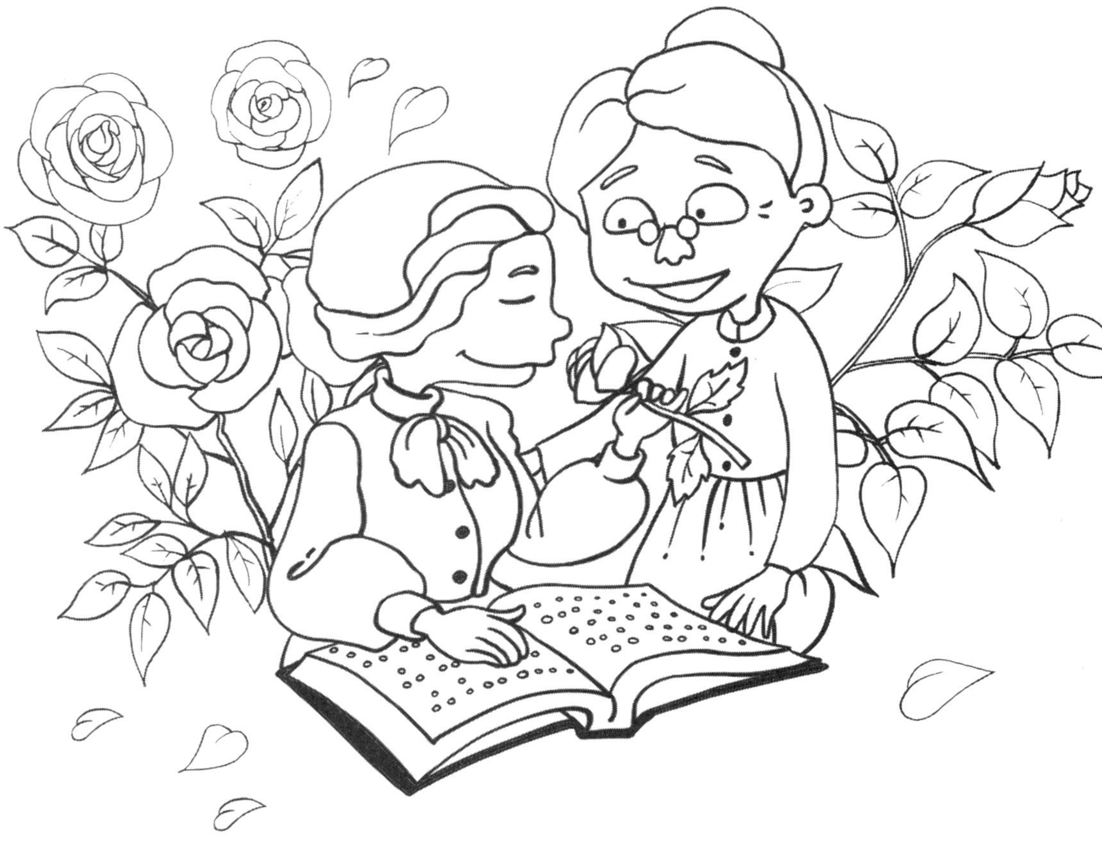

양손으로 두 귀를 막고, 눈을 꼭 감아보세요. 어떤가요?
잠시라도 그렇게 있으면 너무 답답한데 평생을 그렇게 사는 사람들이 있답니다.
헬렌은 두 살 때 갑자기 열이 펄펄 나고, 심하게 아픈 후부터 보지도 듣지도 못하게 되었어요. 부모님께서는 그런 헬렌이 너무 가여워서 어떤 행동을 하던 그냥 지켜만 보았지요. 그래서 헬렌은 자기 마음대로 되지 않으면 아무 때나 소리 지르고, 울고, 난동을 부렸어요.

헬렌이 일곱 살이 되었을 때 설리번 선생님이 집으로 오셨어요. 설리번 선생님은 보고 듣지 못하는 불쌍한 헬렌이지만 사람들 사이에서 함께 살아가려면 기본적인 예의는 지켜야 한다고 생각하고, 식사 예절부터 가르치기 시작했어요.
"아~~~ 우~~~~ 어~~~~~~"
헬렌이 배가 고프다고 아무리 떼를 쓰고 발버둥을 쳐도 포크를 사용해서 음식을 집어야만 먹을 수 있도록 했어요. 헬렌을 지켜보는 부모님의 마음은 아팠으나 설리번 선생님을 믿고 기다렸지요. 며칠을 고생한 끝에 헬렌은 식탁에 앉았고, 드디어 손이 아닌 포크로 음식을 집게 되었어요.
이때부터 설리번 선생님은 헬렌이 만지거나 관심을 보이는 물건의 이름을 헬렌의 손바닥에 자신의 손가락으로 글씨를 써 주었어요. 처음에는 무슨 뜻인지 전혀 몰랐지만 차가운 물을 손에 맞고, '물'이라는 글자를 선생님이 손바닥에 써 준 후부터 모든 물건에 이름이 있다는 것을 알게 되었어요. 호기심 많은 헬렌은 잠시도 쉬지 않고 묻기 시작했고, 선생님은 손가락이 아플 때까지 손바닥에 글자를 써 주었어요.

"헬렌, 너는 몸이 불편할 뿐이야. 다른 사람들보다 더 노력하면 무엇이든지 할 수 있어!"

설리번 선생님은 종이에 글씨를 쓰는 것은 물론 '점자'도 가르쳐 주었어요. 점자는 눈이 보이지 않는 사람들을 위해 만든 문자로 종이에 점들이 튀어나와 있어서 손가락으로 만져 그것이 무슨 뜻인지 알 수 있게 되는 거예요. 헬렌은 점자를 알게 되면서 더 넓은 지식을 쌓을 수 있었죠. 또 헬렌은 보고 들은 적이 없어서 말을 하지 못했지요. 그러나 설리번 선생님은 자신 입술의 움직임이나 혀의 위치를 손으로 느끼게 해서 헬렌은 정확하지는 않지만 마침내 말도 할 수 있게 되었어요.
용기를 얻은 헬렌은 열심히 공부하여 좋은 성적으로 대학교까지 졸업했어요.
헬렌은 평생 선생님께 감사한 마음을 잊지 않았어요.

"내게 기적이 일어나 딱 3일만 세상을 보게 된다면 나는 가장 먼저 설리번 선생님을 찾아가 손으로만 만졌던 그분의 얼굴을 오랫동안 지켜보면서 나에게 보여주신 사랑과 열정의 모습을 담아 가슴 깊이 새겨 똑똑히 기억해 두겠습니다."

온갖 장애를 이겨 내고 씩씩하게 살아가던 헬렌은 아주 유명해졌어요.
많은 사람이 그녀의 이야기를 듣고 싶어 했고, 이야기를 들은 사람들은 더 큰 용기를 얻었지요.
헬렌은『내가 살아온 이야기』라는 책을 쓰고,『해방』이라는 영화도 찍으면서 몸이 불편한 사람도 열심히 노력하면 무엇이든 될 수 있다는 희망을 주는 사람이 되었어요. 그래서 전쟁이 나서 다친 병사들이 있는 곳에 가서는 손을 잡아주며 용기를 주었고, 자신의 조국인 미국은 물론 세계 여러 나라를 돌아다니며 많은 사람 앞에서 훌륭한 연설을 했어요.
"우리가 살아가면서 고통이나 불행한 일을 겪지 않는다면 아무런 용기도 배울 수 없을 거예요.
이 모든 괴로움까지도 하느님의 선물이라 여기고 기쁘게 받아들여 이겨낸다면 더 큰 행복과 보람을 찾을 수 있답니다." 헬렌은 연설 등을 통해 모은 돈으로 눈이 보이지 않는 사람들을 위한 도서관도 세웠어요.
또 어렵고 힘들게 살아가는 사람들이 좀 더 나은 삶을 살 수 있도록 여러 가지 복지 사업에도 앞장섰지요.

사람들은 헬렌 켈러를 통해 '희망'을 보았고, 장애를 가진 사람들에게 더 따뜻한 시선을 보냈으며, 정상인과 조화를 이뤄 함께 행복한 세상을 만들어야 한다고 생각하게 되었답니다.

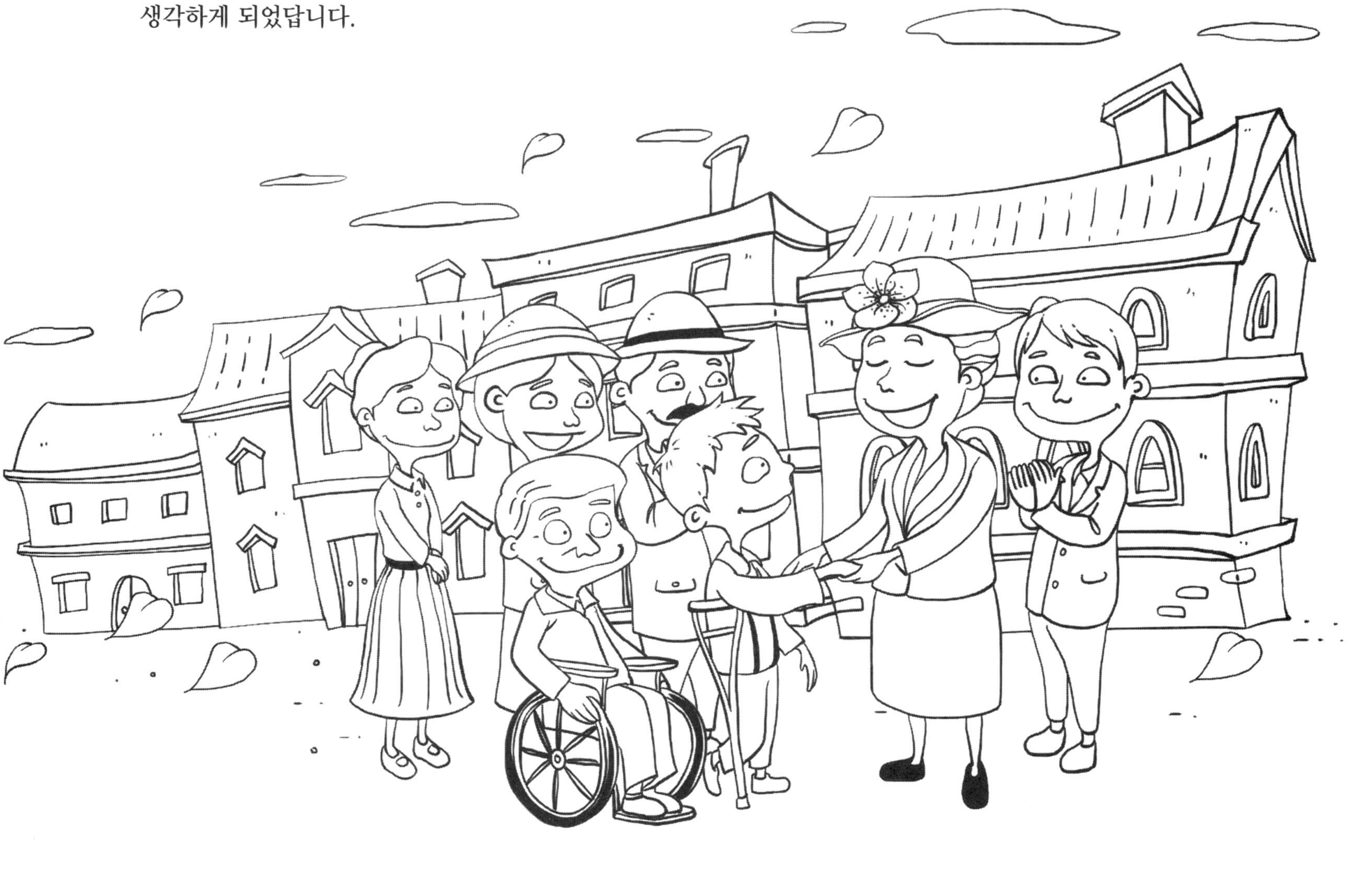

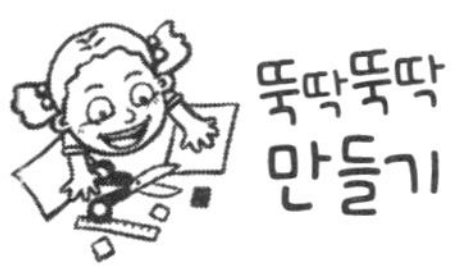

도와주기 책

앞을 보지도, 듣지도 못하던 헬렌 켈러는
선생님과 주변 사람들의 도움으로 훌륭한 사회사업가가 되었지요.
우리도 주변에 장애를 가진 친구를 어떻게 도와줄 수 있는지 알아보아요.

준비물 헬렌 켈러 이야기, 도와주기 책 모형, 가위, 색도구

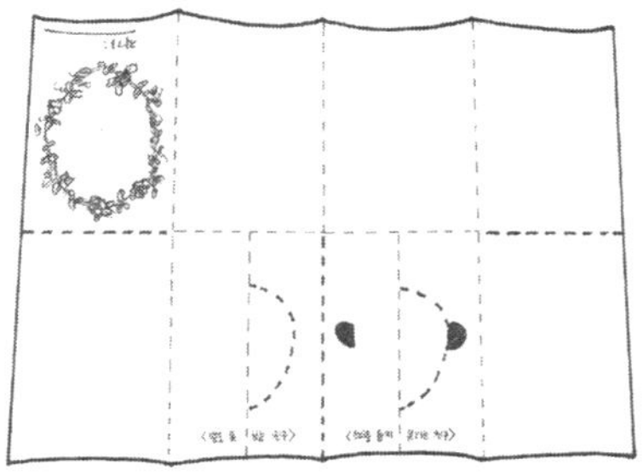

1. A를 따라 모두 접었다가 펴세요.

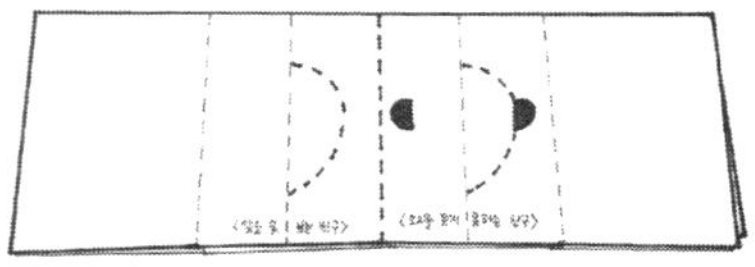

2. 그 다음 B를 따라 접었다가 펴세요.

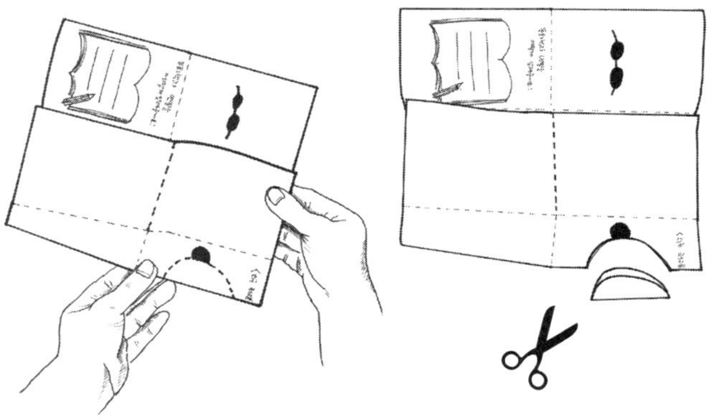

3. 오른쪽에 있는 C를 먼저 접고 D를 따라 오리세요.

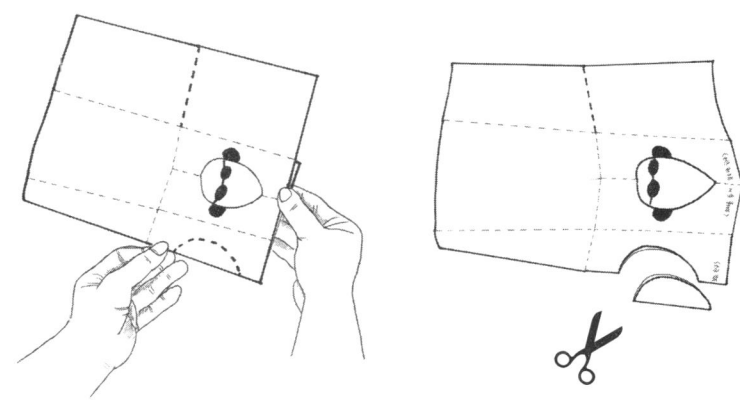

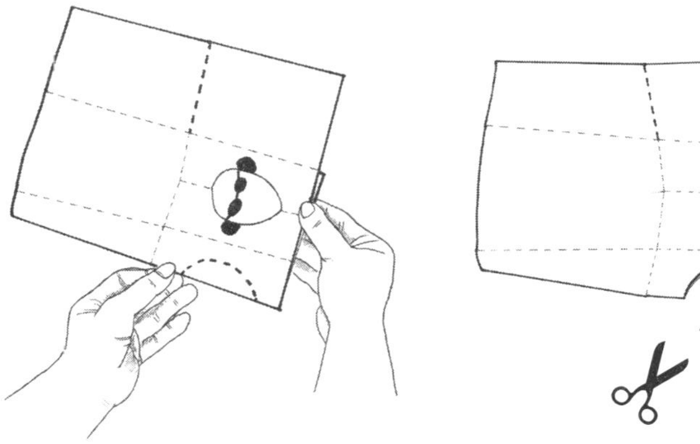

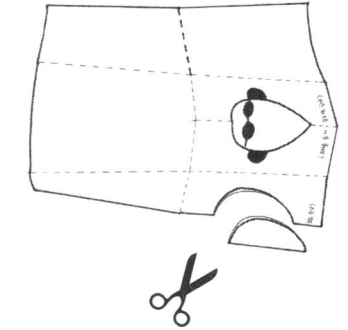

4. 왼쪽에 있는 C도 그림처럼 접은 다음 D를 따라 오리세요.

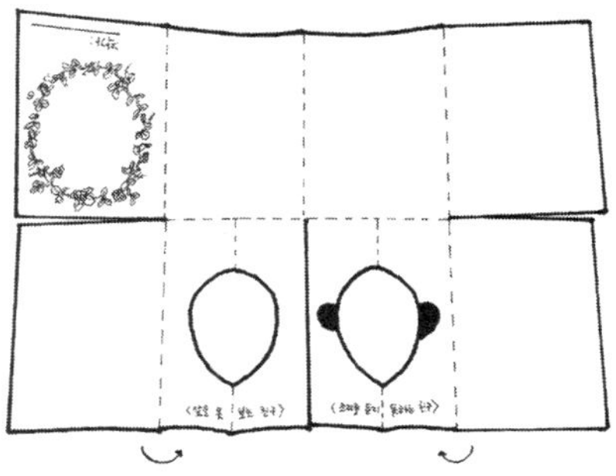

5. 모두 펼친 다음 E를 따라 각각 오리세요.

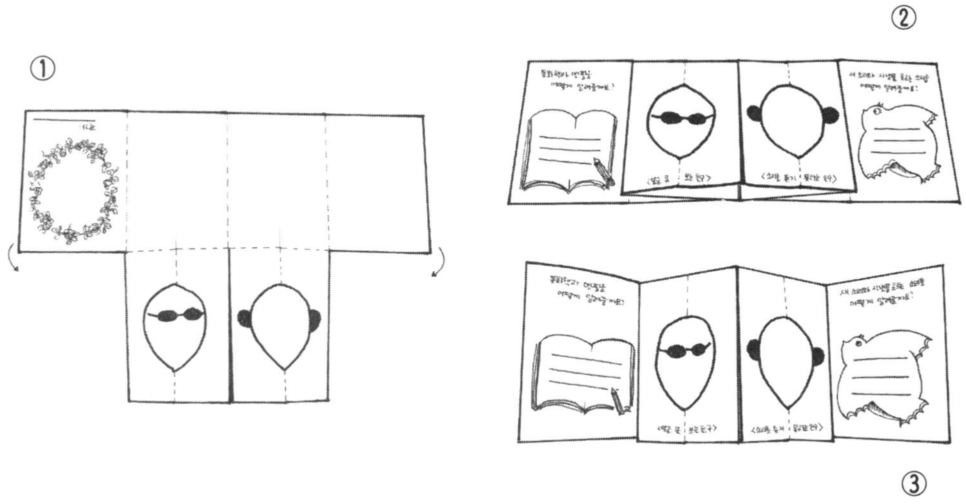

6. 아래 양쪽 부분을 안으로 접은 상태에서 그림처럼 접어주세요.

주의하세요!

* 오려진 얼굴 부분을 먼저 표현한 다음 접어주세요. 접은 상태에서 그림을 그리면 깨끗하게 그리기가 어렵습니다.

알콩달콩 표현하기

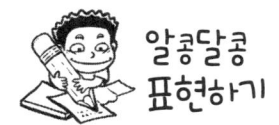

헬렌 켈러에게는 훌륭한 선생님이 항상 곁에 계셨기 때문에 크게 불편함 없이 공부하고 생활할 수 있었어요. 우리도 잠깐 설리번 선생님이 되어 볼까요?

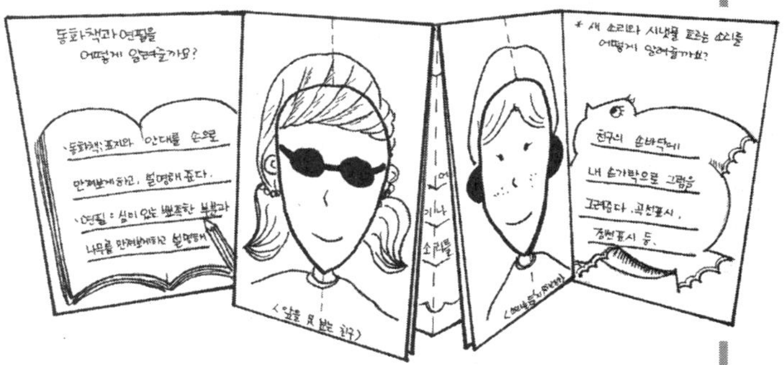

※ 만약 내 앞에 앞을 보지 못하는 친구가 있어요. '동화책과 연필'을 알려주고 싶은데 어떻게 설명하면 이 친구가 알게 될까요?

※ 이번에는 보기는 하지만 소리를 듣지 못하는 친구가 있어요. '예쁜 새소리와 시냇물 흐르는 소리'를 알려주고 싶어요. 어떻게 표현해 줄 수 있을까요?

※ 우리는 몸이 불편한 사람들을 위해서 어떤 도움을 줄 수 있는지 3가지만 적어보세요.

룰루랄라 완성하기

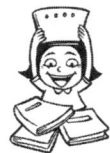

이 세상에 하나밖에 없는 나의 책이에요. 책 제목을 짓고, 작가가 된 나의 이름을 적어보세요. (앞표지에는 어울리는 그림을 그리고, 뒤표지에는 광고 글, 책값, 바코드, ISBN도 넣어 보기) 그리고 친구들 앞에서 나의 책을 당당하게 소개하거나 멋지게 전시도 해보세요.

직업탐구 사회복지사

※ 헬렌 켈러는 '사회사업가'로서 장애를 가진 많은 사람에게 희망을 주었고, 시각장애인 도서관 설립, 모금 운동 등 다양한 활동을 펼쳤어요.

'사회복지사'는 어떤 직업인가요?

사회복지사는 어려운 사람들의 사정을 살피고, 잘 살 수 있도록 도와주는 일을 해요. 그래서 남을 위한 봉사 정신과 해결해야 할 문제를 객관적으로 바라볼 수 있는 관찰력, 책임감, 정의감 등이 필요한 직업이에요.

'사회복지사'는 무슨 일을 하나요?

- 돈이 없어서 치료를 받지 못하는 사람들의 의료비나 생활비, 교육비 등을 상황에 맞게 신청하여 적절한 보조금을 받도록 도움을 줘요.
- 몸이 불편한 사람들이 움직이거나 생활하는 데 도움을 줄 수 있는 봉사자를 연결해줘요.
- 다른 사람과 어울리지 못하는 사람들은 상담을 통해서 필요한 서비스를 받도록 도와줘요.
- 부모의 보살핌을 받을 수 없는 아이들을 파악하여 전문 기관이나 후원자와 연결해줘요.
- 자원봉사자들을 관리하고, 더 나은 복지제도가 나올 수 있도록 연구해요.

도란도란 책읽기

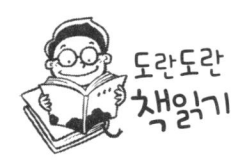

손가락을 잘라 혈서를 쓴 독립운동가 안중근

"우와앙~~~~~"

우렁찬 울음소리를 내는 사내아이가 태어났어요. 몸에 북두칠성 모양의 일곱 개 점이 있다고 하여 이름을 '응칠이'라고 불렀지요. 씩씩하고 용감하게 뛰어노는 개구쟁이였지만 응칠이는 학식이 높은 할아버지와 아버지 밑에서 자랐기 때문에 공부도 열심히 했어요. 특히 붓글씨를 아주 잘 썼지요. 게다가 말타기는 물론 칼싸움, 활쏘기 실력도 대단했어요. 호기심이 많아서 사냥꾼 아저씨들을 쫓아다니며 총 쏘는 법도 배워서 열두 살에는 산속의 멧돼지도 잡았다는군요.

하지만 너무 밖으로만 다녀서 할아버지께서는 튼튼하게 뿌리를 내리라는 뜻으로 무거울 중(重), 뿌리 근(根)을 써서 '중근'이라는 이름으로 바꿔주셨어요.

하루는 안중근에게 아버지께서 근엄하게 물으셨어요.

"너는 활쏘기와 총질만 하고 다니니 장차 사냥꾼이 되려고 하느냐?"

"아닙니다. 나라가 어려울 때이니 힘을 길러 늘 대비하고 있으려고 합니다. 제 무술이 언젠가 크게 쓰일 날이 올 거라 믿습니다. 하지만 걱정하지 않으시도록 글공부도 게을리하지 않겠습니다."

그 당시 우리나라는 힘이 없어서 일본사람들에게 강제로 지배를 받고 있었어요. 우리와는 상관없는 전쟁터에 젊은 남자와 여자들이 끌려갔으며 우리 땅에 사는 백성들도 너무 많은 세금과 부당한 대우로 인해 하루하루 힘든 삶을 살고 있었지요.

안중근은 일본이 빼앗아간 나라를 어떻게 하면 되찾을 수 있을까 늘 궁리했어요.

첫 번째로 나라의 희망인 아이들을 바르게 가르쳐야 한다고 생각했어요. 안중근은 자신의 전 재산과 여러 사람의 도움을 받아 학교를 세웠어요. 그래서 세상의 변화와 민족 정신을 일깨워 주고자 학생들도 열심히 가르쳤어요.

두 번째로는 일본이 지게 만든 빚을 갚자고 했어요. 그래서 집에 필요하지 않은 물건이나 여자들이 잘 쓰지 않는 비녀나 반지 등을 팔아 나랏빚을 갚는 데 보태자고 연설을 했지요.

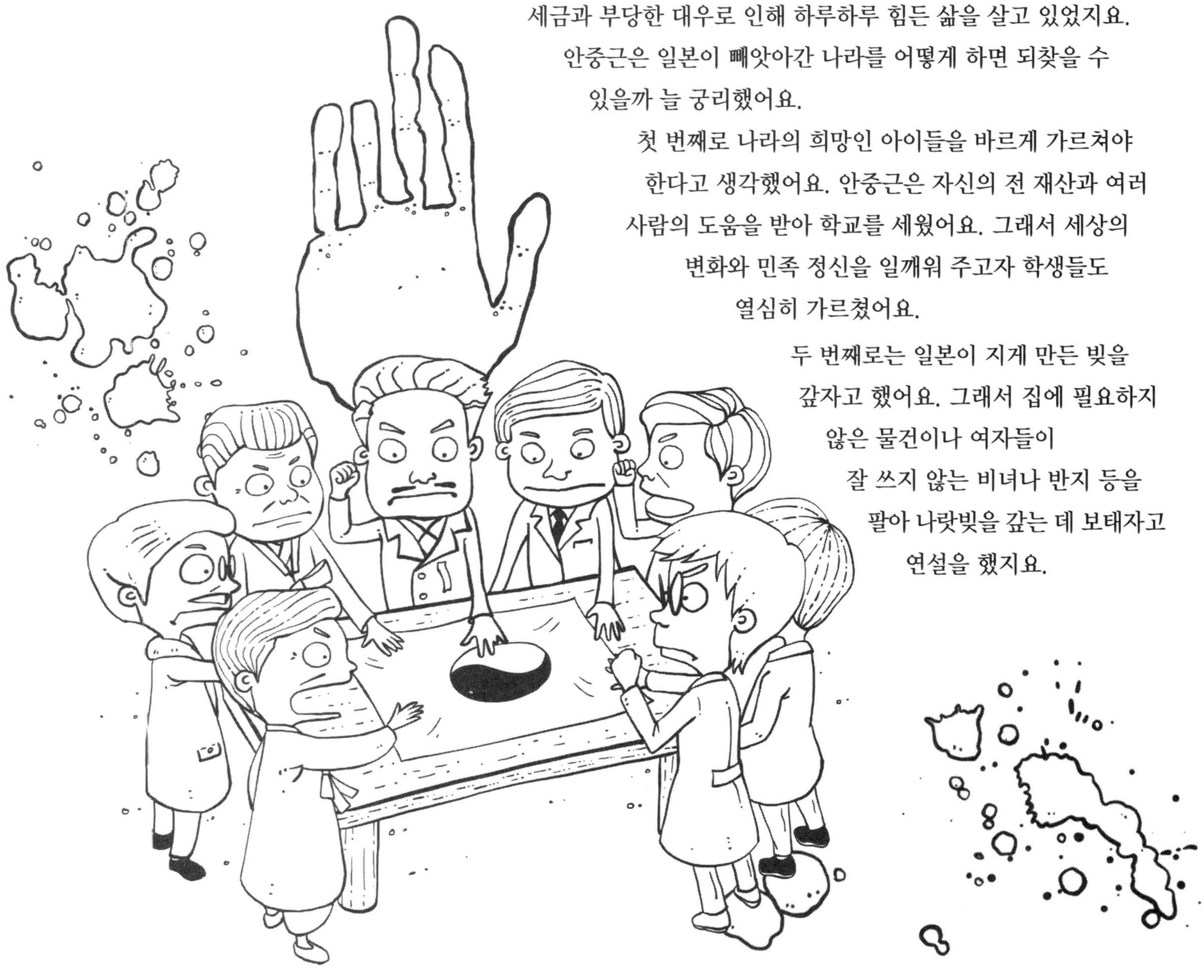

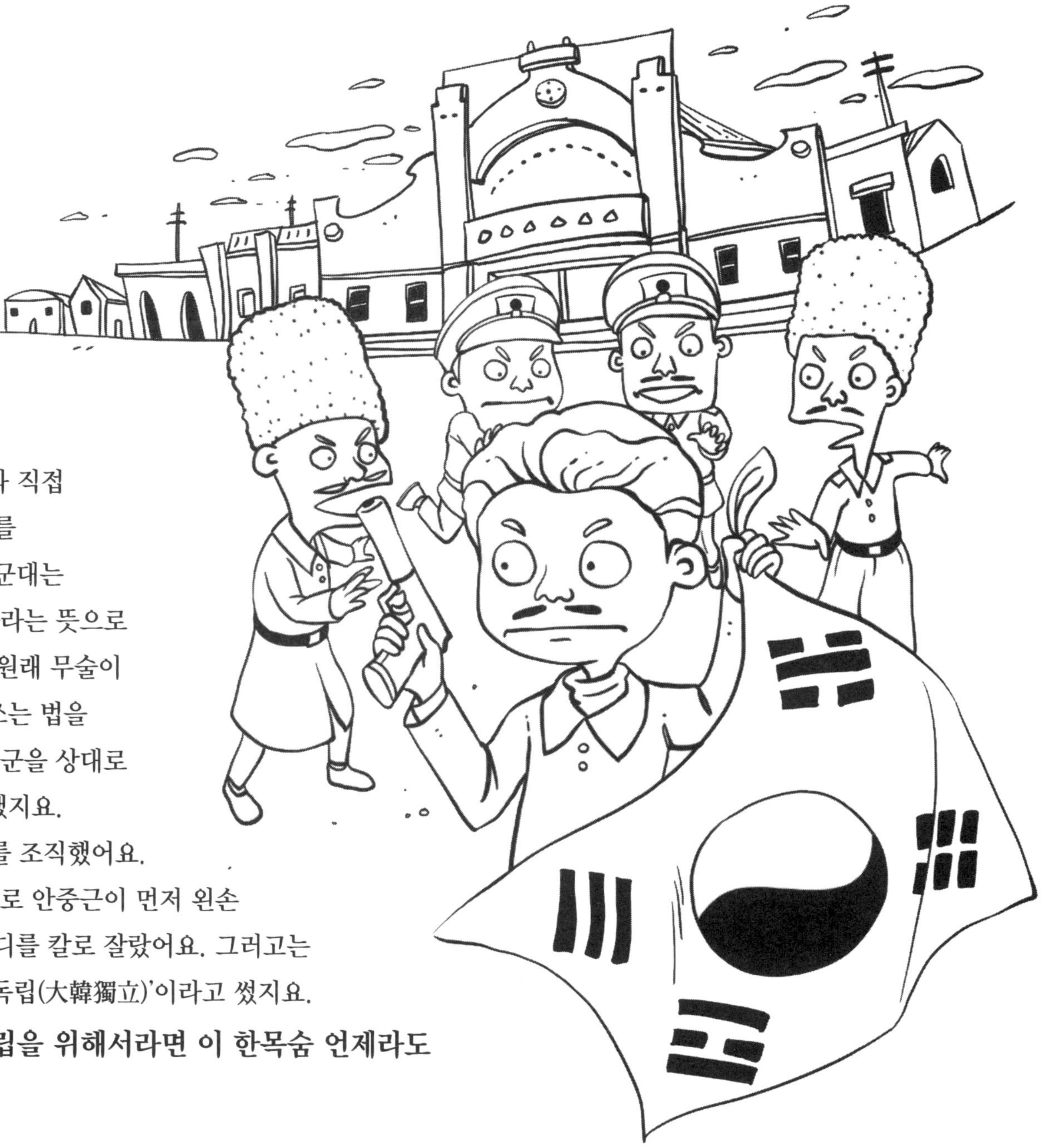

세 번째로는 일본군과 직접 맞서 싸울 수 있는 군대를 만들기로 했어요. 정식 군대는 아니었지만 의로운 병사라는 뜻으로 '의병'이라고 불렀어요. 원래 무술이 뛰어났던 안중근은 총 쏘는 법을 의병들에게 가르쳐 일본군을 상대로 작은 전투를 벌이기도 했지요.

마지막으로 '결사대'를 조직했어요. 피로써 맹세하자는 의미로 안중근이 먼저 왼손 네 번째 손가락의 한 마디를 칼로 잘랐어요. 그러고는 태극기 위에 피로 '대한독립(大韓獨立)'이라고 썼지요.

"나는 우리나라의 독립을 위해서라면 이 한목숨 언제라도 바칠 것을 맹세한다!"

"탕! 탕! 탕!"
중국의 하얼빈 역에서 우리나라 침략에 앞장섰던 이토 히로부미를 안중근이 총으로 쏘았어요.
그러고는 가슴 속에 있던 태극기를 꺼내 하늘 높이 휘날리며 "대한독립 만세! 대한독립 만세"를 소리 높여 외쳤지요. 그 자리에서 일본 경찰에게 붙잡힌 안중근은 감옥에 갇혀 무서운 고문을 당했어요.
하지만 "나는 조국을 위해 한 일이기에 죽음 따위는 전혀 두렵지 않다!" 고 말했지요.
안중근은 법정에서도 이토 히로부미의 죄 열다섯 가지를 말하는 당당함을 보였어요.
또 우리나라를 비롯한 아시아의 평화를 지키는 방법을 글로 남겼으며, 자신의 이야기를 담은 『안응칠 역사』라는 책도 썼어요.
감옥에 있는 안중근에게 어머니께서는 '나라를 위해 옳은 일을 하고 죽는 것이 이 어미에 대한 효도이다.'라는 편지와 함께 죽을 때 입는 하얀 소복을 보내셨어요. 아들은 뜨거운 감사의 눈물을 흘렸지요.

안중근은 어머니께서 지어주신 의로운 소복을 입고, 천국에 가서도 우리나라의 독립을 위해 힘쓸 것이라 크게 외치고는 명예롭게 죽음을 맞이했어요. 하지만 우리 민족이 살아 숨 쉬는 한 우리들의 가슴 속에 안중근은 영원히 살아있을 거예요.

뚝딱뚝딱 만들기

태극기 책

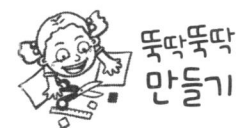

독립운동가 안중근은 학교도 세우고,
의병도 훈련하게 하는 등 우리나라 독립을 위해 애썼어요.
여러분도 지금 나라를 위해 할 수 있는 일들을 생각하고, 표현해 보세요.

준비물 안중근 이야기, 태극기 책 모형, 가위, 색도구, 인주 또는 스탬프

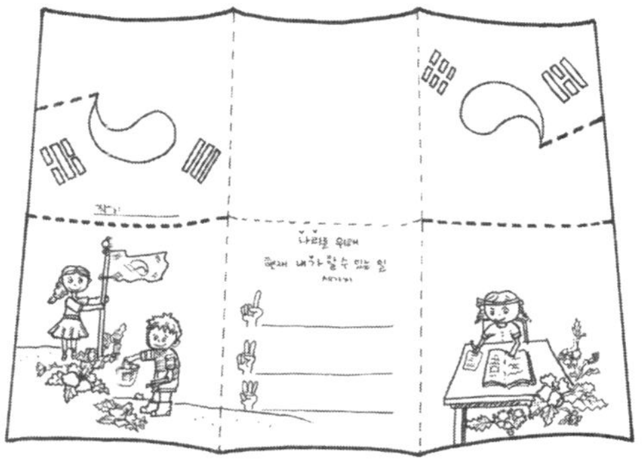

1. A를 따라 모두 세로로 접은 다음 펴세요.

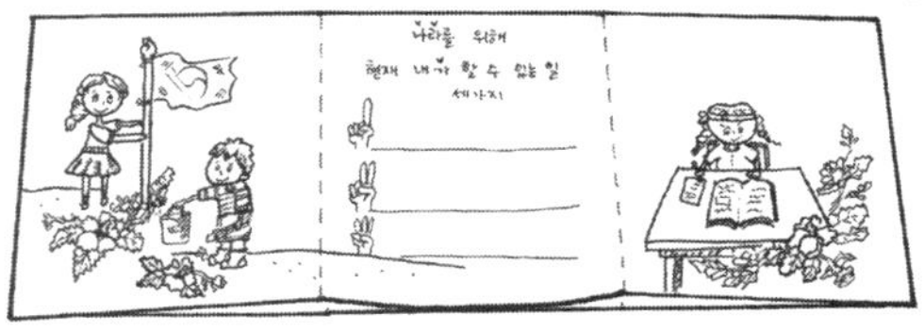

2. 그 다음 B를 따라 접으세요.

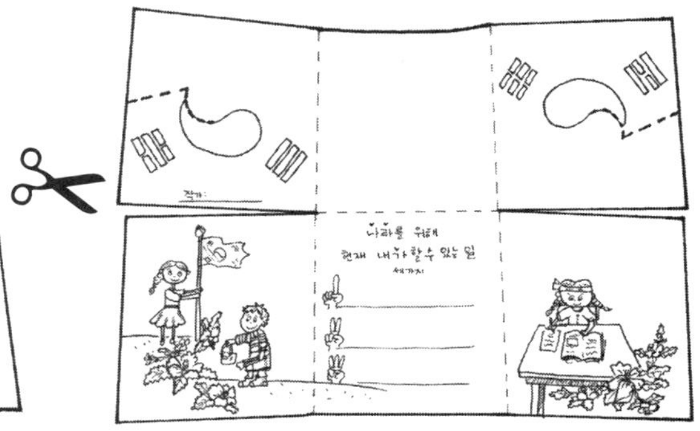

3. 다시 펼친 뒤 C를 오리세요.

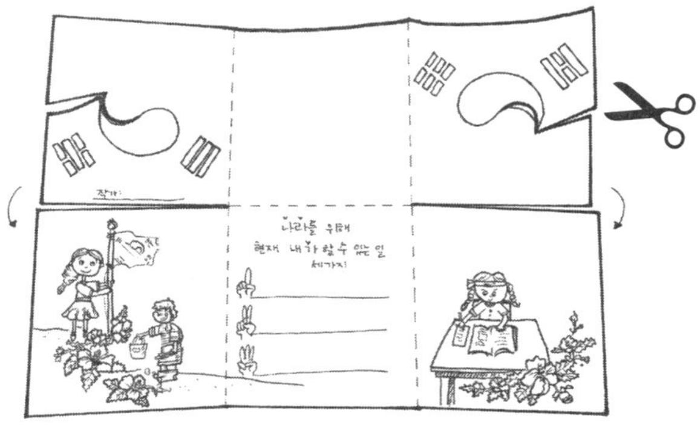

4. D를 따라 오리세요. 원 모양이므로 조심해서 오린 다음 내려 접으세요.

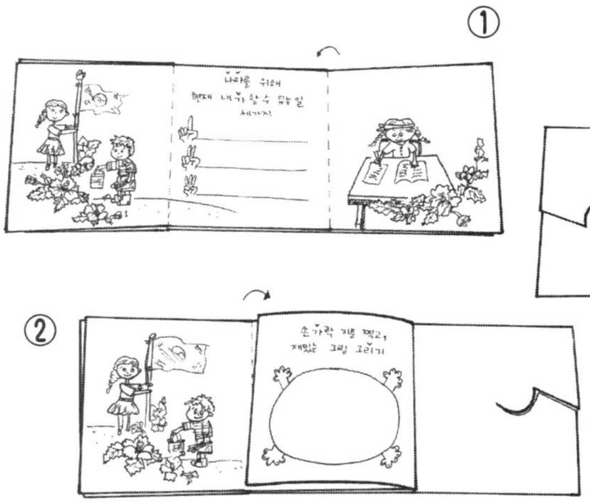

5. 그림과 같이 오른쪽 면을 왼쪽으로 접습니다.

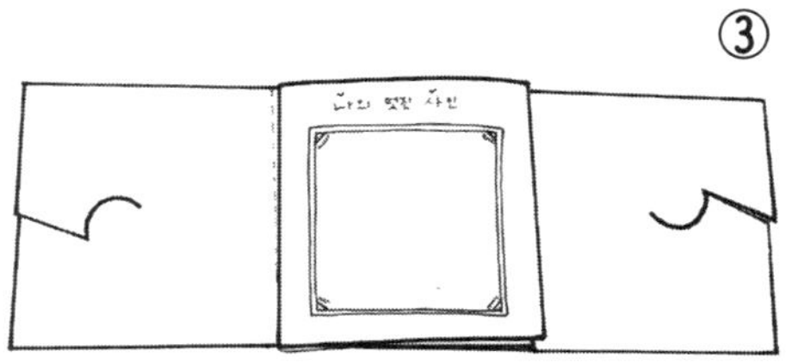

6. 남은 한쪽은 왼쪽에서 오른쪽으로 접습니다.

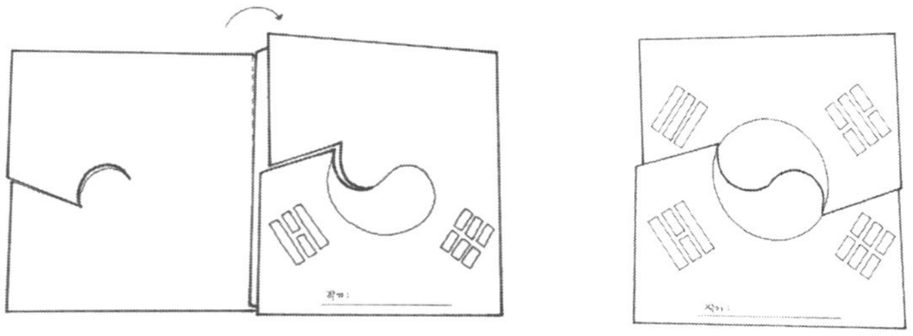

7. 표지의 오른쪽 면을 왼쪽으로 접은 다음 왼쪽 면과 잘 끼워 태극기 모양이 나오도록 합니다.

주의하세요!

* 표지 양쪽을 끼워 태극기 모양을 만들 때 조심해주세요. 잘못하면 찢어지기가 쉽습니다.
* 인주 또는 스탬프를 이용하기 때문에 손이나 다른 부분에 묻지 않도록 주의합니다.

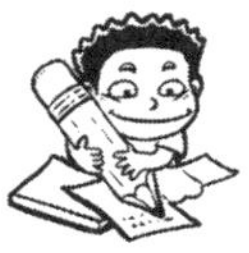

알콩달콩 표현하기

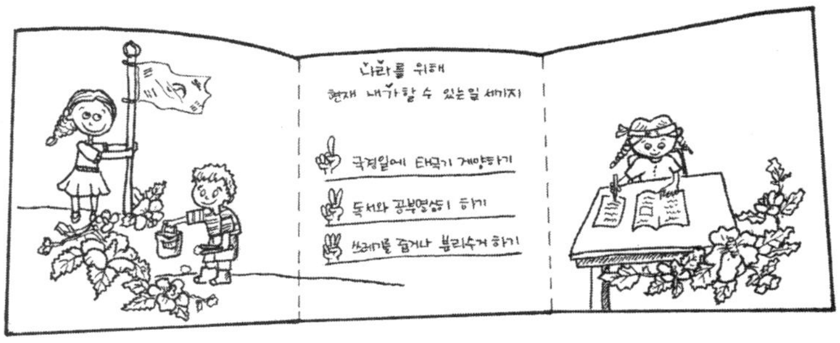

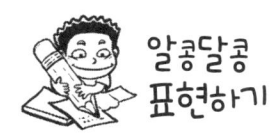

안중근은 넷째 손가락 마디를 잘라 '대한독립'이라고 쓰고, 그 후부터는 자신이 쓴 글 마지막에 손바닥 전체를 도장처럼 찍어서 자신임을 나타냈어요.

* 인주나 스탬프에 손가락 지문을 찍어 재미있는 그림을 그려 보세요.
* 나를 대표하는 멋진 사인도 만들어보세요.
* 나라를 위해서 현재 내가 할 수 있는 일은 무엇이 있을까 3가지만 적어보세요.

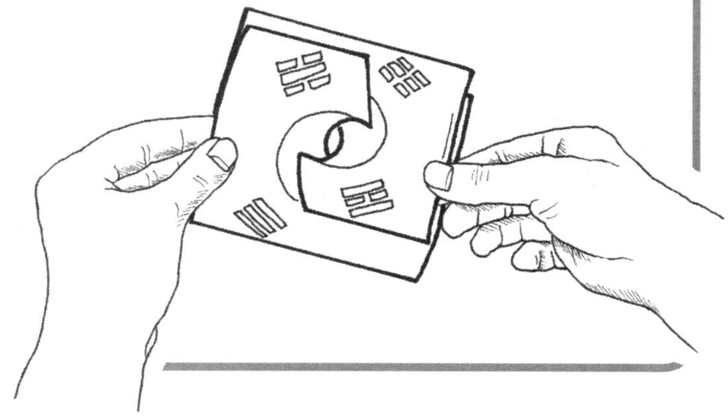

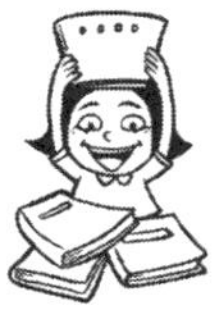

룰루랄라 완성하기

이 세상에 하나밖에 없는 나의 책이에요. 책 제목을 짓고, 작가가 된 나의 이름을 적어보세요. (앞표지에는 어울리는 그림을 그리고, 뒤표지에는 광고 글, 책값, 바코드, ISBN도 넣어 보기) 그리고 친구들 앞에서 나의 책을 당당하게 소개하거나 멋지게 전시도 해 보세요.

직업탐구 교육자

* 안중근은 독립운동가로 우리나라의 독립을 위해 목숨을 바쳤고, '교육자'로서 나라의 미래를 책임질 청년들을 바르게 가르치고자 학교를 설립했어요.

'교사'는 어떤 직업인가요?

교사는 학생들을 가르치는 사람으로 전공 분야에 대한 풍부한 지식이 있어야함은 물론 학생들의 정서적, 사회적인 변화에도 큰 영향을 끼치기 때문에 기본적으로 학생들을 사랑하고, 교사로서의 사명감과 책임감, 연구하는 자세가 필요한 직업이에요.

'교육자'에는 무슨 일을 하는 사람들이 있나요?

- 유치원교사, 보육교사 : 초등학교 입학 전 아동들이 바르게 성장할 수 있도록 지도해요.
- 교사 : 초등학교, 중학교, 고등학교 등에서 학생들을 가르쳐요.
- 특수교사 : 몸이 불편하거나 정신적으로 장애를 겪고 있는 학생들을 지도해요.
- 예체능교사 : 음악, 미술, 체육 등 다양한 예술 분야를 전문적으로 가르쳐요.
- 대학교수 : 대학이나 대학원에서 학생들을 가르치며 자신의 전공 분야를 연구, 발표해요.

물레를 돌리던 변호사 간디

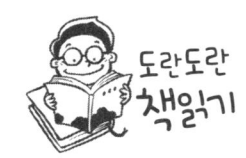

'마하트마'는 '위대한 영혼'이라는 뜻이에요. 전 세계 사람들의 존경을 받고, 위대한 영혼이라고 불린 간디도 어린 시절에는 몸이 약하고, 겁이 많으며, 부끄럼이 많아 친구들의 놀림을 받았어요.

"간디, 힘도 세고, 용감해지고 싶지? 그럼 우리 고기 먹으러 가자!"고 친구가 말했어요.
간디는 깜짝 놀랐지요. 간디는 인도사람으로 '힌두교'라는 종교를 믿었는데 힌두교 인들은 동물을 중요하게 생각해서 고기를 먹지 않았거든요.
"뭐라고? 고기를 먹는다고? 그럼 신들이 노하셔서 우리에게 벌을 내리실 거야!" 간디가 말했어요.
"모르는 소리! 영국 사람들은 고기를 먹어서 키도 크고, 힘도 세니까 우리 인도를 다스리는 거야!
그러니까 너도 같이 고기 먹으러 가자!"
힘이 세진다는 말에 간디도 친구들을 따라 숲으로 가서 몰래 고기를 구워 먹었어요.
"간디, 맛도 좋고, 덩치도 커지는 느낌이 들지?"
고기가 맛있지는 않았지만 친구들을 따라 고기도 먹고, 몰래 담배도 피웠어요. 또 하루는 아버지의 돈도 훔쳤지요. 이런 나쁜 행동을 하는 스스로를 간디는 견딜 수 없었어요.
'나는 강해지기는커녕 나를 더욱 부끄러운 사람으로 만들고 있어. 혼이 나더라도 부모님께 용서를 빌고 새사람이 되어야겠어!' 그러고는 아버지께 자신이 잘못한 일을 솔직히 말씀드렸어요. 아버지께서는 용기를 내어 고백한 간디를 혼내지 않으시고, 눈물을 흘리며 따뜻한 말씀으로 용서해 주셨어요.
간디는 아버지의 눈물로 부모님의 깊은 사랑을 느꼈어요. 그리고 잘못한 일은 잘못했다고 말하는 용기가 더욱 중요하다는 것을 깨달았답니다.

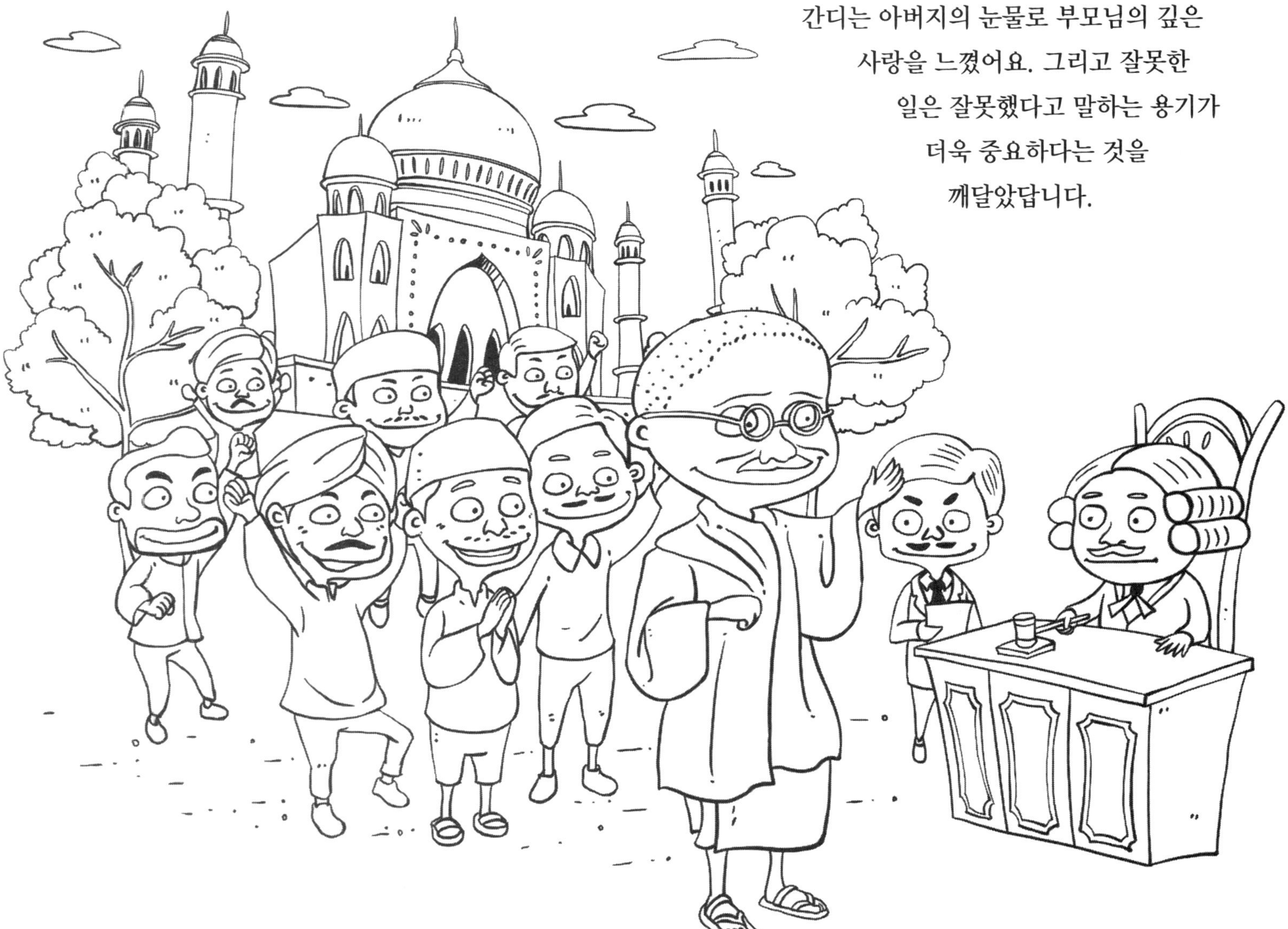

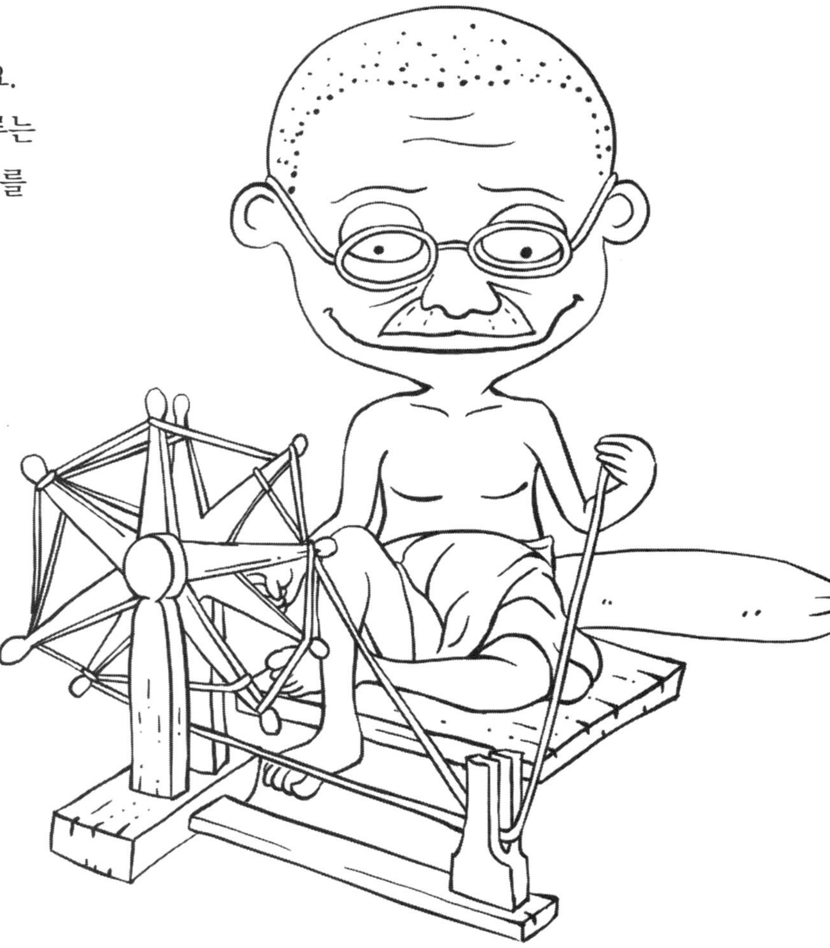

간디는 열심히 공부해서 변호사가 되었어요.
남아프리카에서 변호사로 일하고 있을 때 하루는 기차를 타게 되었어요. 간디는 좋은 일등석 표를 사서 앉아 있었는데 승무원이 와서 짐이 실린 화물칸으로 가라고 했어요.
"나는 비싼 돈을 내고 일등석 표를 샀는데 왜 화물칸으로 가라는 겁니까?" 간디가 말했어요.
"천한 인도인 주제에 어디서 감히 따지는 거야? 당장 이 기차에서 내려!"
승무원은 간디가 인도 사람이라는 이유만으로 가방과 함께 기차 밖으로 밀어버렸어요.
기차에서뿐 아니라 호텔에서도 좋은 방에서 잠을 잘 수 없었고, 식당에서도 얼굴이 하얀 백인들과 같이 앉아 식사하지 못했어요.
'똑같은 사람인데 이렇게 차별을 하다니!
앞으로 나는 인도의 자유를 위해 싸우겠다!'
그때부터 간디는 억울한 일을 당한 인도 사람을 위해 끝까지 변호했어요. 그러면서 사람들에게 영국으로부터 인도가 자유로운 나라가 되려면 스스로 힘을 키워야 한다고 주장했지요. 그래서 인도인 학교를 세워서 아이들을 바르게 교육하고, 필요한 물건은 인도인이 직접 만들어서 사용하도록 했어요.
그러고는 스스로 물레를 돌려 옷감을 만들어 인도 전통 옷을 해 입었지요.
그러면서 간디는 감옥에도 여러 번 갇히는 신세가 되었어요. 그럴 때마다 더욱 자신의 뜻을 알리고자 아무것도 먹지 않으며 행동하는 '단식투쟁'도 벌였어요.

간디는 '비폭력 · 불복종 운동'을 했어요. 상대방이 아무리 폭력을 써도 폭력으로 맞서지 않으며, 평화로운 방법으로 해결하지만 절대로 옳은 뜻을 포기하지는 않는다는 거예요.

"우리 인도인은 모두 하나가 되어 평화로운 방법으로 독립해야 합니다.
폭력은 또 다른 폭력을 만듭니다!"

간디의 이러한 정신은 인도인은 물론 세계인을 감동시켰어요.
마침내 영국은 인도에서 떠났고, 감격스러운 독립을 하게 되었지요.
'위대한 영혼 마하트마 간디'는 하늘나라에서도 인도와 온 세상 사람들이 차별을 받지 않으며 평화롭고, 행복하게 살아가는 방법을 계속 연구하실 거예요.
그리고 물레를 돌리며 우리들의 옷을 짓고 계시지는 않을까요?

뚝딱뚝딱 만들기

평화 책

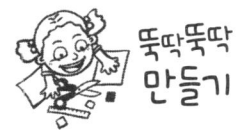

평화주의자였던 간디는 인도의 자유를 위해 싸우는 변호사가 되었어요.
억울한 일을 겪을 때 어떤 생각을 하고, 어떻게 말을 했는지
간디의 입장이 되어 표현해보세요.

준비물 간디 이야기, 평화 책 모형, 가위, 풀, 색도구

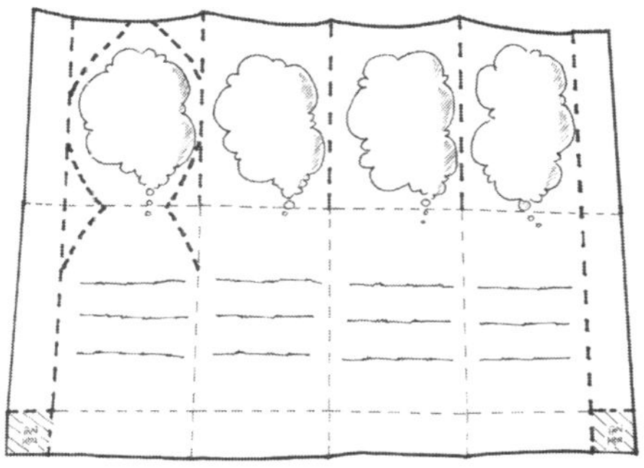

1. A를 따라 모두 세로로 접었다가 펴세요.

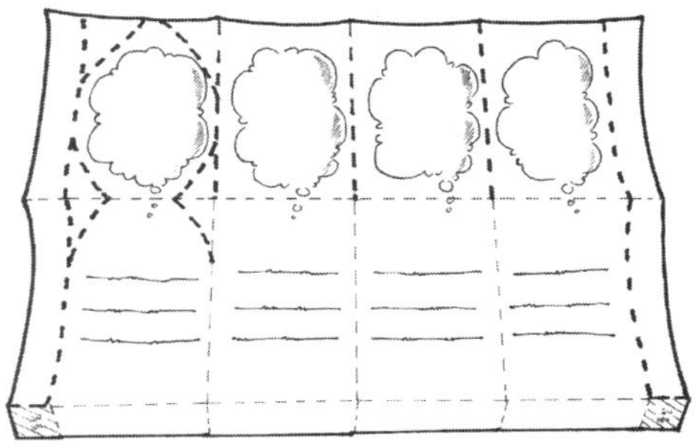

2. B를 따라 모두 가로로 접었다가 폅니다.

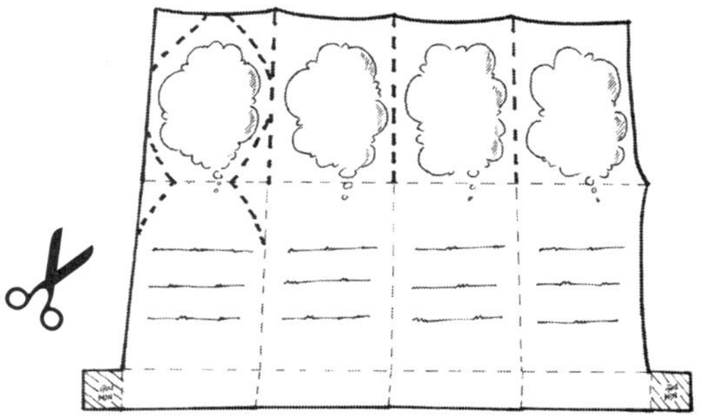

3. 양쪽 끝 부분에 있는 C를 오립니다.

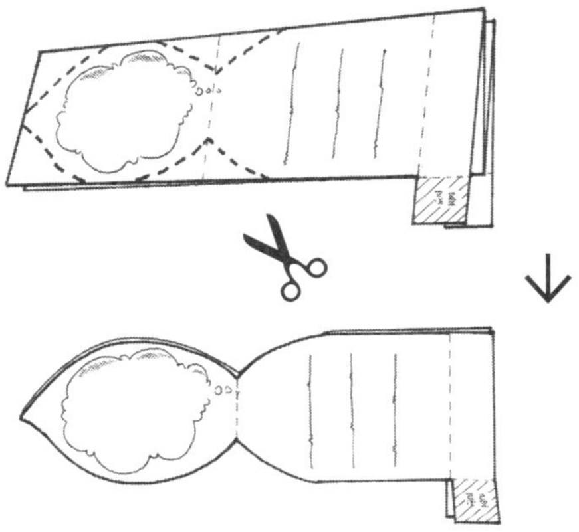

4. 그림과 같이 지그재그로 접은 다음 E를 따라 모두 오리세요.

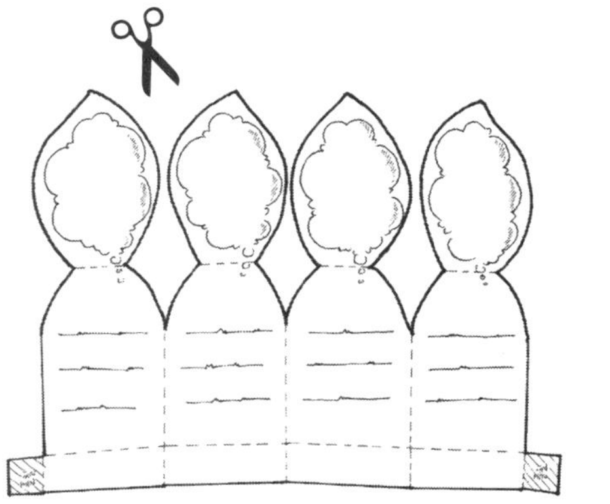

5. 모두 펼친 다음, 연결된 부분을 그림과 같이 오려주세요.

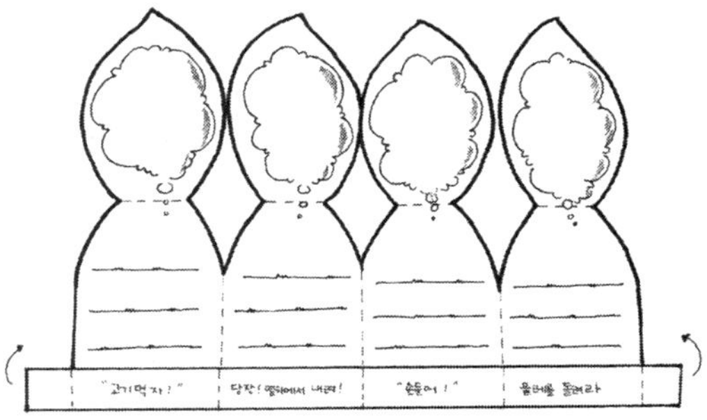

6. 다시 펼친 뒤 그림과 같이 F를 따라 가로로 길게 올려 접으세요.

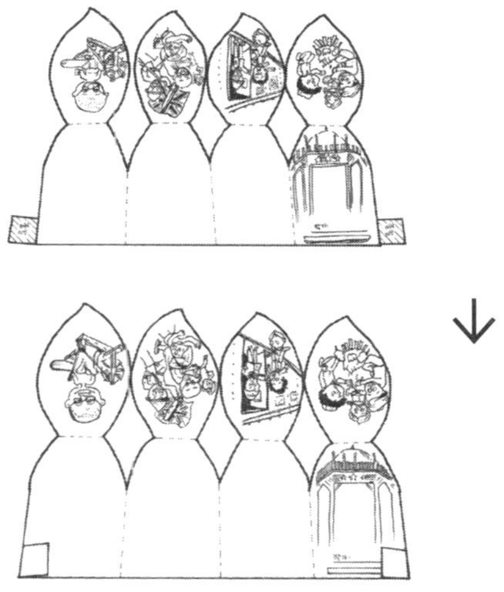

7. 전체를 뒤집어놓고 양쪽 끝 풀칠 부분에 풀칠한 다음 붙이세요.

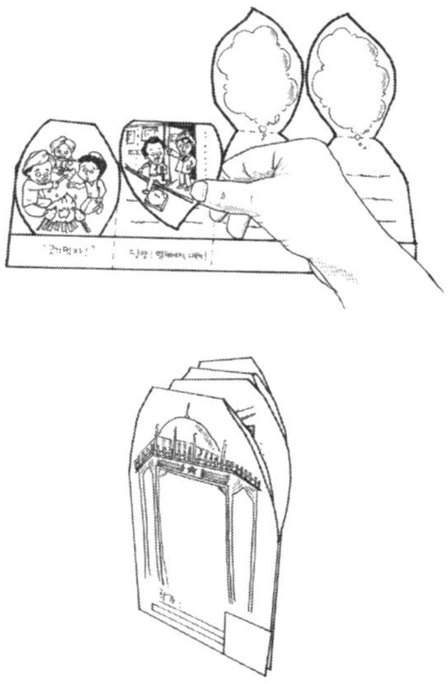

8. 다시 전체를 뒤집어놓고 윗부분을 내려 각각 칸에 끼운 다음 지그재그로 접으세요.

주의하세요!

* 각각의 면에 그려진 그림에 색칠을 하여 칼라책을 만들어보도록 하세요.

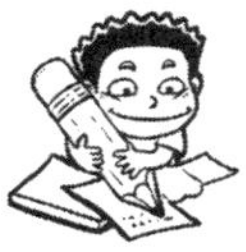

알콩달콩
표현하기

내가 만약 간디였다면 어떤 생각과 말을 했을지
그림에 맞게 말풍선을 채워 보세요.

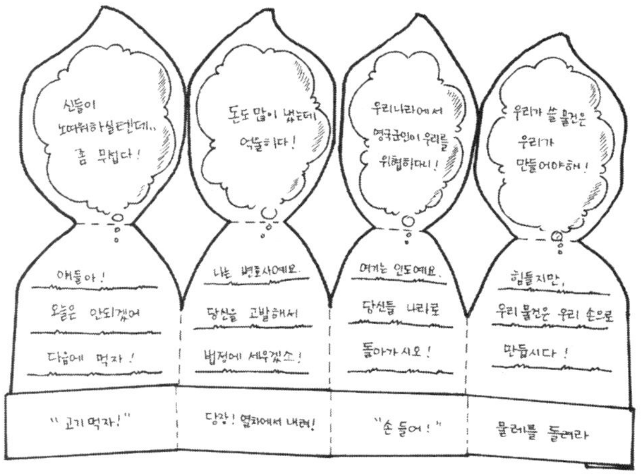

❀ 친구들이 고기를 먹자고 했을 때 나는 어떤 생각을 하고, 뭐라고 말했을까요?

❀ 인도인이라고 열차에서 내리라고 했을 때 나는 어떤 생각을 하고, 뭐라고 말했을까요?

❀ 시위 중인데 외국인이 총칼로 위협을 하면 나는 어떤 생각을 하고, 뭐라고 말했을까요?

❀ 물레를 돌리며 옷감을 만드는 장면에서 나는 어떤 생각을 하고, 뭐라고 말했을까요?

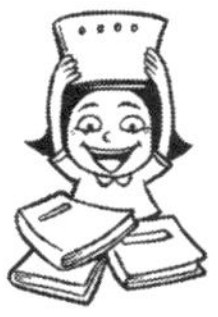

룰루랄라
완성하기

이 세상에 하나밖에 없는 나의 책이에요. 책 제목을 짓고, 작가가 된 나의 이름을 적어보세요.
(앞표지에는 어울리는 그림을 그리고, 뒤표지에는 광고 글, 책값, 바코드, ISBN도 넣어 보기)
그리고 친구들 앞에서 나의 책을 당당하게 소개하거나 멋지게 전시도 해보세요.

직업탐구
법조인

❀ 간디는 민족운동 지도자로 인도의 독립을 위해 애썼으며 '변호사'로서 억울한 일을 당한 사람들의 변호를 해 주는 일을 했어요.

'변호사'는 어떤 직업인가요?

변호사는 어려운 일에 처했거나 피해당한 사람들을 법에 따라 보호하기 위해 법정에서 사건을 변론해주고, 법적인 권리와 의무를 찾도록 조언해 주는 일을 해요. 그래서 법률적으로 정확한 지식이 있어야 하며 사건을 바르게 보는 비판적인 사고와 공정함 등이 필요한 직업이에요.

'법조인'에는 무슨 일을 하는 사람들이 있나요?

- 판사 : 법정에서 변호사와 검사, 증인 등의 말과 증거로 판결을 내려요.
- 검사 : 법을 어긴 사람의 죄를 알아내어 그에 맞는 벌을 받도록 해요.
- 법무사 : 법을 잘 모르는 사람을 대신하여 법원에 서류를 제출하고 신청하는 일을 해요.
- 변리사 : 새로운 발명품이나 상표 개발에 대한 권리를 보호하고, 문제가 생겼을 경우 해결해줘요.
- 노무사 : 회사와 근로자 사이에서의 문제를 해결하여 근로자의 권리를 찾을 수 있도록 도와줘요.
- 변호사의 분야 : 요즘은 변호사도 전문 분야로 나누어 변호해요. 그래서 의료사고가 났을 때 진실을 밝히는 의료 전문변호사, 교통사고 전문변호사, 정보통신 전문변호사, 조세 전문변호사 등이 있고, 외국과 우리나라 간의 변호를 맡는 국제변호사도 있어요.

종이와 펜으로 정의를 외친 기자 퓰리처

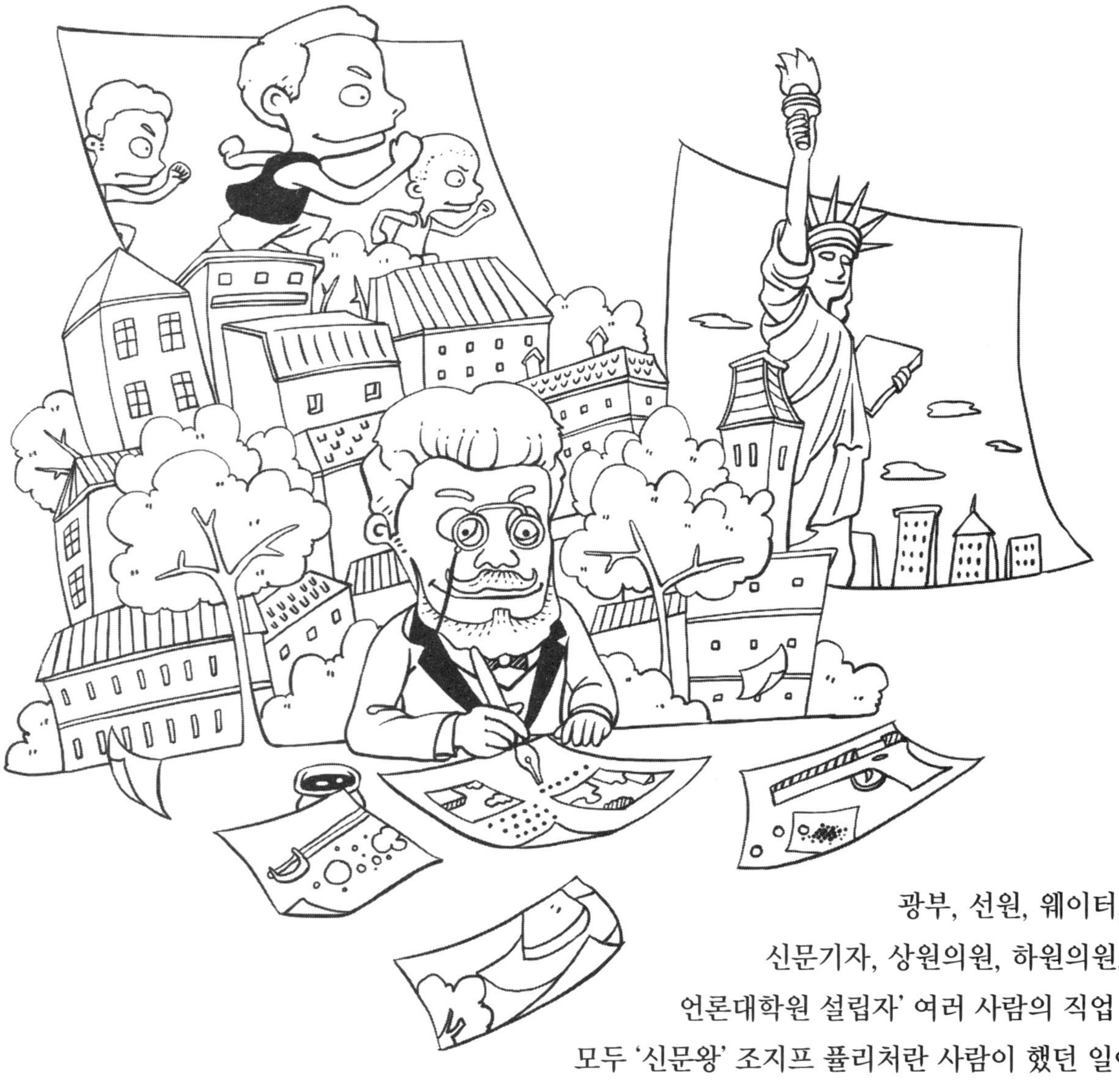

광부, 선원, 웨이터, 군인,
신문기자, 상원의원, 하원의원, 경영인,
언론대학원 설립자' 여러 사람의 직업 같지만
모두 '신문왕' 조지프 퓰리처란 사람이 했던 일이에요. 굉장하죠?

퓰리처는 유럽에 있는 헝가리라는 나라에서 태어났어요.
어릴 때 몸이 약해서 친구들과 밖에서 뛰어놀 수 없었죠. 그래서 조용히 책을 읽거나 체스 두는 것을 좋아했어요. 학교에 들어가서는 글을 잘 써서 학교 신문 만드는 일을 하며 친구들과 즐겁게 생활했지요.
그런데 아버지께서 일찍 돌아가시고, 어머니가 재혼하셨는데 퓰리처는 새아버지와 사이가 좋지 않았어요.
새아버지는 퓰리처가 책만 읽는 것을 못마땅해 하셨거든요. 17세가 된 퓰리처는 군인이 되어 집을 떠나고자 결심했어요. 하지만 몸이 너무 마르고 허약해 보여서 유럽에서는 군인이 될 수 없었어요.
그래서 무작정 미국으로 가는 배를 타게 되었지요. 미국으로 간 퓰리처는 말을 탈 수 있었기 때문에 기병대가 되어 전쟁에도 참가했어요. 전쟁이 끝나고 특별한 재주가 없었던 퓰리처는 돈을 벌기 위해 닥치는 대로 일을 했어요. 그렇지만 일이 없는 날에는 온종일 도서관에서 책을 보면서 영어공부도 열심히 했지요.
그러다가 사탕수수 농장에서 좋은 일자리를 소개해 주겠다고 해서 일했으나 사기를 당하는 억울한 일이 생겨서 이 일을 기사로 썼어요. 그 기사가 도움이 되어 퓰리처는 신문 기자가 되었지요.

"신문은 옳은 것과 잘못된 것을 가르치는 도덕 교사이다."

퓰리처는 자신이 헝가리에서 온 가난한 이민자였기 때문에 미국에서 차별을 받는 사람들의 억울한 일이나 가난하고 힘없는 사람들의 권익을 보호하는 일에 앞장섰어요. 사건이 생기면 언제나 가장 먼저 달려가서 취재하고, 정확하게 기사를 써서 여러 사람에게 알렸지요.

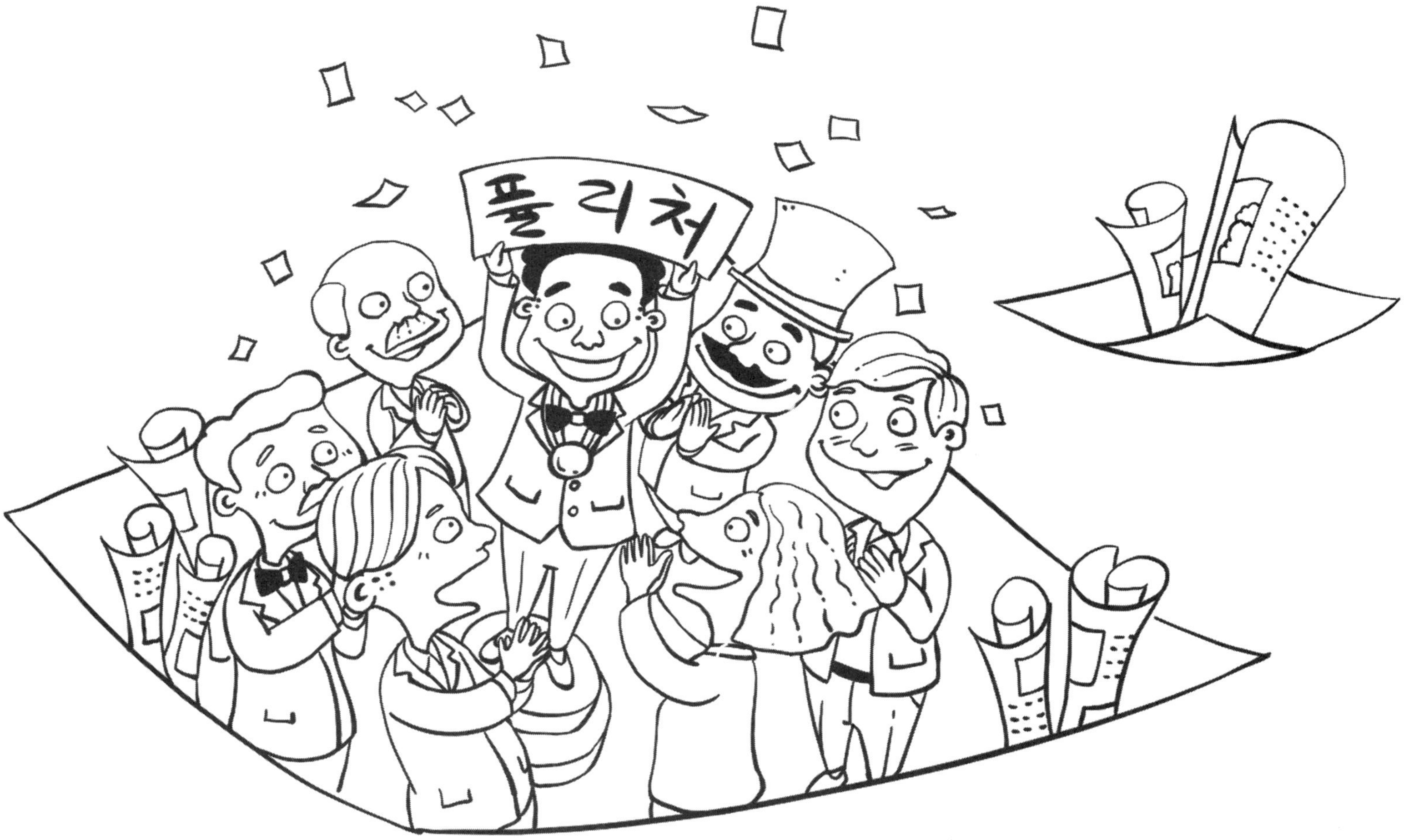

또 '재미없는 신문은 죄악'이라고 했어요. 그래서 그때까지 글자밖에 없었던 신문에 사진과 만화를 넣어 사람들의 이해를 도왔으며, 체육부를 만들어 스포츠 기사도 실었어요. 또 흥미로운 기사를 다뤄 일요일에만 나오는 새로운 신문 형태도 만들었지요.

퓰리처가 하원의원으로 정치 활동을 할 때였어요. 프랑스에서는 미국의 독립 100주년을 축하하기 위해 '자유의 여신상'을 선물로 보내겠다고 했어요. 그런데 여신상이 워낙 컸기 때문에 밑에 받침대를 만들어야 했어요. 그러나 그 당시 미국 정부는 재정 상태가 좋지 않아 돈이 없었어요. 그래서 많은 의원이 조각상을 포기하자고도 했어요. 오히려 퓰리처는 신문에 기사를 써서 모금 운동을 펼쳤어요.
"여러분, 미국이 독립한 지 100년이 되었습니다. 그 의미로 받는 이 멋진 선물을 돌려보낸다면 우리들의 수치가 아닐 수 없습니다. 미국인의 자존심을 지킵시다! 아무리 적은 돈이라도 모두 함께 하여 주십시오!"
사람들은 이 글에 감동하여 가난한 사람들까지 모금 운동에 참여했어요. 그래서 큰 성금이 모여 '자유의 여신상'은 튼튼하게 세워졌지요. 이처럼 퓰리처는 신문의 기사를 통해 올바른 일은 함께하고, 잘못된 일은 지적해서 정의로운 사회가 되도록 힘썼어요.

"가난한 사람들을 불쌍히 여겨라. 항상 많은 사람이 잘살 수 있도록 노력하여라. 단순히 기사를 쓰고 인쇄하는 것으로 만족해서는 안 되며, 잘못된 일을 공격하는 것을 두려워하지 마라!"

퓰리처는 '신문 기자'로서 열정과 사명감을 가지고 일했어요. 그런데 너무 일에만 매달리고 건강을 돌보지 않아서 시력을 잃어 앞을 볼 수 없게 되었지요. 그렇지만 더 훌륭한 신문 기자를 만들고자 변호사나 의사처럼 전문적으로 교육받을 수 있도록 자신의 재산을 기부하여 최초의 언론대학원을 설립했어요. 또 '퓰리처상'을 만들도록 유언도 남겼지요. 퓰리처상은 뉴스와 보도 사진 등에서 뛰어난 14개 부문과 문학, 음악에 대한 부분을 시상해요. 그래서 미국의 언론인이라면 누구나 받고 싶어 하는 최고의 명예로운 상이 되었답니다.

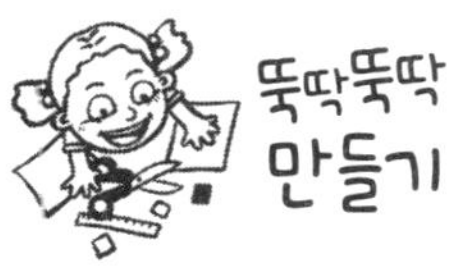

신문 책

풀리처는 신문이 많은 사람에게 옳은 일과 잘못된 일을
가르치는 역할을 한다고 생각한 기자였어요.
여러분도 신문기자가 되어 특별한 신문을 만들어보세요.

준비물 퓰리처 이야기, 신문 책 모형, 가위, 풀, 색도구

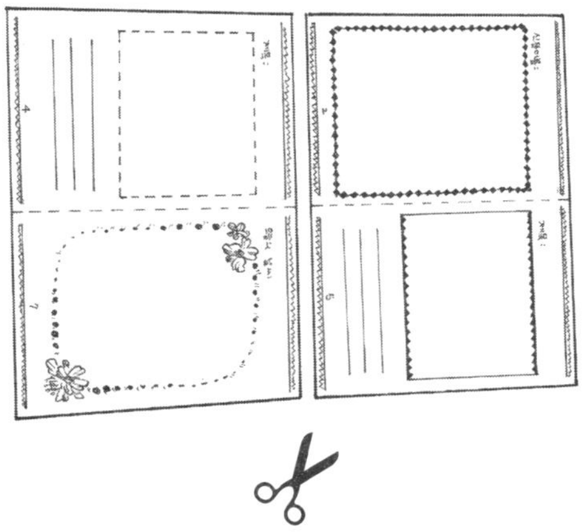

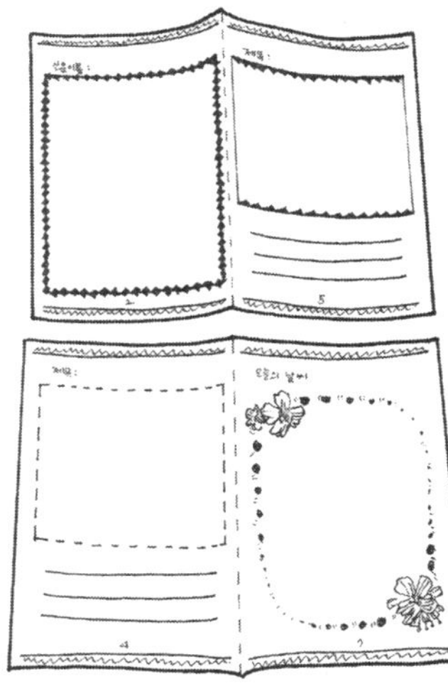

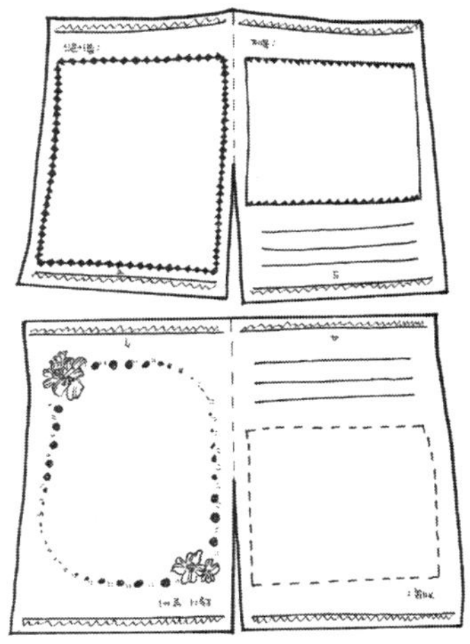

1. A를 따라 오리세요.

2. 그 다음 B를 따라 각각 접어줍니다.

3. 다시 펼친 다음 C를 따라 각각 오립니다.

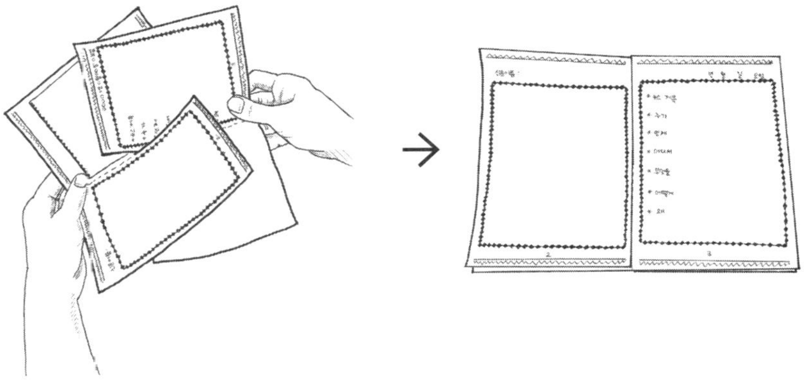

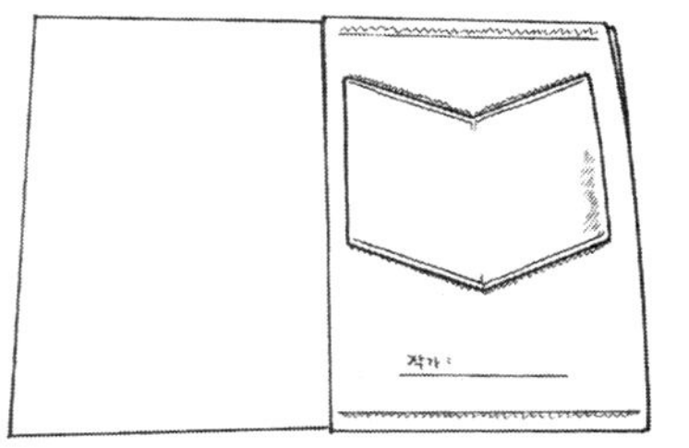

4. 그림과 같이 2쪽과 3쪽이 보이며 십자(+)가 되도록 위아래 중심선에 맞추어 끼웁니다.

5. 표지가 나오도록 그림과 같이 오른쪽을 접습니다.

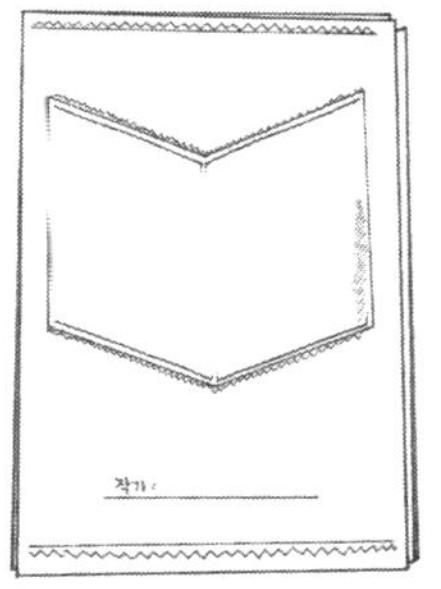

6. 나머지는 뒤로 돌려 완성하세요.

주의하세요!

* 사진이나 그림을 붙일 때는 크기를 살피고 그것에 맞추어 오려서 사용하세요.

* 인터넷 등에서 다른 사람이 쓴 기사를 사용할 때는 반드시 어디에서 나온 것인지 표기하도록 해주세요. 뒤표지 등에 날짜, 신문명, 기자명 등을 써넣으면 됩니다.

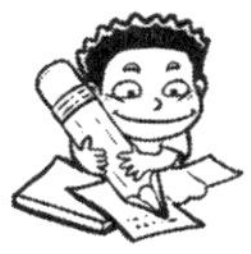

알콩달콩 표현하기

풀리처는 기사를 짧고, 정확하며 그림이 그려지 듯 써야 사람들이 잘 이해한다고 하였어요. 내가 기자라고 생각하고 기사를 써 보세요.

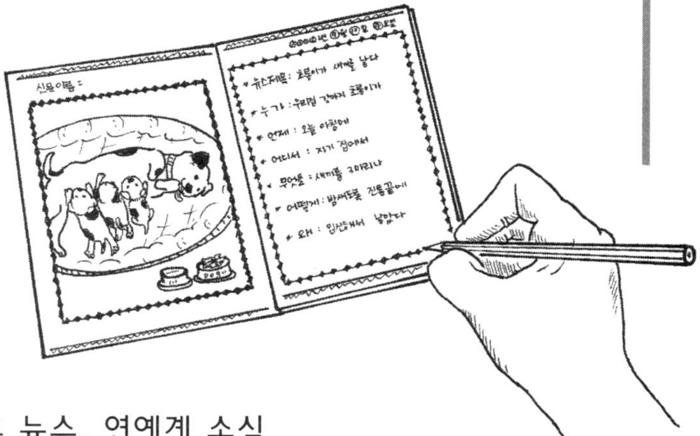

✽ 최근에 나와 주변 사람에게 일어난 일 중에 어떤 일을 기사로 쓰면 좋을까 생각하고 써 보세요. 그리고 우리도 기자처럼 육하원칙(누가, 언제, 어디서, 무엇을, 어떻게, 왜)에 맞춰서 써 보도록 해요.

✽ 신문에는 '새로운 소식, 사건과 사고, 특집 기사, 스포츠 뉴스, 연예계 소식, 시사 논평 만화, 새 책 소개, 오늘의 날씨, 광고란' 등이 있어요. 이 중에서 쓰고 싶은 분야를 정해서 그림을 그리고, 글로 써 보세요. 내용에 맞는 제목과 기자의 이름 적는 것도 잊지 마세요!

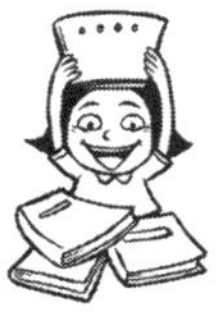

룰루랄라 완성하기

이 세상에 하나밖에 없는 나의 책이에요. 책 제목을 짓고, 작가가 된 나의 이름을 적어보세요.
(앞표지에는 어울리는 그림을 그리고, 뒤표지에는 광고 글, 책값, 바코드, ISBN도 넣어 보기)
그리고 친구들 앞에서 나의 책을 당당하게 소개하거나 멋지게 전시도 해보세요.

직업탐구 언론인

✽ 퓰리처는 정의로운 사회를 꿈꾸며 잘못된 일을 알려 바로 잡고자 '신문기자'로서 열심히 활약했어요.

★ '기자'는 어떤 직업인가요?

기자는 우리 사회에서 일어나는 다양한 일들을 신문이나 방송, 잡지 등을 통해서 전하는 일을 해요. 신문이나 방송을 통해 올바른 소식을 빠르게 전해야 하므로 관찰력이 뛰어나며 정의롭고 공정한 태도와 책임 의식 등이 필요한 직업이에요.

★ '언론인'에는 무슨 일을 하는 사람들이 있나요?

- 신문기자 : 새롭고 다양한 소식을 기사로 써서 신문에 알려요.
- 방송기자 : 뉴스나 사회 현상을 다루는 방송에서 우리 사회의 다양한 일을 알려요.
- 아나운서 : 방송에서 새로운 소식과 정보를 바르게 전달해요.
- 논설위원 : 언론에서 관심을 많이 받는 사건에 대해 전문가로서 자신의 의견을 이야기해요.
- 편집자 : 방송이나 신문 등에 나올 사건들이 잘 전달될 수 있도록 내용을 정리해요.
- 특파원 : 다른 나라에 가서 그 나라의 중요한 소식을 알기 쉽도록 전달해요.

도란도란 책읽기

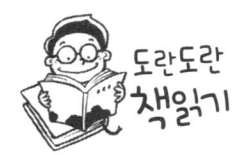

‘46664’로 불렸던 최초의 흑인 대통령 만델라

‘넬슨 롤리흘라흘라 만델라’
세계 최초로 흑인 대통령이 된 만델라의 이름이에요. 참 길죠?
‘롤리흘라흘라’는 아프리카 추장님이셨던 아버지께서 만델라가 태어나자 지어주신 귀한 이름이에요.
‘나뭇가지를 잡아당긴다’는 말로 ‘개구쟁이, 말썽꾸러기’를 뜻해요.
만델라는 이름처럼 개구쟁이였지만 건장한 체격으로 씩씩하게 잘 자랐어요.

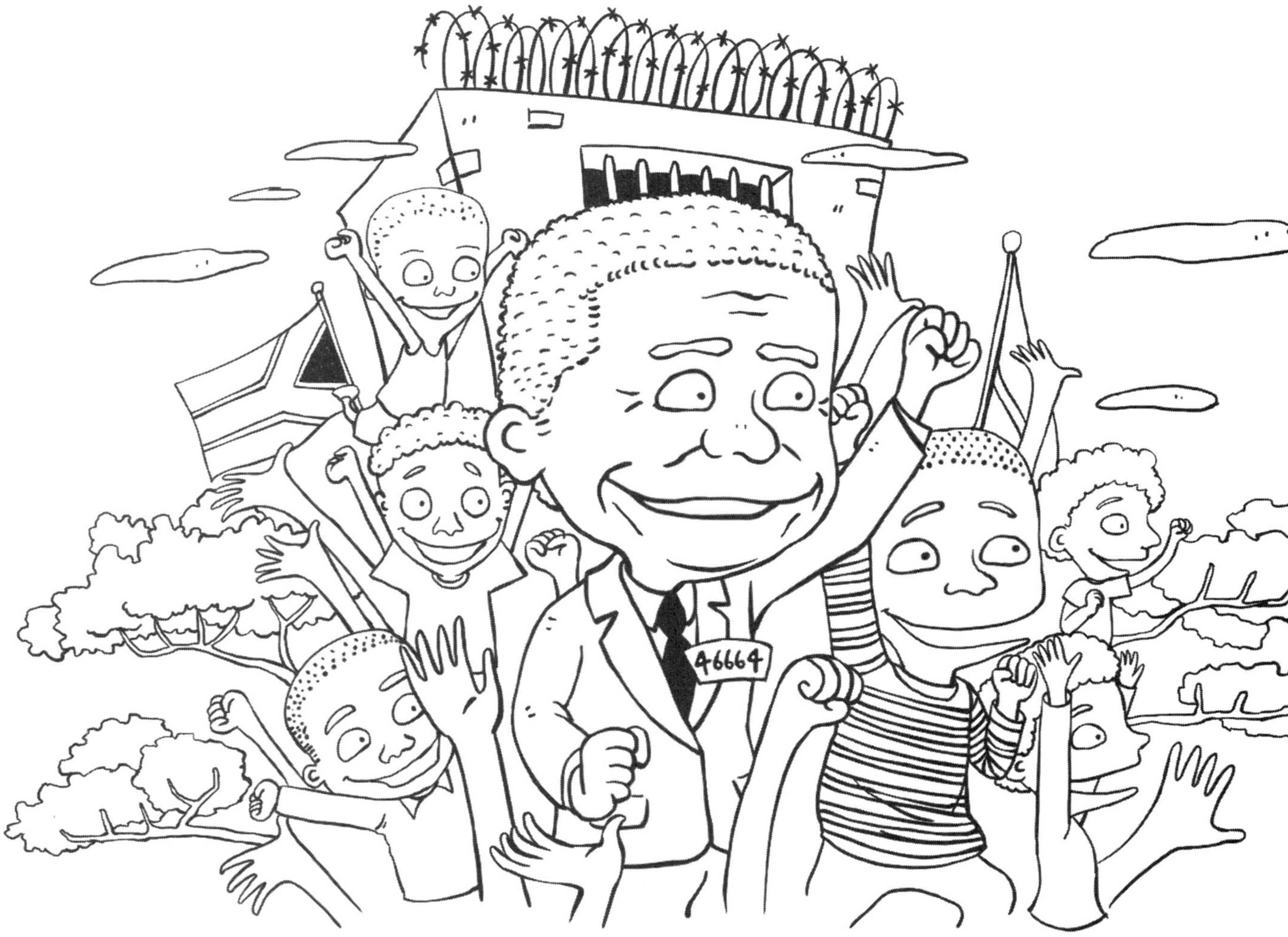

만델라의 어머니는 아프리카의 옛이야기를 자주 들려주셨지요.
“늙고 병든 할머니가 눈곱이 덕지덕지 끼었는데 지나가는 사람에게 그 눈곱을 떼어 달라고 부탁했단다. 사람들은 더럽다며 할머니를 피했지만 한 남자만 그 눈곱을 떼어줬지. 그랬더니 할머니는 젊고 아름답게 변신했고, 그 남자는 그녀와 결혼해서 부자가 되어 아주 행복하게 살았단다.~” 이 이야기는 착한 일을 하면 우리가 알지 못하는 다른 방식으로 보답을 받는다는 교훈이 담겨 있는데 어린 만델라의 가슴에 오랫동안 남았다고 해요.

만델라가 살았던 남아프리카공화국이라는 나라에는 피부가 검은 흑인이 많이 살았어요. 하지만 피부가 하얀 백인은 많은 것을 누리며 편히 살았고, 흑인들은 백인들이 살거나 이용하는 시설에는 들어갈 수도 없을 뿐만 아니라 좋은 교육도 받기 힘들었지요. 이런 현실이 만델라는 너무 억울했어요. 그래서 만델라는 차별받는 흑인들을 위해 자신이 할 수 있는 일이 무얼까 고민하다가 변호사가 되기로 마음먹고, 열심히 공부해서 자신이 꿈꾸던 변호사가 되었어요.

"절대로, 절대로 다시는 이토록 아름다운 나라에서 피부색이 다르다는 이유로 사람이 다른 사람의 존엄성을 짓밟는 행위는 반복되지 않게 해야 합니다!"

만델라는 흑인들도 평등한 기회를 얻고 행복하게 살 수 있는 나라를 만들기 위해 민족운동가로 노력하였지요. 하지만 나라를 위험에 빠뜨리는 일을 했다고 해서 감옥에 갇히고 말았어요.

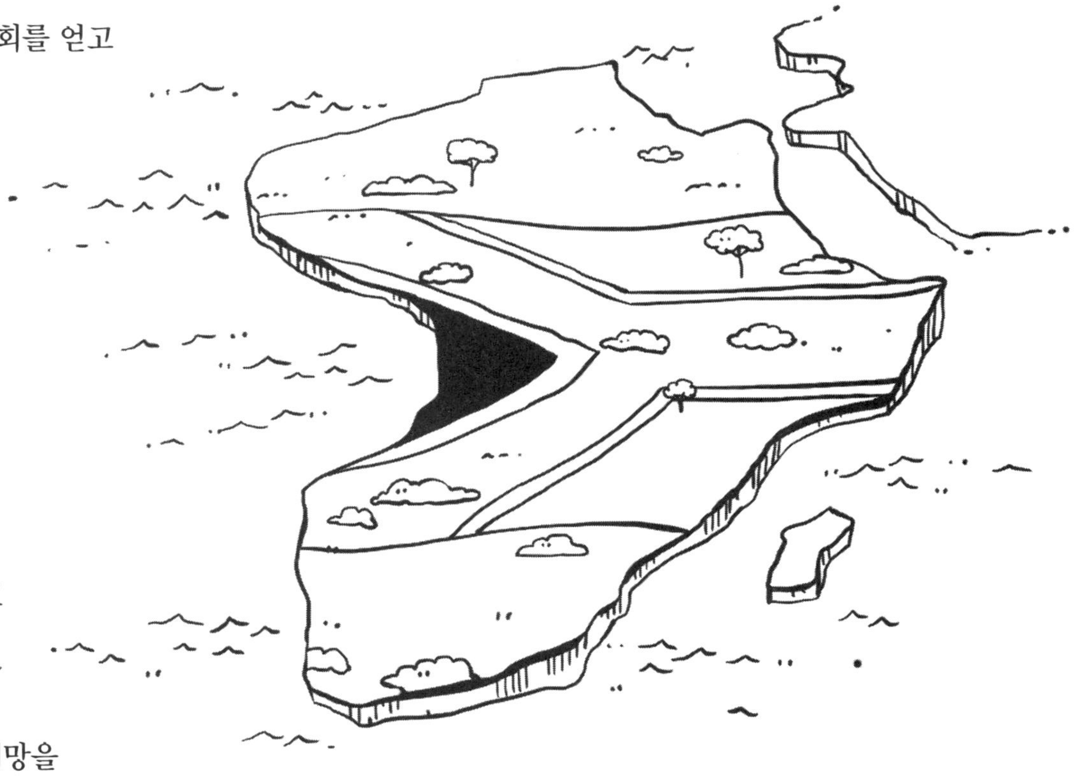

'46664'
만델라의 죄수 번호에요. 만델라는 저 번호를 가슴에 달고 무려 27년 동안이나 감옥에서 살았어요. 하지만 저 번호가 나중에는 희망을 이야기하는 숫자를 상징하게 되었지요.
만델라는 긴 감옥살이에도 절대 흔들리거나 약해지지 않았어요. 감옥 안에서 채소밭을 만들고, 작은 나무도 가꾸었어요. 또 건강을 잃지 않기 위해 매일 꾸준히 운동하였고, 교도관과도 친하게 지내며 감옥마저도 바꾸었어요. 27년 만에 감옥에서 풀려난 만델라의 나이는 71세였어요.
"나는 비록 일흔한 살이 되었지만 내 인생은 이제야 막 새롭게 시작되고 있다는 것을 느낍니다!"
자신을 감옥에서 27년이나 살게 한 백인들을 미워할 만도 하지만 만델라는 '용서와 화해'를 택했어요.
그래서 흑인과 백인으로 나뉘었던 나라가 다 같이 평화롭고 행복하게 살아가도록 노력했어요.
세계 여러 나라의 지도자를 만나 남아프리카의 상황을 의논했으며 정부와도 싸우지 않고 계속 협상해 나갔어요. 이 노력을 인정받아 만델라는 그 당시 남아프리카공화국 대통령이었던 클레르크와 함께 노벨평화상을 받았지요.

"우리는 자유로 가는 길이 결코 쉽지 않다는 것을 알고 있습니다. 그러나 우리는 평화와 새로운 세상의 탄생을 위해 반드시 협력해야만 합니다.
자유여, 영원하여라! 인류의 영광스러운 업적 위에 태양은 영원히 지지 않으리라!"
만델라의 계속된 노력으로 남아프리카공화국 최초로 흑인도 나라의 중요한 일을 결정하는 '선거'에 투표를 할 수 있게 되었어요. 그 결과 만델라는 흑인 최초로 남아프리카공화국 대통령이 되었지요. 흑인과 백인의 차별을 없애 함께 행복한 세상을 살아가고자 했어요.

만델라는 대통령의 임기를 마친 후에도 세계 평화를 위해 노력했어요. 그래서 많은 사람은 그의 순수하고 온화한 미소를 잊지 않으며 무한한 존경과 사랑을 바치고 있답니다.

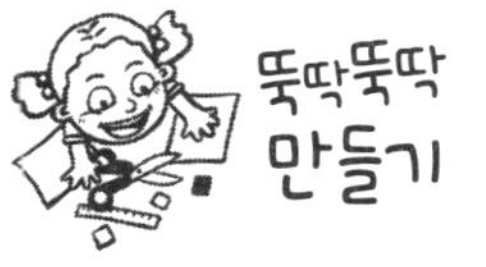

감옥 책

민족운동가이고, 최초의 흑인 대통령이 된 넬슨 만델라는
무려 27년 동안이나 감옥에 갇혀 있었지요.
오랫동안 감옥에 갇혔던 만델라에 관한 이야기를 담아보세요.

준비물 만델라 이야기, 감옥 책 모형, 가위, 풀, 색도구

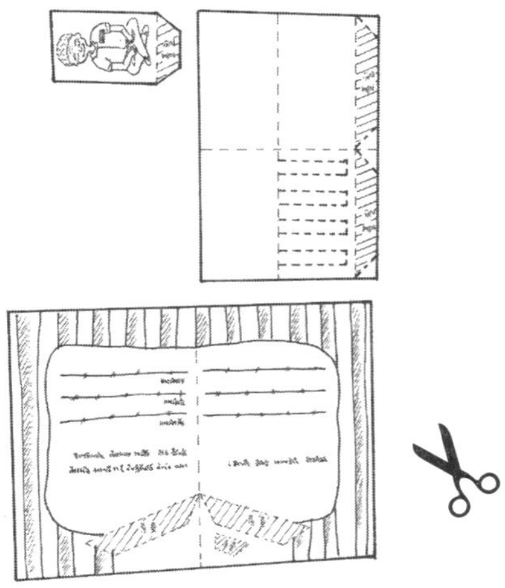

1. 굵은 점선 A를 따라 모두 오려놓으세요.

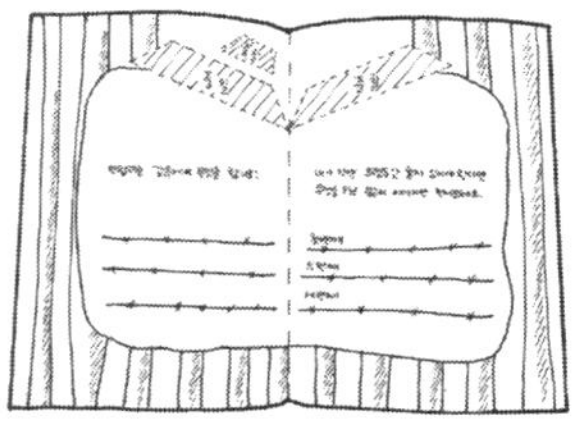

2. 바탕종이 B를 따라 세로로 접었다가 펴세요.

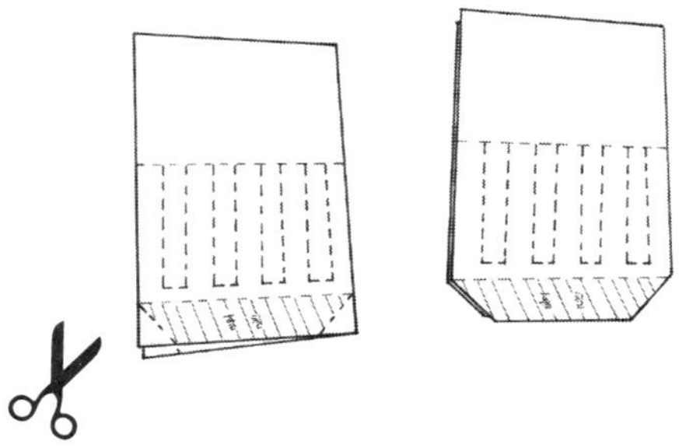

3. 팝업종이 C를 따라 접고 D를 오리세요.

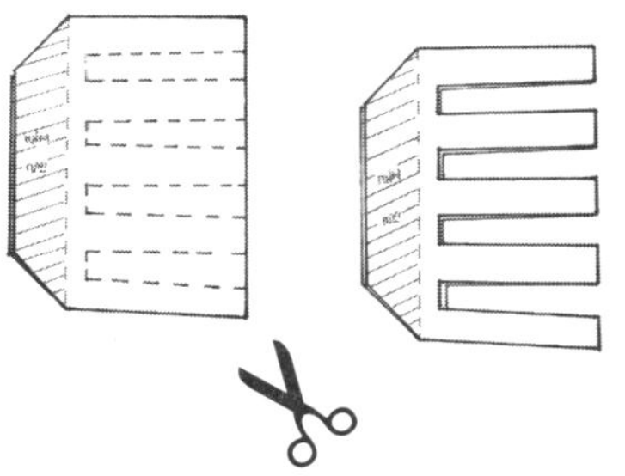

4. 다시 E를 접고 F를 따라 모두 오리세요.

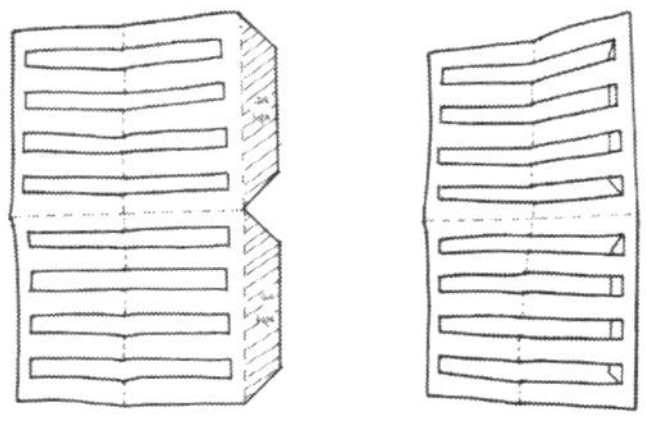

5. 펼친 다음 풀칠 자리 G를 접습니다.

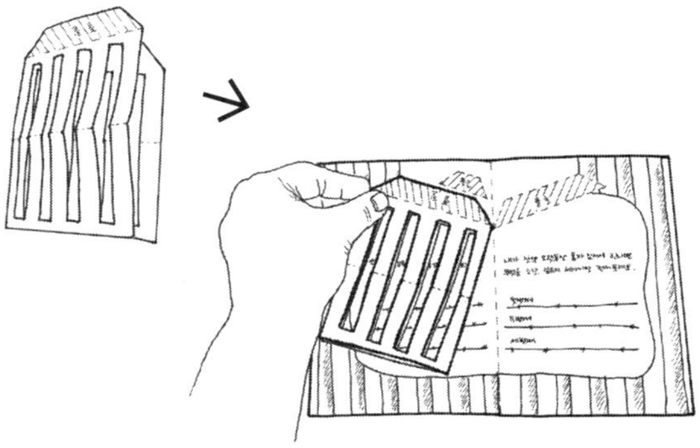

6. 풀칠 A에 풀칠한 다음 바탕종이 풀칠 A에 붙여주세요.

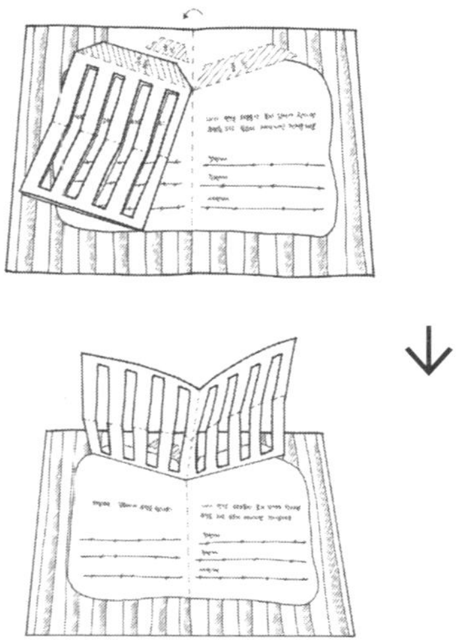

7. 팝업종이 풀칠 B에 풀칠한 다음 바탕종이를 덮었다가 펼치세요.

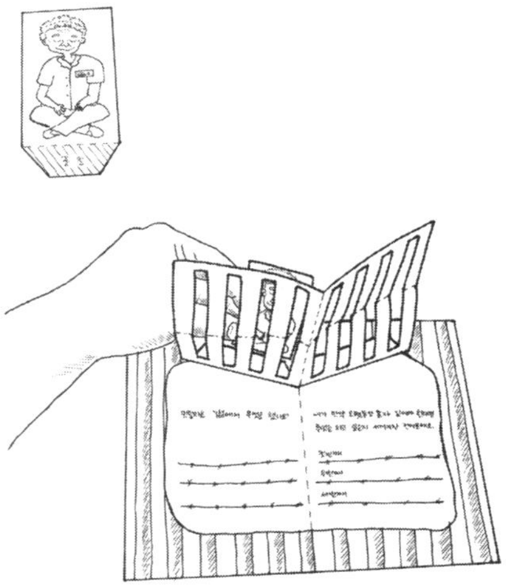

8. 주인공이 그려진 조각종이를 그림과 같이 팝업 안쪽에 붙이세요.

주의하세요!

* 감옥 모양의 팝업을 오릴 때 종이가 겹쳐 두꺼우므로 주의해서 오려야합니다.

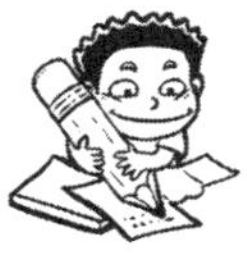

알콩달콩 표현하기

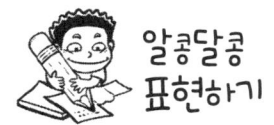

모든 사람이 평화롭게 살기를 꿈꾸고 노력했던 만델라 대통령은 억울한 감옥살이를 무려 27년간이나 했어요.

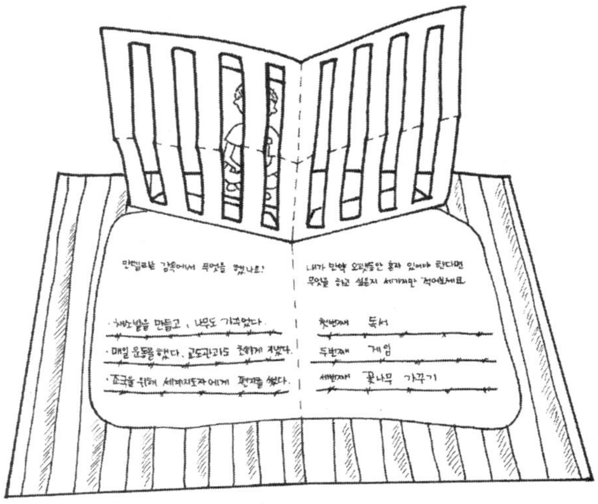

✱ 만델라는 감옥에 갇혀서 무엇을 했나요?

✱ 여러분이 만약 오랫동안 혼자 있어야 한다면 무엇을 하고 싶은지 3가지만 적어 보세요.

✱ 감옥에 갇힌 만델라를 그림으로 표현해 보세요.

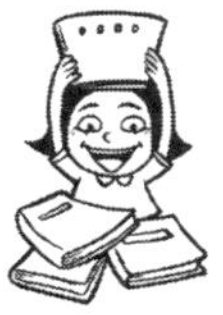

룰루랄라 완성하기

이 세상에 하나밖에 없는 나의 책이에요. 책 제목을 짓고, 작가가 된 나의 이름을 적어보세요. (앞표지에는 어울리는 그림을 그리고, 뒤표지에는 광고 글, 책값, 바코드, ISBN도 넣어 보기) 그리고 친구들 앞에서 나의 책을 당당하게 소개하거나 멋지게 전시도 해보세요.

직업탐구 정치인

✱ 만델라는 인권운동가로 감옥에서 나온 후 '대통령'이 되어 나라를 바르게 이끌고자 노력했어요.

★ '대통령'은 어떤 일을 하나요?

대통령은 다른 나라에 대해서 자기의 나라를 대표하고, 나라의 중요한 일을 결정하는 정부의 최고 우두머리예요. 명예롭지만 막중한 책임과 의무가 따르는 자리지요.

- 나라를 대표해서 외교 활동을 해요.
- 나라에 중요한 일을 결정할 때 국민 투표를 제안할 수 있으며, 위급할 때에는 계엄을 선포해요.
- 국군을 지휘하고 통솔하며, 다른 나라와 전쟁을 하기 전에 선전포고를 할 수 있어요.
- 우리나라 대통령은 헌법을 지키고, 조국의 평화적 통일을 위해 성실히 노력하며, 국민의 자유와 복리를 위해 노력할 의무가 있어요.

★ '국회의원'은 어떤 일을 하나요?

모든 국민이 정치에 참여할 수 없어서 선거를 통해서 국회의원을 뽑아요. 그래서 국회의원은 국민을 대표해서 나라의 중요한 일을 검토하고, 결정해요. 법률을 만들거나 고치고, 나라 살림의 규모와 쓸 곳을 정하여 감시하고, 국민이 편하게 살 수 있도록 정책을 만들어요.

도란도란 책읽기

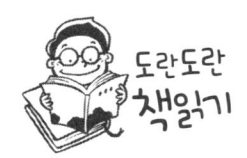

다이너마이트로 노벨상을 만든 화학자 노벨

"올해 노벨상 수상자는 ○○○입니다!"
노벨상 수상은 자기 자신은 물론 가족, 수상자의 나라까지 영광스러운 일이지요.
노벨상! 도대체 누가, 언제, 왜 만들었을까요?

알프레드 노벨은 유럽에 있는 스웨덴에서 태어났어요. 아버지께서는 폭약을 만드는 발명가이면서 큰 공장도 운영하셨어요. 그래서 노벨의 형제들도 우수한 폭약을 만들고자 연구를 했어요.
폭약은 길을 만들기 위해 산을 뚫거나 건물을 짓고 부수는 등 건설 현장에서 꼭 필요한 물건이에요.
하지만 처음에 만들어진 폭약은 물 같은 액체로 만든 것이어서 조금만 잘못하면 터졌기 때문에 아주 위험했어요. 그래서 좀 더 안전한 폭약을 만들고자 실험하던 중 안타깝게도 노벨의 동생과 조수 4명이 사망하는 폭발사고가 일어났어요.
'사람들을 편하게 하려고 만든 폭약이 사랑하는 동생과 사람들을 죽이다니!!'
노벨은 너무나 큰 슬픔에 빠졌어요. 하지만 폭약은 꼭 필요한 것임을 알기에 더 연구에 몰두했어요. 그러다가 노벨은 액체가 아닌 딱딱한 물체인 고체로 만들어진 폭약을 개발하게 되었지요. 고체로 만들어진 새로운 폭약은 안전하면서도 폭발력은 훨씬 더 강력해졌어요. '힘'이라는 뜻으로 '다이너마이트'라는 멋진 이름도 지었지요.
그 당시는 여러 나라의 산업이 발전하는 시기로 길을 새로 만들거나 광산을 개발하는 일 등으로 다이너마이트는 쓰임새가 무척 많았어요. 또 노벨은 연기가 나지 않는 화약인 '바리스타이트'도 발명하여 만들어 내기 시작했어요. 그래서 노벨 가족은 아주 큰 부자가 되었지요.

"쾅, 쾅, 쾅!!!"
공사장에서 편리하게 사용하려고 만든 다이너마이트가 전쟁이 일어나자 아주 무서운 무기로 돌변했어요.

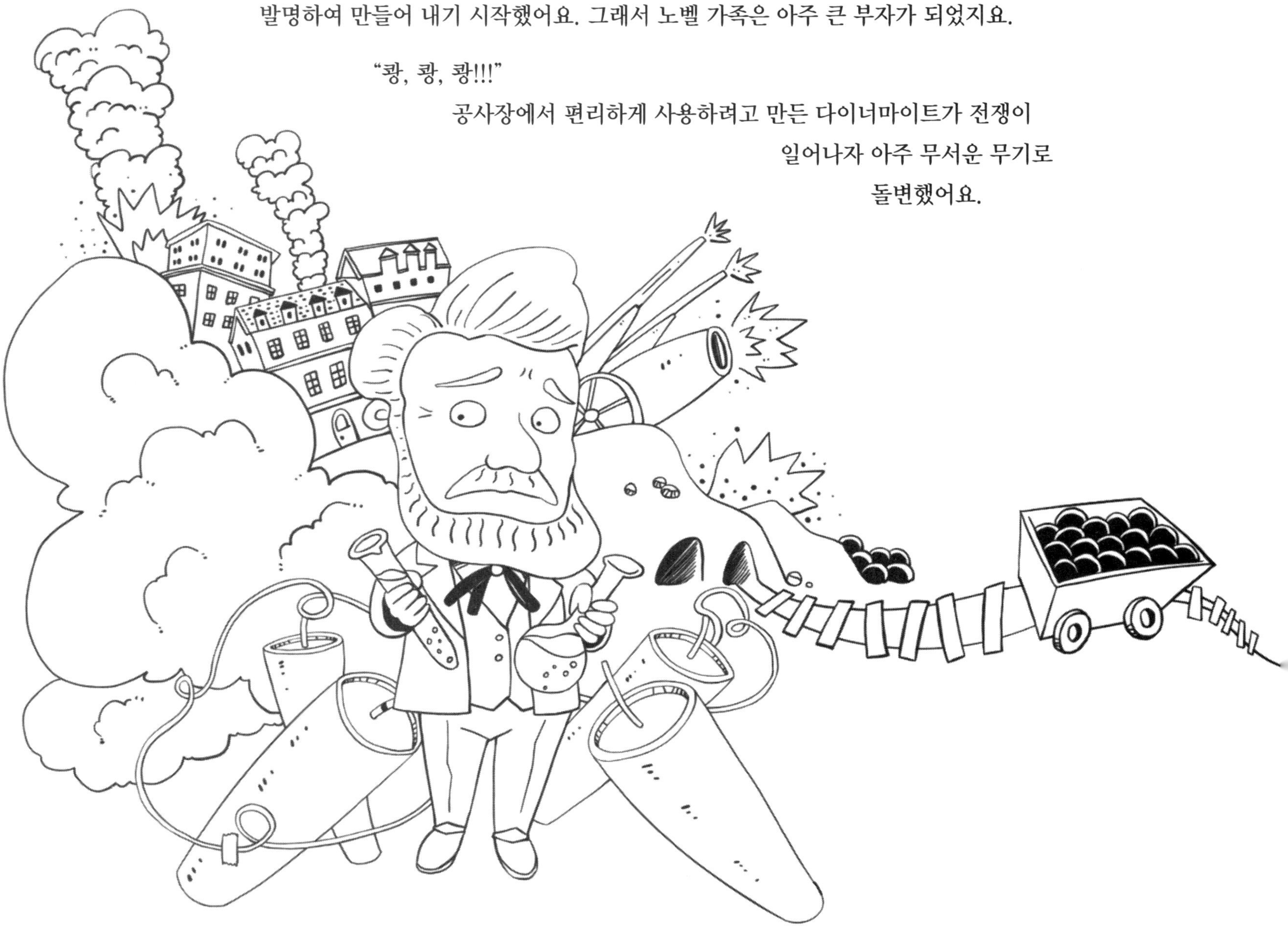

'폭탄'이 되어 집과 건물을 파괴하며 한꺼번에 여러 사람을 죽였고, '기뢰'가 되어 바닷속에서 배를 폭파했어요.
또 '바리스타이트'는 총과 대포로 쓰이고 있었지요.
'아니야, 이건 아니야! 내가 만든 발명품들이 사람들을 위협하고 죽이는 데 쓰이다니!'
노벨은 다이너마이트가 자기의 뜻과는 다르게 강력한 무기로 쓰이자 너무나 괴로웠어요.
그때부터 노벨은 자신이 어떻게 하면 사람들에게 도움이 될까 생각했어요.
그러고는 변호사를 불러서 유언장을 쓰기 시작했지요.

"나의 재산을 과학과 문화의 발전, 세계 평화를 위해 일한 사람들에게 상과 상금으로 나누어 주십시오. 이 상은 세계 어느 나라 사람이라도 상관없으며 공정하게 심사하여 가장 적합한 자격이 있는 사람들에게 주시기를 간곡하게 부탁합니다."

옆에서 유언장의 내용을 들은 사람들은 모두 노벨을 칭찬하며 대단하다고 하였어요.
"아닙니다. 내가 발명한 다이너마이트로 인해 얼마나 많은 희생이 있었습니까? 내 뜻과 다르게 사용되어 괴롭고 힘들었습니다. 하지만 노벨상 수상이 사람들에게 조금이라도 위로와 격려가 된다면 저는 기쁜 마음으로 눈을 감을 수 있을 것 같습니다. 저의 유언을 꼭 지켜 주십시오."
노벨상은 노벨이 죽은 지 5년이 되는 해부터 고향인 스웨덴의 스톡홀름에서(평화상만 노르웨이에서) 매년 12월 10일에 시상되고 있어요. 현재는 물리학, 화학, 생리의학, 문학, 평화, 경제학 6개 분야에서 인류 발전에 기여한 사람과 단체에게 시상되고 있답니다.

전 세계인에게 가장 명예롭게 여겨지는 노벨상! 모든 사람이 평화롭게 살기를 원했던 노벨의 정신과 바람이 있어서 더 자랑스러운 상이 된 것 아닐까요? 20년 후, 아니면 그 언제라도 이 책을 읽는 여러분이 꼭 노벨상의 주인이 되시기를….

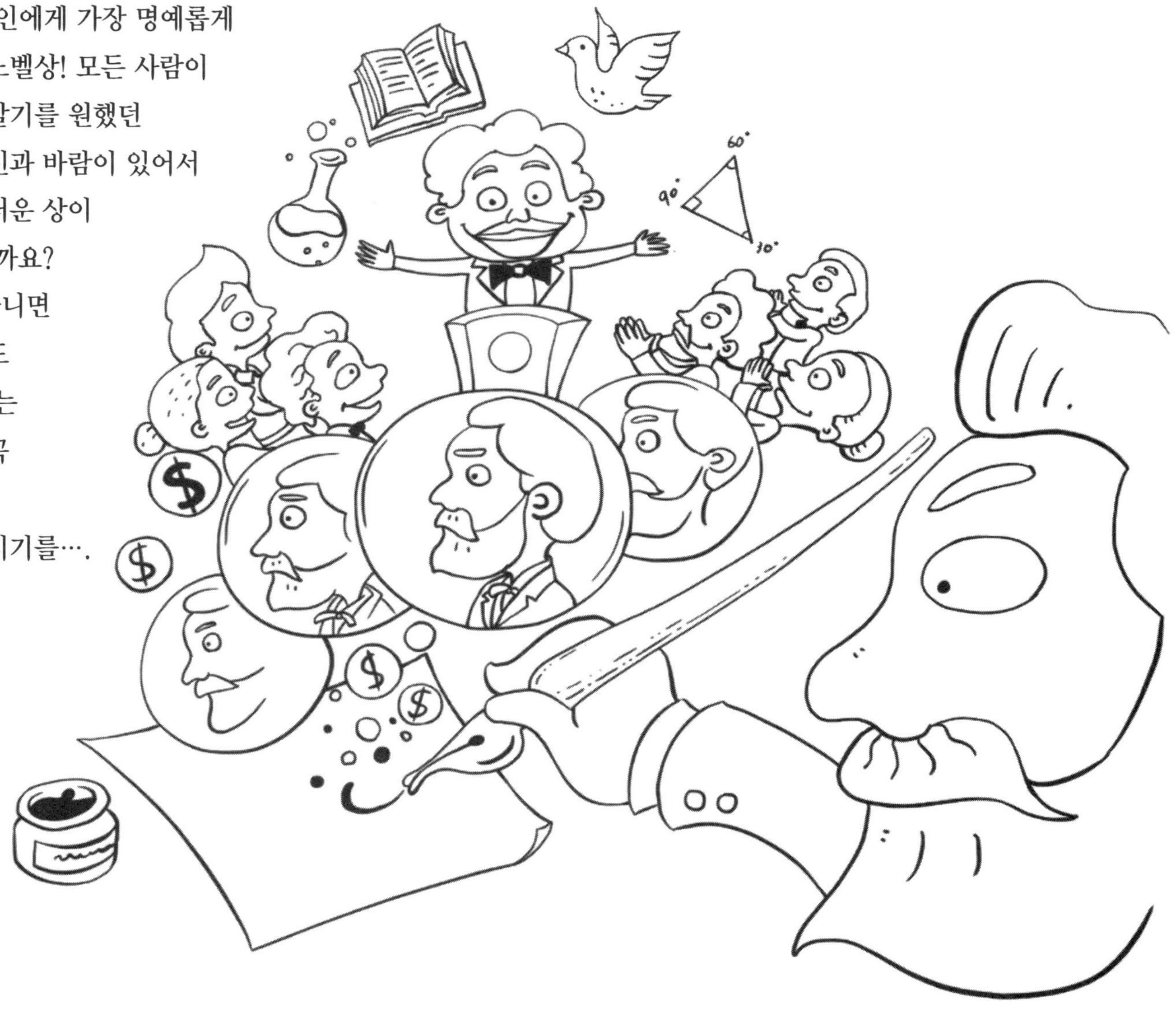

뚝딱뚝딱 만들기

특별한 상 책

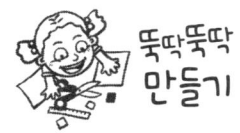

노벨은 화학자였지만 노벨상을 만든 사람으로도 많이 알려졌지요.
1901년부터 주어진 노벨상은 전 세계 사람들이 받고 싶어하는 상입니다.
여러분도 여러 가지 특별한 상을 만들어보세요.

준비물 노벨 이야기, 특별한 상 책 모형, 가위, 풀, 색도구

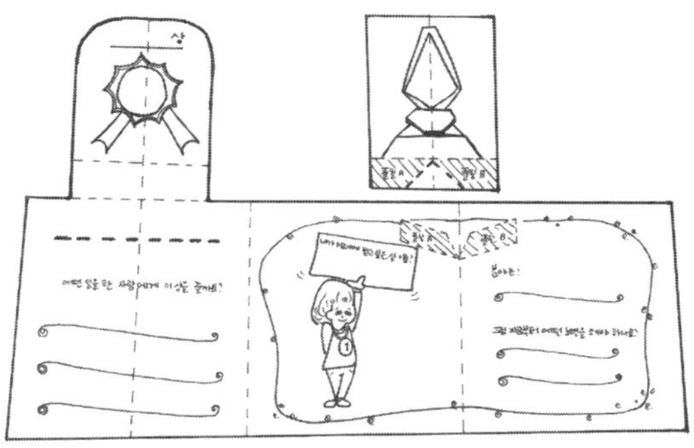

1. 굵은 점선 A를 따라 그림과 같이 모두 오려놓으세요.

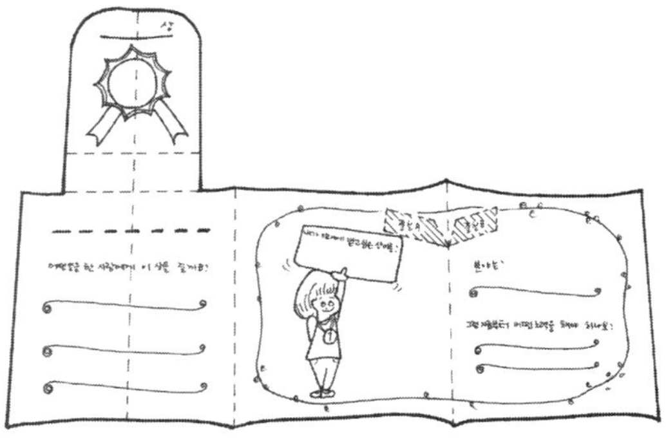

2. B를 따라 접었다가 다시 펴세요.

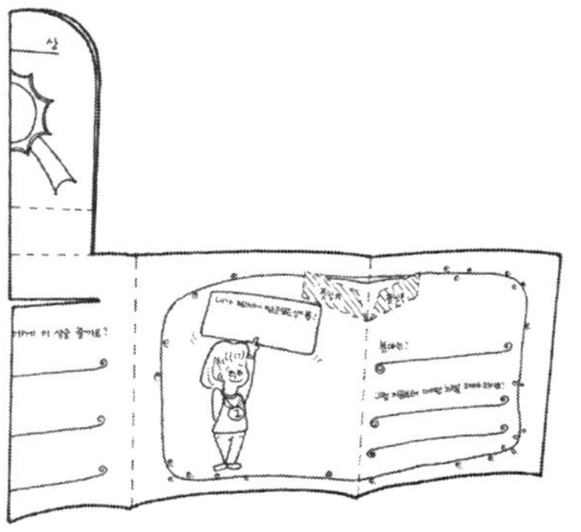

3. 다시 C를 따라 접고 굵은 점선 D를 따라 오렸다가 펴세요.

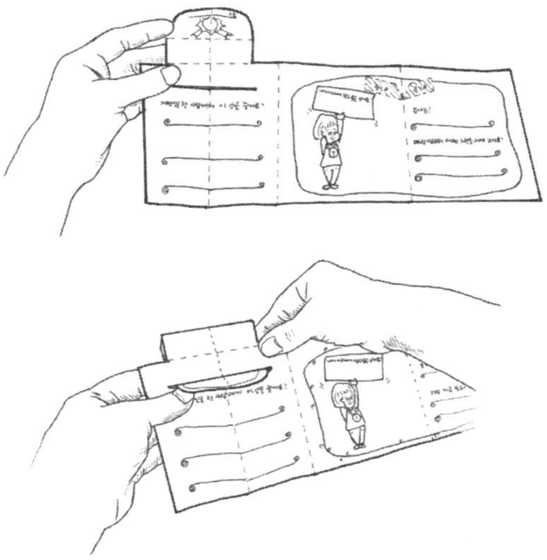

4. 2개 있는 E를 따라 접고 그림과 같이 뒤로 넘겨 D 사이로 빼내세요.

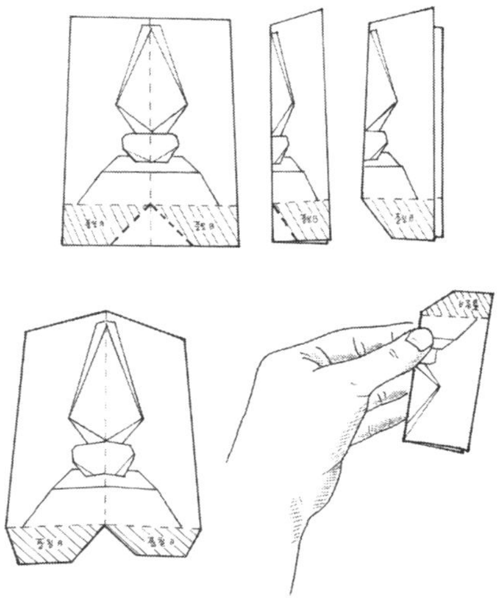

5. 남은 팝업종이 F를 따라 반 접으세요. G를 따라 오렸다가 모두 펴세요.

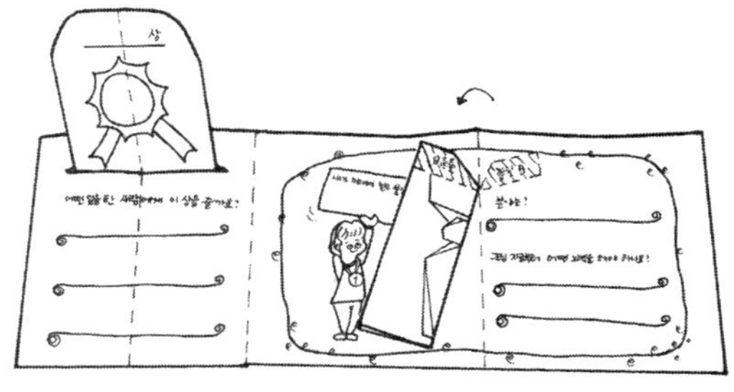

6. 팝업종이 풀칠 A에 풀칠한 다음 바탕종이 풀칠 A에 붙이세요.

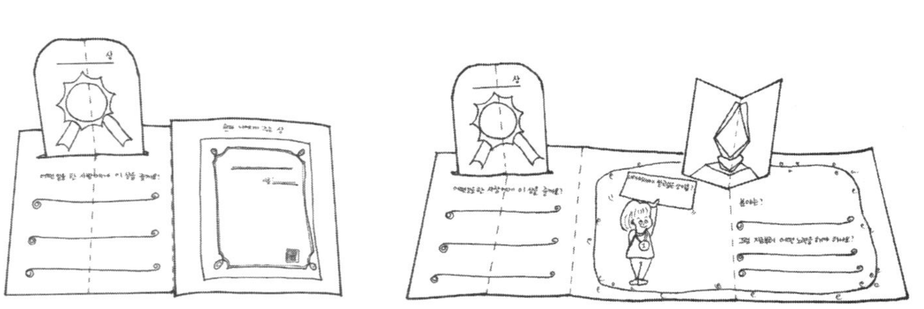

7. 이번에는 팝업종이 풀칠 B에 풀칠한 다음 바탕종이를 덮어 붙이세요.

주의하세요!

* 오려진 선 사이로 종이를 끼워서 빼낼 때 종이가 찢어지지 않도록 해주세요.

* 팝업종이를 바탕종이에 붙이기 전에 먼저 꾸미도록 해주세요.

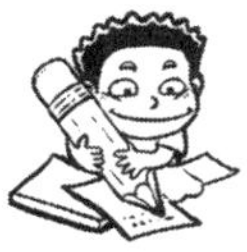

알콩달콩 표현하기

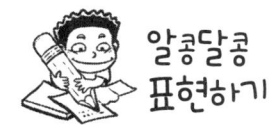

전 세계에는 노벨상(물리학, 화학, 생리의학, 문학, 평화, 경제학 부문)도 있지만 필즈상(수학), 막사이사이상(평화), 아카데미상(영화), 콩쿠르상(문학), 퓰리처상(보도, 문학) 등 본인과 조국에 영예로운 상이 많이 있어요.

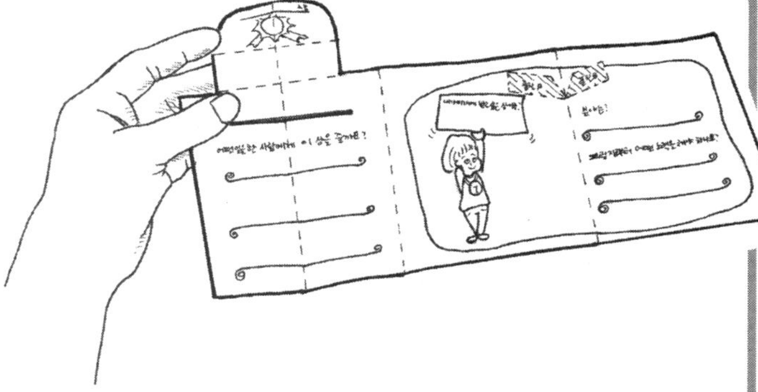

* 여러분이 만약 상을 만들게 된다면 어떤 일을 한 사람에게 주고 싶은가요?
* 내가 미래에 받고 싶은 상은 무엇인가요?
* 노벨상이나 다른 훌륭한 상을 받게 될 '미래의 나'도 좋지만 '현재의 나'도 참 멋지답니다. 오늘은 나의 장점이나 최근에 한 착한 일을 생각하며 '현재 나에게 주는 상'을 만들어 보세요.

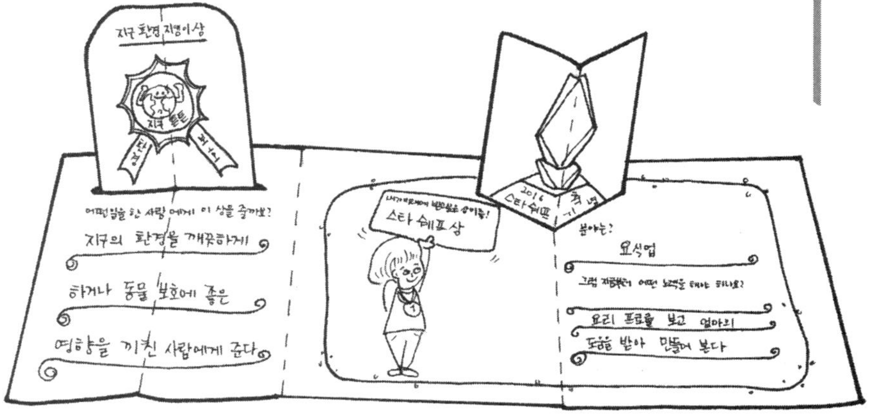

룰루랄라 완성하기

이 세상에 하나밖에 없는 나의 책이에요. 책 제목을 짓고, 작가가 된 나의 이름을 적어보세요.
(앞표지에는 어울리는 그림을 그리고, 뒤표지에는 광고 글, 책값, 바코드, ISBN도 넣어 보기)
그리고 친구들 앞에서 나의 책을 당당하게 소개하거나 멋지게 전시도 해보세요.

직업탐구 화학자

* 노벨은 '화학자'로 다이너마이트와 연기 나지 않는 화약을 발명했으며 노벨상을 만들기도 했어요.

'화학'은 어떤 학문인가요?

화학이란 물질이 무엇으로 구성되어 있으며 어떤 성질을 가졌는지 또 이들 간에 서로 어떤 작용을 하여 결합하고 분해되어 어떻게 변화하는지에 대하여 알아보는 학문이에요. 설명이 어렵게 느껴지지만 '요리'를 통해 화학을 이야기하면 재미나고 쉽게 이해되지요. 달걀흰자를 거품기로 저으면 하얀 구름 같은 크림이 되고, 달걀노른자에 식용유, 소금 등을 넣고 저으면 고소한 마요네즈가 되지요. 또 달걀을 물에 넣고 끓이면 물 같은 액체 상태에서 딱딱한 고체 상태로 변하면서 따끈한 삶은 달걀이 되고, 뜨거운 기름에 달걀을 깨뜨리면 맛있는 달걀 프라이가 되지요. 주재료는 달걀이지만 어떻게 변화를 주느냐에 따라서 다양한 음식이 되는 이런 여러 가지 반응들을 연구하는 것이 모두 '화학'이에요.

'화학자'는 어떤 일을 하나요?

화학자는 물질의 성질과 구조, 변화 등을 연구하고, 응용하기도 하는 등 그 결과를 발표하는 과학자예요. 그래서 새로운 것을 탐구하는 호기심과 결과를 얻어내기까지 인내심과 도전정신, 관찰력 등이 필요하고 과학에 대한 넓은 지식을 쌓아야 해요.

도란도란 책읽기

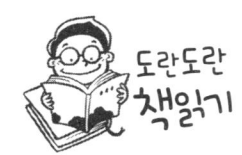

스포츠로 평화를 꿈꾼 근대 올림픽 창시자 **쿠베르탱**

'보다 빠르게, 보다 높게, 보다 강하게!(Citius, Altius, Fortius)'
올림픽은 오늘날 전 세계에서 가장 많은 나라가 참여하여 스포츠로 이루는 평화의 축제예요.
파랑, 노랑, 검정, 초록, 빨강 색의 동그란 고리 5개로 연결된 올림픽기는 유럽, 아시아, 아프리카, 오세아니아, 아메리카 즉 세계의 5개 대륙을 상징으로 하여 지구촌 전체가 참여한다는 뜻이에요.
각국의 선수들이 자기 나라의 깃발을 들고 입장하는 개막식을 보고 있으면 가슴이 뭉클해지면서 조국에 대한 애국심도 생기게 되지요.

원래 올림픽은 아주 오래전 그리스의 올림피아라는 곳에서 제우스 신에게 바치는 제사였으며, 오직 남자들만이 참여할 수 있었어요. 그러다가 제우스 신을 믿는다는 이유로 로마의 황제가 올림픽을 없애버렸어요. 그래서 올림픽은 역사 속에서 영원히 사라질 수도 있었지요.
그렇다면 올림픽을 다시 부활시킨 사람은 누구일까요?

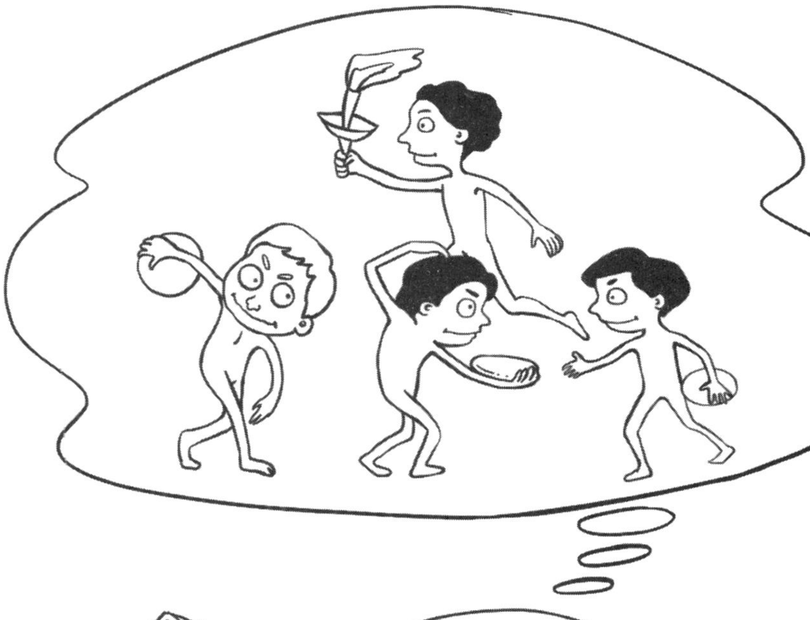

쿠베르탱은 프랑스의 부유한 가정에서 태어났어요.
훌륭한 정치가를 꿈꿨던 쿠베르탱은 조국은 물론 영국과 미국까지 유학을 가서 열심히 공부했지요. 여러 방면으로 공부하다 보니 '운동이 학생들의 성장과 교육에 좋은 영향을 끼친다.'는 것을 알게 되었어요.
그런데 자신의 조국 프랑스에서는 학교에서 거의 운동을 시키지 않았어요.
체육 시간을 단지 노는 시간이라고만 생각했기 때문에 책상에 앉아서 많은 지식만을 배우도록 했어요. 그런 이유로 프랑스의 학생들은 체력이 약해 있는 상태였지요.

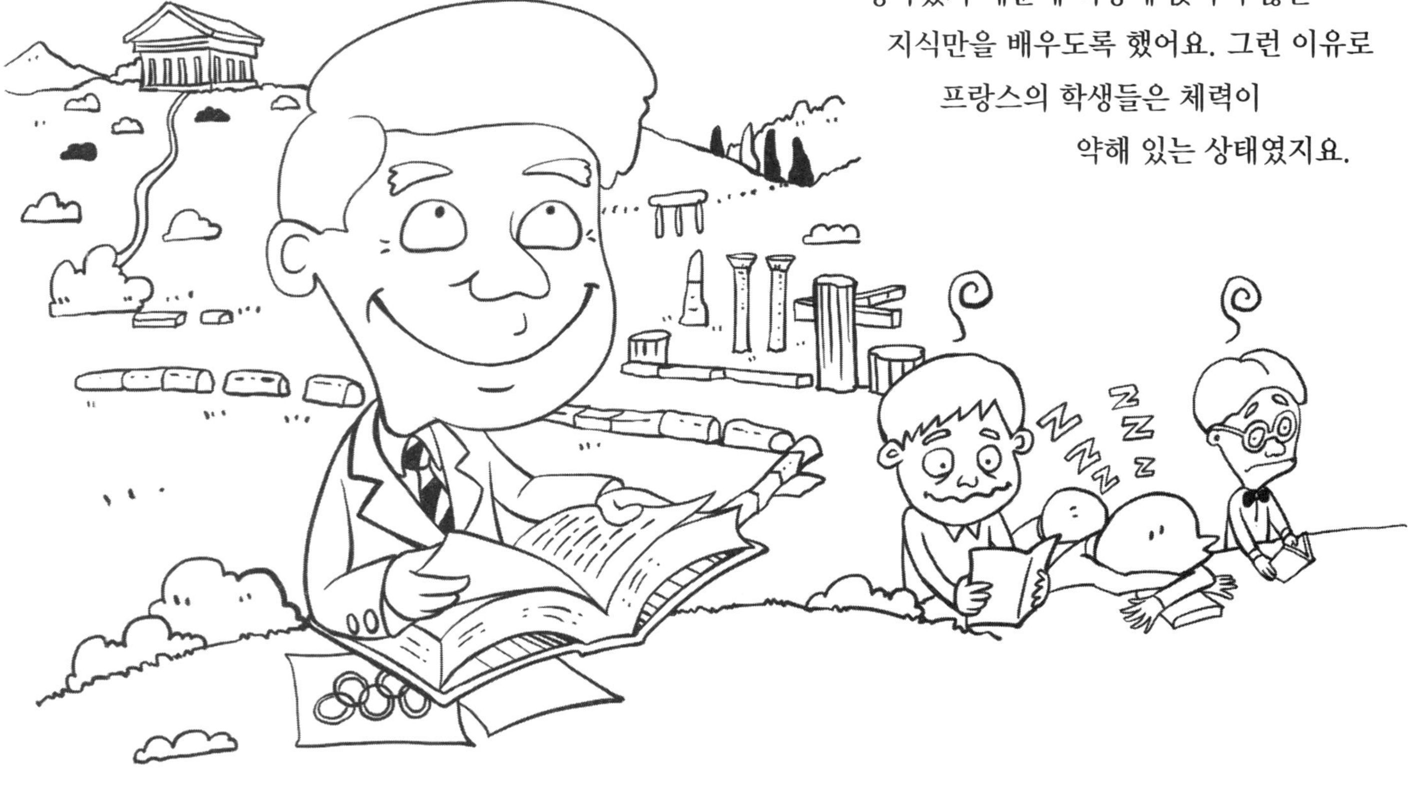

‘건강한 신체에서 건강한 정신이 깃드는 것인데, 우리 학생들은 너무 몸이 약해!’

“교육이란 정신과 몸의 건강이 골고루 조화를 이뤄야 하며 젊은이들은 스포츠를 통해 경쟁을 배워야 합니다.” 쿠베르탱은 사람들을 설득하려 했지만 누구 하나 그의 말에 귀 기울이지 않았지요. 쿠베르탱은 실망하지 않았고, 그럴수록 더 깊이 있게 공부하던 중 고대 올림픽의 정신을 알게 되었어요. 올림픽은 스포츠를 통해 그가 꿈꾸는 바를 이루게 할 수 있다고 믿고, 기록을 찾아다니며 연구했어요. 그러면서 올림픽 개최에 대한 자신감이 생겼지요. 쿠베르탱은 영국이나 미국 등 도움이 될 만한 나라의 사람들에게 편지를 쓰거나 직접 찾아다니며 올림픽이 다시 열릴 수 있도록 자신의 의견을 알렸어요.

“여러분, 스포츠야말로 아름다운 경쟁을 통해서 인간을 성장시킵니다.
최고 수준의 국제적인 행사로 고대 올림픽을 부활시켜 진정한 세계 평화를 이룹시다!”

쿠베르탱의 진심이 통했어요. 드디어 세계 여러 나라의 대표들이 모여서 올림픽을 다시 열기로 합의했으며 ‘올림픽 국제 위원회’도 만들었어요. 그래서 올림픽은 4년마다 한 번씩 열고, 세계의 여러 도시를 돌아가면서 개최하기로 했어요.

제1회 올림픽은 고대 올림픽이 부활했다는 의미로 그리스의 아테네에서 하고, 위원장도 그리스 사람이 하도록 하였어요. 쿠베르탱의 예감은 적중했지요. 아테네 올림픽은 그리스 정부의 도움으로 잘 마칠 수 있었고, 스포츠의 힘이 위대하다는 것을 알게 해 주었어요.

“올림픽 정신의 기본은 개인의 계발에 있다.”

그래서 쿠베르탱은 올림픽에서 국가별로 점수를 계산하여 순위를 정하지 못하도록 했어요. 금메달, 은메달, 동메달 시상은 하지만 국가별로 시상하지는 않았지요. 올림픽은 승리하는 것이 중요한 것이 아니고, 참가하여 함께 하는 것에 더 큰 뜻이 있다는 거예요.

쿠베르탱은 올림픽이 전 세계인의 평화로운 축제가 되게 하는 데 일생을 바쳐 일했어요. 제2회 올림픽을 조국인 프랑스 파리에서 개최하였으며 그가 세상을 떠났을 때는 공로를 인정받아 그리스 올림피아의 성스러운 숲에 ‘쿠베르탱 기념비’가 세워졌답니다.

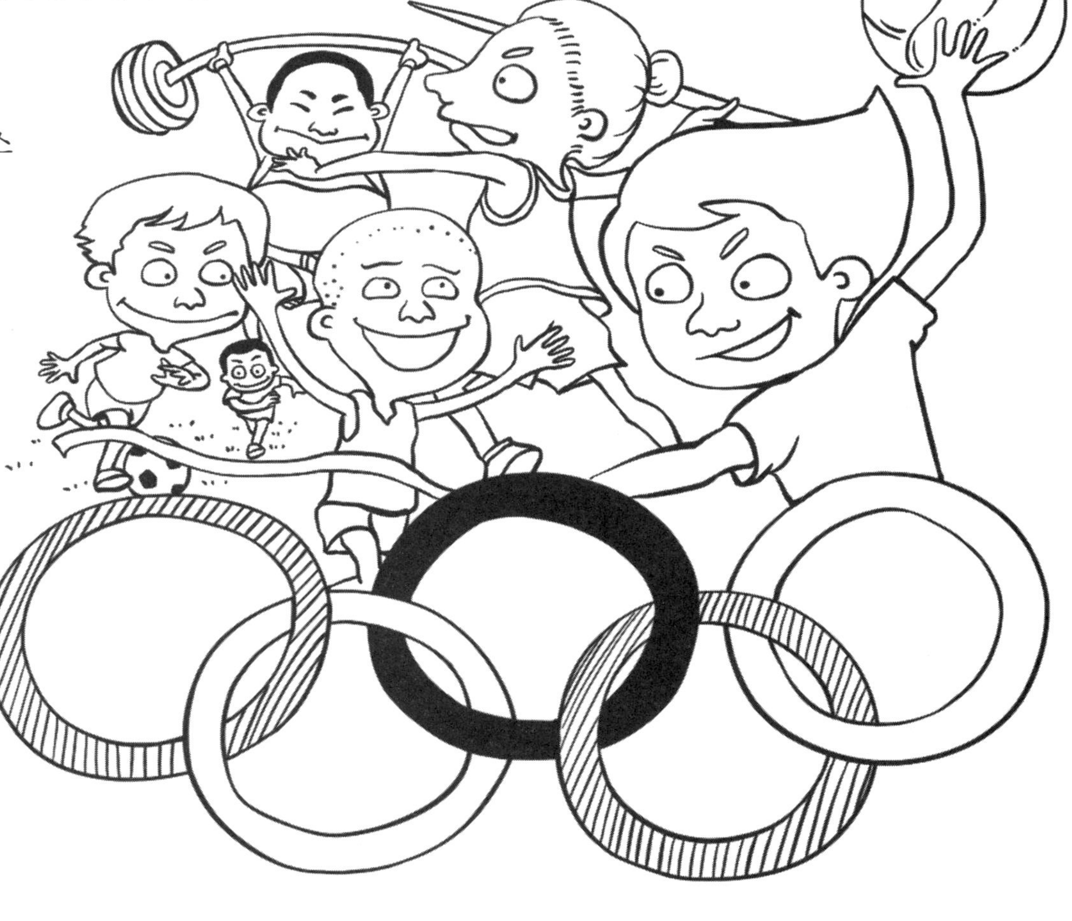

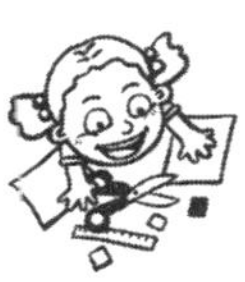

뚝딱뚝딱 만들기

올림픽 책

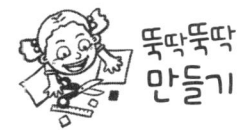

운동을 통해 몸과 정신의 건강을 배워야 한다고 생각한 쿠베르탱이 올림픽을 만들었어요.
여러분은 어떤 종목을 가장 좋아하나요?
또 여러분이라면 어떤 마스코트를 만들지 생각하고, 표현해보세요.

준비물 쿠베르탱 이야기, 올림픽 책 모형, 가위, 풀, 색도구

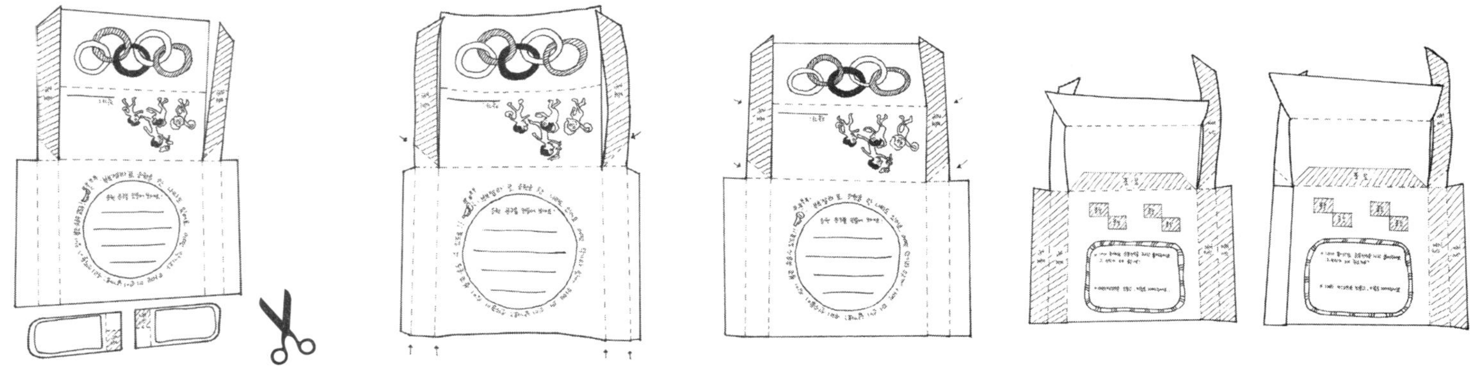

1. 굵은 점선 A를 따라 그림과 같이 모두 오리세요.

2. B를 따라 모두 접었다가 펴세요. 모두 6곳에 표시된 B를 찾아 접도록 합니다.

3. 다시 C를 따라 접었다가 펴세요.

4. 전체를 뒤집은 다음 풀칠 A에 풀칠하고 그림과 같이 접으세요.

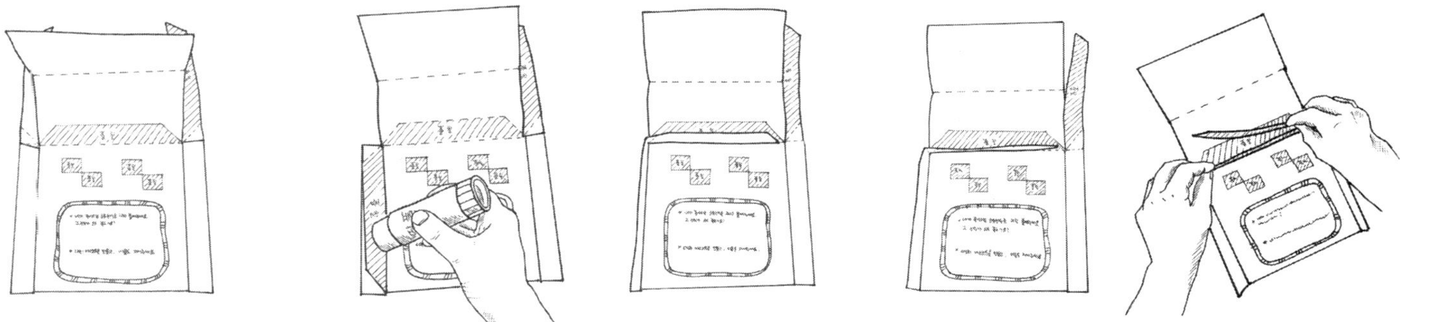

5. 같은 방법으로 풀칠 B에도 풀칠한 다음 붙입니다.

6. 왼쪽 윗부분을 접어놓고 풀칠 C에 풀칠한 다음 그림과 같이 꺾으세요.

7. 오른쪽 윗부분에 있는 풀칠 C 부분에 풀칠한 다음 그림과 같이 꺾어 붙이세요.

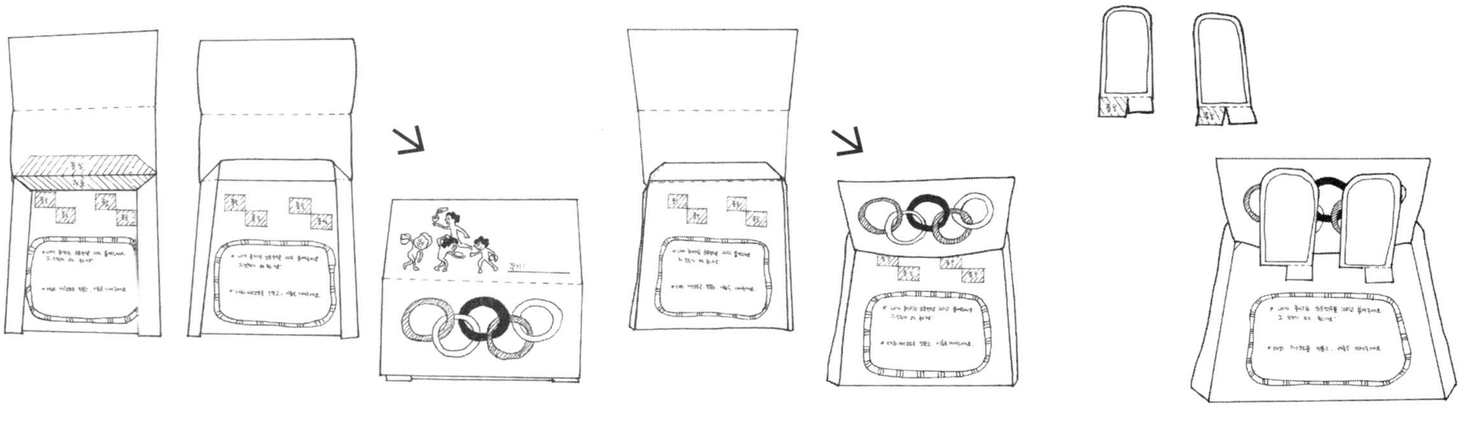

8. 7번에서 풀칠한 부분을 그림과 같이 내려 풀칠 D에 풀칠한 다음 바탕종이를 덮으세요.

9. 바탕종이를 다시 펼친 다음 접을 때는 오륜기가 보이도록 그림과 같이 반을 접어 상자 사이에 끼웁니다.

10. 조각종이 2개를 굵은 점선을 따라 오리고 접은 다음 바탕종이 풀칠 부분에 각각 붙이세요.

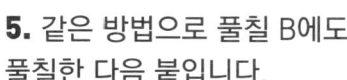

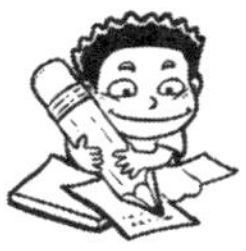

알콩달콩 표현하기

현재 세계에는 겨울스포츠를 중심으로 한 동계올림픽(스키, 스케이트 등)과 하계올림픽(달리기, 수영, 태권도 등)이 열립니다. 또 4년에 한 번씩 전 세계 유명 축구선수들이 나오는 월드컵도 열리지요. 우리나라는 올림픽과 월드컵을 모두 개최한 나라예요.

* 내가 좋아하는 스포츠 선수는 누구인가요? 그럼 그 선수가 왜 좋은가요?
* 대회 마스코트를 그리고, 귀여운 이름도 붙여 주세요.
* "대~한!민!국!(짝 짝 짝 짝짝)" 응원 소리만 들어도 우리의 심장이 뛰기 시작해요. 우리 선수들의 힘이 불끈 솟을 수 있도록 멋진 응원 문구를 만들어 보세요.

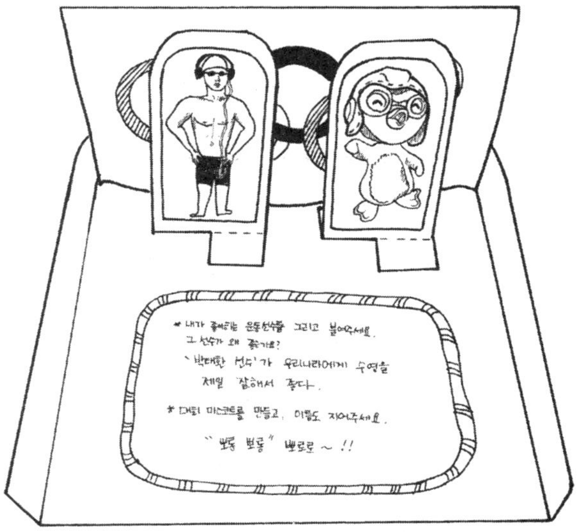

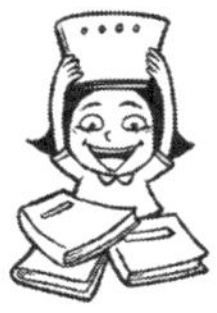

룰루랄라 완성하기

이 세상에 하나밖에 없는 나의 책이에요. 책 제목을 짓고, 작가가 된 나의 이름을 적어보세요.
(앞표지에는 어울리는 그림을 그리고, 뒤표지에는 광고 글, 책값, 바코드, ISBN도 넣어 보기)
그리고 친구들 앞에서 나의 책을 당당하게 소개하거나 멋지게 전시도 해보세요.

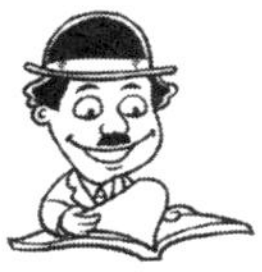

직업탐구 체육인

* 쿠베르탱은 건강한 신체에 건강한 정신이 깃든다고 믿고, 스포츠로 세계가 하나 되는 평화를 꿈꿔 '근대 올림픽'을 창시했어요.

'체육인'은 어떤 직업인가요?

체육에 관한 일에 종사하는 사람들로 운동선수는 물론 선수나 팀을 관리하거나 스포츠 경기를 전달해 주는 사람 등 다양한 직업이 있으며 최근에는 점점 더 세분화, 전문화되며 늘어나고 있어요.

'체육인'에는 무슨 일을 하는 사람이 있나요?

- 운동선수 : 올림픽 종목(달리기, 수영, 레슬링, 야구, 체조, 승마 등)이나 그 외 각종 운동 경기에 선수로 참여하며 직업으로 운동하는 프로 선수와 아마추어 선수로 나뉘어요.
- 코치, 감독 : 선수들을 관리하고 적절한 훈련을 시키며 경기에서 이길 수 있도록 작전을 짜요.
- 기자, 해설자, 캐스터 : 경기를 보는 사람들이 더 쉽고 재밌게 볼 수 있도록 경기 장면을 해설해 주거나 선수나 팀, 해당 운동 분야에 대한 정보를 이해하기 쉽게 알려줘요.
- 심판 : 경기가 공정하게 이루어질 수 있도록 판정을 하며 이끌어 가요.
- 그 밖에도 트레이너, 스포츠 에이전트, 스포츠 마케터, 스포츠 마사지사 등이 있어요.

도란도란 책읽기

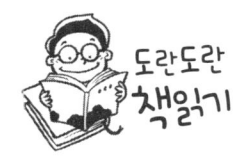

남극점에 최초로 깃발을 꽂은 탐험가 아문센

아문센은 유럽에 있는 노르웨이라는 나라에서 선장의 아들로 태어났어요. 부모님께서는 아문센이 의사가 되기를 바라셨지만 아문센은 어렸을 때 프랭클린이라는 사람이 쓴 『탐험기』를 읽고 탐험가가 되고 싶었지요. 그래서 추위에 강해지려고 일부러 추운 겨울에도 창문을 열고 잤어요. 부모님께서 돌아가시자 아문센은 본격적으로 탐험가가 되기 위해 먼저 배를 안전하게 운행하는 항해술을 익히려고 3년 동안 선원으로 일했어요. 일등 항해사가 되자 어려서부터 꿈꿔왔던 남극 탐험대의 항해사가 되어 남극 대륙으로 떠났지요. 하지만 거대한 빙산에 갇혀서 바다표범과 펭귄을 잡아먹으며 버티다가 빙산을 화약으로 폭파한 후 2년 만에 탈출하게 되었어요.

선장이 된 아문센은 북극점에 최초로 가는 탐험가가 되기 위해서 열심히 연구했어요. 극지방에 가서 두 번의 겨울을 보내며 개썰매 사용법, 이글루 짓는 법, 생고기 먹는 법, 동물 가죽으로 옷을 만들어 입는 법 등을 배웠지요. 준비하던 중 아문센은 미국의 '피어리'가 이끄는 탐험대가 북극점에 도달했다는 소식을 듣게 되었어요. 이때부터 아문센은 '남극점 도달'로 목표를 바꿨어요. 그런데 남극점에 가고자 한 탐험대가 또 나타났어요. 바로 영국의 '스콧'이라는 해군대령이 이끄는 탐험대였어요.

아문센은 노르웨이에서, 스콧은 영국에서 거의 같은 시기에 각각 조국의 명예를 걸고, 남극으로 출발했지만 둘은 준비와 탐험 과정에서 많은 차이가 있었어요. 아문센 탐험대는 보기에는 썩 좋지 않았지만 가볍고 따뜻하면서도 습기를 빨리 흡수하는 동물 가죽으로 만든 털가죽 옷을 입었고, 남극점을 향해 가면서 돌아올 때를 대비하여 일정한 거리를 두면서 음식물을 묻어놓고 나중에 찾기 쉽도록 깃발을 세워놨어요.

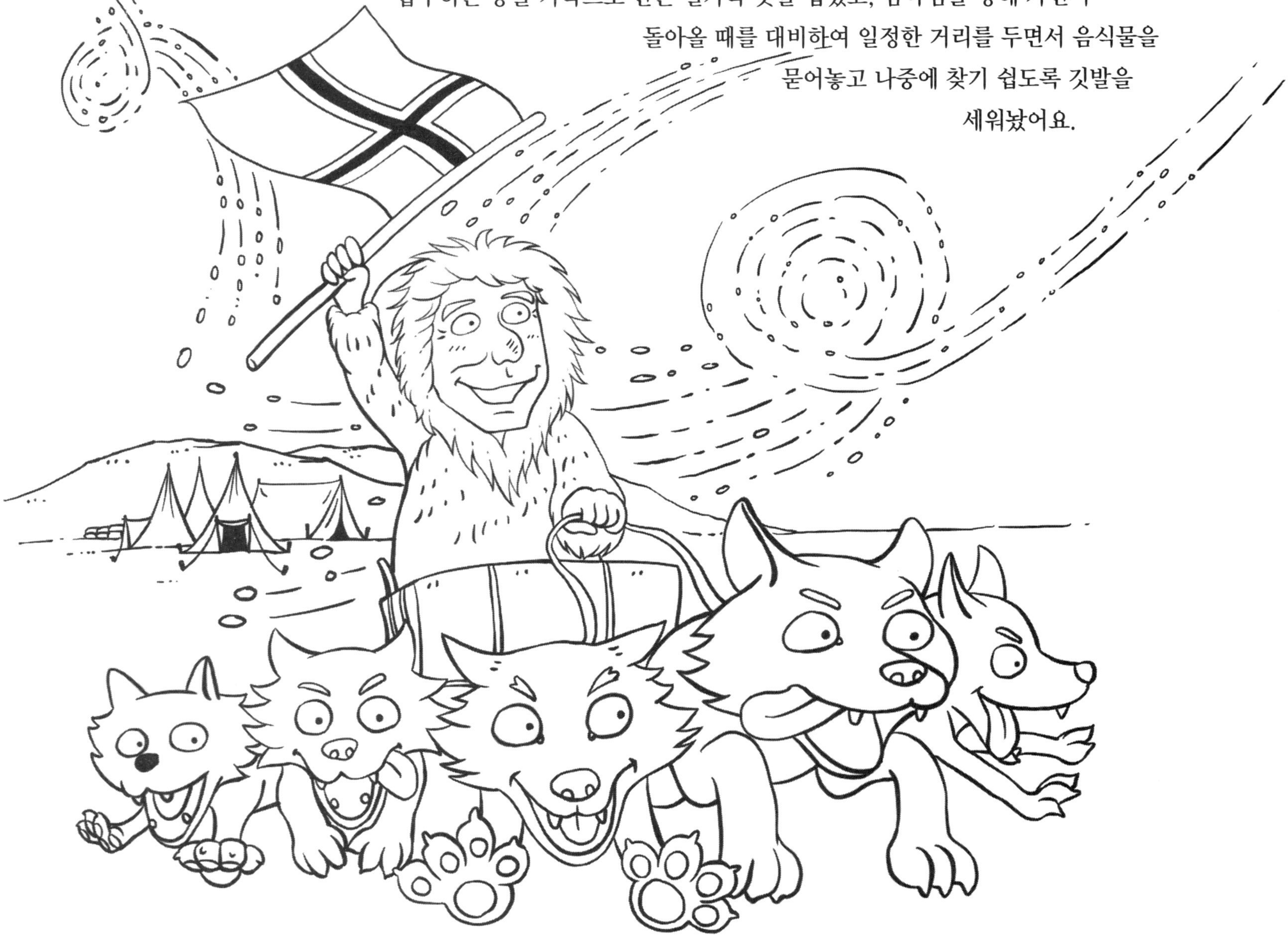

또 썰매는 추위에 강한 썰매 개가 끌도록 했지요. 잔인하지만 힘이 빠진 썰매 개는 죽여서 식량으로 썼어요. 그래서 출발할 때는 50마리였지만 돌아왔을 때는 11마리만 남았지요.

반면 스콧 탐험대는 영국에서 만든 모직 방한복을 입었어요. 추위에는 강했지만 습기에 약해 옷이 젖으면 전혀 따뜻하지 않았고, 조랑말을 데리고 와서 썰매를 끌도록 했어요.
힘은 세지만 추위에 약해 얼마 지나지 않아 모두 얼어 죽고 말았어요. 게다가 식량을 모두 썰매에 끌고 다녔지요.
과연 아문센 탐험대와 스콧 탐험대 중 어느 쪽이 더 빨리 남극점에 도착했을까요?
준비 과정과 추위에 대비를 잘한 아문센 탐험대가 35일이나 먼저 남극점에 도착하여 자신의 조국인 노르웨이의 깃발을 꽂았고, 대원들 모두 안전하게 돌아왔어요. 하지만 스콧 탐험대는 남극점에 도착은 했지만 안타깝게도 돌아오는 길에 모두 얼어 죽고 말았어요.

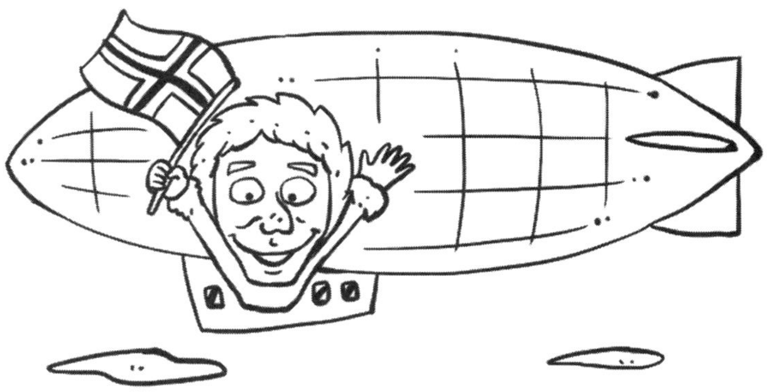

"승리는 준비된 자에게 찾아오며,
사람들은 이를 '행운'이라 부른다.
패배는 미리 준비하지 않은 자에게 찾아오며, 사람들은 이를 '불운'이라 부른다."

아문센은 남극점을 최초로 탐험한 후 국민적인 영웅이 되었어요. 하지만 북극점 탐험을 하지 못한 아쉬움이 있었어요. 그러던 중 미국의 엘즈워스, 이탈리아의 노빌레, 기자 등과 함께 비행선을 타고 북극점을 통과했어요.
"만세! 우리는 지금 북극의 머리 위에 떠 있다!" 이 무전은 전 세계에 알려졌어요.
아문센은 뜨거운 눈물을 흘리며 노르웨이 국기 깃발을 떨어뜨렸어요.
먼 훗날 알게 된 일이지만 미국의 피어리가 북극점에 도착했다고 한 것이 사실은 북극점에서 40km나 떨어진 곳으로 밝혀지면서 남극점과 북극점을 인류 최초로 탐험한 것은 아문센이에요.

아문센은 자신이 탐험한 것을 기록으로 남기려고 책을 집필하고 있었는데 북극점에 함께 갔던 노빌레가 북극해에서 조난당한 것을 알고 구조에 나섰어요.
하지만 노빌레는 다른 구조대에 의해 구조되었고, 아문센은 비행 중 사망했어요.

철저한 준비 끝에 남극점과 북극점을 세계 최초로 도착한 용기 있는 탐험가 아문센, 위험하지만 친구의 구조를 위해 달려간 그의 희생정신은 우리에게 오래도록 기억될 거예요.

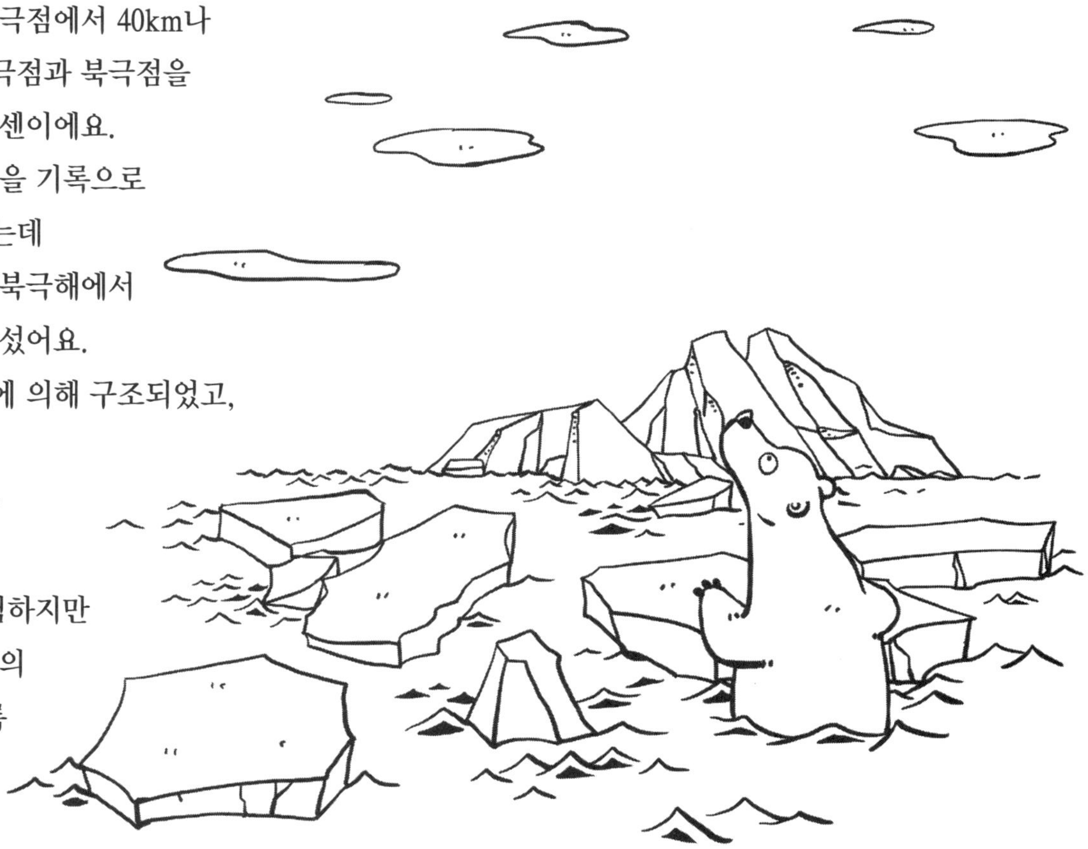

뚝딱뚝딱 만들기

탐험가 책

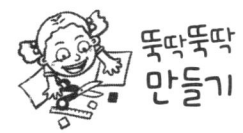

탐험가가 되기 위해 아문센은 많은 노력과 준비를 했어요.
그랬기 때문에 최초로 북극과 남극 탐험에 성공할 수 있었지요.
탐험가가 되어 세계 탐험에 대한 책을 만들어보세요.

준비물 아문센 이야기, 탐험가 책 모형, 가위, 색도구

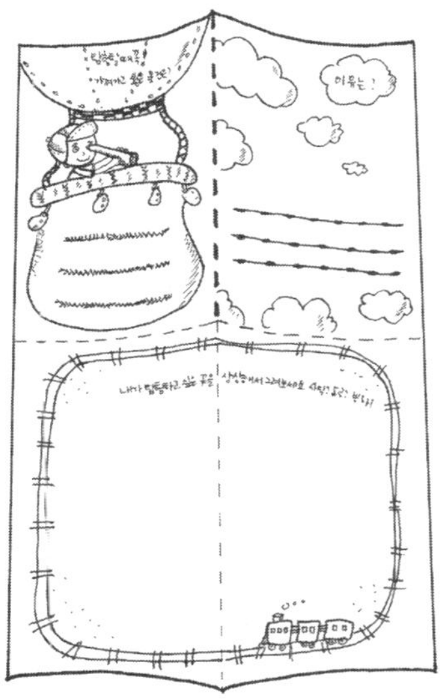

1. A를 따라 접었다가 펴세요.

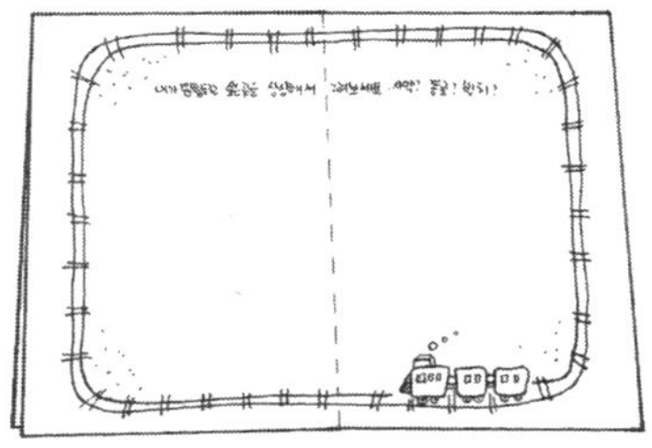

2. 다시 B를 따라 접었다가 펴세요.

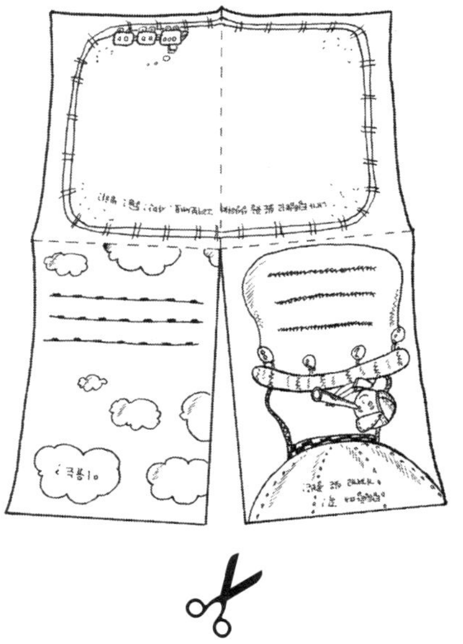

3. 굵은 점선 C를 따라 오리세요.

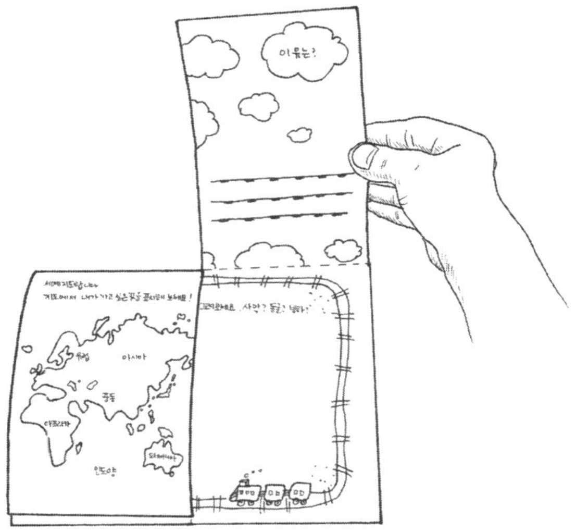

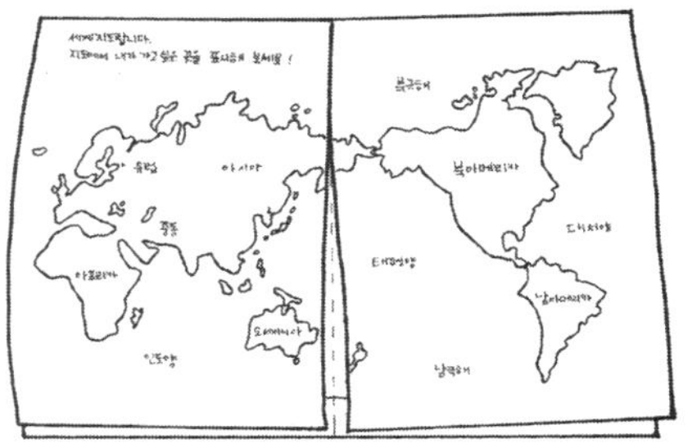

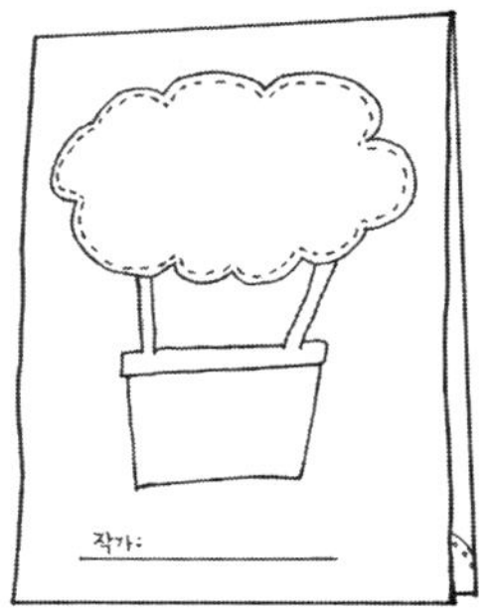

4. 윗면을 내린 다음 표지가 나오도록 접어주세요.

주의하세요!

* 책을 만드는 방법이 간단한 편이므로 세계 지도를 보며 오대양 각각에 위치한 나라들도 자세하게 그려보세요.

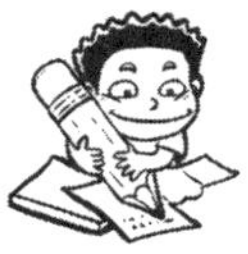

알콩달콩 표현하기

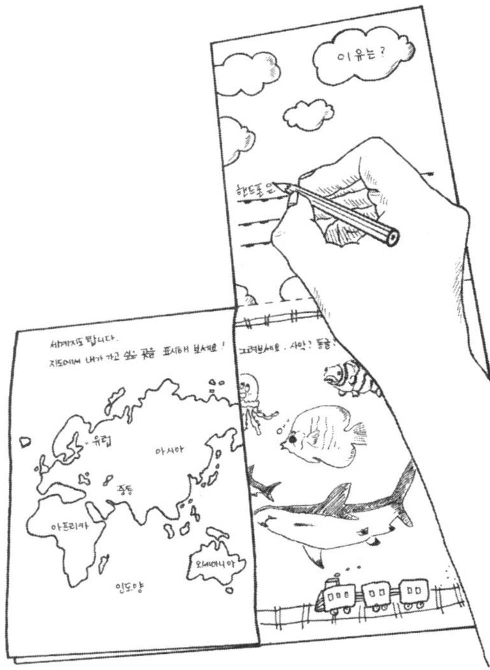

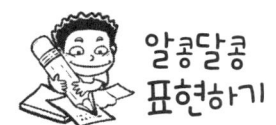

아문센은 펭귄이 사는 남극과 북극곰과 여우가 사는 북극도 탐험했어요.

* 지도에서 내가 여행을 다녀온 곳이나 앞으로 내가 가고 싶은 곳을 찾아보세요.
* 아문센은 탐험 준비가 가장 중요하다고 했는데, 만약 내가 탐험을 떠난다면 꼭 가져가고 싶은 물건은 무엇이고, 그 이유는 무엇일까요?
* 여러분은 어떤 곳을 탐험하고 싶은가요? 사막? 동굴? 빙하? 그 어떤 곳도 좋아요. 상상해서 멋지게 그려 보세요.

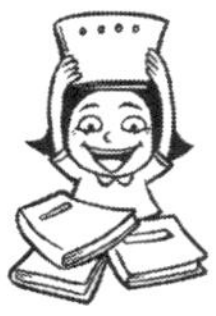

룰루랄라 완성하기

이 세상에 하나밖에 없는 나의 책이에요. 책 제목을 짓고, 작가가 된 나의 이름을 적어보세요.
(앞표지에는 어울리는 그림을 그리고, 뒤표지에는 광고 글, 책값, 바코드, ISBN도 넣어 보기)
그리고 친구들 앞에서 나의 책을 당당하게 소개하거나 멋지게 전시도 해보세요.

직업탐구 탐험가

* 아문센은 배를 타고 새로운 바닷길을 개척한 '항해사'였으며, 완벽한 준비를 해서 남극점과 북극점에 최초로 도달한 '탐험가'예요.

'항해사'는 어떤 직업인가요?

항해사는 배로 승객과 화물을 목적지까지 안전하게 운반하는 일을 해요. 선장은 배를 관리하는 최고 책임자이고, 일등 항해사는 선장을 도와 배에 관한 모든 것을 관리하며 갑판을 책임져요. 배가 운행하는 데는 항해사뿐 아니라 기관사, 통신사 등이 있으며 각자 맡은 일에 충실해야만 안전한 운행이 되지요. 항해사는 '배'라는 한정된 공간에서 일정 기간 밖으로 나가지 않은 채 선원들과 함께 생활하기 때문에 통솔력이 있으면서 협동심이 있고, 배를 움직이는 판단력과 강인한 체력 등이 필요한 직업이에요.

'탐험가'는 어떤 직업인가요?

탐험은 현재 잘 알려지지 않은 지역을 직접 가보고 연구하여 새로운 것을 알아내고자 하기 때문에 굉장히 위험한 일일 수 있어요. 그래서 탐험을 떠나기 전 탐험하고자 하는 지역의 많은 정보는 물론 지도와 나침반, 최신의 통신기술도 잘 활용할 수 있어야 성공 확률이 높아지지요. 탐험가에게 끈기와 인내는 기본이며 강인한 체력과 도전정신, 그리고 긍정적인 마음가짐이 꼭 필요한 직업이에요.

도란도란 책읽기

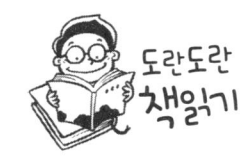

소떼를 몰고 가 약속을 지킨 사업가 **정주영**

"아버지, 어머니. 저를 용서해 주십시오. 반드시 성공하여 부자가 되어 돌아오겠습니다."

소년 정주영은 아버지가 소를 판 돈 70원을 몰래 훔쳐서 집을 떠났어요.

부모님은 잠시도 쉬지 않고 열심히 농사를 지었지만 밥을 굶는 일이 허다했어요. 또 소년 정주영은 공부도 계속 하고 싶었어요. 하지만 지금의 초등학교인 소학교만 겨우 졸업하고, 중학교도 갈 수 없었어요. 평생 부모님처럼 가난하게 살기가 너무 싫어서 소 판 돈을 훔쳐서 도시로 간 거예요. 공사장에 가서 흙을 나르기도 하고, 엿 공장에서 심부름을 하는 등 할 수 있는 일은 뭐든 닥치는 대로 했어요. 그러다가 쌀가게에서 성실하게 일하면서 주인의 인정을 받아 돈도 제법 모으게 되었지요.

정주영은 모은 돈으로 자동차를 수리하는 공장을 차렸어요. 다른 공장에 비해 빠르고 튼튼하게 고쳐주었기 때문에 공장은 아주 잘 되었어요. 한국 전쟁이 일어났을 때는 건설 회사를 차렸지요. 전쟁으로 인해 파괴된 도시에 도로를 만들고, 다리를 놓으며 큰 건물들을 지었어요. 정주영은 우리나라는 물론 세계 각국을 다니며 대형 공사를 맡았어요. 하지만 처음 하는 일이라 많은 어려움이 닥쳤지요.

주위 사람들이 모두 포기하는 것이 좋겠다고 했을 때 정주영은 끝까지 도전했어요.

"우리에게 가장 중요한 것은 약속입니다. 아무리 손해를 보고, 어려운 일이 있어도 약속한 날짜에 정확하게 공사를 끝내야 합니다. 그것이 우리 회사가 발전하는 길이며 곧 애국하는 길입니다."

커다란 물건을 외국으로 수출하거나 우리나라로 들여오기 위해서는 큰 배가 필요했어요.

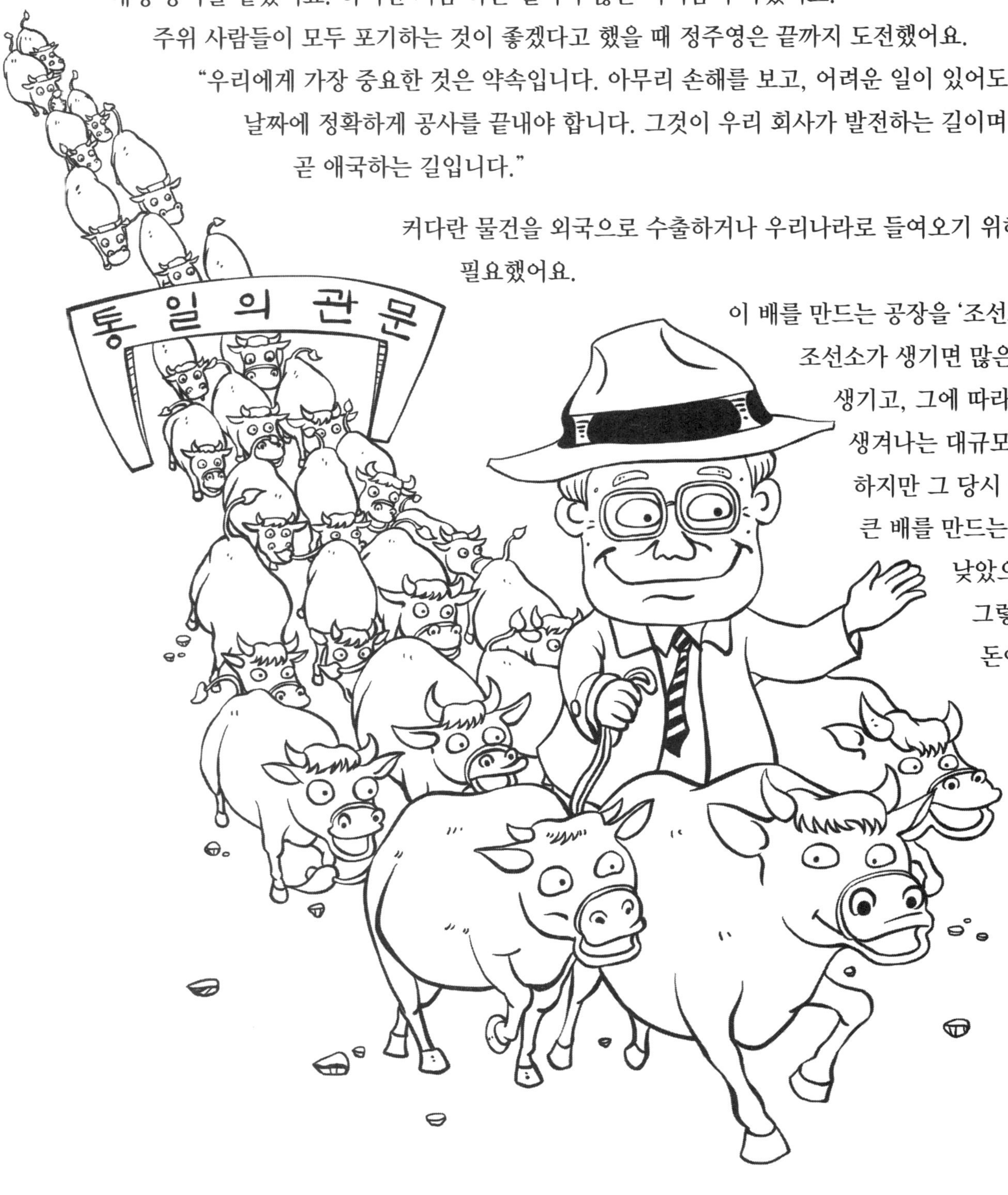

이 배를 만드는 공장을 '조선소'라고 하는데 조선소가 생기면 많은 일자리가 생기고, 그에 따라 도시까지 생겨나는 대규모 사업이에요. 하지만 그 당시 우리나라는 큰 배를 만드는 기술 수준도 낮았으며 일단 그렇게 어마어마한 돈이 없었어요.

하지만 정주영은 회사의 발전과 나라를 위해 꼭 필요한 일임을 믿고 유럽으로 날아갔어요.

"노!! 당신네같이 가난하고 기술도 없는 나라에는 돈을 빌려줄 수 없습니다."라는 대답을 영국의 회장님에게 들었어요. 정주영은 온몸에 힘이 다 빠지는 것 같았어요. 그때 갑자기 떠오른 생각이 있어 주머니에 있던 500원짜리 종이돈을 꺼냈어요. 지금은 500원이 동그란 동전이지만 그때는 이순신 장군과 거북선이 그려져 있는 종이돈이었거든요.

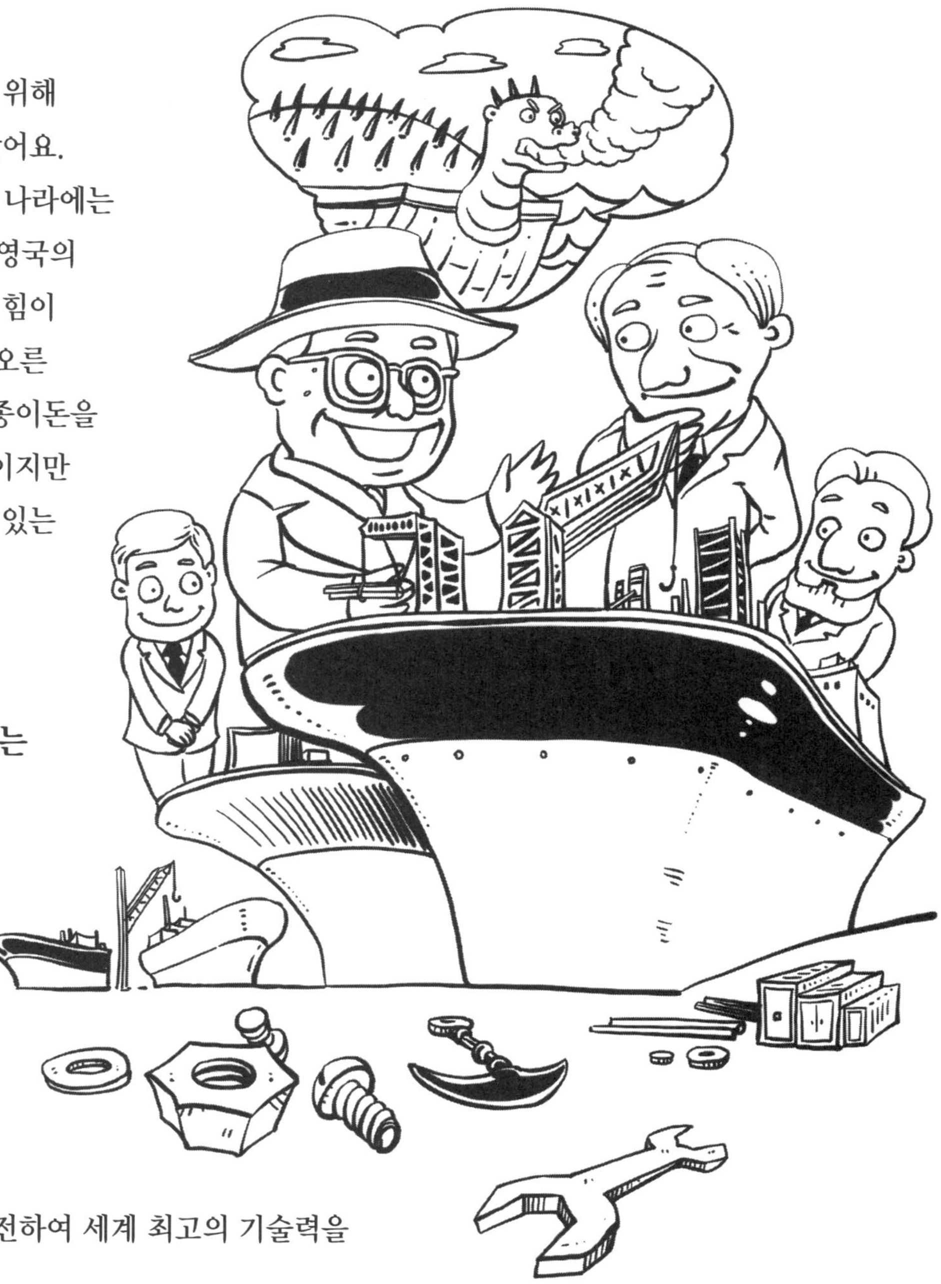

"자, 이 돈을 보시오. 이 그림이 거북선이라는 배요. 당신네 나라 영국보다 300년이나 먼저 우리나라는 철로 만든 이 배를 바다에 띄워 침략자를 물리친 민족이요. 비록 잠시 나라의 어려운 사정으로 기술과 경제발달이 좀 늦어졌지만 우리는 충분한 잠재 능력을 가지고 있소!"

이 말에 감동 받은 영국의 회장님은 정주영을 믿고 큰돈을 빌려주었어요. 그래서 우리나라의 조선소는 빠르게 발전하여 세계 최고의 기술력을 자랑하게 되었지요.

또 외국에서 수입해 오던 자동차를 우리의 기술로 '포니'라는 소형 승용차도 만들었어요. 값이 싸고 성능이 좋아서 우리나라는 물론 해외에서도 아주 잘 팔리는 자동차가 되었지요.

정주영은 자신이 태어난 북쪽 고향을 항상 그리워했어요. 그래서 남한과 북한이 함께 살기 좋은 나라를 만들어야겠다고 결심하고 북한을 방문하기로 했지요.

'아버지께서 소 판 돈을 가지고 와서 이렇게 성공했으니 나는 그 빚을 갚아야 해. 나의 이번 방문이 남북 간의 평화를 앞당기는 기초가 될 것이라 믿어!'

이렇게 생각한 정주영은 두 차례에 걸쳐서 각각 소 500마리와 501마리를 트럭 50대에 실어 북한을 방문했어요. 이 사건을 계기로 북한의 아름다운 '금강산 관광'이 시작되었고, 남북이 함께 여러 사업을 시작하게 되었지요. 또 가난했던 어린 시절을 생각하며 어려운 사람들을 돕는 데도 힘썼어요.

어린 나이에 가난이 싫어서 무작정 가출하여 몸으로 부딪히며 배우고 이뤄낸 많은 일들….
정주영은 평생 절약하면서 살았고, 약속을 소중히 여겼어요. 창조적인 아이디어와 '하면 된다!'는 신념으로 우리나라의 경제를 일으키는 데 큰 업적을 남기신 분이에요.

뚝딱뚝딱 만들기

자서전 책

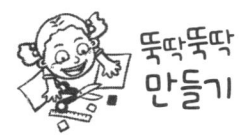

대한민국 발전을 위해 꼭 필요한 일이라면 '할 수 있다'는 신념으로
어려움을 개척해온 정주영은 자동차, 배 등 여러 가지를 만들었어요.
그리고 그 과정을 자서전에 담아냈지요.
여러분도 미래에 펴내게 될 자서전을 직접 만들어 보세요.

준비물 정주영 이야기, 자서전 책 모형, 가위, 풀, 색도구

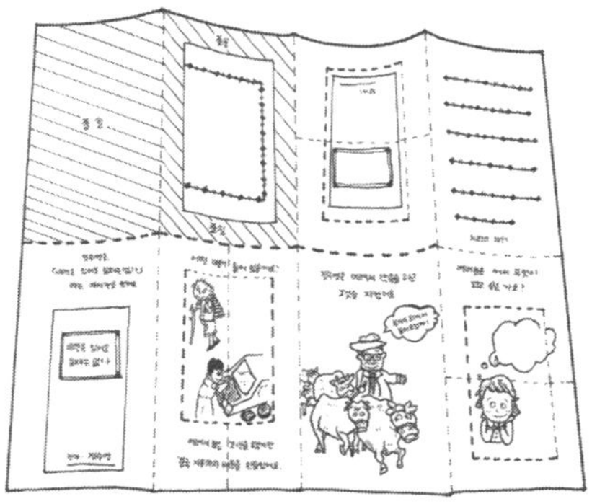

1. A를 모두 접었다가 펴세요.

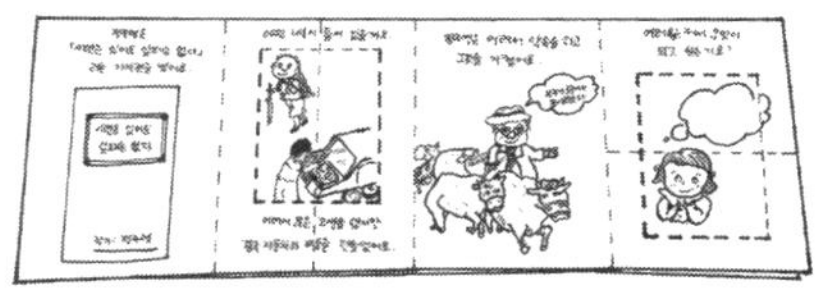

2. B를 따라 길게 접었다가 펴세요.

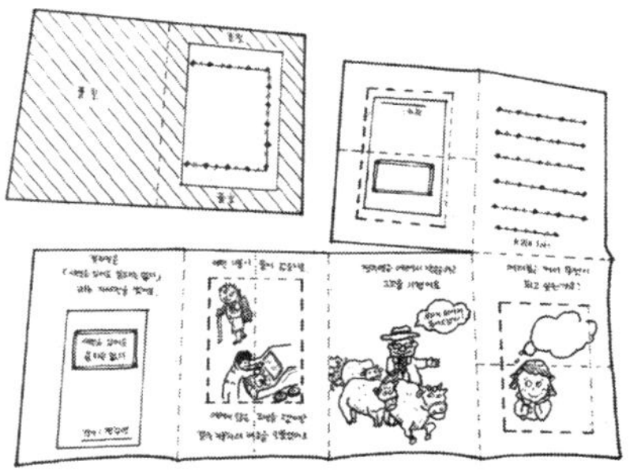

3. 굵은 점선 C를 따라 모두 오립니다.

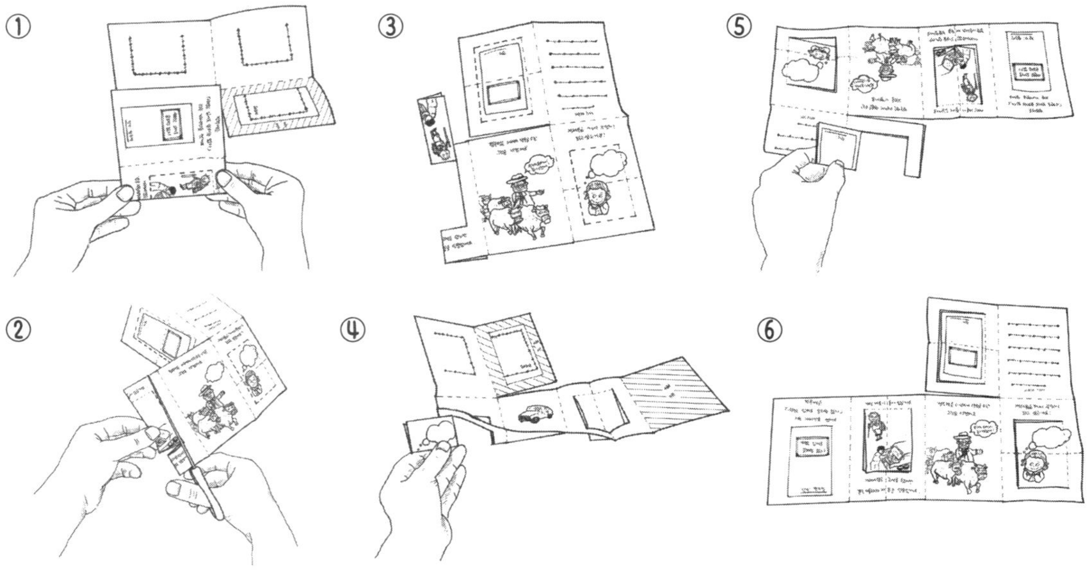

4. 문 모양이 그려진 3면을 찾아 각각 D를 접고, E를 오린 다음 F를 따라 접어놓으세요.

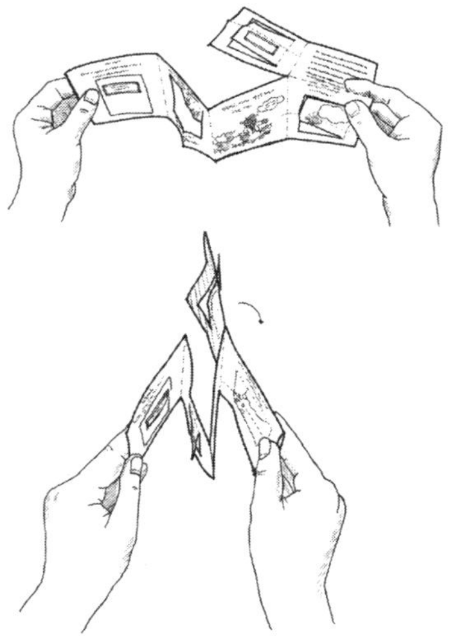

5. 그림과 같이 세운 다음 지그재그로 접어 모으세요.

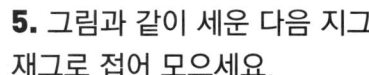

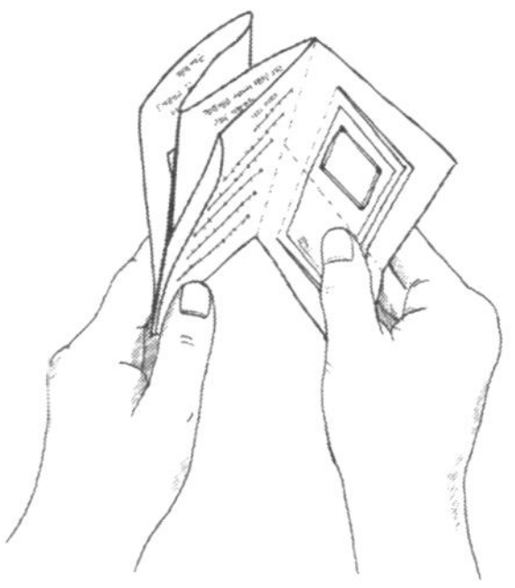

6. 남은 마지막 장을 오른쪽으로 접어 주세요.

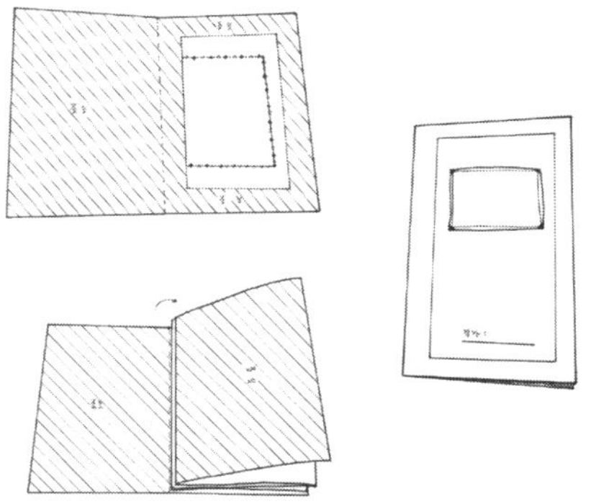

7. 표지 종이를 펼치고, 풀칠한 다음 본문을 붙이세요.

주의하세요!

* 문 안쪽에 표현하고자 할 때 글이나 그림이 잘 연결되도록 접혔는지 확인하세요.

* 2쪽과 3쪽에 있는 정주영 자서전 부분도 살펴보며 색칠을 하여 함께 꾸미도록 해주세요.

알콩달콩 표현하기

'자서전'이란 자신이 살아온 이야기를 다른 사람들에게 알려주기 위해서 쓰는 책이에요.

정주영은 『시련은 있어도 실패는 없다』라는 자서전을 남겼어요.

여러분도 자신의 자서전을 남길 만큼 훌륭한 인물이 되리라 믿어요. 오늘은 먼 훗날 씌어질 내 자서전에 대해 생각하고 만들어 보세요.

※ 정주영의 자서전에는 자동차나 배를 만든 이야기가 들어 있어요. 또 어른이 되면 꼭 지키겠다고 어려서 한 약속도 있어요. 여러분의 자서전에도 어떤 일을 하는 무엇이 되고 싶은지 적어보세요. 또 어려서 한 약속을 어떻게 지키고 싶은지도 넣어볼까요?

※ 자서전에 들어간 여러분의 미래에 대해 상상하고 표현해보세요. 또 자신의 좌우명(내가 늘 지키겠다고 약속하는 말)도 들어갈 거에요. 여러분의 좌우명은 무엇인가요?

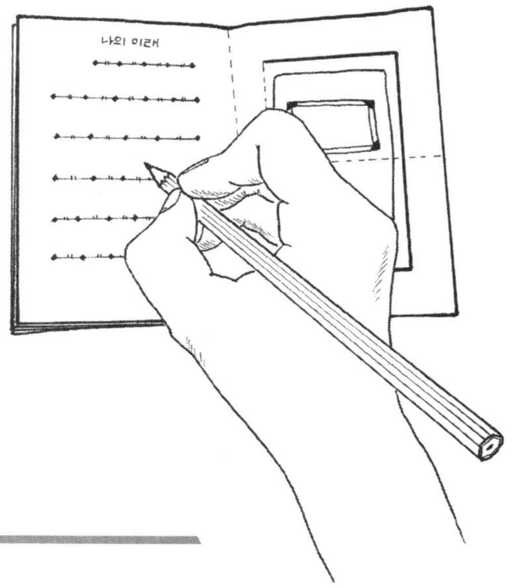

룰루랄라 완성하기

이 세상에 하나밖에 없는 나의 책이에요. 책 제목을 짓고, 작가가 된 나의 이름을 적어보세요.
(앞표지에는 어울리는 그림을 그리고, 뒤표지에는 광고 글, 책값, 바코드, ISBN도 넣어 보기)
그리고 친구들 앞에서 나의 책을 당당하게 소개하거나 멋지게 전시도 해보세요.

직업탐구 사업가

※ 정주영은 '사업가'로 자동차, 건설, 조선, 제철 등 많은 회사를 창업하여 발전시켰어요.

'사업가'는 어떤 직업인가요?

사업가는 기업을 대표하여 직원들을 관리하고, 중요한 일을 책임지며 이끌어가요. 기업은 공정하면서도 최대한 많은 이익을 내야 하므로 사업가는 현재와 앞으로 닥쳐올 미래의 경제 상황이나 사회 현상에 대해 바르게 파악하고 있어야 하며 전문적인 지식이 있어야 해요. 또 직원들을 잘 이끌어갈 수 있는 리더십과 판단력, 용기, 책임감 등이 필요하지요.

기업을 경영하는 데 도움을 주는 직업에는 무엇이 있나요?

- 전문경영인(CEO) : 기업을 창업하지는 않았더라도 기업이 더 효율적이고 안정적으로 성장하도록 전문적인 지식과 경험을 가진 사람으로 회사를 이끌어가요.
- 경영 컨설턴트 : 기업에서 일어나는 여러 가지 복잡한 문제들을 조사하고 분석하여 잘못된 것을 찾아내어 해결책을 제시하고, 기업이 더 조화롭게 성장해 나가도록 도와주는 일을 해요.
- 회계사(CPA) : 기업을 운영하는 데 있어서 얼마나 벌었고, 어디에 예산이 사용됐으며 세금이 얼마인지 계산해주는 등 효율적인 운영이 되도록 해요.

도란도란 책읽기

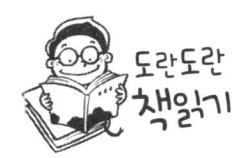

달에 첫발을 디딘 우주 비행사 닐 암스트롱

“달나라에서는 토끼가 쿵덕쿵덕 방아를 찧는다지요?”
예전에 우리는 달을 보면서 이런 이야기를 주고받았어요.
그런데 언제부터인지 달은 쳐다보면서 누가 살고 있을까 상상하는 대상이 아니라 직접 연구하는 과학의 대상으로 바뀌었지요. 어떻게 그런 신 나는 일이 벌어진 걸까요?
우주 개발이 시작된 것은 구소련이 ‘함께하는 사람’이라는 뜻의 스푸트니크 로켓을 발사하고 난 후에요.
스푸트니크 1호는 우주로 날아올라 지구 궤도를 도는 데 성공했고, 바로 한 달 뒤에는 스푸트니크 2호에 라이카라는 개 한 마리가 타고 있었어요. 공기가 없는 우주에서 생명체가 견딜 수 있을까 하는 실험을 하기 위해서였죠. 그리고 4년 뒤에는 인류 최초로 우주 비행사가 탄생했어요. ‘유리 가가린’이라는 사람인데 보스토크라는 우주선을 타고 1시간 29분 만에 지구를 한 바퀴 돌고 무사히 살아 돌아왔거든요.
미국은 깜짝 놀랐어요. ‘과학 기술은 미국이 최고!’라고 생각하고 있었는데 구소련이 먼저 우주 개발을 시작했으니까요. 그 당시 미국 대통령은 자존심을 회복하기 위해 국민들에게 발표했어요.
“미국은 1960년대가 끝나기 전까지 인간을 달에 보내고 다시 지구로 무사히 귀환시킬 것입니다.”
이것을 ‘아폴로 계획’이라고 하는 데 구소련이 성공했던 우주 개발과는 차원이 달랐어요.
일단 로켓을 발사하여 달 근처까지 간 다음 거기서 착륙선으로 갈아타고, 달에 도착해서 탐사한 후 다시 착륙선을 타고 우주선까지 와서 지구로 돌아오는 일이에요. 게다가 달은 지구와 달라서 공기가 없어 우주 비행사는 어떤 옷을 입어야 할지, 어떤 음식을 먹어야 할지, 또 어떤 장비가 필요할지 등 여러 가지 해결해야 할 일들이 정말 많았거든요.

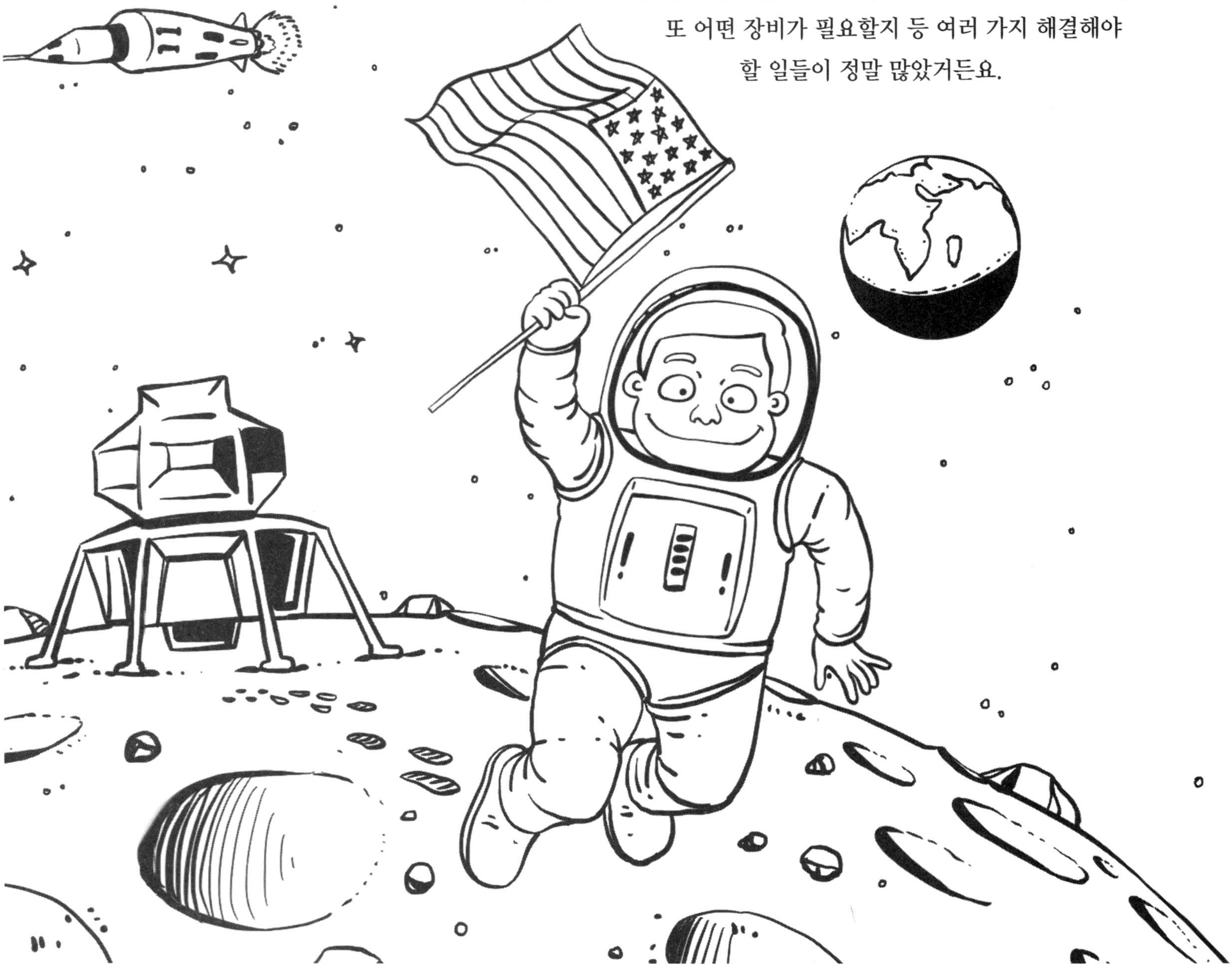

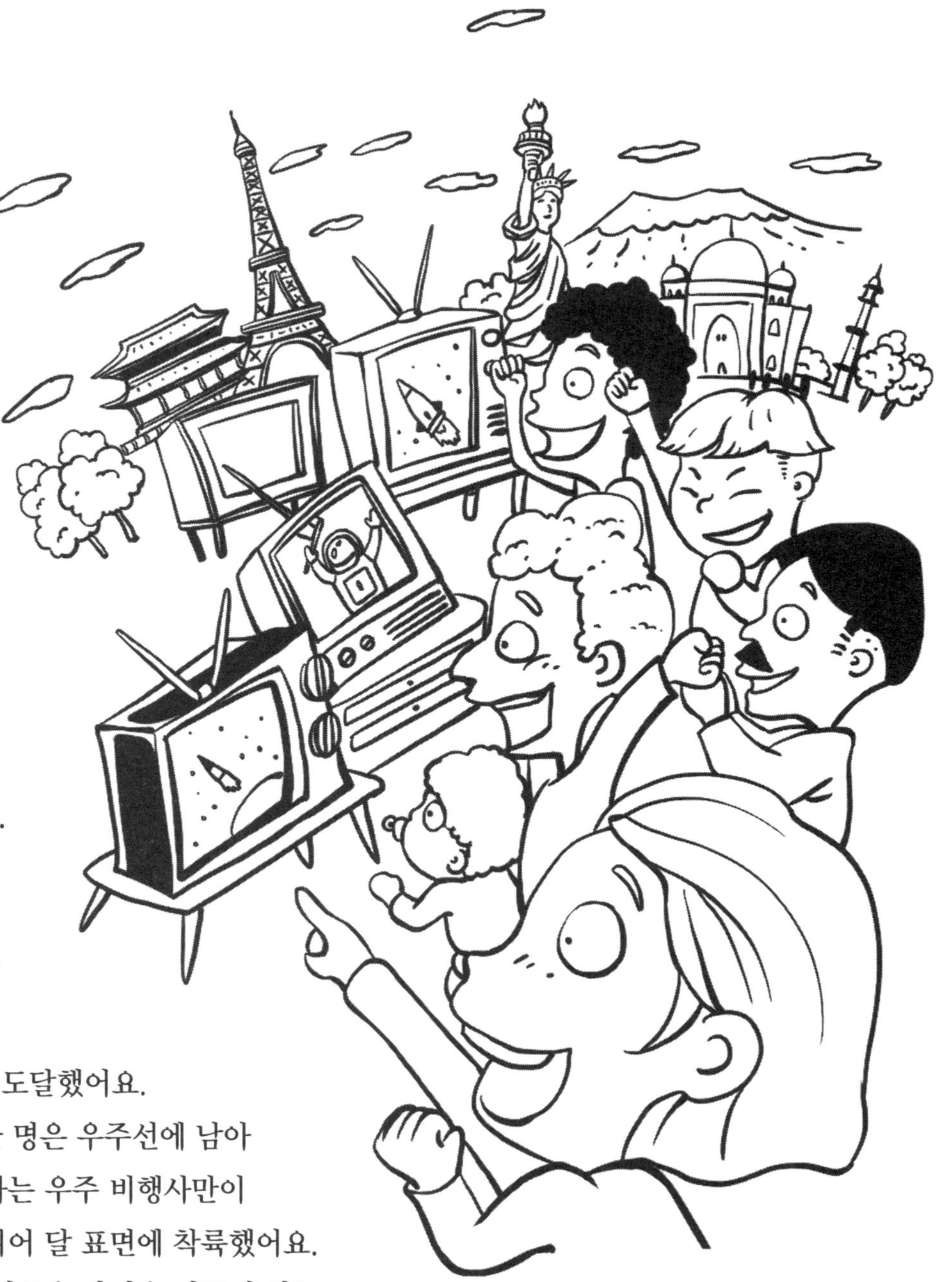

닐 암스트롱은 대학에서 항공학을 전공하고, 해군 항공대의 비행사가 되었어요. 그래서 한국전쟁 당시 제트기 조종사로 활약하다가 미국항공 우주국(NASA)에 우주 비행사로 선발되었지요. 어려운 우주 비행에 성공하고 드디어 아폴로 11호의 선장이 됐어요.

1969년 7월 16일. 사령선, 기계선, 달착륙선으로 이루어진 아폴로 11호는 우주센터의 거대한 로켓에 의해서 발사되었어요. 지구궤도에 진입해서 지구를 한 바퀴 반 돈 후에 달로 향했지요. 발사 3일 만에 달의 궤도에 진입해서 달을 13바퀴 돈 후 착륙 지점인 '고요의 바다'라고 불리는 곳 상공에 도달했어요. 모두 3명의 우주 비행사가 갔는데 한 명은 우주선에 남아 있어야 했고, 암스트롱과 올드린이라는 우주 비행사만이 달착륙선인 이글호로 옮겨 타고 드디어 달 표면에 착륙했어요. 암스트롱이 달에 발을 디디는 이 신비로운 장면은 지구에 있는 전 세계 사람들이 텔레비전으로 볼 수 있도록 생중계되고 있었지요.

"이것은 한 사람의 작은 발걸음에 불과하지만 인류에게는 위대한 도약이 될 것입니다."

암스트롱이 한 이 말은 우주 개발 역사에 길이 남았어요. 우주복을 입은 암스트롱과 올드린은 공기가 없어 뒤뚱뒤뚱 걸으면서 달 표면에 있는 암석들을 채집하고, 준비해 간 과학 기기들을 설치했어요. 그들은 그렇게 2시간 30분 동안 달을 탐사한 후 다시 이글호를 타고, 달 궤도에 진입해서 아폴로 11호로 갈아탔어요. 가볍게 해서 지구로 진입해야 했기 때문에 마지막에는 사령선만 남았고, 사령선은 태평양 바다 한가운데로 떨어지고 3명의 우주 비행사 모두 무사히 집으로 돌아왔지요. 암스트롱은 그 후 대학에서 항공우주 공학을 가르치는 교수님이 되어서 학생들을 열심히 가르쳤어요.

암스트롱을 태운 아폴로 11호가 달에 착륙하고, 안전하게 지구로 돌아왔기 때문에 우주 과학은 크게 발전할 수 있게 되었지요. 인류의 미래는 우주 개발에 달려 있다고 해요. 우리 어린이들도 지구와는 비교도 되지 않는 저 넓고 광활한 우주로 날아갈 꿈을 꾸고 있나요?

뚝딱뚝딱 만들기

달나라 책

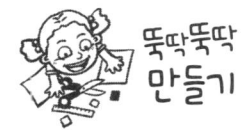

달은 보는 것만 아니라 직접 갈 수 있는 곳으로 만든 닐 암스트롱은
우주과학 발전에 큰 기여를 했지요. 여러분도 달에 가게 된다면 어떤 일이 생겨날까요?
상상하고 표현해보세요.

준비물 닐 암스트롱 이야기, 달나라 책 모형, 가위, 풀, 색도구

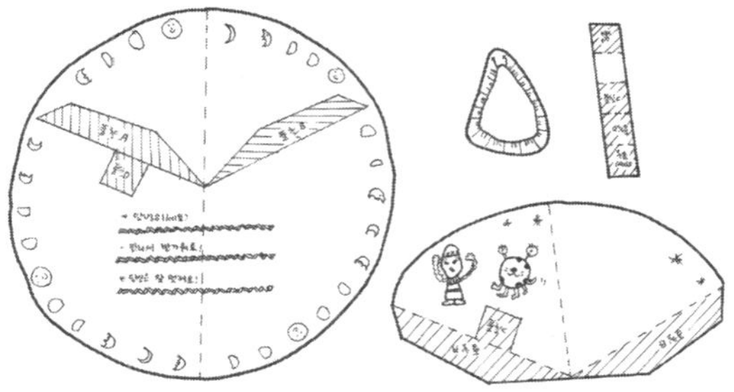

1. 굵은 점선을 따라 그림과 같이 모두 오려놓으세요.

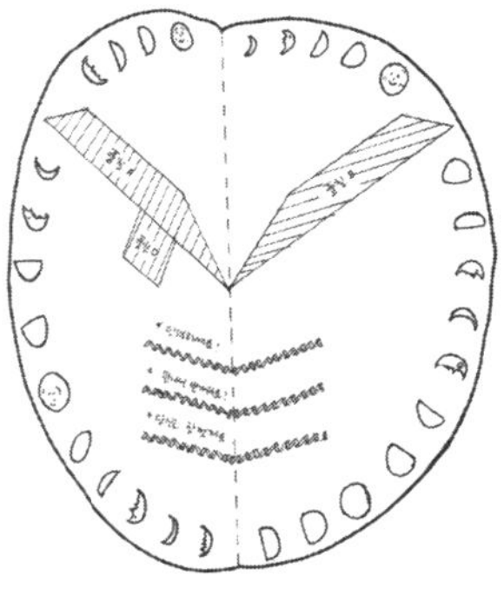

2. A를 반으로 접었다가 펴세요.

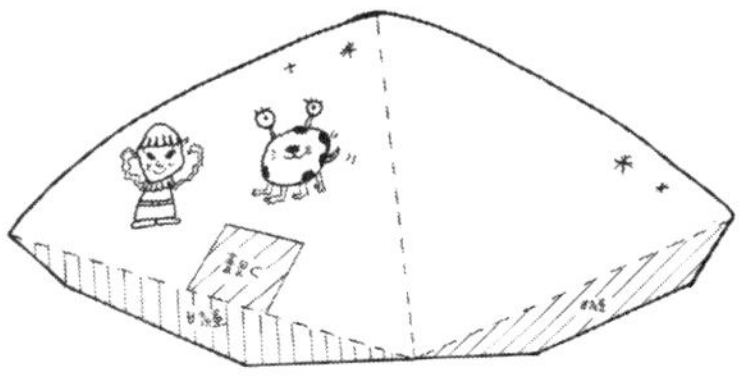

3. B를 접고 풀칠자리 C도 접었다가 모두 펴세요.

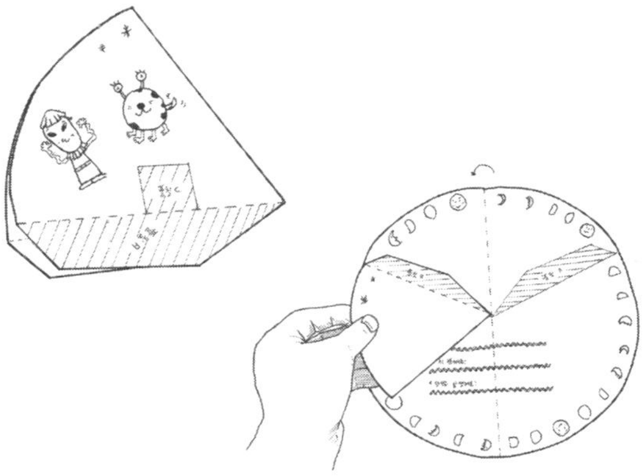

4. 팝업종이를 반으로 접고 풀칠 A에 풀칠한 다음 바탕종이 풀칠 A에 붙여주세요.

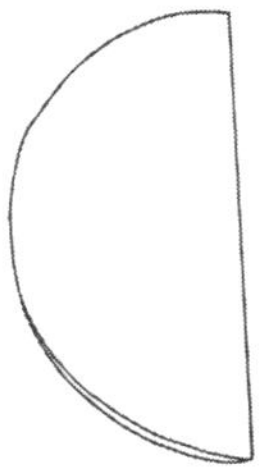

5. 나머지 팝업종이 풀칠 B에 풀칠한 다음, 바탕종이를 덮어서 붙여주세요.

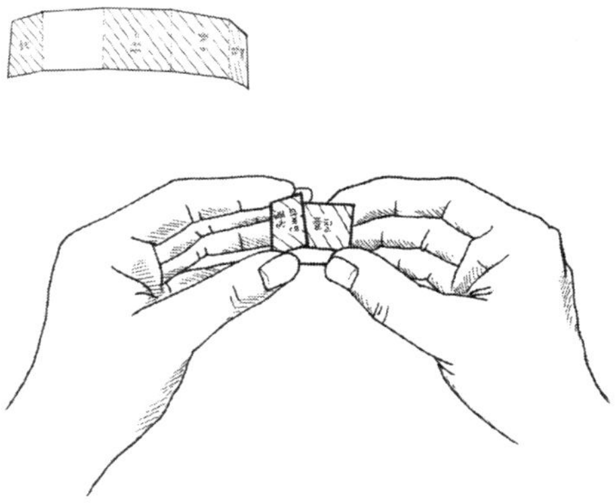

6. D를 따라 접어 풀칠 부분에 풀칠한 후 사각고리를 만들어주세요.

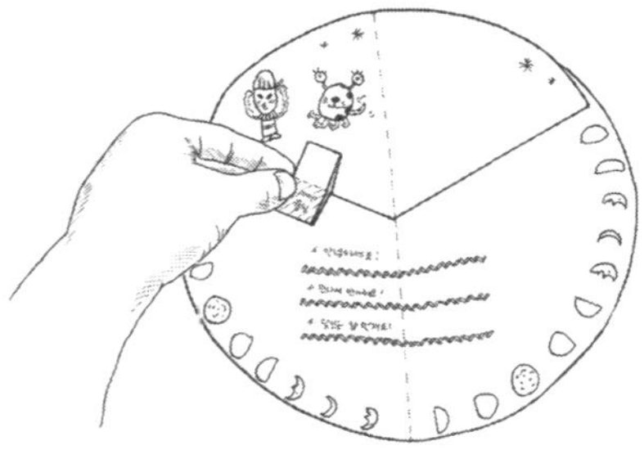

7. 사각고리 풀칠 C와 D에 풀칠한 다음 바탕종이 위치에 맞추어 붙여주세요.

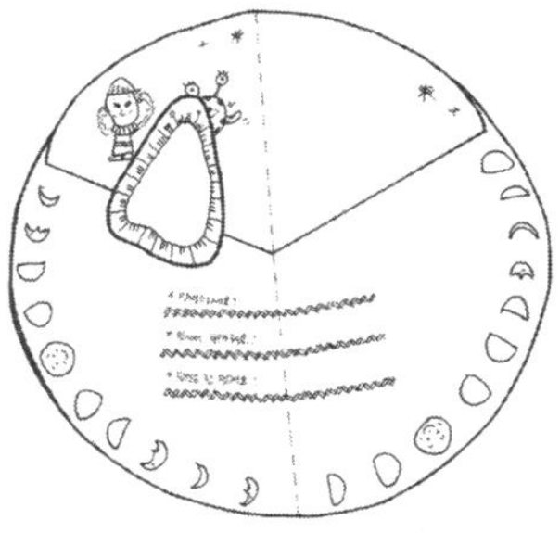

8. 사각고리 '외계인 풀칠' 부분에 풀칠한 후 남아 있는 꾸밈종이를 붙여주세요.

주의하세요!

* 팝업종이를 모두 꾸민 다음 바탕종이에 붙이도록 하세요.

* 사각고리를 붙일 때 위치를 잘 확인하여 바탕종이와 팝업종이에 연결되게 붙이도록 해주세요.

알콩달콩 표현하기

암스트롱이 달에 맨 처음 발을 디뎠지만 그곳에서 살아 있는 생명체를 만나지는 못했어요. 그런데 머나먼 우주 어딘가에는 재미있는 생명체가 살고 있을지도 몰라요.

❋ 여러분의 상상에는 우주인이나 동물, 꽃은 어떤 모습을 하고 있을까요? 자유롭게 그려보세요.

❋ 정말로 우주인을 만나게 된다면 뭐라고 인사를 할까요?
"안녕하세요? 만나서 반가워요. 당신은 참 멋져요."라는 재밌는 외계어도 만들어 보세요.

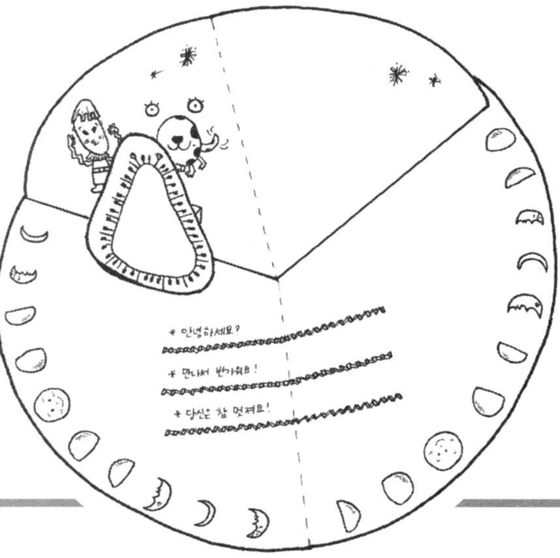

룰루랄라 완성하기

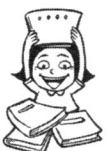

이 세상에 하나밖에 없는 나의 책이에요. 책 제목을 짓고, 작가가 된 나의 이름을 적어보세요.
(앞표지에는 어울리는 그림을 그리고, 뒤표지에는 광고 글, 책값, 바코드, ISBN도 넣어 보기)
그리고 친구들 앞에서 나의 책을 당당하게 소개하거나 멋지게 전시도 해보세요.

직업탐구 우주 비행사

❋ 닐 암스트롱은 인류 최초로 달에 발을 디딘 '우주비행사'예요.

★ '우주비행사'는 어떤 직업인가요?

우주선을 조종하거나 우주에서 이루어지는 각종 실험을 위해 우주를 비행하는 일을 해요. 그래서 우주와 기계 등 자신의 분야에 대한 전문적인 지식은 물론 우주선과 우주 환경에 적응할 수 있는 강인한 체력과 정확한 판단력, 도전정신, 협동심 등이 필요해요. 또 우주비행사가 되려면 일정 조건 이상의 건강한 신체를 가져야 하고, 우주에서 살아남기 위해 무중력 체험 훈련, 중력 가속도 훈련, 비상 탈출 훈련 등 강도 높은 훈련을 이겨내야 해요.

★ 우주선에는 어떤 사람들이 타나요?

- 선장 : 우주왕복선에서 모든 일을 책임지는 대장이에요.
- 파일럿 : 선장을 도와 우주왕복선을 조정하며 비행을 지휘해요.
- 비행 엔지니어 : 우주왕복선의 시스템을 운영하며, 인공위성이나 우주정거장도 수리해요.
- 우주항공과학자 : 우주왕복선이나 우주 환경 등에 대해 여러 가지 실험을 하고 연구해요.

사과도 남과 다르게 생각한 창업자 스티브 잡스

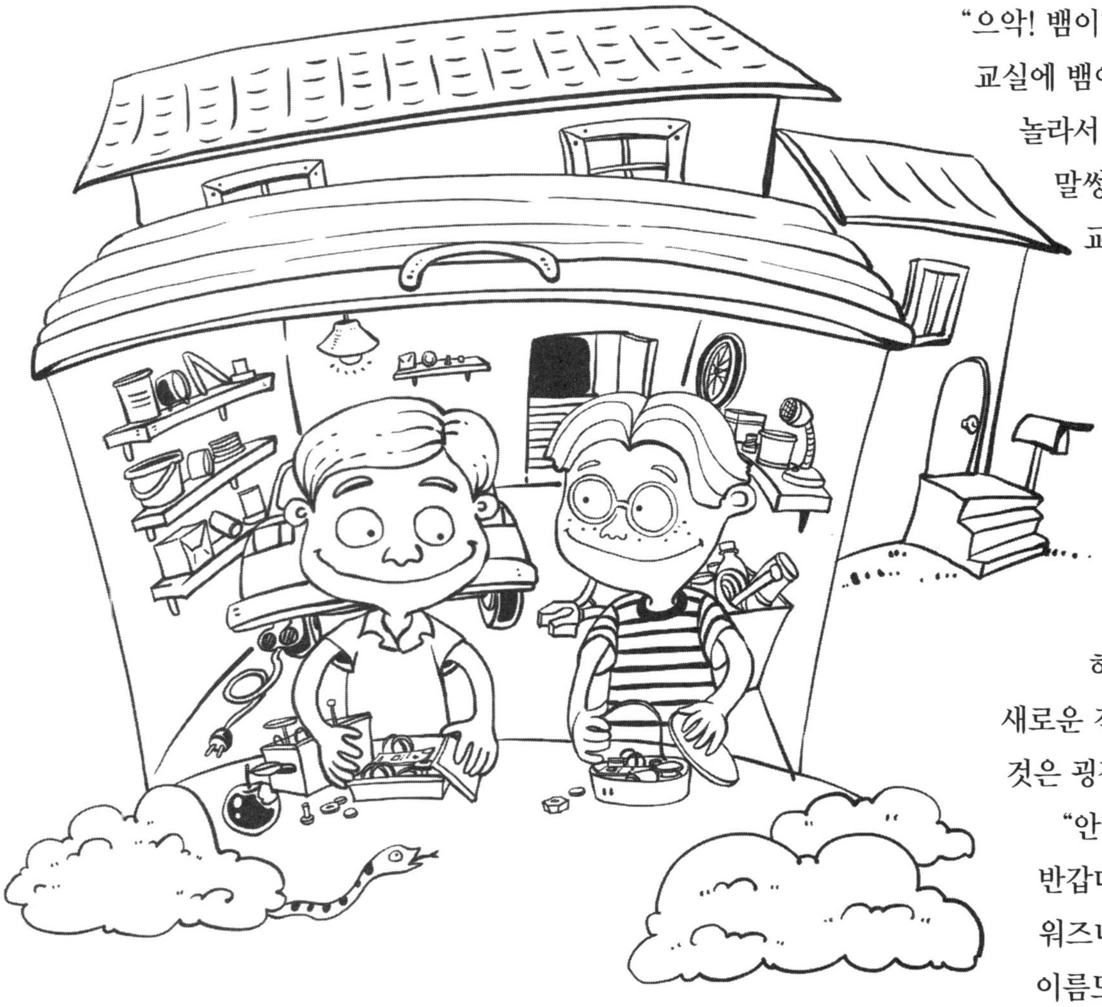

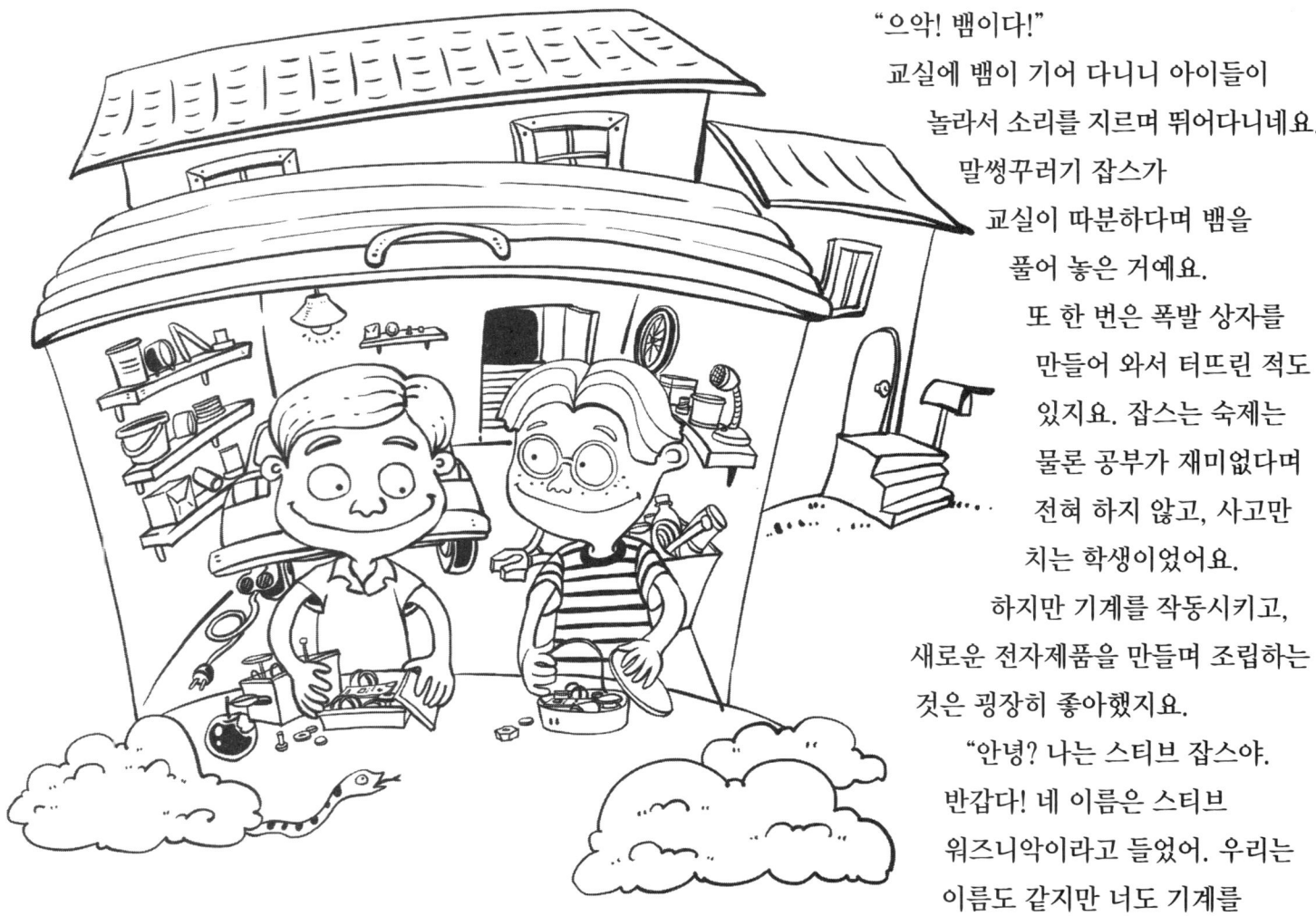

"으악! 뱀이다!"
교실에 뱀이 기어 다니니 아이들이 놀라서 소리를 지르며 뛰어다니네요. 말썽꾸러기 잡스가 교실이 따분하다며 뱀을 풀어 놓은 거예요.
또 한 번은 폭발 상자를 만들어 와서 터뜨린 적도 있지요. 잡스는 숙제는 물론 공부가 재미없다며 전혀 하지 않고, 사고만 치는 학생이었어요.
하지만 기계를 작동시키고, 새로운 전자제품을 만들며 조립하는 것은 굉장히 좋아했지요.
"안녕? 나는 스티브 잡스야. 반갑다! 네 이름은 스티브 워즈니악이라고 들었어. 우리는 이름도 같지만 너도 기계를 굉장히 좋아한다지?"
잡스와 워즈니악은 나이가 다섯 살이나 차이 났지만 기계를 좋아하는 공통점 때문에 금방 친한 사이가 되었어요. 둘은 우연히 미국항공우주국 연구소에 있던 컴퓨터를 보았지요. 그때는 컴퓨터가 집채만큼 크고, 작동시키는 사용법도 무척 어려웠어요. 그래서 평범한 사람들은 컴퓨터를 잘 몰랐으며 보통은 복잡한 계산을 해주는 기능으로 사용했지요.
"워즈니악, 우리 세상을 깜짝 놀라게 할 컴퓨터를 만들어 보자!"
잡스는 독특한 아이디어와 사업 추진력이 뛰어났으며, 워즈니악은 최고의 컴퓨터 기술자였어요. 서로가 제일 잘하고, 좋아하는 일을 찾은 거예요. 둘은 잡스의 집 차고에서 초라하게 시작했지만 신선하고 친근한 느낌이 드는 '애플(사과)'이라는 회사 이름도 지었어요.

"누구나 쉽고, 편리하게 쓸 수 있는 컴퓨터를 만들겠어!"

잡스는 크기가 작고, 디자인이 예쁘며, 컴퓨터를 배우지 않은 사람도 전원만 켜면 바로 사용할 수 있는 컴퓨터를 만들어 내고자 했어요. 처음에 출시된 컴퓨터들이 잘 팔려서 애플사는 직원 수도 많은 큰 회사가 되었지요. 하지만 비슷한 경쟁 회사들 사이에서 계속 성공할 수는 없었어요. 그러면서 직원들의 불만이 쌓이는 등 여러 가지 문제들로 인해서 잡스는 본인이 만든 회사에서 쫓겨나고 말았어요.

"남과 다르게 생각하라!(Think different!)"

잡스는 쉬면서 다시 공부하고, 창조적인 생각을 하면서 자신감을 회복했어요.
그리고 '넥스트'라는 회사를 만들어서 성능이 좋은 컴퓨터를 만드는 한편 컴퓨터로 그린 그림을 움직이게 하는 그래픽 회사를 사들여 여기에서 만화영화를 만들도록 했어요. 그때 만들어진 것이 바로 《토이 스토리》라는 만화영화예요. 이 영화는 전 세계 어린이들의 사랑을 받았으며, 잡스를 다시 엄청난 부자로 만들어 주었죠.
잡스가 떠난 애플사는 흔들리고 있었어요. 모두가 잡스가 돌아오길 희망하고 있었지요.
결국 12년 만에 애플사에 당당히 다시 돌아온 잡스는 더욱 창의적인 아이디어로 행복하게 일했어요.

검은색 터틀넥에 청바지 차림의 잡스가 무대로 나오자 사람들은 열광했어요.
'이번에는 또 무슨 새로운 것을 만들었을까?'
잔뜩 기대에 찬 사람들 앞에서 잡스는 그들이 상상했던 그 이상의 제품을 선보이며 마음을 끌어당겼어요.
잡스의 신제품 발표회장이나 연설하는 곳에서는 늘 박수갈채가 끊이지 않았죠.
잡스는 인터넷에서 음악을 사서 편리하게 들을 수 있는 아이팟을 만들었고, 스마트폰을 세상에 소개했어요.
손바닥만 한 기계지만 전화통화는 물론 음악을 듣거나 영화를 볼 수도 있으며 인터넷을 연결하면 정보까지
볼 수 있어서 '내 손 안의 컴퓨터'라고 불리기에 부족함이 없었지요.

우리 생활에 편리함을 주는 제품을 만들어 낸 스티브 잡스는 우리에게 자신이
좋아하는 일을 먼저 찾으라고 합니다. 그리고 거기에 창의적인 생각을 바탕으로
노력을 더하면 '행복한 성공'을 할 수 있다고 했지요. 여러분은 어떤 생각을 하고,
무슨 일을 할 때 가장 신 나고 즐거워지나요?

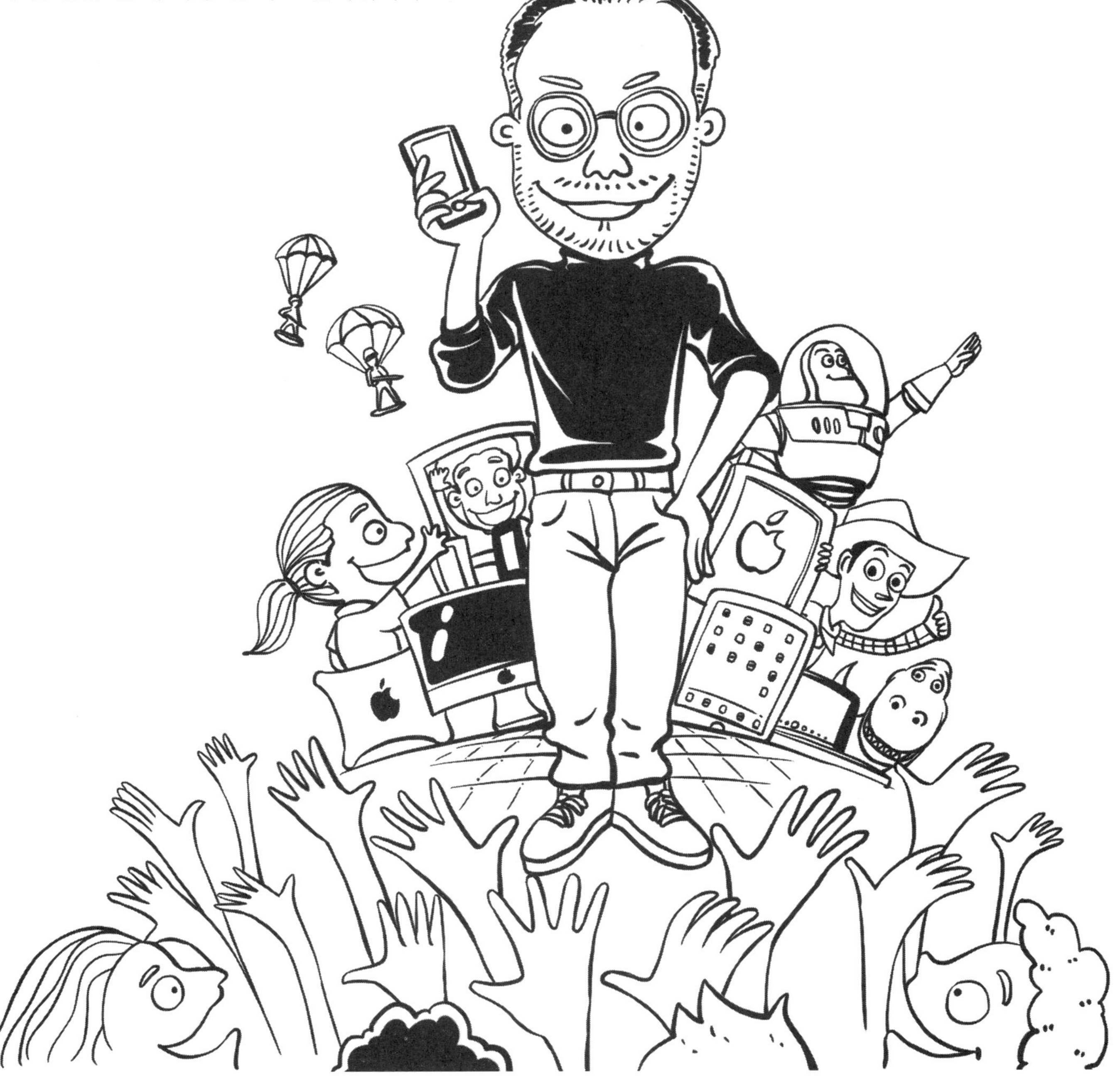

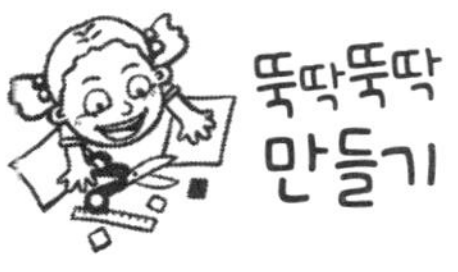

핸드폰 책

어려서부터 호기심이 많고, 친구들과 함께 만들어보기를 좋아했던
스티브 잡스는 모든 사람을 깜짝 놀라게 한 핸드폰을 만들어냈지요.
스티브 잡스처럼 창업자가 되어 회사도 세우고, 새로운 핸드폰도 만들어보세요.

준비물 스티브 잡스 이야기, 핸드폰 책 모형, 가위, 풀, 색도구

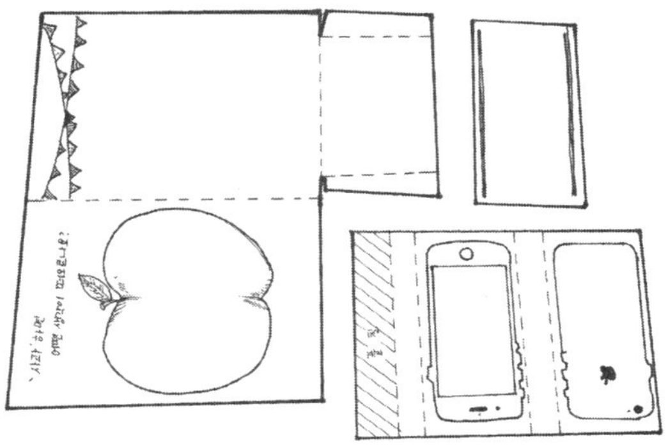

1. 굵은 점선 A를 따라 그림과 같이 모두 오려놓으세요.

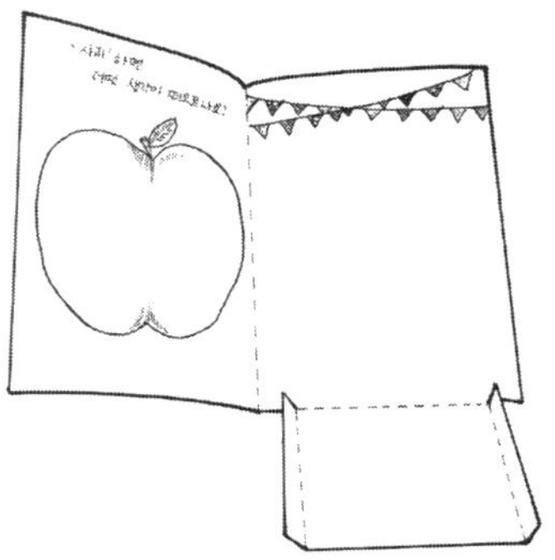

2. B를 따라 모두 접었다가 펴세요.

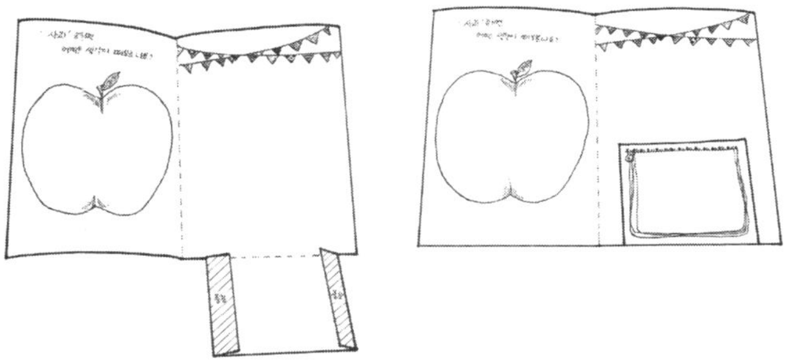

3. 그림과 같이 풀칠 부분이 보이도록 양쪽으로 접은 후 풀칠하세요. 다시 한번 위로 접어올리면서 붙이세요.

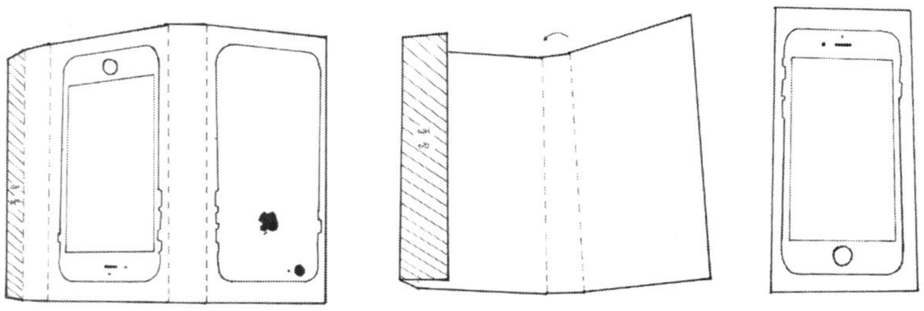

4. 핸드폰이 될 종이의 C를 모두 접은 다음 풀칠자리에 풀칠하여 붙이세요.

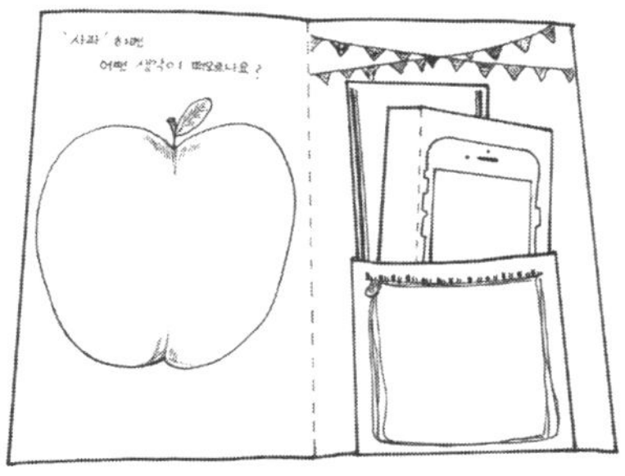

5. 핸드폰과 명함종이를 봉투 안에 넣어 완성하세요.

주의하세요!

* 명함을 만들 때 꼭 들어가야 할 것(회사명, 이름, 주소 등)을 이야기나누어 주세요. 그리고 앞면과 뒷면을 모두 꾸미도록 합니다.

* 핸드폰을 꾸밀 때는 스티커나 다양한 꾸밈종이를 사용하도록 해주세요.

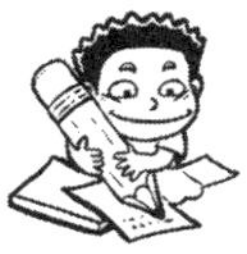

알콩달콩 표현하기

스티브 잡스는 남들과는 다른 새로운 생각을 하고, 그것을 실천에 옮기는 것이 중요하다고 했어요. 그래서 잡스의 회사에서는 평범한 회사에 어울리지 않는 해적 깃발을 꽂고, 해적이 그려진 티셔츠를 단체로 입기도 했대요. 또 자신을 알리는 명함에 별명을 넣기도 하는 등 재미있는 생각들을 많이 했다고 해요.

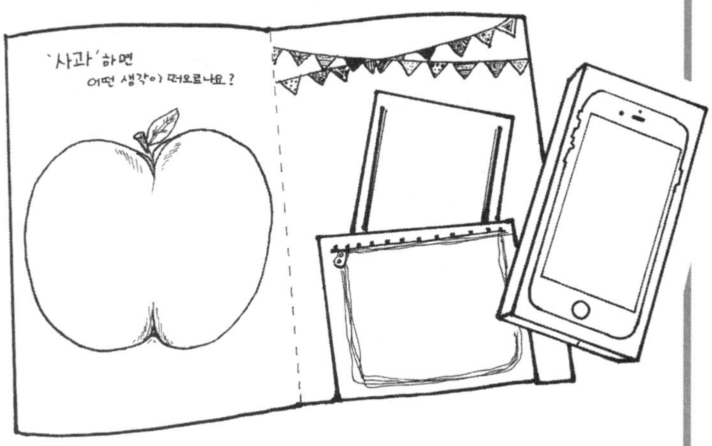

✽ 뉴턴이라는 과학자는 떨어지는 사과를 보고 새로운 법칙을 만들었고, 잡스는 한 입 베어먹은 사과로 회사 마크를 만들었어요. 여러분은 '사과'하면 어떤 생각이 떠오르나요?

✽ 나만의 캐릭터가 들어간 독특한 명함을 만들어 보세요.

✽ 새로운 기능의 핸드폰을 만들어 보세요.

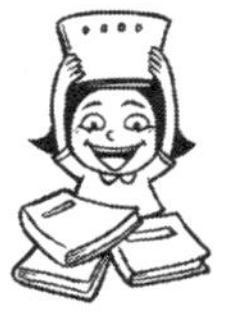

룰루랄라 완성하기

이 세상에 하나밖에 없는 나의 책이에요. 책 제목을 짓고, 작가가 된 나의 이름을 적어보세요.
(앞표지에는 어울리는 그림을 그리고, 뒤표지에는 광고 글, 책값, 바코드, ISBN도 넣어 보기)
그리고 친구들 앞에서 나의 책을 당당하게 소개하거나 멋지게 전시도 해보세요.

직업탐구 IT 전문가

✽ 스티브 잡스는 '컴퓨터 게임 개발자'였으며 새로운 기술과 예술을 통합한 디지털 시대를 열어 IT업계에 큰 획을 그은 애플사의 '창업자'예요.

★ '컴퓨터 분야의 전문가'에는 어떤 직업이 있나요?

- 컴퓨터 프로그래머 : 컴퓨터가 이해하는 컴퓨터 언어를 이용하여 컴퓨터가 필요한 일을 하도록 새로운 시스템을 만드는 일을 해요.
- 컴퓨터 시스템 관리자 : 기업이나 기관 등 여러 사람이 쓰는 컴퓨터 시스템이 안전하고 정상적으로 운영되도록 관리해요.
- 컴퓨터 게임 개발자 : 요즘 새로 개발되는 컴퓨터 게임은 보통 공동으로 만들어져요. 처음 기획 단계부터 판매까지의 전 과정을 진행하는 게임 기획자가 있고, 이야기를 만드는 게임 시나리오 작가가 있으며 게임 프로그래머, 그래픽 디자이너들이 함께 연구하여 새로운 컴퓨터 게임을 개발해요.
- 웹 기획자 : 인터넷에서 사이트를 만들고 사용자가 편리하게 사용하도록 관리하는 일을 해요.
- 컴퓨터 보안 전문가 : 컴퓨터에 입력된 정보나 시스템 등을 공격하는 바이러스를 찾아내어 손상된 것을 복구하거나 컴퓨터가 바이러스에 감염되지 않도록 예방하는 일을 해요.

작은 생명을 사랑한 곤충학자 파브르

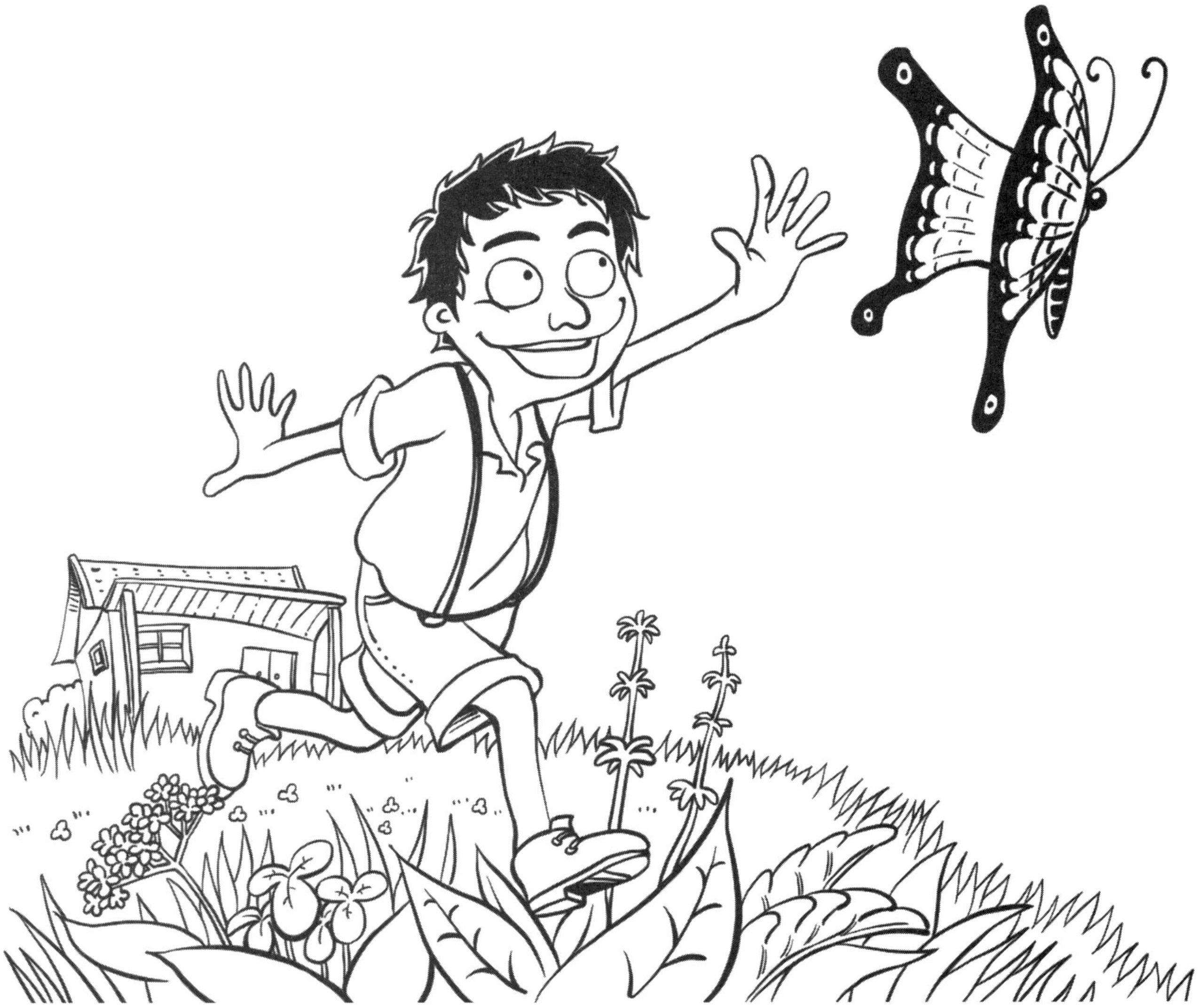

“큰멋쟁이나비야, 안녕? 금작화도 잘 있었니?”
파브르는 어릴 때 산골에 사시는 할아버지와 할머니 댁에서 보냈어요.
산과 들로 돌아다니며 신기한 곤충이나 예쁜 꽃들과 이야기하고 즐겁게 보냈지요.
일곱 살이 되어 엄마, 아빠, 동생이 사는 집으로 와서 학교에 들어갔는데 학교생활은 너무나 재미가 없었어요.
가만히 앉아서 선생님 말씀만 듣고 있자니 할머니 댁에서 뛰어놀던 때가 너무 그리웠어요.
그 사실을 안 아버지께서는 동물 그림이 가득한 글자 책을 사다 주셨지요. 동물을 좋아했던 파브르는 그 그림책을 열심히 보면서 글자를 읽고 쓸 수 있게 되었어요.
“아, 이게 개미라는 글자구나! 아, 나비는 이렇게 쓰는 거였어!”

파브르의 집은 정말 가난했어요. 그래서 열네 살이 되면서부터 학교를 못 다니고, 돈을 벌어야 했지요. 시장에서 레몬을 팔기도 하고, 기찻길을 만드는 공사장에서 힘들게 일하기도 했어요. 그렇지만 파브르는 좋아하는 책은 꼭 읽어야 직성이 풀렸어요. 그래서 밥은 굶더라도 책은 꼭 사서 읽었지요.
파브르는 계속 공부하고 싶었어요. 그래서 입학만 하면 무료로 학교 다니며 기숙사에서 살 수 있는 선생님이 되는 학교인 사범학교에 들어가 열심히 공부하여 선생님이 되었지요.
“얘들아, 오늘은 야외로 나가서 우리가 먹을 수 있는 식물에 대해서 알아보자.”
파브르는 교실 밖으로 나가서 실제 생활에 도움을 주는 학습을 많이 했기 때문에 학생들이 아주 좋아했어요.
그리고 선배 곤충학자를 만나면서부터 파브르도 곤충을 자세히 관찰하고, 연구하기 시작했지요. 그동안의 곤충학자들은 곤충을 채집하여 분류하고, 해부하는 것에 만족했어요. 하지만 파브르는 살아 있는 곤충들이 먹고, 일하고, 싸우는 등 생활 방식에 대해 연구를 했지요. 그래서 그동안 발표됐던 잘못된 연구 결과들을 찾아내어 새롭게 발표하기도 했어요.

선배 곤충학자는 '노래기벌이 비단벌레에게 독침을 쏘아서 죽인 다음 그 위에 자기 알을 낳아 애벌레가 되면 비단벌레를 먹으며 큰다. 노래기벌의 독침에는 썩지 않게 하는 성분이 있어서 싱싱한 비단벌레를 먹을 수 있다.'고 발표했지요. 하지만 파브르가 자세히 관찰해보니 잡혀 있는 비단벌레가 똥을 싸고 있었어요. 죽었다면 절대 똥을 누지 않기 때문에 잘못된 연구결과였죠. 그래서 파브르가 여러 가지 실험을 해보니 노래기벌은 비단벌레의 첫째 다리와 둘째 다리 사이의 가슴 가운데를 독침으로 찔렀어요. 그랬더니 비단벌레가 죽는 것이 아니라 온몸이 마비되는 거예요. 그래서 노래기벌의 애벌레들은 살아 있는 비단벌레를 먹은 셈이지요.

또 파브르의 쇠똥구리 연구가 유명한데 사람들은 그동안 쇠똥구리들이 사이가 좋아서 쇠똥을 힘을 합쳐 함께 굴린다고 생각했어요. 하지만 오랜 시간 관찰한 결과 쇠똥구리는 서로 돕는 것이 아니라 쇠똥을 뺏으려고 서로 붙어서 싸움을 했던 거라고 해요.

파브르는 가까이에서 곤충들을 연구하기 위해 뜨거운 한낮에도 까만 챙모자만 썼어요. 그러고는 땅에 얼굴을 대고 깜깜해질 때까지 꼼짝도 않고 있어서 정신이 이상한 사람이라는 이야기도 들었지요. 또 파브르의 집은 항상 창문이 열려 있었어요. 곤충들이 집 안까지 마음껏 들어오도록 하기 위해서였지요. 그래서 파브르의 나무 책상에는 곤충들이 구멍을 뚫어 집을 짓기도 했대요.

"나는 내가 직접 본 것만을 믿고, 안다고 말할 수 있다. 그 외엔 아무것도 모른다."

파브르는 곤충들과 늘 함께 살았고, 생생한 기록들을 『곤충기』라는 총 10권의 책에 담았어요. 그 책에 자신의 이야기는 물론 다양한 곤충들의 살아가는 모습이 고스란히 담겨 있어서 오늘날까지도 전 세계 많은 사람의 사랑을 받는 책이 되었지요.

자신이 가르치는 학생과 가족, 모든 자연을 사랑한 파브르, 가장 가까운 곳에서 그들의 삶을 지켜보는 '최고의 관찰자' 였기에 그 고귀한 사랑이 가능했던 것 아닐까요?

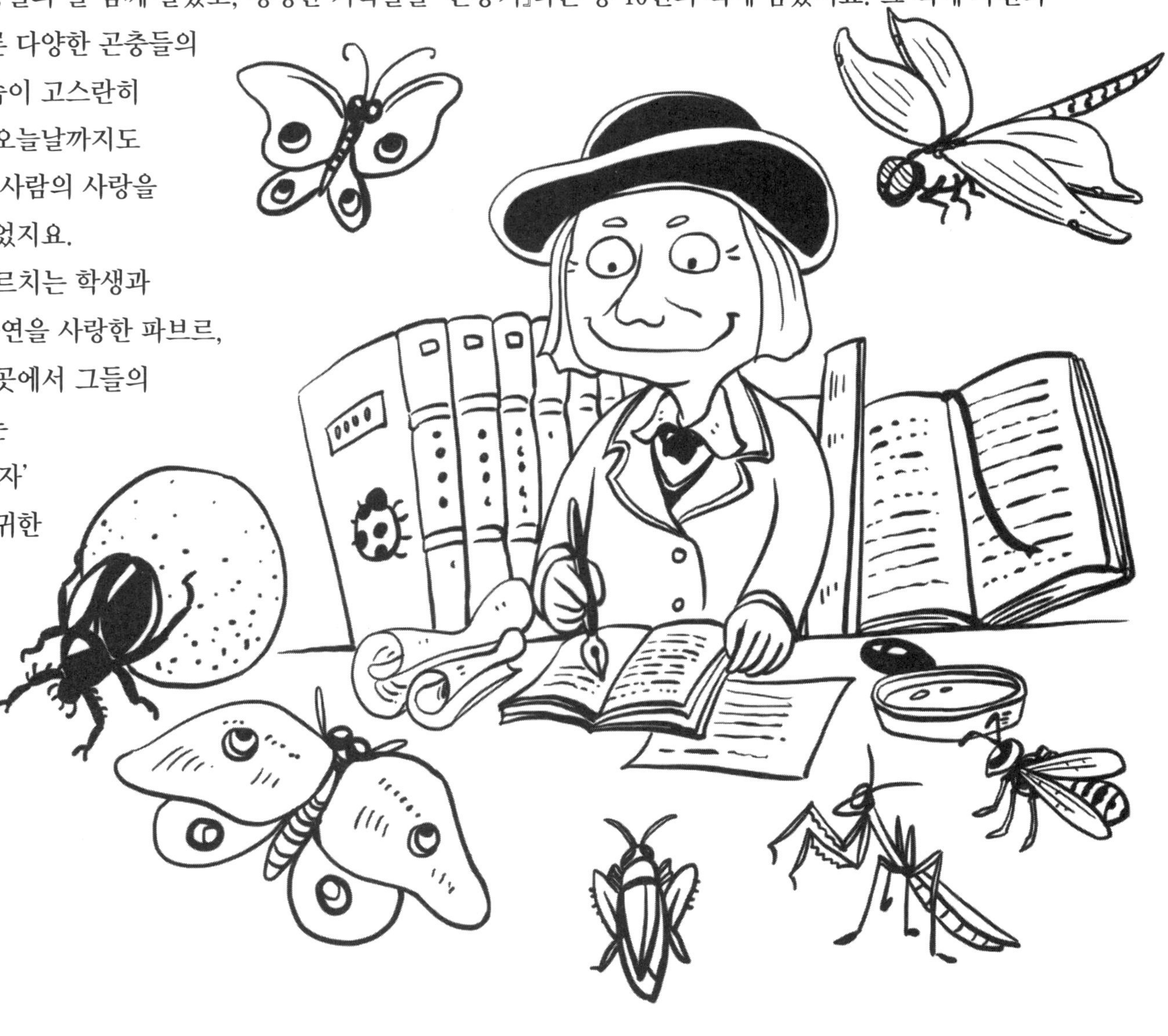

뚝딱뚝딱 만들기

찾아라 곤충 책

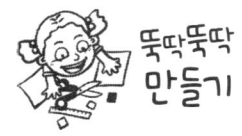

'내가 직접 본 것만을 믿고, 안다고 할 수 있다'고 이야기한 파브르는
어려서부터 또 학자가 되어서도 많은 곤충을 밤낮으로 관찰했어요.
여러분도 관찰하고 싶은 곤충을 정하고 그 곤충의 성장 과정을 잘 표현해보세요.

준비물 파브르 이야기, 찾아라 곤충책 모형, 가위, 풀, 색도구

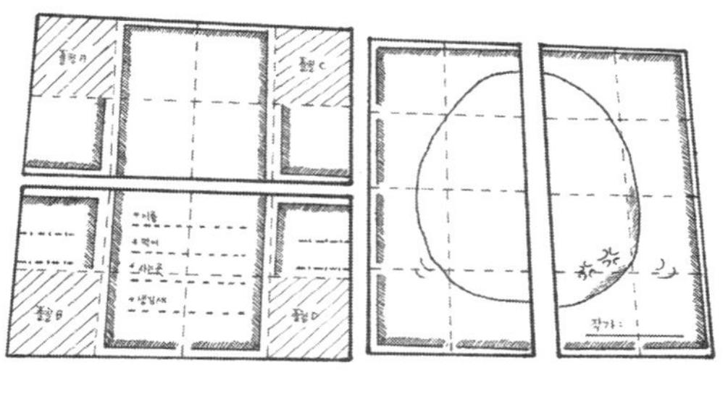

1. 굵은 점선 A를 따라 그림과 같이 모두 오려놓으세요.

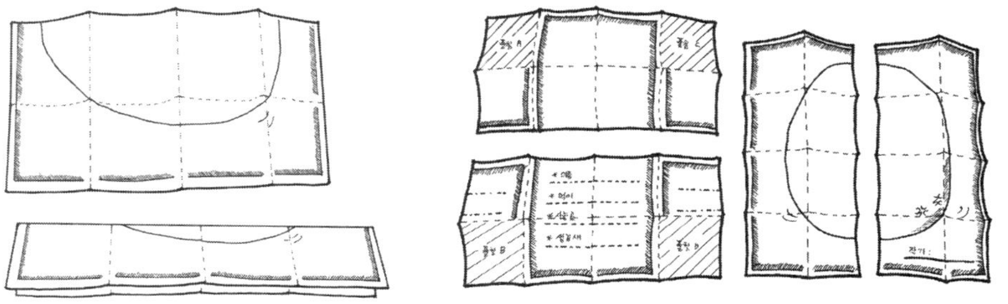

2. 4장 종이 모두 B를 따라 접었다가 펴고 다시 길게 C를 접으세요.

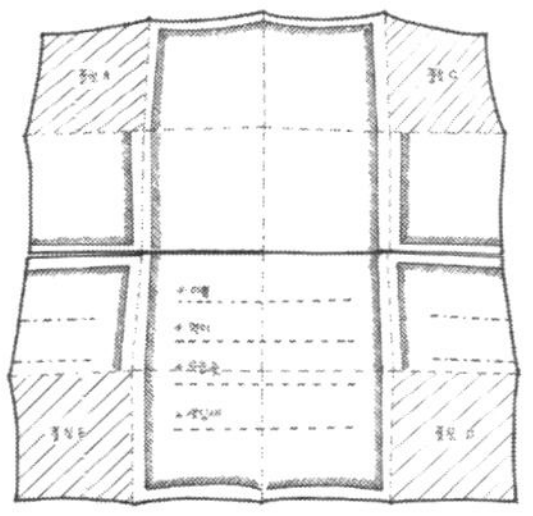

3. 먼저 풀칠 부분이 있는 종이 2장을 그림과 같이 놓으세요.

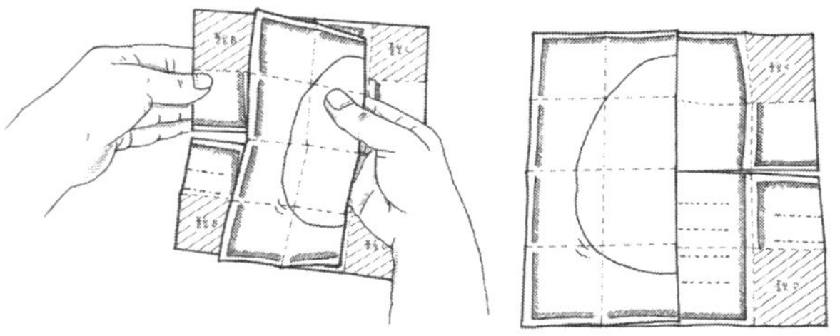

4. 풀칠 A와 풀칠 B에 풀칠하고, 윗장의 풀칠 A와 풀칠 B끼리 각각 맞추어 붙이세요.

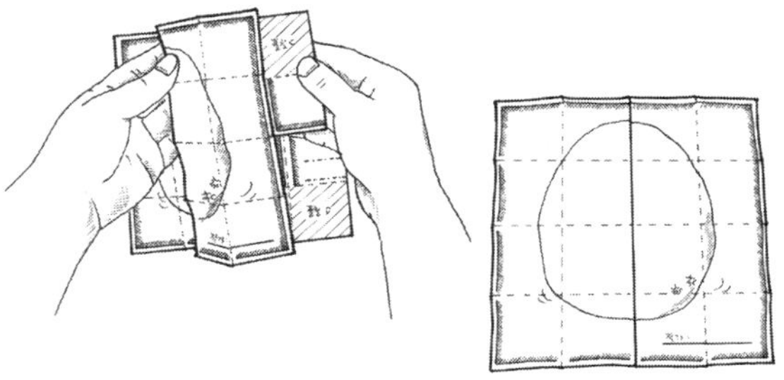

5. 남은 풀칠 C와 풀칠 D에 풀칠하고 윗장의 풀칠 C와 풀칠 D끼리 맞추어 붙입니다.

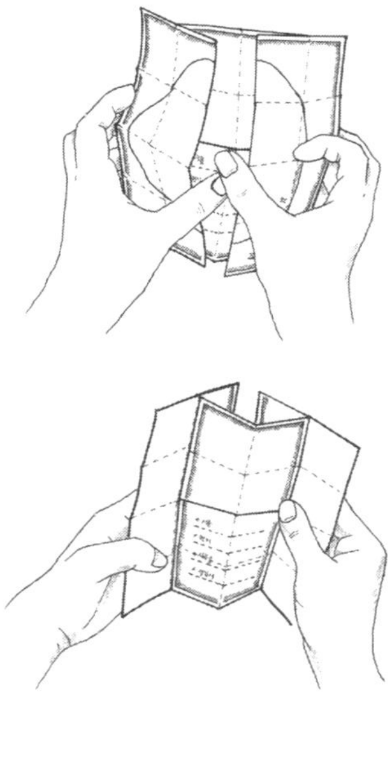

6. 순서대로 잘 열리는지 확인합니다. 첫 번째는 양옆으로 전체를 돌려 접으세요.

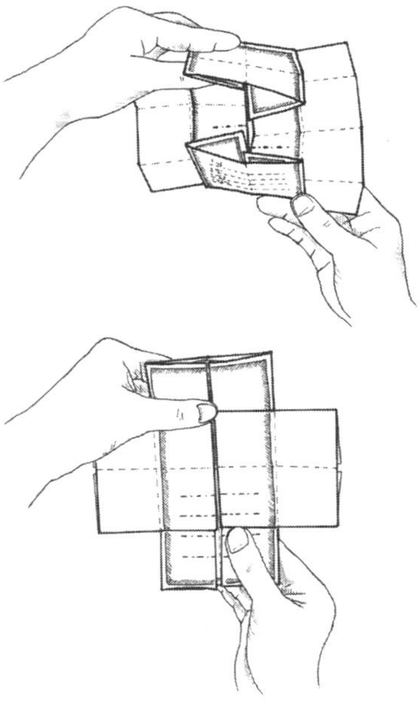

7. 위아래로 돌려서 접으세요.

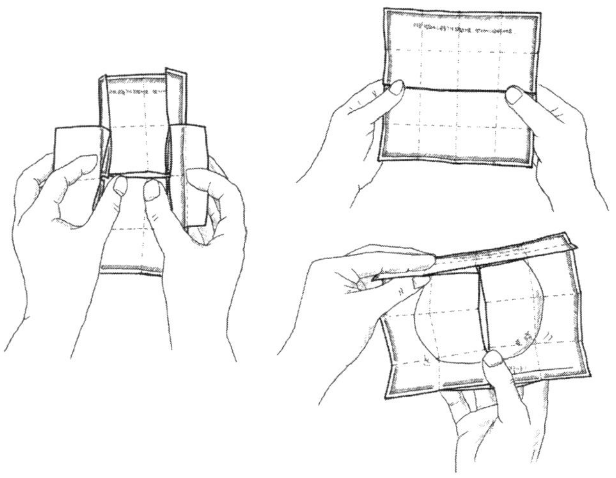

8. 다시 양옆으로 돌려 접으세요. 그다음 다시 위아래로 돌려 접으면 처음으로 돌아옵니다.

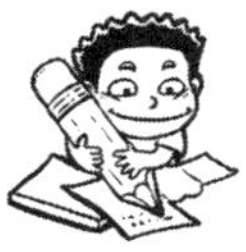

알콩달콩 표현하기

세상에서 가장 많은 동물이 바로 '곤충'이며 곤충의 종류는 100만 가지가 넘는다고 해요.
곤충은 '머리, 가슴, 배'로 나누어지고, 다리가 3쌍이어야 해요. 그래서 거미나 지네는 곤충이 아니지요.

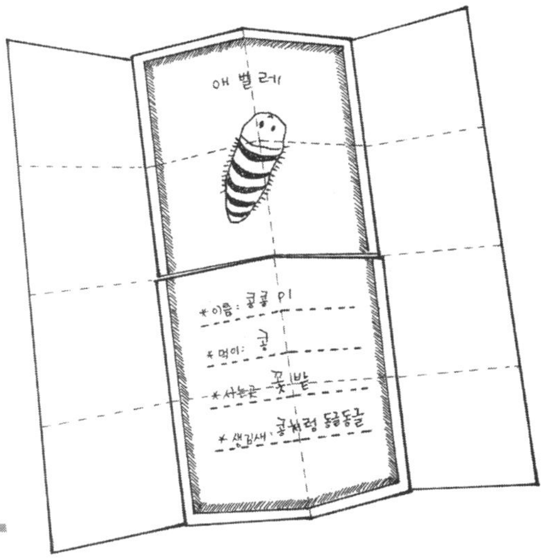

✻ 내가 좋아하는 곤충이나 내가 관찰하고 싶은 곤충을 그려 보세요.

✻ 곤충은 '알→애벌레→(번데기)→어른벌레'의 형태로 성장하지요. 곤충이 커가는 과정을 살펴보면서 어디에 사는지, 어떤 먹이를 좋아하는지, 생김새는 어떤지 써 보고, 거기에 알맞은 귀여운 이름도 지어 주세요.

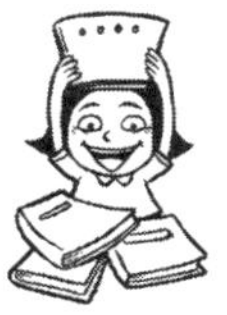

룰루랄라 완성하기

이 세상에 하나밖에 없는 나의 책이에요. 책 제목을 짓고, 작가가 된 나의 이름을 적어보세요.
(앞표지에는 어울리는 그림을 그리고, 뒤표지에는 광고 글, 책값, 바코드, ISBN도 넣어 보기)
그리고 친구들 앞에서 나의 책을 당당하게 소개하거나 멋지게 전시도 해보세요.

직업탐구 곤충학자

✻ 파브르는 '곤충학자'로 끈기와 애정을 가지고 곤충을 관찰해서 「곤충기」를 집필했어요.

★ '곤충학자'는 어떤 직업인가요?

곤충은 지구에 사는 전체 동물 가운데 4분의 3이나 될 만큼 수도 많고 종류도 다양해요. 곤충학자는 곤충을 종류에 따라 분류하고, 생활이나 습성 등을 관찰하며 곤충이 사람에게 어떤 영향을 미치며 도움을 줄 수 있는지를 연구해서 발표하지요. 그래서 곤충학자는 곤충을 포함한 자연에 관한 풍부한 지식이 있어야 하며 호기심을 가지고 관찰하는 끈기와 인내심 등이 필요해요.

★ 동물과 관계된 직업에는 무엇이 있나요?

- 수의사 : 병든 애완동물(개, 고양이 등)이나 가축(소, 말 등)을 치료하고, 병을 예방해요.
- 동물사육사 : 동물의 상태를 관찰하며 먹이를 주고, 건강하게 살도록 보살펴요. 또 돌고래나 앵무새, 침팬지 등을 훈련 시켜서 사람들 앞에서 멋진 공연을 하기도 해요.
- 개 조련사 : 특수한 일(맹인 안내, 마약 발견, 경찰견 등)을 하는 개가 되도록 훈련 시켜요.
- 애견미용사 : 애완동물에 대한 전문적인 지식과 미용기술로 예쁘고, 건강하게 관리해요.
- 동물보호보안관 : 동물을 버리거나 학대하는 것을 예방하고 보호해요.
- 법의곤충학자 : 살인 사건에서 시체에 접근하는 곤충들을 조사해서 사망 장소나 시간을 알아내요.

환한 빛으로 어둠을 밝힌 발명가 에디슨

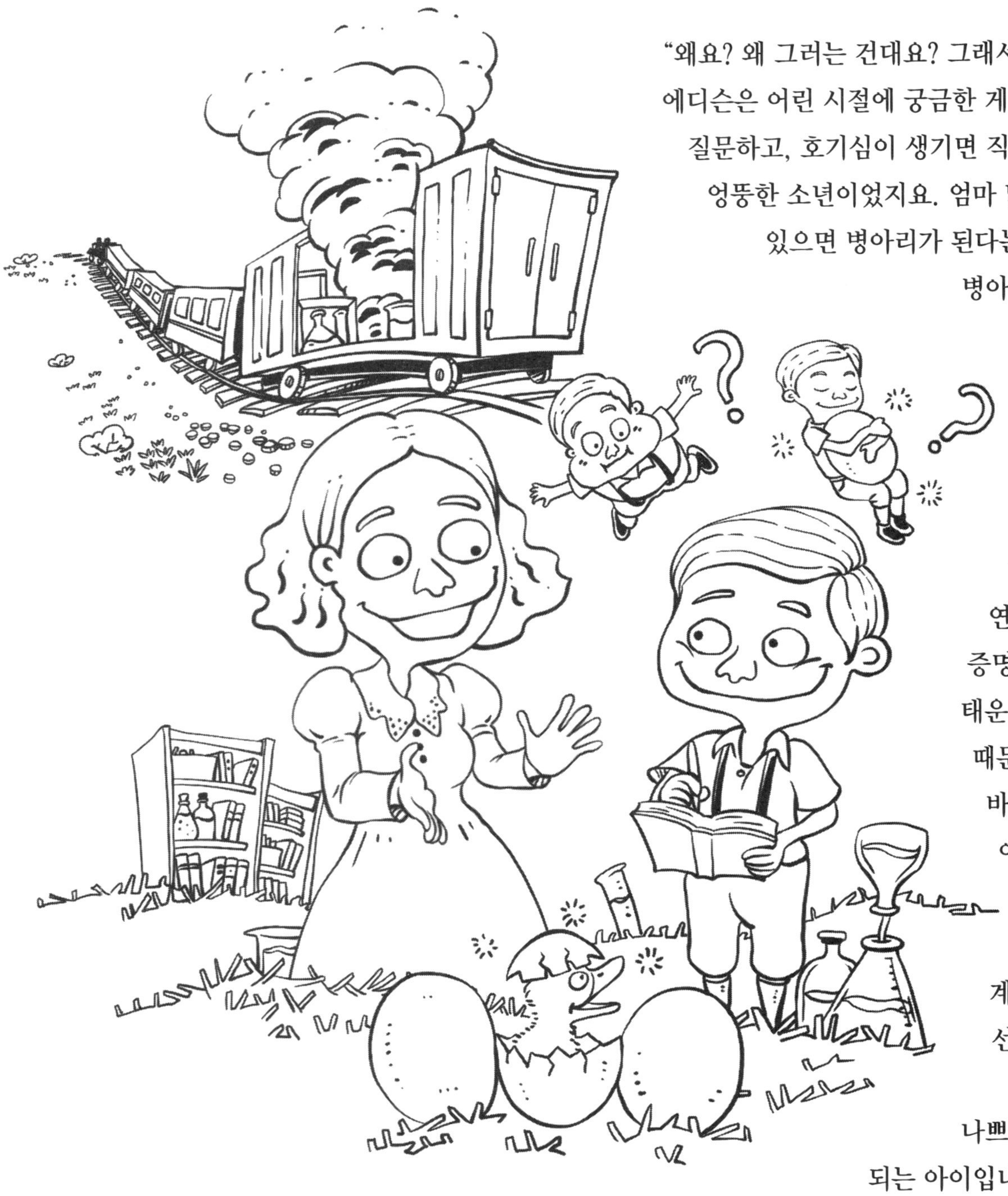

"왜요? 왜 그러는 건대요? 그래서요? 왜? 왜? 왜???"
에디슨은 어린 시절에 궁금한 게 너무 많아서 항상 질문하고, 호기심이 생기면 직접 해봐야 직성이 풀리는 엉뚱한 소년이었지요. 엄마 닭이 알을 따뜻하게 품고 있으면 병아리가 된다는 것을 알고는 자신이 병아리를 만들고자 온종일 헛간에서 달걀을 품고 있었어요. 또 친구에게 배에 공기가 차면 하늘을 날 수 있다며 가스가 차는 약을 먹여 병원에 실려 간 적도 있고, 연기가 나지 않는 풀을 증명하겠다며 창고를 모두 태운 적도 있었지요. 이런 행동 때문에 사람들은 에디슨이 바보이거나 머리가 이상하다고 생각했어요.
에디슨은 학교에 입학해서도 선생님께 계속 이상한 질문을 했어요. 선생님께서는 어머니를 불러 "에디슨은 머리가 나쁘고, 다른 학생들에게 방해되는 아이입니다."라고 말했어요.
그러자 어머니께서는 "뭐라고요? 다른 아이들과 다르다고 모자란 아이는 아닙니다. 에디슨은 궁금한 것이 많을 뿐이에요. 우리 아이를 그렇게 평가하신다면 저도 더는 아이 교육을 학교에 맡기지 않겠습니다."
그때부터 에디슨은 어머니와 함께 집에서 공부했어요. 어머니는 에디슨의 질문을 끝까지 함께 해결하고자 하셨으며 친절하고 자상한 선생님이셨어요. 그런 노력으로 에디슨은 다른 아이들보다 오히려 더 빨리 글자를 깨우쳤고, 책도 많이 읽게 되었지요.
에디슨은 어머니의 가르침과 격려 덕분에 평생 책을 가까이했으며, 언제나 주머니에는 수첩을 가지고 다니며 궁금하거나 갑자기 떠오른 아이디어를 적어놓는 좋은 습관을 갖게 되었어요.

열두 살이 된 에디슨은 과학실험을 하기 위한 도구와 약품을 사기 위해 돈이 필요했어요.
그래서 열차 안에서 신문을 팔기 시작했지요. 남는 시간에는 비어 있는 화물칸에 실험실을 마련하고 실험을 했어요. 그런데 어느 날 기차가 심하게 흔들렸고, 흔들리면 터지는 약품이 쏟아져서 큰불이 났어요.
"불이야, 불!" 때마침 차장이 뛰어들어와 모래주머니로 겨우 불을 껐어요. 하지만 너무 화가 난 차장에게 에디슨은 뺨을 맞았고, 그때부터 한쪽 귀가 들리지 않게 되었지요.

"에디슨, 베토벤은 아무 소리도 듣지 못했어. 하지만 사람들에게 감동을 주는 훌륭한 곡을 작곡했단다. 너는 작은 소리만 들리지 않을 뿐이야. 그러니 네가 연구할 때 오히려 집중을 잘할 수 있지 않겠니?" 이번에도 아들에게 용기를 준 현명한 어머니 덕분에 에디슨은 곧 자신감을 회복했어요.

하루는 에디슨이 기차에 치일 뻔한 역장님의 아들을 구해주었어요. 역장님은 에디슨에게 고마움의 표시로 전신 기술을 배울 수 있게 해 주셨지요. 그래서 유능한 전신 기술자가 된 에디슨은 금값이 오르내리는 것을 알려주는 기계를 수정하고, 또 주식값을 알려주는 기계도 발명했어요. 그 일로 큰돈을 번 에디슨은 실험에만 전념하고 싶어서 연구소를 만들었어요.

1897년 어느 늦은 밤, 에디슨의 연구소가 있던 거리에 많은 사람이 모여들었어요.
"전구가 오랫동안 빛을 낸다면서요? 이 깜깜한 밤이 환해진다니 믿기지 않아요." 그때였어요.
거리에 전구가 하나둘씩 켜지면서 달빛보다 더 밝은 빛으로 세상이 온통 환해졌어요.
"에디슨, 만세!"
에디슨의 전구가 발명되기 전에 사람들은 대부분 램프를 켰기 때문에 밤이 되면 일찍 잠자리에 들었어요. 가스등이나 아크등이라는 것도 있었지만 위험하고 값이 굉장히 비쌌어요. 하지만 에디슨의 백열전구는 값이 싸서 보통의 가정에서도 밤에 불을 켤 수 있었지요.

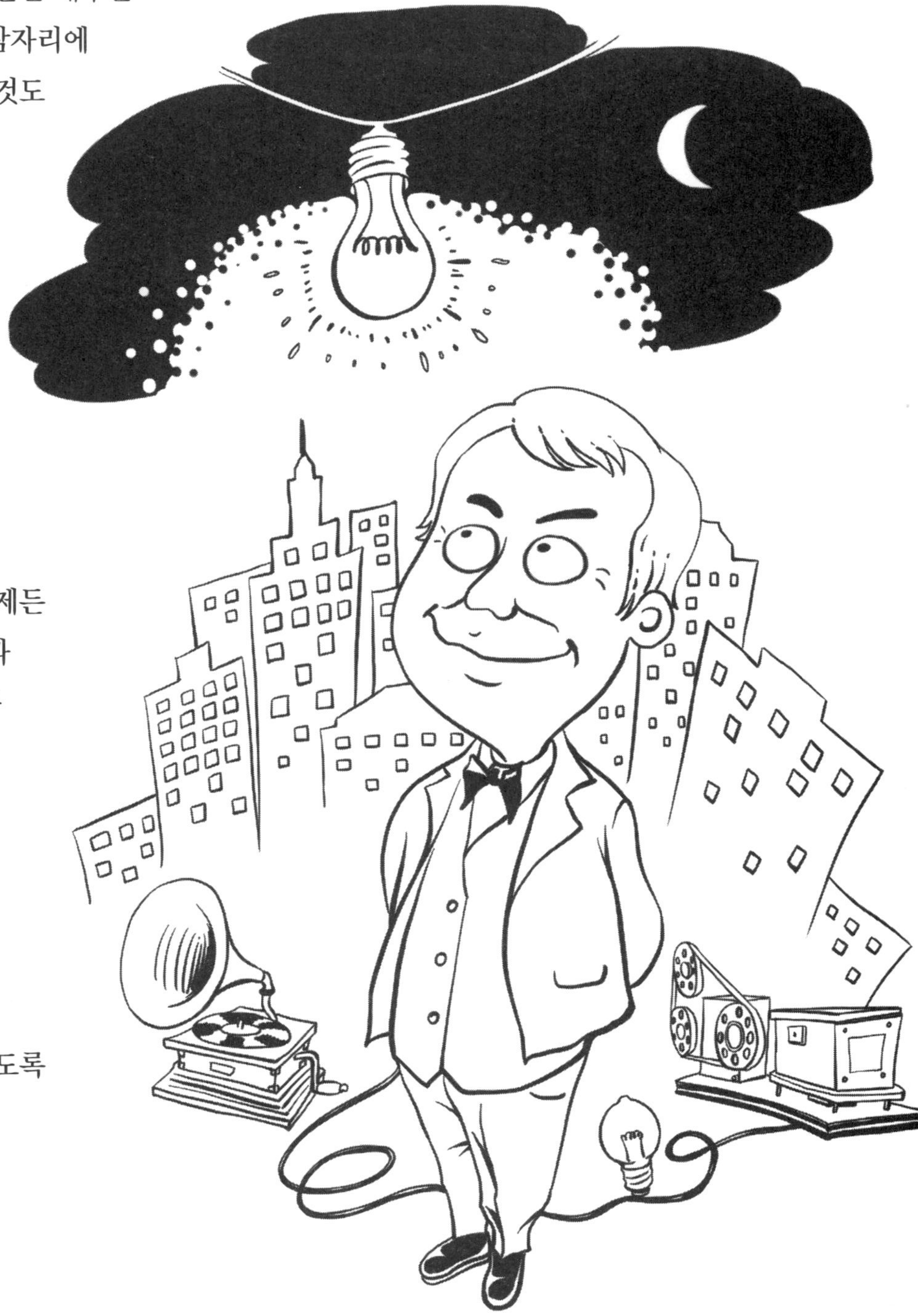

'발명왕 에디슨', '발명의 마법사', '천재 발명왕'이라는 별명을 가졌던 토마스 에디슨! 전화기 기술을 발전시켰고, 축음기를 만들어 아름다운 소리를 녹음하여 언제든 다시 들을 수 있도록 하였으며, 사진과 소리가 함께 나오도록 하는 영사기 등 1,000개가 넘는 발명품들을 수많은 실패를 겪고도 포기하지 않고 끝까지 만들어 냈어요.

에디슨은 타고난 천재가 아닌 뜨거운 열정과 끊임없는 노력으로 우리 삶에 편리함을 안겨준 발명가이기에 모두의 가슴 속에 오래도록 밝은 빛으로 자리하고 있어요.

뚝딱뚝딱 만들기

발명가 책

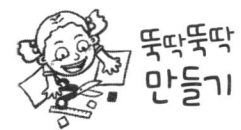

에디슨은 사람들을 편리하게 해줄 발명품들을 만들어내기 위해 많은 어려움을 이겨내고 노력했지요.
여러분도 발명가가 되어 멋진 제품도 만들고,
그것에 관한 이야기를 담아보세요.

준비물 에디슨 이야기, 발명가 책 모형, 가위, 풀, 색도구

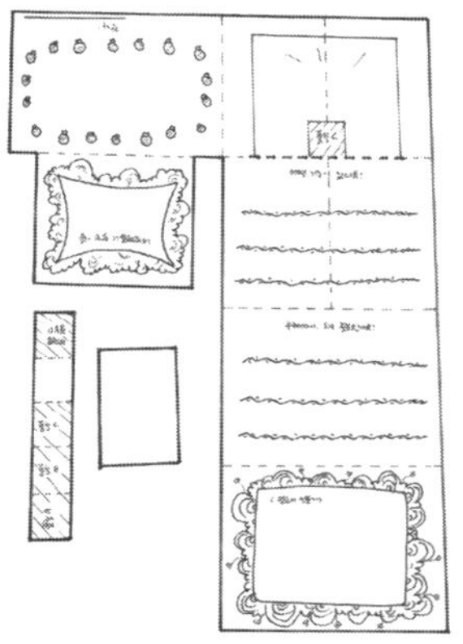

1. 굵은 점선 A를 따라 모두 오리세요.

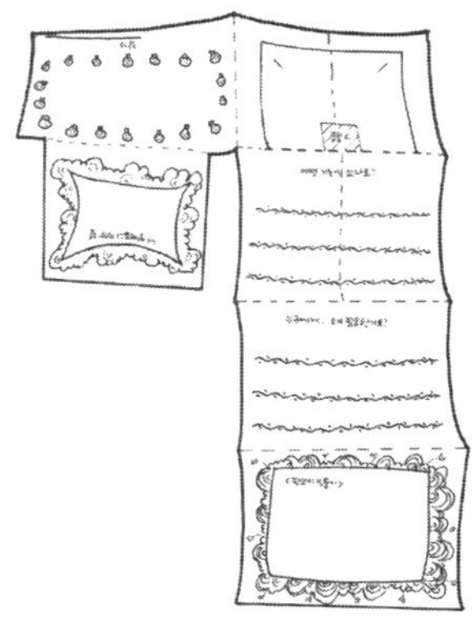

2. B를 따라 모두 접은 다음 펴세요.

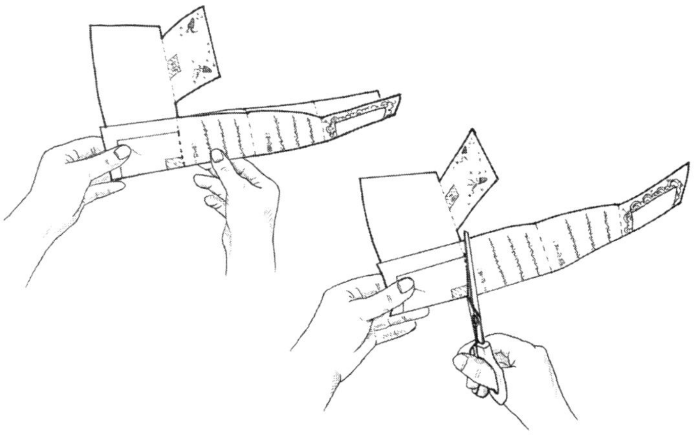

3. C를 따라 접은 다음 굵은 점선 D를 따라 오리세요.

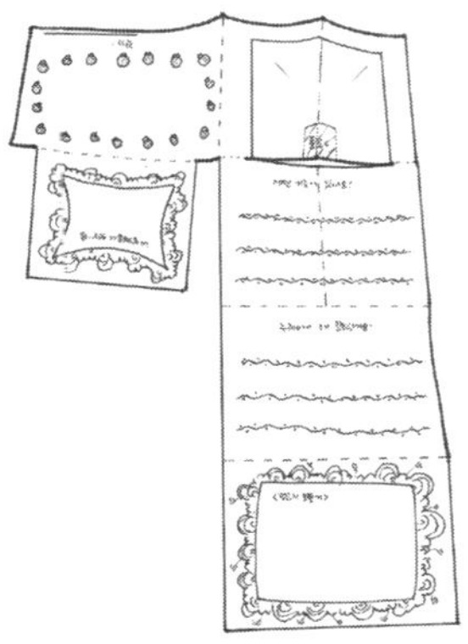

3-1. 그리고 모두 펴세요.

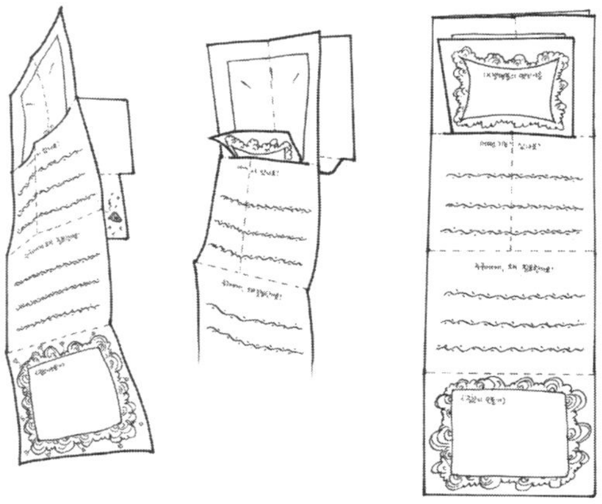

4. 왼쪽에 있는 종이를 뒤로 접고 아래 면을 그림과 같이 D 사이에 끼워주세요.

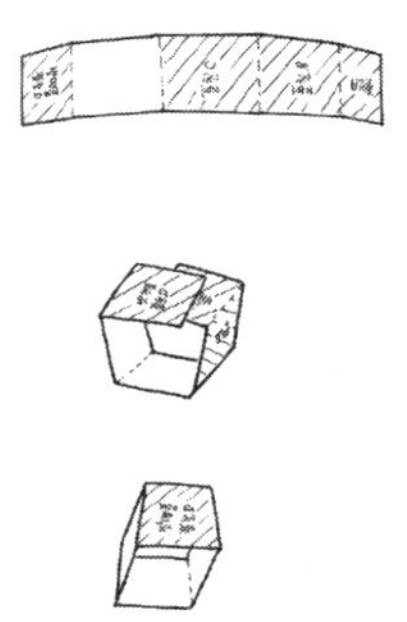

5. 사각고리를 접은 다음 풀칠 A에 풀칠해서 완성합니다.

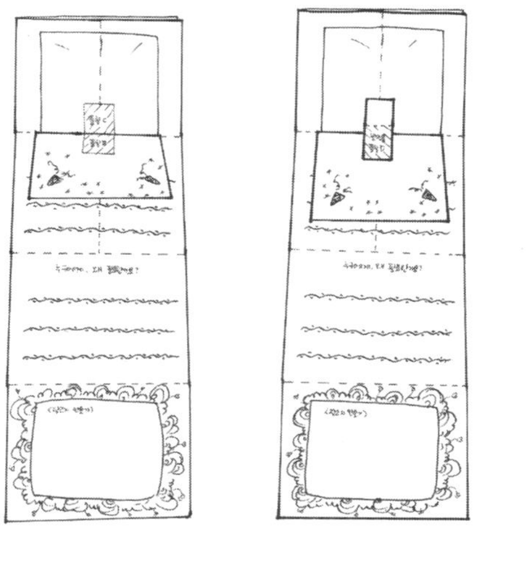

6. 바탕종이 풀칠 C와 풀칠 B에 풀칠하고 사각고리 풀칠 위치에 맞도록 붙입니다.

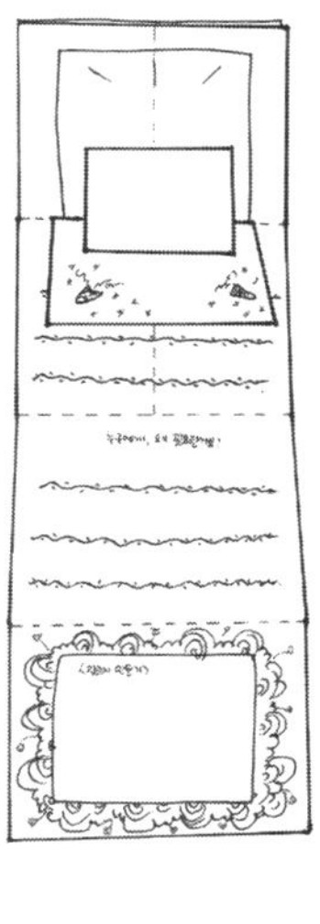

7. '발명품 풀칠'에 풀칠한 후 오려놓은 사각 꾸밈종이를 붙이세요.

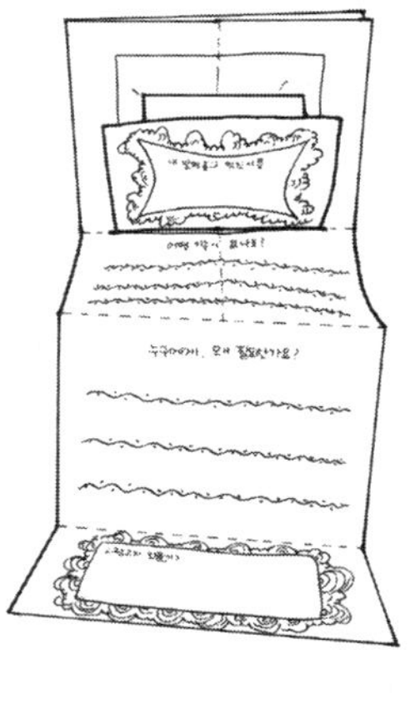

8. 지그재그로 접어 책을 완성합니다.

알콩달콩 표현하기

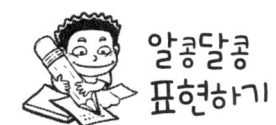

에디슨은 백열전구, 축음기, 영사기, 믹서기, 건조기 등 1,000여 가지가 넘는 발명품을 만들었어요. 그리고 '팔 수 없는 것이라면 나는 발명하지 않는다. 팔린다는 건 유용하다는 증거이고, 유용하다는 게 곧 성공이다.'라고 말했어요.

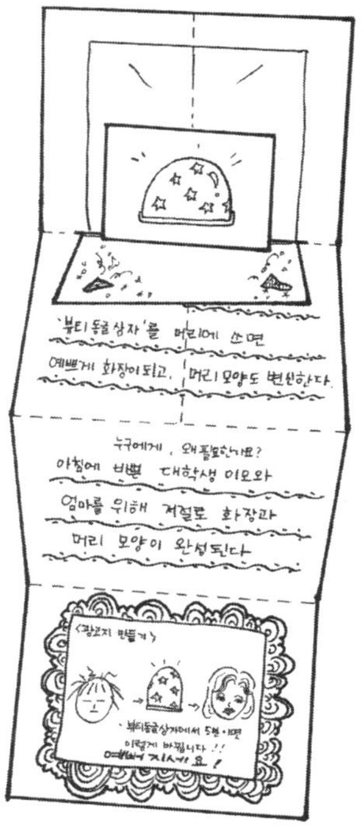

✱ 여러분은 어떤 발명품을 만들고 싶은가요? 이름을 지어 주세요.

✱ 어떤 기능이 있으며, 누구에게 왜 필요한 발명품인가요?

✱ 누구든 사고 싶은 마음이 들도록 하는 '광고지'를 만들어 보세요.

룰루랄라 완성하기

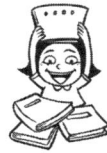

이 세상에 하나밖에 없는 나의 책이에요. 책 제목을 짓고, 작가가 된 나의 이름을 적어보세요. (앞표지에는 어울리는 그림을 그리고, 뒤표지에는 광고 글, 책값, 바코드, ISBN도 넣어 보기) 그리고 친구들 앞에서 나의 책을 당당하게 소개하거나 멋지게 전시도 해보세요.

직업탐구 발명가

✱ 에디슨은 '발명가'로 전구를 비롯하여 1,000여 개가 넘는 발명품을 남겼어요.

'발명가'는 어떤 직업인가요?

아무도 알지 못했던 것을 알아내는 것을 '발견'이라고 하고, 아무것도 없는 것에서 새로운 것을 만들어 내는 것을 '발명'이라고 해요. 그래서 사람들이 더욱 편리하게 살 수 있도록 새로운 것을 만들어 내는 사람을 '발명가'라고 하지요. 발명가는 자연현상 등 과학적 지식이 풍부해야 하며 호기심이 많고, 관찰 능력이 있어야 하며 실패를 두려워하지 않고 끝까지 해내는 끈기와 인내심이 필요해요.

인류의 위대한 발명품에는 무엇이 있나요?

- 종이, 인쇄술 : 종이와 인쇄술의 발명으로 사람들은 지식과 정보를 기록으로 남기게 되었어요.
- 나침반 : 나침반의 발명으로 동서남북 방위를 알 수 있게 되어 비행이나 항해가 쉬워졌어요.
- 증기기관 : 증기기관의 발명으로 증기기차와 증기선이 개발되어 산업이 크게 발달했어요.
- 화약 : 화약으로 무기가 발달하였고, 무기를 연구함으로써 과학이 발달했어요.
- 컴퓨터 : 20세기 가장 중요한 발명품으로 정보화 시대를 이끌었어요.

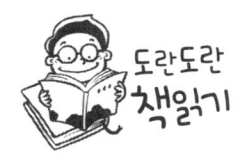

"크르릉, 멍, 멍!!"
"다들 피하세요! 미친 개에요. 모두 피하세요!"
침을 질질 흘리며 무섭게 눈을 부릅뜬 개에게 한 사람이 물렸지만 옆에 있던 사람들에게 금세 붙잡혔어요. 미친개에게 물리면 별다른 치료법도 없고, 사람이 죽을 수 있다는 걸 알게 된 어린 파스퇴르는 깜짝 놀랐어요. 이 기억은 훗날 파스퇴르가 광견병 백신을 만들게 된 계기가 되었지요.

파스퇴르의 아버지는 동물의 가죽을 세공하는 사람이었고, 공부를 많이 하지 못해서 아들인 파스퇴르는 사람들에게 존경을 받는 선생님이 되길 원하셨어요. 그래서 파스퇴르가 계속 학교에 다닐 수 있도록 열심히 뒷바라지를 해주셨지요. 하지만 파스퇴르는 학생들 앞에서 직접 실험을 해 보이며 과학의 원리를 깨우쳐준 유명한 교수님의 강의를 듣고, 과학에 매력을 느껴 과학자가 되기로 마음먹었어요. 파스퇴르는 열심히 노력하여 화학과 물리학 박사가 되었지요. 부모님께서는 어린 나이에 박사님이 된 아들을 자랑스러워하며 기뻐하셨어요.

"파스퇴르 박사님, 저희 좀 도와주세요! 포도주 맛이 이상하게 변해서 팔 수 없게 되었어요."
파스퇴르가 사는 프랑스의 농촌에서는 포도주를 만들어 파는 사람들이 많았어요. 향긋하고 달콤한 맛으로 유명한 포도주였는데 갑자기 이상한 냄새가 나고 쉰 맛이 나서 다 버리게 되었지요. 아무도 이유를 찾지 못해 파스퇴르에게 도와달라고 부탁을 하러 온 거에요.

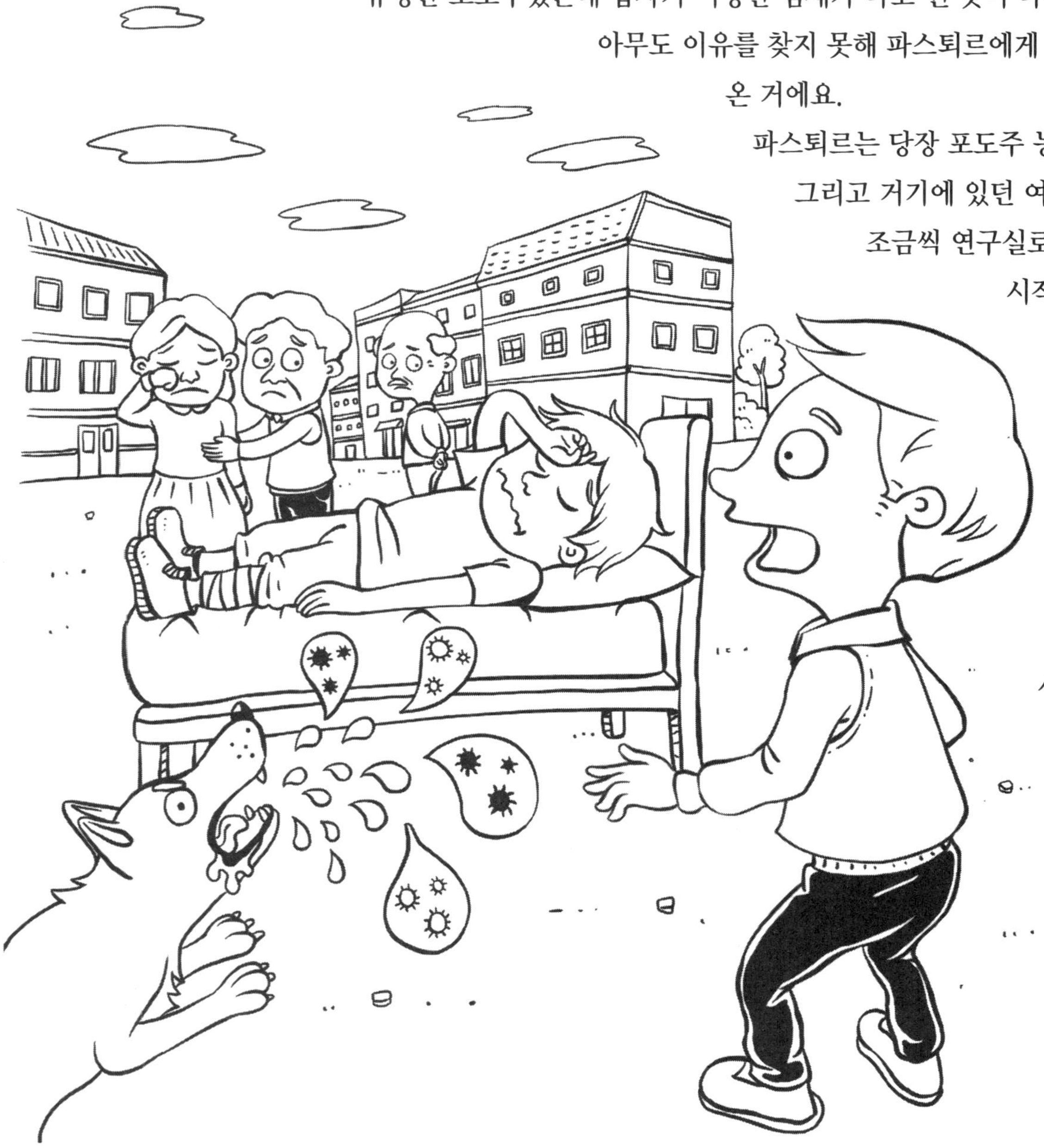

파스퇴르는 당장 포도주 농장으로 달려갔어요. 그리고 거기에 있던 여러 통에 담긴 포도주를 조금씩 연구실로 가져와서 실험하기 시작했어요. 현미경으로 관찰하던 파스퇴르는 포도주를 상하게 한 것이 길쭉한 모양의 미생물 때문이라는 것을 찾아냈어요. 원인을 알았으니 이제 미생물을 없애는 방법을 연구하기 시작했지요.
그래서 포도주를 팔팔 끓여보기로 했어요. 미생물은 죽었지만 포도주 맛은 형편없었어요. 파스퇴르는 수많은 실험 끝에 약 60℃ 정도의 열로 1시간 정도 데우면 포도주를 상하게 했던

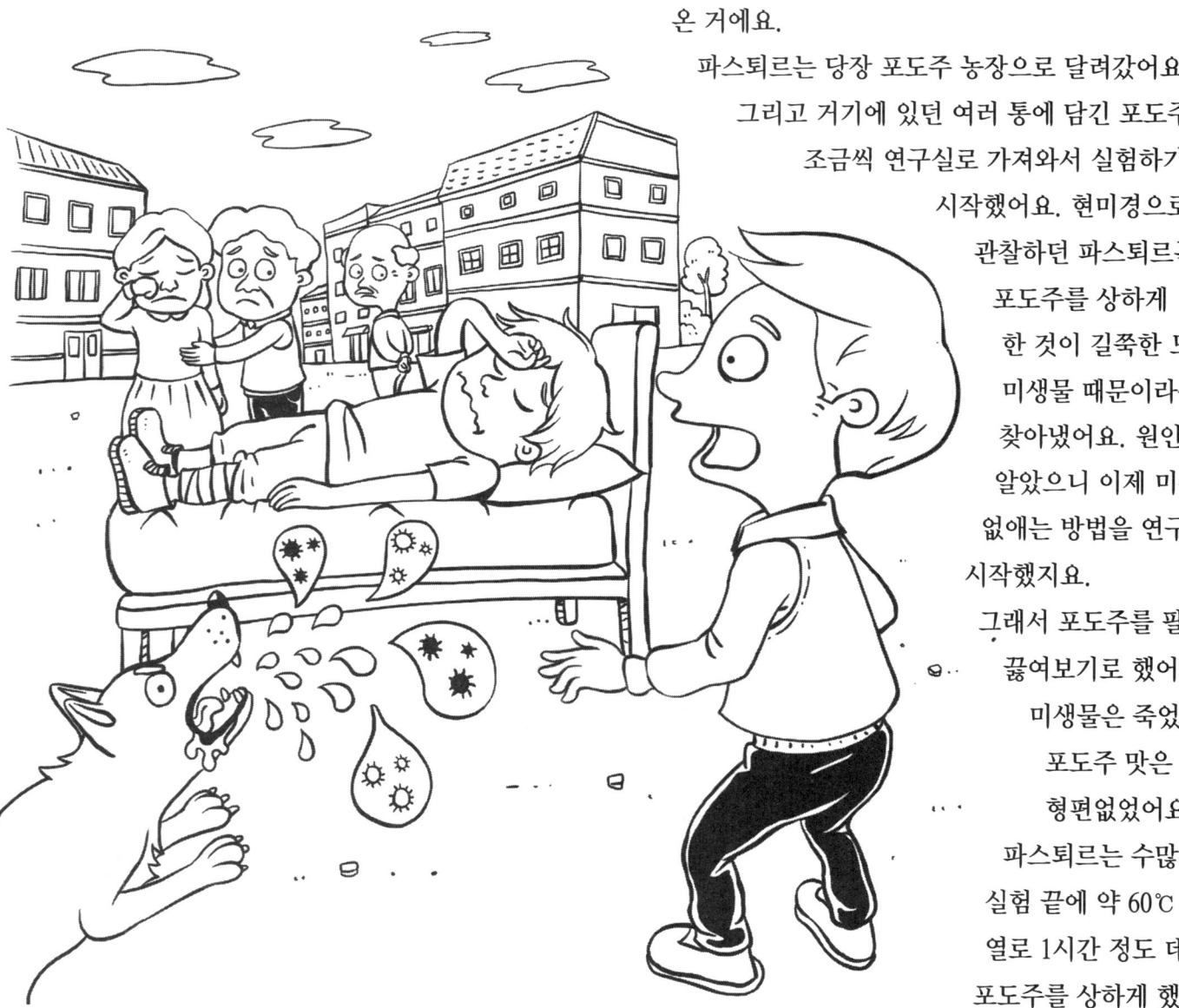

미생물은 모두 죽지만 색깔도 변하지 않고 맛도 좋아진다는 것을 알아냈어요. 이 방법은 현재까지도 사용되며 '파스퇴르식 저온 살균법'이라고 부르게 되었지요. 우유나 치즈 등도 저온 살균을 하면 상하지 않으면서 맛과 냄새는 똑같다는 것을 알게 되었어요.

자신의 연구가 많은 사람에게 도움을 준다는 사실을 알고 파스퇴르는 너무 행복했어요.

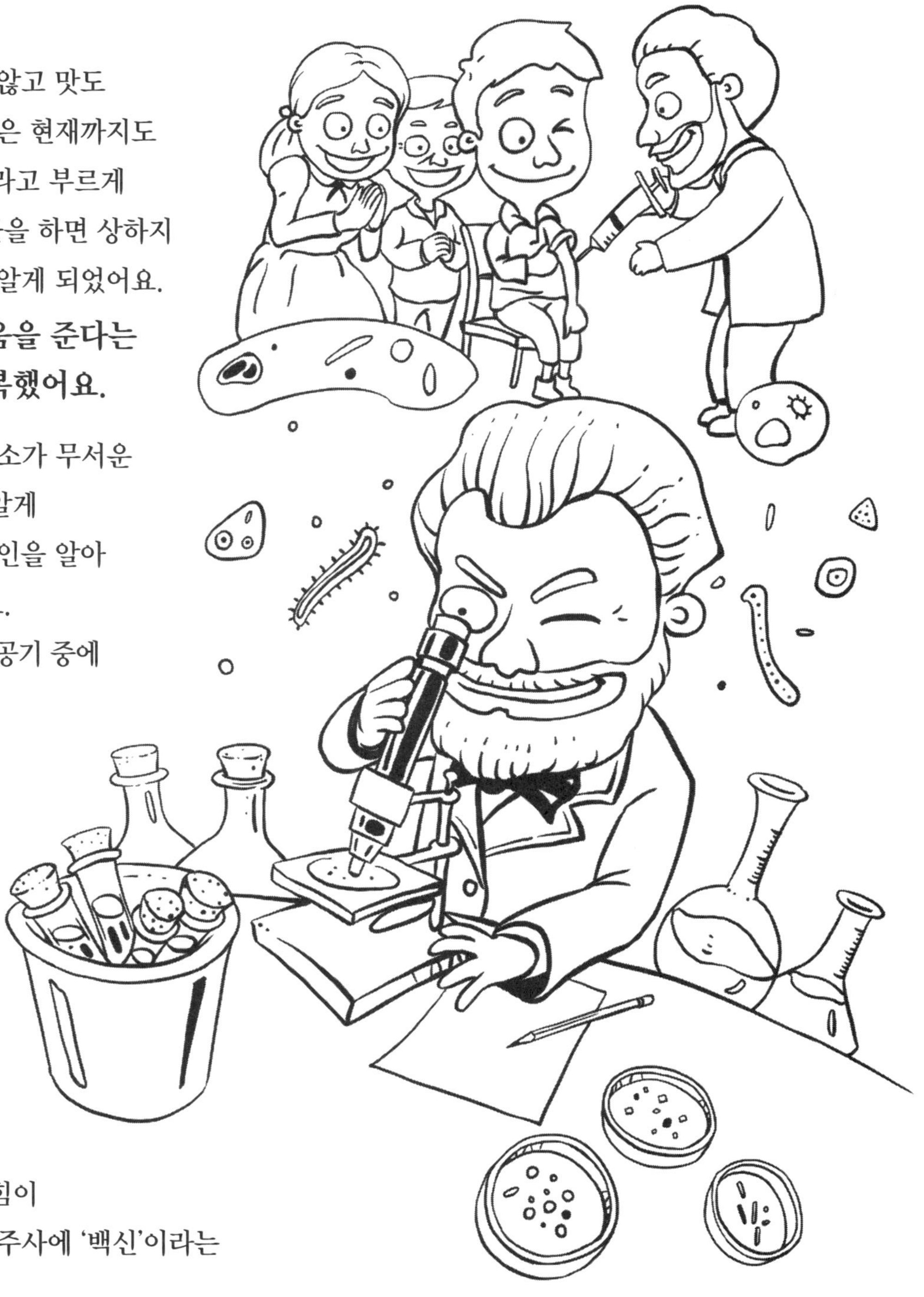

파스퇴르는 초식 동물인 양이나 젖소가 무서운 탄저병으로 죽어가고 있다는 사실을 알게 되었어요. 그래서 탄저병이 생기는 원인을 알아 반드시 치료법도 찾겠다고 결심했지요. 수없이 많은 연구 끝에 우리가 숨 쉬는 공기 중에 미생물들이 살아 있고, 이 미생물 중에는 질병을 퍼뜨리는 나쁜 세균도 있다는 사실을 알게 되었어요. 그래서 일단 나쁜 세균에게 영양분을 거의 주지 않아 힘을 약하게 만들었어요. 그리고 힘이 약하게 된 세균을 건강한 동물에게 주사했지요. 그랬더니 병을 가볍게 앓고 일어나는 거예요. 그러고 난 다음에는 강한 나쁜 세균이 들어와도 건강하게 이겨내는 힘이 스스로 생겨났어요. 파스퇴르는 이런 주사에 '백신'이라는 이름을 붙였지요.

"됐어! 백신 주사를 맞으면 병을 가볍게 앓고 난 후 다시는 그 병에 걸리지 않아!"

'미생물학의 아버지'라고 불린 파스퇴르는 세상을 떠날 때까지 여러 가지 예방 백신을 만드는 데 힘썼어요. 닭에게 번졌던 닭 콜레라, 동물들의 똥으로 전염되는 무서운 탄저병, 어렸을 때 보았던 끔찍한 광견병도 예방 백신을 만들어 병을 예방하고 치료했어요. 이제 많은 사람이 무서운 전염병으로부터 건강을 지킬 수 있게 된 거예요.

파스퇴르는 우리들의 건강을 위한 연구가 이어질 수 있도록 많은 사람의 지원을 받아 '파스퇴르 연구소'를 만들었어요. 이 연구소에서는 현재까지도 파스퇴르의 정신을 이어받은 과학자들이 사람들에게 도움을 주고, 질병을 예방하는 치료법을 찾는 연구를 계속하고 있답니다.

뚝딱뚝딱 만들기

주사기 책

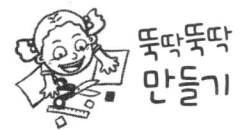

예방주사를 맞으면 여러 가지 질병에 걸리지 않게 되지요.
파스퇴르는 아프지 않기 위해 건강한 사람들에게 미리 예방하는 '백신'을 만들어냈지요.
여러분은 어떤 질병을 예방하고 싶은가요?
또 건강하기 위해 어떤 것을 지켜야 하는지도 생각해보세요.

준비물 파스퇴르 이야기, 주사기 책 모형, 가위, 풀, 색도구

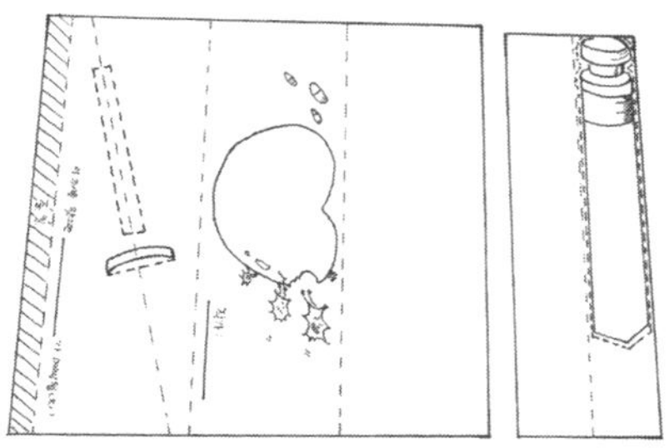

1. 굵은 점선 A를 따라 오리세요.

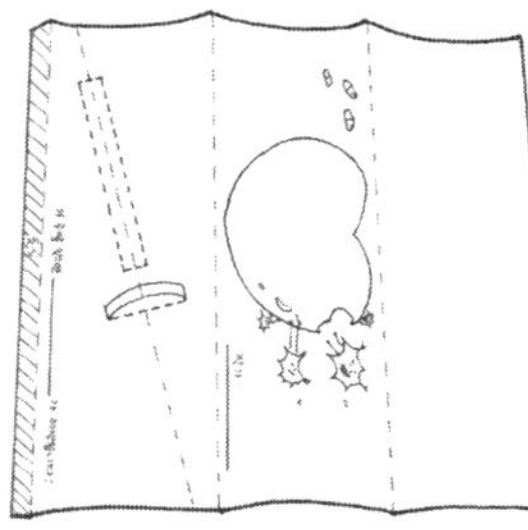

2. B를 따라 모두 접었다가 펴세요.

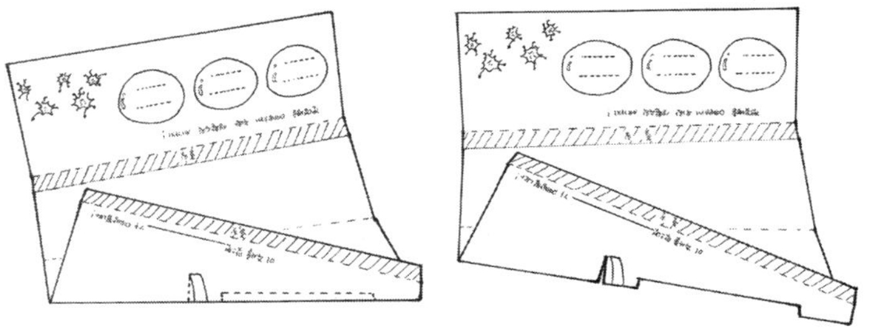

3. C를 따라 비스듬히 접은 다음 굵은 점선 D를 오리세요.

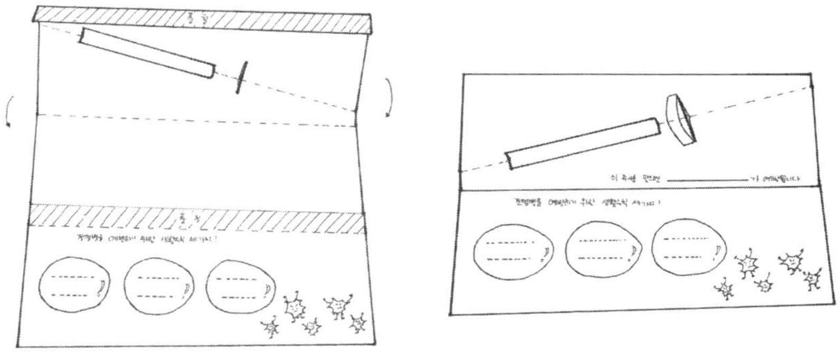

4. 다시 펼친 다음 그림과 같이 접고 풀칠 부분에 풀칠해서 붙이세요.

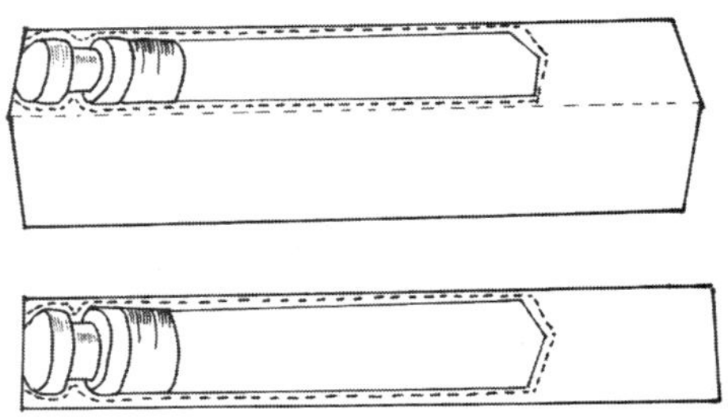

5. 주사기 팝업종이에 E를 따라 접고 풀칠해서 붙이세요.

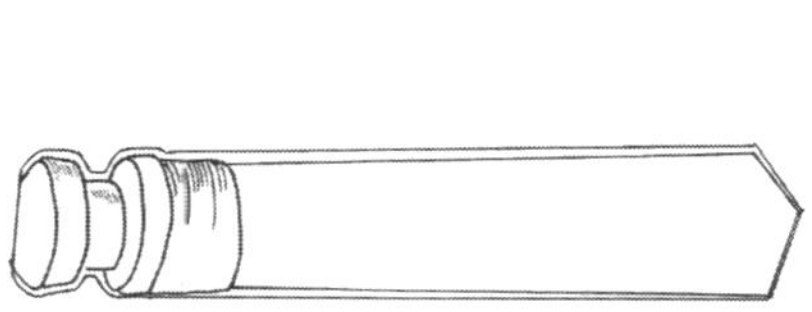

6. 이제 주사기 모양이 되도록 굵은 점선 F를 따라 오리세요.

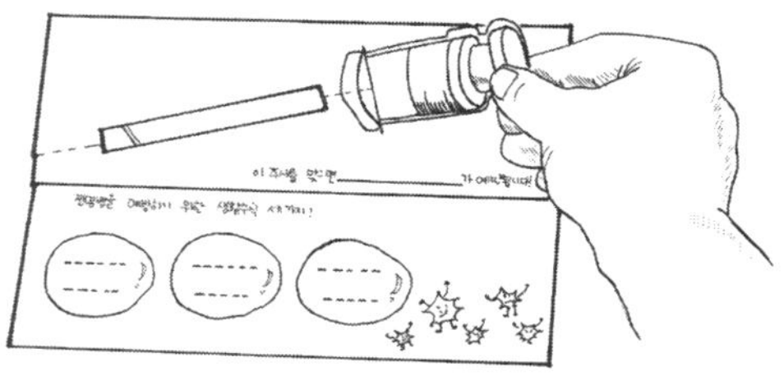

7. 오린 주사기를 D 사이에 끼우고 넣었다빼다를 해봅니다.

주의하세요!

* 주사기 모형도 모두 꾸민 다음 오려진 종이 사이에 끼워주세요.

알콩달콩 표현하기

★ 눈에 보이지는 않지만 좋은 세균과 나쁜 세균이 있는 것을 우리는 알고 있어요.

파스퇴르가 '백신'이라는 것을 만들게 되면서 건강을 지키기 위해 '예방주사'를 맞지요.

✽ 내가 백신을 만든다면 어떤 병이나 버릇을 고쳐주는 백신을 만들고 싶은가요?

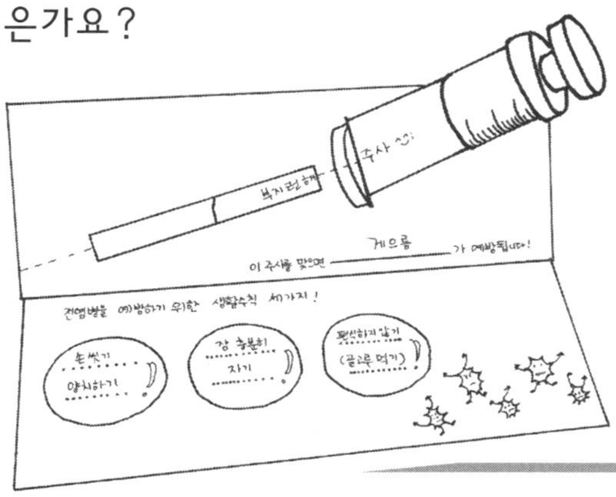

★ 감염병을 예방하기 위한 생활 수칙으로는 '손 깨끗이 씻기, 눈 비비지 않기, 잠 충분히 자기, 하루 3번 양치하기, 골고루 먹기, 예방접종하기, 등이 있어요.

✽ 내가 잘 지키지 못하는 생활수칙 3가지만 적어보세요. 그리고 앞으로는 꼭 지킬 것을 약속해 주세요!

룰루랄라 완성하기

이 세상에 하나밖에 없는 나의 책이에요. 책 제목을 짓고, 작가가 된 나의 이름을 적어보세요.
(앞표지에는 어울리는 그림을 그리고, 뒤표지에는 광고 글, 책값, 바코드, ISBN도 넣어 보기)
그리고 친구들 앞에서 나의 책을 당당하게 소개하거나 멋지게 전시도 해보세요.

직업탐구 생물학자

✽ 파스퇴르는 '미생물학자'로 백신을 연구하고 개발하여 감염병 예방에 큰 업적을 남겼어요.

★ '생물학자'는 어떤 직업인가요?

생물학자는 모든 생명체가 어떻게 생겨났고 변화하고 있으며, 어떤 구조를 가지고 어떤 환경 속에서 살아가고 있는지에 대해 실험하고 연구해요. 그래서 관찰력과 새로운 것을 발견하고자 하는 호기심, 인내심, 생명체를 존중하는 마음과 풍부한 과학적 지식이 필요해요.

★ '생물학자'는 어떤 분야로 나뉘어 연구하나요?

- 미생물전문가 : 미생물의 특성을 연구하여 우리 생활에 끼치는 영향을 알아보고 산업이나 의료 기술의 발전으로 이어가요. 미생물전문가는 실험실에서 세균이나 바이러스, 기생충에 관해서 연구하는데 현미경의 개발로 획기적인 발전을 가져왔어요. 예전에는 돋보기나 일반 현미경을 사용했지만 요즘은 전자 현미경을 비롯하여 고성능 현미경이 개발되어 더 활발히 연구가 진행되고 있어요.
- 인체전문가 : 사람의 유전자를 연구해서 병을 예방하여 건강하게 오래 살 수 있도록 하며 현재까지 고치기 힘든 난치병의 치료제를 개발하는 등 사람의 신체에 관한 연구를 해요.
- 동물이나 식물을 전문으로 연구하는 분야도 있어요.

하늘을 나는 꿈을 이룬 비행기 제작자 라이트 형제

"♪♬ 떴다 떴다 비행기 날아라 날아라~ 높이 높이 날아라 우리 비행기 ♪♬"
우리들의 머리 위에 비행기가 날기 시작한 것은 그리 오래된 일이 아니에요.
옛날부터 사람들은 새처럼 하늘을 자유롭게 날고 싶어 했어요. 하지만 우리 몸은 공기보다 무거우니 마음처럼 날 수 없었지요. 등에 커다란 날개를 달고 날아보기도 했지만 그건 날아간 게 아니라 높은 곳에서 떨어진 것이죠. 맨 처음 하늘을 난 도구는 사람이 바구니에 타고, 그 위에 커다랗고 튼튼한 풍선을 매단 '열기구'였어요.

형 윌버 라이트와 동생 오빌 라이트 형제는 아주 사이가 좋았어요.
목사님이셨던 아버지께서 어느 날 윌버와 오빌에게 장난감을 사오셨어요. 꼬아놓은 고무줄이 풀리면서 프로펠러가 돌아 공중을 날아다녔는데 '박쥐'라고 이름을 지어주고, 아주 재미나게 가지고 놀았어요.
이때부터 형제는 하늘을 나는 것에 흥미를 갖게 되었지요.
윌버와 오빌은 손으로 만드는 재주가 뛰어났어요. 그래서 마을에서 열린 연날리기 대회나 썰매 타기 대회에서 자신들이 만든 연과 썰매로 우승을 차지하자 더욱 자신감이 생겼지요.

"우리 둘이 힘을 합치면 세상의 그 무엇도 최고로 만들어 낼 수 있어!"

어른이 된 윌버와 오빌은 고장 난 자전거를 수리하는 가게를 차렸어요. 그 당시에는 자동차가 거의 없어서 많은 사람이 자전거를 이용하였거든요. 처음에는 자전거를 수리만 하는 가게였지만 나중에는 가볍고, 튼튼한 자전거를 만들어내기까지 해서 큰 자전거 회사가 되었어요.
그러던 어느 날 바람의 힘으로만 날 수 있는 글라이더 연구가가 비행 실험을 하는 도중에 떨어져 세상을 떠났다는 안타까운 소식을 들었어요. 형제는 여태 잊고 있었던 어릴 적 꿈이 생각났지요.

"새처럼 자유롭게 나는 글라이더를 만들자!"

라이트 형제는 글라이더를 연구하기 시작했어요. 하늘을 나는 새를 관찰하기도 하고, 비행에 관계된 책들을 밤낮으로 읽으며, 연구하고 만들어내고를 반복했어요.

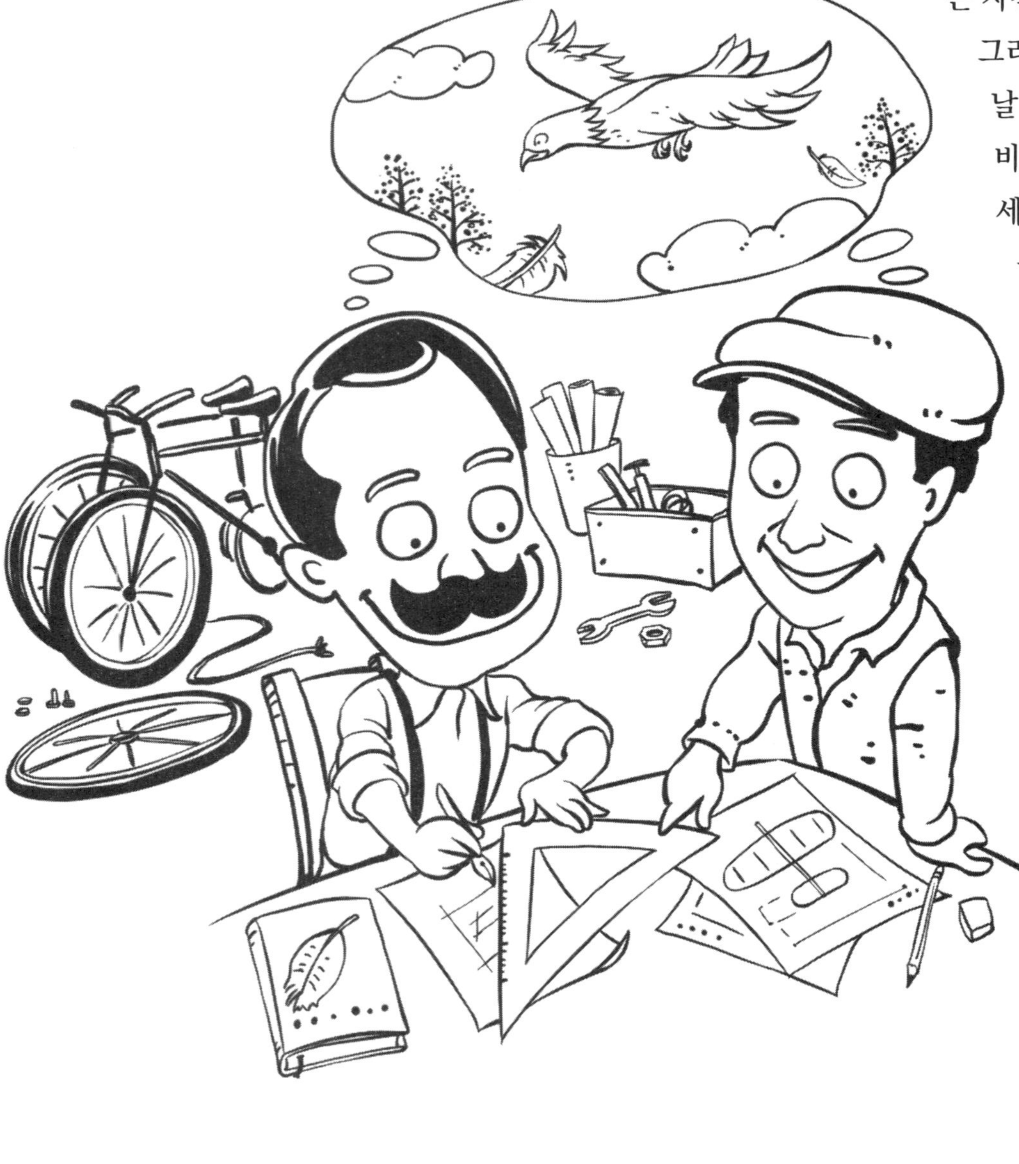

그러다가 바람의 힘만으로는 하늘을
나는 것이 힘들다는 것을 알고 글라이더에 엔진을 달기로 했지요.
하늘을 날아야 하기 때문에 가벼우면서도 힘이 센 엔진을
직접 만들었고, 공기를 밀어내주는 프로펠러도
만들어 달았어요. 그러고는 비행 기계라는
뜻의 '플라리어호'라는 멋진 이름도
지어 주었어요.

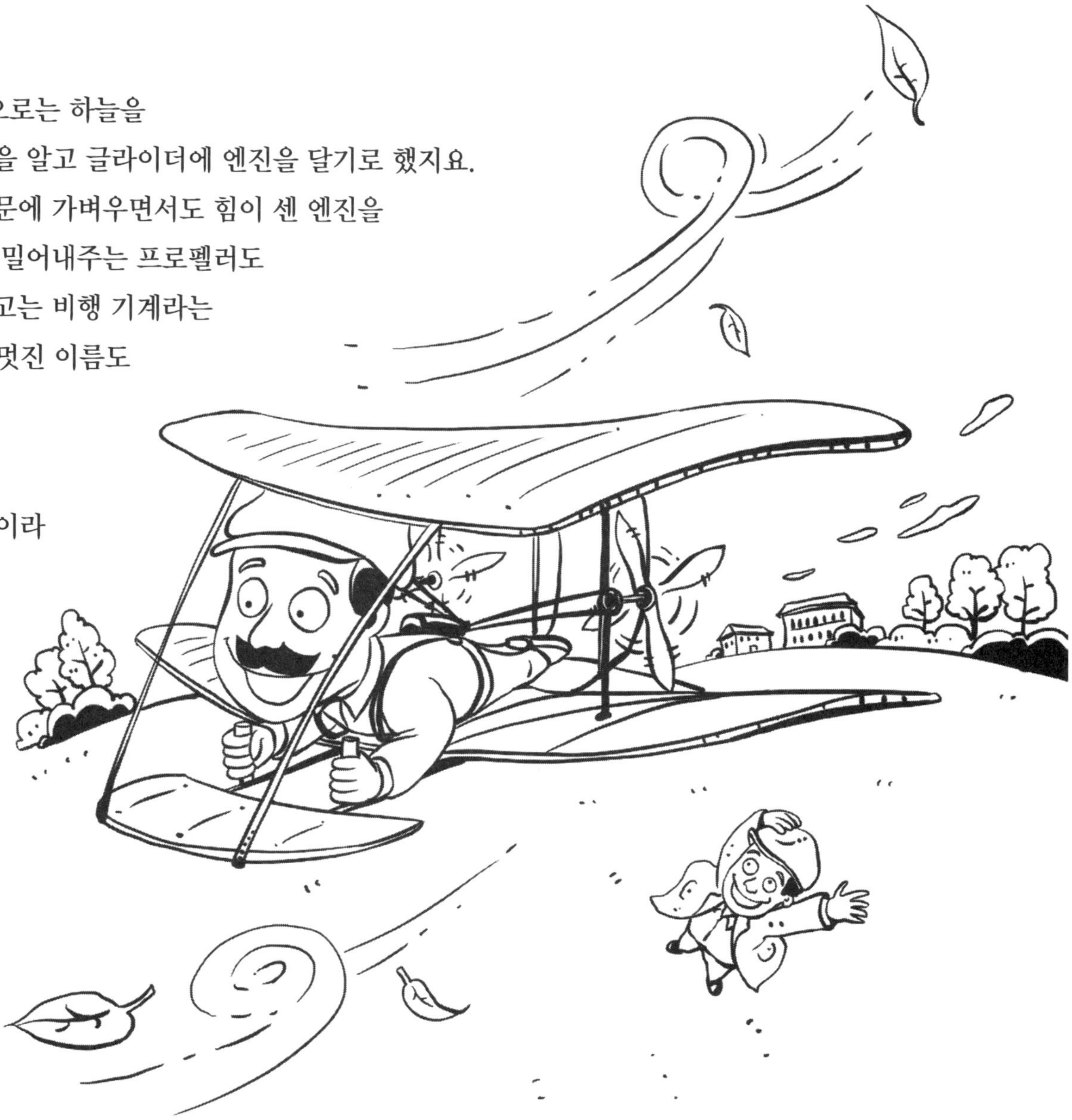

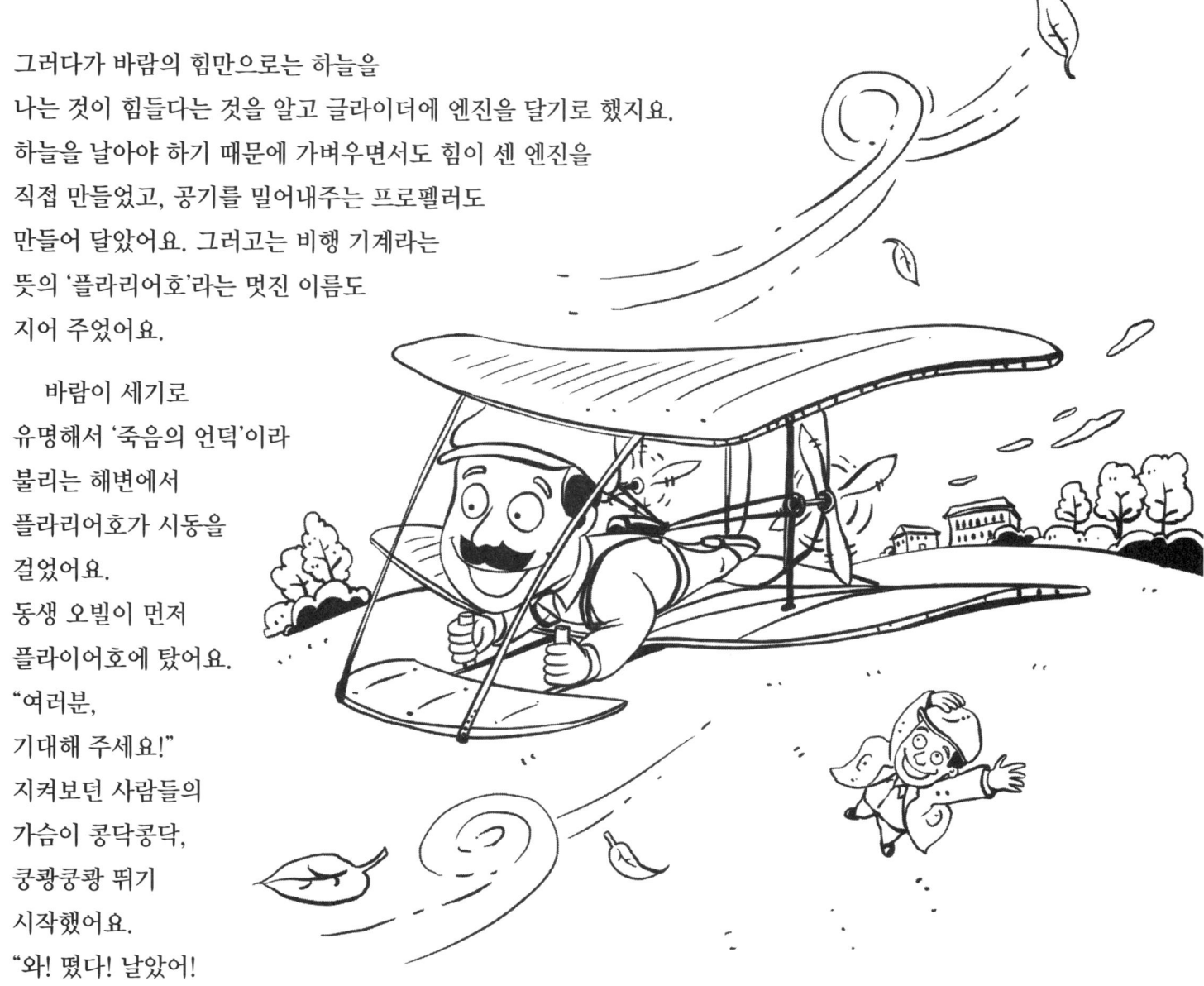

바람이 세기로 유명해서 '죽음의 언덕'이라 불리는 해변에서 플라리어호가 시동을 걸었어요.
동생 오빌이 먼저 플라이어호에 탔어요.
"여러분,
기대해 주세요!"
지켜보던 사람들의 가슴이 콩닥콩닥, 쿵쾅쿵쾅 뛰기 시작했어요.
"와! 떴다! 날았어!
정말 날았어! 성공이야!!!"
오빌은 12초 동안 36미터를 날았어요. 아주 짧은 순간이지만 바람의 힘만이 아닌 엔진을 단 최초의 비행기가 사람을 태우고 하늘을 난 거예요. 그 날 모두 4번의 비행을 했는데 마지막에 형 윌버는 50초간 260미터를 날아갔어요. 윌버와 오빌은 부둥켜안고 감격했지요.

"이제 드디어 사람이 하늘을 나는 시대가 온 거야! 우리가 함께였기에 가능한 거였어!"

세상에 비행기가 알려지면서 많은 사람이 비행기를 타고 싶어 했어요. 그래서 더 안전하고 성능이 좋은 비행기를 개발하기 위해 '비행기회사'를 만들었고, 훌륭한 비행사를 만들어내는 '항공학교'도 설립했어요.

만약 비행기가 없다면 멀리 여행을 가거나 다른 나라를 갈 때 얼마나 불편했을까요? 또 우주선이 만들어질 수 있었을까요?
서로 격려하면서 천 번이 넘는 실험을 반복한 라이트 형제!
그들이 끝까지 포기하지 않고 노력한 덕분에 땅과 바다는 물론 하늘길까지 열리면서 우리들의 삶이 더욱 편리하고, 풍요로워졌답니다.

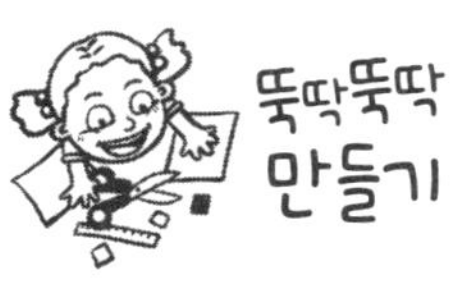

날아라 비행기 책

만약 라이트 형제가 비행기를 만들지 않았다면 우리는 아마 세계여행을 하기 어려웠을 거예요.
어렸을 때 꿈을 노력해서 이뤄낸 라이트 형제를 생각하며
여러분도 미래의 비행기를 만들어보세요.

준비물 라이트 형제 이야기, 날아라 비행기 책 모형, 가위, 풀, 색도구

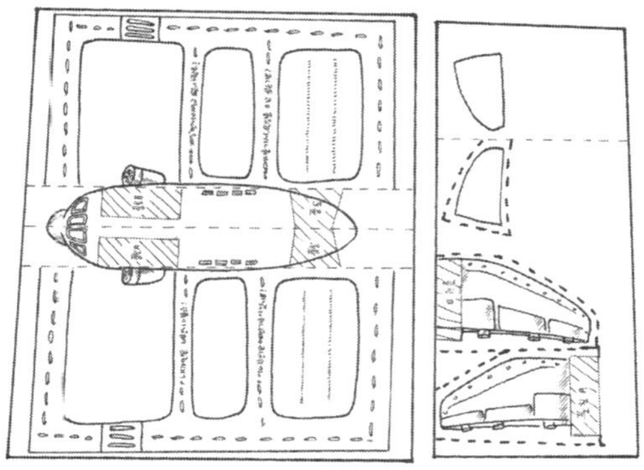

1. 굵은 점선 A를 따라 오리세요.

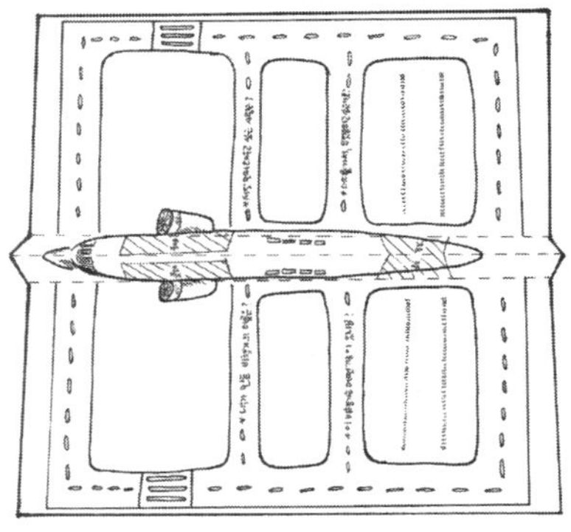

2. 바탕종이 B와 C를 모두 접으세요. 그리고 그림과 같이 되도록 접으세요.

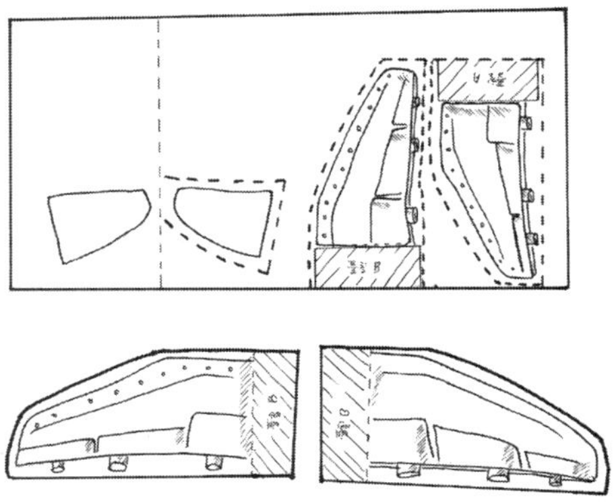

3. 굵은 점선 D를 따라 비행기 날개를 모두 오리세요.

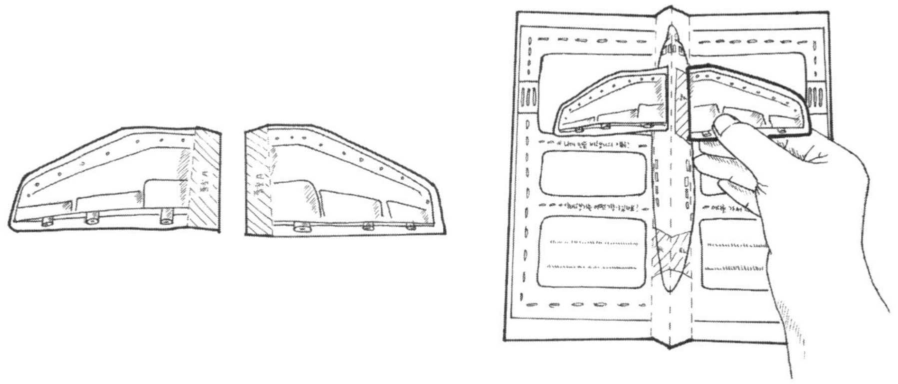

4. 오려놓은 앞날개 풀칠 A, B를 점선대로 접고 바탕종이 앞날개 풀칠 A, B 양쪽 부분에 각각 붙이세요.

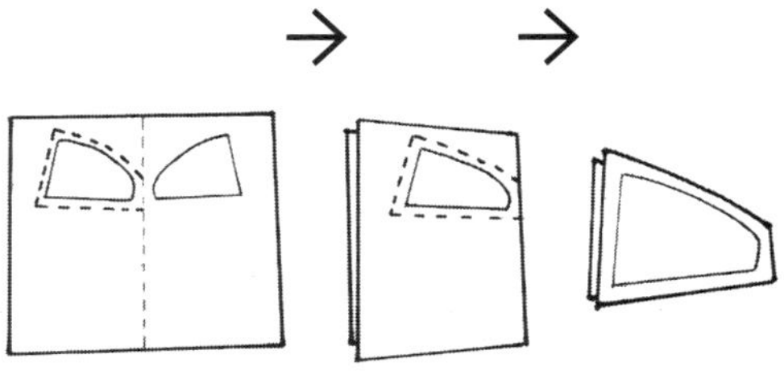

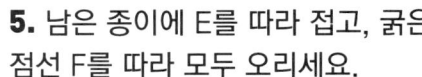

5. 남은 종이에 E를 따라 접고, 굵은 점선 F를 따라 모두 오리세요.

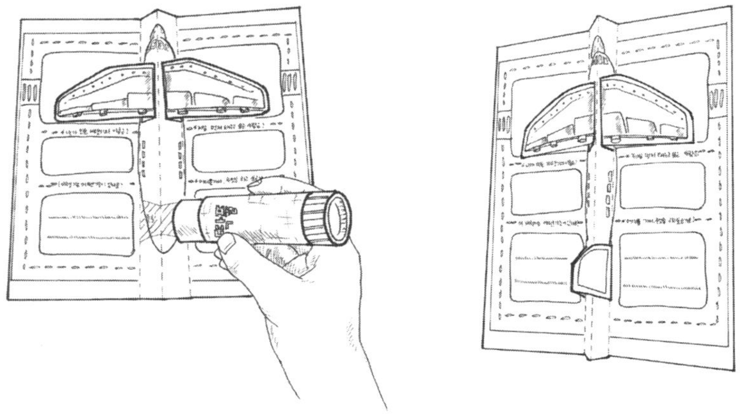

6. 오려놓은 날개를 바탕종이 아랫부분에 풀칠한 다음, 그림과 같이 끼우듯 붙이세요.

주의하세요!

* 비행기 날개 각각 모두 꾸민 다음 붙이도록 하세요.

* 날개를 붙이기 전에 바탕종이에 있는 글과 그림도 완성하도록 해주세요.

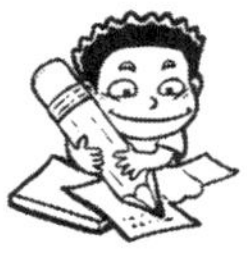

알콩달콩 표현하기

라이트 형제는 천 번이 넘는 실패와 연구를 통해서 바람의 힘이 아닌 엔진의 힘으로 하늘을 나는 '플라이어호'라는 멋진 비행기를 만들었어요. 현재는 프로펠러가 달린 헬리콥터, 사람을 태워 나르는 여객기, 커다란 물건을 나르는 화물기, 전투에 사용하는 전투기, 불을 끄는 소방헬기 등 여러 가지가 종류가 있지요.

✱ 내가 비행기 제작자라면 어떤 종류의 비행기를 만들고 싶은가요? 그 비행기는 어떤 특별한 기능이 있나요?

✱ 내가 만든 비행기에 제일 처음 태우고 싶은 사람들은 누구인가요? 또 어디를 가서, 무엇을 하고 싶은가요?

✱ 비행기 이름은 뭐라고 지어볼까요?

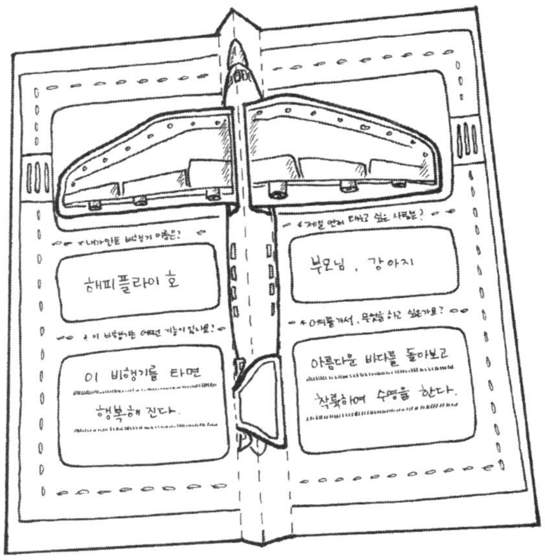

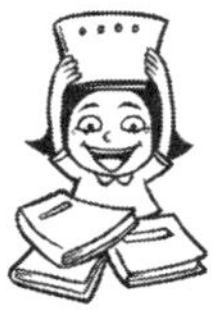

룰루랄라 완성하기

이 세상에 하나밖에 없는 나의 책이에요. 책 제목을 짓고, 작가가 된 나의 이름을 적어보세요.
(앞표지에는 어울리는 그림을 그리고, 뒤표지에는 광고 글, 책값, 바코드, ISBN도 넣어 보기)
그리고 친구들 앞에서 나의 책을 당당하게 소개하거나 멋지게 전시도 해보세요.

직업탐구 항공종사자

✱ 라이트 형제는 바람이 아닌 엔진의 힘으로 사람을 태우고 하늘을 난 최초의 비행기를 만들었어요.

★ '항공종사자'에는 어떤 직업이 있나요?

- 항공기 제작자 : 빠르고, 안전하며 다양한 기능을 하는 항공기(여객기, 헬리콥터, 전투기 등)가 되도록 설계하고 만들어요.
- 항공기 조종사 : 항공기가 이륙해서 도착할 때까지 안전하게 조종하며 운행 중 모든 책임을 져요.
- 항공기 승무원 : 비행기 안에서 승객이 편안한 여행이 되도록 서비스를 제공하고 안전을 책임져요.
- 항공관제사 : 공항의 관제탑에서 항공기와 교신을 하며 다른 항공기와 부딪치지 않고 이착륙할 수 있도록 안내하고, 레이더를 통해서 항공기의 위치와 높이, 날씨를 알려주는 등 안전한 비행을 도와줘요.
- 항공기관사 : 조종사의 지시에 따라 비행 기관을 조정하며 안전 상태를 확인해요.
- 항공정비사 : 항공기가 안전하게 운항할 수 있도록 유지하고, 고장이 났을 경우 즉시 수리해요.
- 항공통신사 : 항공기에 탑승하여 목적지의 관제사나 다른 항공기와 통신을 주고받아요.
- 운항관리사 : 날씨나 바람의 세기 등을 고려해서 비행 계획을 작성하고, 항공기의 비행 정보를 조종사에게 이야기해주며 여러 상황을 고려하여 비행기 운항을 지연시키거나 통제시키기도 해요.

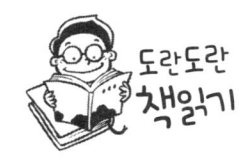

배추와 이야기를 나눈 농학자 우장춘

"얘들아, 잘 잤니? 너무 덥지는 않았어? 목이 마른 모양이구나!"
배추, 무, 꽃들에게 다가가 말을 걸었던 사람이 있었어요. 바로 우장춘 박사님이에요.
여름이면 구멍이 숭숭 뚫린 러닝셔츠에 흙이 잔뜩 묻은 고무신을 신고 일을 하셔서 '고무신 할아버지, 고무신 박사님'이라고 불렸지요.

우장춘의 아버지는 한국 사람이었고, 어머니는 일본 사람이었어요. 아버지는 우장춘이 겨우 여섯 살 때 돌아가셨기 때문에 어머니, 남동생과 함께 일본에서 몹시 가난하게 살았어요. 하지만 어머니께서는 우장춘이 한국 사람이라는 것에 자부심을 가지도록 애쓰며 키우셨어요. 그 당시 일본에 사는 한국 사람들은 무시를 당하기 일쑤였지요. 게다가 우장춘은 키가 작고, 힘도 약했거든요.
친구들에게 놀림을 받고 우울한 마음으로 집에 가던 길에 우연히 담 밑에 핀 민들레를 보았어요.
"민들레는 저렇게 사람들한테 짓밟혀도 노랗고 예쁜 꽃을 피우는구나!
그래, 나도 민들레처럼 아무리 힘들어도 어려움을 이겨내고 반드시 훌륭한 사람이 되고 말 테야!"
그 뒤 우장춘은 열심히 공부하여 농사에 대해 공부하는 학교에 들어가 '육종학'을 배웠어요.
'육종학'이란 여러 가지 식물을 섞어서 좋은 점만 가진 새로운 식물을 만들어 내는 학문이에요. 우장춘은 끊임없이 노력한 끝에 세계적으로도 유명한 농학박사가 되었지요.

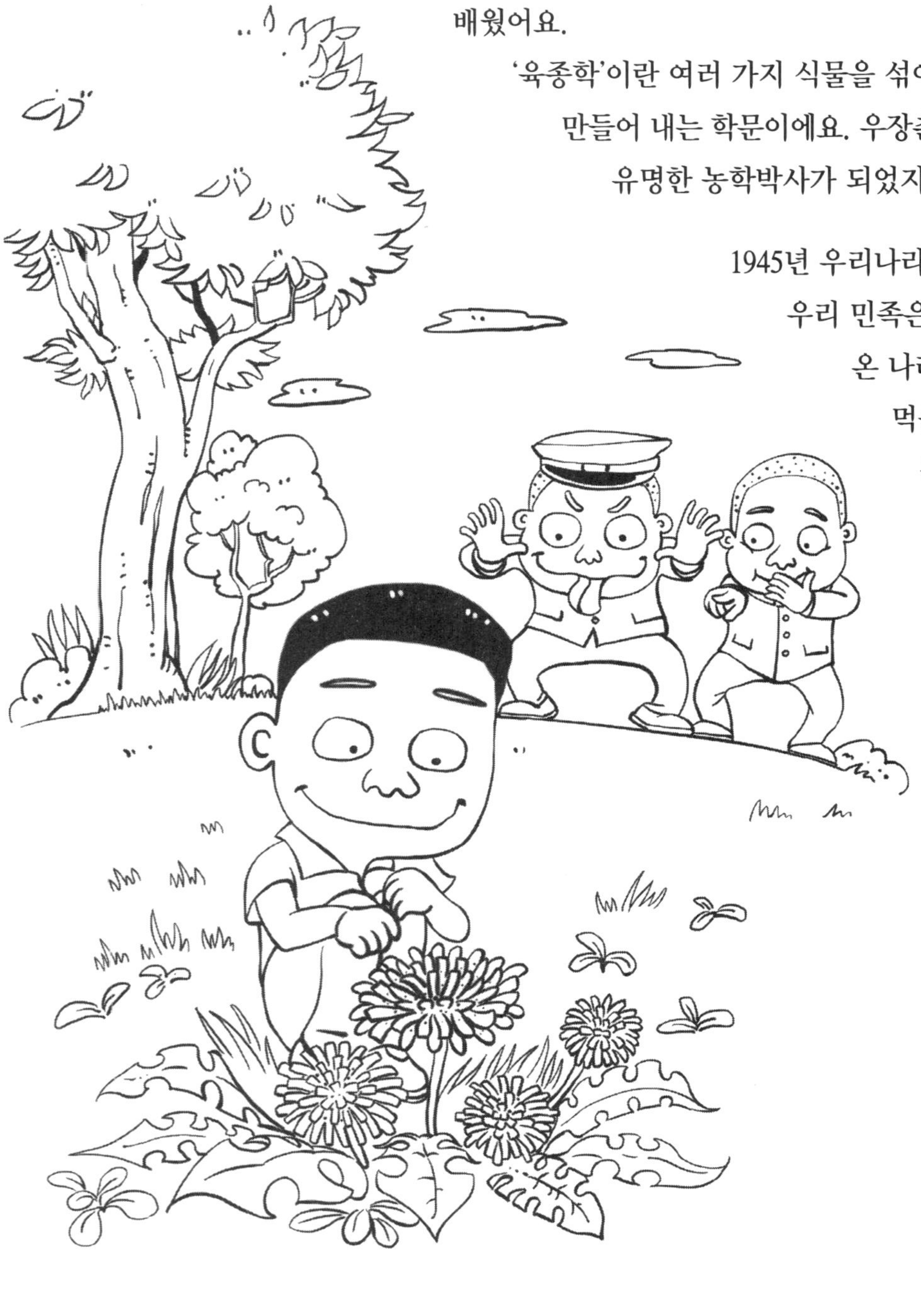

1945년 우리나라를 강제로 점령했던 일본이 물러가자 우리 민족은 너무나 기뻤어요. 하지만 기쁨도 잠시 온 나라에는 굶어 죽는 사람들이 생길 정도로 먹을 것이 부족했어요. 게다가 농사지을 곡식이나 채소의 씨앗도 구하기 힘들었거든요. 그러자 사람들은 이제부터라도 우리 스스로 좋은 씨앗을 만들어야 한다고 생각했어요. 그래서 일본에 있던 우장춘 박사를 우리나라에 오게 하여 연구하도록 하였지요.
우장춘은 농촌을 둘러보고는 우리 밥상에 가장 필요한 배추와 무의 씨앗을 만드는 일부터 시작했어요. 모든 국민이 배불리 먹을 수 있는 날을 상상하며, 새벽부터 밤늦게까지 직원들과 함께 열심히 노력하여 품질이 좋은 배추와 무 씨앗을 만들어냈어요.

하지만 이상하게 농민들이 우리 손으로 만든 씨앗을 심지 않는 거예요. 처음 만들어진 씨앗을 잘못 심었다가 일 년 농사를 망칠까 봐 두려워했기 때문이지요. 이 사태를 어떻게 해결할까 고민하던 우장춘은 이미 일본에서 만들어진 '씨 없는 수박'을 재배하여 사람들에게 먹어보도록 했어요.

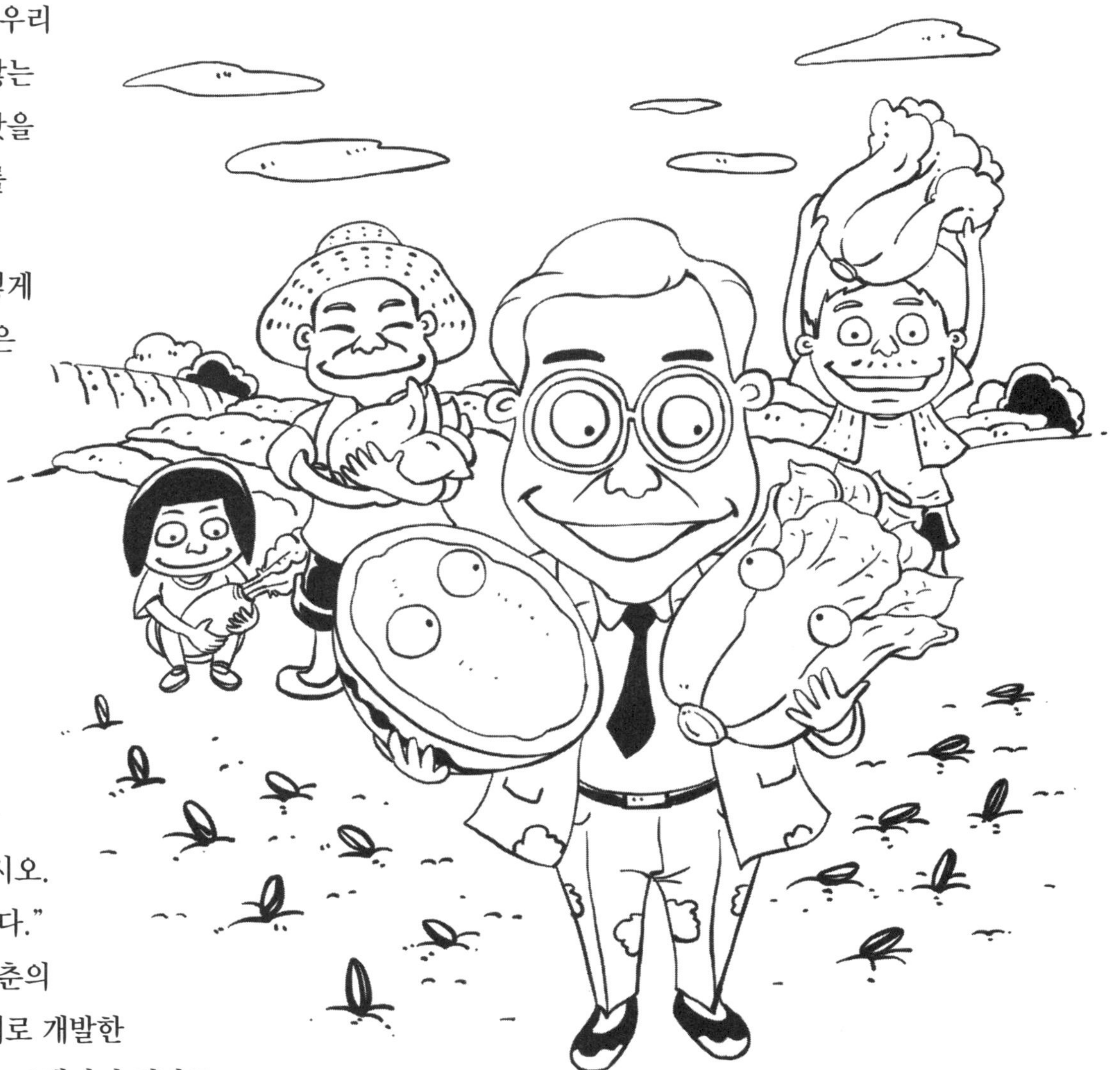

"우리의 농업 기술이 발달하여 이렇게 씨 없는 수박도 만들어 낼 수 있는 단계에 있습니다.
이번에 새로 개발한 배추와 무 씨앗을 한 번 심어 보십시오.
절대 실망하지 않으실 겁니다."
이 작전은 대성공하여 우장춘의 기술을 믿게 된 농민들은 새로 개발한 배추와 무 씨앗을 심었어요. 그랬더니 정말로 전보다 훨씬 크고 맛좋은 배추와 무를 거둘 수 있었지요.

우장춘은 계속해서 김치를 담그는 데 꼭 필요한 고추의 씨앗도 개발했어요. 그리고 오이, 토마토, 양파 등 여러 가지 채소들도 우리 땅에서 더 잘 자라도록 우수한 품종으로 만들었지요.

제주도의 기후와 땅의 성질을 조사하고는 귤 재배를 하도록 하여 제주도를 귤 섬으로 만들었고, 일 년 내내 서늘한 강원도에는 병이 없는 씨감자를 재배하도록 하여 그 당시 우리나라 사람들의 배고픔을 많이 달래 주었어요.

우장춘은 생을 마감하는 병실에서 '대한민국 문화포장'이라는 큰 상을 받고는 "조국이 나를 인정해 주었다!"며 자신이 헛되이 살지 않았음에 눈물을 흘리며 감격했어요.

"씨앗은 그 자체가 하나의 우주다."

우장춘이 제자들에게 늘 했던 말이에요. 하나의 씨앗에 모든 우주의 뜻이 담겨 있고, 그 씨앗 하나를 잘 키우는 일이 좋은 먹거리는 물론 아름다운 세상을 열어주기 때문이지요.

본인도 무시를 당하며 어렵게 살았지만 민들레처럼 꿋꿋하게 이겨냈고, 조국에 와서는 굶주림에 지친 많은 사람에게 희망의 씨앗이 되어준 그의 고귀한 뜻은 오늘날까지 이어지고 있답니다.

뚝딱뚝딱 만들기

씨앗 책

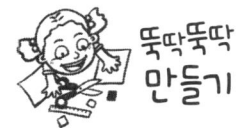

농학박사가 된 우장춘은 여러 가지 채소와 과일의 씨앗을 만들어서 배고픔도 잊고, 건강하게 살 수 있게 해주었지요.
여러분도 씨앗을 심고, 그것을 잘 키워서 건강하고 맛있는 식탁을 꾸며보세요.

준비물 우장춘 이야기, 씨앗 책 모형, 가위, 풀, 색도구

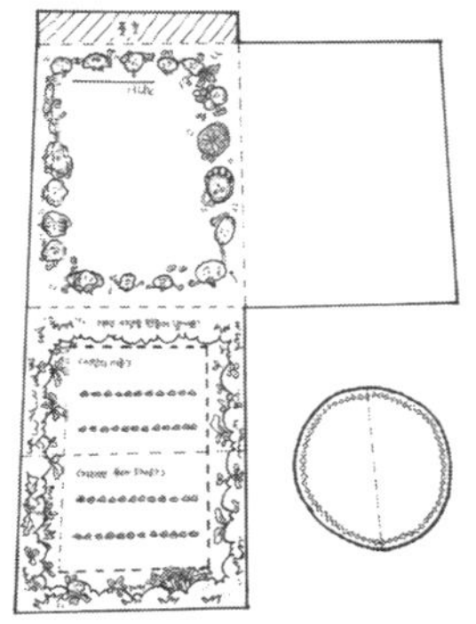

1. 굵은 점선 A를 따라 그림과 같이 모두 오리세요.

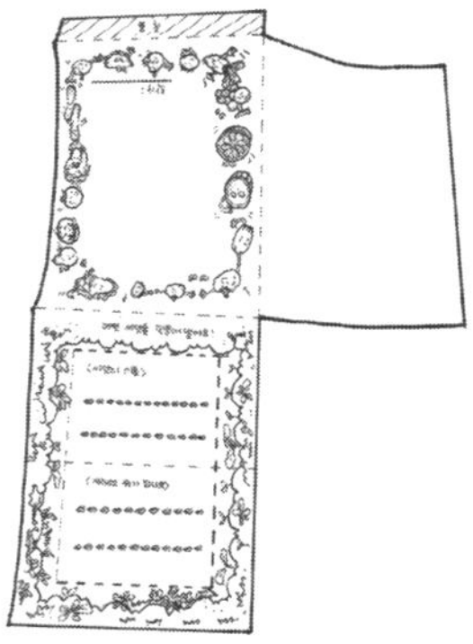

2. 먼저 B를 따라 모두 접었다가 펴세요.

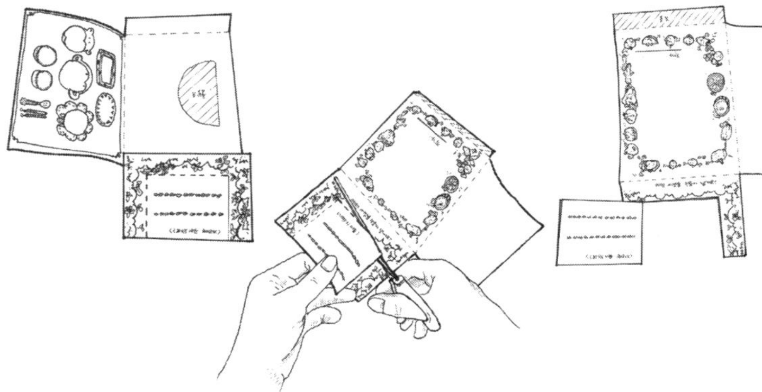

3. C를 접고 D를 따라 오리고 E를 접었다가 펴세요.

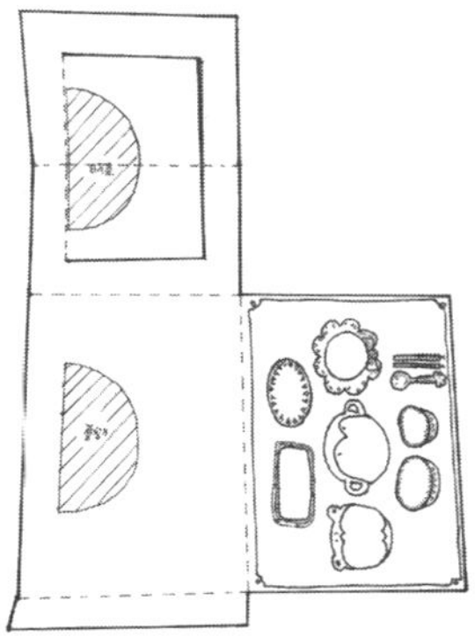

4. 바탕종이를 모두 펼친 다음 그림과 같이 뒤집어주세요.

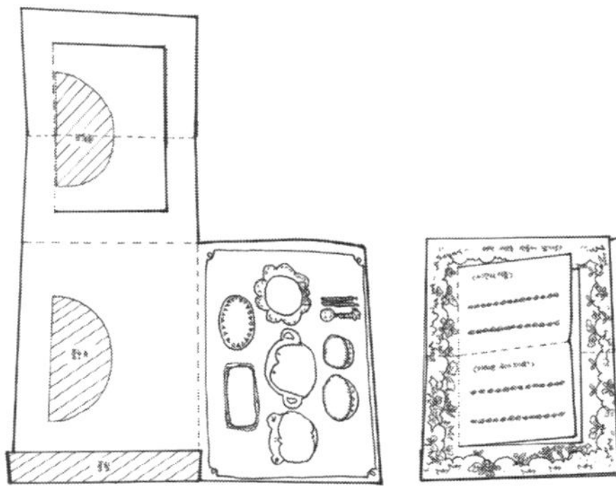

5. 바탕종이 풀칠 부분은 올려 접은 다음 풀칠하세요. 그리고 그림과 같이 내려접으세요.

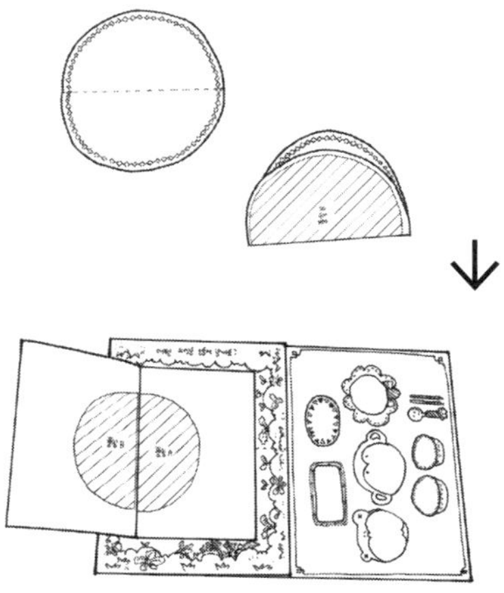

6. 오려놓은 바구니 F를 반으로 접은 다음 바탕종이 문을 열고 가운데 중심선에 맞추어 풀칠 A 부분에 먼저 붙이세요.

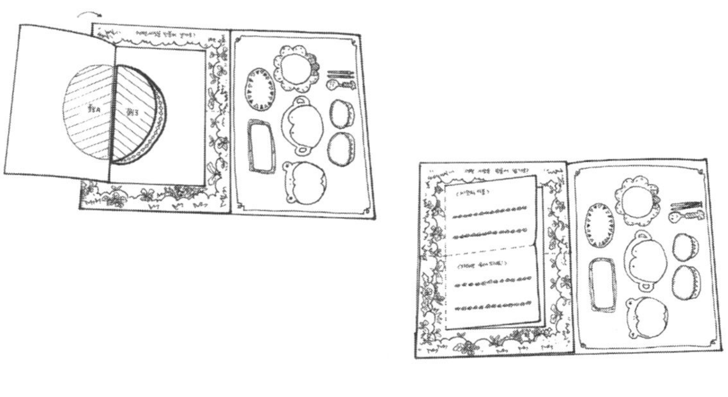

7. 바구니 풀칠 B 부분도 풀칠한 다음 문을 덮어 붙여줍니다.

주의하세요!

* 바구니에 들어갈 그림은 붙이기 전에 그려주세요.

* 뒤표지에 있는 식탁 그림도 크기에 맞게 꼼꼼하게 그려주도록 하세요.

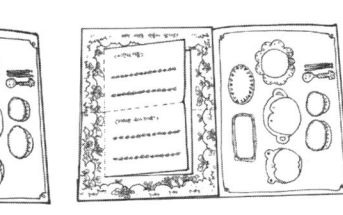

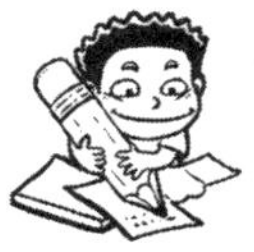

알콩달콩 표현하기

우장춘은 우리 국민을 위해서 채소나 과일, 꽃들로 키워질 좋은 씨앗을 만들어 주었어요.

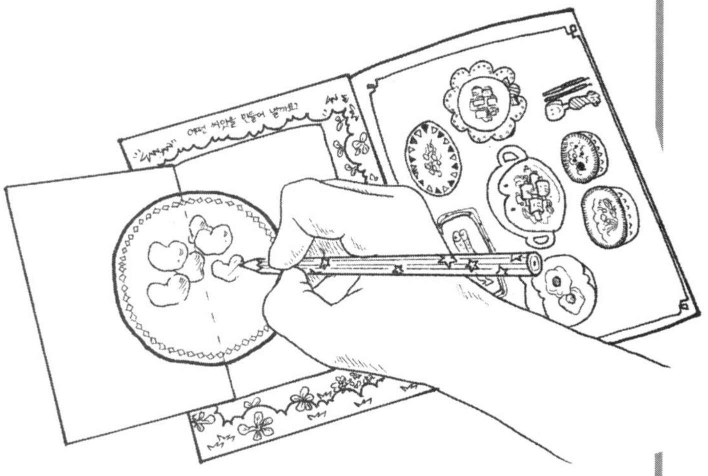

✻ 여러분은 어떤 씨앗을 만들고 싶은가요?
씨앗의 이름은 무엇이고, 크면 뭐가 되나요? 그 맛은 어떤가요?

✻ 우리 땅에서 나는 건강한 먹거리로 가득한 밥상을 차려 보세요.

✻ 누구를 위해 차린 밥상인가요? 맛있게 차려진 밥상을 예쁜 꽃으로 장식하는 것도 잊지 마세요!

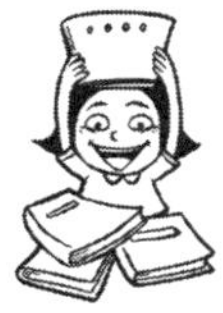

룰루랄라 완성하기

이 세상에 하나밖에 없는 나의 책이에요. 책 제목을 짓고, 작가가 된 나의 이름을 적어보세요.
(앞표지에는 어울리는 그림을 그리고, 뒤표지에는 광고 글, 책값, 바코드, ISBN도 넣어 보기)
그리고 친구들 앞에서 나의 책을 당당하게 소개하거나 멋지게 전시도 해보세요.

직업탐구 농학자

✻ 우장춘은 제주도에는 감귤, 강원도에서는 씨감자를 심게 하였고, 배추, 무 등 우리 땅에 맞도록 품종을 개량하여 좋은 품질로 많이 생산할 수 있도록 연구, 개발한 '농학자'예요.

'농학자'는 어떤 직업인가요?

농학자는 맛과 영양이 우수하고, 키우기 쉬우며 수확량도 많은 농작물(곡식이나 채소, 과일 등)을 만들기 위해 직접 논이나 밭, 비닐하우스, 실험실에서 연구해요. 농학자의 연구는 짧은 시간에 결과를 볼 수 없기 때문에 인내심과 끈기가 있어야 하며 농업에 대한 풍부한 지식이 있어야 해요.

농업(땅을 이용하여 사람에게 필요한 동식물을 길러내는 활동)과 관계된 직업에는 무엇이 있나요?

- 농부 : 논이나 밭, 비닐하우스 등에서 곡물(쌀, 보리, 옥수수 등)이나 채소(배추, 고추, 오이 등), 과일 등을 키워서 수확해요. 또는 독특한 방법으로 키우거나 농산물을 가공하여 새로운 제품을 만들기도 해요.
- 농업기술자 : 수확량이 많거나 더 우수한 품질의 농작물을 얻어내기 위해 과학적으로 농사하는 방법을 연구해요. 그래서 농부들에게 지형과 날씨에 맞는 우수한 종자를 선택하거나 심는 방법, 병충해에 걸리지 않도록 하는 방법 등 모든 과정을 계획하고 알려주지요.

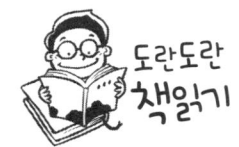

우주의 비밀을 찾으려 노력한 물리학자 아인슈타인

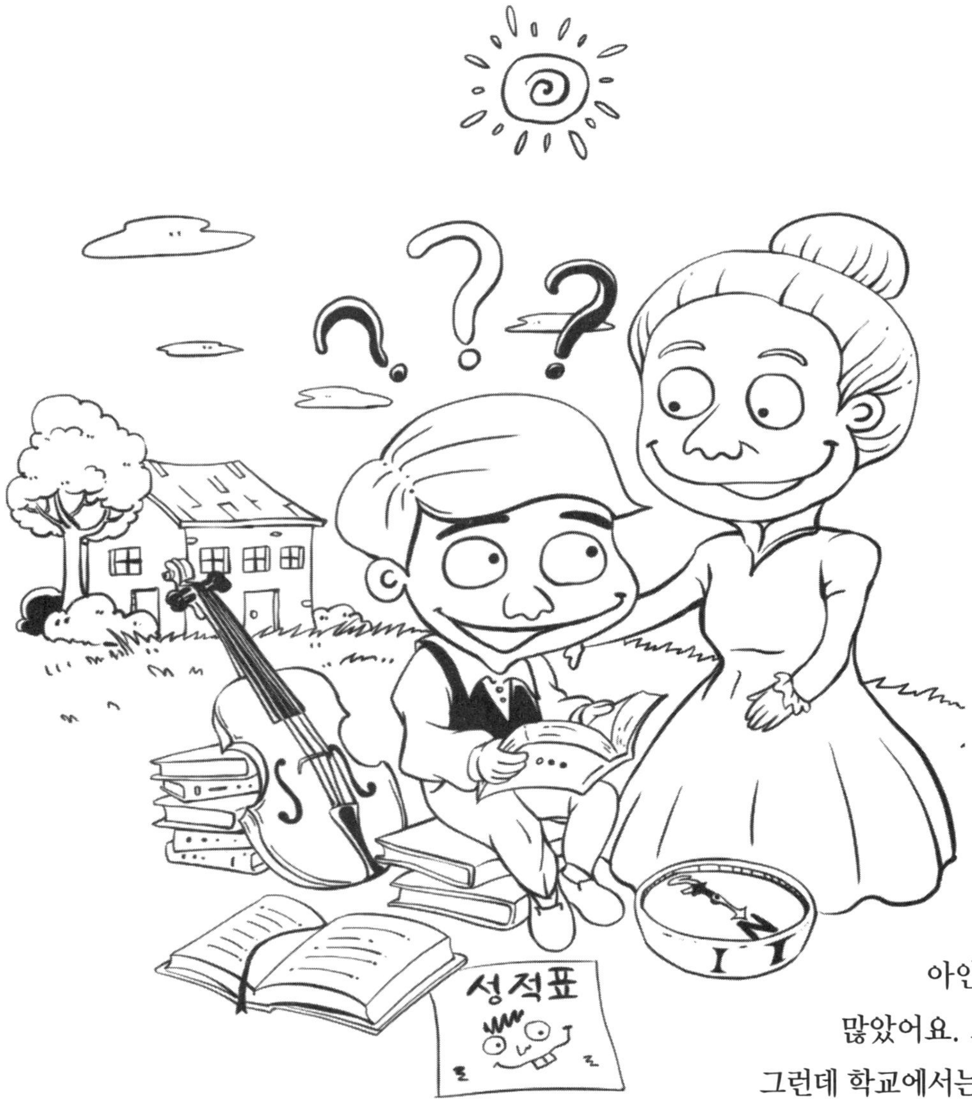

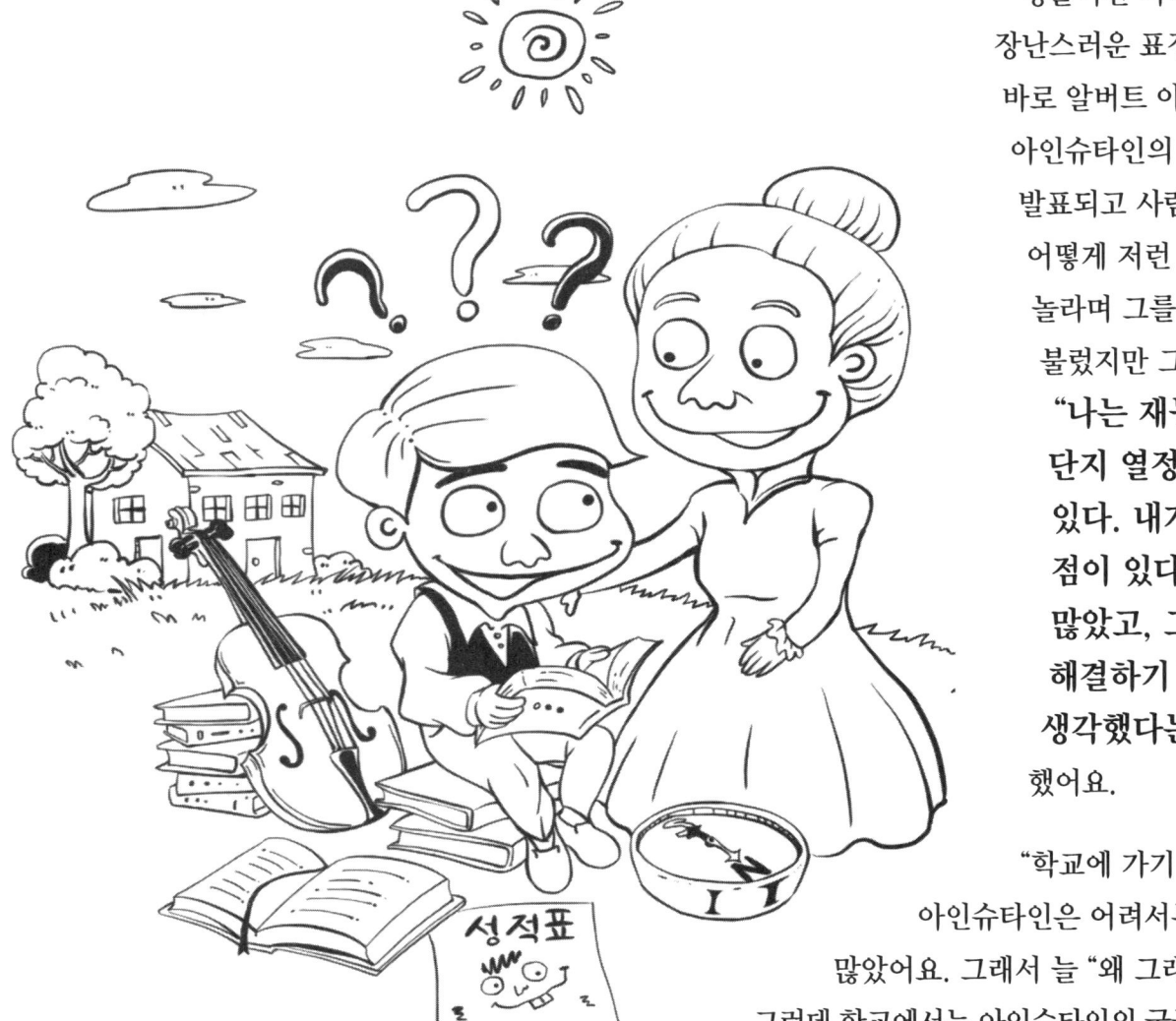

헝클어진 머리, 콧수염, 장난스러운 표정을 한 과학자, 바로 알버트 아인슈타인입니다. 아인슈타인의 많은 연구가 발표되고 사람들은 도대체 어떻게 저런 생각을 했을까 놀라며 그를 '천재'라고 불렀지만 그는 **"나는 재능이 없다. 단지 열정적인 호기심만 있다. 내가 남들과 다른 점이 있다면 호기심이 많았고, 그 호기심을 해결하기 위해 오래 생각했다는 것뿐이다."**라고 했어요.

"학교에 가기 싫어요!!"
아인슈타인은 어려서부터 궁금한 게 많았어요. 그래서 늘 "왜 그래요?"라고 물었지요. 그런데 학교에서는 아인슈타인의 궁금증을 해결해 주지 못했어요. 선생님께서 수업을 열심히 하고 계신 데 자꾸 엉뚱한 질문만 해서 다른 아이들까지 웃느라 너무 방해됐기 때문에 아인슈타인은 집중력이 없고 쓸데없는 질문만 한다고 혼이 났어요. 게다가 선생님께서 외우라고 하는 단어나 역사 공부 같은 것은 전혀 하지 않았거든요. 그래서 이런 성적표를 받았대요.
-아인슈타인은 게으르고, 머리가 나쁨-
하지만 집에는 아인슈타인을 이해해주고, 친절하신 부모님이 계셨어요.
어머니께서는 아인슈타인의 감성을 키워주기 위해서 어릴 때부터 바이올린을 배우도록 도와주셨어요.
아인슈타인은 과학자가 되지 않았다면 바이올린 연주자가 됐을 것이라고 말했을 정도로 실력이 대단했고, 바이올린을 평생 친구로 여겼어요. 또 아버지께서도 아인슈타인이 호기심을 가지고 생각할 수 있는 장난감을 사주셨어요. 빨간 바늘이 흔들거리다가 항상 북쪽을 가리키는 나침반이었는데 이때부터 궁금증이 생기면 계속 책을 찾아보고 연구하는 습관을 갖게 되었어요.

아인슈타인은 대학에서 물질과 에너지에 대해 연구하는 물리학을 재미있게 공부했어요.
졸업 후에도 계속 공부하고 싶었지만 돈을 벌기 위해 특허청에서 일하게 되었지요.
그러면서도 자기가 하고 싶은 연구는 계속 했고, 그 결과를 유명한 과학 잡지에 발표했어요.
금속 물질에 빛과 비슷한 전자파를 쏘면 에너지를 흡수하여 겉으로 전자가 튀어나온다는 '광전효과',
시간과 공간은 관찰하는 사람에 따라 늘어날 수도 줄어들 수도 있다는 '특수 상대성 이론' 등이에요.

하지만 내용이 너무 어렵고 증명할 수 없어서 과학자들도 처음에는 비웃었어요.
"이게 무슨 말이야? 특허청에서 일하는 스물여섯 살짜리가 뭘 안다고? 순 엉터리 같으니라고!"

아인슈타인은 '사고 실험'을 했어요. 우주에 관계된 연구는 실제로 해볼 수 없었기 때문에 머릿속에서 생각으로만 진행되는 실험이에요. 그래서 더욱 어렵게 느껴졌고, 증명하기가 힘드니 받아들이기도 쉽지 않았던 거예요. 그렇지만 아인슈타인은 좌절하지 않고, 물리학 최고의 혁명을 가져온 '일반 상대성 이론'도 발표했어요. 물체에 의해서 빛이 휜다는 이해하기 힘든 내용이었어요. 하지만 발표한 지 3년 만에 영국의 천문학 연구팀이 아인슈타인의 이론을 우주 관측으로 증명해 보였어요. 이렇게 해서 아인슈타인은 세계에서 가장 유명한 과학자가 되었고, '광전효과'로 노벨상도 받게 되었지요.

우리가 음악을 듣거나 영화를 볼 때 사용하는 CD, DVD나 디지털카메라, 또 원자력 발전에서 나오게 된 전기, 어마어마한 파괴력을 가진 원자폭탄 같은 무서운 무기도 아인슈타인의 이론을 바탕으로 하고 있어요. 우리 생활에 편리함을 가져다주고, 철학이나 예술 같은 학문에도 새로운 생각을 하도록 큰 영향을 끼쳤지만 핵무기 탄생 때문에 괴로워했어요. 아인슈타인은 폭력을 싫어하고, 평화를 사랑하는 사람이었거든요. 그래서 '핵무기 사용 금지 운동'을 비롯해 세계 평화를 위해 많은 활동을 벌였지요.

평생 호기심이 많았고, 궁금한 것은 꼭 해결하려고 끊임없이 노력한 아인슈타인은 많은 업적을 이룬 천재 과학자로 또 평화주의자로 사람들에게 영원히 존경을 받을 거예요.

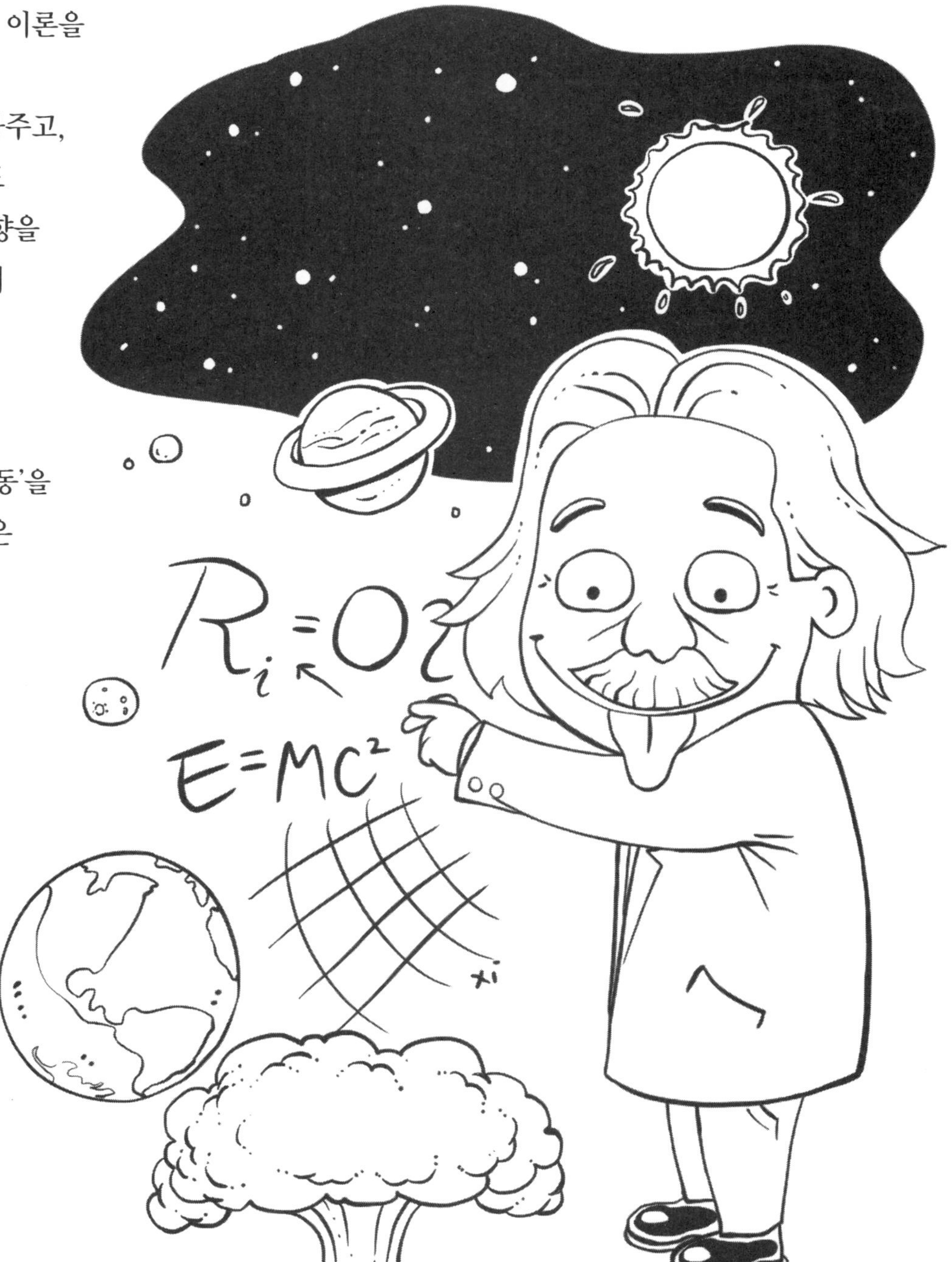

뚝딱뚝딱 만들기

타임머신 책

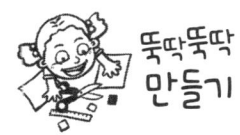

우리 생활의 편리함을 가져다주는 물품뿐 아니라 과학과 예술의 영역까지
아인슈타인의 영향력은 무척 크지요.
만약 아인슈타인을 만난다면 많은 것을 물어보고 싶을 거예요.
어떤 것을 물어보고 싶은지 표현해보세요.

준비물 아인슈타인 이야기, 타임머신 책 모형, 가위, 풀, 색도구

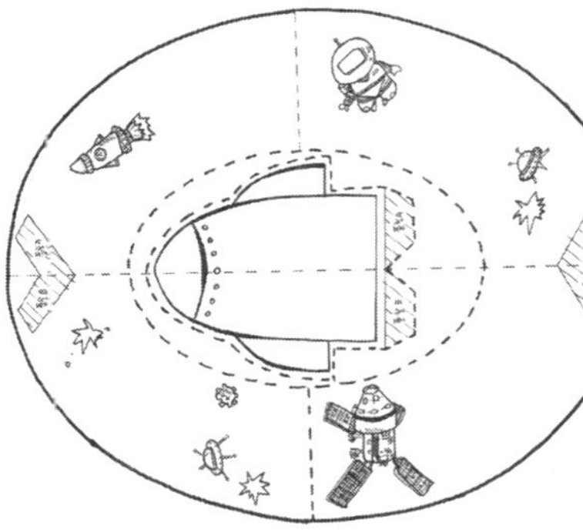

1. 굵은 점선을 따라 그림과 같이 오려 놓으세요.

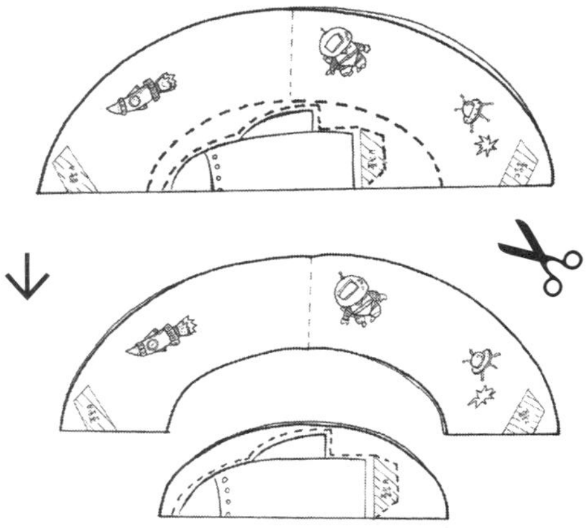

2. A를 접고 굵은 점선 B를 따라 오립니다.

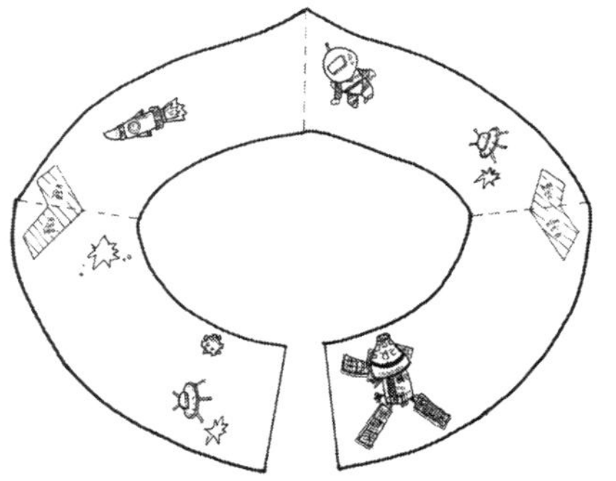

3. 다시 펼친 다음 C를 접고 굵은 점선 D를 따라 오립니다.

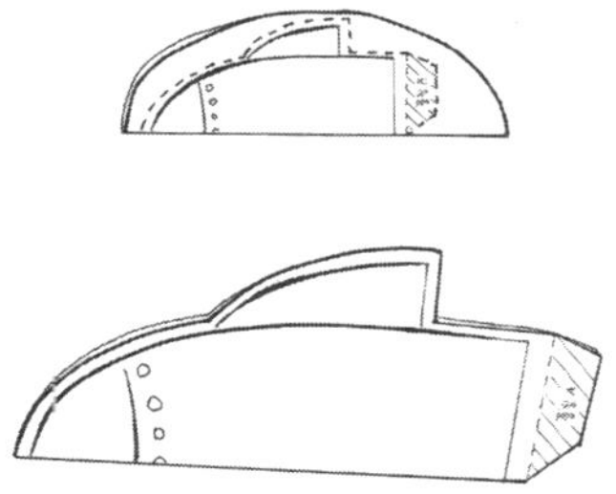

4. 굵은 점선 E를 따라 로켓을 오립니다.

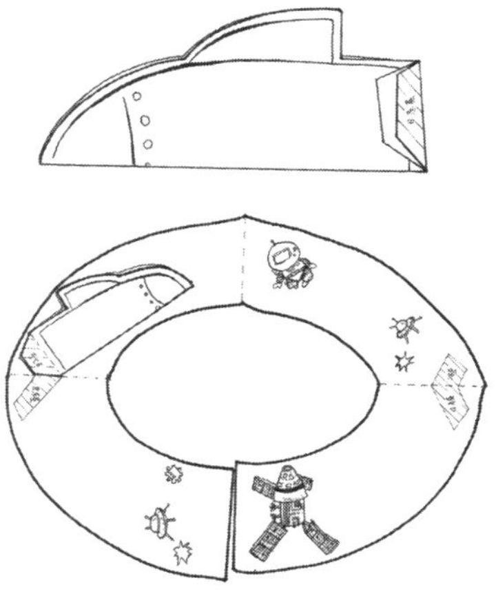

5. 먼저 로켓 팝업 풀칠 부분을 접었다가 펴세요. 풀칠 A에 풀칠한 다음 바탕종이에 붙입니다.

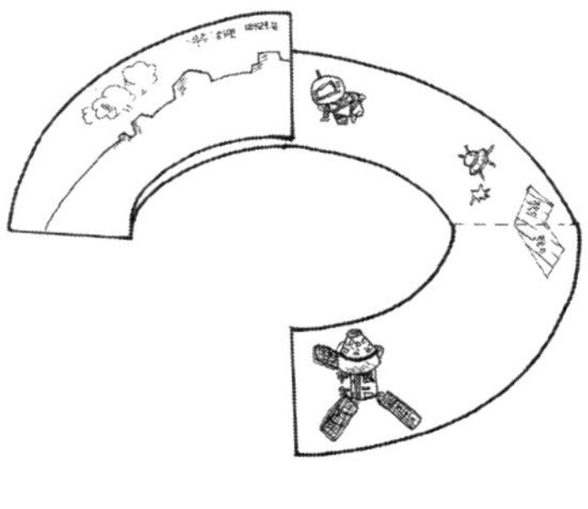

6. 풀칠 B에도 풀칠한 다음 바탕종이를 덮어 붙여줍니다.

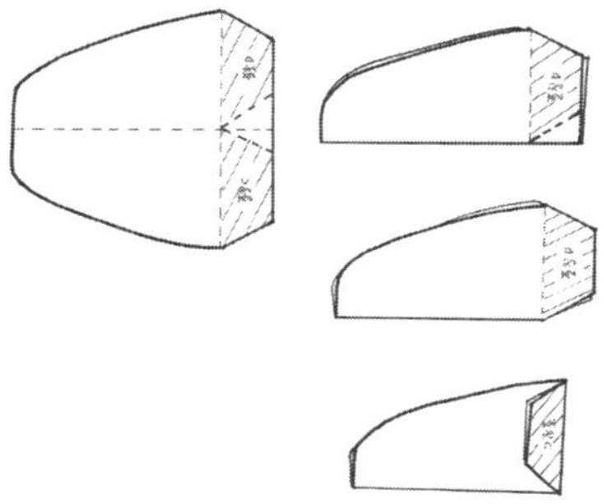

7. 굵은 점선 F를 오리고 G를 접은 다음 그림과 같이 풀칠 부분은 접었다가 펴세요.

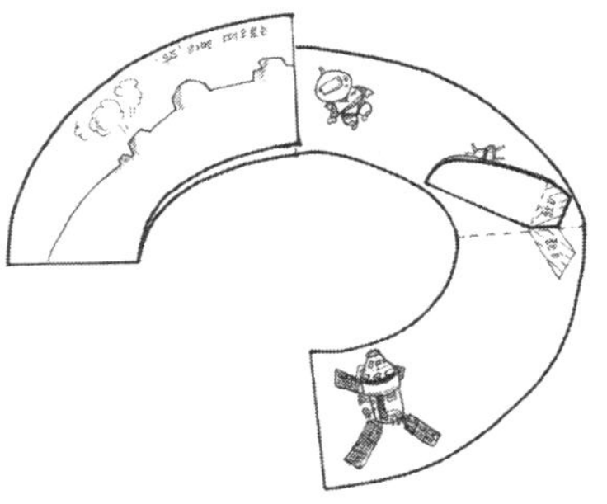

8. 풀칠 C에 풀칠한 다음 바탕종이에 붙이세요.

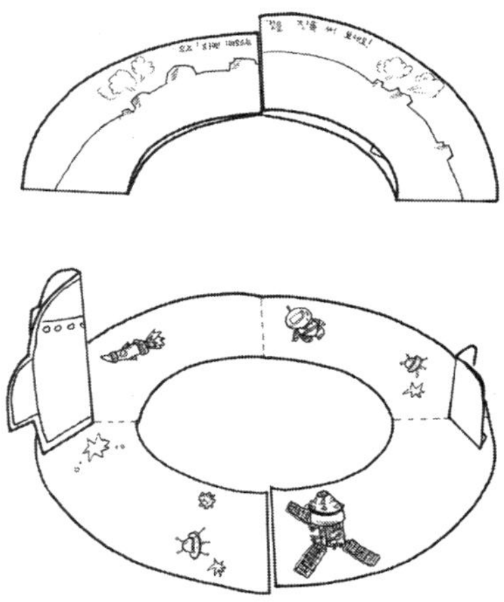

9. 풀칠 D에 풀칠한 다음 바탕종이를 덮어서 붙여줍니다.

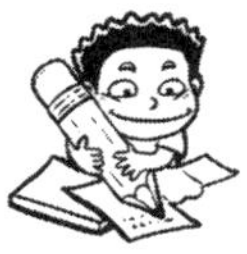

알콩달콩 표현하기

★ 아인슈타인은 우주에 대한 비밀을 풀려고 평생 노력했어요.

✽ '우주' 하면 어떤 생각이 떠오르나요? 단어나 생각을 잔뜩 적어보세요.

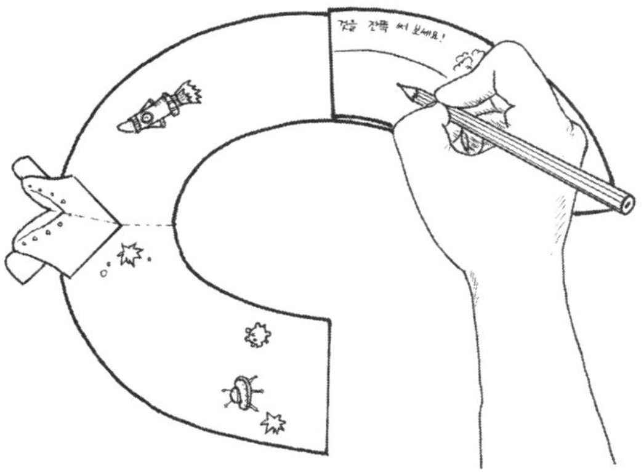

★ 아인슈타인이 이야기한 것처럼 만약 시공간을 초월하는 타임머신이 만들어진다면 우리는 과거로 가서 아인슈타인을 만날 수도 있을 거예요.

✽ 내가 타고 갈 타임머신과 우주복을 입은 모습을 멋지게 그려보세요.

✽ 아인슈타인을 만난다면 어떤 질문을 하고 싶은가요? 물어보고 싶은 내용을 써 보세요.

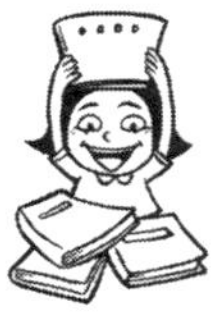

룰루랄라 완성하기

이 세상에 하나밖에 없는 나의 책이에요. 책 제목을 짓고, 작가가 된 나의 이름을 적어보세요.
(앞표지에는 어울리는 그림을 그리고, 뒤표지에는 광고 글, 책값, 바코드, ISBN도 넣어 보기)
그리고 친구들 앞에서 나의 책을 당당하게 소개하거나 멋지게 전시도 해보세요.

직업탐구 과학자

✽ 아인슈타인은 '물리학자'로 상대성 이론을 발표하였으며 광전효과 연구로 노벨물리학상을 받았어요.

★ '과학자'는 어떤 분야로 나뉘어 연구하나요?

- 물리학자 : 자연현상은 물론 물질의 구조와 운동, 전기나 빛 같은 에너지의 발생과 이동을 통해 물질과 에너지의 관계를 연구하여 원리를 찾아내요. 이렇게 알게 된 원리들을 우리 생활에 도움이 되도록 응용하고 발전시켜요.
- 생명공학자 : 모든 생명체의 유전자를 분석하고 연구해요. 사람의 유전자를 연구하는 과학자는 현재까지 고치기 힘든 난치병의 치료제를 개발하거나 생체 재료를 만드는 기술 등을 연구해요.
- 우주공학자 : 로켓, 우주선, 인공위성 등을 설계하며 쏘아 올리기도 하고, 우주센터나 우주정거장을 만들기도 하는 등 다양한 분야로 나누어 실험하고 연구해요.
- 로봇공학자 : 로봇은 몸이 불편한 사람이나 노인들을 도와주기도 하고, 가정에서는 청소나 요리도 가능하며, 지진이 나거나 위급한 상황에서는 사람들을 구해 줄 수도 있어요. 또 병원에서는 의사 대신 수술을 할 수 있으며 위험한 지역의 탐사도 가능하지요. 미래 사회에서 꼭 필요한 로봇을 연구하고 더 다양한 기능을 갖추도록 개발하는 일을 해요.

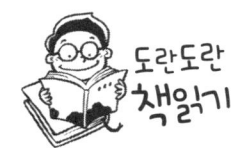

미운 오리 새끼에서 백조가 된 작가 **안데르센**

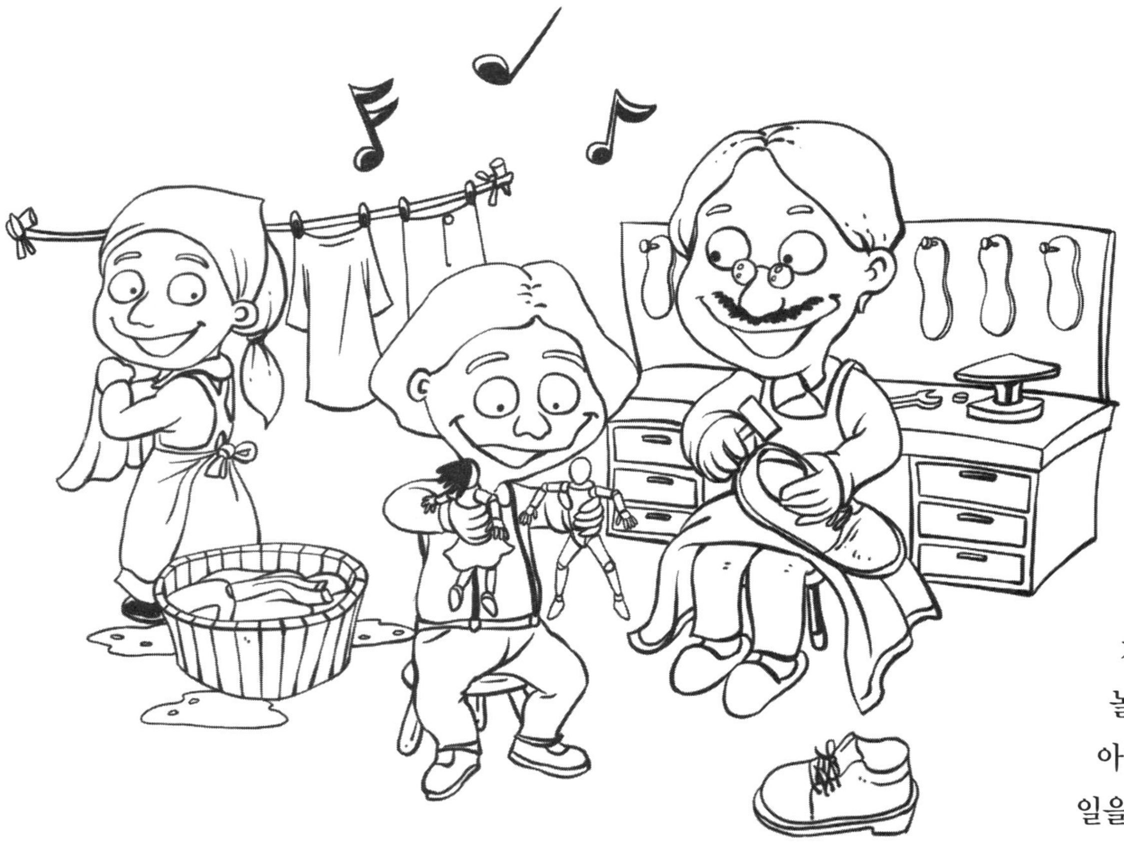

"공주님, 저와 결혼해 주십시오.", "네, 사랑하는 왕자님!" 안데르센은 아버지께서 만들어 주신 인형을 가지고 혼자서 인형극 놀이 하는 것을 좋아했어요. 아버지는 구두를 만드시는 일을 하셨고, 어머니는 빨래하는 일을 하셔서 늘 가난하게 살았지요. 하지만 아버지는 안데르센에게 재미있는 동화를 많이 읽어주셨고, 어머니와 할머니께서는 옛날 이야기를 실제 일어난 일처럼 흥미진진하게 들려주셨어요.
안데르센은 그중에서도 알라딘이 나오는 '아라비안나이트'를 제일 좋아했지요.

안데르센은 몸도 약하고, 혼자 중얼중얼 인형을 가지고 놀아서 친구들이 이상하게 생각했어요. 게다가 전쟁터에 나갔던 아버지가 마음의 병을 얻어 일찍 돌아가시고 난 후 더욱 가난해지면서 학교도 다닐 수 없었지요. 하지만 안데르센에게는 고운 목소리와 연극배우처럼 감정을 넣어서 시를 읽을 수 있는 큰 장점이 있었어요. 그래서 부잣집에 불려 다니며 노래를 하고, 시를 읽는 대가로 좋은 책을 빌려 읽을 수 있었지요. 자신감을 얻은 안데르센은 열네 살이 되었을 때 용기를 내어 자기가 사는 나라 덴마크에서 가장 큰 극장이 있는 도시로 떠났어요.

안데르센은 유명한 연극배우가 되기 위해서 열심히 극장을 찾아다녔어요. 하지만 어른이 되는 과정에서 목소리가 변하여 더는 고운 소리가 나오지 않았어요. 게다가 안데르센은 너무 마르고, 얼굴도 못생겨서 연극배우로서는 전혀 인기가 없었지요.
'나는 이제 무대에 서기는 힘들겠어. 그래, 무대에 설 수 없다면 연극의 이야기가 될 좋은 글을 직접 써보자!'
이렇게 결심한 안데르센은 그때부터 열심히 글을 쓰기 시작했어요. 하지만 그의 글을 본 사람들은 맞춤법도 엉망이고, 문법도 맞지 않아 쓰레기 같다고 했어요. 그렇지만 안데르센 글의 창의성과 아름다움을 알아본 '콜린'이라는 사람은 기본적인 지식이 없어서 그렇다는 것을 알고, 안데르센이 본격적으로 문학 공부를 할 수 있도록 도와주었지요. 남들보다 훨씬 느리지만 대학까지 졸업한 안데르센은 이제 문법까지 완벽한 글을 쓸 수 있게 되었어요.

안데르센은 여행하며 쓴 글이나 연극의 대본이 되는 희곡, 시 등을 써서 유명해졌어요.
하지만 안데르센은 어렸을 때 들었던 옛날 이야기에 자신의 상상력을 더하여 동화를 쓰는 것이 더 즐거웠어요.

그동안 어린이들이 읽은 동화는 '옛날옛적에'로 시작해서 나쁜 사람은 벌을 받고, 착한 사람은 고생하다가 마지막에는 '행복하게 살았습니다'로 끝나는 교훈만 가득한 내용이 많았거든요. 하지만 안데르센의 동화는 불행하게 끝나거나 기발한 내용이 많아서 어린이뿐만 아니라 어른들이 더 흥미진진해 하며 읽었어요.

안데르센은 우리가 잘 알고 있는 동화 「엄지공주」,「인어공주」,「벌거벗은 임금님」,「미운 오리 새끼」,「성냥팔이 소녀」,「나이팅게일」,「눈의 여왕」 등을 썼어요.

「미운 오리 새끼」는 오리들 사이에서 성장하는 백조 이야기로 자신이 어렸을 때 가난한 집에 못생긴 아이여서 놀림을 많이 받았지만 용기를 잃지 않고 끊임없이 노력하여 유명한 작가가 된 자신의 이야기를 쓴 것이라고 해요.

「눈의 여왕」은 전쟁터에 나갔던 아버지가 죽는 슬픔을 눈의 여왕이 자신의 아버지를 데려가는 것으로 표현했어요. 또「성냥팔이 소녀」는 어렸을 때 돈을 구걸하러 다닌 불쌍한 어머니를 생각하면서 쓴 동화예요. 왕자님을 사랑했기 때문에 목소리까지 잃었고, 결국엔 왕자님의 사랑을 얻지 못해 물거품이 된다는 슬픈 이야기 「인어공주」는 어린이들이 동화의 내용을 알 수는 있어도 진정한 이해는 어른이 되어야만 가능하다고 말했어요.

평생 결혼을 하지 않아서 가족이 없던 안데르센은 글을 쓰거나 여행을 하며 쓸쓸하게 보냈어요. 하지만 그가 살았던 덴마크의 코펜하겐이라는 도시에는 안데르센이 앉아 있는 멋진 동상을, 또 바닷가에는 애절한 인어공주의 동상이 세워졌지요. 전 세계 어린이들과 어른들에게 감동적이고 아름다운 동화를 만들어 준 안데르센은 이제 여러 사람의 사랑을 받아 전혀 외롭지 않을 거예요.

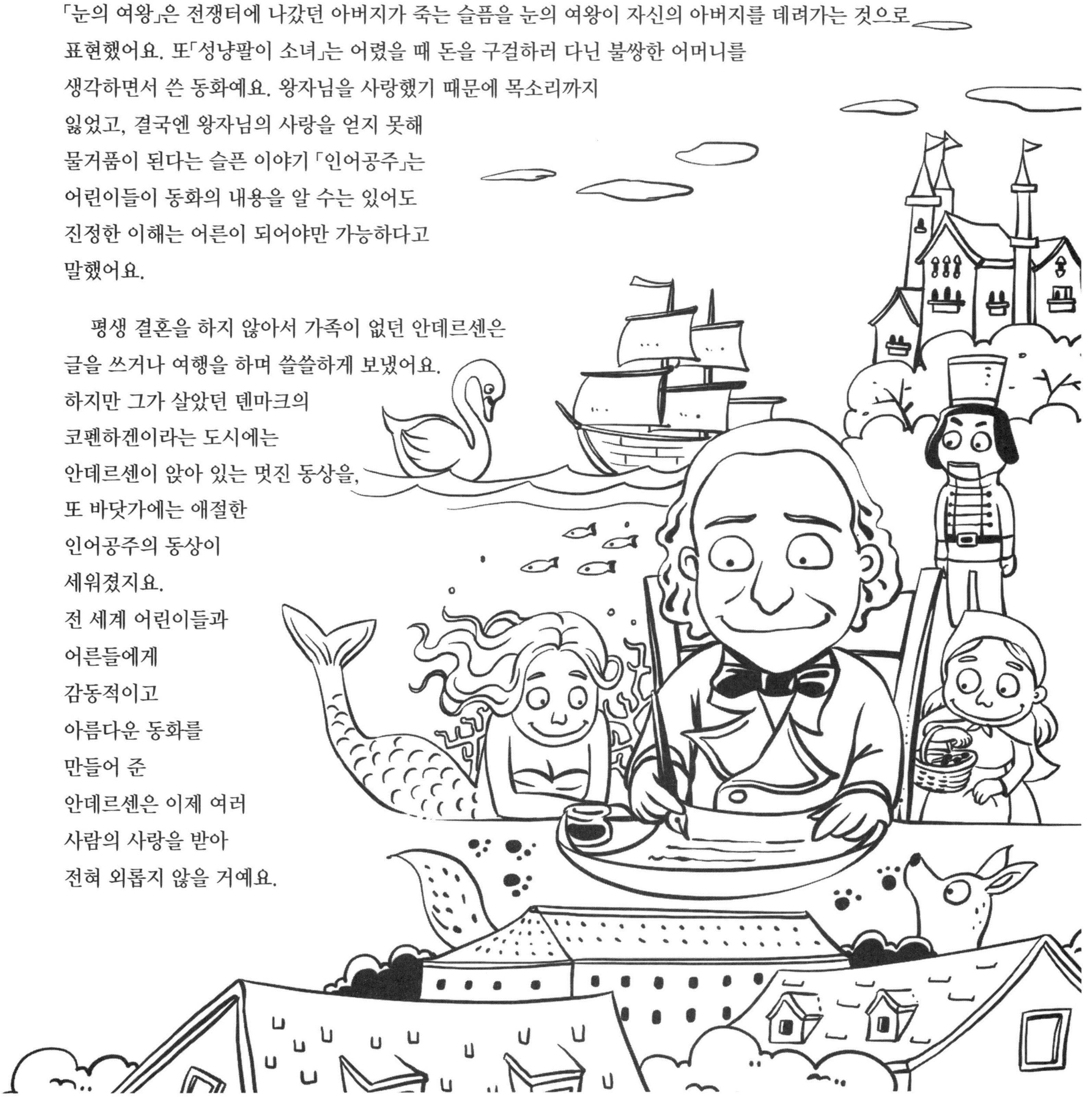

뚝딱뚝딱 만들기

그림동화 책

안데르센은 자신이 가진 장점을 찾고 노력해서 여러 가지 재미있는 동화를 남겨주었어요.
여러분은 어떤 장점을 갖고 있나요.
또 여러분은 어떤 동화책을 좋아하고, 재미있게 읽었는지 소개해주세요.

준비물 안데르센 이야기, 그림동화 책 모형, 가위, 풀, 색도구

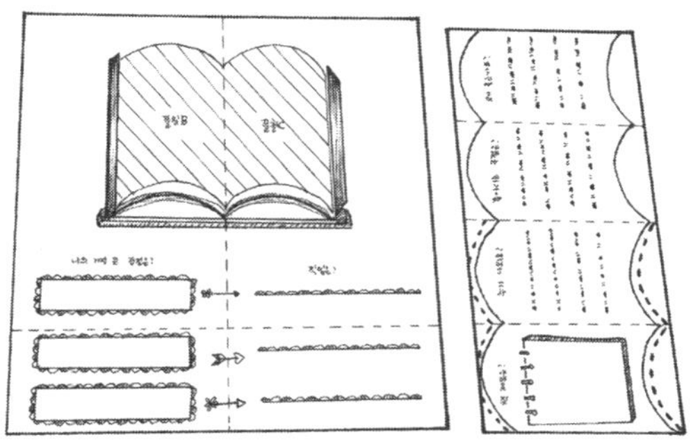

1. 그림과 같이 굵은 점선 A를 따라 오립니다.

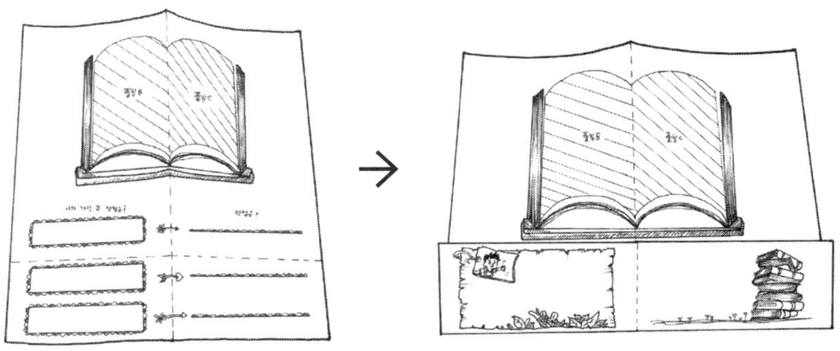

2. 먼저 바탕종이 B를 접습니다. 다시 펼친 뒤 C를 올려 접으세요.

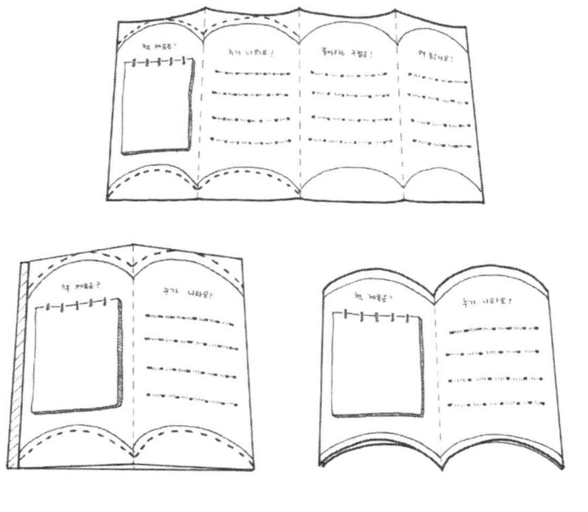

3. 책 모양 팝업에 있는 D를 모두 접었다가 펴고 다시 반을 접으세요. 굵은 점선 E를 따라 오리세요.

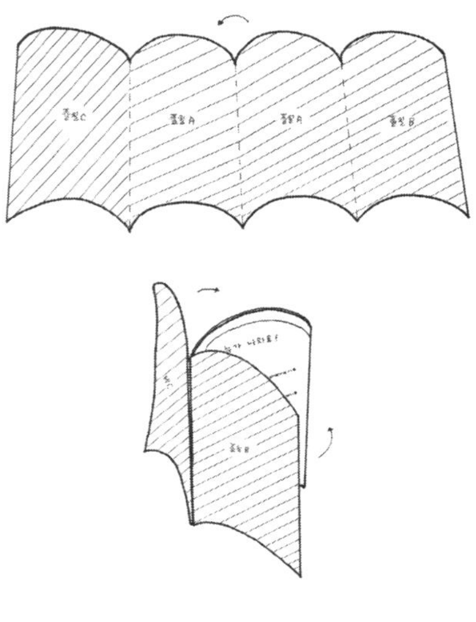

4. 책모양 팝업을 뒤집은 다음 풀칠 A에 풀칠한 후 반으로 접으면서 붙이세요.

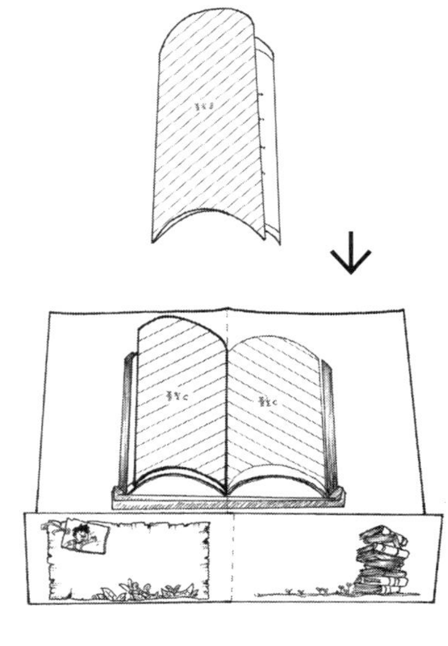

5. 붙여진 책모양 팝업을 그림과 같이 바탕종이 풀칠 B에 풀칠한 다음 위치에 맞추어 붙입니다.

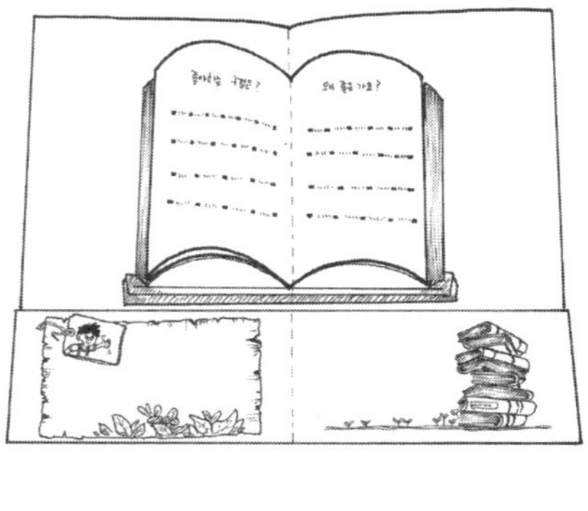

6. 이번에는 책모양 풀칠 C에 풀칠한 다음 바탕종이를 덮어서 붙이세요.

주의하세요!

* 책모양 팝업에 글과 그림을 모두 꾸민 다음 붙이도록 합니다.

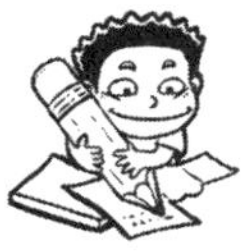

알콩달콩 표현하기

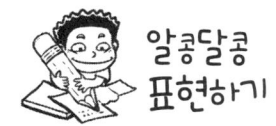

안데르센은 자신의 장점을 살리거나 자신이 좋아하고, 잘하는 일을 찾아 결국에는 훌륭한 동화 작가가 되었어요.

✽ 여러분은 어떤 장점이 있나요? 가장 큰 장점을 3가지만 써 보세요.

✽ 여러분의 3가지 장점은 어떤 직업으로 연결될 수 있을지 깊이 생각하고 써 보세요.

최근에 읽은 책 중에 가장 좋았던 책을 무엇인가요?

✽ 책 제목은 무엇이었나요?

✽ 그 책에서 가장 좋아하거나 기억에 남는 구절을 써 보세요.

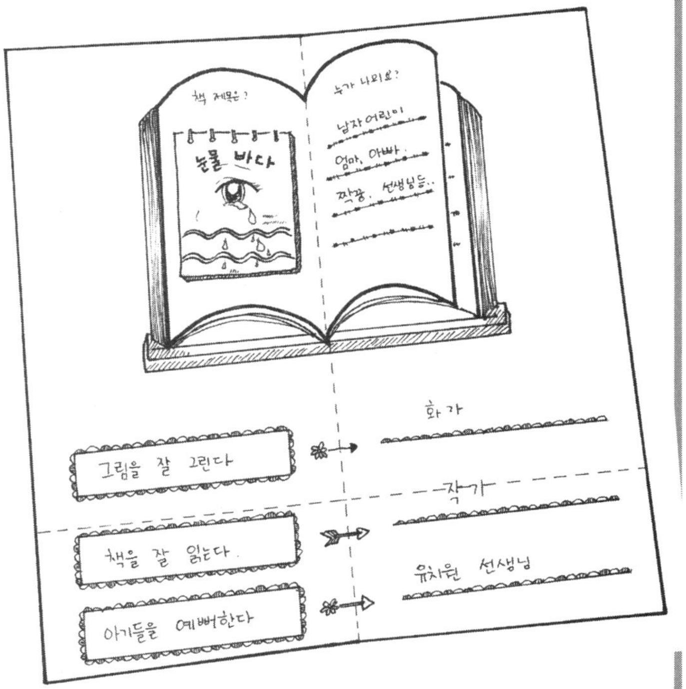

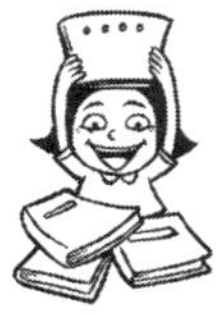

룰루랄라 완성하기

이 세상에 하나밖에 없는 나의 책이에요. 책 제목을 짓고, 작가가 된 나의 이름을 적어보세요.
(앞표지에는 어울리는 그림을 그리고, 뒤표지에는 광고 글, 책값, 바코드, ISBN도 넣어 보기)
그리고 친구들 앞에서 나의 책을 당당하게 소개하거나 멋지게 전시도 해보세요.

직업탐구 작가

✽ 안데르센은 '동화작가'로 『인어공주』, 『성냥팔이 소녀』 등 어른들도 좋아하는 동화를 많이 썼어요.

★ '작가'는 어떤 직업인가요?

작가는 시, 소설, 수필 등의 형태로 자신이 좋아하거나 겪은 일 또는 상상하는 것을 글로 표현하지요. 훌륭한 작가는 글로 다른 사람의 마음을 움직일 수 있어 평소에 여러 분야의 책을 읽고 다양한 경험을 많이 해야 하며 풍부한 상상력과 창의력, 글쓰기 능력 등이 필요한 직업이에요.

★ 글쓰기와 관계된 직업에는 무엇이 있나요?

- 시인 : 자연이나 자신이 겪은 일 등을 주제로 리듬이 있는 언어인 시를 통해서 표현해요.
- 소설가 : 주제를 정하여 등장인물, 사건, 배경 등을 구상하여 풍부한 감성으로 글을 써요.
- 동화작가 : 어린이들의 감성과 이해력으로 읽을 수 있는 내용을 넘치는 상상력으로 이야기를 써요.
- 극작가 : 연극 공연에 적합한 글을 쓰는 사람으로 무대 장치나 배경을 설명하는 해설, 효과나 조명, 등장인물의 상태를 표현한 지문, 배우가 이야기할 대사 등을 자세히 써요.
- 방송작가 : 라디오나 텔레비전의 드라마, 시사, 다큐멘터리 등의 글을 써요.
- 평론가 : 문학작품, 음악, 미술, 연극 등을 보고 여러 각도에서 검토한 후 평가하는 글을 써요.
- 카피라이터 : 상품이나 기업을 홍보하기 위해 사람들의 기억에 남을 만한 광고 문구를 써요.

둥글둥글 재미난 집을 지은 건축가 가우디

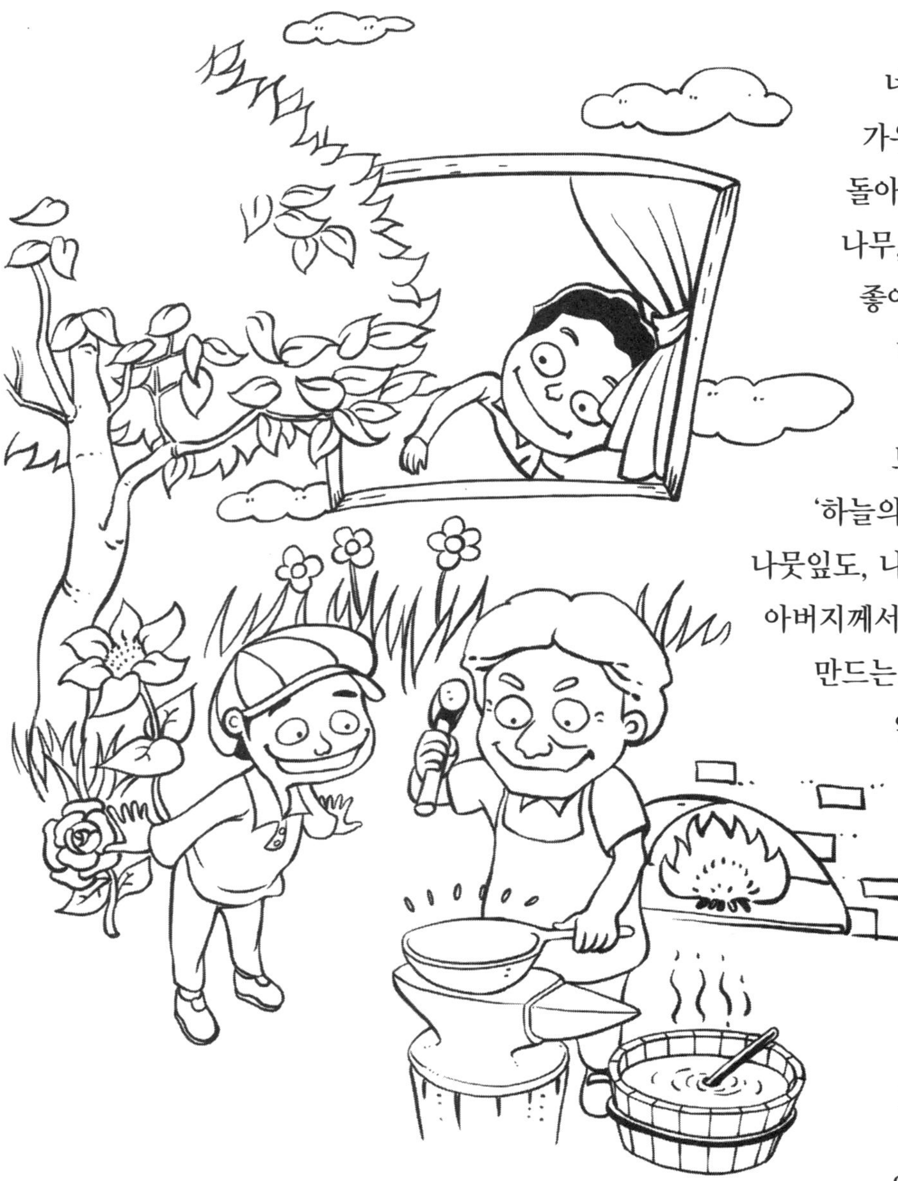

"왜 저 집들은 모두 네모 반듯할까? 너무 재미없게 생겼어."

가우디는 어릴 때부터 친구들과 동네를 돌아다니며 예쁜 꽃들과 여러 가지 모양의 나무, 집들을 천천히 관찰하는 것을 좋아했어요. 그런데 너무 몸이 약해서 학교에 가지 못하는 날이 많았지요.

그러면 침대에 누워서 창밖에 구름을 보며 머릿속으로 그림을 그리곤 했어요.

'하늘의 구름도 둥글둥글, 햇빛에 반짝이는 나뭇잎도, 나비 날개도 둥글둥글, 모두 곡선이네~'

아버지께서는 쇠를 녹여서 솥이나 생활 도구 등을 만드는 일을 하셨어요. 가우디는 대장간에 앉아서 아버지께서 쇠를 두드리며 만들어 내시는 물건들을 보는 일이 너무 재밌고 신났어요.

"저도 얼른 커서 아버지처럼 힘이 세지면 망치를 두들기며 멋진 물건을 만들어 내고 싶어요. 그때는 제가 꿈꾸는 아름다운 집도 지을 거예요."

어렸을 때 꿈을 간직하며 가우디는 훌륭한 건축가가 되기 위해서 건축학교에 들어갔어요.
여기서도 가우디는 시간만 나면 오래된 성이나 교회 등 유명한 건축물을 보러 다녔지요.
그리고 혹시나 잊어버릴까 봐 자세히 그림을 그리고 글로 써서 남겨 놓았지요.
"저 뾰족한 교회의 탑은 사람들의 기도가 하늘까지 닿게 하려고 저렇게 높게 지었나 봐. 저 궁전의 둥근 지붕은 아라비안나이트를 생각나게 하네. 세상에는 정말 근사한 건축물이 참 많구나!"

모든 건물을 지을 때는 먼저 '설계도'라는 것을 그려요. 건축가의 설계도가 완성되면 거기에 따라서 건물을 짓지요. 가우디는 보통의 학생들과는 다른 독특한 설계도를 그렸어요. 그래서 가우디의 설계도를 보고 유명한 건축가가 될 거라고 생각하는 사람과 도대체 이게 건물이 되겠냐며 걱정하는 사람들로 나뉘었다고 해요.
하지만 가우디는 자기의 생각을 굽히지 않았어요.

열심히 노력하여 건축사가 된 가우디는 멋진 건물을 짓겠다고 기다리고 있었지만 아무도 찾아오지 않았어요. 그래서 처음에는 책상이나 벽난로 같은 작은 물건들을 만들었지요. 가우디가 만든 특이한 책상을 보고 맨 처음 부탁받은 것은 공원에 있는 '가로등'이었어요. 가우디는 주변 환경들과 딱 어울리는 가로등을 만들었고, '구엘'이라는 사업가를 만났지요.
"당신이 만든 것들은 독창적이어서 제 마음에 쏙 듭니다."

구엘은 자신의 별장과 궁전, 공원을 가우디 마음대로 만들어 달라고 했어요.
가우디는 자신의 생각과 아이디어를 모두 담아서 짓기 시작했지요. 출입문은 용이 하늘로 올라가는 것처럼 꿈틀꿈틀 휘감아서 장식했고, 공원의 벽은 타일을 쪼개어 다양한 색깔의 도마뱀을 만들기도 했어요. 또 건물의 벽은 노란 꽃 모양으로 만들어 장식하기도 했지요. 더욱 특별한 것은 가우디의 건축물에는 딱딱함이 없었다는 거예요. 그래서 곡선으로 된 지붕과 테라스를 만들기도 하고, 버섯 모양으로 굴뚝을 만들기도 했어요.

'산과 들, 바다, 우리의 자연은 원래 하나인 것처럼 조화를 이루고 있어. 내가 만드는 건물들도 생명을 가진 것처럼 자연과 하나가 되어야 편안하고 아름다울 수 있는 거야!'

주변의 환경들과 어우러진 가우디의 건축물들은 도시에 있어도 평화로움을 주었어요.
처음에 가우디의 설계도를 보고 의심에 찬 눈으로 바라보았던 사람들도 건물이 하나둘씩 완성되자 더할 나위 없이 아름다우며 창의적이라고 칭찬하기 시작했지요. 가우디는 생을 마감할 때까지 40년 동안 '성가족 대성당'이라는 교회를 지었어요. 이 건물은 100년이 훨씬 지난 지금까지도 가우디의 설계도를 기본으로 하여 짓고 있지요. 완성될 그 날이 기다려져요.

가우디는 조그만 돌멩이 하나도 조화를 이루도록 하였고, 색채와 빛을 중요하게 생각하여 건물에 어떻게 빛이 비칠까를 연구하며 색깔을 정했다고 해요. 사람들이 편안하게 살아가는 공간이자 자연의 일부라고 생각한 가우디의 건축물은 단지 건물이 아니라 역사에 길이 남을 위대한 예술작품으로 평가받고 있답니다.

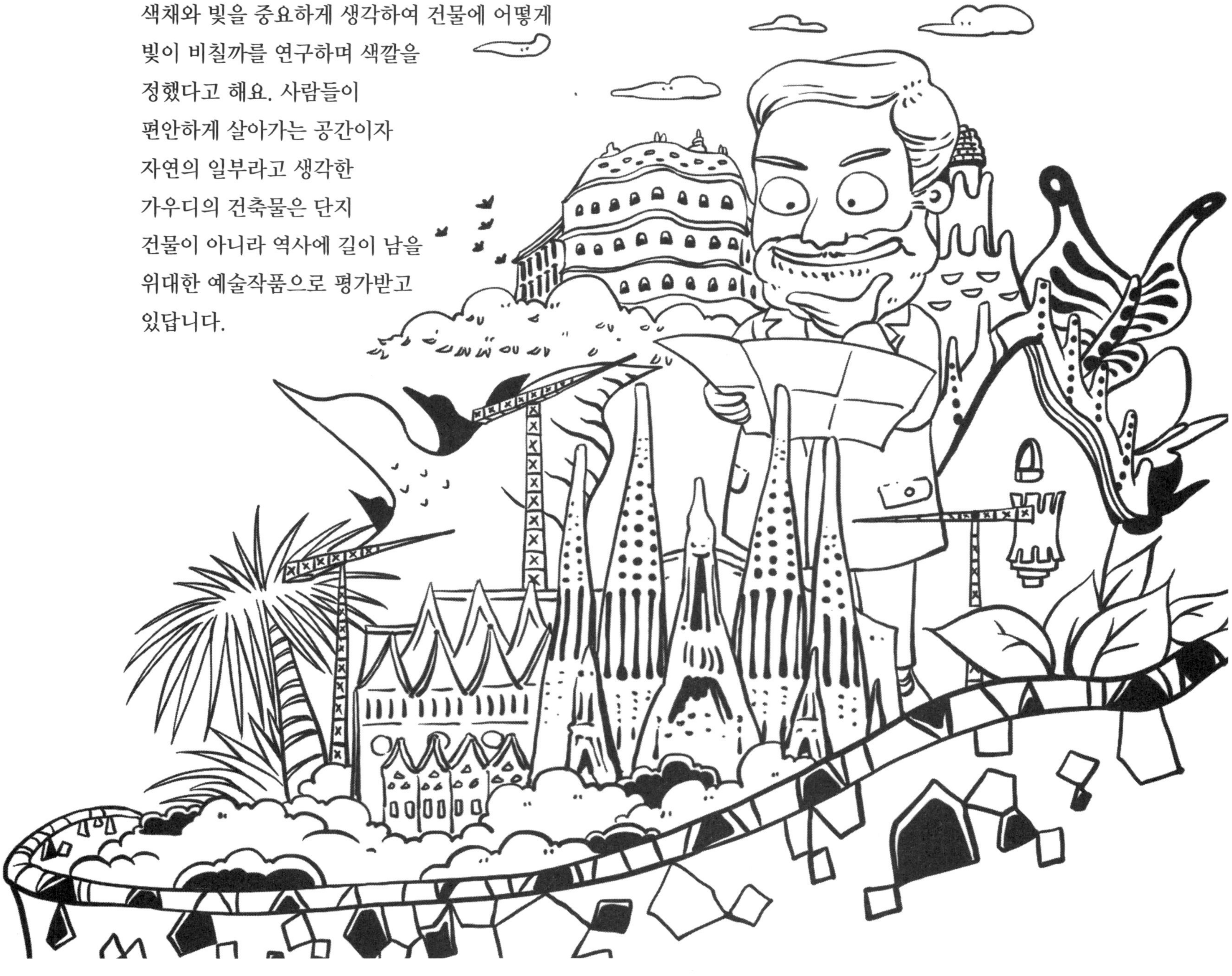

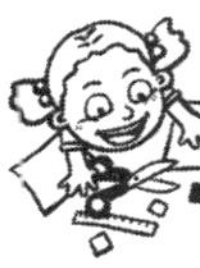

뚝딱뚝딱 만들기

설계도 책

가우디는 어려서부터 멋진 물건을 만드는 것을 좋아했다지요. 그리고 자연을 관찰하는 것도요. 그래서 건축가가 되어서도 자연을 닮은 건물들이 세워지도록 설계를 했대요. 여러분도 건축가가 되어 학교나 집을 설계하고 멋지게 완성해 보세요.

준비물 가우디 이야기, 설계도 책 모형, 가위, 풀, 색도구

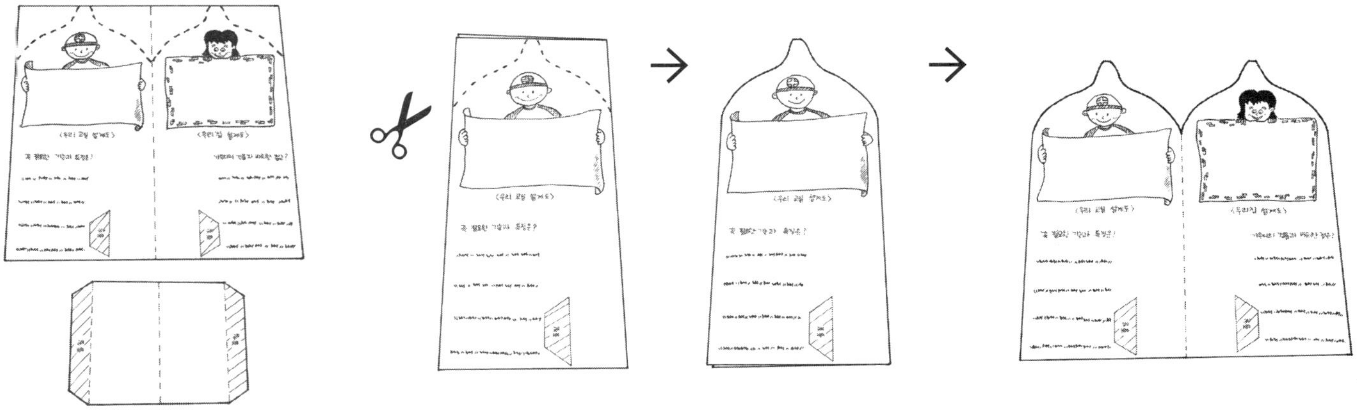

1. 굵은 점선 A를 따라 오리세요.

2. B를 접고 굵은 점선 C를 따라 오린 다음 펴세요.

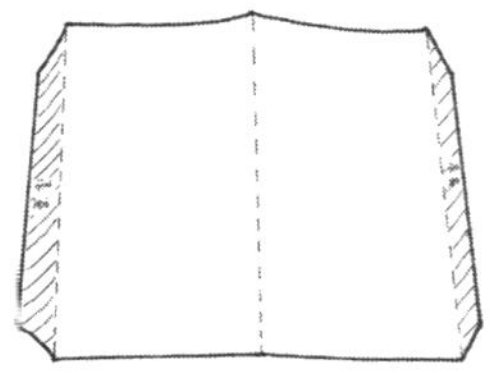

3. 팝업종이 D를 따라 모두 접었다가 펴세요.

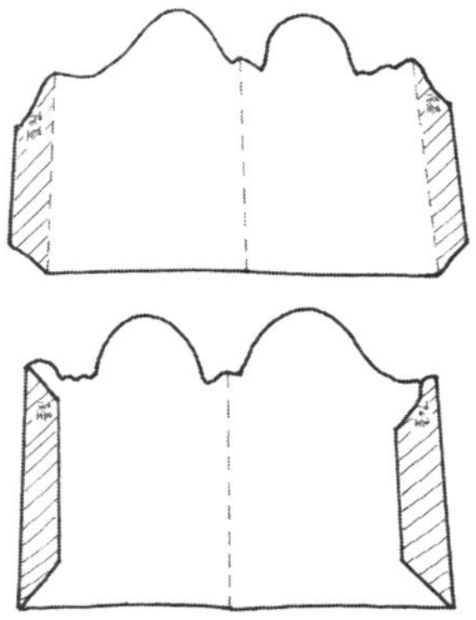

4. 팝업종이를 꾸민 다음 양쪽 풀칠 부분을 그림과 같이 접고 풀칠하세요.

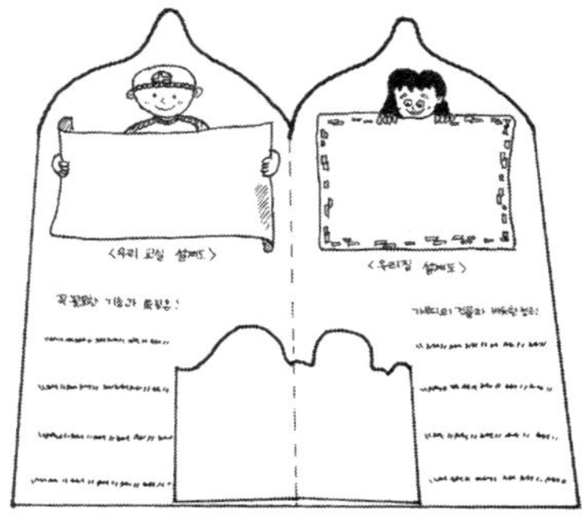

5. 바탕종이 중심선에 팝업종이 중심선을 맞추어 붙이세요.

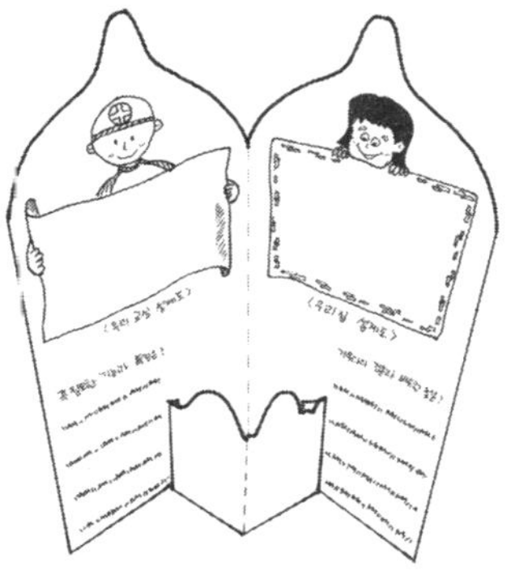

6. 바탕종이를 90도로 세운 다음 팝업종이가 잘 튀어나오도록 앞으로 빼내주세요.

주의하세요!

* 팝업종이를 오리고 꾸며서 사용할 때는 바탕종이에 표시된 만큼 최소한의 풀칠자리를 두고 오리도록 합니다.

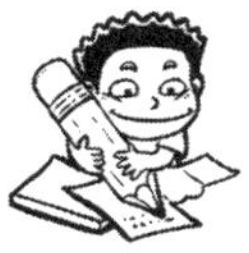

알콩달콩 표현하기

가우디는 자연과 잘 어울리는 편안하고도 예술 작품 같은 건물들을 많이 지었어요.

어떤 건물이든 처음에 설계도를 잘 그려야 튼튼하고 멋진 건물이 완성될 수 있지요.

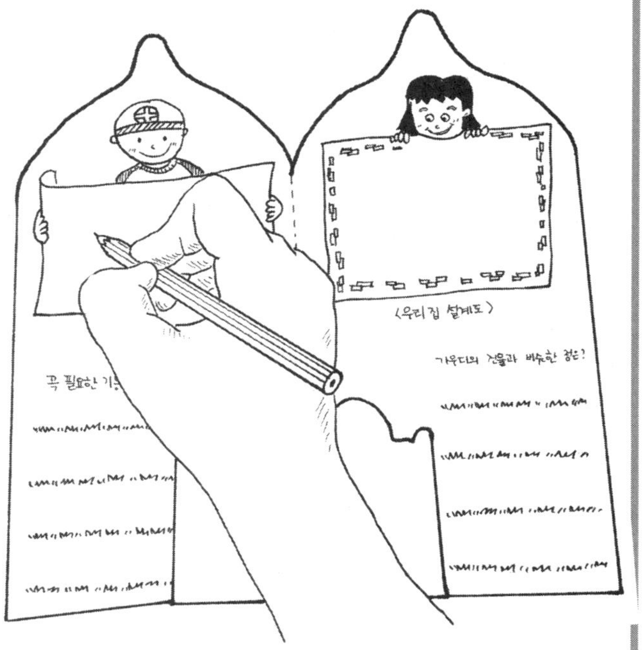

- ✻ 우리 교실이나 우리 집의 설계도를 그려 보세요.
- ✻ 내가 살고 싶은 집을 곰곰이 생각하면서 그려 보세요.
- ✻ 꼭 넣어야 하는 필요한 기능은 무엇인가요?
- ✻ 가우디의 건물과 비슷한 점은 무엇인가요?

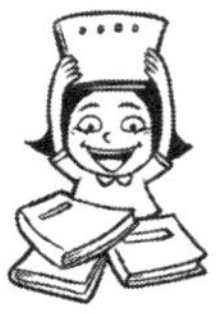

룰루랄라 완성하기

이 세상에 하나밖에 없는 나의 책이에요. 책 제목을 짓고, 작가가 된 나의 이름을 적어보세요.
(앞표지에는 어울리는 그림을 그리고, 뒤표지에는 광고 글, 책값, 바코드, ISBN도 넣어 보기)
그리고 친구들 앞에서 나의 책을 당당하게 소개하거나 멋지게 전시도 해보세요.

직업탐구 건축가

✻ 가우디는 '건축가'로 자연을 닮아 편안하며 예술성이 높은 건축물을 많이 지었어요.

'건축가'는 어떤 직업인가요?

건축가는 우리가 사는 집이나 학교, 공원 등을 이용할 사람들과 주변 환경을 생각하여 안전하고 편리하면서도 멋진 디자인의 건축물이 되도록 건물을 설계하고, 완성될 때까지 모든 과정을 감독하는 일을 해요. 그래서 건물에 대한 이해를 바탕으로 창의성, 예술성 등이 있어야 하며 공사하는 사람들을 잘 이끌어 갈 수 있는 리더십과 협동심이 필요한 직업이에요.

건축과 관계된 직업에는 무엇이 있나요?

- 측량기술자 : 건축물을 짓기 전에 미리 건물이 지어질 땅의 성질이나 위치, 방향 등을 조사해서 튼튼한 건물이 지어지도록 해요.
- 토목기술자 : 도로나 댐, 다리 등을 만들기 위해 땅을 평평하게 고르고, 상하수도 시설을 마련하는 등 기초 공사를 하며 건설 현장을 미리 계획하고 관리해요.
- 조경기술자 : 학교나 공원, 아파트 등의 야외 환경을 아름답게 꾸미는 일을 해요.
- 인테리어 디자이너 : 건물의 실내를 편리하고 아름답게 디자인해요.

도란도란 책읽기

팔로마를 사랑한 뒤죽박죽 천재 화가 피카소

"피카소, 팔로마가 금방 날아갈 것 같구나. 정말 대단해!"
어린 피카소가 그린 그림을 보고 미술 선생님이었던 아버지는 깜짝 놀라며 기뻐하셨어요.
"너는 장차 유명한 화가가 될 거야. 아버지가 아끼는 붓과 팔레트를 주마!"
피카소는 어렸을 때부터 그림에 소질을 보였어요. 특히 비둘기 그림을 잘 그렸는데 '팔로마'는 '비둘기'라는 뜻이에요. 피카소는 나중에 자신의 딸에게 팔로마라는 이름을 붙여줄 정도로 평화의 상징인 비둘기를 좋아했지요.

피카소를 훌륭한 화가로 키우기 위해 부모님께서는 좋은 미술학교에 보내는 등 어려운 형편에도 지원을 아끼지 않으셨어요. 하지만 피카소는 학교에서 배우는 미술 공부가 너무 재미가 없었어요. 오히려 친구들과 여행을 다니며 미술관이나 박물관에 전시된 작품들을 보거나 박람회에서 예술에 관한 토론을 하는 것이 훨씬 더 즐거웠어요.

- 고양이 네 마리 -

피카소와 젊은 예술가들이 마음껏 자신의 그림을 벽에 붙이고, 이야기하던 카페 이름이에요. 이곳에서 피카소는 첫 전시회를 열었지요.

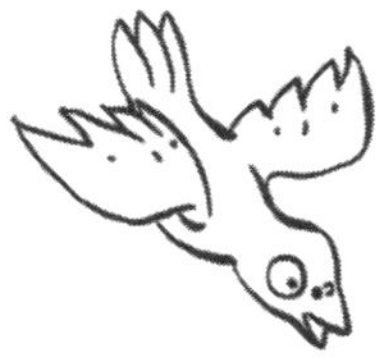

"나는 자유롭게 내 마음이 시키는 그림을 그리는 것이 좋아. 기쁘면 기쁜 마음을, 슬프면 슬픈 감정을 그대로 표현해내는 것이 진정한 예술이라고 생각해!"

피카소는 자신의 감정을 그림에 담아냈어요. 그래서 친구의 죽음 등 슬픈 일이 있던 시기에는 청색을 많이 써서 우울한 느낌이 드는 그림을 그려 '청색 시대'라고 하였어요. 또 아름다운 여인을 만나 사랑을 하던 시기에는 화려한 색을 많이 써서 그림을 그렸기 때문에 '장밋빛 시대'의 그림이라고 부르지요.

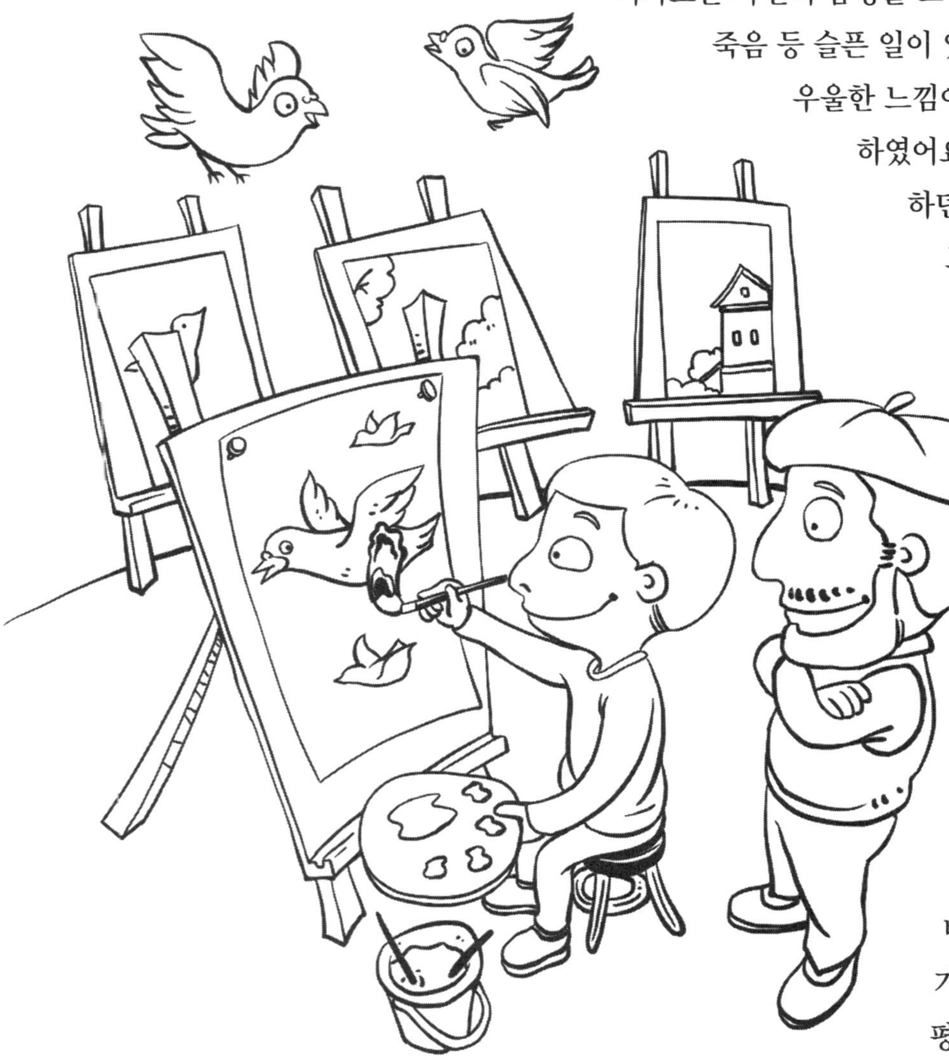

"맙소사, 이게 그림이란 말인가? 앞모습과 뒷모습이 뒤죽박죽 섞여 여자들이 괴물 같군!"
피카소는 친구들이 하는 말을 듣고 실망하여 그림을 둘둘 말아 한쪽 구석에 처박아 놓았어요.
옛날 사람들은 '그림'을 사진처럼 생각했어요. 그래서 최대한 실제와 비슷하고, 아름답게 그리는 것이 가장 그림다운 그림이며 예술품이라고 평가했거든요.

하지만 이 그림이 ≪아비뇽의 아가씨들≫로 현대 미술의 시작을 알리는 획기적인 작품이 되었지요.
피카소의 많은 작품이 독특하지만 '현대 미술의 거장'이라고 부르는 가장 큰 이유는 '입체주의'라고 하는 새로운 형태로 그림을 그렸기 때문이에요. 하나의 그림을 여러 부분으로 나누어서 사물의 앞면, 옆면, 뒷면 등을 동시에 표현하는 입체적인 그림이었으며 또 한 작품에 여러 재료를 섞는 방법도 사용했어요.

피카소는 평화로운 비둘기를 좋아한 것처럼 사람들이 싸우는 전쟁을 아주 싫어했어요.
그런데 피카소가 살던 시대에는 큰 전쟁이 자주 일어났지요.
"그림은 나보다 훨씬 강한 힘을 가졌어. 나는 내가 잘할 수 있는 그림으로 전쟁이 얼마나 흉측하고, 어리석은 일인가를 사람들에게 알려야겠어!"
피카소는 흰색, 검은색, 회색만을 사용하여 ≪게르니카≫라는 작품을 발표했어요. 이 그림을 통해 작은 시골 마을에 전쟁으로 인해 벌어진 끔찍한 상황을 고발하며 평화로운 세상을 꿈꿨지요.

피카소는 92세로 생을 마감할 때까지 왕성한 예술 활동을 펼쳤어요. 화가로서 그림을 그린 것은 물론 조각, 판화, 도예 등 자신의 감정과 생각을 표현하기 위해 다양한 방법으로 새로운 시도를 했어요. 좋은 예술가의 자질도 타고 났지만 자유로운 성격과 끊임없는 실험정신을 발휘하며 평생을 노력한 피카소에게 사람들은 '천재 화가', '20세기 위대한 예술가'라는 표현을 쓰지요.

뜨거운 태양, 여인, 투우, 서커스, 평화를 사랑하며 정열적인 삶을 산 사람으로 기억되는 파블로 피카소, 그의 작품을 만나기 위해 오늘도 많은 사람이 미술관을 찾고 있답니다.

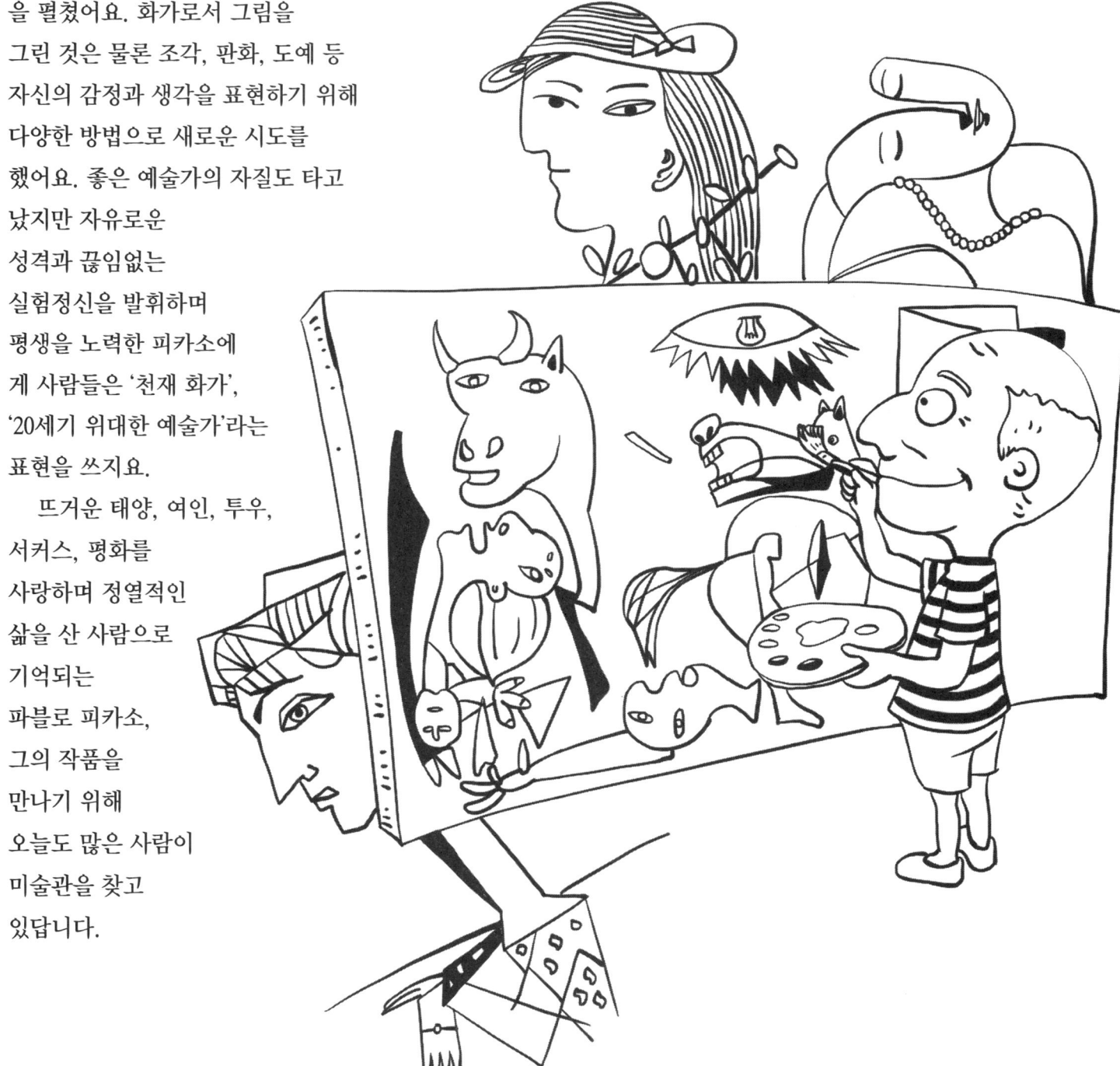

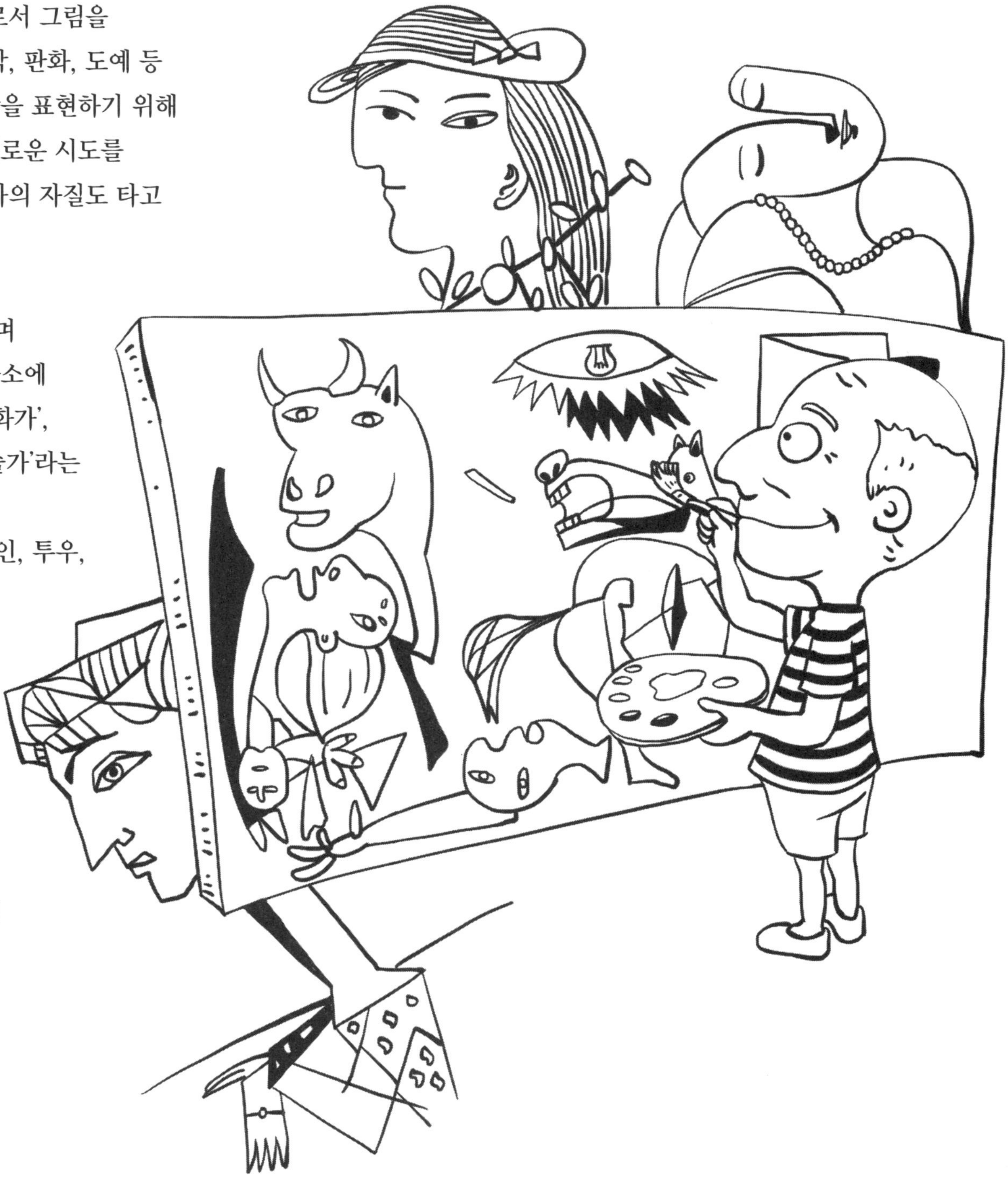

뚝딱뚝딱 만들기

나도 화가 책

피카소는 그림뿐만 아니라 조각, 판화, 도예 등 여러 가지 예술 작품을 많이 만들었어요.
또 기쁘고, 슬픈 감정을 그대로 그림으로 표현해냈지요.
여러분도 화가가 되어 그림도 그려보고, 입체로 표현도 해보세요.

준비물 피카소 이야기, 나도 화가 책 모형, 가위, 풀, 색도구

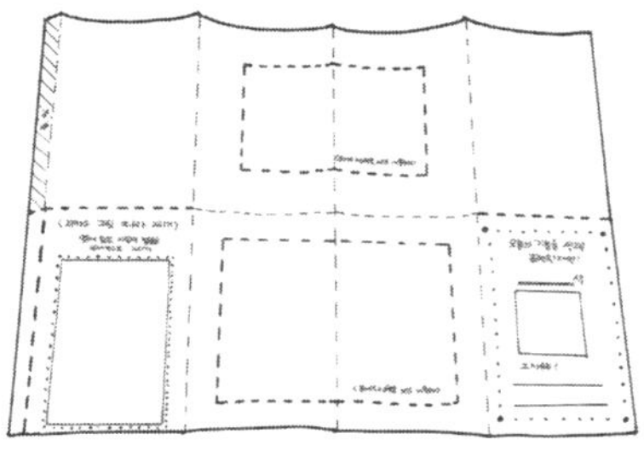

1. A를 따라 모두 접었다가 펴세요.

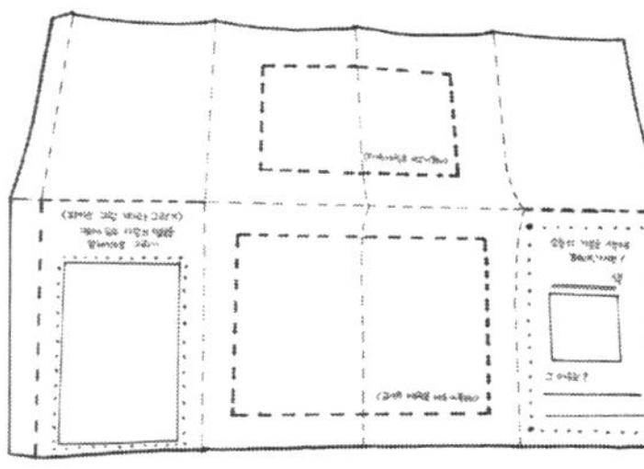

2. B를 따라 가로로 길게 접었다가 펴세요.

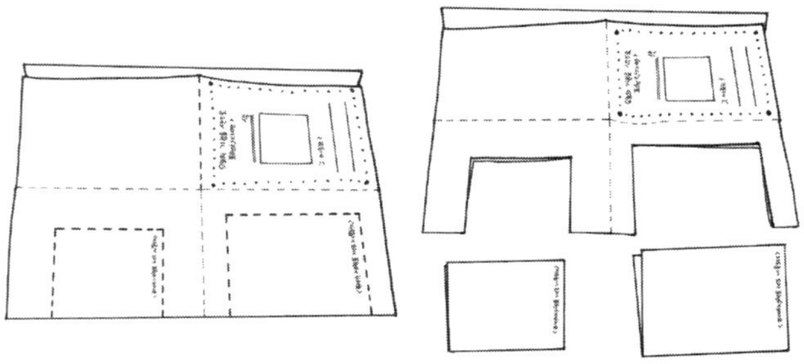

3. 다시 반으로 접고 C를 따라 모두 오리세요.

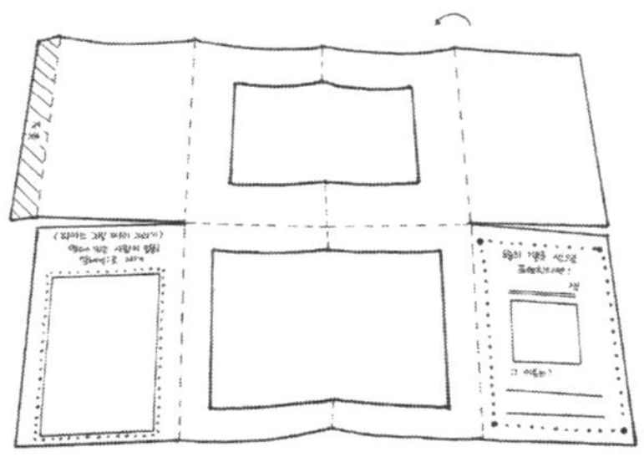

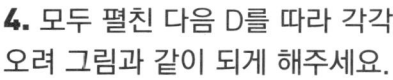

4. 모두 펼친 다음 D를 따라 각각 오려 그림과 같이 되게 해주세요.

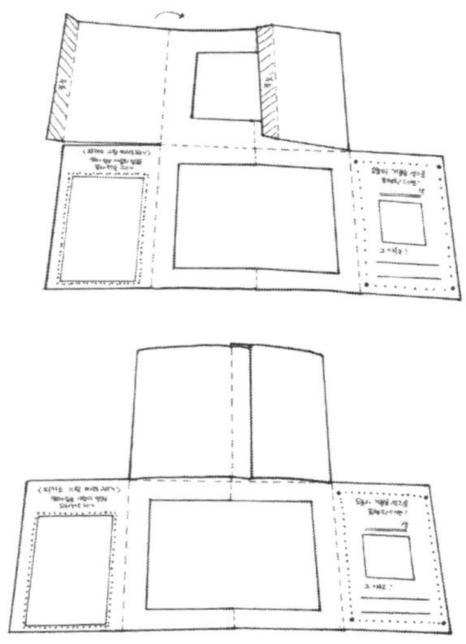

5. 바탕종이를 그림과 같이 펼쳐놓은 후 오른쪽 종이를 그림과 같이 접으세요. 풀칠 부분에 풀칠한 다음 왼쪽 종이를 덮으면서 붙이세요.

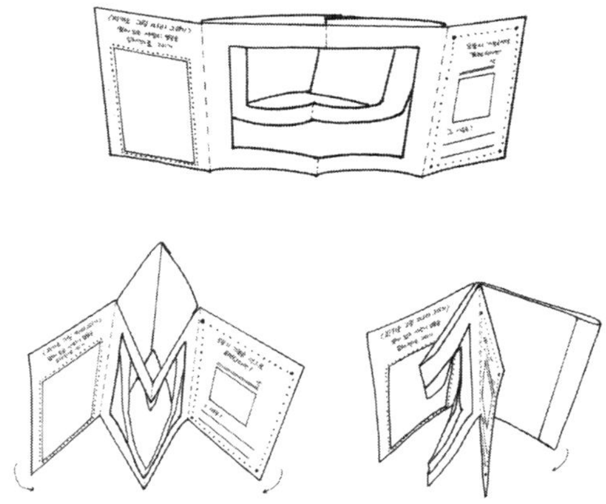

6. 그림과 같이 반으로 접은 다음 기본 오리가미처럼 안쪽으로 모아 그림과 같이 접어 완성하세요.

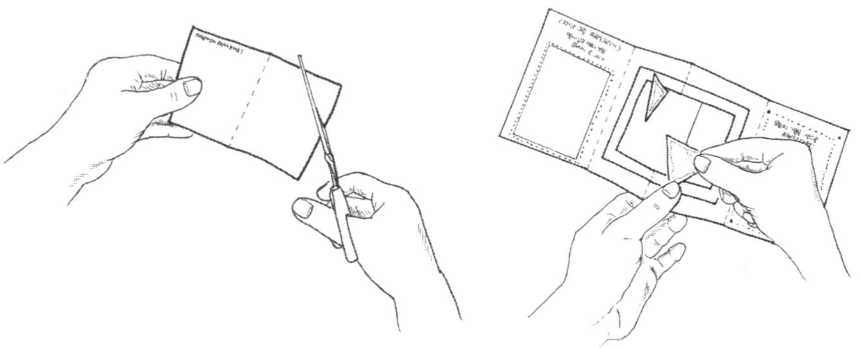

7. 다시 펼치고 그림과 같이 3번에서 오려놓은 꾸밈종이를 자유롭게 오려 붙이세요.

주의하세요!

* 꾸밈종이를 오려 붙일 때 너무 크게 오려 그림이 가려지지 않도록 살펴주세요.

알콩달콩 표현하기

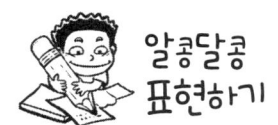

피카소는 입체주의라고 해서 종이 한 장에 앞, 옆, 뒷면의 모습을 동시에 그렸어요.

✽ 여러분도 피카소가 되어서 지금 옆에 있는 사람(선생님, 엄마, 친구 등)의 모습을 입체적으로 그려 보세요.

✽ 피카소의 그림을 따라 그리고 색칠해 보세요.

✽ 오늘 여러분의 기분을 색깔로 표현한다면 어떤 색으로 나타낼 수 있을까요? 그 이유는 무엇인가요?

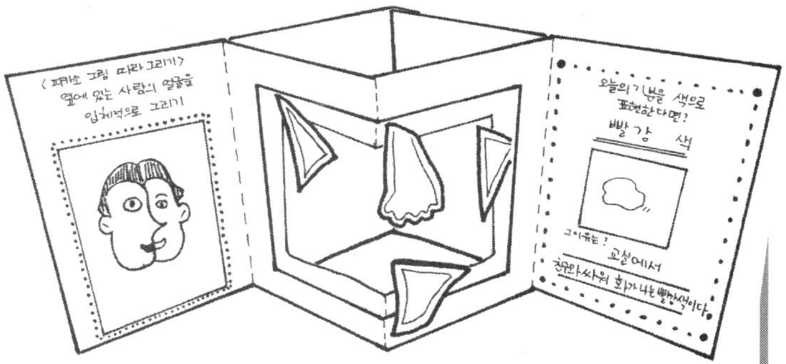

룰루랄라 완성하기

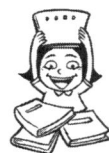

이 세상에 하나밖에 없는 나의 책이에요. 책 제목을 짓고, 작가가 된 나의 이름을 적어보세요.
(앞표지에는 어울리는 그림을 그리고, 뒤표지에는 광고 글, 책값, 바코드, ISBN도 넣어 보기)
그리고 친구들 앞에서 나의 책을 당당하게 소개하거나 멋지게 전시도 해보세요.

직업탐구 화가

✽ 피카소는 '화가'로 다양한 예술품은 물론 한 장의 종이에 앞, 뒤, 옆면을 함께 담은 입체적인 그림도 그렸어요.

★ '화가'는 어떤 직업인가요?

화가는 자신의 생각이나 여러 가지 감정, 풍경, 사물 등을 그림으로 표현해요.

★ 예술작품과 관계된 직업에는 무엇이 있나요?

- 조각가 : 나무, 금속, 돌 등을 조각칼로 깎아서 자신이 표현하고자 하는 것을 입체적으로 만들어요.
- 도예가 : 흙으로 모양을 만들고 그림을 그려 가마에 구워 꽃병, 접시 등을 만들어요.
- 공예가 : 나무, 금속, 헝겊, 종이 등을 이용하여 인형이나 액세서리 등 원하는 작품을 만들어요.
- 문화재 보존원 : 손상되었거나 오래된 예술 작품들을 원래대로 복원하는 작업을 해요.
- 디자이너 : 옷을 작품으로 만드는 패션 디자이너, 가구나 전자제품 등을 멋지고 실용적으로 디자인하는 제품 디자이너 등 다양한 디자인 전문 분야에서 일해요.
- 큐레이터 : 미술관이나 박물관 등에서 어떤 작품을 전시할지를 기획하고, 작품을 선정하며 전시하고, 훼손되지 않도록 관리해요.

도란도란 책읽기

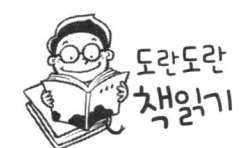

웃고 있지만 눈물 흘리게 만드는 배우 **찰리 채플린**

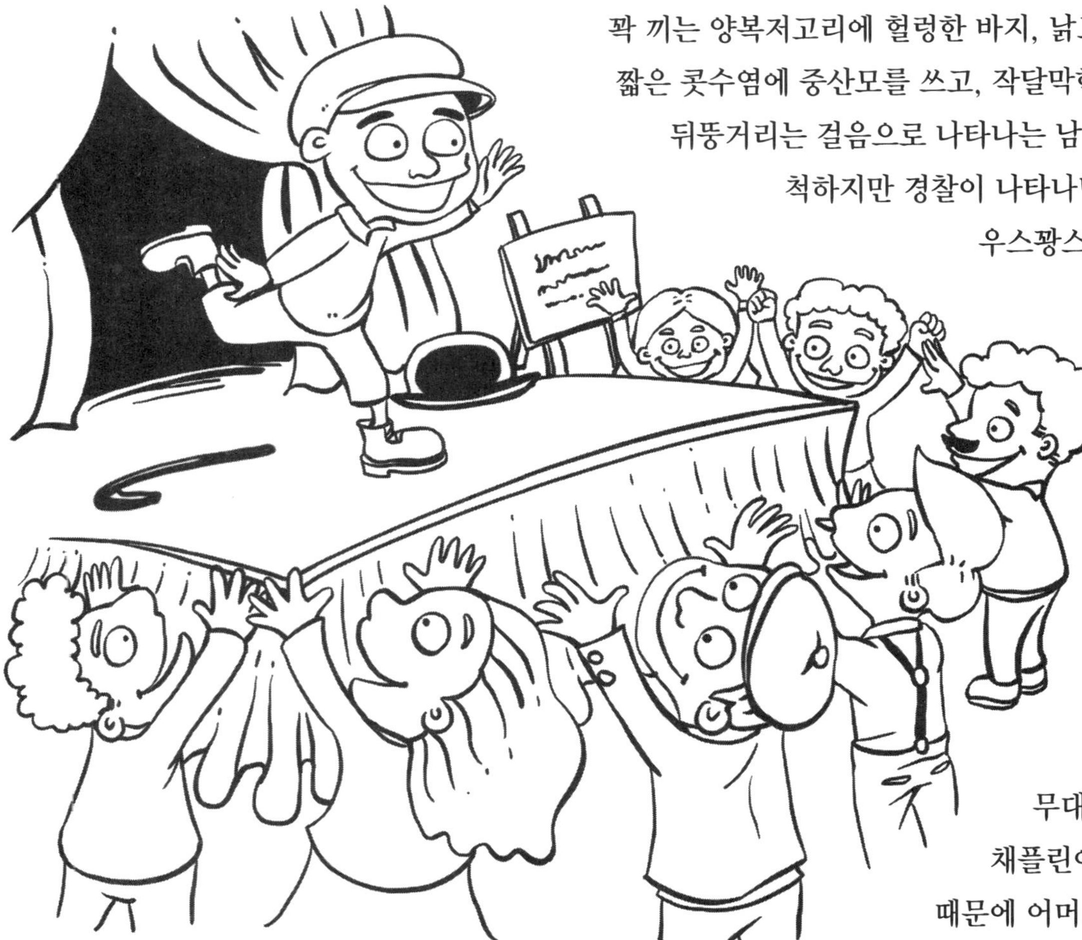

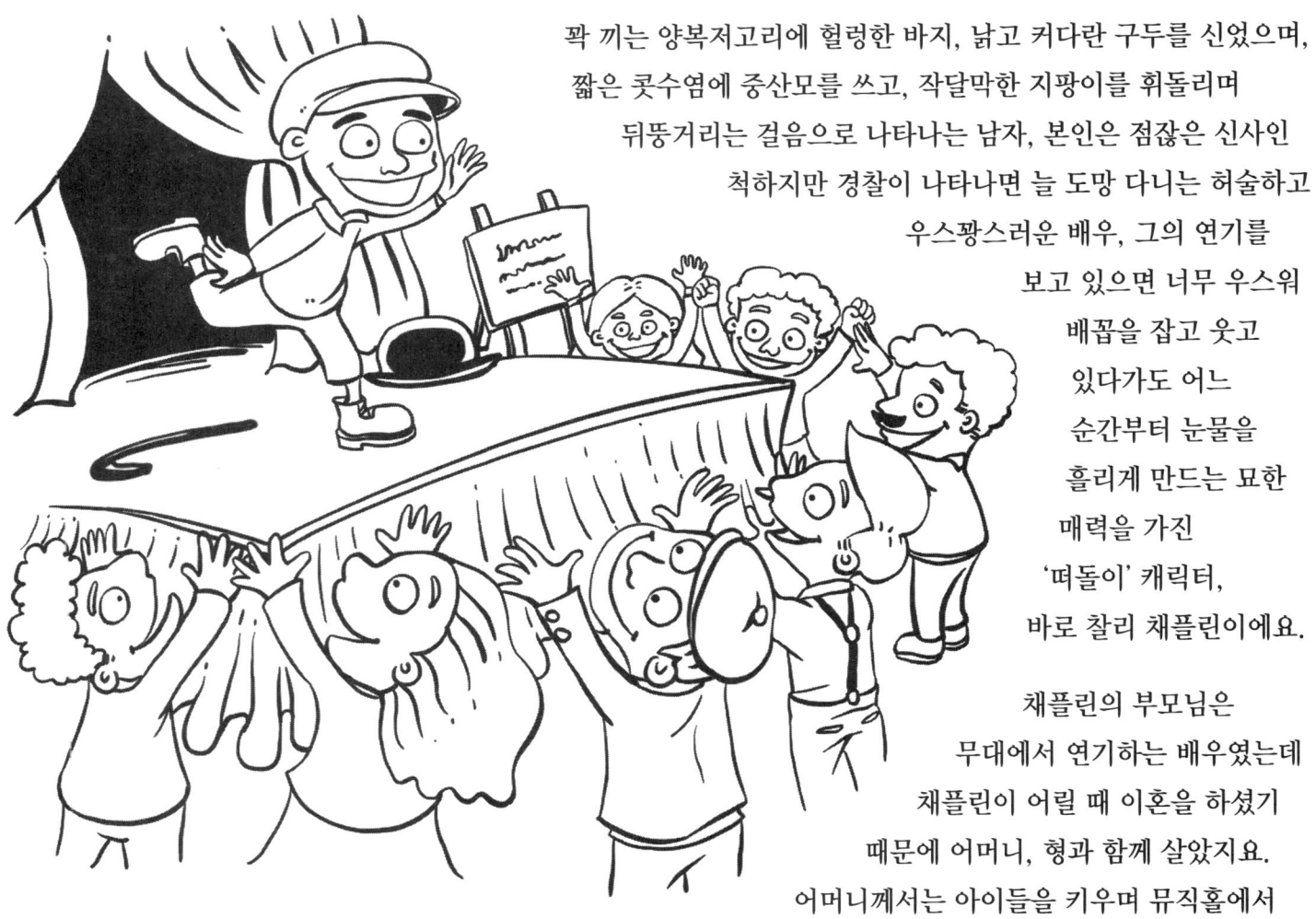

꽉 끼는 양복저고리에 헐렁한 바지, 낡고 커다란 구두를 신었으며, 짧은 콧수염에 중산모를 쓰고, 작달막한 지팡이를 휘돌리며 뒤뚱거리는 걸음으로 나타나는 남자, 본인은 점잖은 신사인 척하지만 경찰이 나타나면 늘 도망 다니는 허술하고 우스꽝스러운 배우, 그의 연기를 보고 있으면 너무 우스워 배꼽을 잡고 웃고 있다가도 어느 순간부터 눈물을 흘리게 만드는 묘한 매력을 가진 '떠돌이' 캐릭터, 바로 찰리 채플린이에요.

채플린의 부모님은 무대에서 연기하는 배우였는데 채플린이 어릴 때 이혼을 하셨기 때문에 어머니, 형과 함께 살았지요. 어머니께서는 아이들을 키우며 뮤직홀에서 가수로 일하셨는데 목에 병이 생겨 더 이상 노래를 할 수 없었어요. 게다가 여러 가지 슬픈 일들을 겪은 후 마음의 병을 얻어 자주 병원에 입원하셨지요. 그래서 채플린과 형은 고아는 아니지만 정말 힘들고 가난하게 살았어요. 하지만 채플린은 부모님께 뛰어난 연기력을 물려받았지요. 또 어머니는 아프면서도 아이들과 같이 있을 때는 다정하게 책을 읽어 주셨고, 용기와 희망을 주는 분이셨어요.
"우리 아들은 꼭 세상을 깜짝 놀라게 할 멋진 배우가 될 거야!"
그래서 채플린은 어렵게 살면서도 어머니의 응원으로 전혀 주눅이 들지 않고 당당할 수 있었지요.
목이 아픈 어머니를 대신해서 다섯 살 때 무대에서 노래를 불렀고, 여덟 살에는 남자 어린이들로 이루어진 공연단 단원이 되어 춤추고 노래하며 전국 공연을 다니기도 했어요. 그러다가 극단에서 작은 역할을 맡아 연극배우가 되었지요. 채플린은 어린 나이에도 연극을 이해하여 감정을 풍부하게 담아낸 연기를 했기 때문에 많은 칭찬을 받았어요.

"내 연기를 보고 사람들이 웃고 있는 모습을 보는 것이 나는 너무 행복해!"

채플린이 살았던 시대에는 집에 텔레비전이 없었어요. 그래서 사람들은 극장에 가서 연극을 보거나 영화를 봤지요. 그 당시 영화를 찍는 기술은 행동과 말을 동시에 담아낼 수 없었기 때문에 '무성영화'라고 해서 배우의 움직임만 보였고, 말소리 대신 자막이나 배경음악이 나왔어요. 영화에서는 배우의 행동만이 보여서 채플린의 과장된 몸짓과 표정은 영화에 딱 맞았지요.
채플린은 영화배우가 되어 자신의 독특한 '떠돌이' 캐릭터를 만들어 어릿광대, 군인, 소방관, 노동자 등으로 다양한 변신을 시도했어요.
"제가 연기하는 '리틀 트램프(작은 떠돌이)'는 정말 다재다능한 사람입니다. 떠돌이지만 신사이고, 시인이며,

늘 엉뚱한 상상을 하는 외톨이죠. 항상 모험과 사랑을 꿈꾸며 남들이 자신을 훌륭한 과학자나 음악가로 알아주었으면 하지만 실제는 경찰이 나타나면 도망 다니기 바쁘고, 아이들의 코 묻은 사탕이나 뺏어 먹는 게 고작인 소심한 사람이죠."

채플린은 최고의 영화배우로 인정받으면서도 자신만의 생각을 자유롭게 표현하기 위해서 영화감독이 되어 연기도 하고, 촬영, 편집까지 신경 쓰며 영화의 완성도를 높였어요. 후에는 친한 영화인들과 함께 영화사를 차리기도 했어요. 관객을 감동하게 하기 위한 그의 영화사랑은 끝이 없었죠.

고아나 다름없이 가난하고 어렵게 살았던 자신의 어린 시절 이야기를 담은 ≪키드≫, 황금을 찾으러 가서 죽거나 고난을 겪은 시대 이야기 ≪황금광 시대≫, 꽃 파는 눈먼 소녀와 떠돌이의 슬픈 사랑은 담은 ≪시티 라이트≫, 사람이 기계처럼 일하는 노동자들의 이야기 ≪모던 타임즈≫ 등은 우리 영화사에 길이 남을 명작으로 손꼽히고 있어요.

'연기는 머리로 하는 것이 아니라 가슴으로 하는 것이며 웃음없는 하루는 낭비한 하루다.'

채플린은 연기뿐 아니라 음악에도 조예가 깊어서 훌륭한 영화에 주는 상인 아카데미 음악상과 공로상도 받게 되어 '세계 최고의 영화인'으로 오늘날까지 사랑받고 있어요. 가난과 전쟁 등으로 힘들게 사는 사람들에게 용기를 주었고, 사회의 부당함을 영화를 통해 이야기했으며 무엇보다도 그의 몸짓과 표정은 우리에게 영원한 웃음과 감동을 선사하고 있답니다.

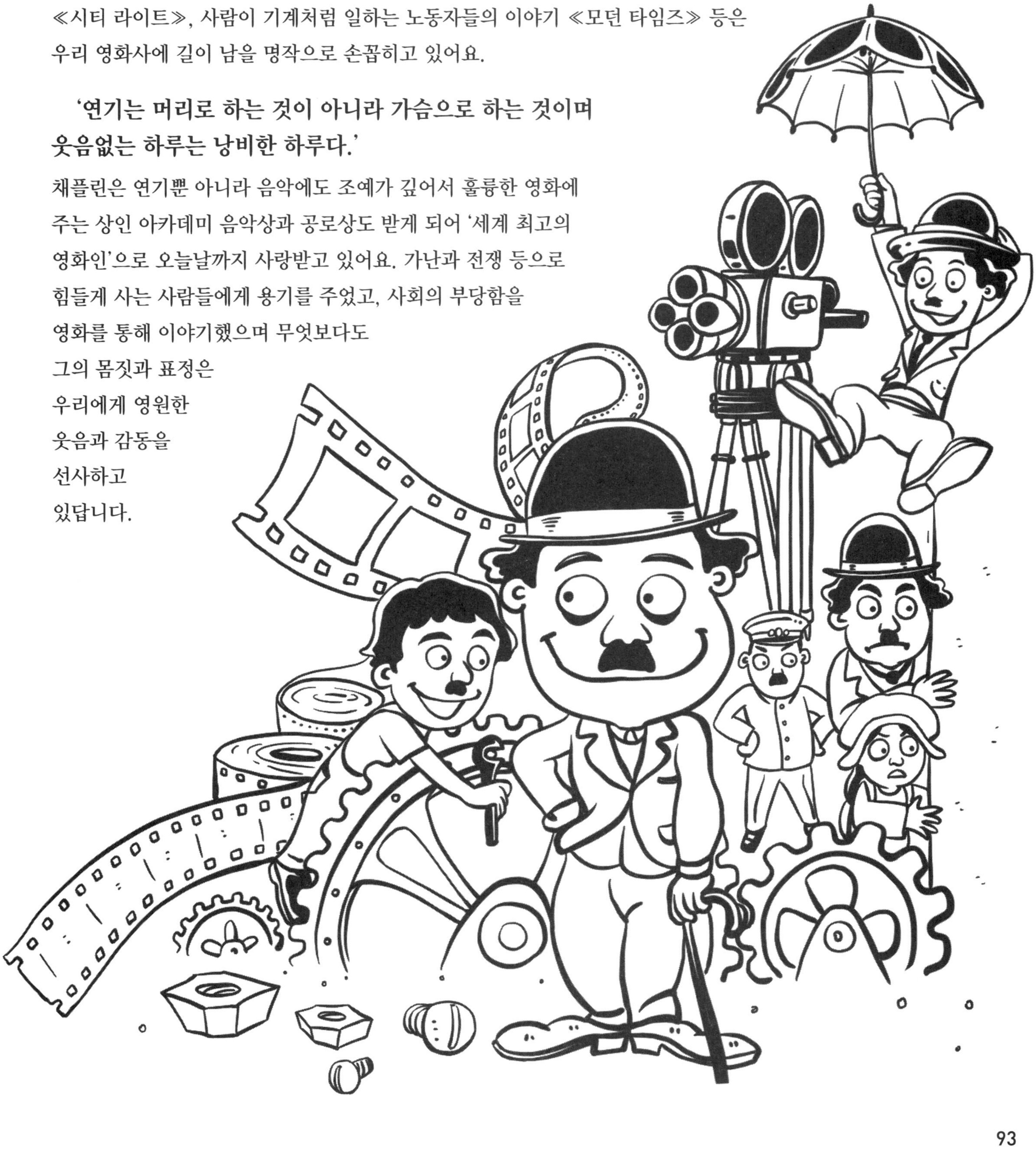

뚝딱뚝딱 만들기

영화 책

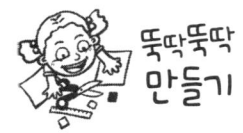

영화 한 편을 완성하는 데는 많은 사람이 모여 여러 가지 일을 해요.
찰리 채플린은 배우를 하다가 감독도 하고, 나중에는 영화 제작자가 되었지요.
여러분도 영화 제작자가 되어 만든 영화를 소개하고 알리는 과정을 담아보세요.

준비물 찰리 채플린 이야기, 영화 책 모형, 가위, 풀, 색도구

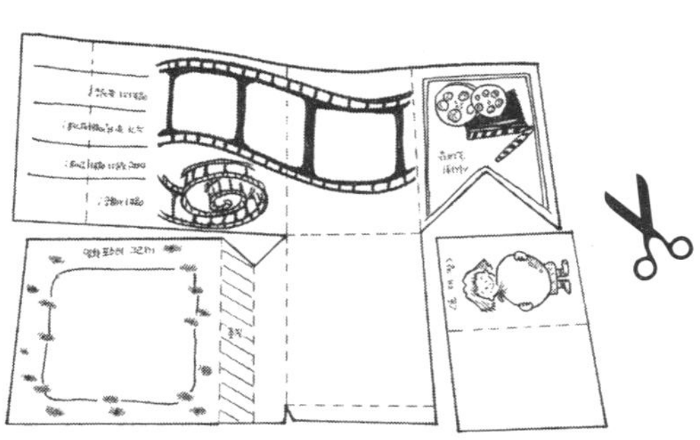

1. A를 따라 모두 오려 그림처럼 되게 하세요.

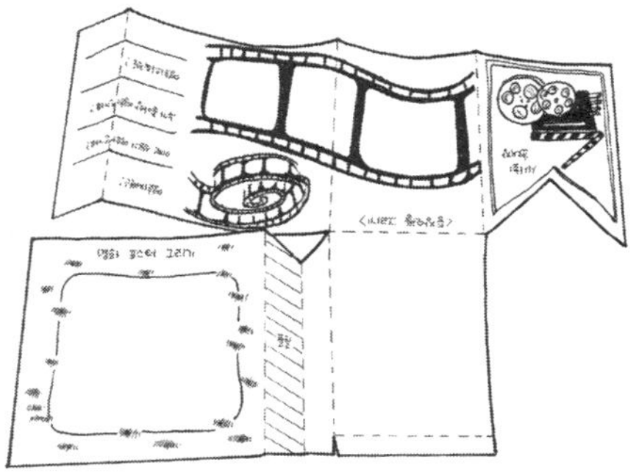

2. B를 모두 접으세요.

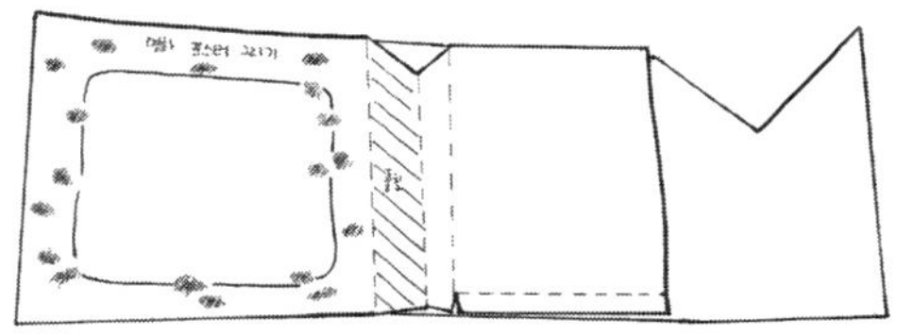

3. 종이를 그림과 같이 펼쳐놓은 후 가로로 길게 반으로 접어주세요.

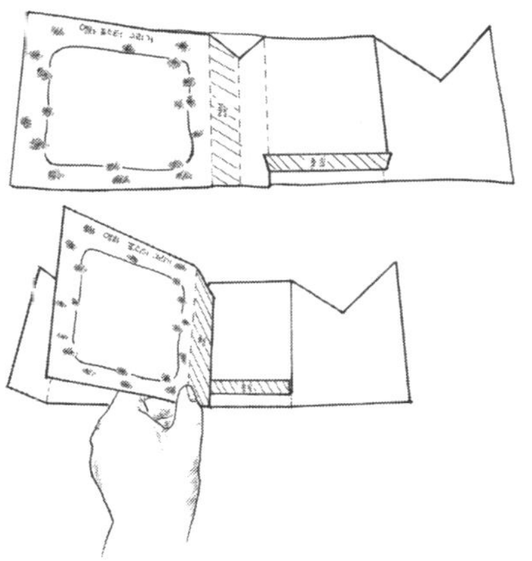

4. C를 올려접은 후 풀칠 부분에 풀칠하고 왼쪽 종이를 오른쪽으로 그림과 같이 일부만 붙여줍니다.

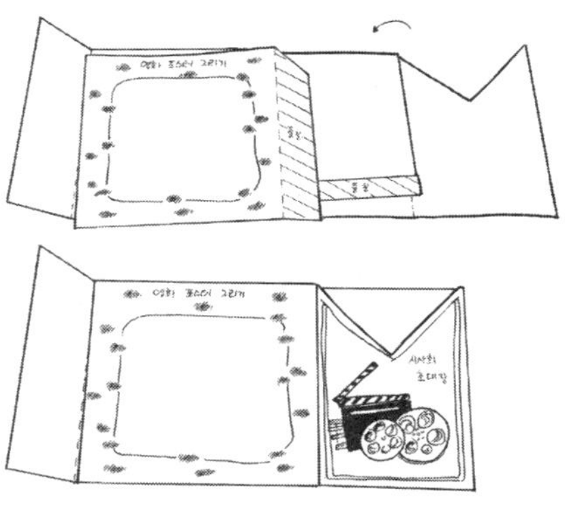

5. 그림과 같이 놓은 다음 풀칠 부분에 풀칠하고 오른쪽 종이를 왼쪽으로 덮어 붙이세요.

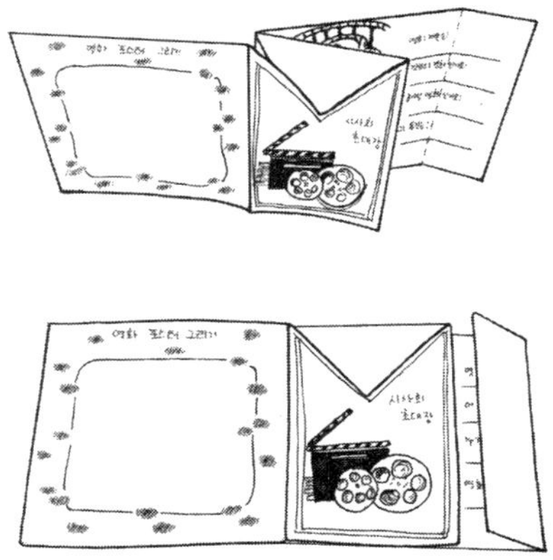

6. 왼쪽 뒷부분 종이를 뒤로 넘겨주세요. 오른쪽 면을 그림과 같이 접어주세요.

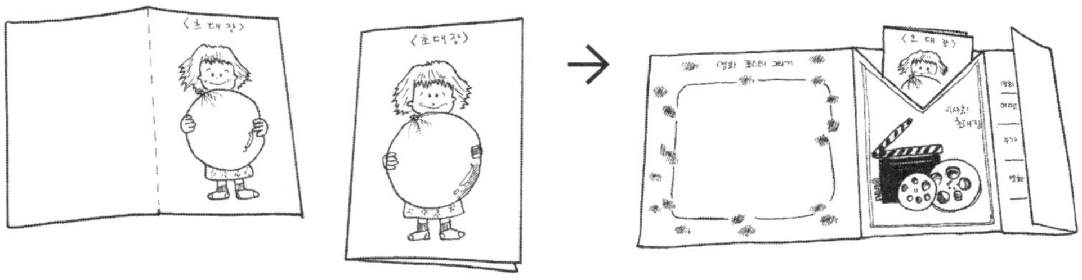

7. 초대장 D를 반으로 접어 봉투 안에 넣으세요.

주의하세요!

* 봉투를 만들면서 순서를 잘 살펴 붙이도록 합니다. 그래야만 봉투에 초대장을 쉽게 넣고 뺄 수 있습니다.

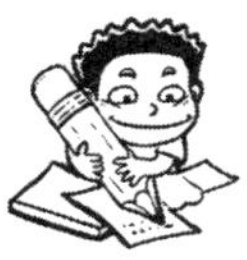

알콩달콩 표현하기

찰리 채플린은 영화배우였고, 영화감독이었으며 영화 제작자이기도 했어요.
여러분이 영화 제작자가 되어 영화를 만들어 보세요.

* 영화 제목은 무엇인가요?
* 어떤 장르의 영화인가요? (만화영화, 공포영화, 자연 다큐멘터리영화 등등)
* 누가 좋아할 영화인가요?
* 영화의 특징은 무엇인가요?
* 영화의 내용을 상징하는 포스터와 등장인물을 그려 보세요.
* 꼭 보고 싶은 마음이 들도록 '시사회 초대장'도 만들어 보세요.

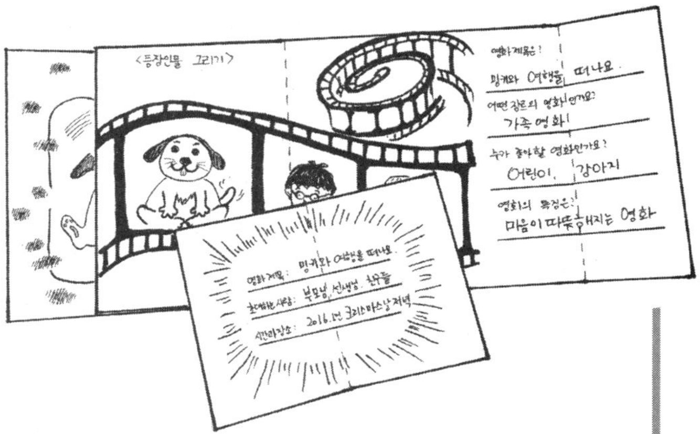

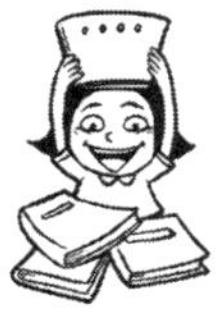

룰루랄라 완성하기

이 세상에 하나밖에 없는 나의 책이에요. 책 제목을 짓고, 작가가 된 나의 이름을 적어보세요.
(앞표지에는 어울리는 그림을 그리고, 뒤표지에는 광고 글, 책값, 바코드, ISBN도 넣어 보기)
그리고 친구들 앞에서 나의 책을 당당하게 소개하거나 멋지게 전시도 해보세요.

직업탐구 영화인

* 찰리 채플린은 영화를 사랑하여 배우이자 감독으로 직접 제작까지 참여했어요.

영화는 어떻게 만들어지나요?

어떤 영화를 만들까 기획해요 → 시나리오를 작성해요 → 영화를 만들 제작사와 투자자를 섭외해요 → 배우와 촬영 스텝들을 결정해요 → 대본에 맞게 영화를 촬영해요 → 촬영된 영상에 음악이나 특수 효과를 넣는 등 편집을 해서 완성해요 → 홍보를 해요 → 극장에서 영화를 상영해요.

영화와 관계된 직업에는 무엇이 있나요?

- 시나리오 작가 : 관객들의 마음을 움직일 수 있는 영화가 되도록 작가의 상상력과 창의력을 바탕으로 하여 영화의 대본을 써요.
- 영화배우 : 시나리오에 맞게 감정을 넣어서 연기해요.
- 영화감독 : 한 편의 영화가 나오기까지 시나리오를 검토하고, 역할에 맞는 배우를 섭외하며 촬영 계획을 잡아서 현장에서 촬영하고 여러 가지 상황에 맞게 편집하는 등 모든 과정을 지휘해요.
- 촬영감독, 음악감독, 미술감독 등 : 영화의 내용에 맞게 촬영하고, 음악을 삽입하며 배우들의 의상과 영화 세트를 구성하는 등 좋은 영화를 만들기 위해 다양한 사람들이 작업해요.

도란도란 책읽기

생쥐 캐릭터로 꿈의 동산을 만든 만화가 디즈니

"찍찍, 찍찍!"

가난한 만화가인 디즈니의 작업실에 생쥐들이 먹을 것을 찾느라 왔다 갔다 움직이고 있었어요.

"너희도 참 불쌍하다. 하필이면 먹을 것도 없는 내 작업실에 들어오다니…"

디즈니는 먹다가 남은 딱딱한 빵부스러기를 생쥐들에게 주었어요. 그런데 가만히 들여다보니 너무 귀여웠어요. 디즈니는 생쥐를 새장에 넣고는 행동을 관찰하며 스케치하기 시작했어요.

그렇게 탄생한 것이 바로 동그란 귀, 단추가 달린 반바지를 입고, 노란 신발을 신은 '미키 마우스' 와 커다란 리본을 머리에 단 예쁜 여자 친구 '미니 마우스'에요.

성질이 급한 오리 도널드 덕과 긴 속눈썹이 매력적인 여자 친구 데이지, 귀가 긴 강아지 구피와 귀여운 플루토도 모두 동물들을 자세히 관찰하고 만들어진 디즈니의 사랑스런 캐릭터들이지요.

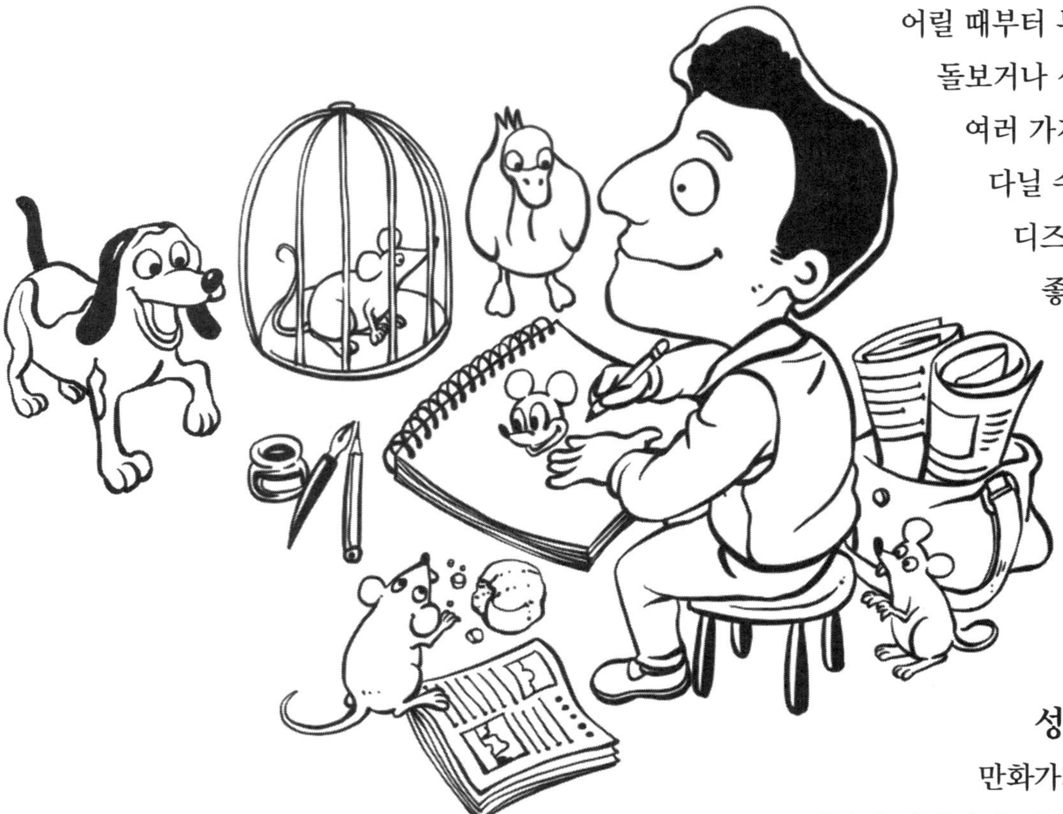

디즈니의 집은 너무 가난했기 때문에 어릴 때부터 부모님을 도와 가축을 돌보거나 신문 배달을 하는 등 여러 가지 일을 했어요. 학교도 다닐 수 없는 형편이었지만 디즈니는 그림 그리는 것을 좋아해서 미술학교에 가려고 더 열심히 돈을 벌면서 공부를 했는데 특히 만화가 좋았어요.

'그래, 난 어린이들에게 꿈과 희망을 주는 만화를 그려서 꼭 성공할 거야!'

만화가가 된 디즈니는 맨 처음 영화가 시작하기 전에 나오는 광고를 만드는 회사에서 일했어요.

만화 속에 나오는 주인공이 움직이는 것처럼 보이려면 '똑딱' 하는 1초 사이에 보통 24장의 그림을 그려야 했지요. 1분 정도밖에 되지 않는 광고 영화였지만 만화가 영화로 되는 과정에 흥미를 느끼기 시작한 디즈니는 직접 만화 영화를 만들고 싶어졌어요. 그래서 촬영 카메라를 사서 자신이 그린 만화를 필름에 찍어 영화로 만드는 법을 연구하고, 만화에 대한 열정으로 하나씩 알아가며 완성도를 높여 갔어요. 하지만 영화 제작에는 돈이 너무 많이 들고, 경험이 부족하여 디즈니가 만든 첫 번째 회사는 문을 닫고 말았지요.

"내가 꿈을 끝까지 포기하지 않는다면 난 반드시 꿈을 이룰 수 있어. 자, 다시 시작하는 거야!"

디즈니는 형 로이와 친구인 어브와 함께 영화 제작사가 많이 있는 헐리우드라는 도시로 갔어요.

그 당시 영화는 말소리가 나오지 않고 그림 화면만 보여 주는 무성영화 시대였어요.

하지만 디즈니는 ≪증기선 윌리≫ 라는 만화 영화에서 말소리를 따로 녹음하여 만화와 동시에 틀었어요.

"우와, 귀여운 생쥐가 사람처럼 말을 하네? 이름이 미키 마우스라고?" 사람들은 열광했어요. 디즈니는 세계 최초로 여러 가지 색깔을 입힌 만화 영화 ≪숲의 아침≫을 만들어 아카데미상을 타기도 했지요. 더욱 용기를 얻은 디즈니는 새로운 도전을 했어요. 바로 1시간이 넘는 긴 만화 영화를 만드는 일이었죠. 그때까지 만화 영화는 내용이 아주 짧았거든요. 그래서 만들어진 영화가 ≪백설공주와 일곱 난쟁이≫였는데 반응이 아주 좋았어요. 또 아름다운 클래식 음악을 주제로 하여 미키 마우스가 마술사로 나온 ≪환타지아≫는 만화도 어른들이 함께 좋아할 수 있는 분야라는 것을 알게 해 주었어요. ≪피노키오≫, ≪아기코끼리 덤보≫, ≪신데렐라≫, ≪피터 팬≫도 장편으로 만들어져 어린이들의 많은 사랑을 받았어요. 만화 영화뿐 아니라 우산을 타고 나타나 아이들과 재밌게 놀아주는 유모가 나오는 극영화 ≪메리 포핀스≫ 등도 만들었지요.

디즈니의 상상력은 마르지 않는 샘물 같았어요. 만화 영화를 현실에서도 느끼게 하고 어린이들이 엄마, 아빠의 손을 잡고 와서 즐겁게 보낼 수 있는 놀이공원을 만들었어요. 바로 전 세계의 어린이들이 꼭 한번 가보고 싶어 하는 '디즈니랜드'가 탄생한 거예요. 모험의 나라, 미래의 나라, 환상의 나라 등이 있고, 동화의 나라에 가면 디즈니가 만든 모든 캐릭터가 돌아다니며 함께 사진을 찍어주지요. 또 신데렐라의 성이 있으며 보물섬에 나오는 해적선도 탈 수 있는 어린이 왕국이지요. 만화 영화 속 주인공들처럼 어린이들이 꿈과 희망을 품고 재미나게 살아가기를 꿈꿨던 디즈니는 미키 마우스와 함께 영원히 우리 마음속에 행복한 기억으로 남아 있을 거예요.

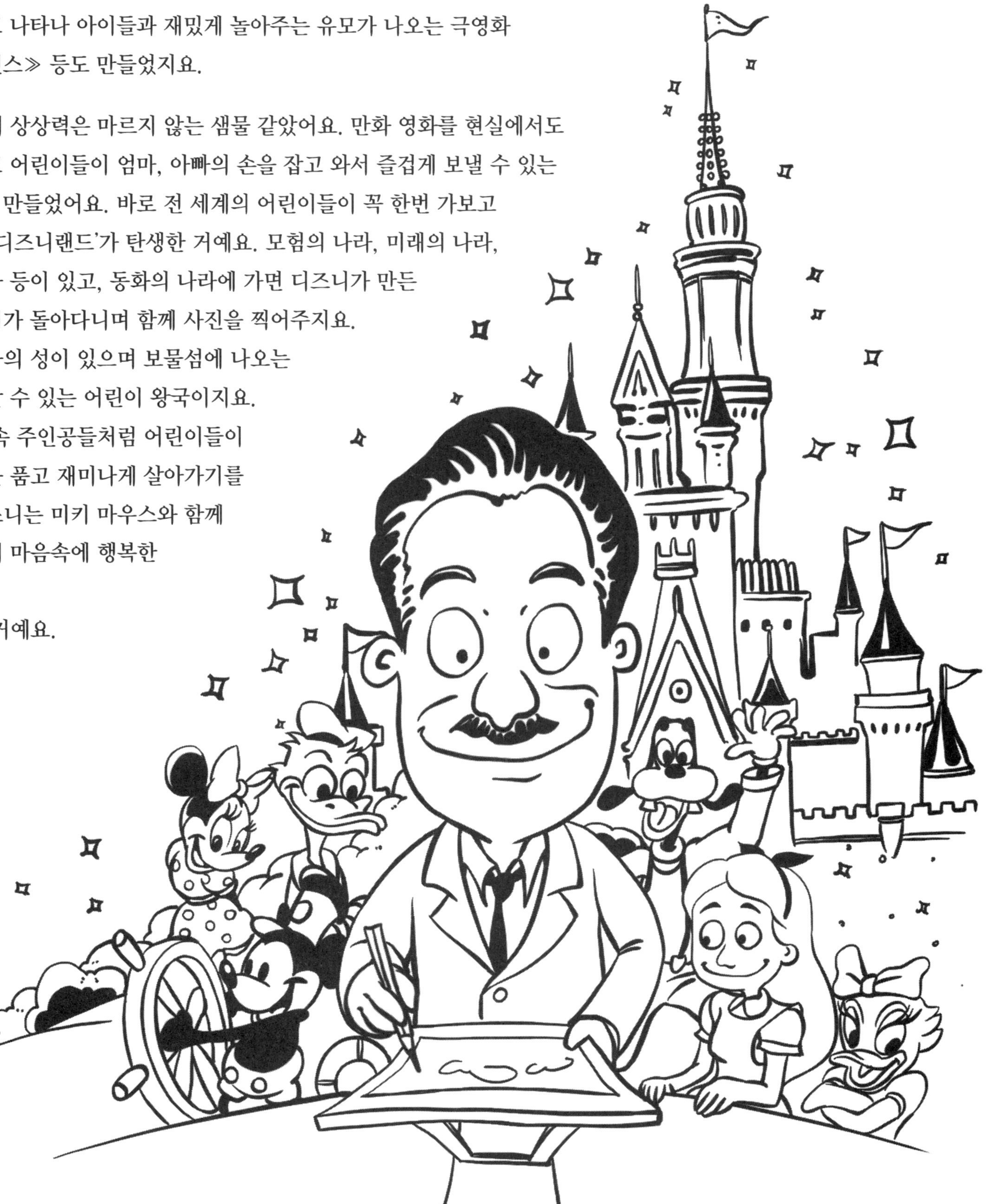

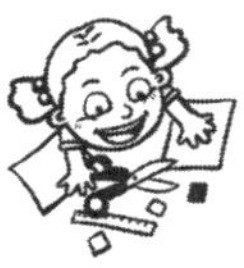

뚝딱뚝딱 만들기

캐릭터 책

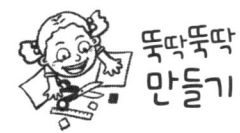

어려서부터 상상력이 뛰어났던 디즈니는 영화와 애니메이션 등을 많이 만들었지요. 또 영화 속 캐릭터들을 만날 수 있는 디즈니랜드를 만들어 어린이들에게 꿈과 용기를 가지게 해주었어요. 여러분도 재미있고, 특별한 캐릭터를 만들어 표현해보세요.

준비물 디즈니 이야기, 캐릭터 책 모형, 가위, 색도구

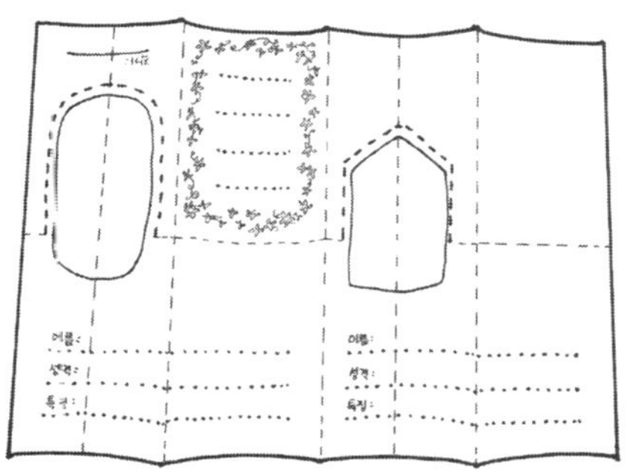

1. A를 따라 모두 접으세요.

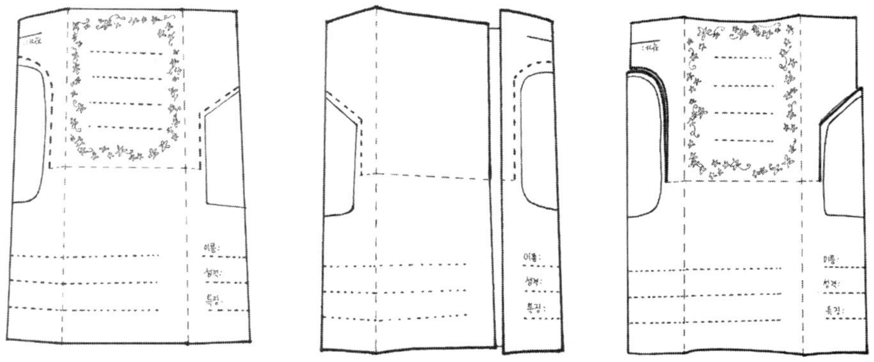

2. B를 접고 각각 C를 오리세요.

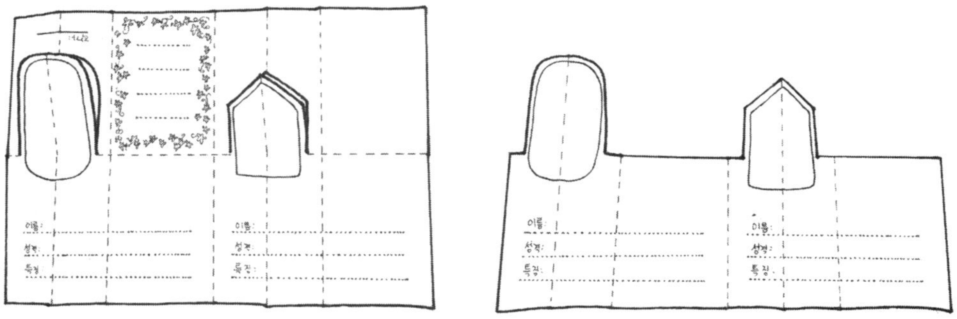

3. 모두 펼친 다음 가로로 길게 D를 따라 접으세요.

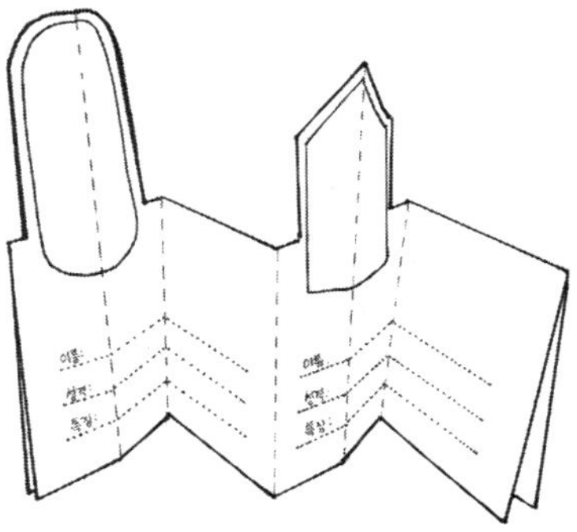

4. 지그재그로 접어 완성합니다.

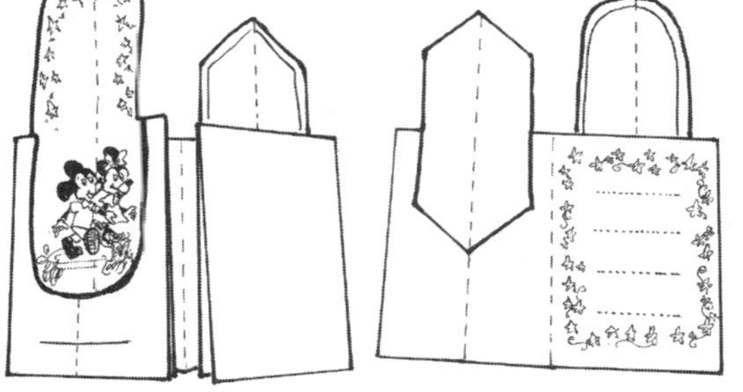

5. 앞표지와 뒤표지가 연결되도록 활용할 수 있습니다.

주의하세요!

* 잡지에 나온 캐릭터나 프린트를 하여 사용할 때 바탕종이 붙일 공간 크기에 맞도록 오려서 사용합니다.

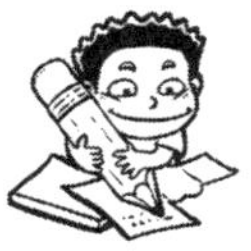

알콩달콩 표현하기

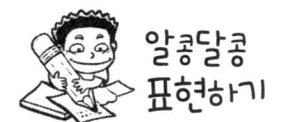

디즈니는 미키 마우스를 비롯한 여러 캐릭터를 만들어 냈어요.

캐릭터를 잘 만들면 인형이나 장난감으로도 팔 릴 수 있으며 가방, 옷, 등에 그림으로 그려질 수도 있어 훌륭한 산업이 된답니다.

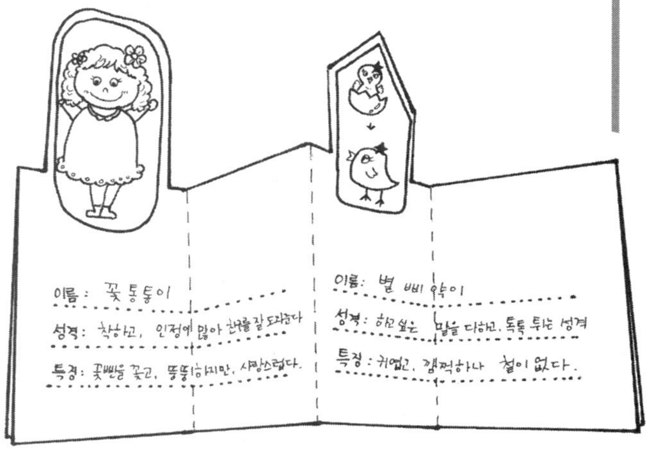

❋ 여러분이 좋아하는 동물이나 귀여운 사람 등으로 세상에 없는 캐릭터를 만들어 보세요. 그림으로 잘 그려주어야 입체로도 만들 수 있으니 자세하게 표현해 주세요.

❋ 캐릭터에 어울리는 이름도 멋지게 지어 주고, 특징도 써 보세요.

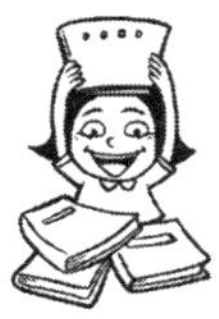

룰루랄라 완성하기

이 세상에 하나밖에 없는 나의 책이에요. 책 제목을 짓고, 작가가 된 나의 이름을 적어보세요.
(앞표지에는 어울리는 그림을 그리고, 뒤표지에는 광고 글, 책값, 바코드, ISBN도 넣어 보기)
그리고 친구들 앞에서 나의 책을 당당하게 소개하거나 멋지게 전시도 해보세요.

직업탐구 만화가

❋ 디즈니는 무한한 상상력으로 미키 마우스 등 귀여운 동물 캐릭터들을 만든 '만화가'예요.

★ '만화가'는 어떤 직업인가요?

만화가는 이야기하고 싶은 주제를 정해서 보통은 주인공 캐릭터를 만든 다음 거기에 맞는 글을 쓰고, 그림을 함께 그려요. 유익한 내용을 담거나 재미와 감동을 주는 만화를 만들어요.

★ 만화와 관계된 직업에는 무엇이 있나요?

- 스토리 작가 : 만화의 줄거리가 되는 이야기를 써요.
- 캐릭터 디자이너 : 주인공이나 주변 등장인물들의 특징을 살려서 캐릭터를 만들어요.
- 그래픽 디자이너 : 만화 영화의 배경이나 인물 등을 컴퓨터 작업으로 그림을 그리고 알맞은 색깔을 넣어서 더 아름답고 생생하게 표현해요.
- 성우 : 만화에 등장하는 주인공이나 주변 인물들의 특징을 살려서 목소리로 연기해요.
- 애니메이션 기획자 : 만화 영화 작품 선정부터 제작, 홍보, 배급까지 기획하고 실행해요.
- 웹툰 작가 : 컴퓨터로 만화를 그려서 온라인에 올려 독자들이 볼 수 있도록 해요.

텔레비전을 예술품으로 만든 괴짜 예술가 **백남준**

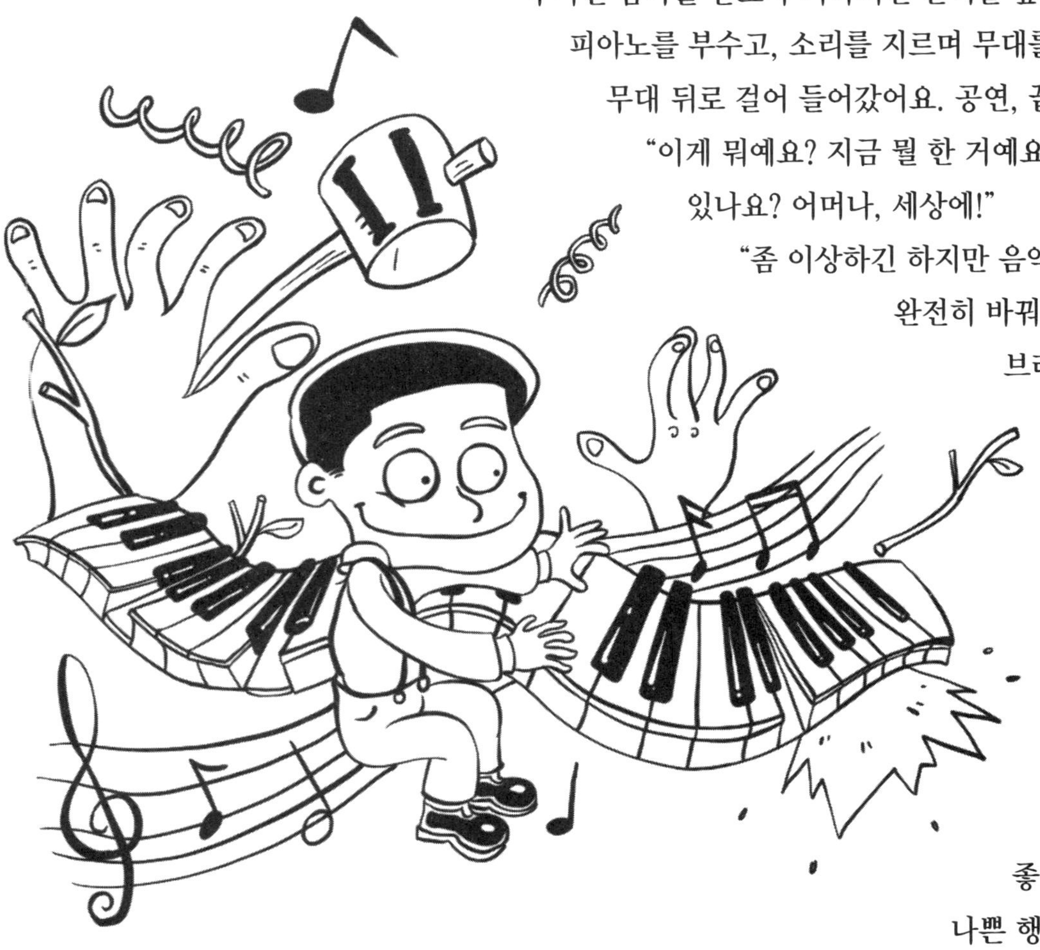

쿵, 쾅, 쾅, 빠직!

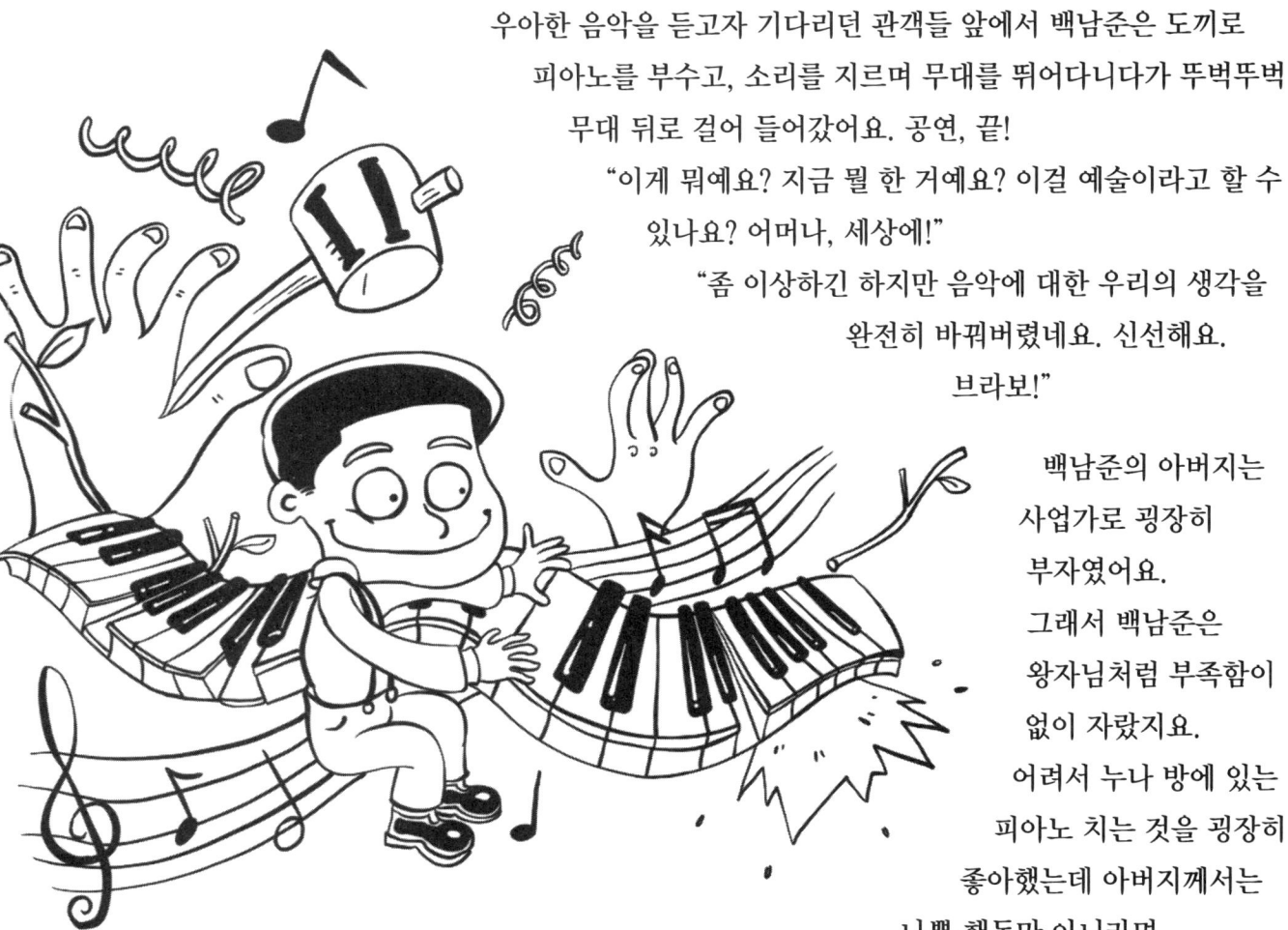

우아한 음악을 듣고자 기다리던 관객들 앞에서 백남준은 도끼로 피아노를 부수고, 소리를 지르며 무대를 뛰어다니다가 뚜벅뚜벅 무대 뒤로 걸어 들어갔어요. 공연, 끝!

"이게 뭐예요? 지금 뭘 한 거예요? 이걸 예술이라고 할 수 있나요? 어머나, 세상에!"

"좀 이상하긴 하지만 음악에 대한 우리의 생각을 완전히 바꿔버렸네요. 신선해요. 브라보!"

백남준의 아버지는 사업가로 굉장히 부자였어요. 그래서 백남준은 왕자님처럼 부족함이 없이 자랐지요. 어려서 누나 방에 있는 피아노 치는 것을 굉장히 좋아했는데 아버지께서는 나쁜 행동만 아니라면 다 허락하셨지만 피아노를 치는 것은 싫어하셨어요. 남자란 모름지기 나라를 위해 큰일을 해야 한다고 생각하셨거든요. 그래서 백남준은 아버지 몰래 마당에서 나뭇가지로 피아노 건반을 그려놓고 치는 연습을 하거나 주머니에 손을 넣고 건반 연습을 하기도 했지요.
중학교에 들어간 백남준은 음악 선생님께 재능을 인정받아 피아노와 작곡을 배울 수 있었어요.
그러고는 일본으로 유학을 가서 본격적으로 음악과 미술에 대해 공부를 하다가 더 깊이 공부하고자 독일로 갔어요. 그리고 거기에서 '존 케이지'라는 음악가를 만났지요.
"우리가 듣는 모든 소리가 음악이고, 예술입니다. 듣기 싫은 소음 역시 음악이며, 아무 소리도 들리지 않는 침묵도 음악입니다. 악기를 통한 소리만이 음악이 아닙니다."
존 케이지의 말을 들은 백남준은 비로소 자기가 하고 싶은 예술이 무엇인지 깨달았어요.

"그래, 예술이란 특정한 예술가나 똑똑한 사람들만이 누리는 고급스러운 것이 아니야. 진정한 예술은 쉽고 즐거워서 누구나 함께 즐길 수 있는 살아 있는 것이어야 해!"

백남준은 예술에 관한 새로운 시각과 자신만의 독특한 방식으로 공연하기 시작했어요.
바이올린이나 피아노를 부수기도 하고, 관객의 넥타이를 가위로 자르거나 관객의 머리를 샴푸로 감기기도 했으며, 자신의 머리카락에 먹물을 잔뜩 묻혀서 바닥에 그림을 그리기도 했어요.
관객들을 자신의 행위로 집중시킨 다음 적극적으로 반응하며 참여하게 하고 싶었어요.
그래서 생각해 낸 것이 텔레비전이었죠. 관객들이 텔레비전을 발로 밟으면 소리를 내기도 하고, 저절로 화면이 움직이기도 했으며, 눈을 깜빡이는 것처럼 화면을 바꾸면서 텔레비전이 사람을 쳐다보기도 했어요.

텔레비전을 도구로 해서 사람과 기계가 함께하는 '비디오 아트'라는 예술의 새로운 분야가 탄생한 거예요. ≪TV 부처≫는 텔레비전을 보는 부처님을 작품으로 표현했고, ≪TV 첼로≫는 사람이 텔레비전을 활로 연주하면 첼로 소리가 나오게 하였으며, ≪TV 정원≫ 역시 관객이 함께 참여해야만 완성이 되는 '참여 예술'의 세계로 이끌었지요.

작품명 ≪굿모닝 미스터 오웰≫
1984년 새해 첫날, 백남준의 텔레비전을 이용한 공연이 뉴욕, 파리, 베를린, 서울 등에서 동시에 볼 수 있도록 인공위성을 통해 생중계됐어요. 오웰이라는 소설가가 1984년이 되면 텔레비전 같은 미디어에 사람들이 억압받는 사회가 된다고 했거든요. 그러나 백남준은 1984년이 되었어도 사람들은 미디어에 통제받기는커녕 텔레비전이 오히려 전 세계를 동시에 하나로 묶어주며 즐거움을 주고 있다는 메시지를 전하고자 기획된 작품이에요. 그 후에도 백남준은 과천 현대미술관에서는 1,003개의 텔레비전으로 ≪다다익선≫이라는 대형 작품을 선보였고, 미국의 구겐하임 미술관에서는 ≪백남준의 세계≫라는 레이저 쇼를 펼쳐 사람들을 감동하게 했지요.

매번 새롭고 독특한 공연으로 관객들을 놀라게 한 괴짜 예술가 백남준, 처음에는 낯설지만 차츰 그의 자유로운 예술 세계에 빠져들게 되고, 예술은 누구나 할 수 있으며 재미있다는 것을 알려주기 위해 노력한 우리 시대 진정한 예술가예요.

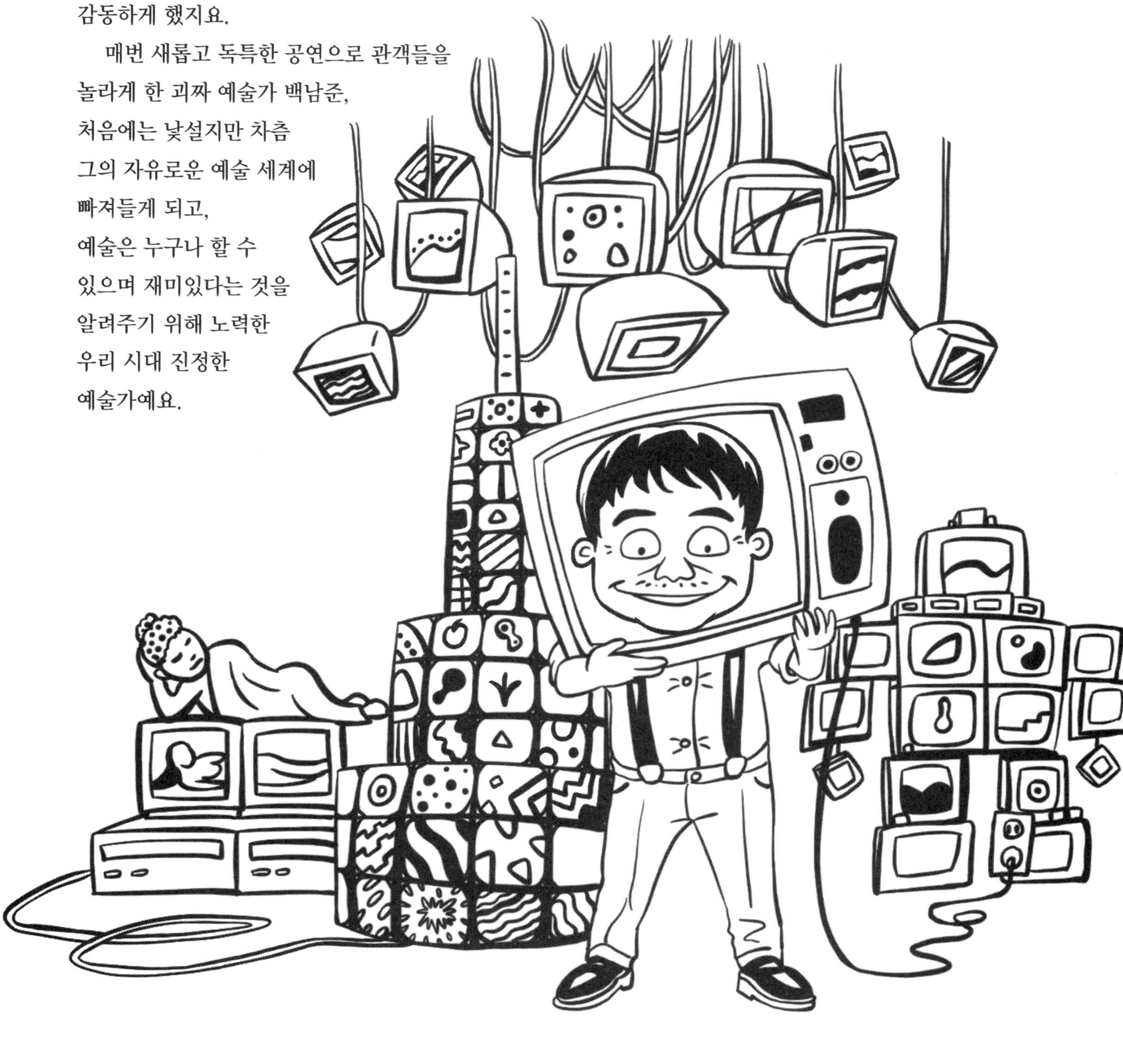

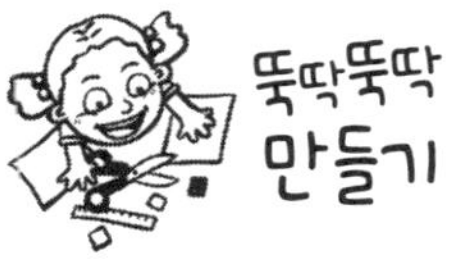

특별한 텔레비전 책

백남준은 예술은 어렵고, 많은 사람이 하기 어렵다는 생각을 하지 않았어요.
재미있고, 즐겁게 누구나 할 수 있다며 여러 가지 퍼포먼스로 세계 사람들을 깜짝 놀라게 했지요.
여러분도 텔레비전을 가지고 특별한 예술작품을 만들어보세요.

준비물 백남준 이야기, 특별한 텔레비전 책 모형, 가위, 풀, 색도구

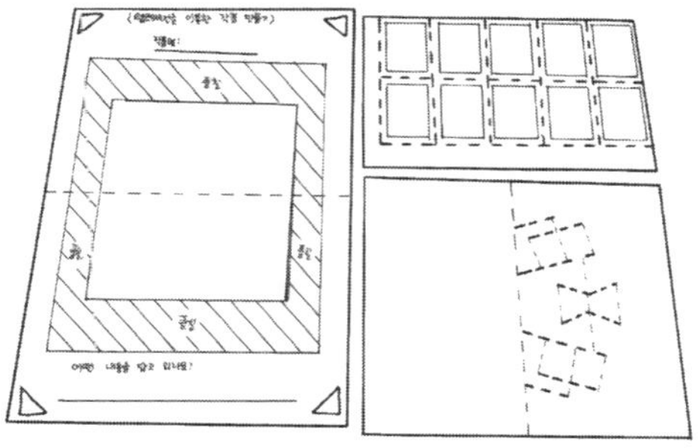

1. 굵은 점선 A를 오려 그림과 같이 되게 하세요.

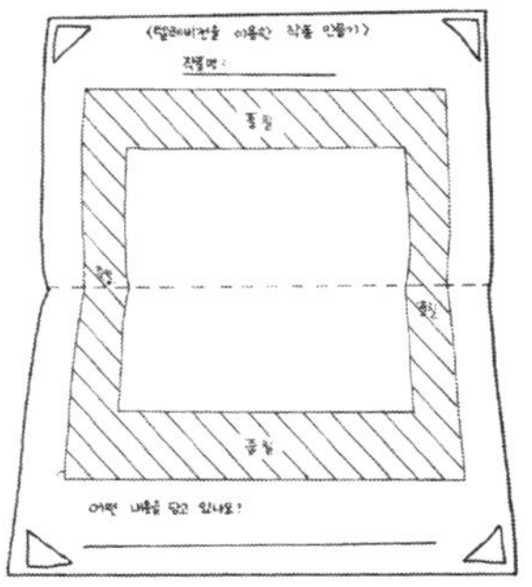

2. B를 접었다가 펴세요.

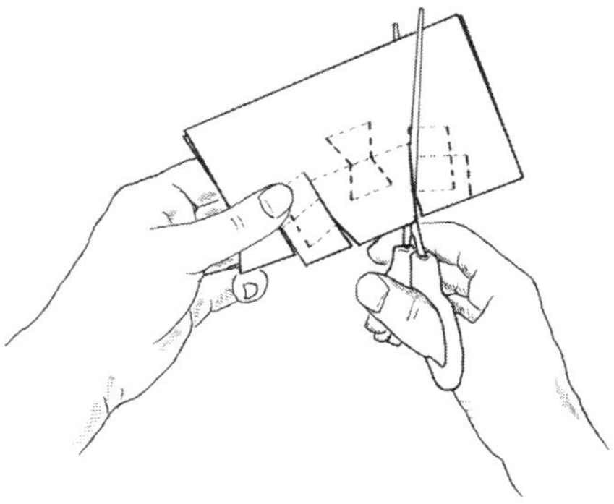

3. C를 접은 상태에서 D를 모두 오리고 E를 접으세요.

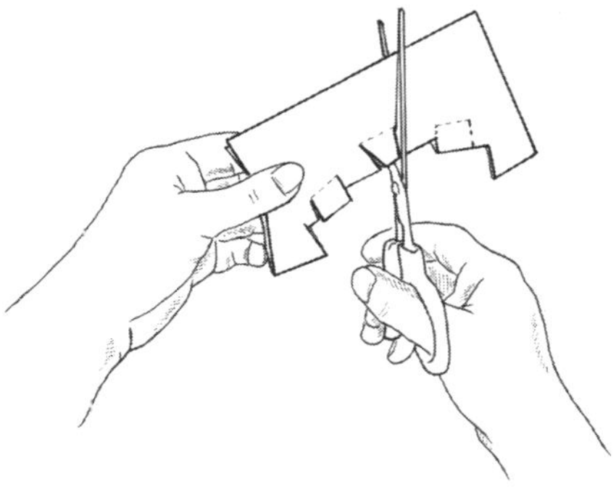

4. 그림과 같은 상태에서 F를 오리고 G를 접어줍니다.

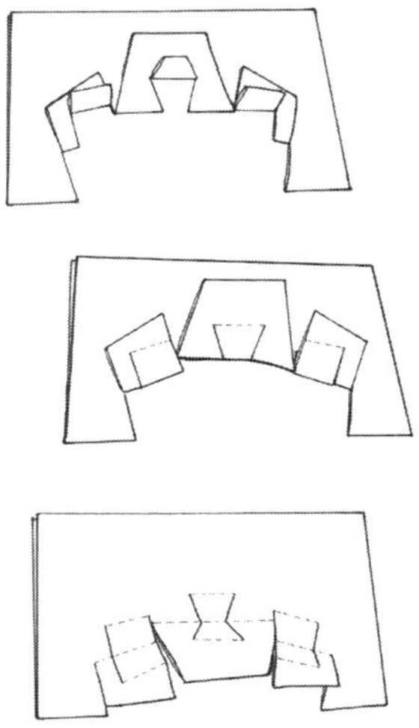

5. 나중에 접었던 것부터 차례대로 펴줍니다.

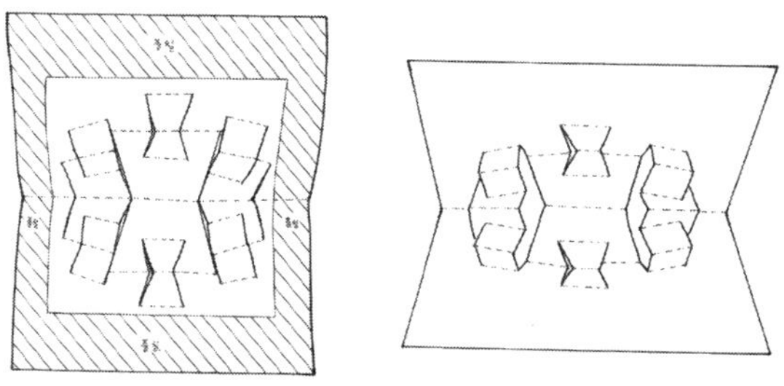

6. 펼친 다음 팝업을 모두 빼줍니다.

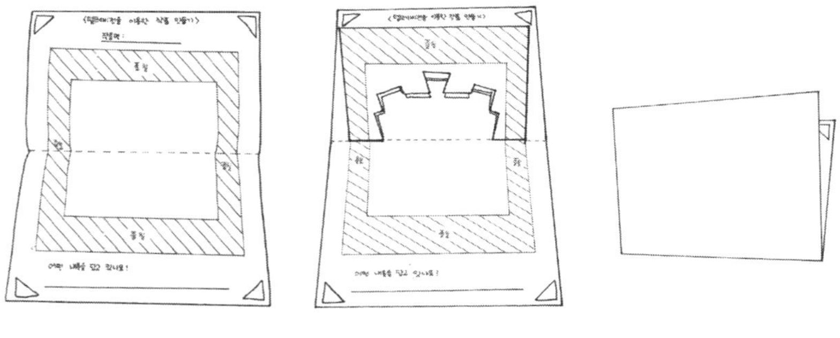

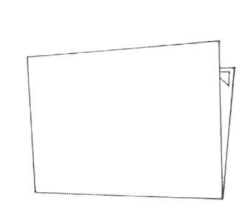

7. 팝업종이를 반으로 접은 후 바탕종이 위쪽 풀칠 부분에만 풀칠을 한 후 그림과 같이 붙이세요. 나머지 부분도 풀칠 후 바탕종이 아래 면을 위로 올리면서 붙이세요.

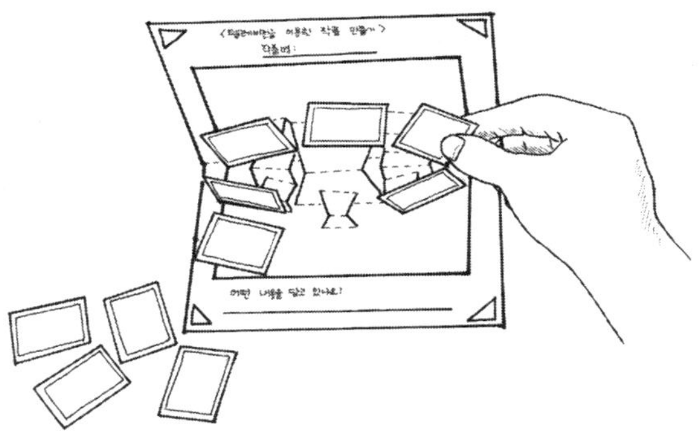

8. 바탕종이를 90도로 펼치세요. 남은 굵은 점선을 모두 오려 조각종이 10장이 되게 하세요. 그리고 튀어나온 팝업 부분에 자유롭게 붙이세요.

알콩달콩 표현하기

백남준은 누구나 즐길 수 있으며 즐거워야 예술이라고 했어요. 그러면서 여러 가지 기발한 퍼포먼스를 많이 해서 '괴짜 예술가'라고 불렸고, 퍼포먼스에서 여러 악기나 텔레비전을 이용하기도 했지요.

여러분도 텔레비전을 이용한 화려한 작품을 만들어 보세요.

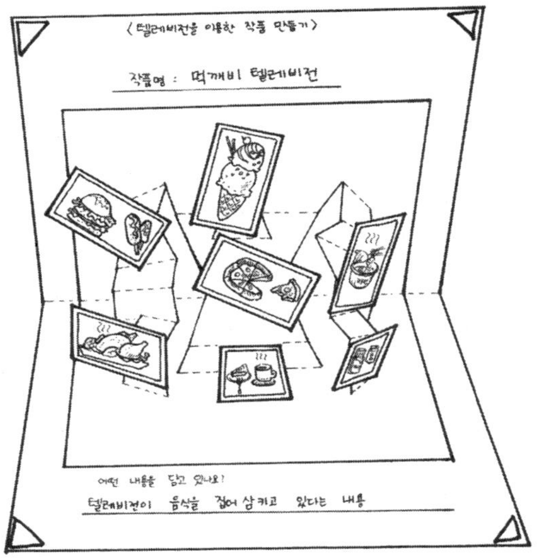

✽ 작품명은 무엇인가요?

✽ 어떤 내용을 담고 있나요?

룰루랄라 완성하기

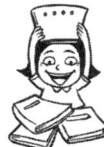

이 세상에 하나밖에 없는 나의 책이에요. 책 제목을 짓고, 작가가 된 나의 이름을 적어보세요. (앞표지에는 어울리는 그림을 그리고, 뒤표지에는 광고 글, 책값, 바코드, ISBN도 넣어 보기) 그리고 친구들 앞에서 나의 책을 당당하게 소개하거나 멋지게 전시도 해보세요.

직업탐구 대중예술가

✽ 백남준은 관객들도 참여하는 기발한 퍼포먼스와 함께 텔레비전을 통해 예술 작품을 완성하는 '비디오 아트'라는 새로운 장르를 선보인 '예술가'예요.

★ '대중예술'이란 무엇인가요?

대중예술이란 보통 사람들이 쉽게 이해하고, 즐길 수 있도록 음악, 미술, 연극, 무용 등 여러 가지 형태로 만들어지며, 창의성과 예술성, 다양성, 독창성 등이 가미된 예술을 말해요.

★ 대중예술과 관계된 직업에는 무엇이 있나요?

- 행위 예술가 : 자신의 감정이나 사상을 표현하는 데 있어 대중과 소통하는 것을 중요하게 생각하며 전통적인 방식을 따르지 않고, 실험적인 창작을 몸이나 기구를 이용하여 표현해요.
- 가수 : 음악에 맞춰 노래하는 사람으로 혼자 부르기도 하고, 여러 명이 팀을 이루기도 해요.
- 배우 : 뮤지컬이나 드라마에서 배역을 맡아 대본에 맞게 감정을 넣어 연기해요.
- 코미디언(개그맨) : 재미있는 말이나 우스운 몸짓으로 연기하여 사람들에게 웃음을 줘요.
- 사진작가 : 자연이나 사람 등 원하는 장면을 카메라로 찍어 멋진 작품을 만들어요.
- 공연기획자 : 대중들이 현재 무엇을 좋아하는지를 조사하여 작품을 선정하고, 공연이 무대에 올려지기까지 모든 과정을 기획해요.

책 만들기 기본 사용법

*** 활동 전에 꼭 확인하세요!**

1. 표시 알기

* 가는 점선을 따라 접어주세요.

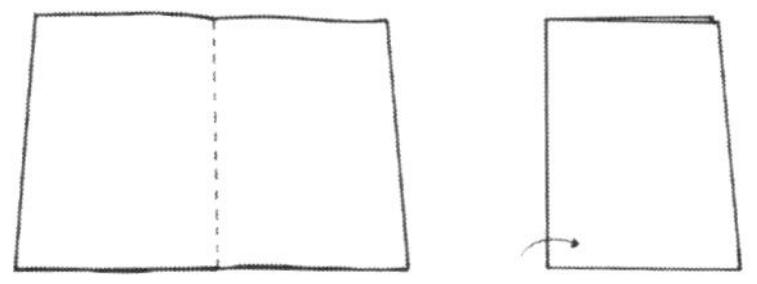

* 굵은 점선을 따라 오려주세요.

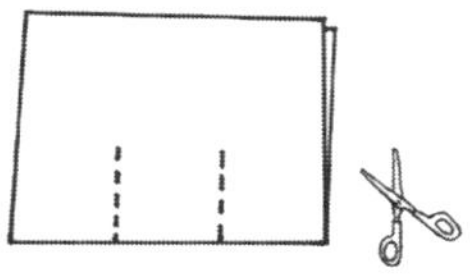

* 세로로 반을 접어주세요. * 가로로 반을 접어주세요.

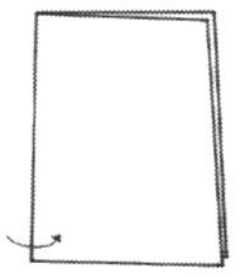

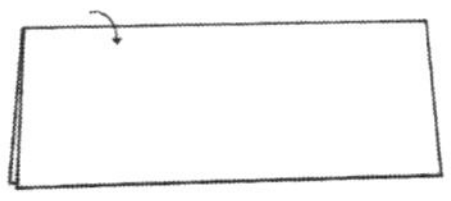

* 앞으로 접어주세요. * 뒤로 접어주세요.

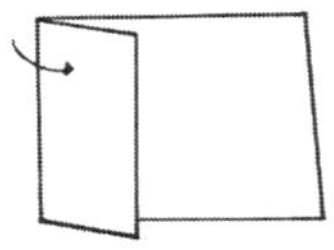

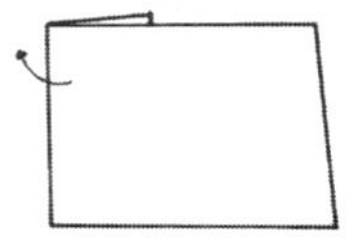

* 지그재그로 접어주세요.

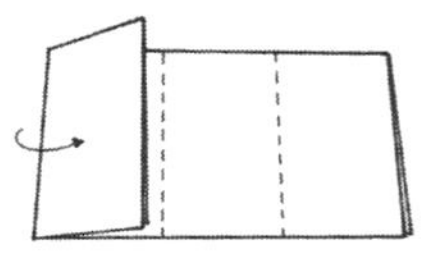

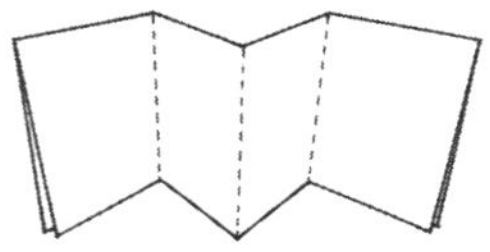

* 왼쪽 가장자리, 오른쪽 가장자리

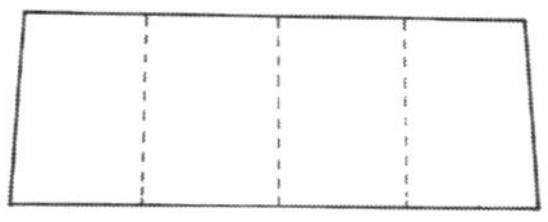

2. 풀 사용법

* 풀칠 표시가 있는 부분에 풀칠을 조금만 해주세요.

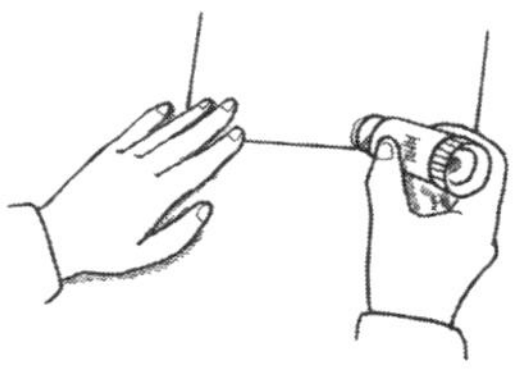

* 붙인 다음에는 서로 잘 붙도록 본 폴더로 꾹꾹 눌러주세요.

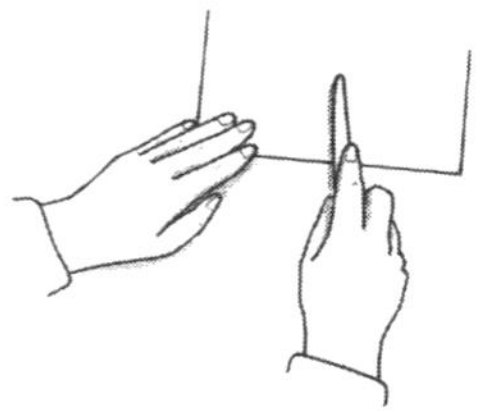

3. 가위 사용법

* 손을 다치지 않도록 종이를 잡고 안전하게 가위로 오리세요.

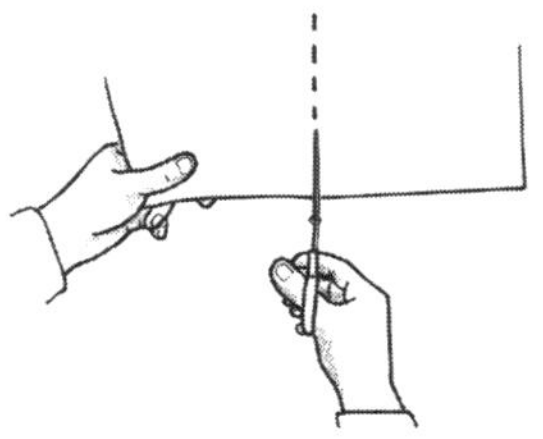

* 가위를 사용하지 않을 때는 반드시 오므려두세요.

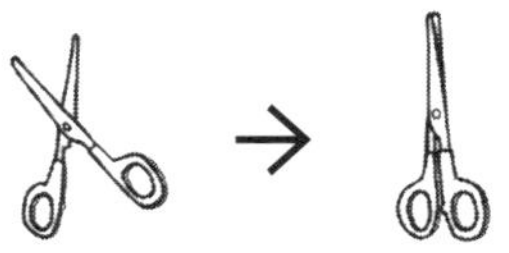

* 가위가 종이 밑에 있지 않도록 해주세요.

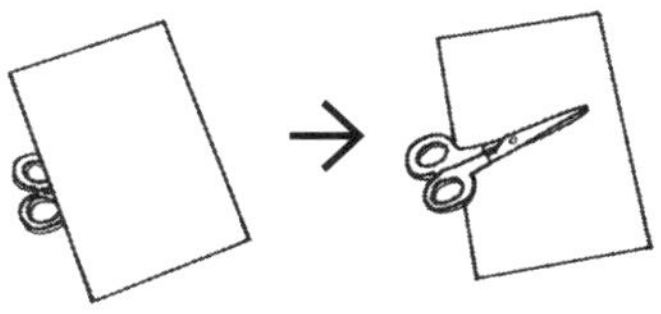

4. 본 폴더 사용법

1. 종이를 반으로 접고 위아래를 잘 맞추어줍니다.

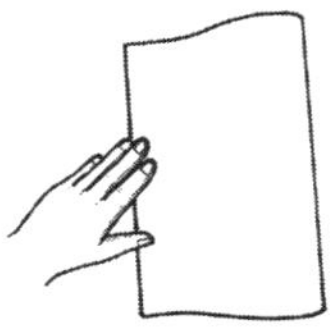

2. 종이를 잡고 접는 방향으로 잘 밀고 눌러줍니다.

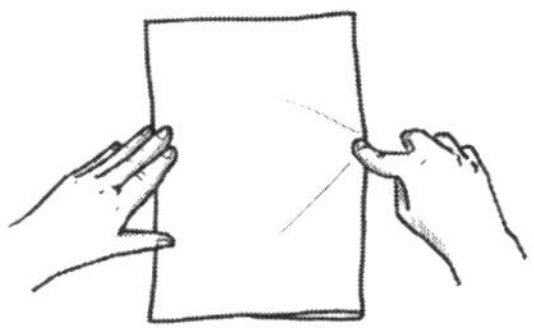

3. 본 폴더를 이용해 위로 아래로 접어줍니다.

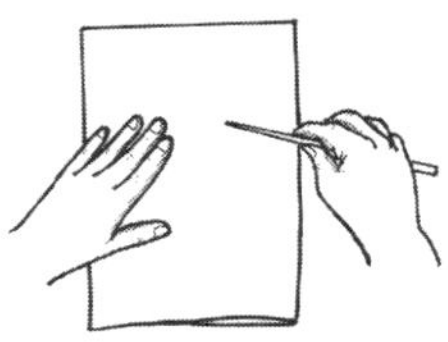

이 외에도 본 폴더는 팝업 부분을 빼낼 때나
풀칠 부분을 단단하게 눌러줄 때 사용할 수 있습니다.

병원에 어떤 사람이 있으면 환자들이 좋아할까요?

풀칠

풀칠

내가 다른사람들에게 불리고 싶은 별명과 그 이유를 적어보세요.

* 별명 :

* 이유 :

풀칠

풀칠

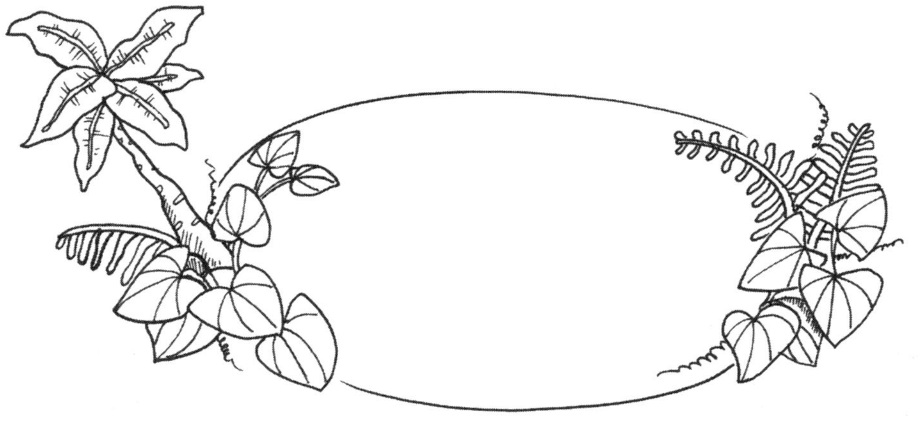

작가 :

〈소리를 듣지 못하는 친구〉

〈앞을 못 보는 친구〉

작가 :

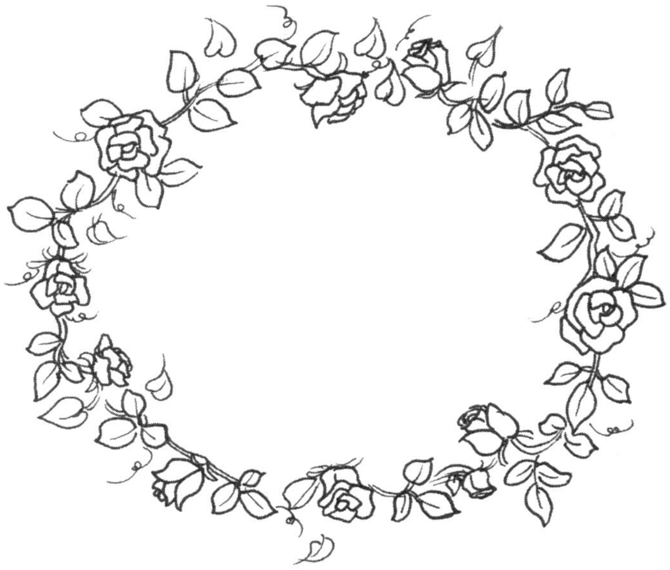

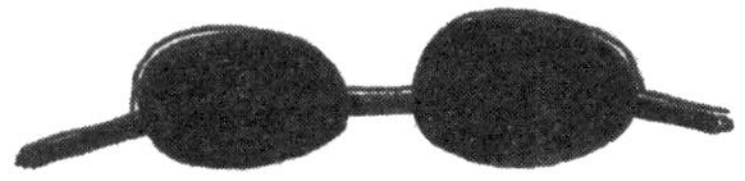

동화책과 연필을
어떻게 알려줄까요?

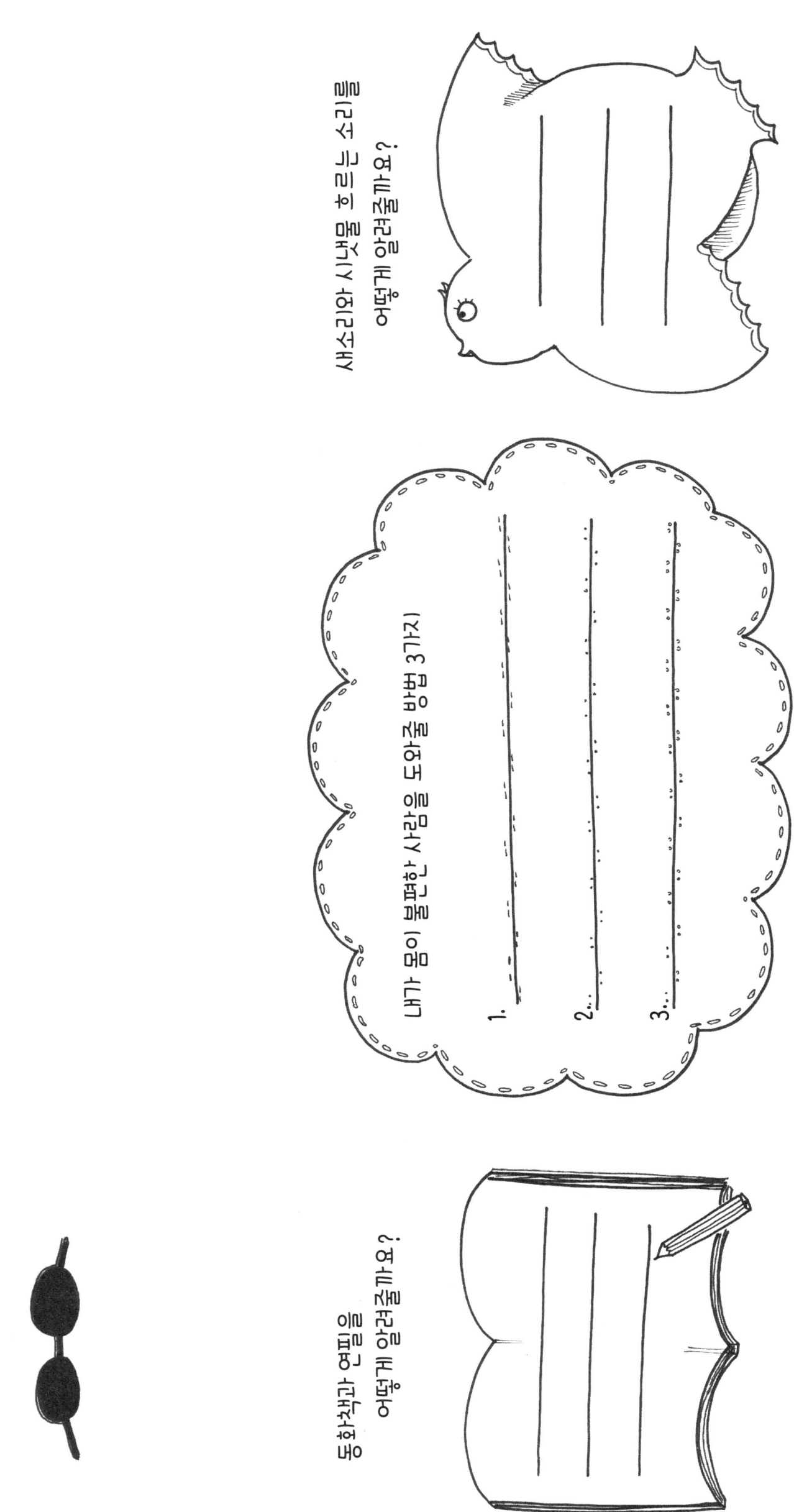

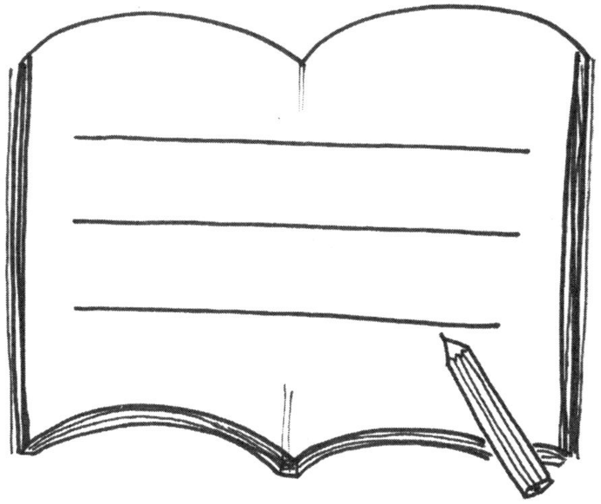

내가 몸이 불편한 사람을 도와줄 방법 3가지

1.

2.

3.

새소리와 시냇물 흐르는 소리를
어떻게 알려줄까요?

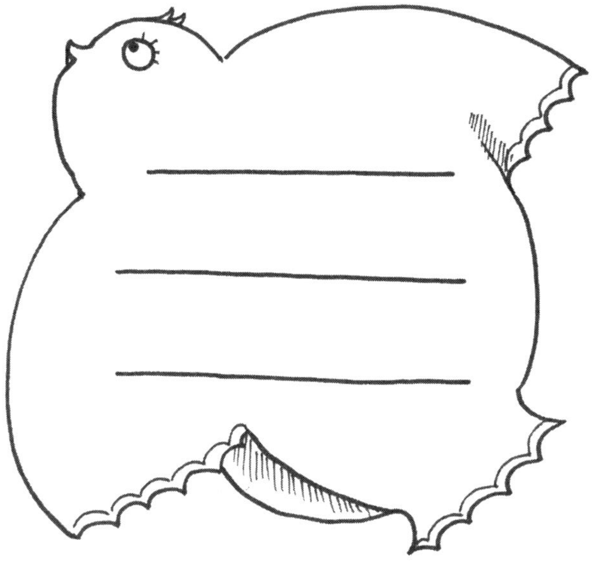

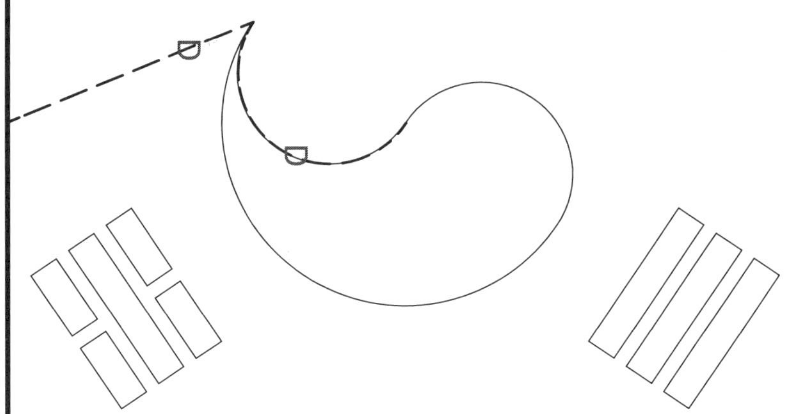

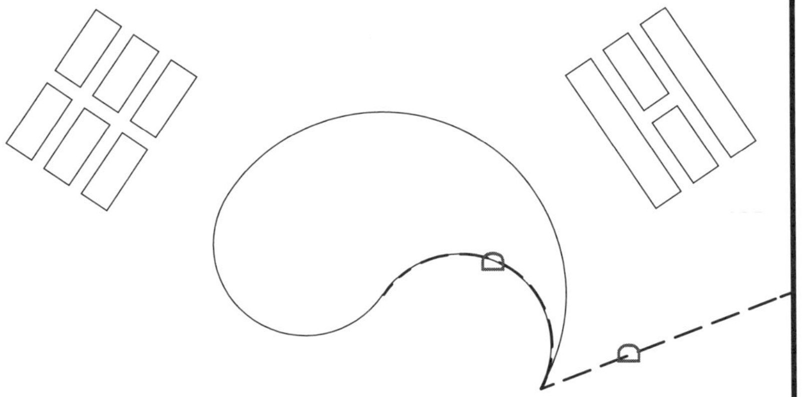

작가 :

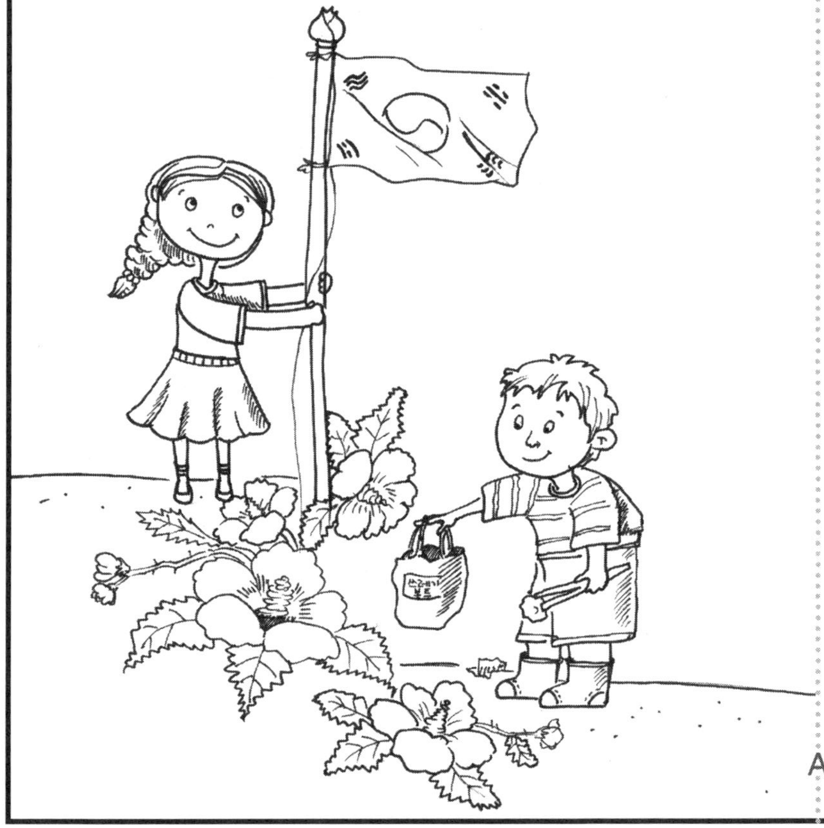

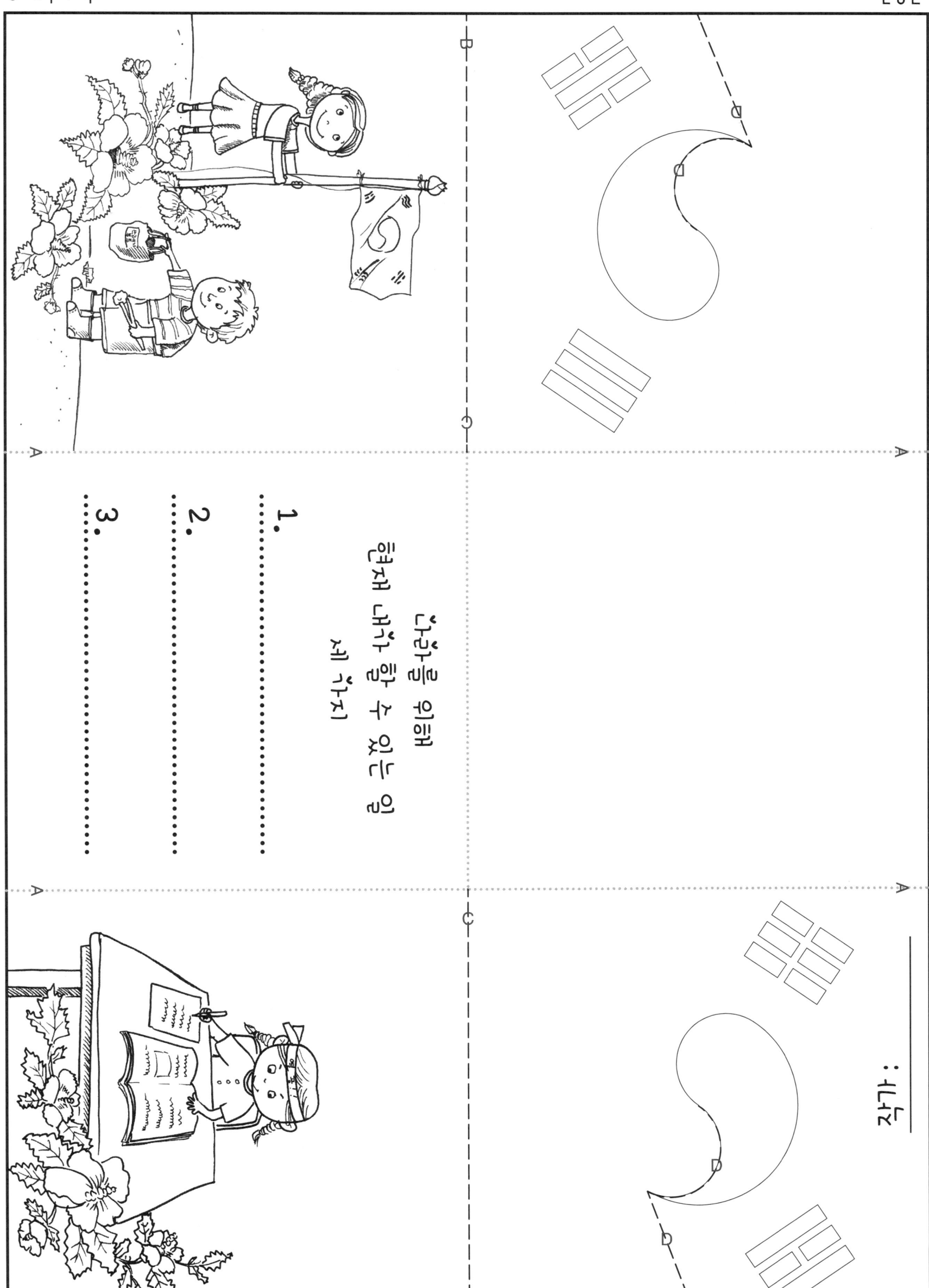

나라를 위해
현재 내가 할 수 있는 일
세 가지

1. ....

2. ....

3. ....

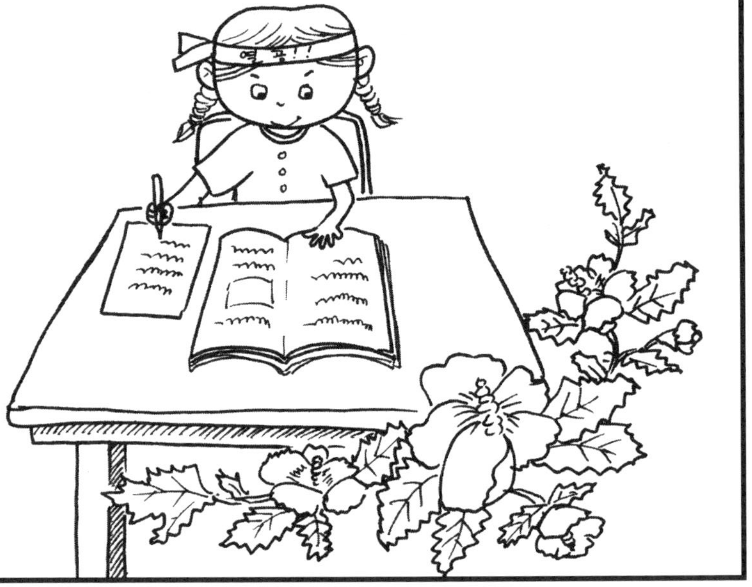

손가락 지문 찍고,
재밌는 그림 그리기

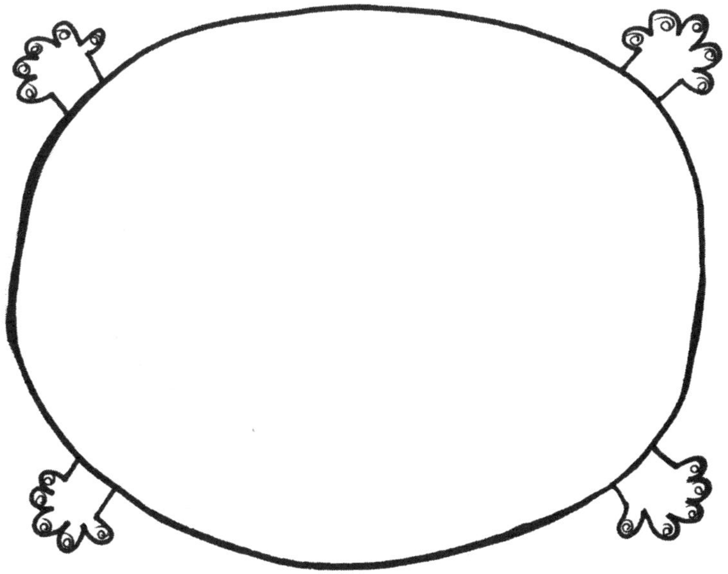

나의 멋진 사인

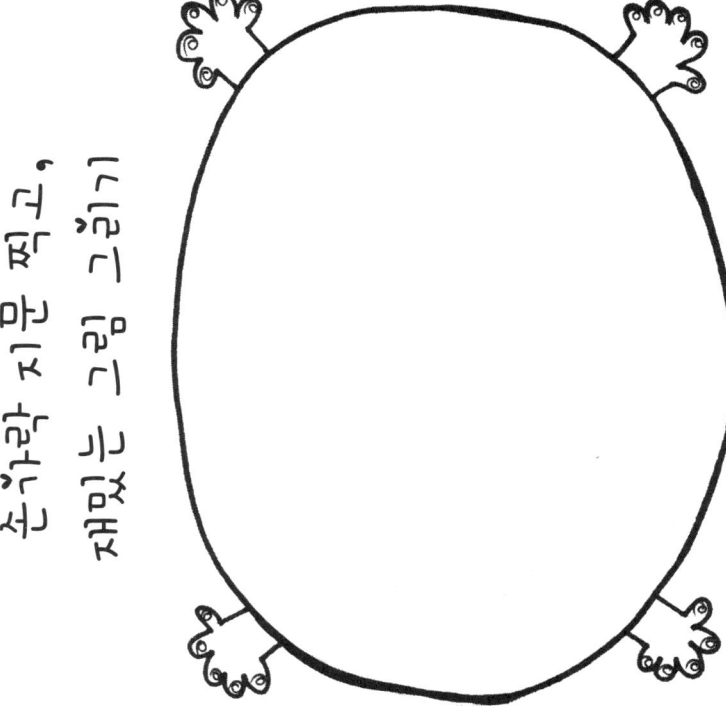

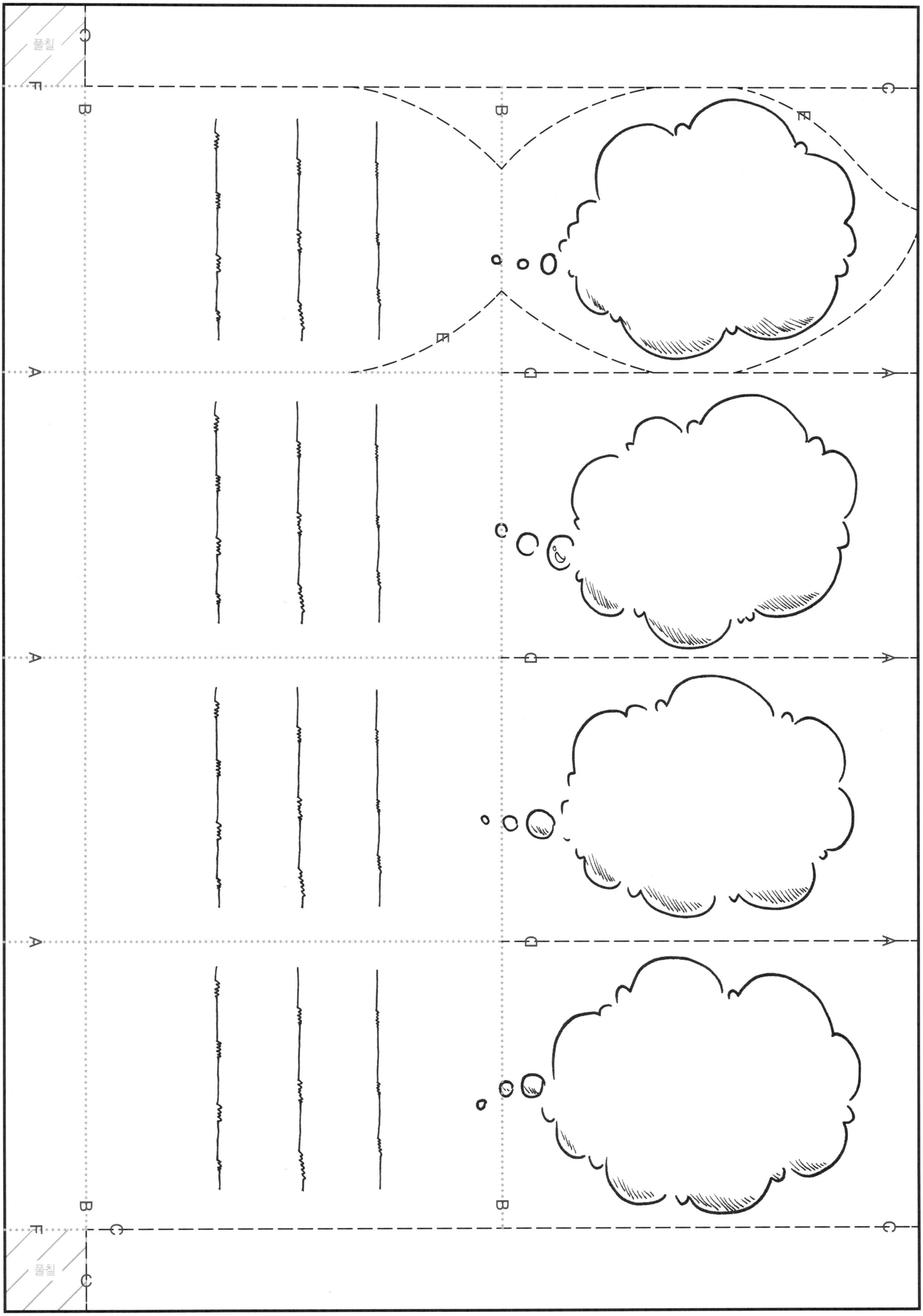
풀칠
A
B
C
D
E
F
풀칠

"고기 먹자!"

당장 열차에서 내려!

"손들어!"

물레를 돌려라!

작가 :

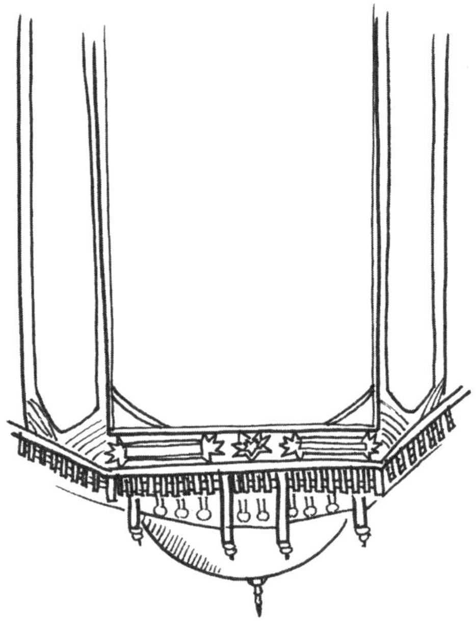

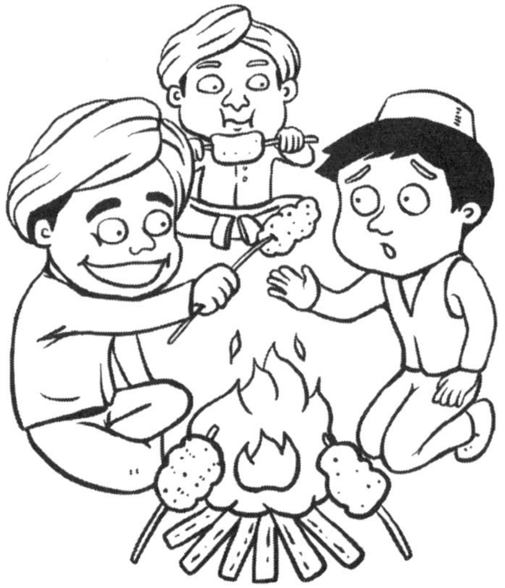

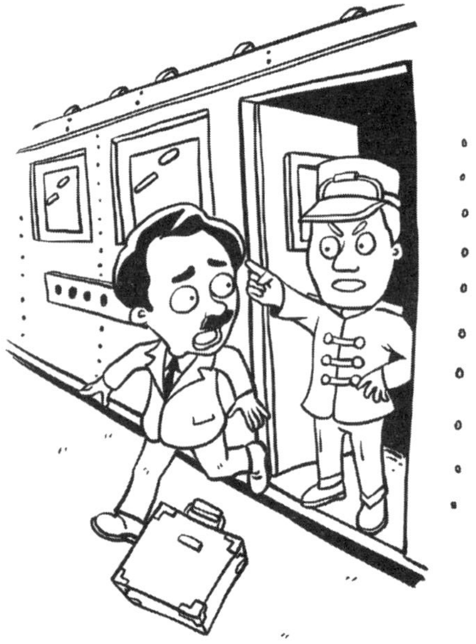

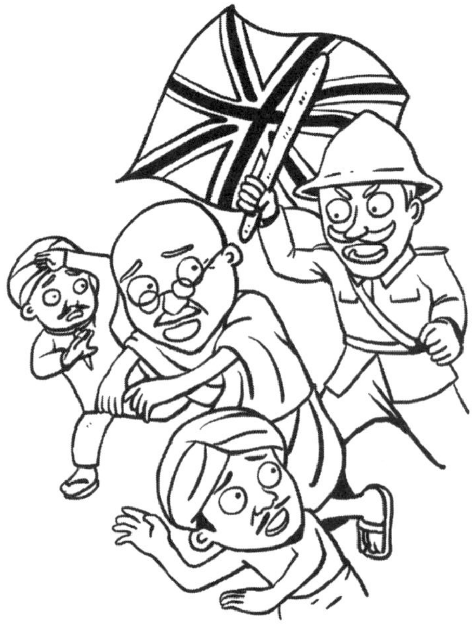

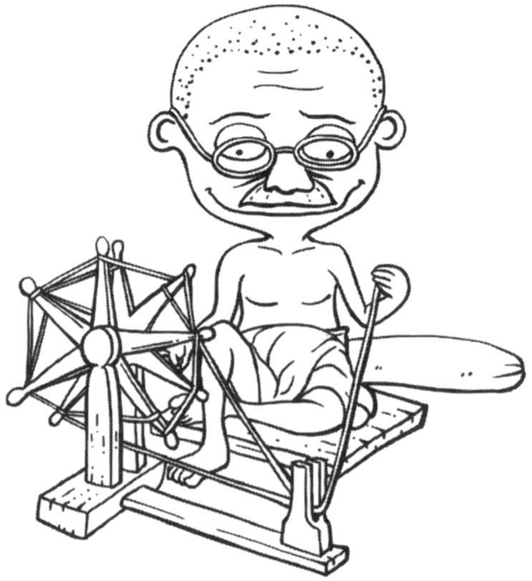

신문이름 :

제목 :

제목 :

오늘의 날씨

광고

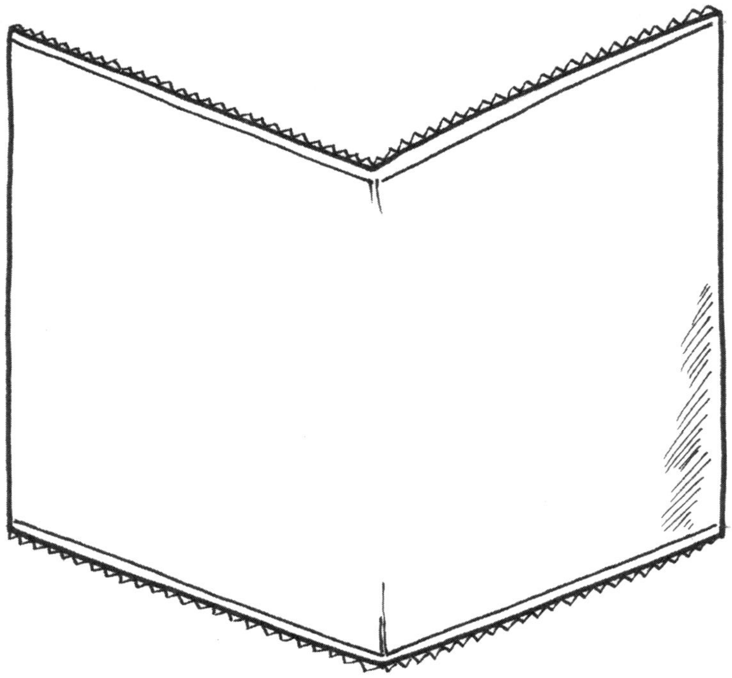

작가 : ____________________

년 월 일 요일

* 뉴스 제목

* 누가

* 언제

* 어디서

* 무엇을

* 어떻게

* 왜

풀칠 C

풀칠 A

풀칠 B

만델라는 감옥에서 무엇을 했나요?

내가 만약 오랫동안 혼자 있어야 한다면 무엇을 하고 싶은지 세 가지만 적어보세요.

첫째

둘째

셋째

풀칠 A

풀칠 B

풀칠 C

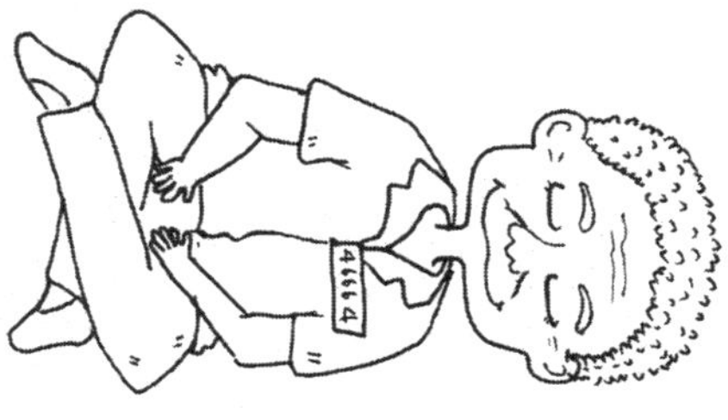

작가 : ____________________

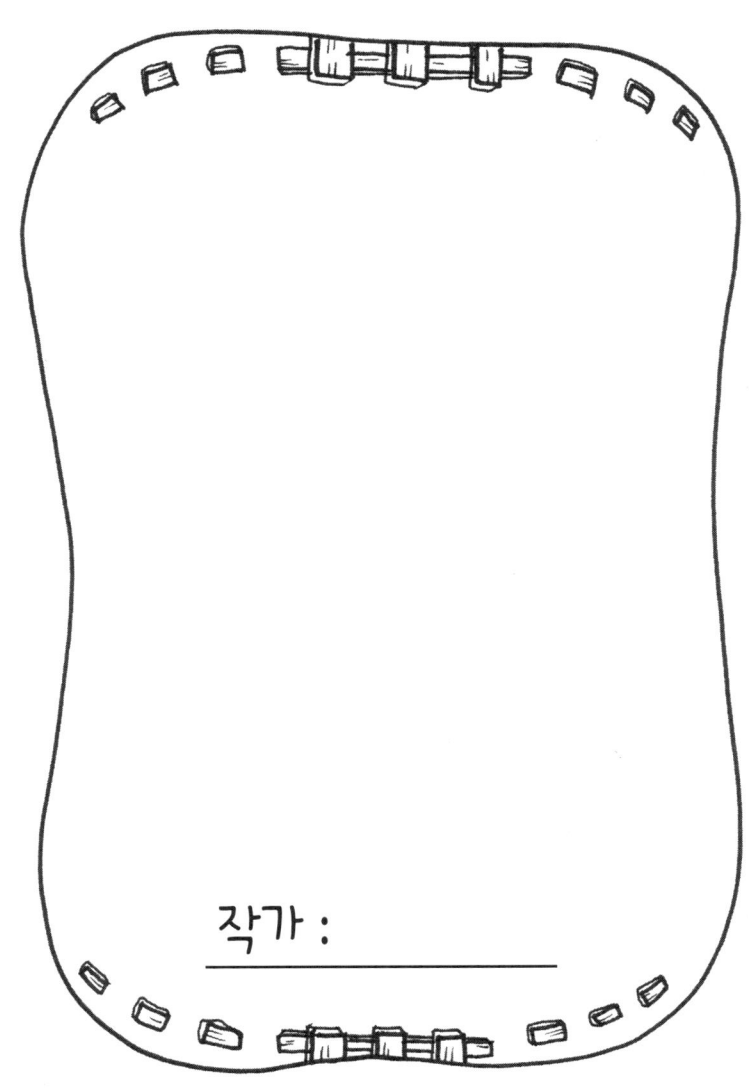

상

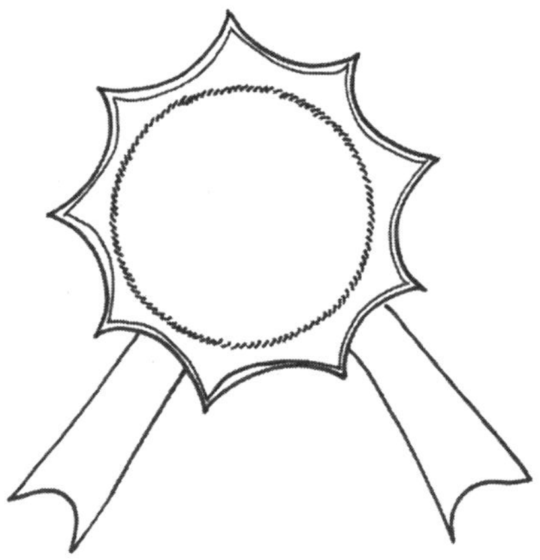

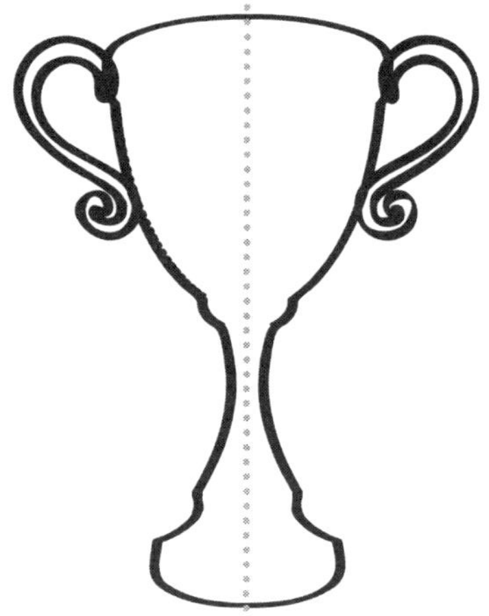

어떤 일을 한 사람에게 이 상을 줄까요?

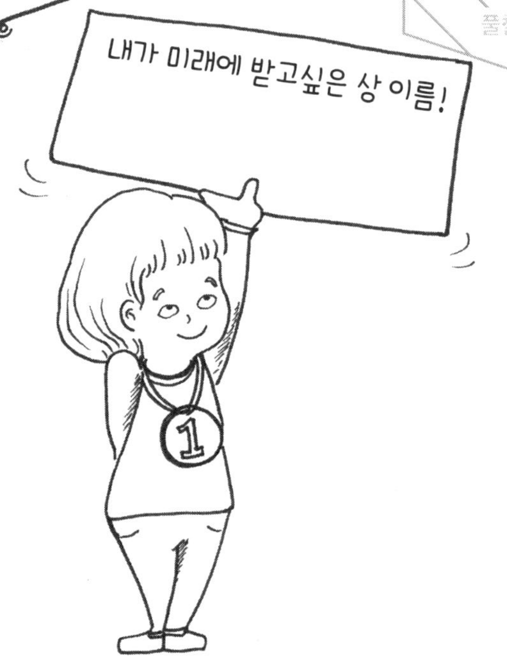

분야는?

그럼 지금부터 어떤 노력을 해야 하나요?

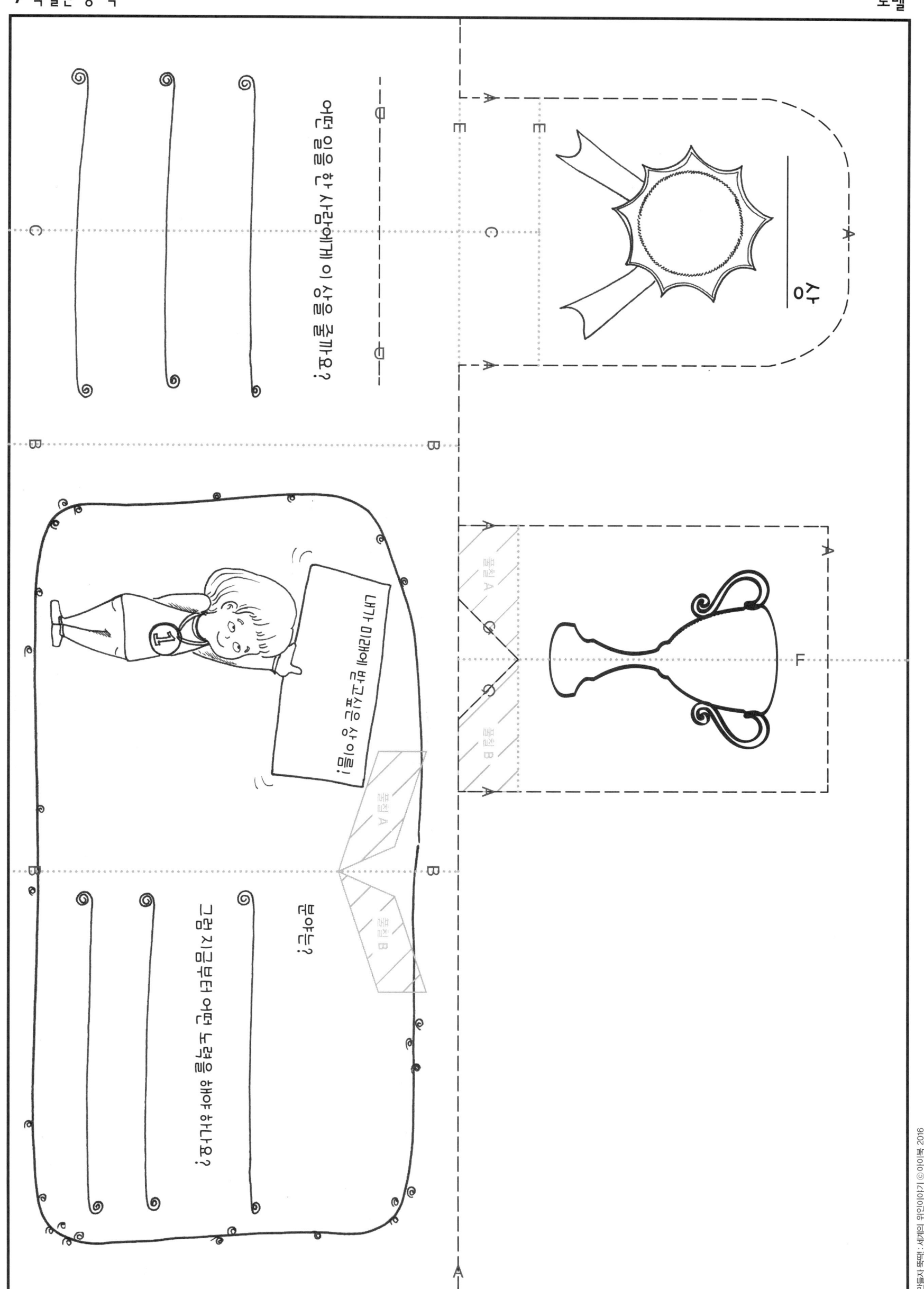

작가 :

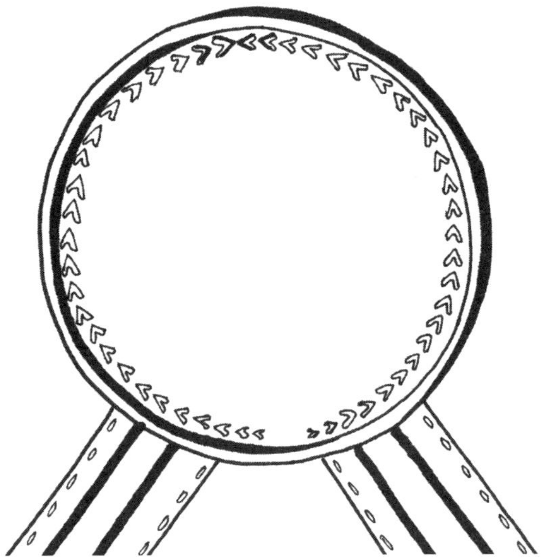

내가 만들고 싶은 상

↓

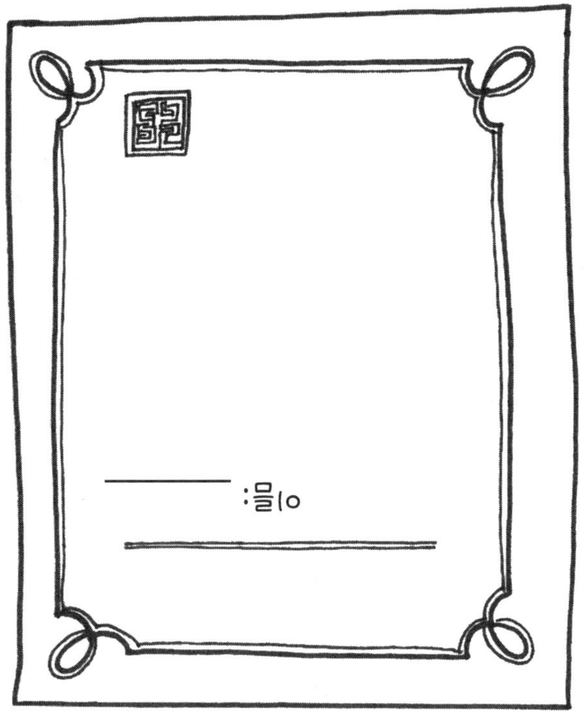

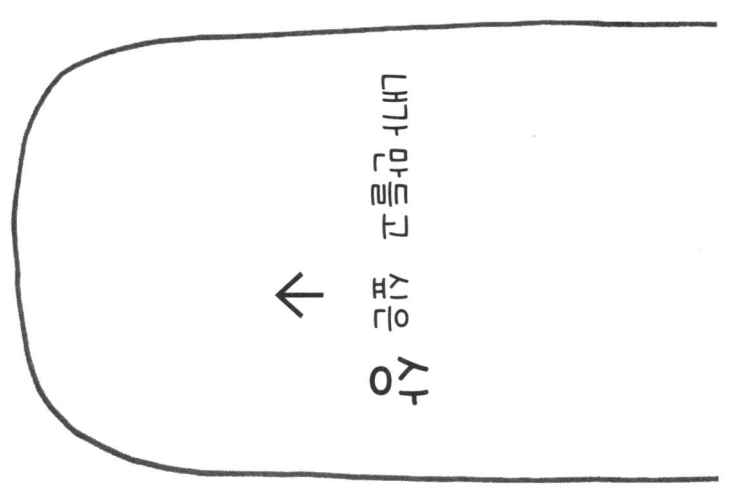

현재 나에게 주는 상

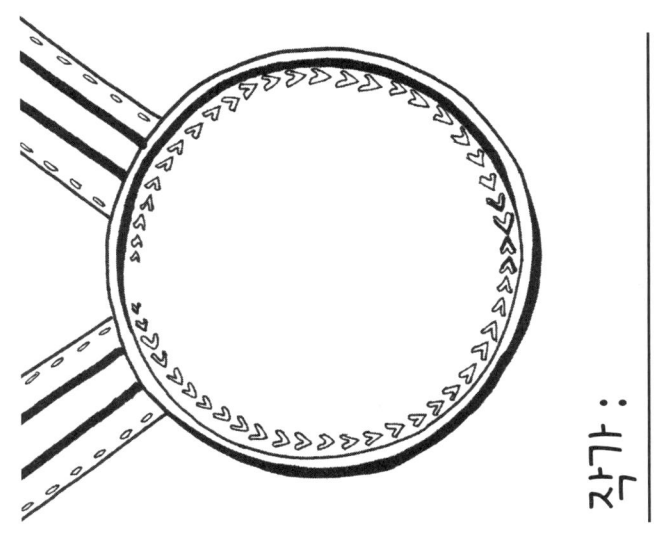

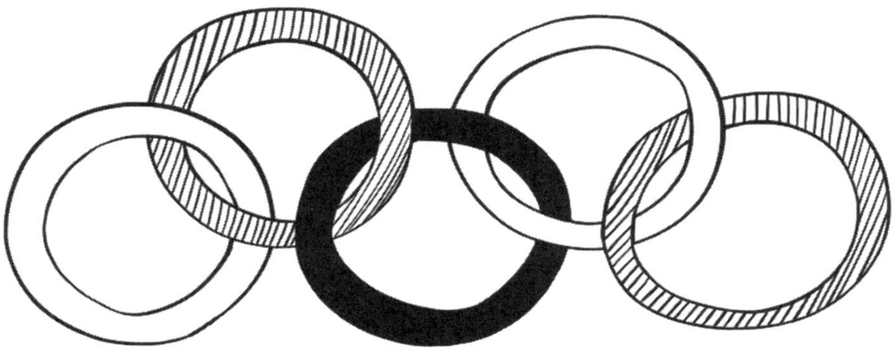

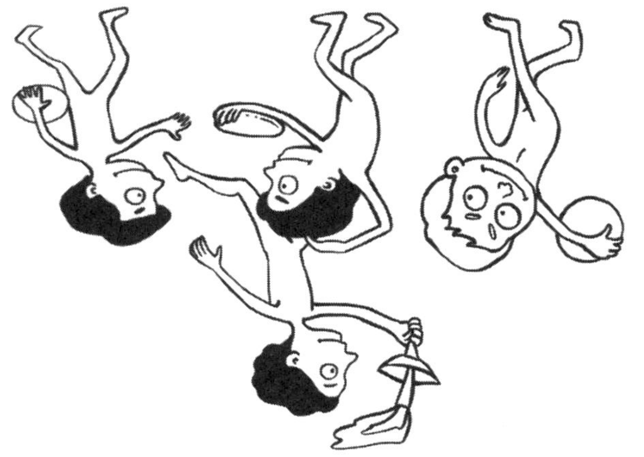

작가 :

'부부 젤라'로 응원을 한 나라도 있어요. 어떤 응원가를 함께 하면 더 신이 날까요? 우리 선수들이 힘이 불끈 솟을 수 있도록!!

뿌뿌뿌뿌~

응원 문구를 만들어 보세요!

풀칠 C

풀칠 D

풀칠 E

풀칠 G

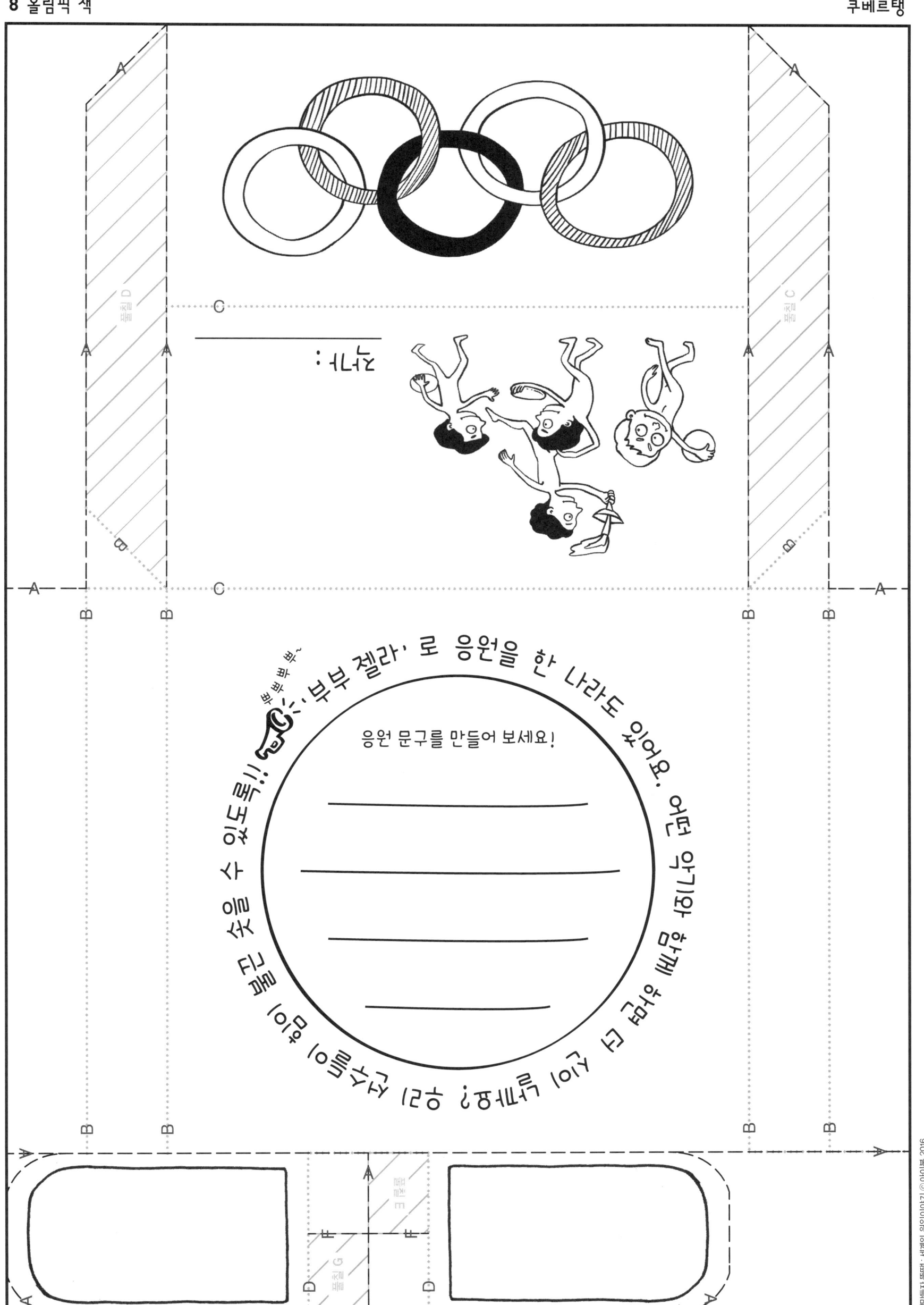

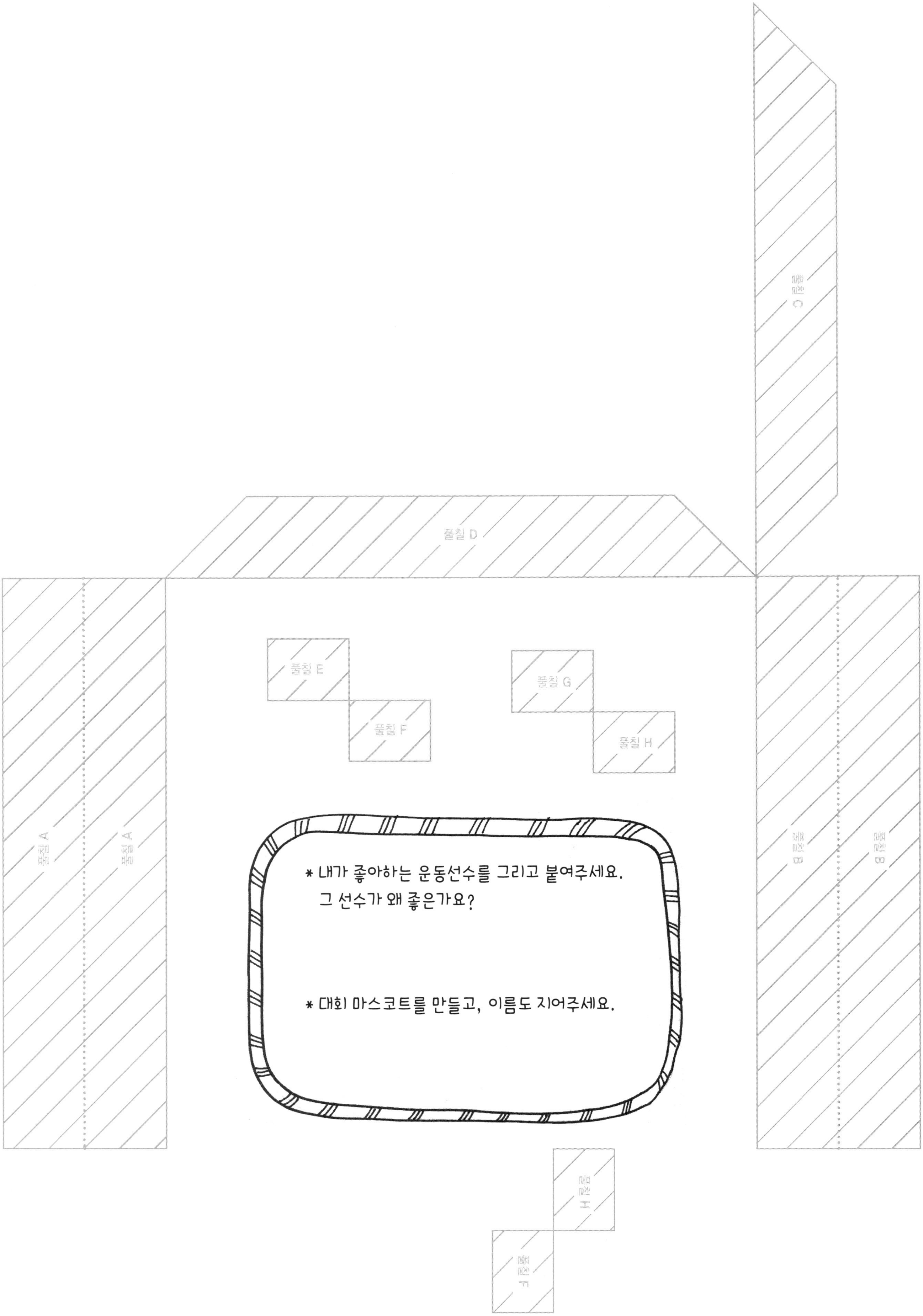

* 내가 좋아하는 운동선수를 그리고 붙여주세요.
  그 선수가 왜 좋은가요?

* 대회 마스코트를 만들고, 이름도 지어주세요.

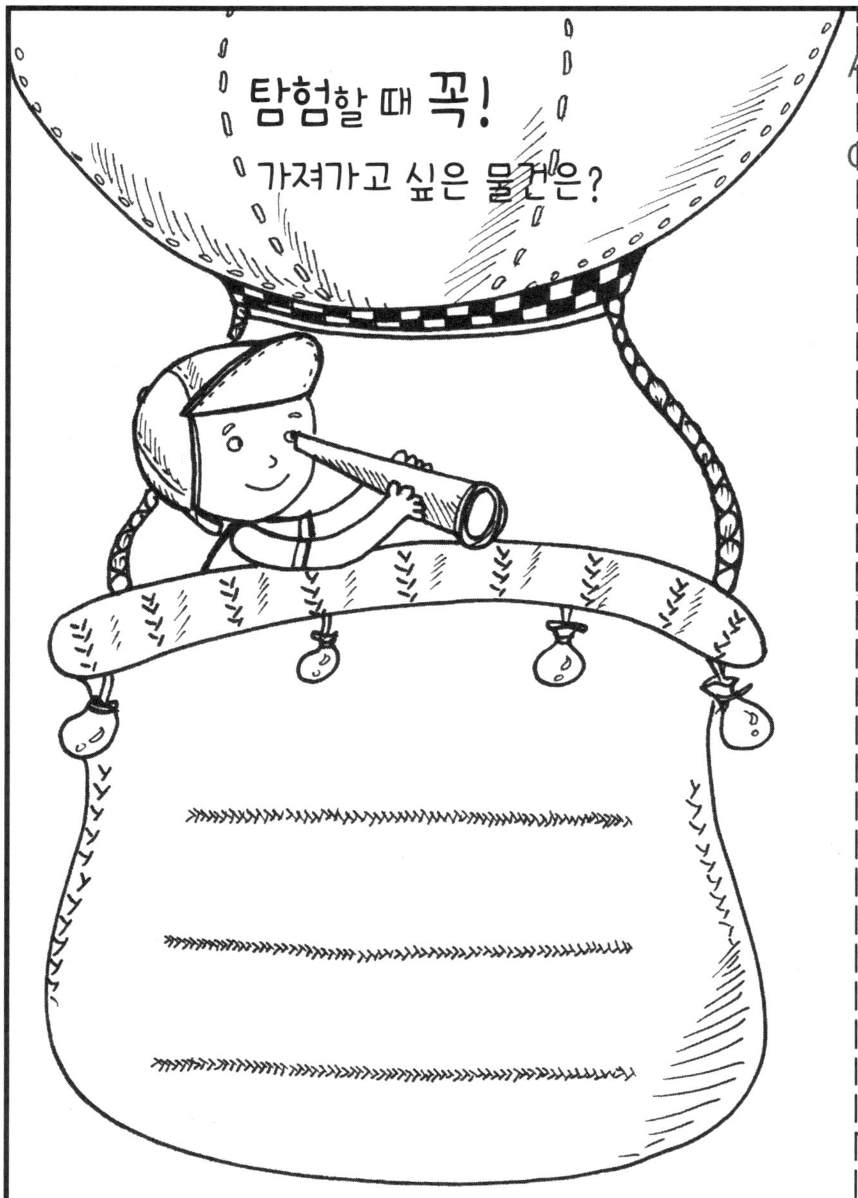

이유는?

내가 탐험하고 싶은 곳을 상상해서 그려보세요. 사막? 동굴? 빙하?

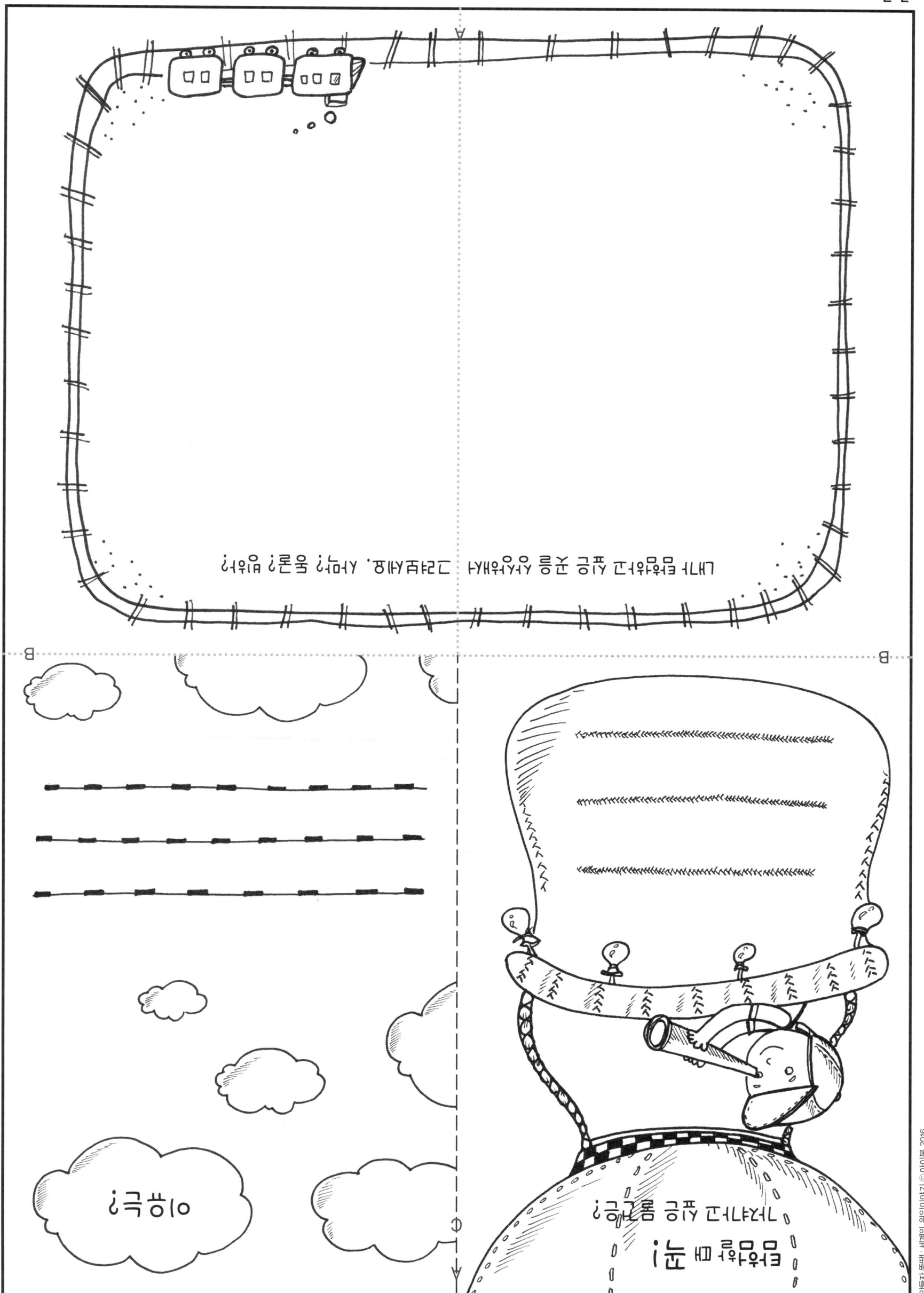

작가 : ____________________

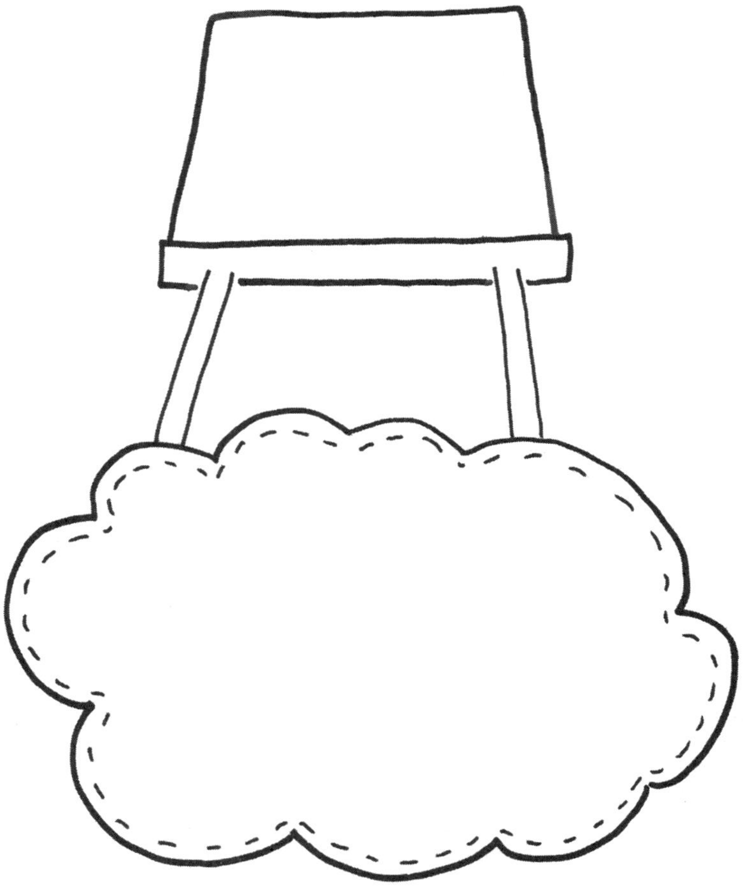

세계지도랍니다.

지도에서 내가 가고 싶은 곳을 표시해 보세요!

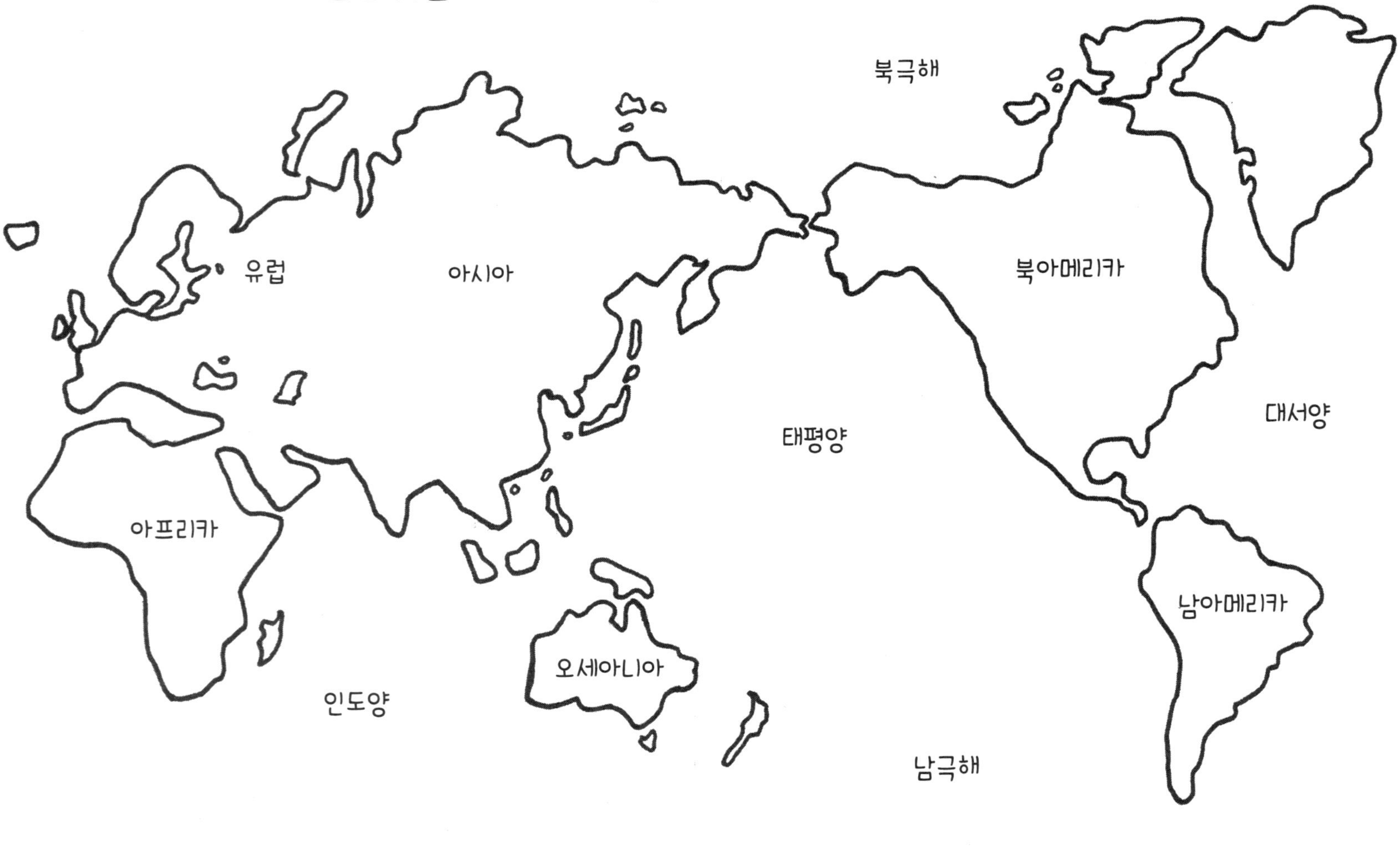

정주영은
『시련은 있어도 실패는 없다』
라는 자서전을 썼어요.

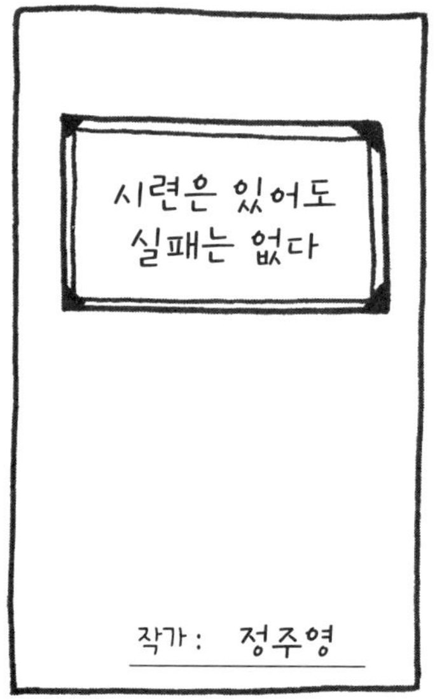
시련은 있어도
실패는 없다
작가 : 정주영

어떤 내용이 들어 있을까요.

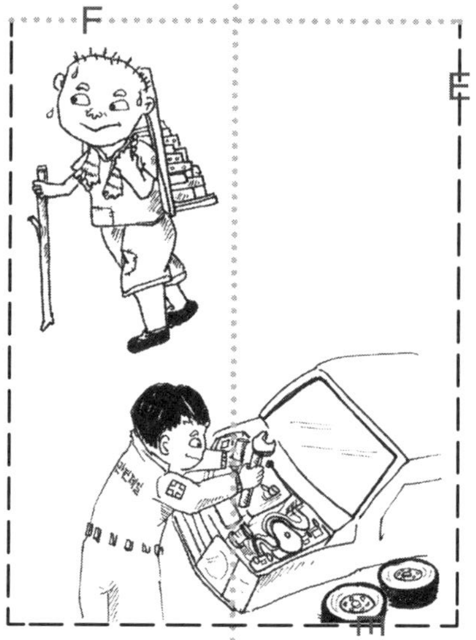

어려서 많은 고생을 했지만
결국 자동차와 배 등을 만들었어요.

정주영은 어려서 약속을 하고
그것을 지켰어요.

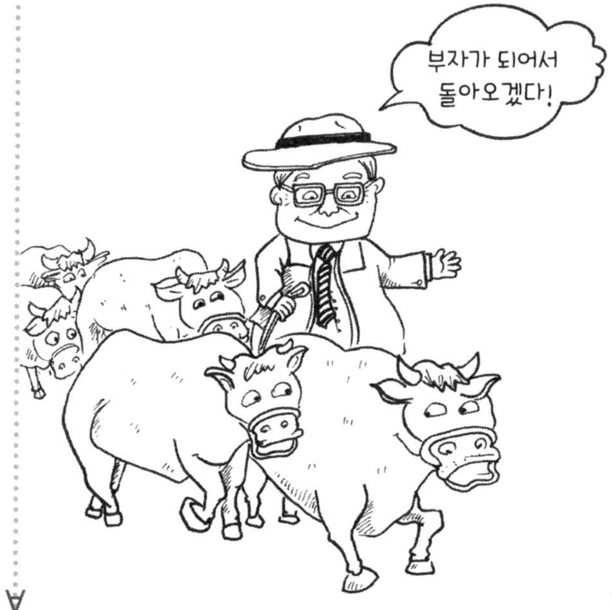
부자가 되어서
돌아오겠다!

여러분은 커서 무엇이
되고 싶은가요?

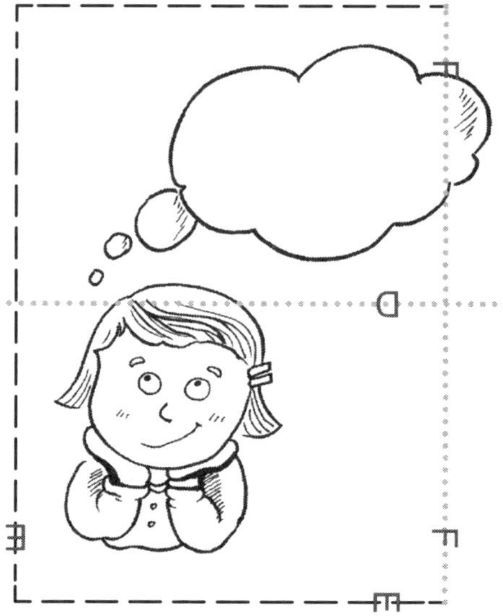

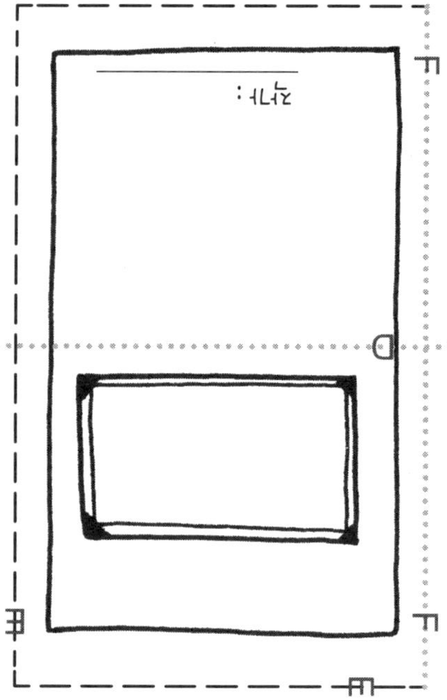
작가 :

나의 미래

풀칠

풀칠

풀칠

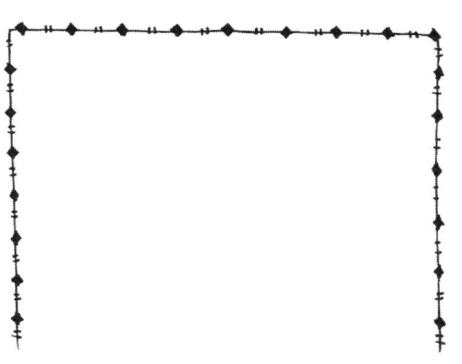

작가 :

풀칠

좌우명

풀칠

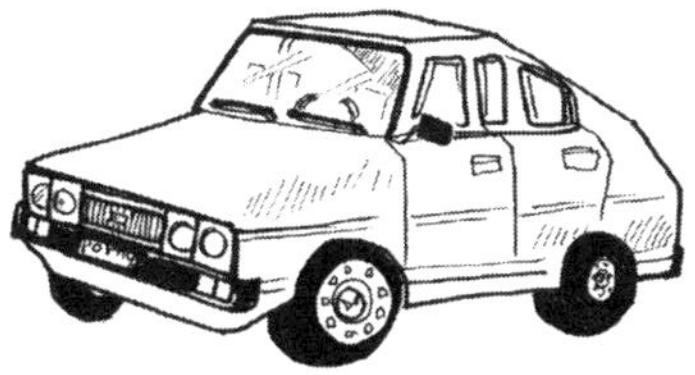

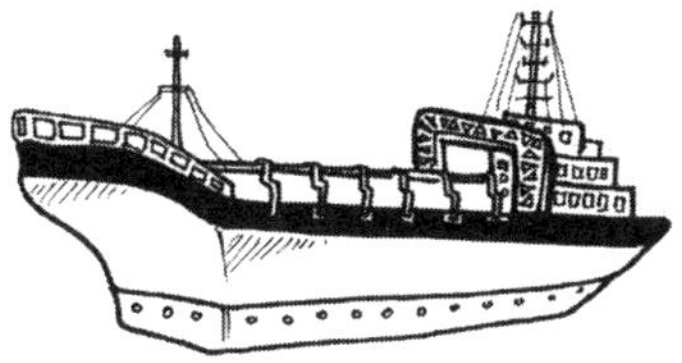

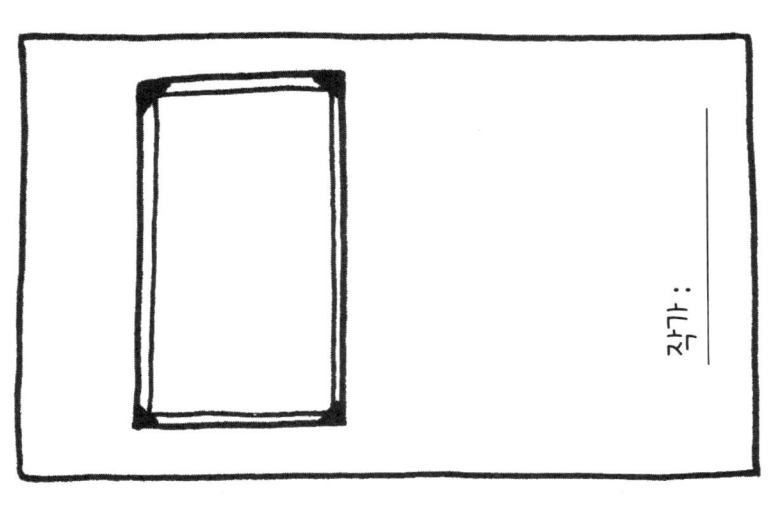

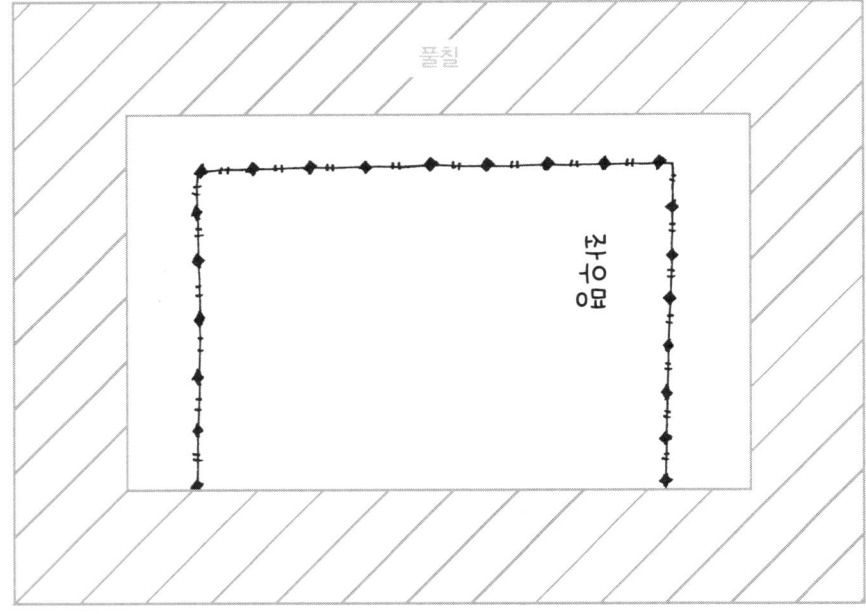

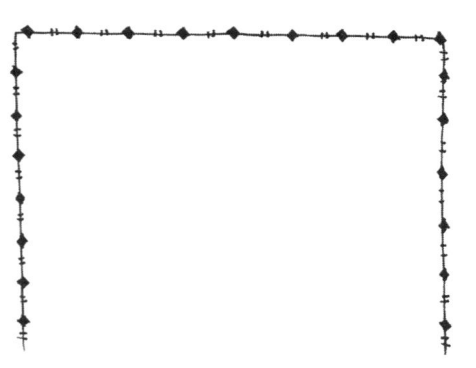

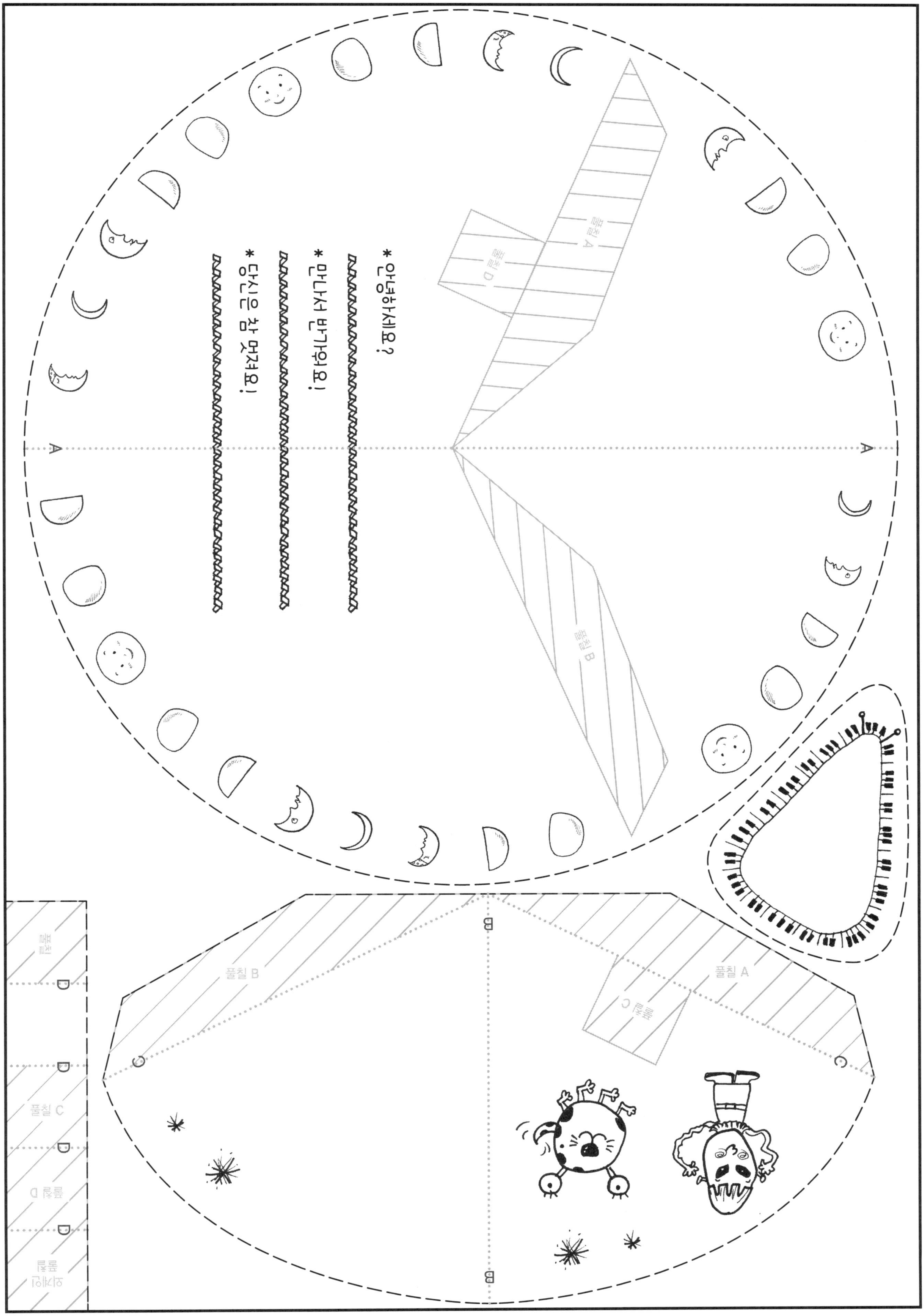
* 안녕하세요?
* 만나서 반가워요!
* 당신은 참 멋져요!
풀칠 A
풀칠 B
풀칠 C
풀칠 D
풀칠
A
B
C
D

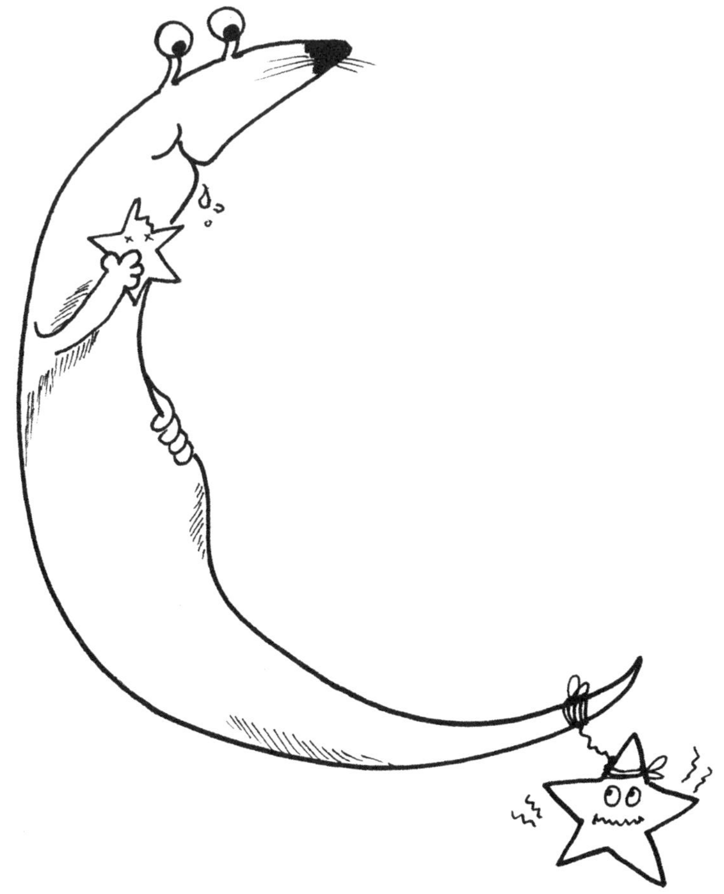

작가 : ____________

'사과'하면

어떤 생각이 떠오르나요?

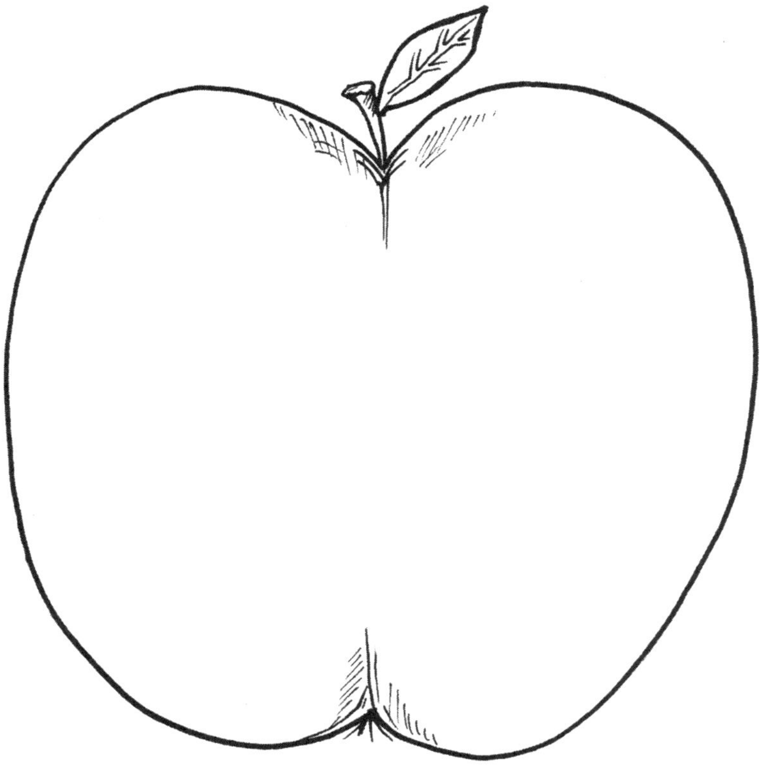

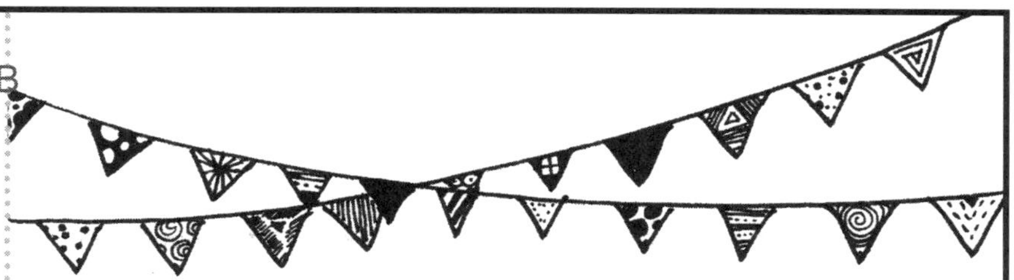

B

B

B B

풀칠

C

C

C

C

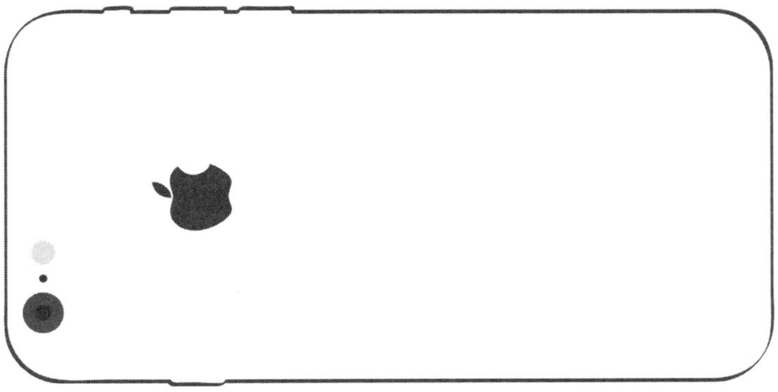

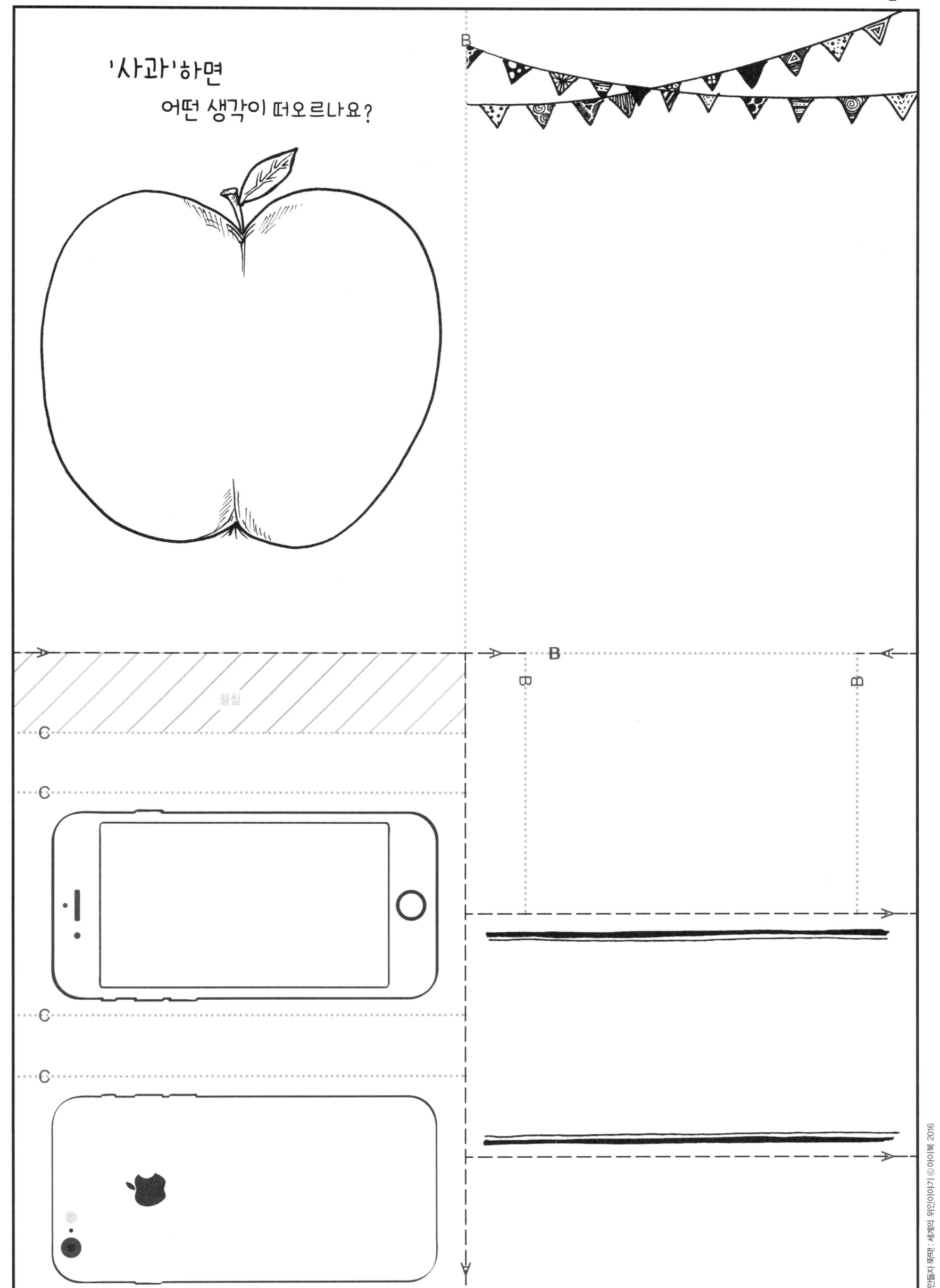

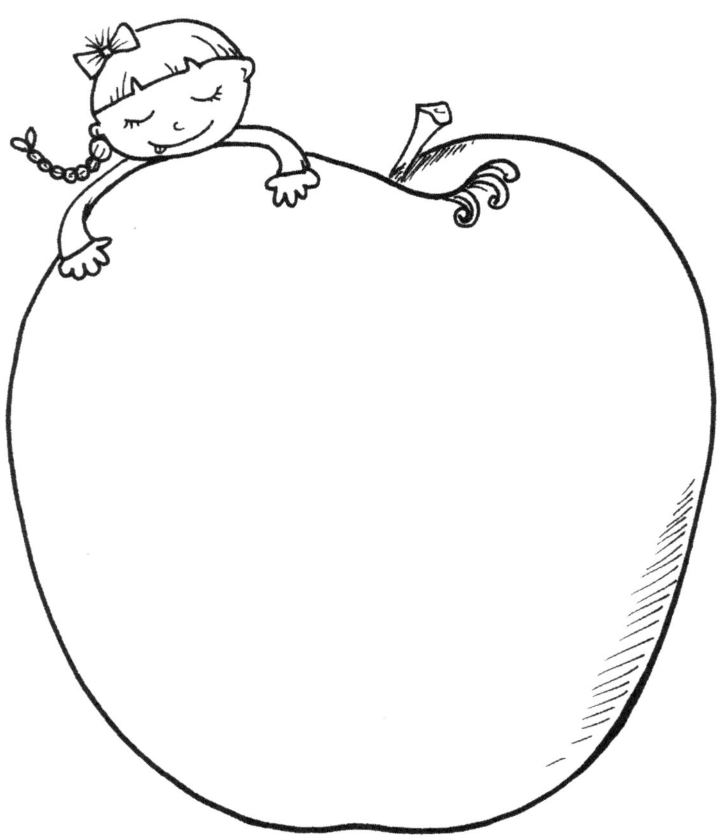

작가 :

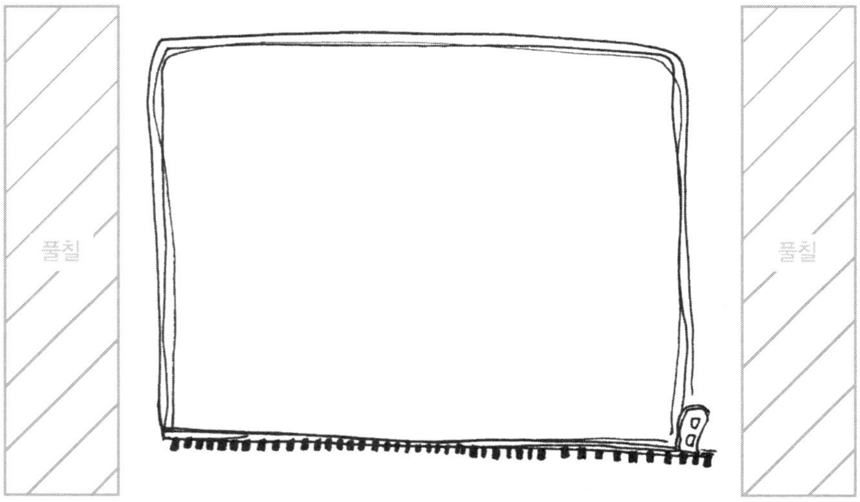

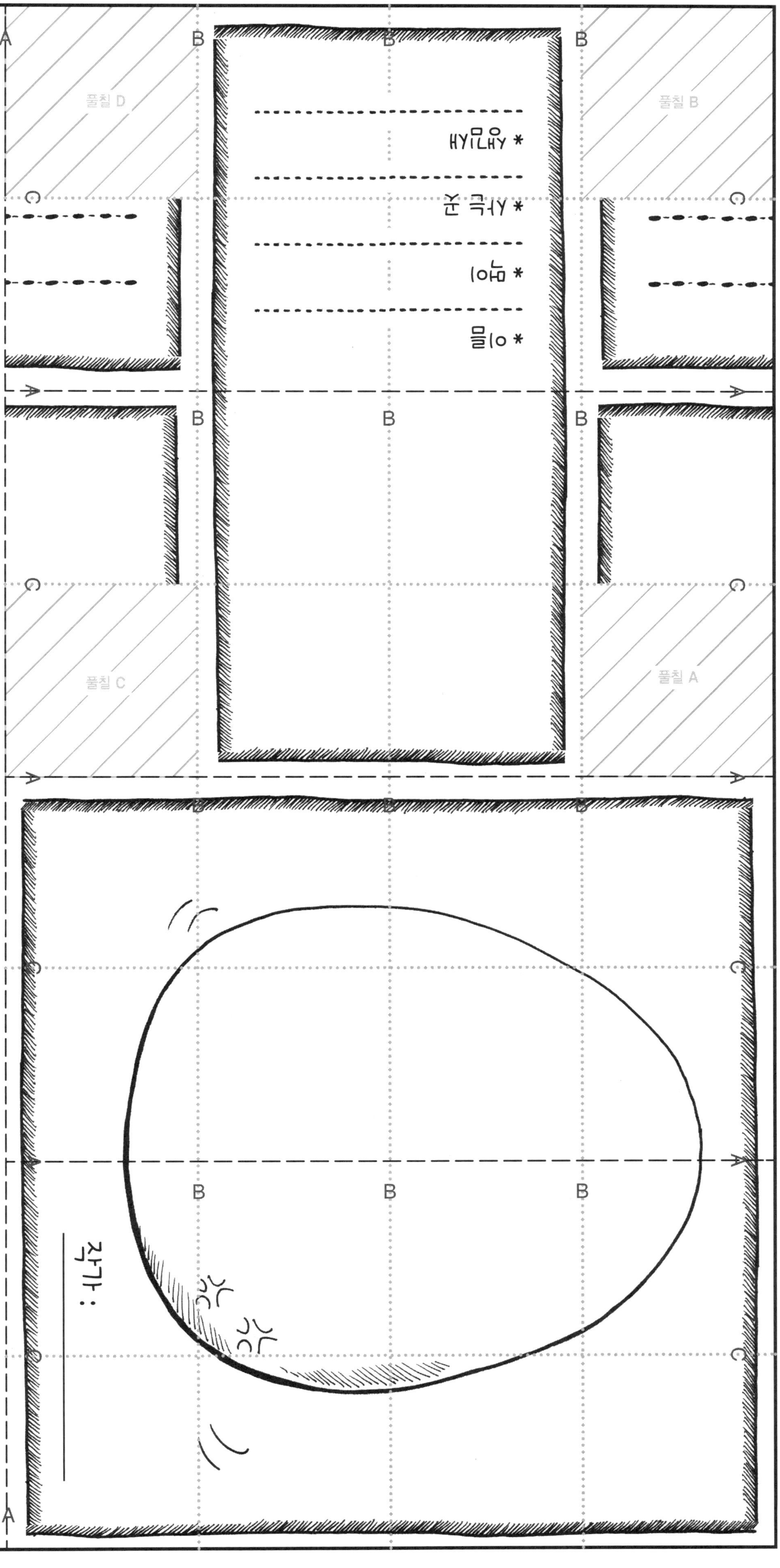
풀칠 D
풀칠 B
* 생김새
* 사는 곳
* 먹이
* 이름
풀칠 C
풀칠 A
작가 :

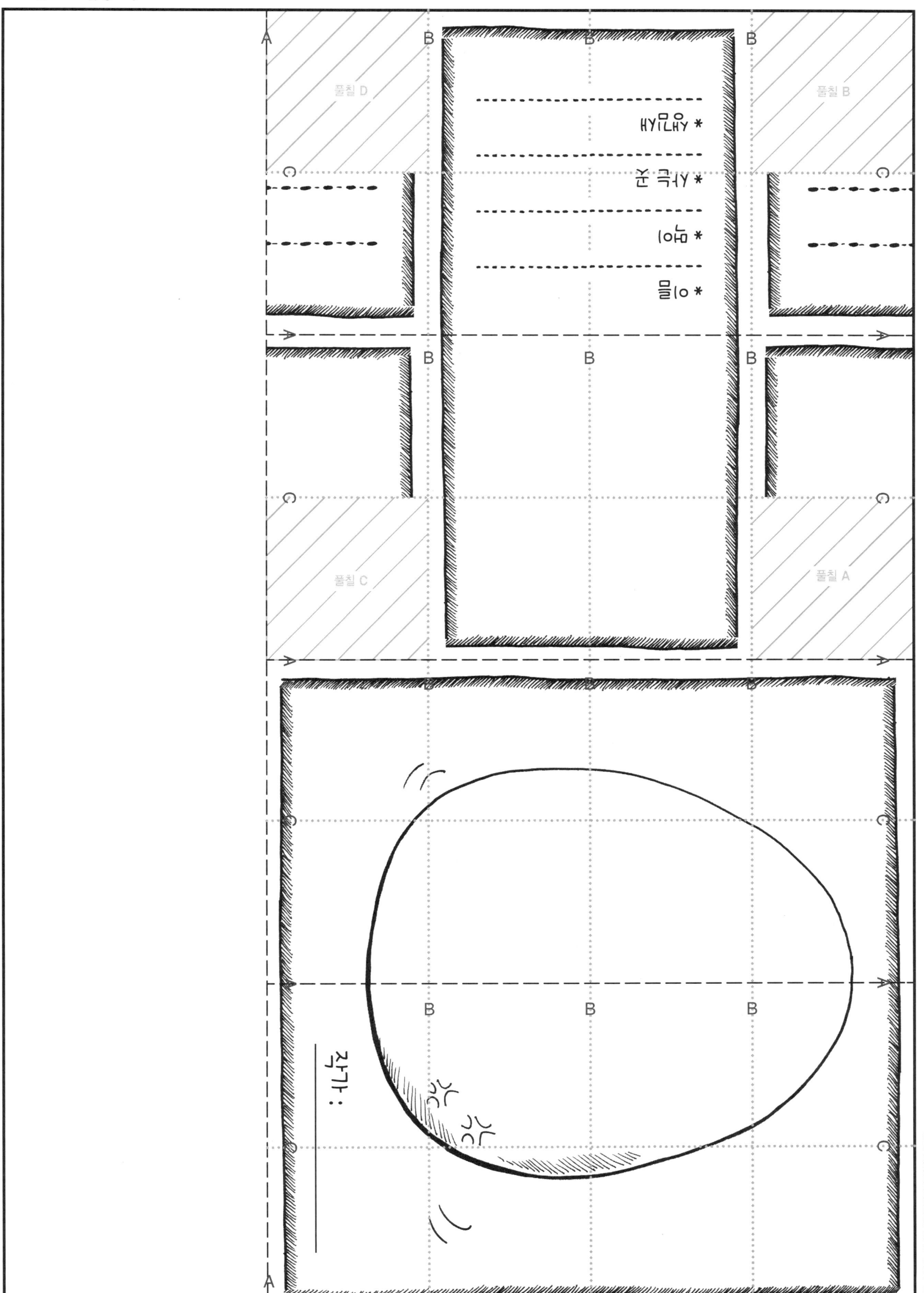

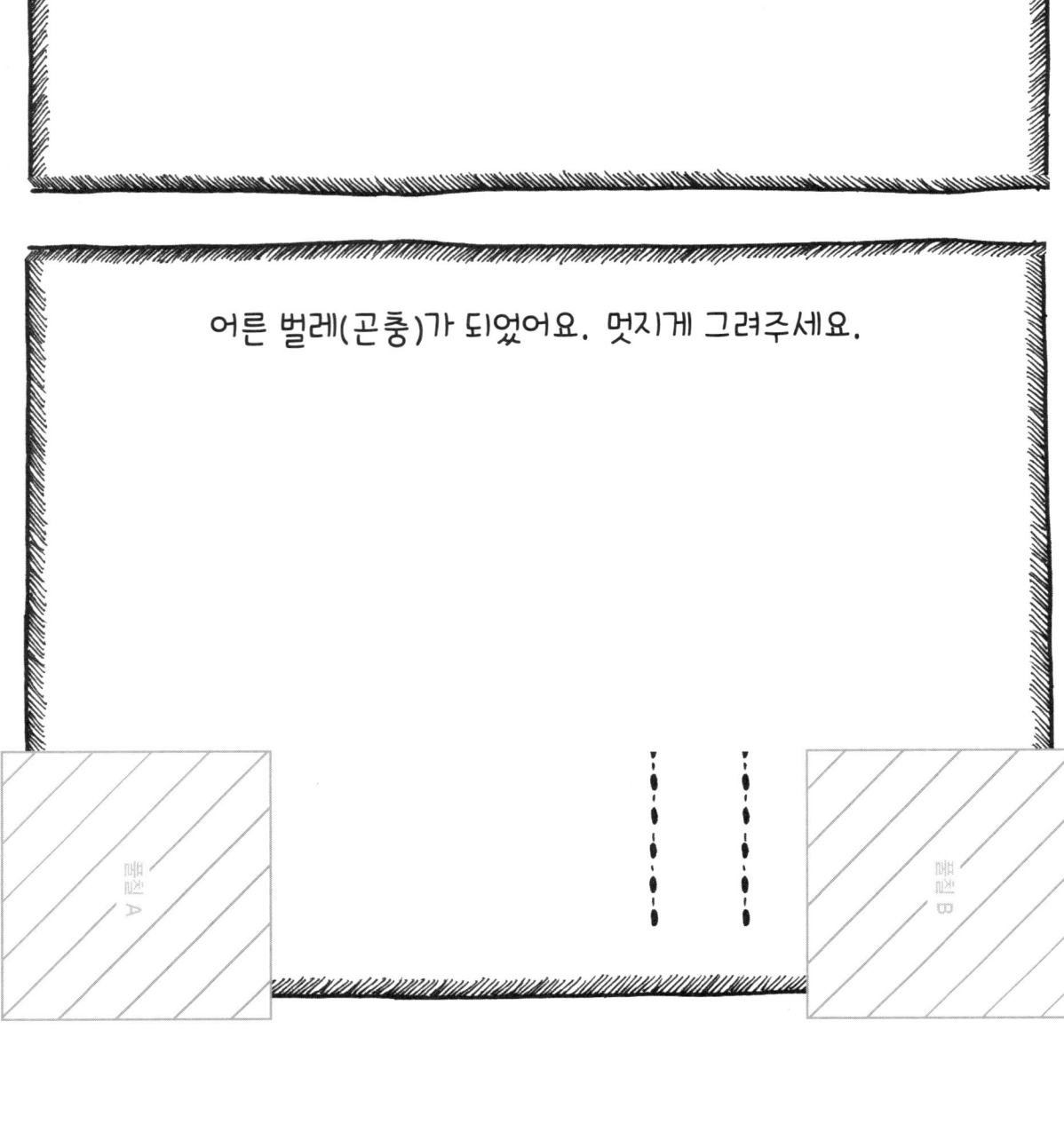

어른 벌레(곤충)가 되었어요. 멋지게 그려주세요.

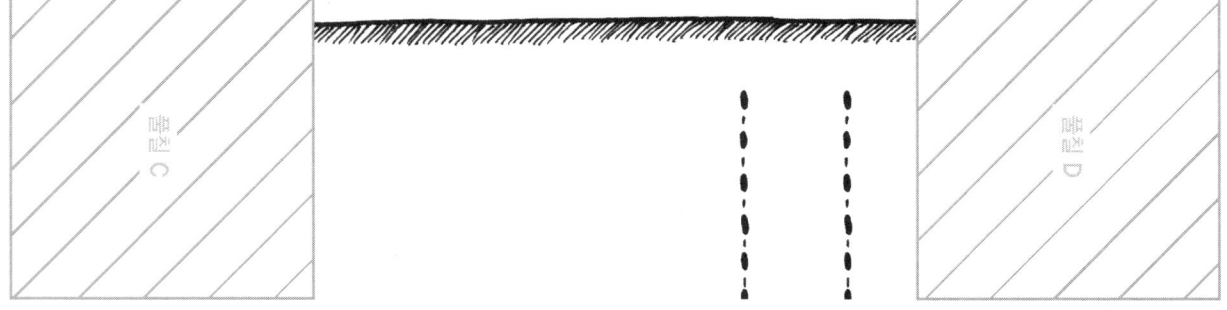

풀칠 A

풀칠 B

풀칠 C

풀칠 D

발명가 :

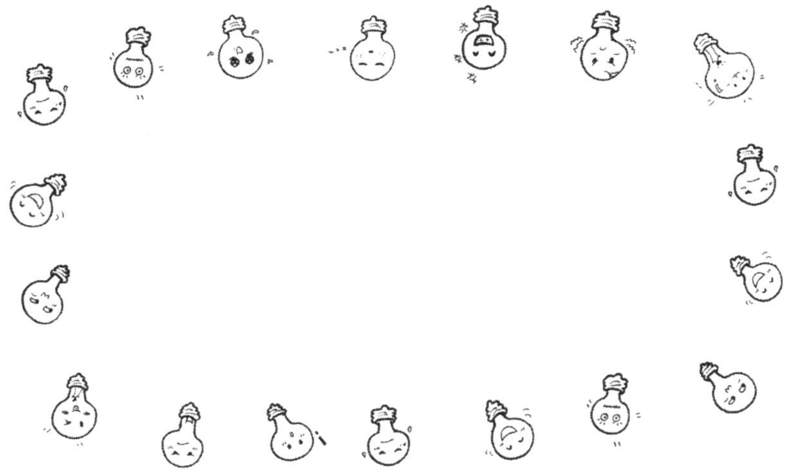

풀칠 C

어떤 기능이 있나요?

내 발명품의 멋진 이름

누구에게, 왜 필요한가요?

〈광고지 만들기〉

풀칠 C

풀칠 B

풀칠 A

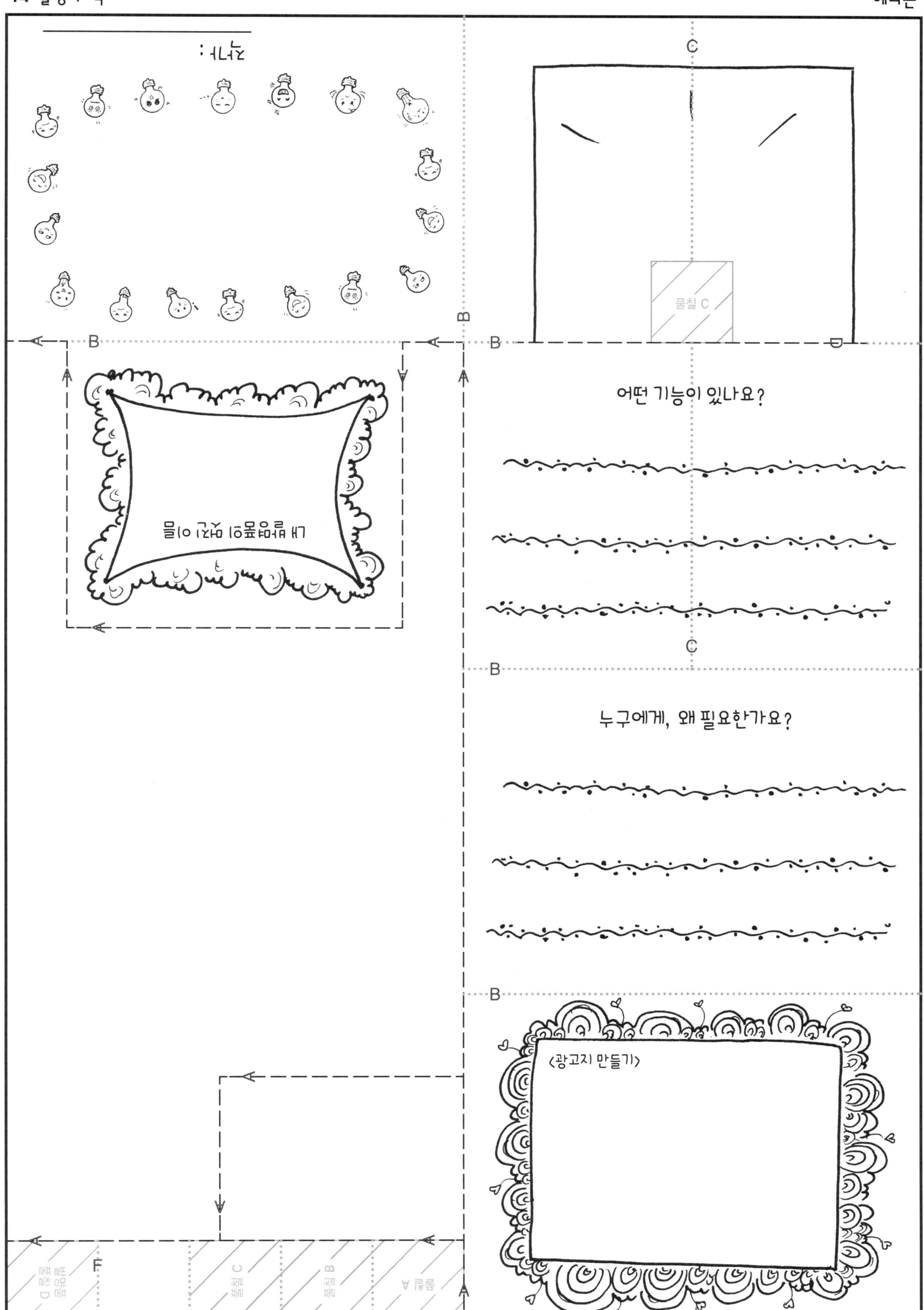

풀칠 B

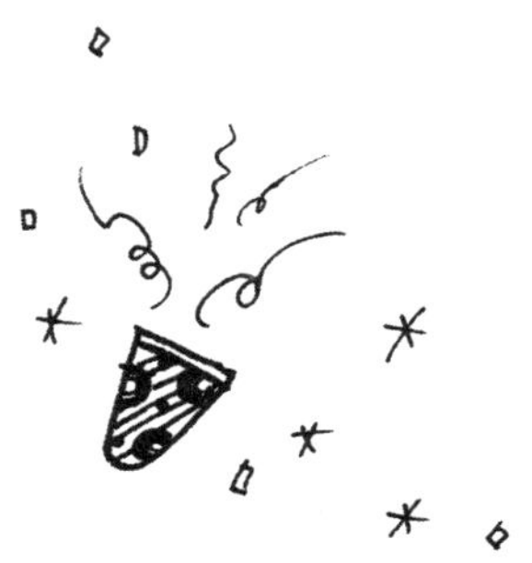

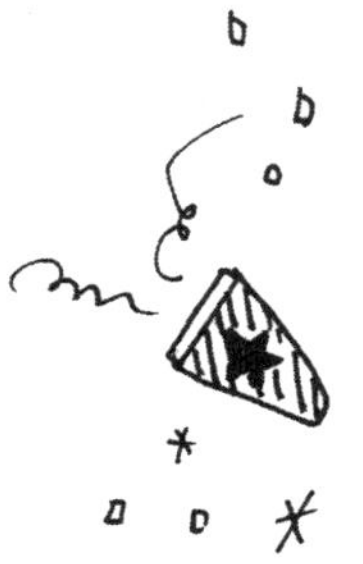

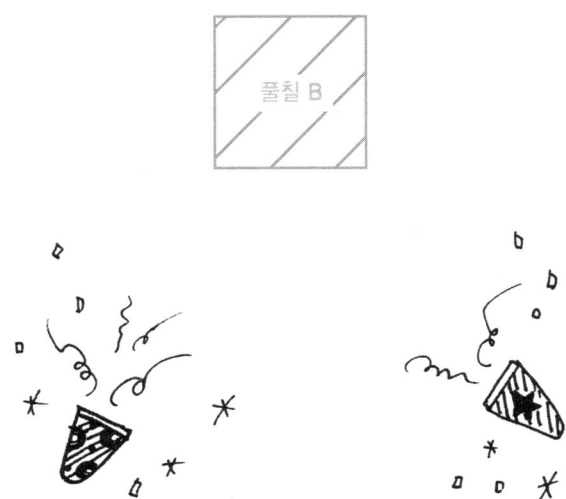

풀칠 A

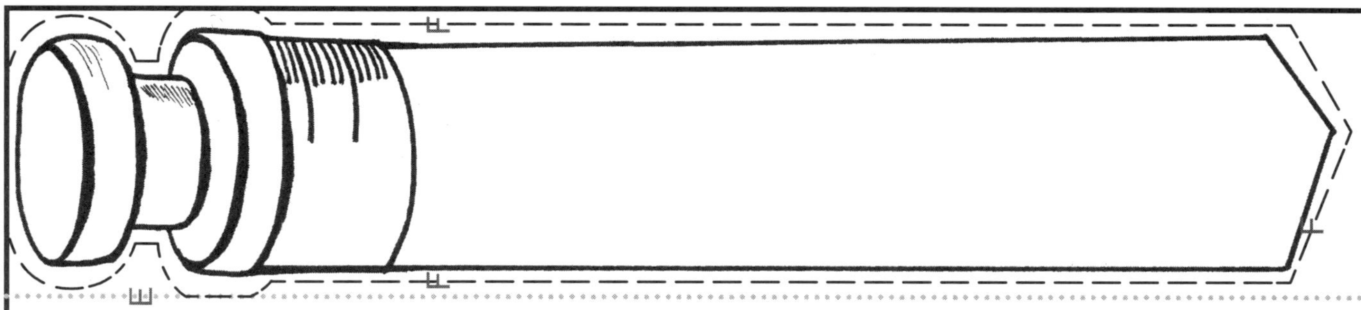

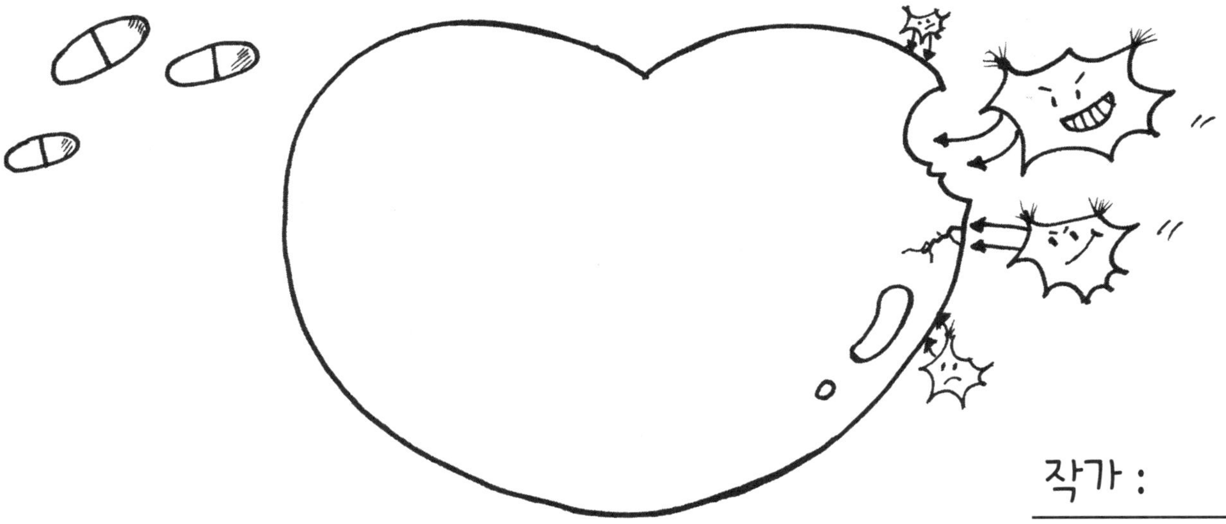

작가 :

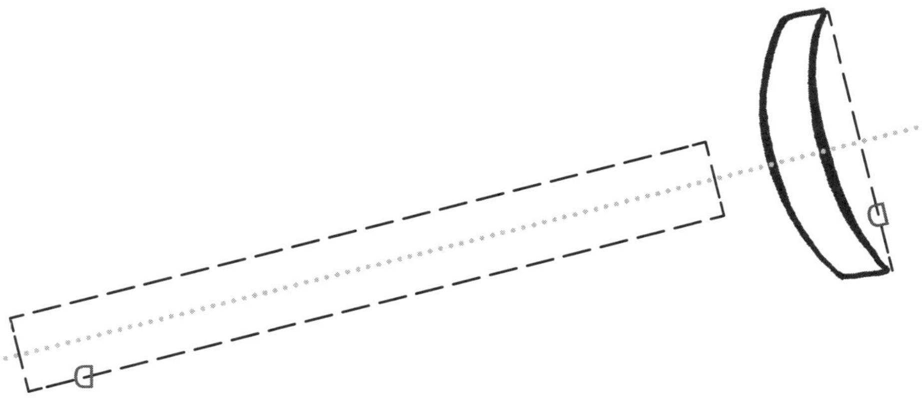

이 주사를 맞으면 ________________ 가 예방됩니다!

풀칠

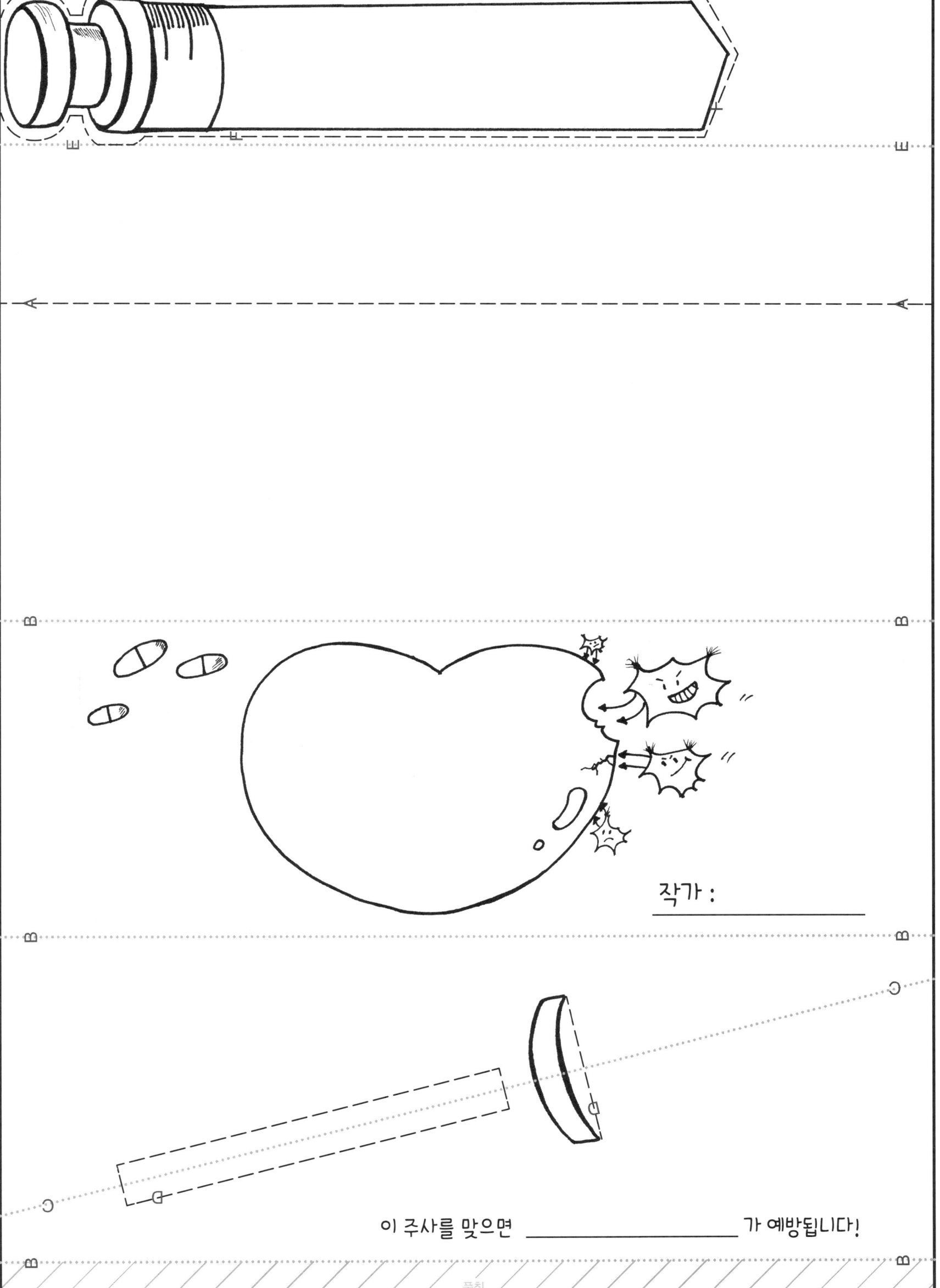

풀칠

전염병을 예방하기 위한 생활수칙 세 가지!

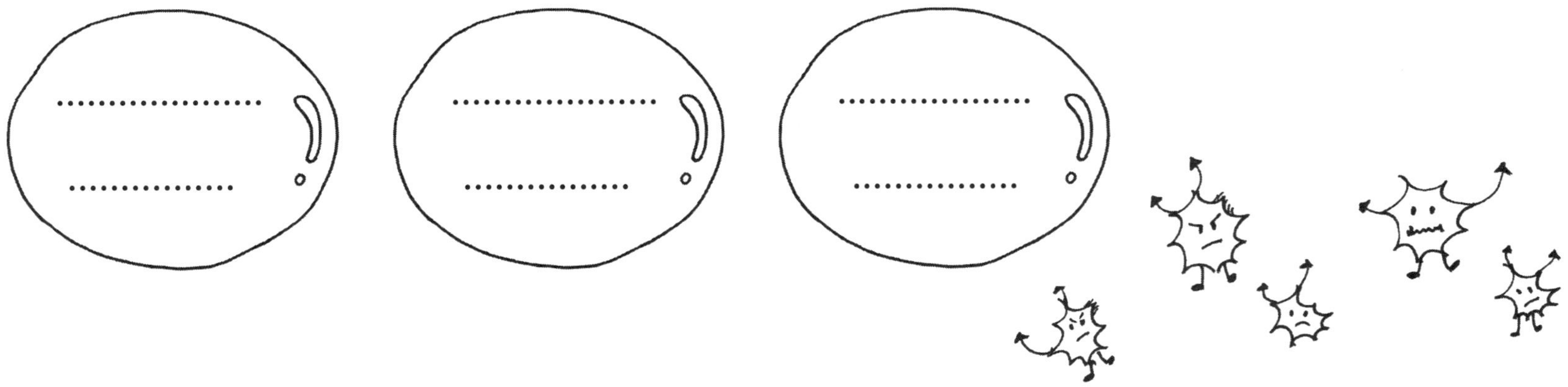

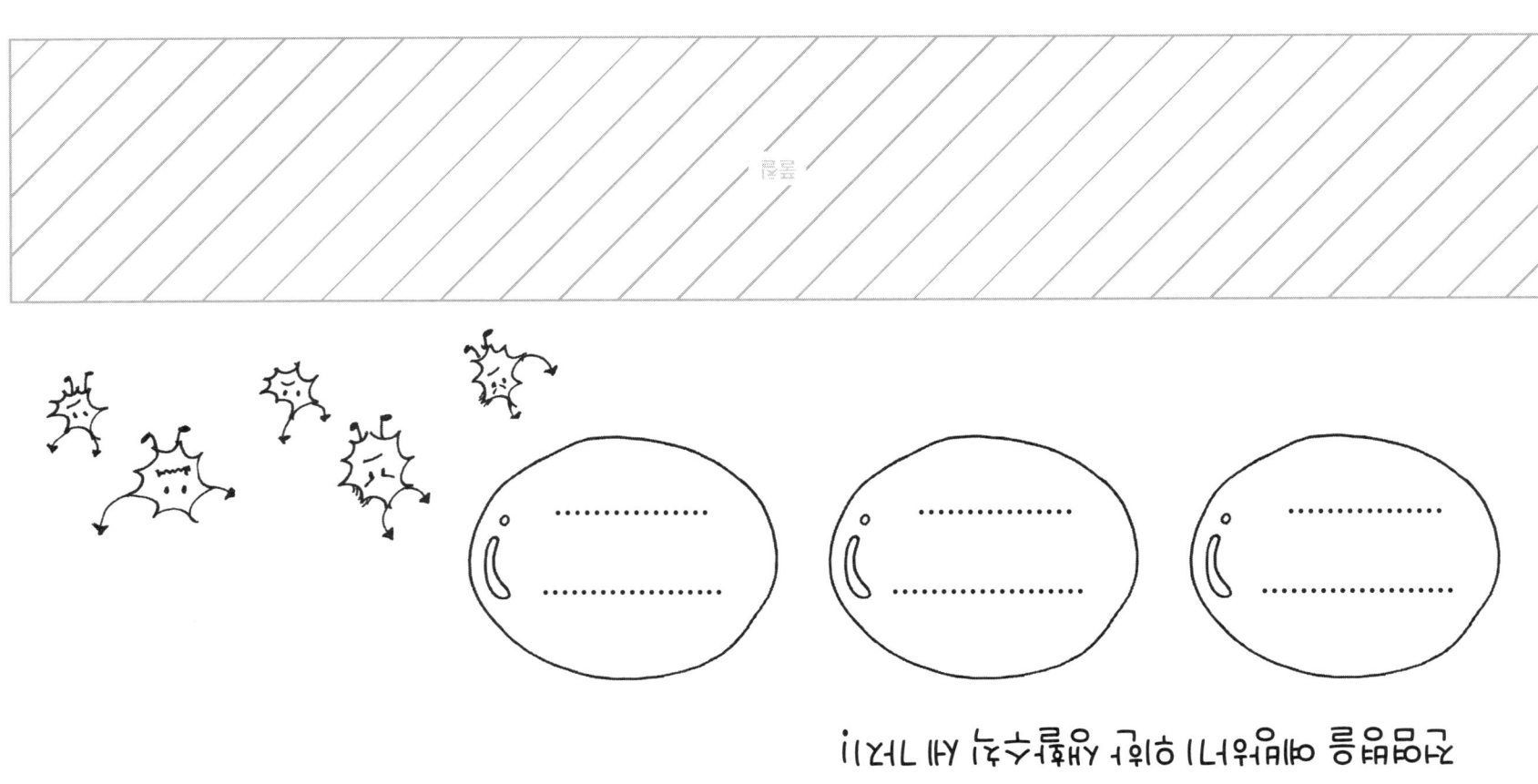

풀칠

라이트 형제

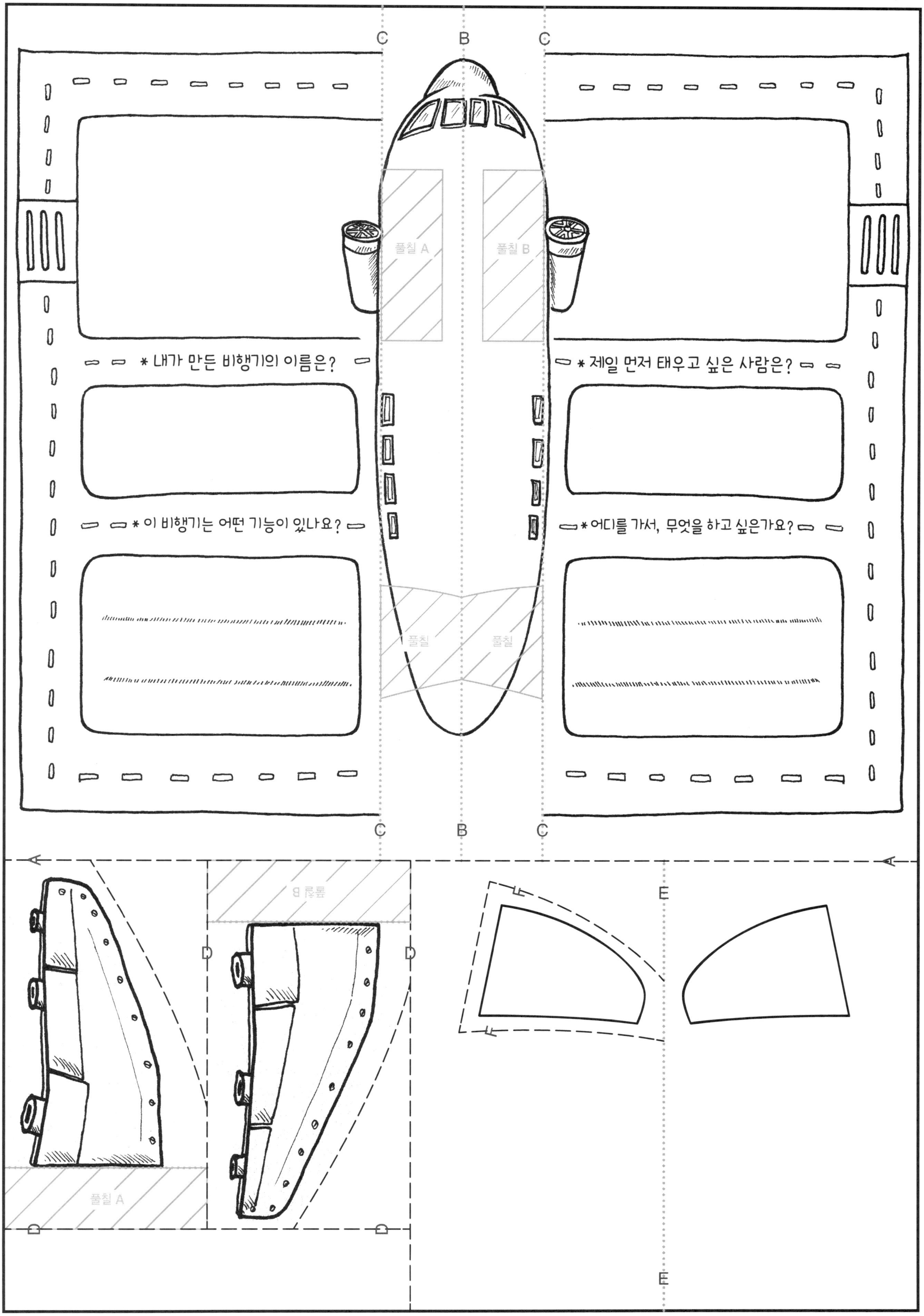
C
B
C
풀칠 A
풀칠 B
* 내가 만든 비행기의 이름은?
* 제일 먼저 태우고 싶은 사람은?
* 이 비행기는 어떤 기능이 있나요?
* 어디를 가서, 무엇을 하고 싶은가요?
풀칠
풀칠
C
B
C
A
A
풀칠 B
D
D
E
풀칠 A
E

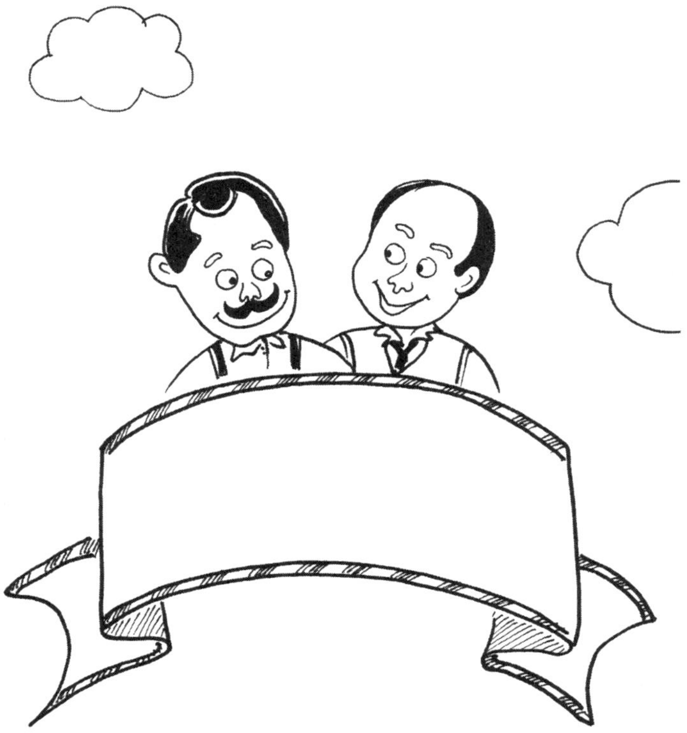

작가 :

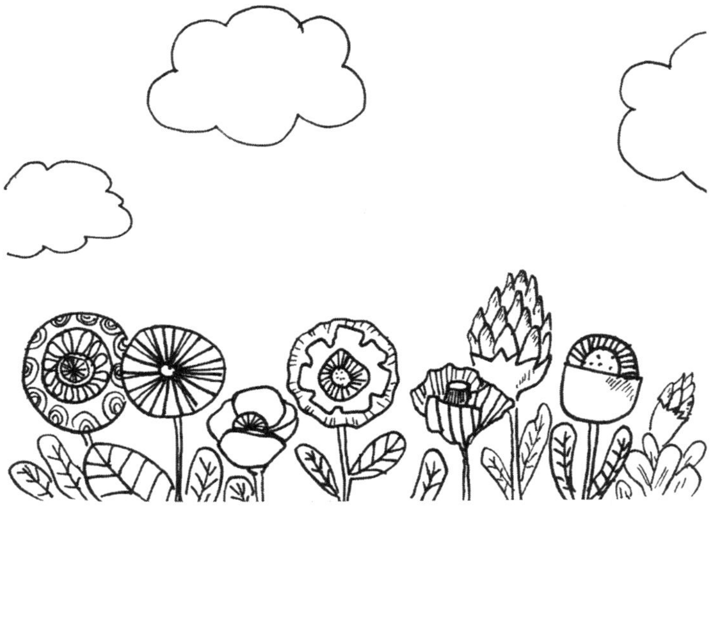

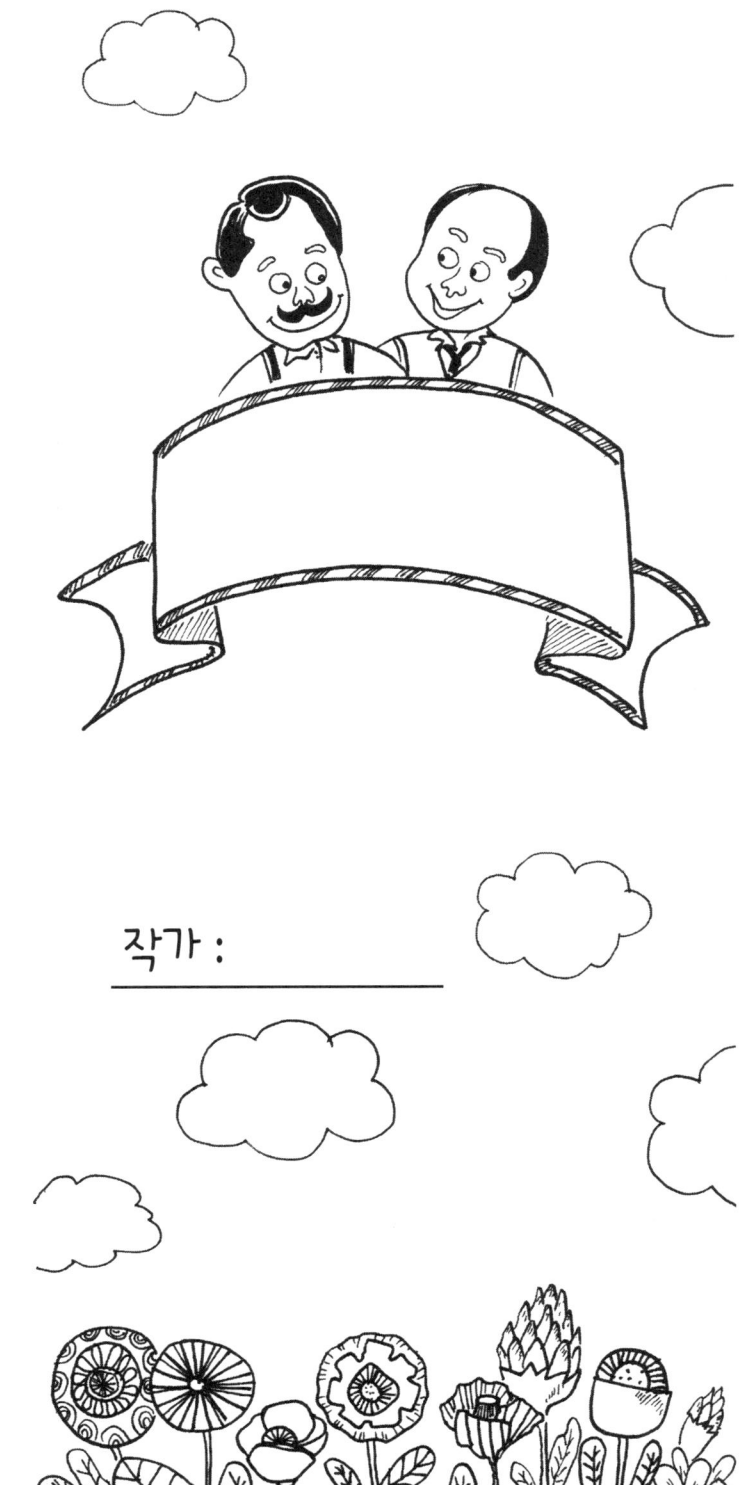

풀칠

B

B

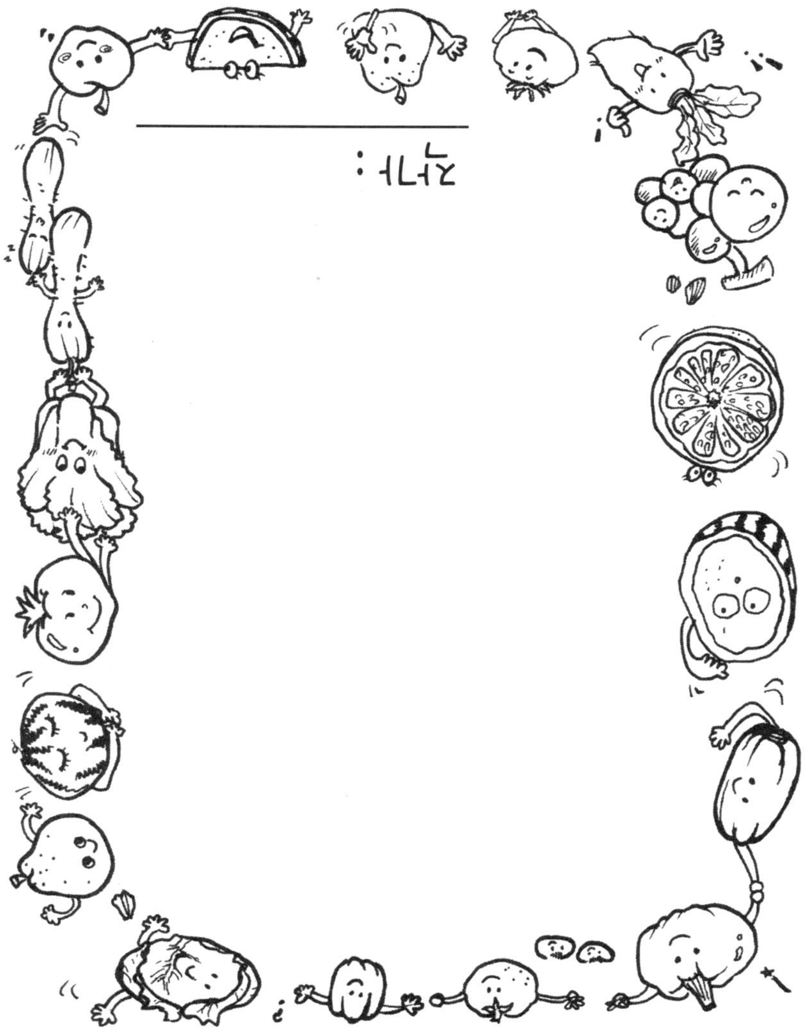

B

어떤 씨앗을 만들어 낼까요?

A

E

〈씨앗의 이름〉

C

〈자라면 뭐가 되나요?〉

E

D

D

A

F

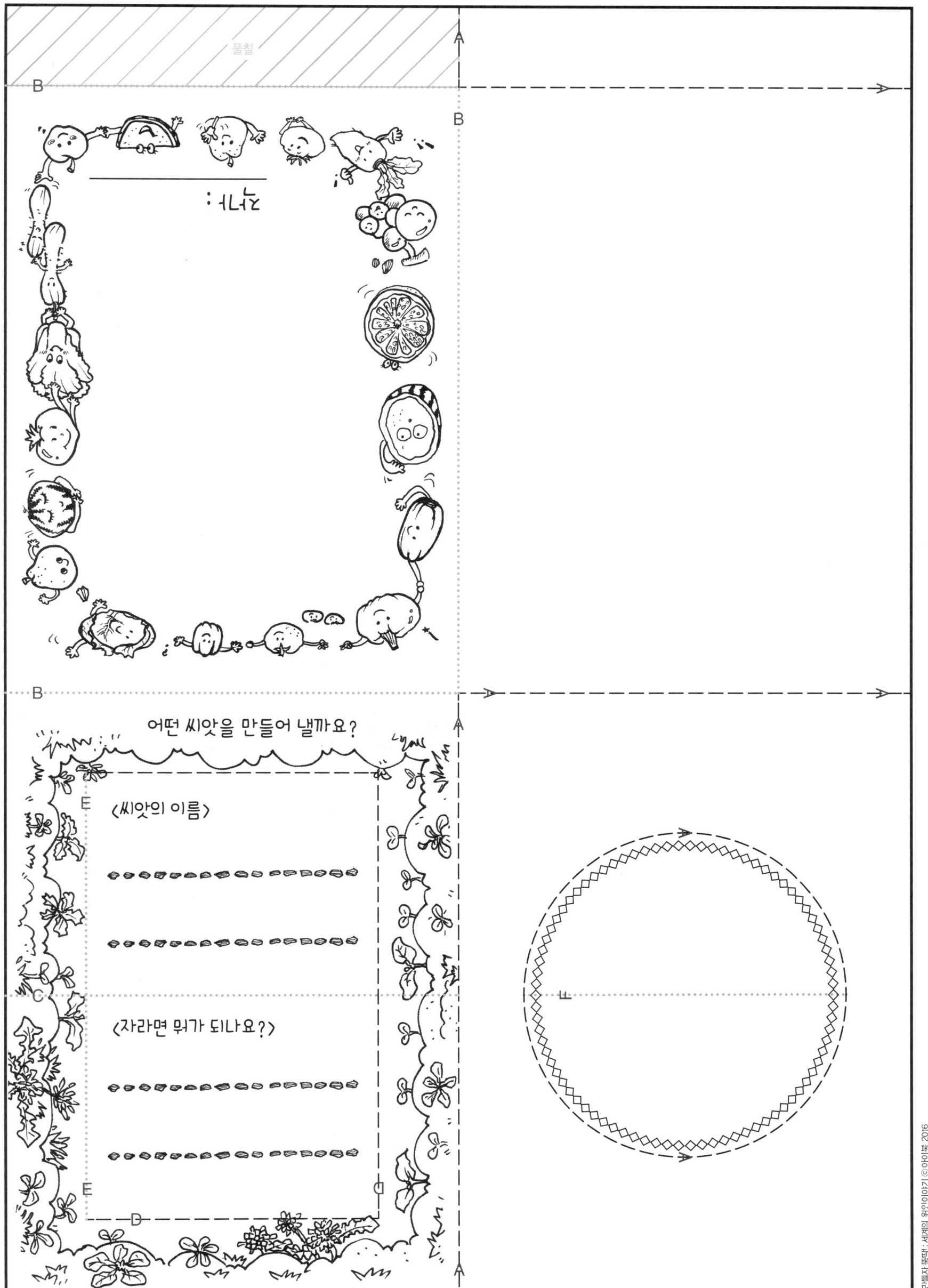

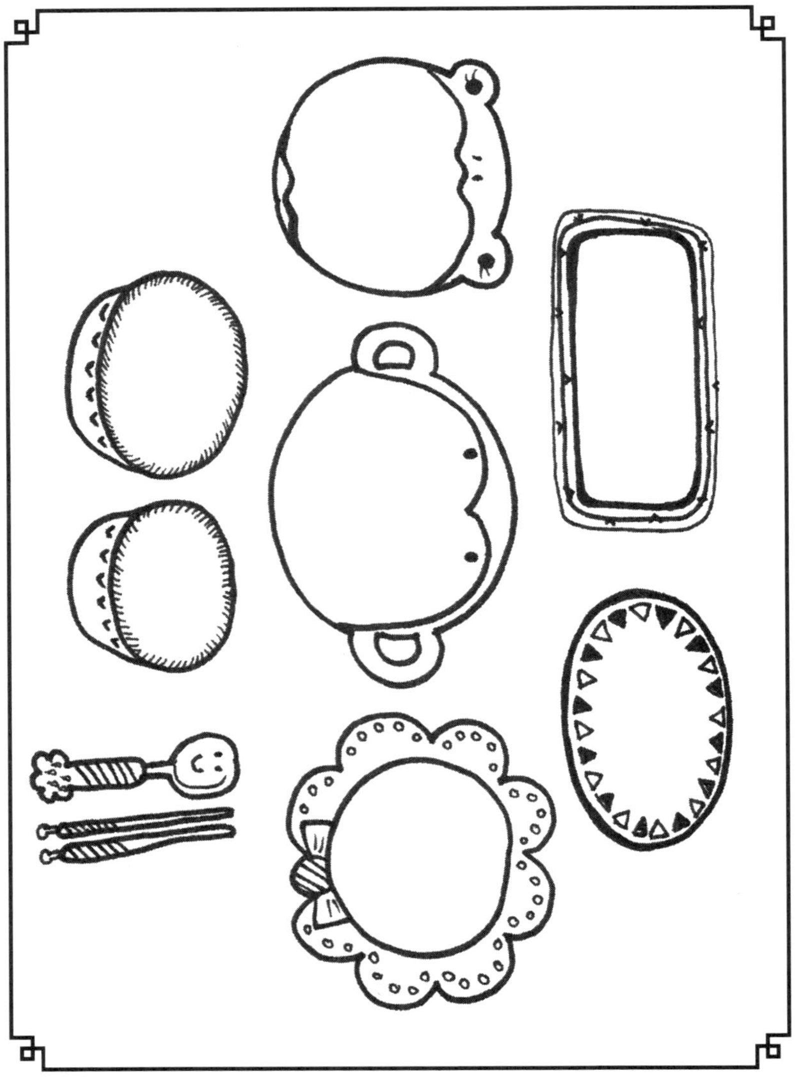

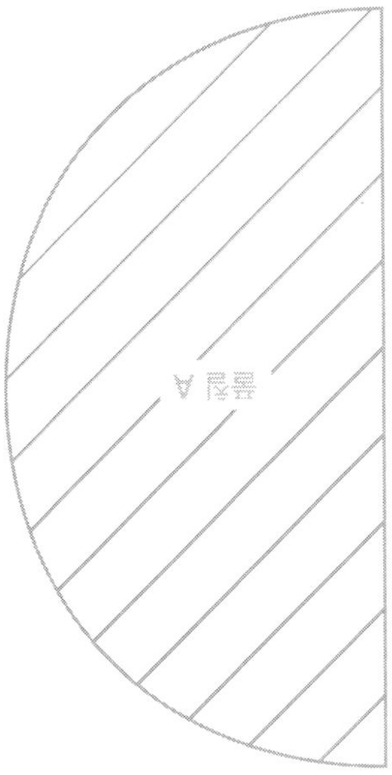
풀칠 A

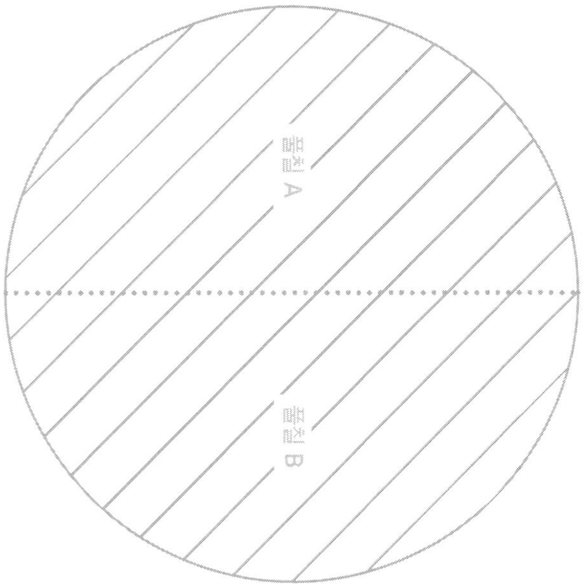
풀칠 A
풀칠 B

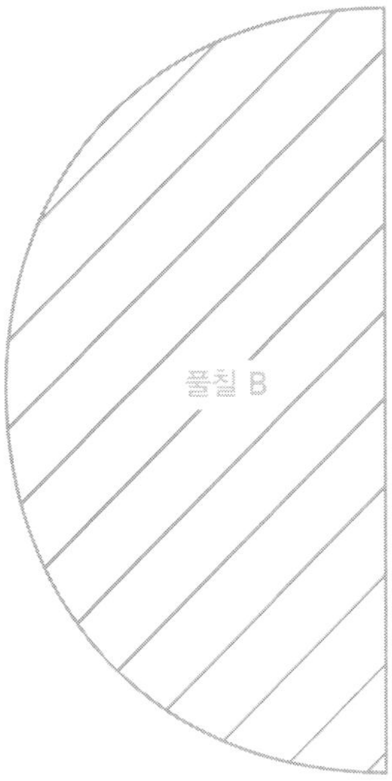
풀칠 B

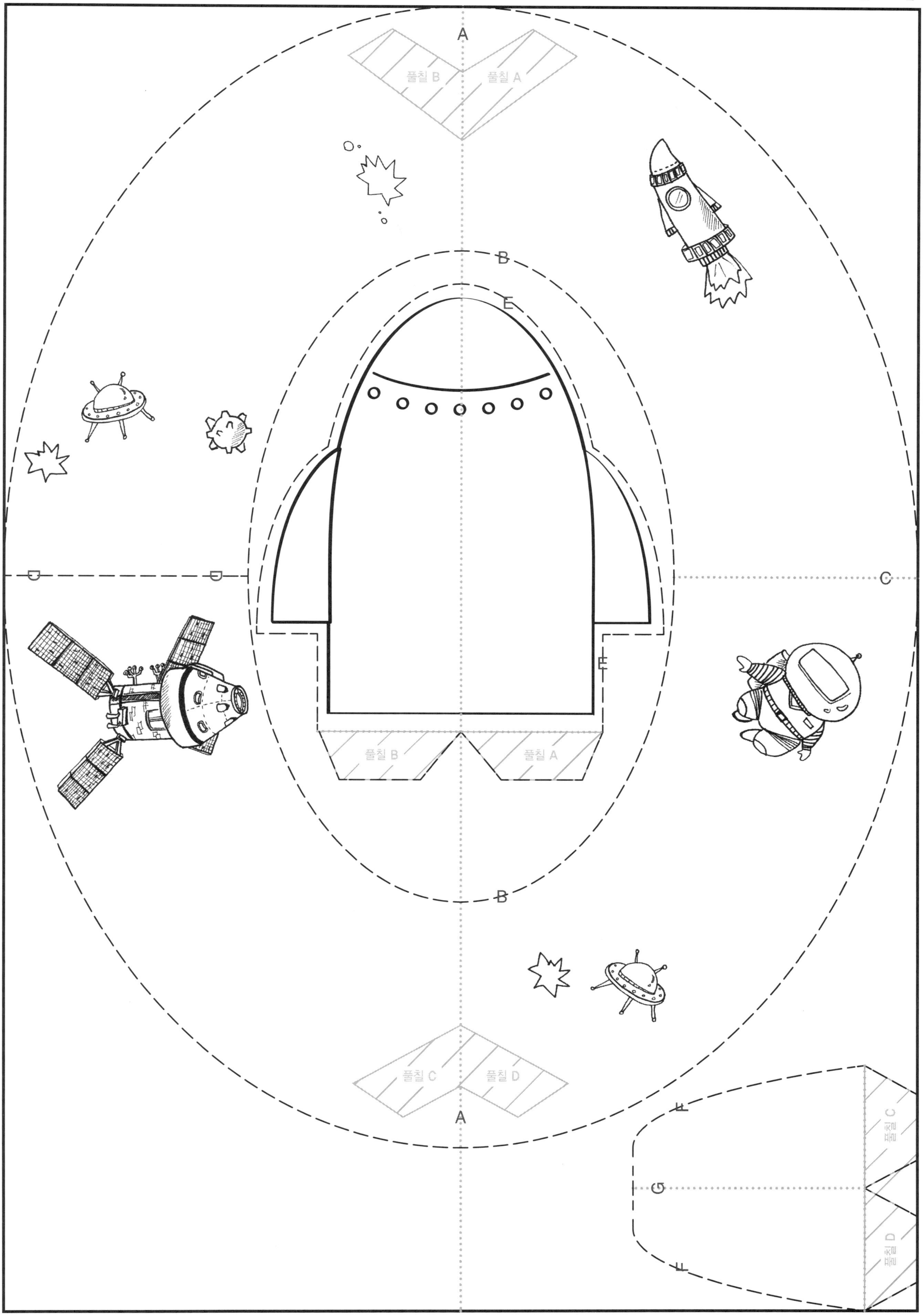
A
풀칠 B
풀칠 A
B
E
D
D
C
E
풀칠 B
풀칠 A
B
풀칠 C
풀칠 D
A
F
풀칠 C
G
풀칠 D
F

'우주' 하면 떠오르는 것을 잔뜩 써 보세요!

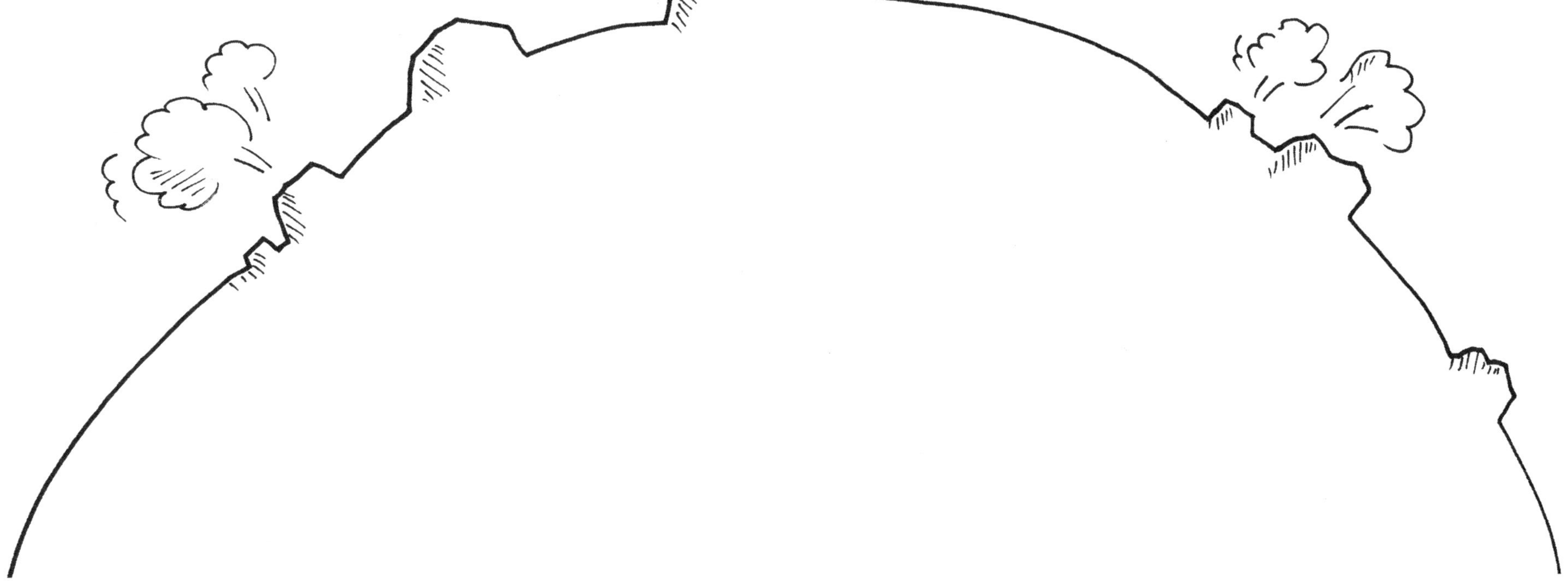

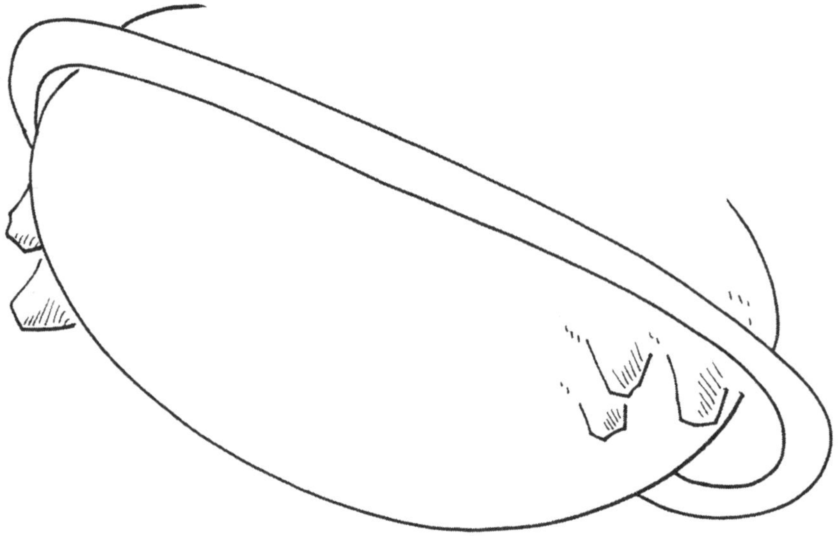

작가 :

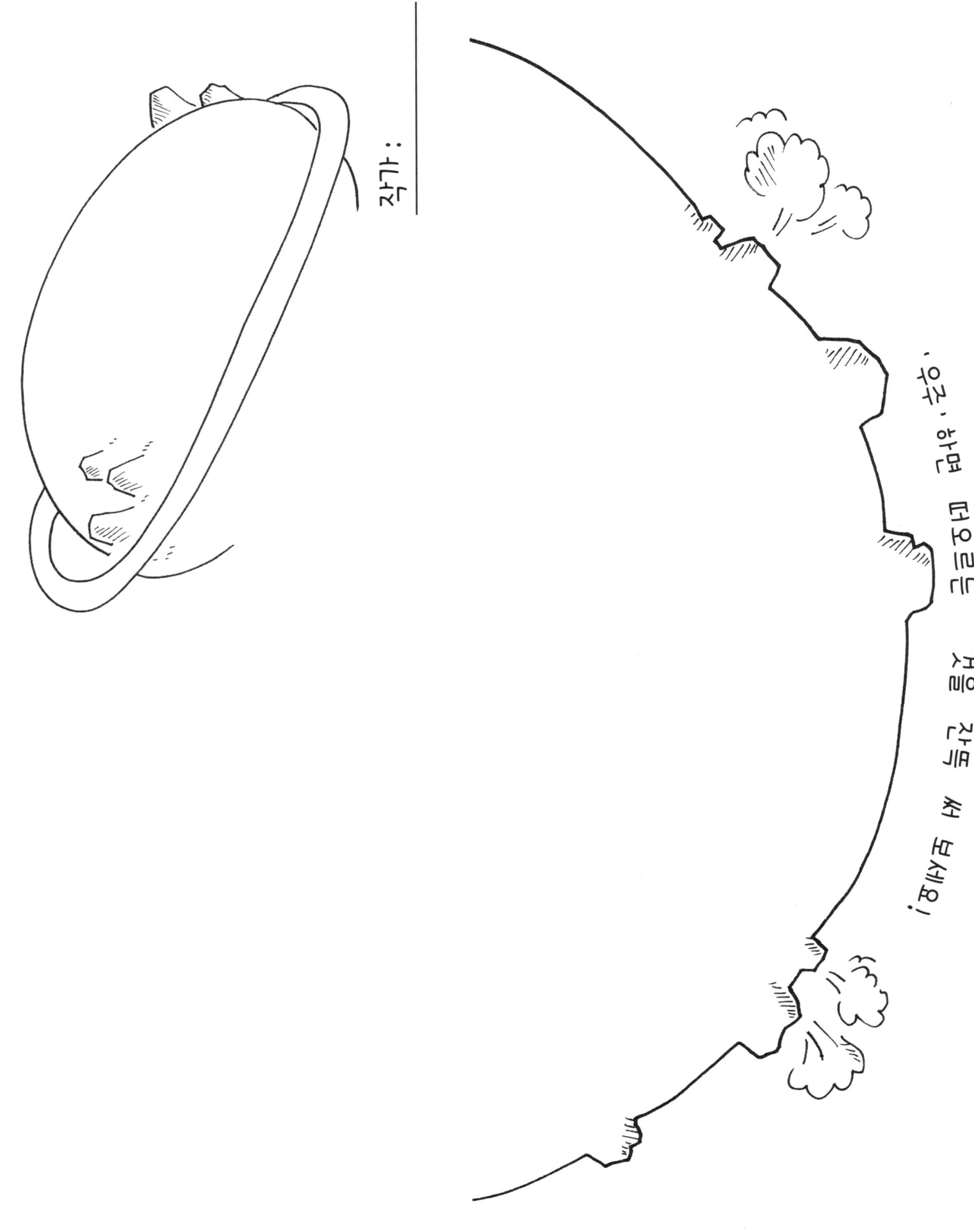

나의 가장 큰 장점은?

직업은?

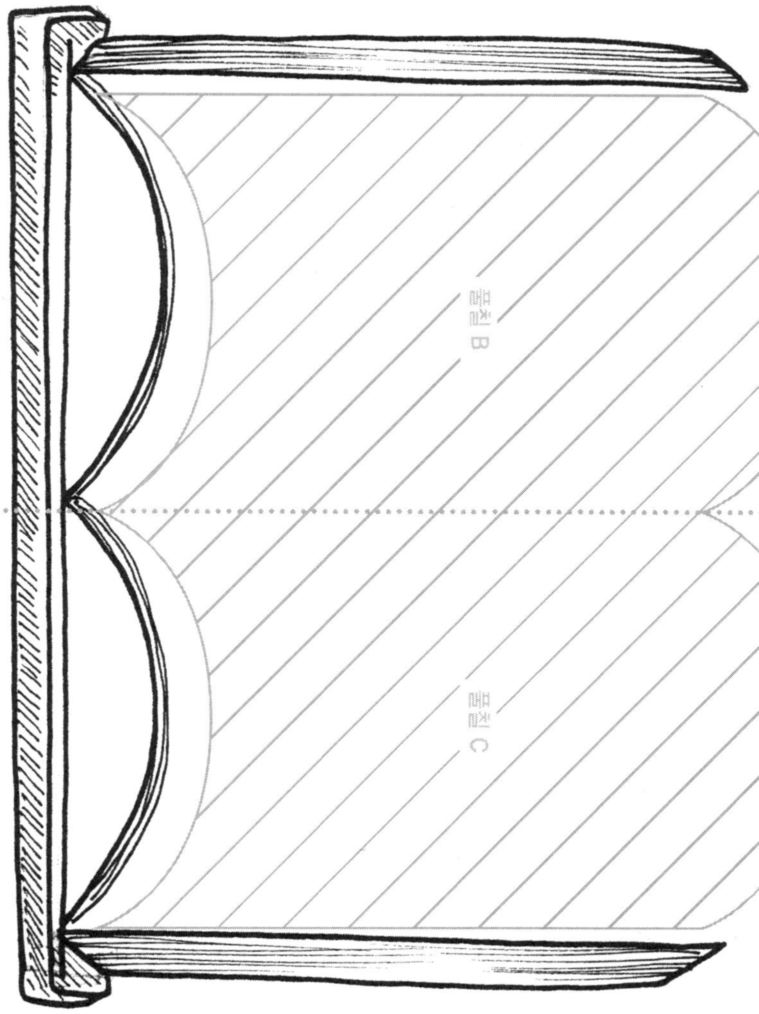

책 제목은?

누가 나와요?

좋아하는 구절은?

왜 좋은가요?

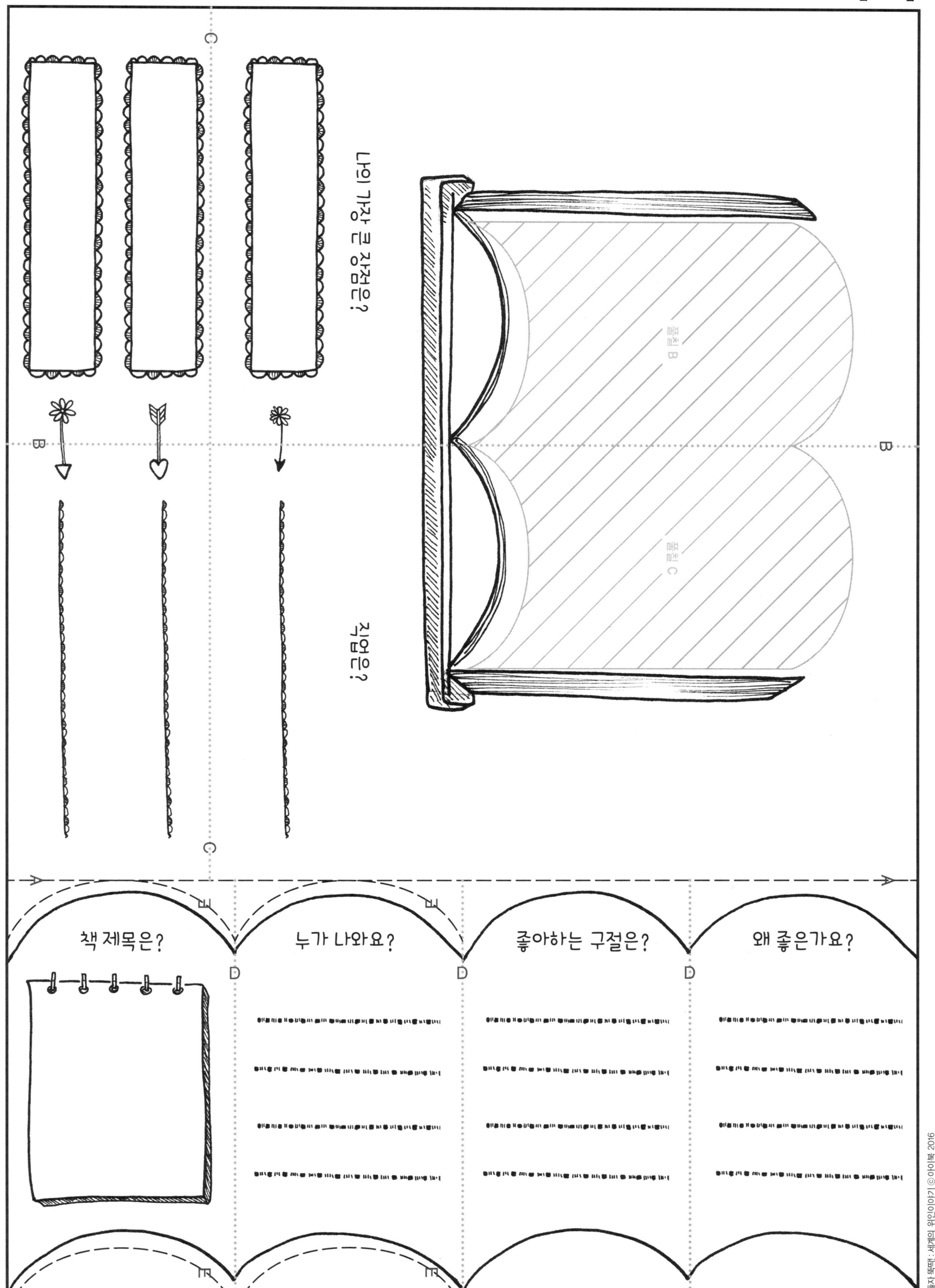

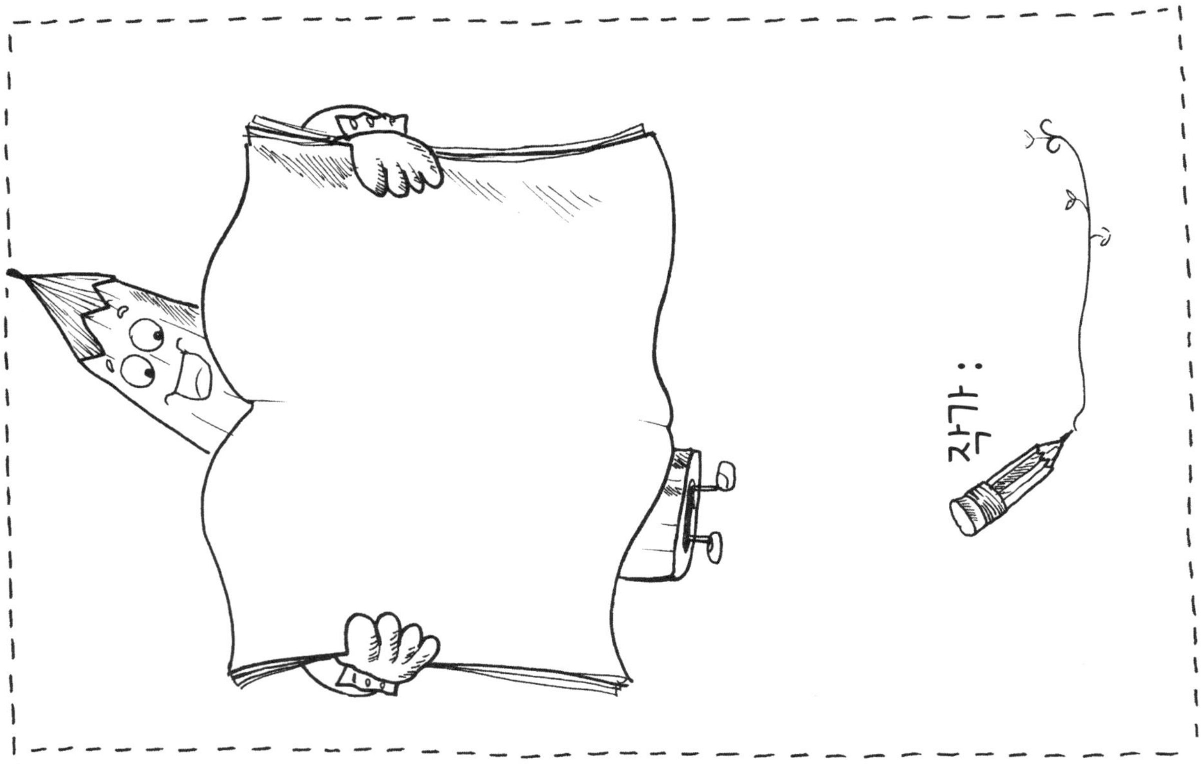

작가 :

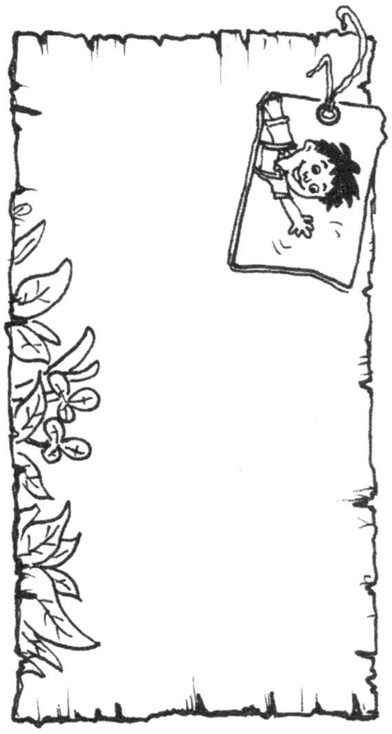

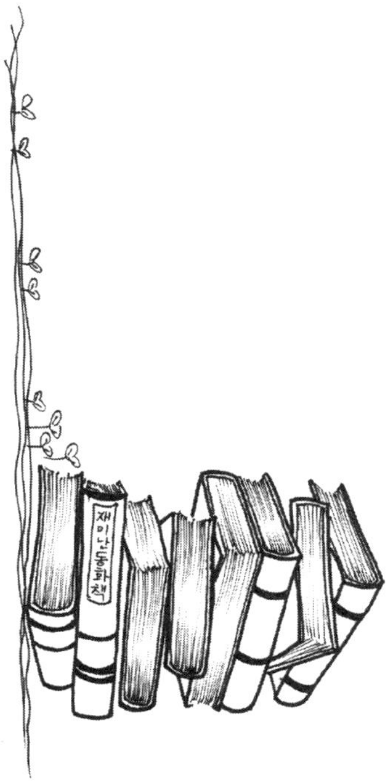

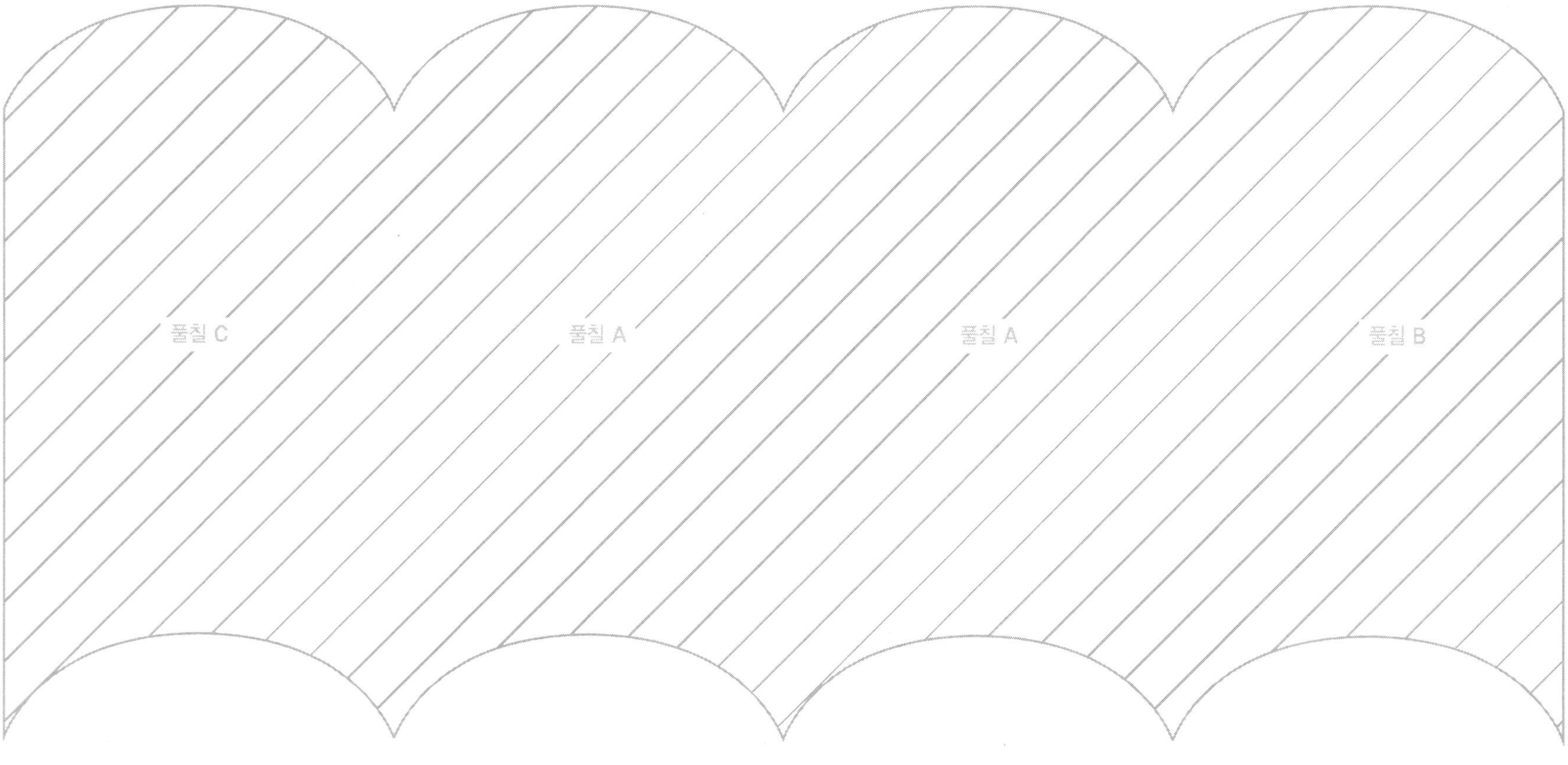

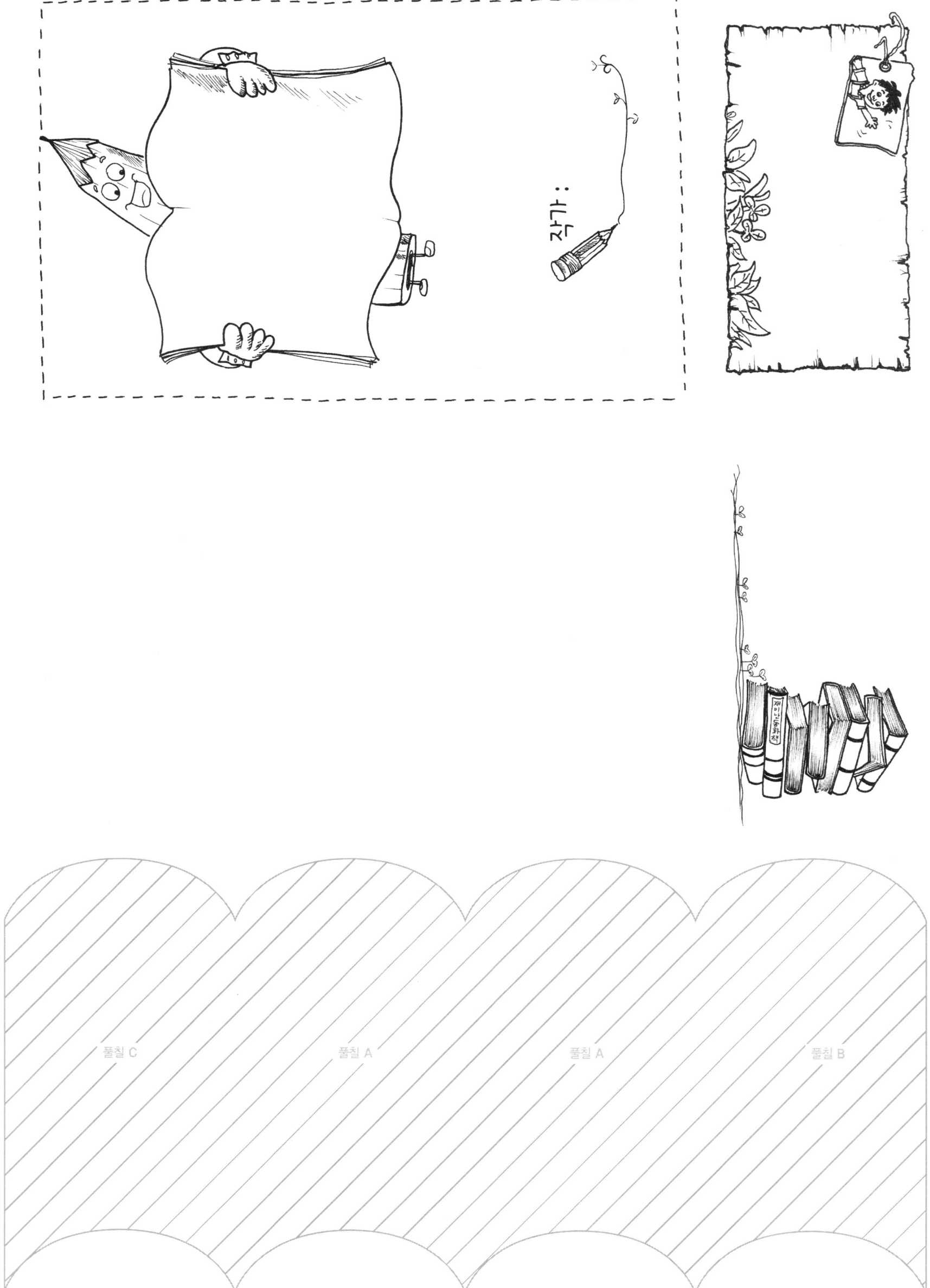

풀칠 C
풀칠 A
풀칠 A
풀칠 B

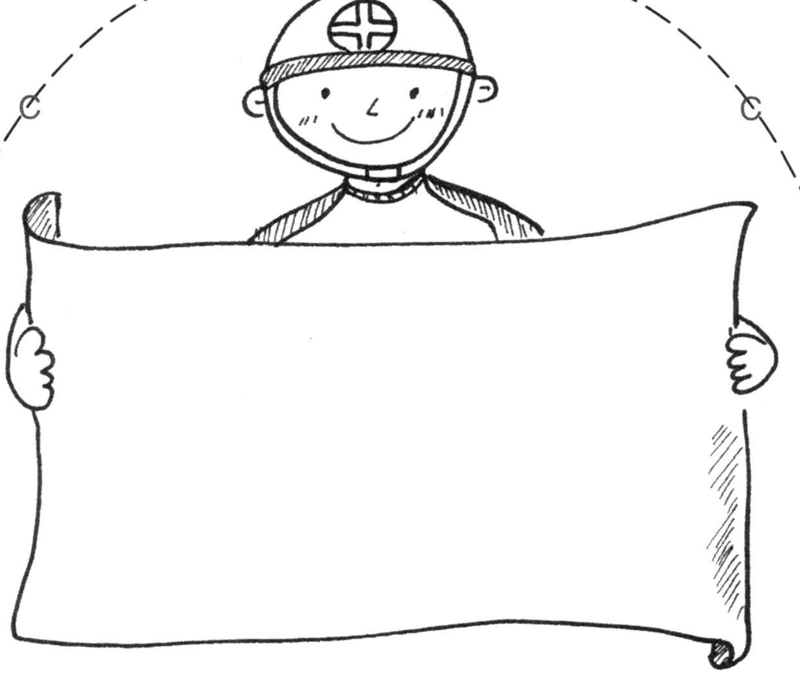

〈우리 교실 설계도〉

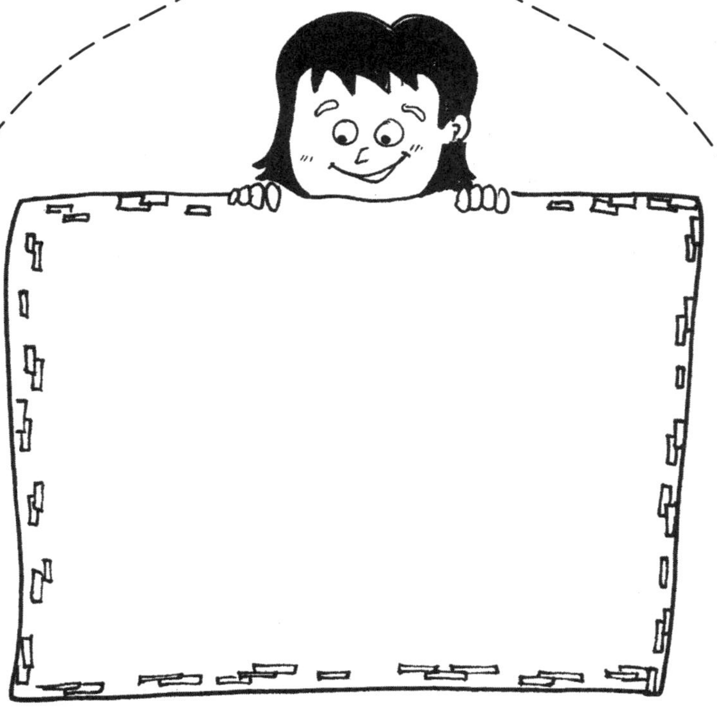

〈우리 집 설계도〉

꼭 필요한 기능과 특징은?

가우디의 건물과 비슷한 점은?

풀칠

풀칠

풀칠

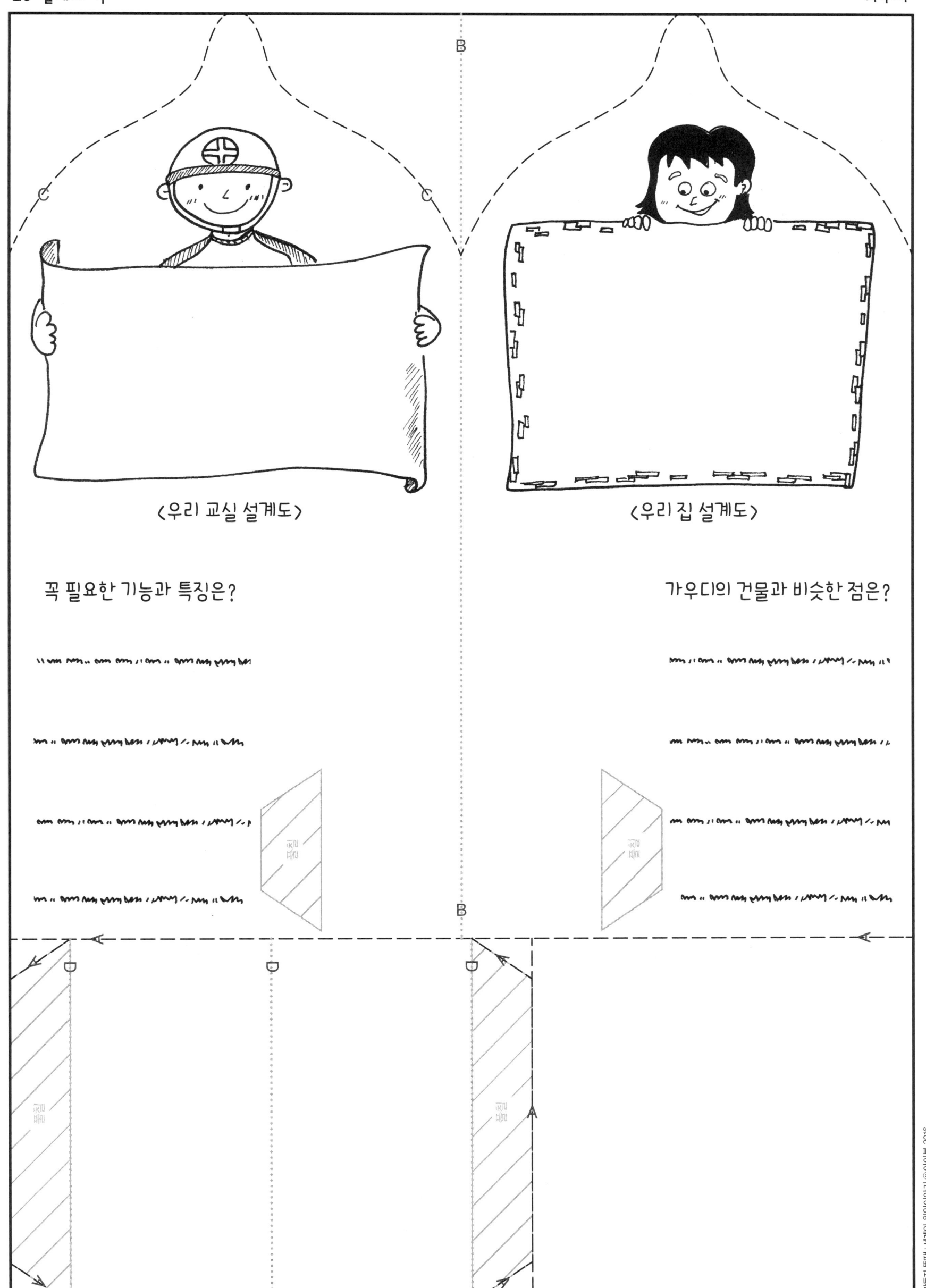

풀칠

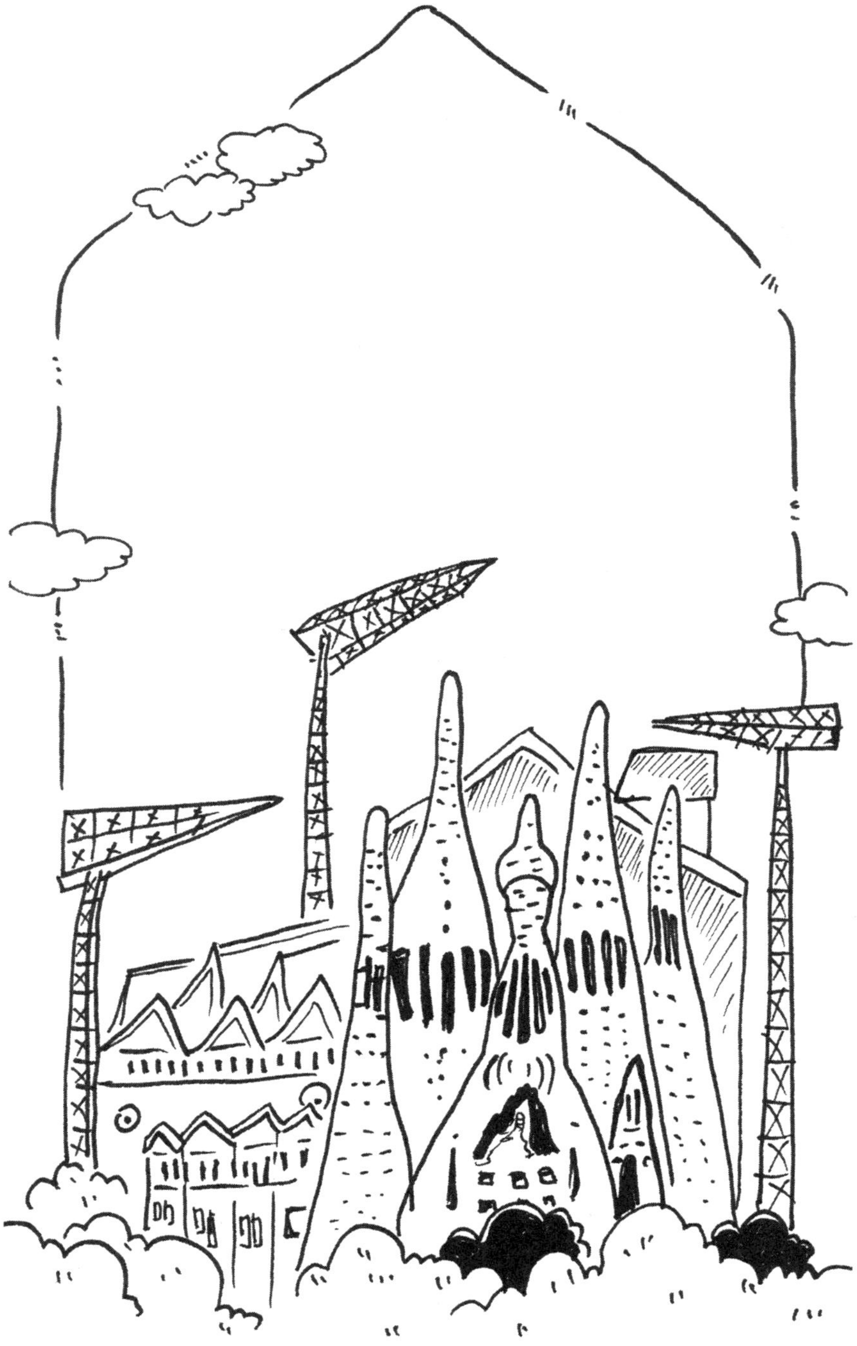

작가 :

풀칠

<자유롭게 오려 표현해 보세요>

<피카소 그림 따라그리기>

옆에 있는 사람의 얼굴을
입체적으로 그리기

<자유롭게 오려 표현해 보세요>

오늘의 기분을 색으로
표현한다면?

색

그 이유는?

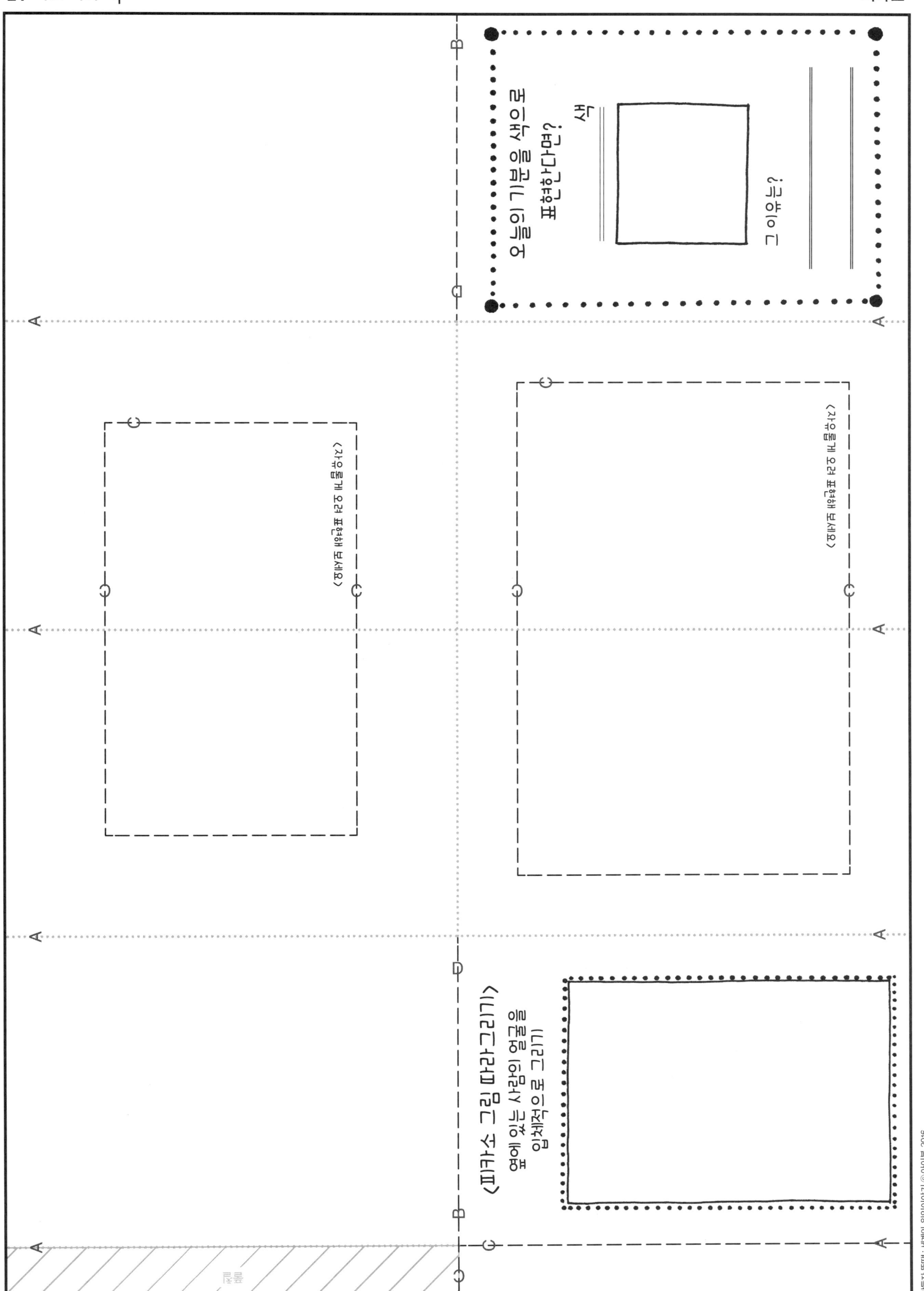

풀칠

작가 :

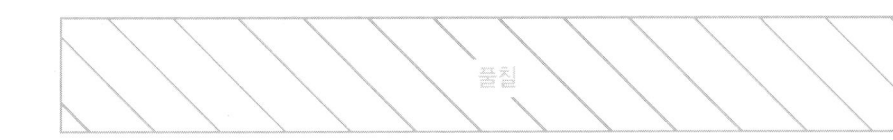

영화 포스터 그리기

영화 제목은?

어떤 장르의 영화 인가요?

누가 좋아할 영화인가요?

영화의 특징은?

B

B

풀칠

B

B

B

B

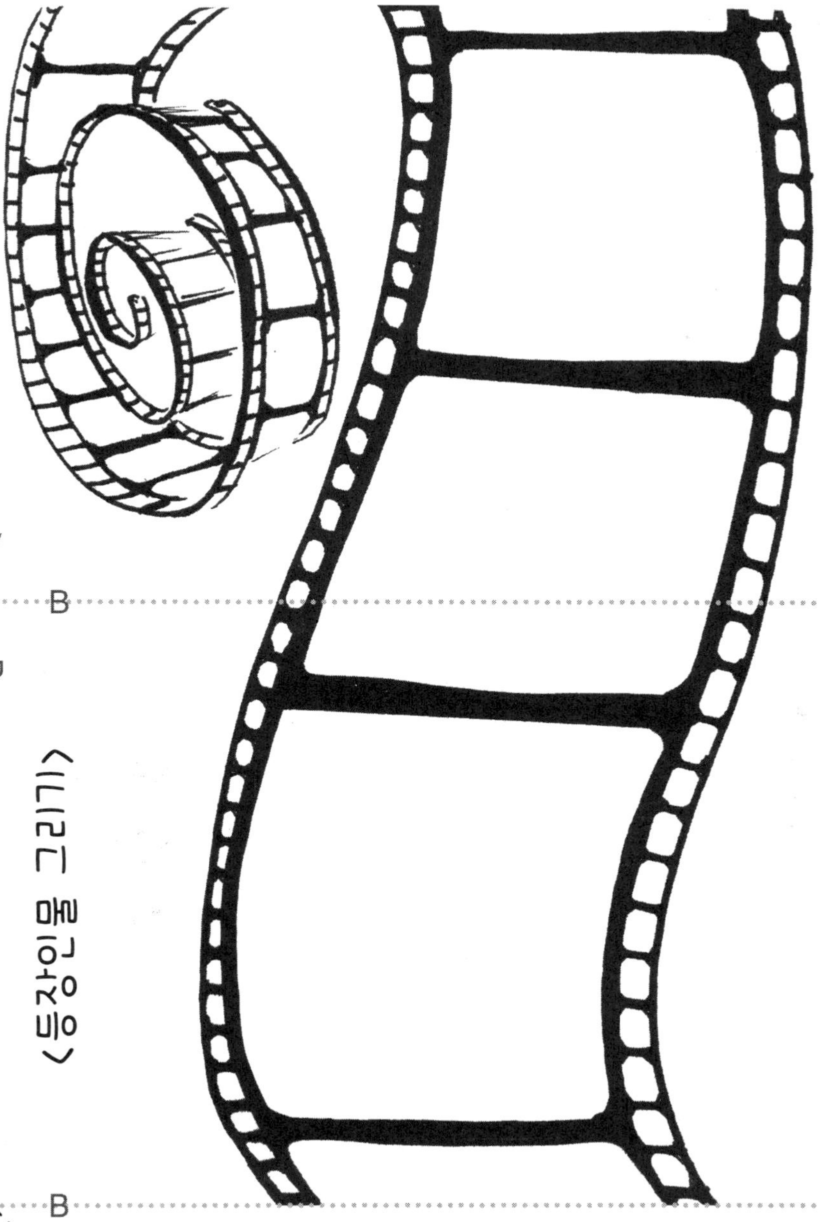

<등장인물 그리기>

C

B

D

<초 대 장>

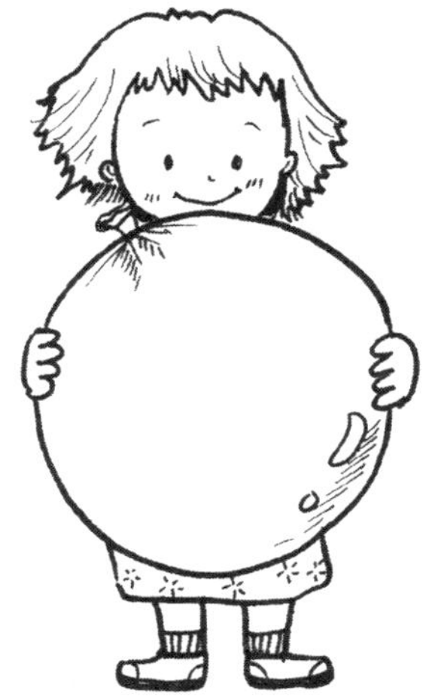

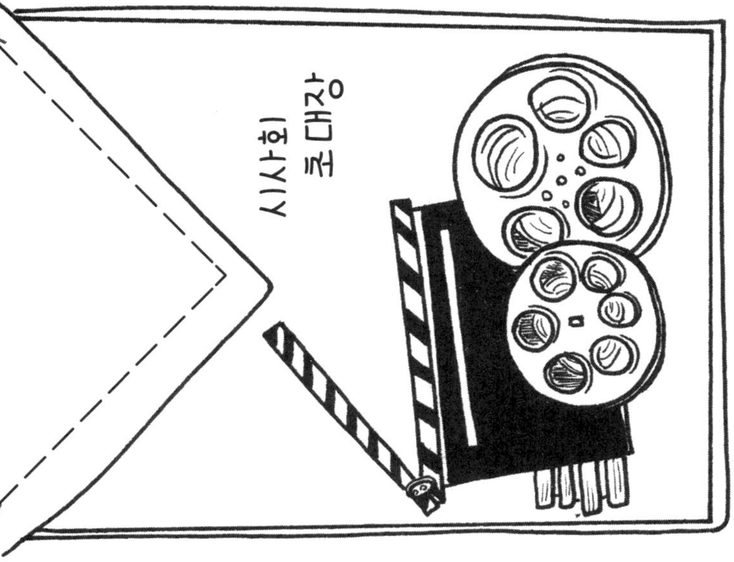

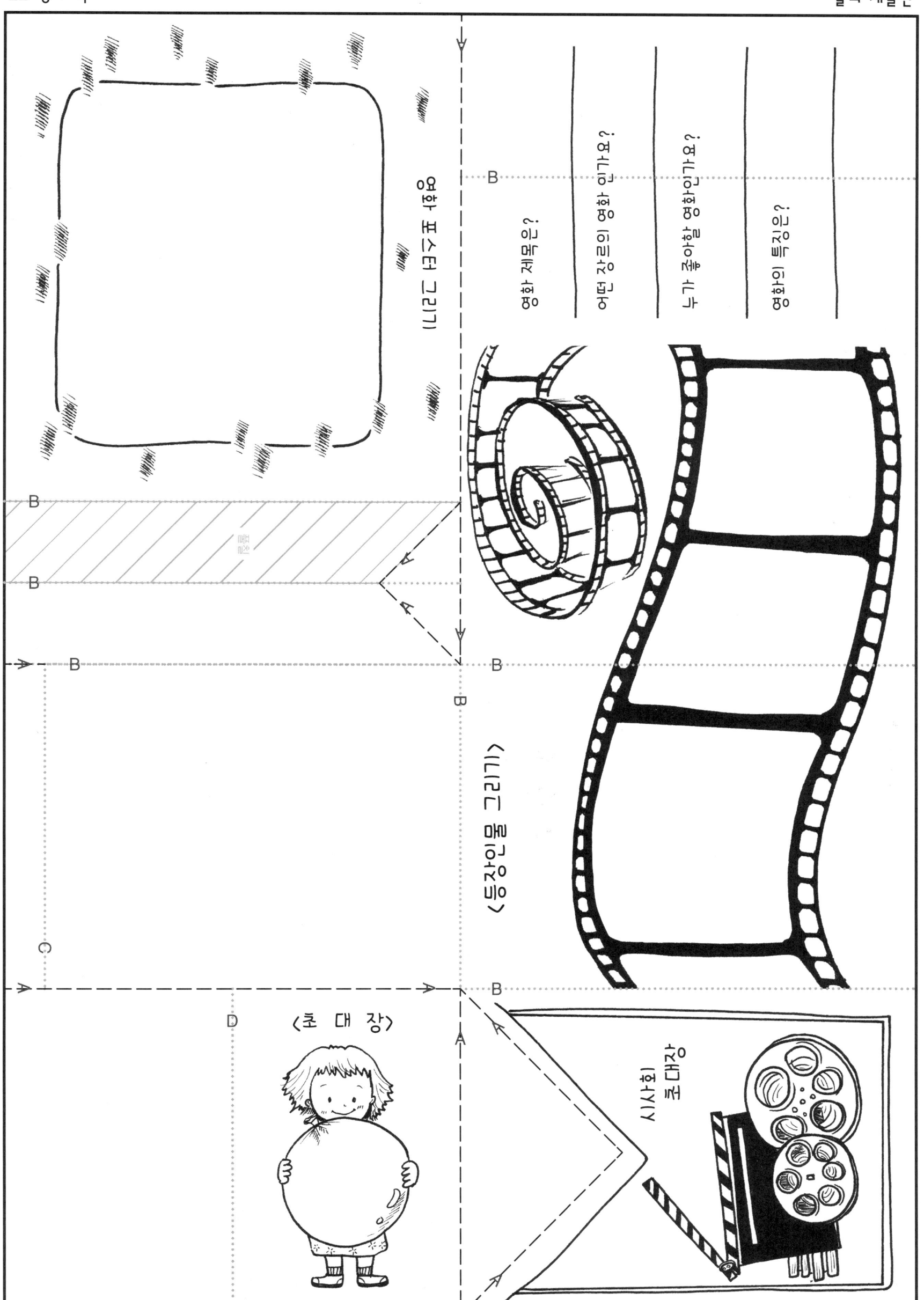

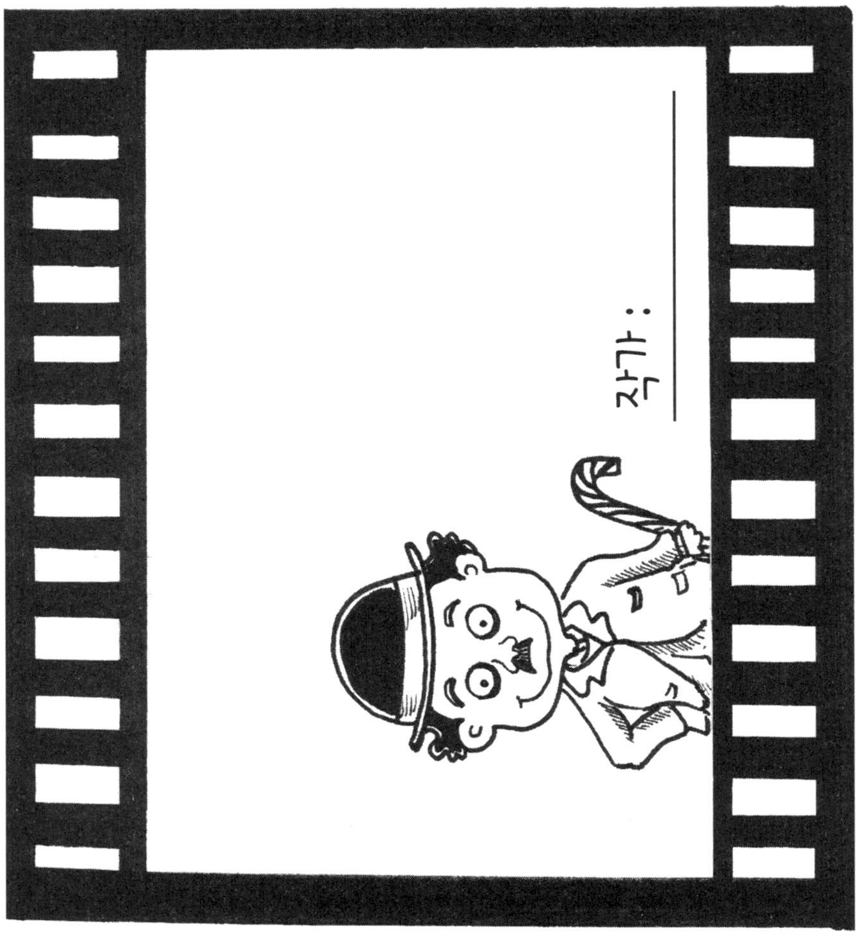

풀칠

영화 제목

초대하는 사람

시간과 장소

작가 :

이름 :

성격 :

특징 :

이름 :

성격 :

특징 :

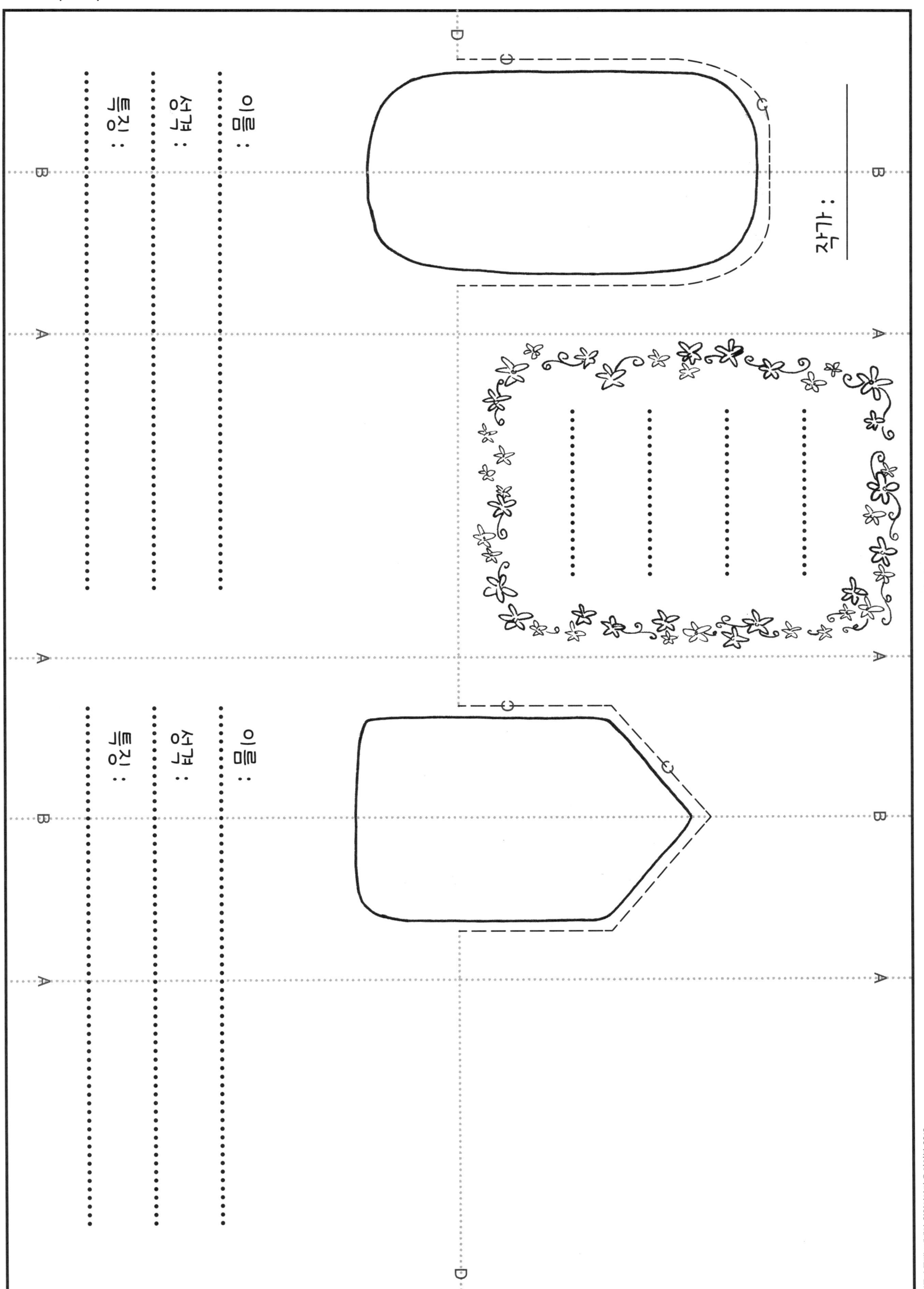

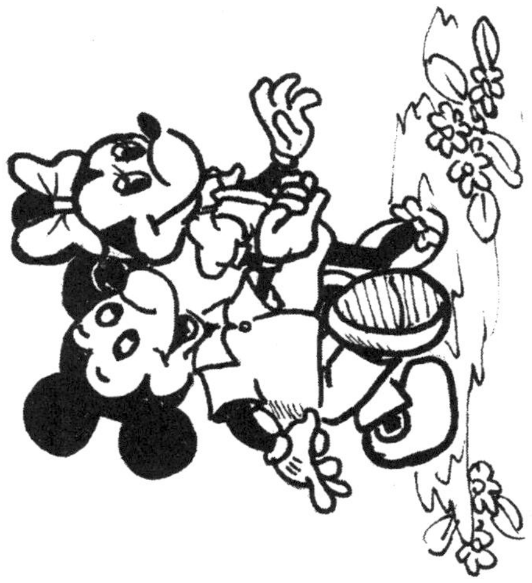

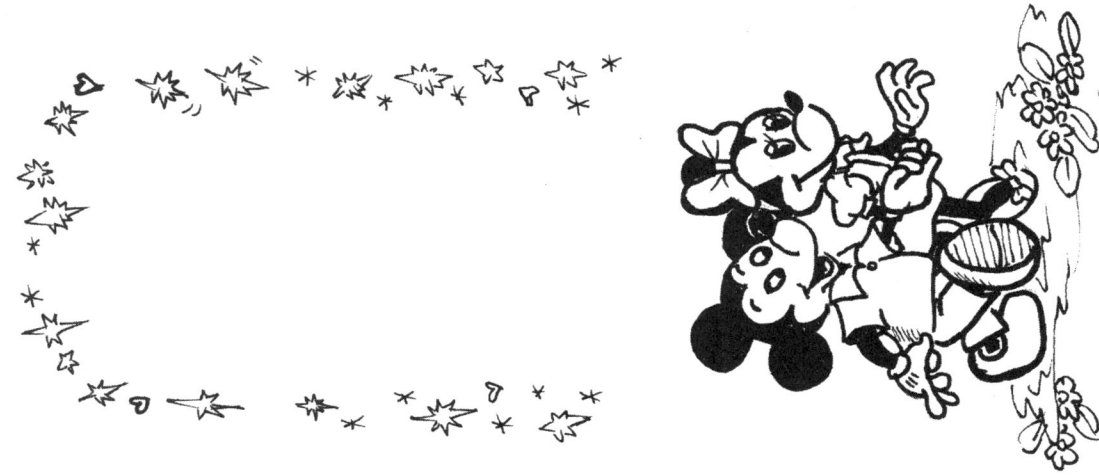

<텔레비전을 이용한 작품 만들기>

작품명 : ______________

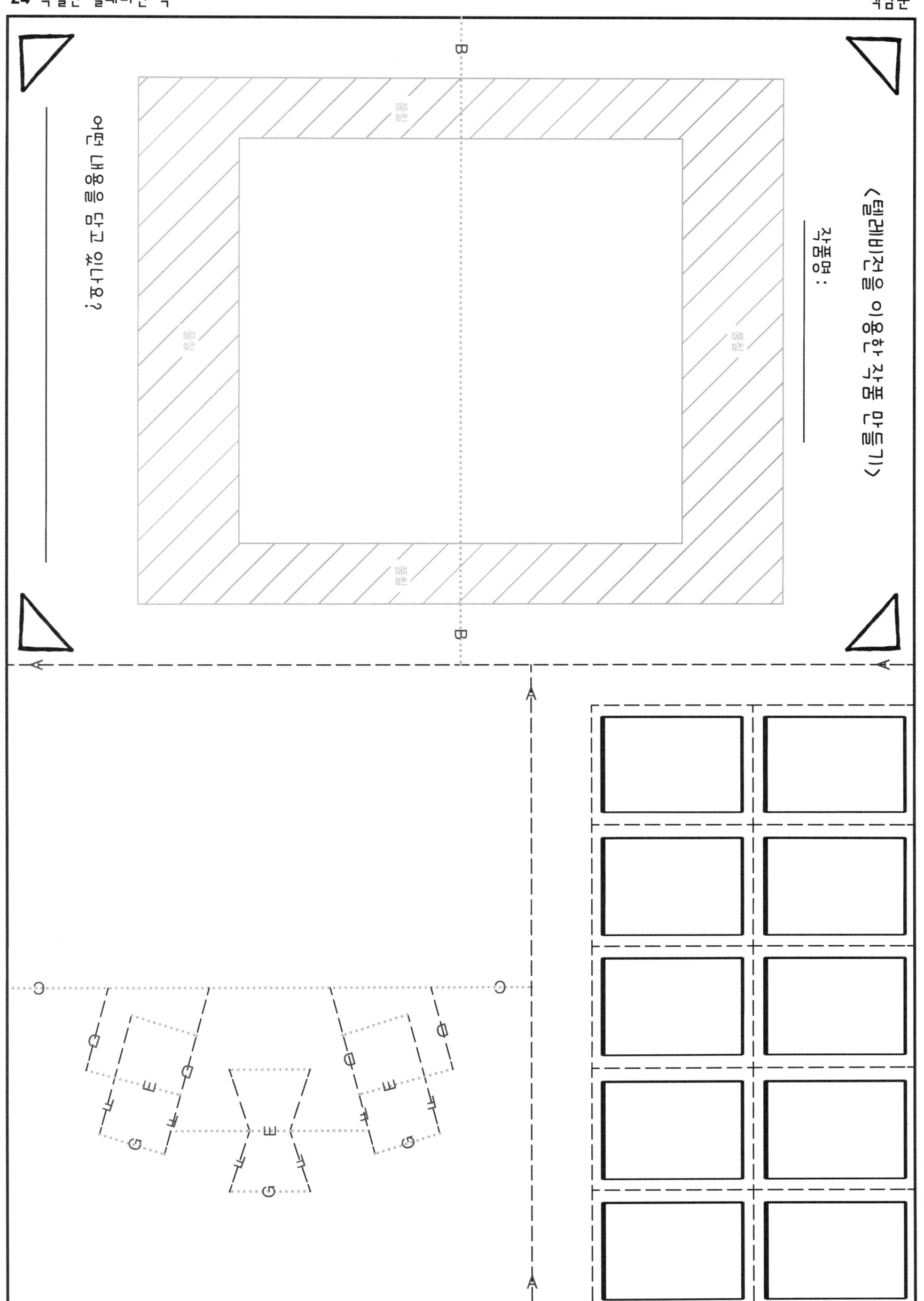

어떤 내용을 담고 있나요?

____

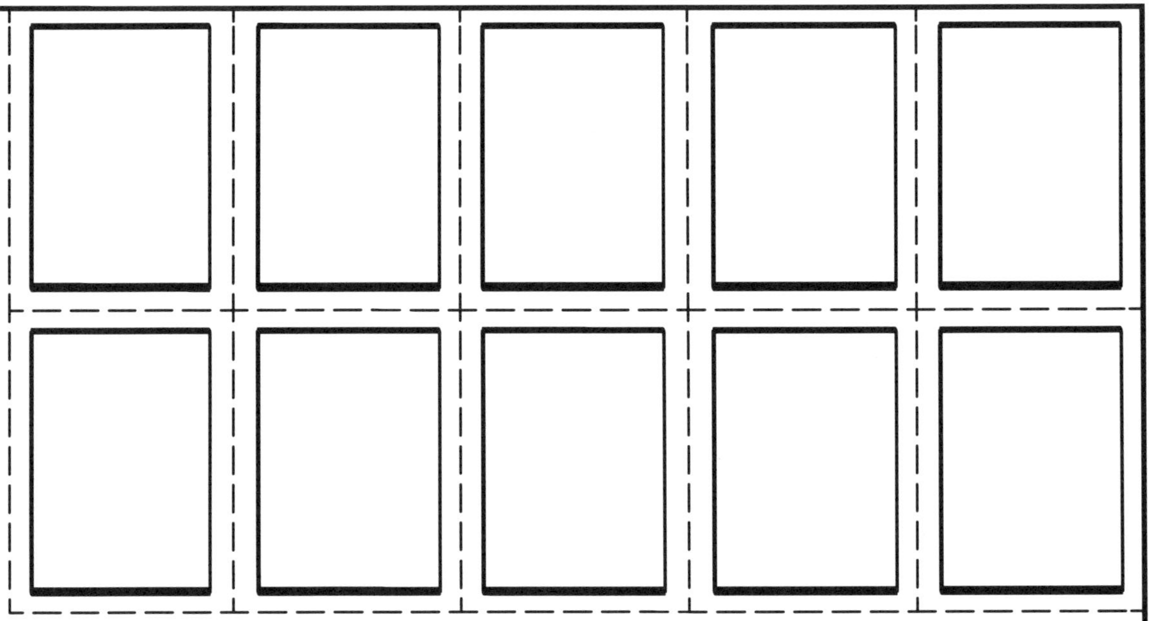

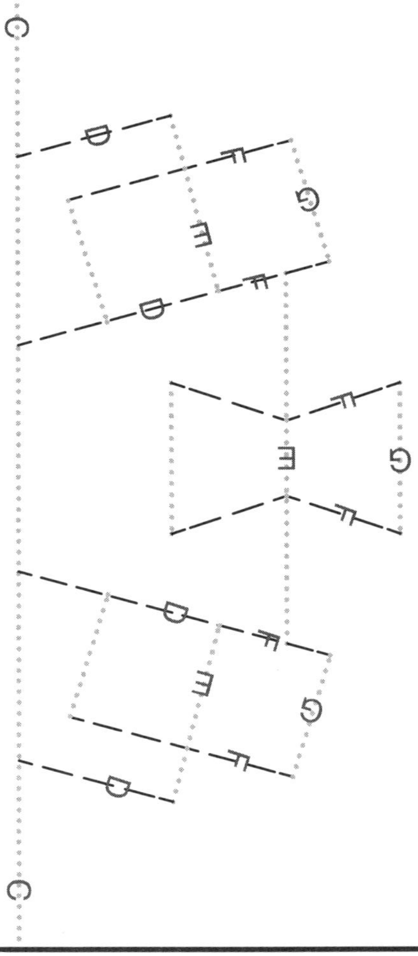

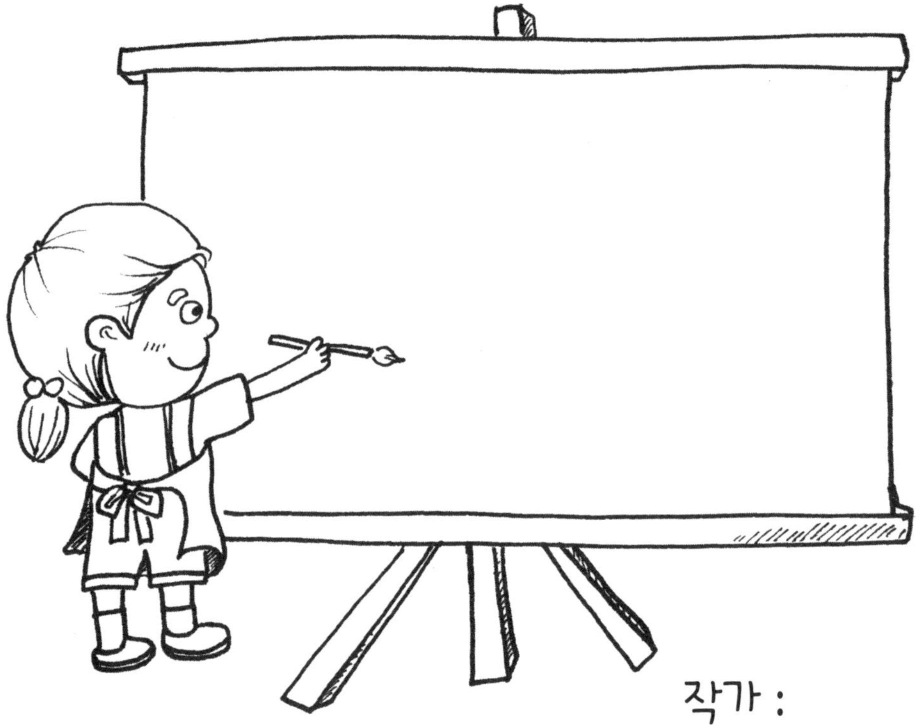

작가 :

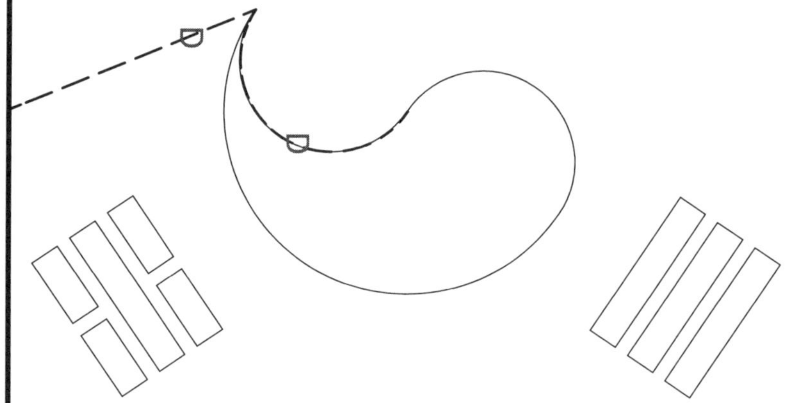

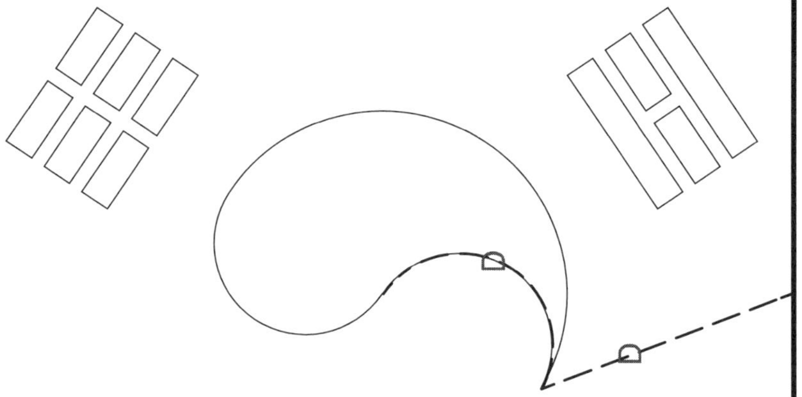

작가 :

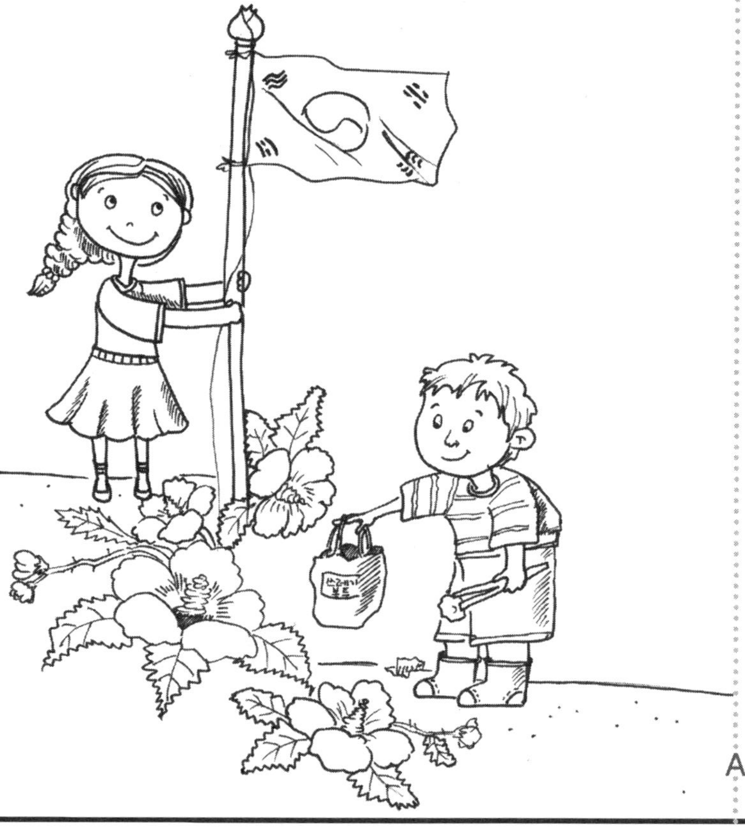

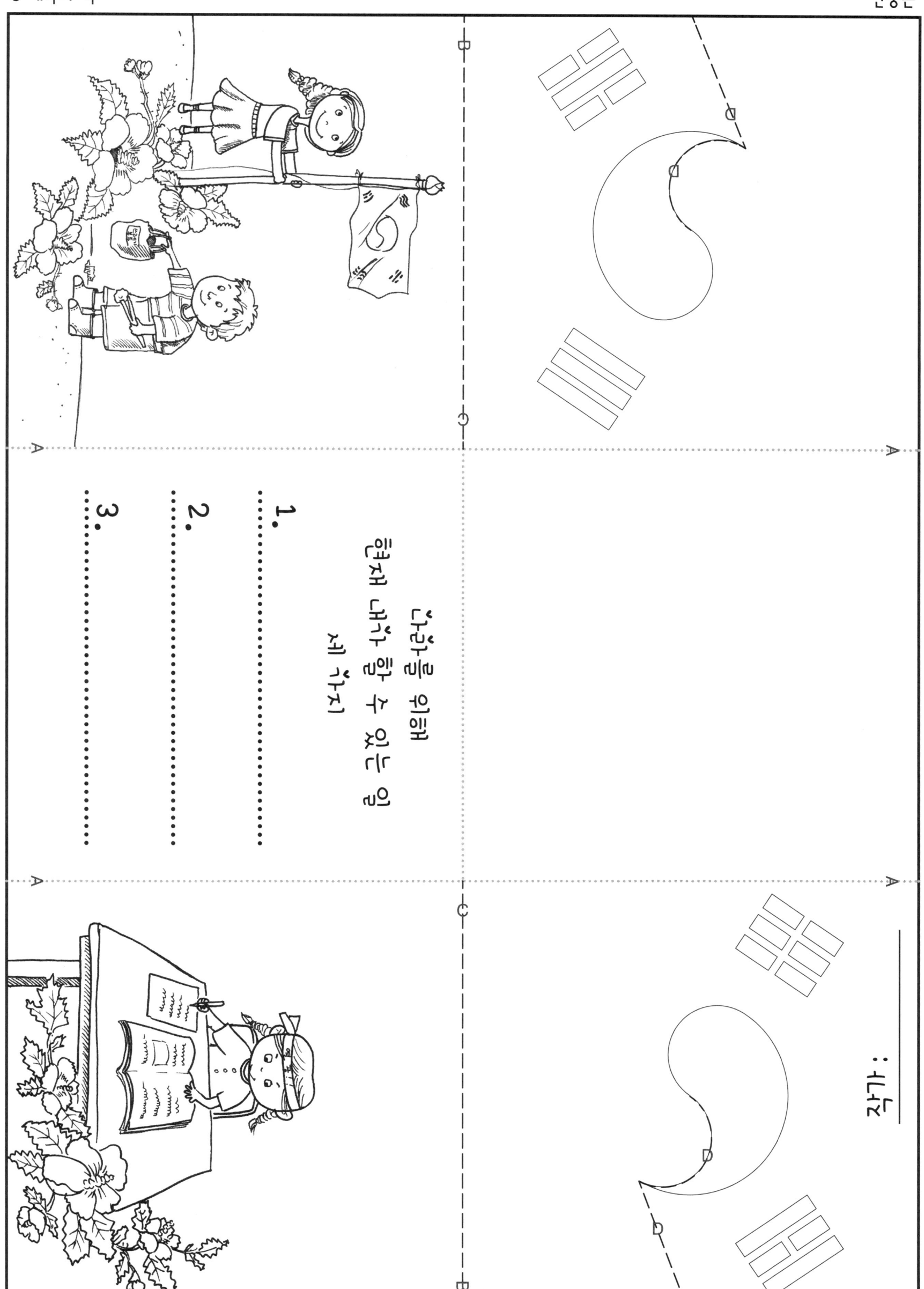

나라를 위해
현재 내가 할 수 있는 일
세 가지

1. ....

2. ....

3. ....

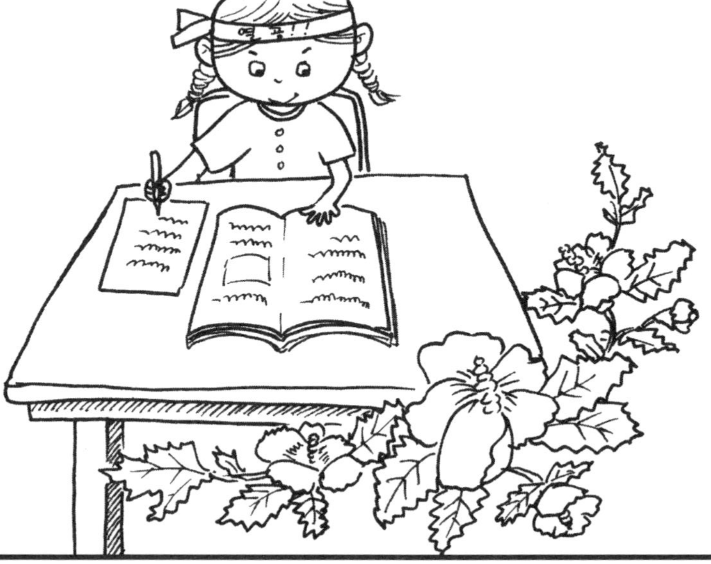

손가락 지문 찍고,
재밌는 그림 그리기

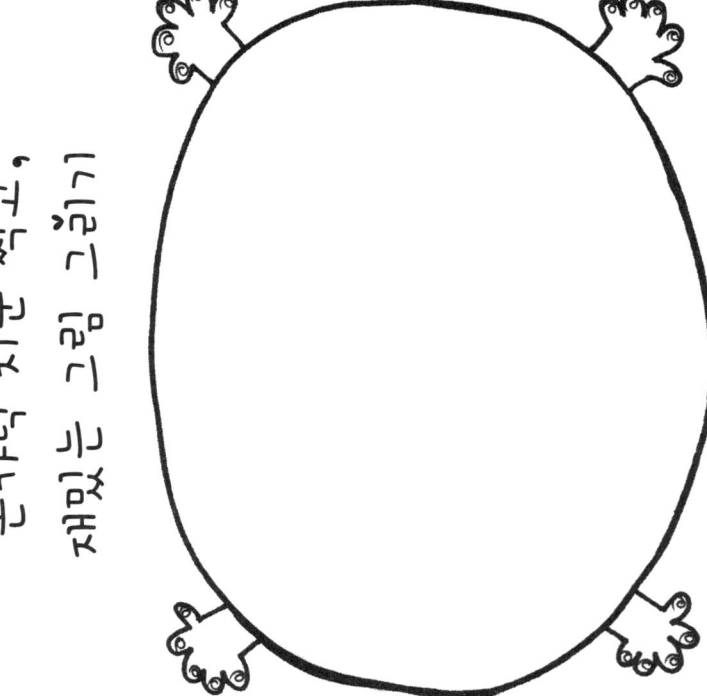

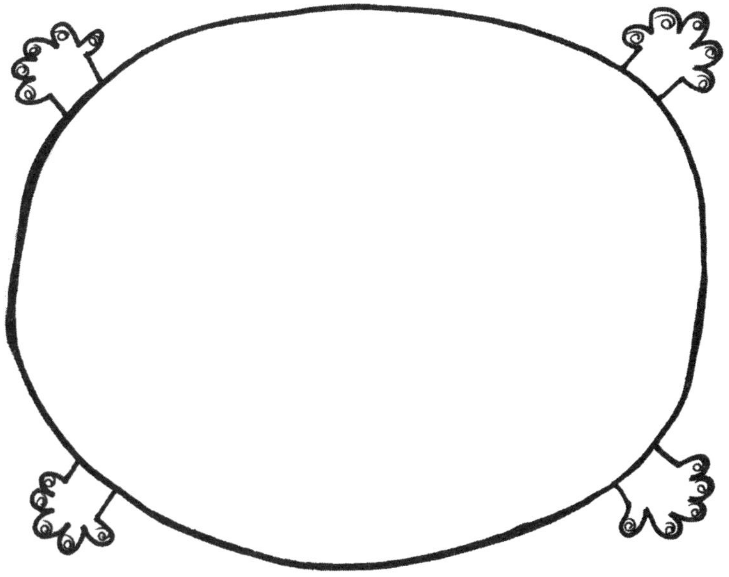

나의 멋진 사인

상

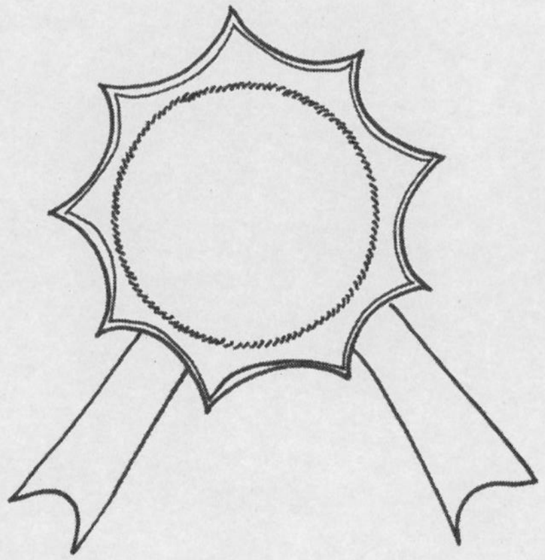

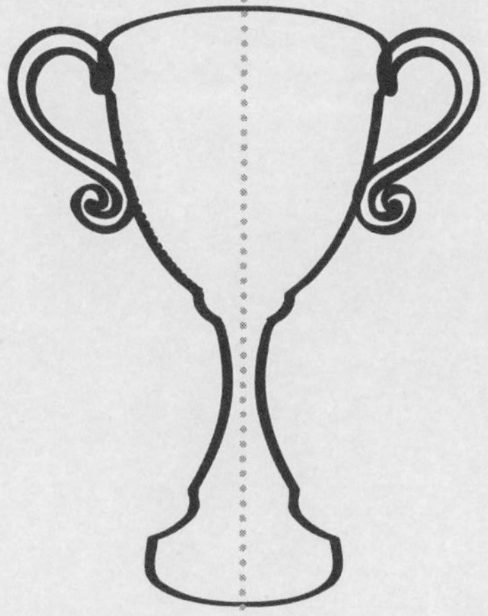

풀칠 A

풀칠 B

어떤 일을 한 사람에게 이 상을 줄까요?

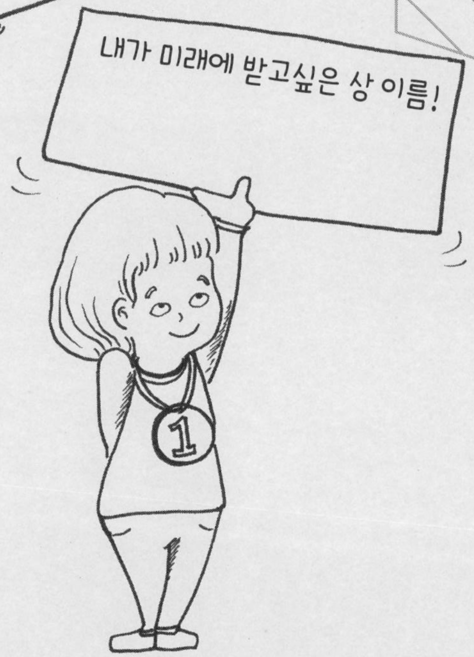

풀칠 A

풀칠 B

분야는?

그럼 지금부터 어떤 노력을 해야 하나요?

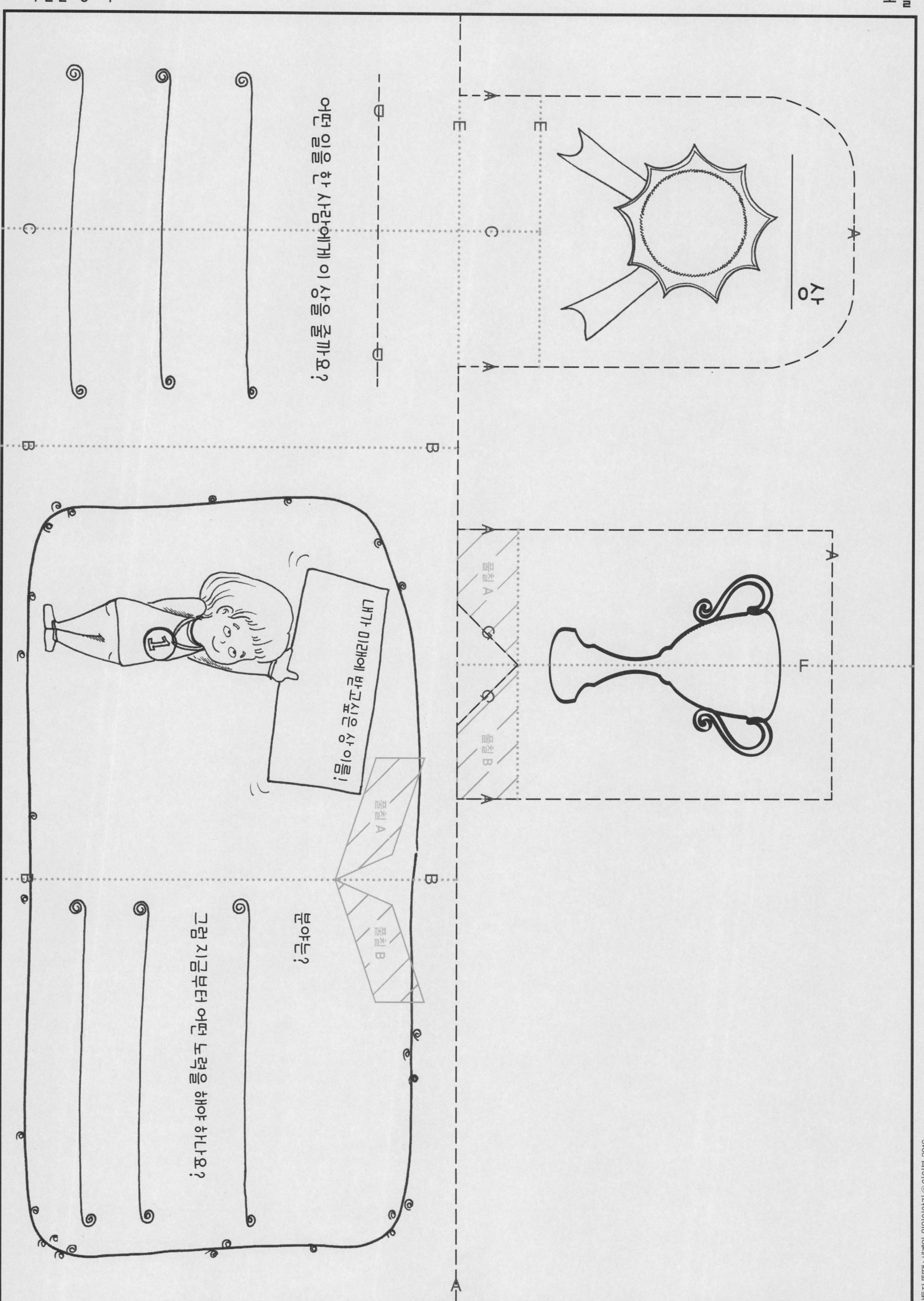

현재 나에게 주는 상

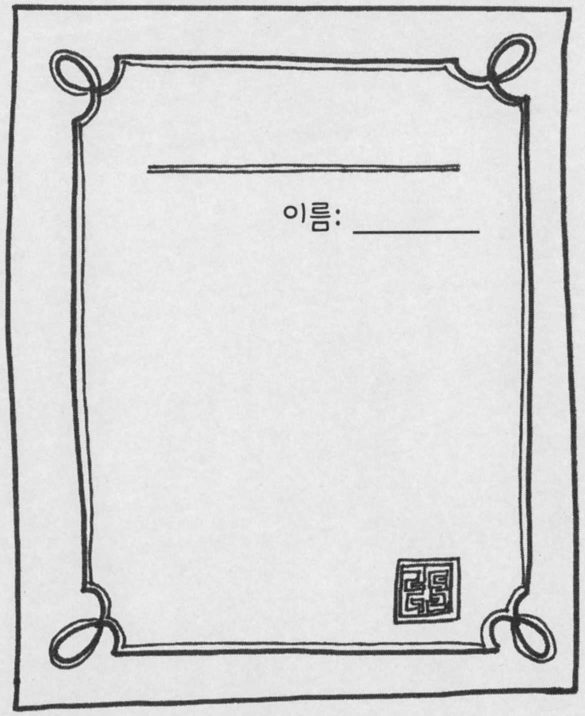

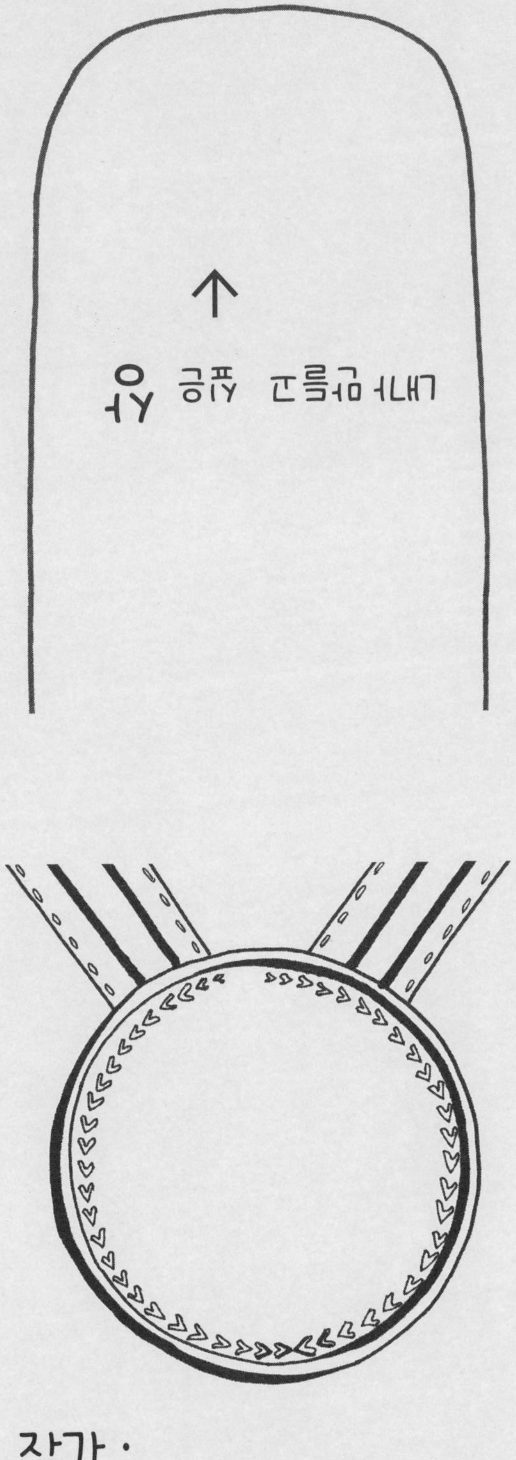

작가 :

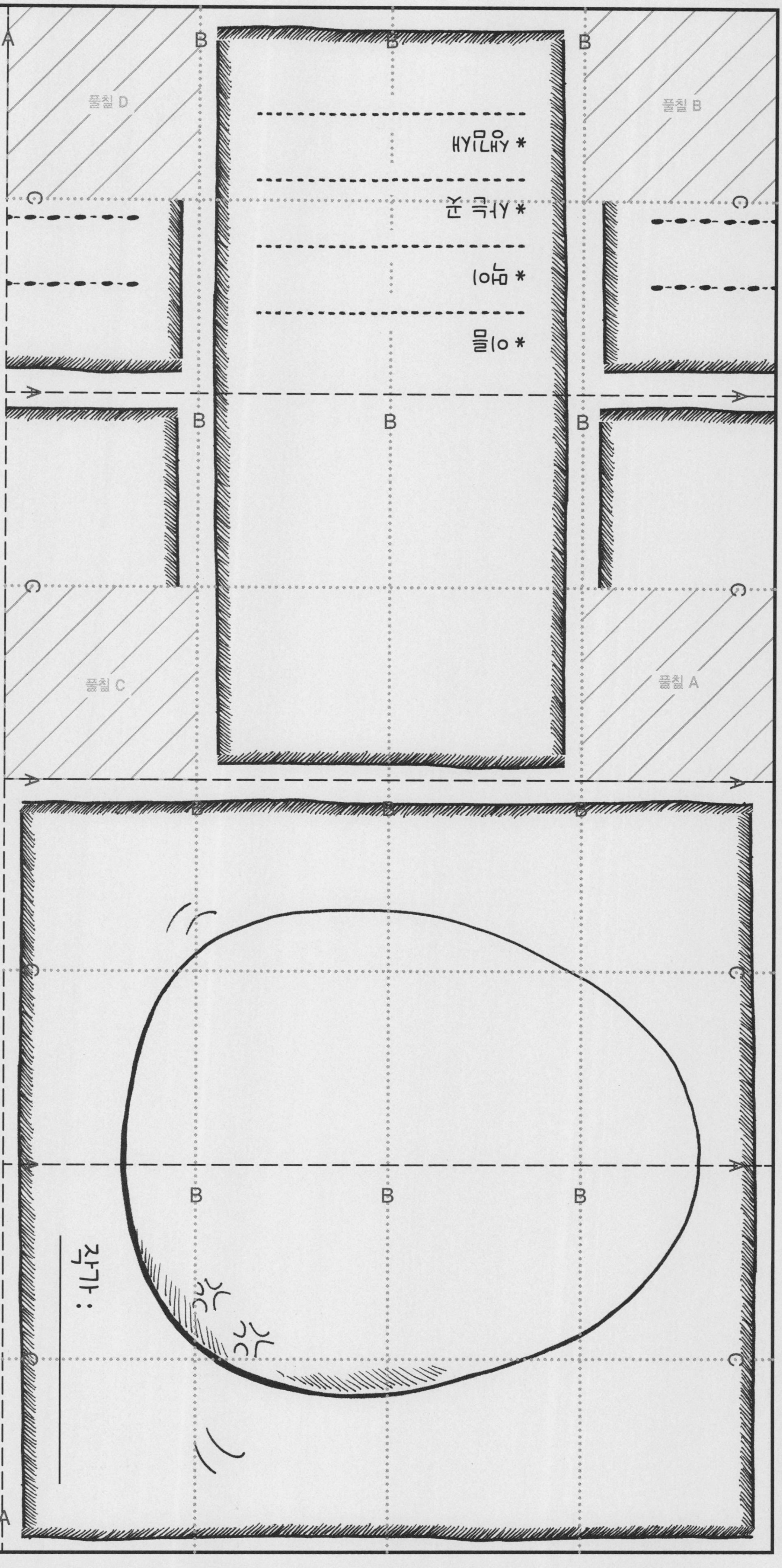
풀칠 D
풀칠 B
* 생김새
* 사는 곳
* 먹이
* 이름
풀칠 C
풀칠 A
작가 :

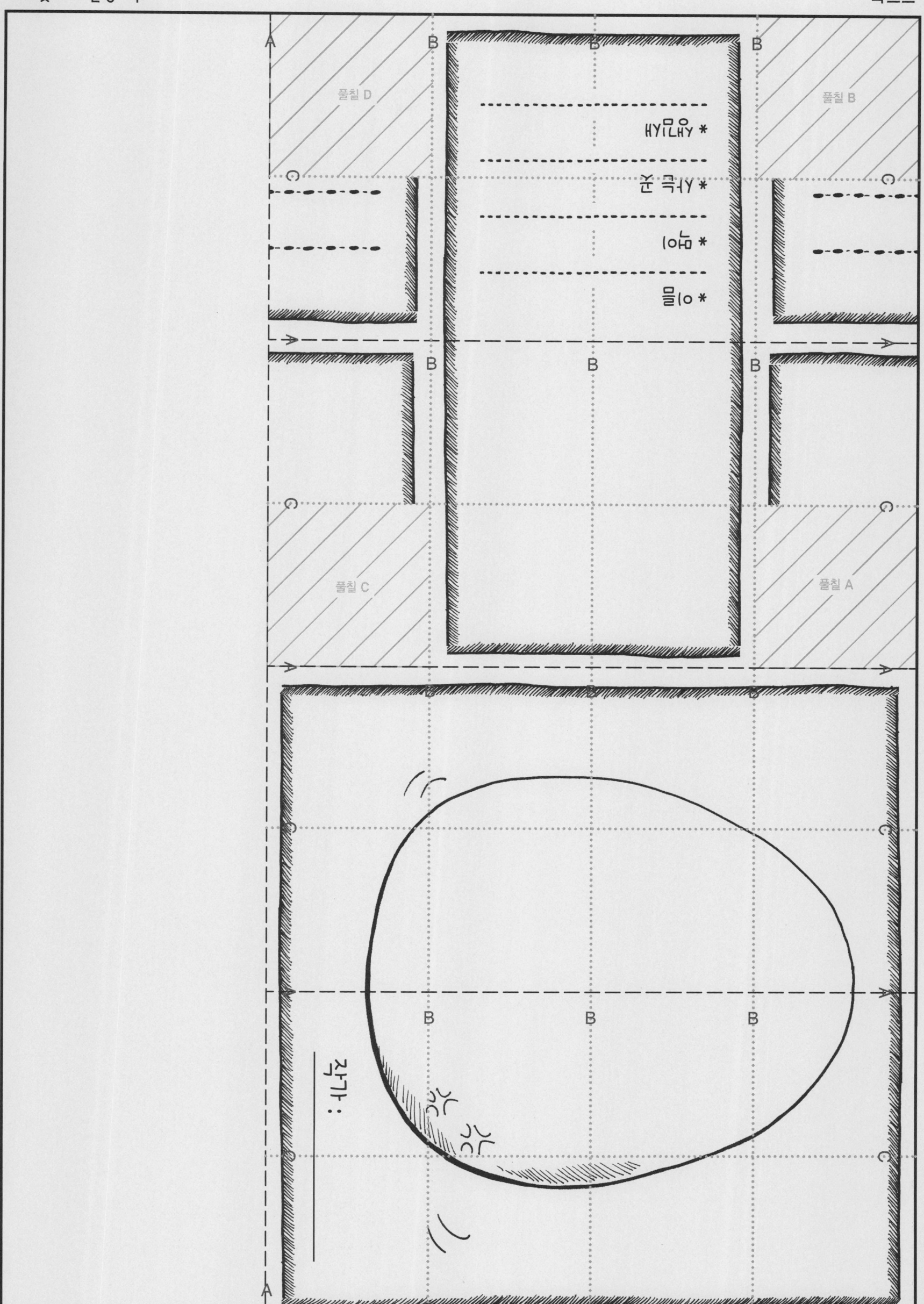

어른 벌레(곤충)가 되었어요. 멋지게 그려주세요.

풀칠 A

풀칠 B

풀칠 C

풀칠 D

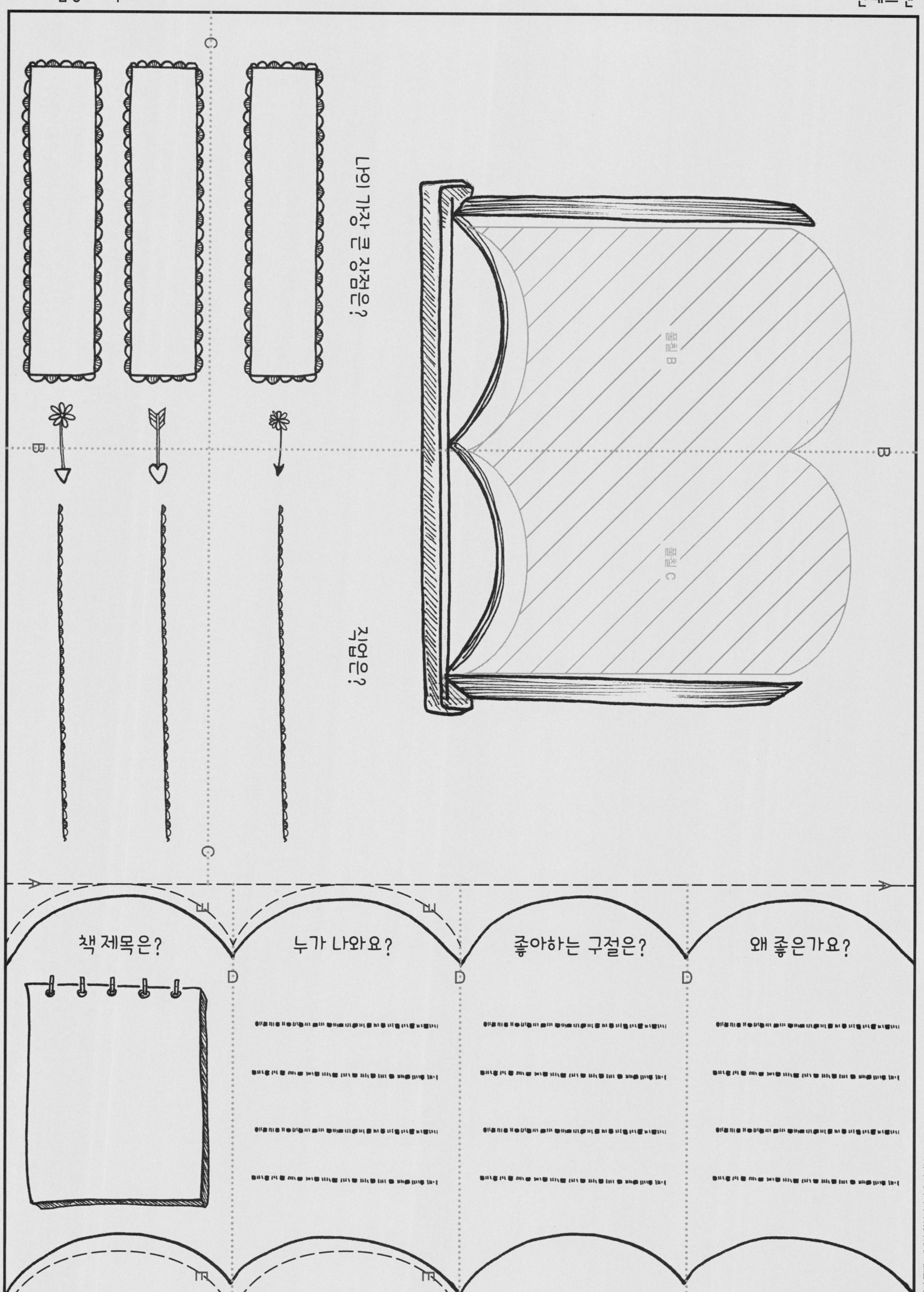

나의 가장 큰 장점은?

직업은?

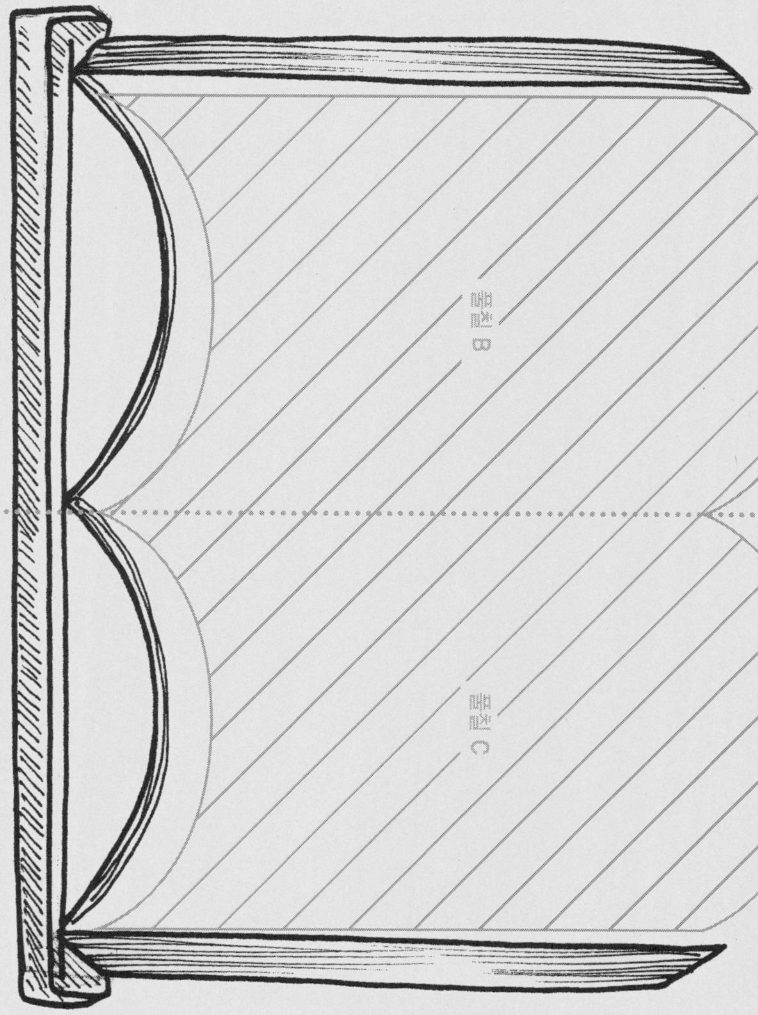

책 제목은?

누가 나와요?

좋아하는 구절은?

왜 좋은가요?

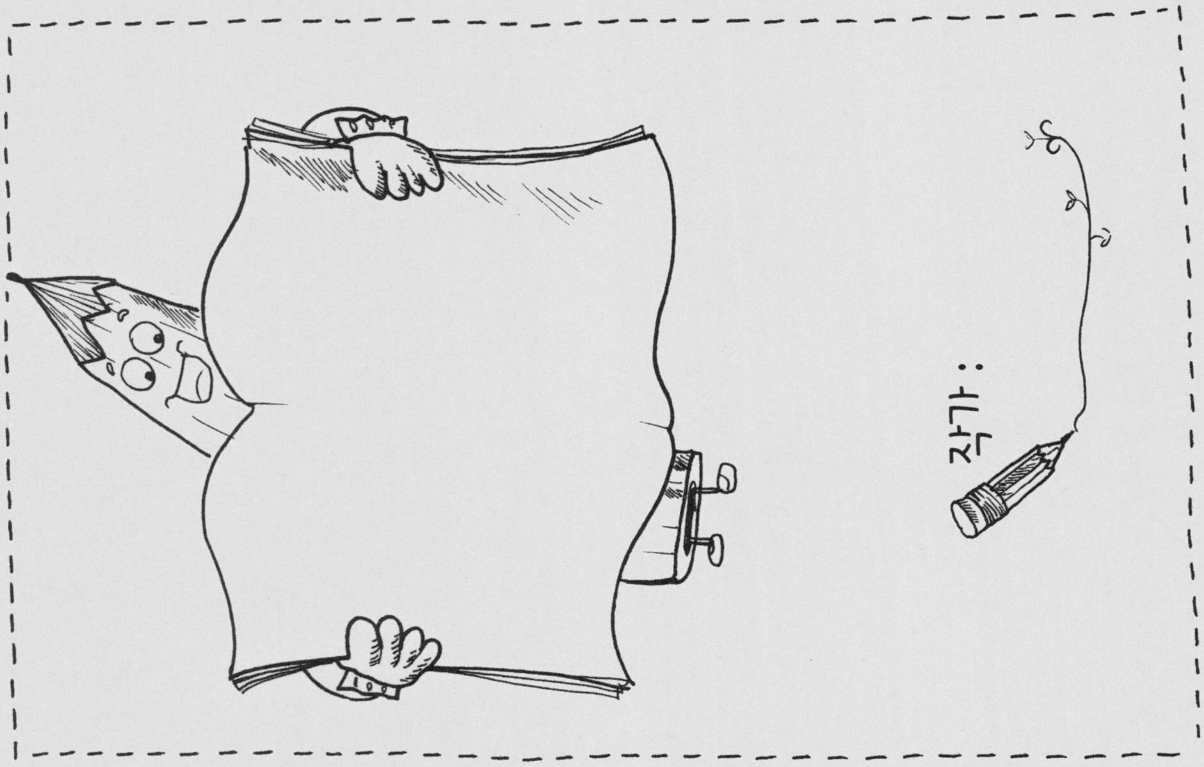
작가 :

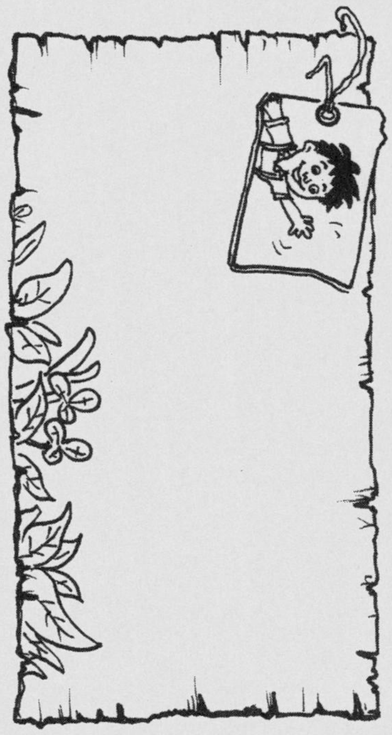

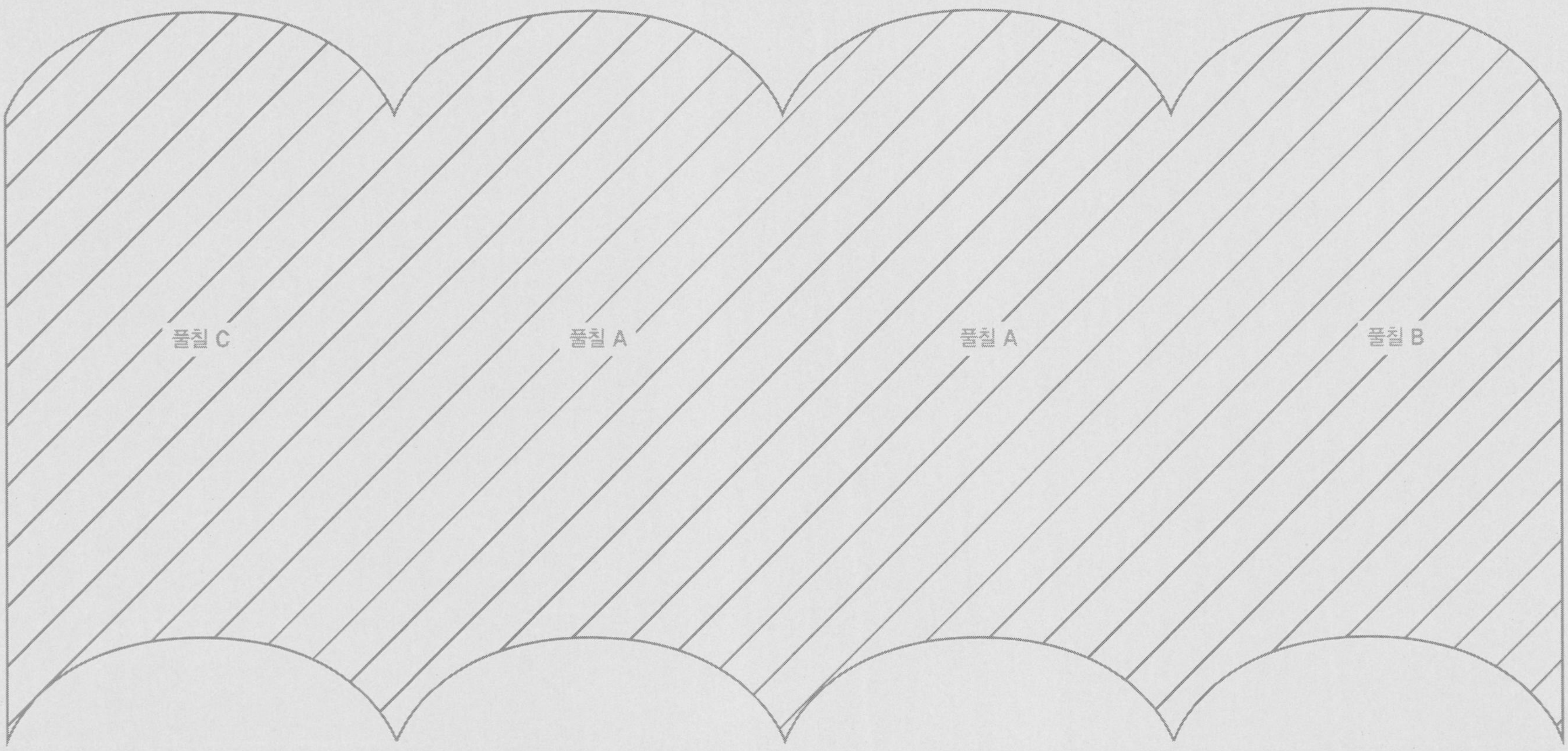
풀칠 C
풀칠 A
풀칠 A
풀칠 B